U0506768

本书获"广西大学中西部高校提升综合实力计划"经费资助

广西地方古籍整理研究丛书·第二辑

小罗浮草堂诗钞校注

[清]冯敏昌 著

李寅生 杨年丰 校注

上海古籍出版社

图书在版编目（CIP）数据

小罗浮草堂诗钞校注／（清）冯敏昌著;李寅生,
杨年丰校注. —上海：上海古籍出版社，2018.6
（广西地方古籍整理研究丛书;第二辑）
ISBN 978-7-5325-8773-5

Ⅰ.①小⋯ Ⅱ.①冯⋯ ②李⋯ ③杨⋯ Ⅲ.①古典诗
歌—诗集—中国—清代 Ⅳ.①I222.749

中国版本图书馆 CIP 数据核字（2018）第 051305 号

广西地方古籍整理研究丛书（第二辑）

小罗浮草堂诗钞校注

〔清〕冯敏昌　著

李寅生　杨年丰　校注

上海古籍出版社出版发行

（上海瑞金二路 272 号　邮政编码 200020）

（1）网址：www.guji.com.cn

（2）E-mail：guji1@guji.com.cn

（3）易文网网址：www.ewen.co

上海惠敦印务科技有限公司印刷

开本 890×1240　1/32　印张 14.5　插页 3　字数 390,000

2018 年 6 月第 1 版　2018 年 6 月第 1 次印刷

ISBN 978-7-5325-8773-5

I·3262　定价：58.00 元

如有质量问题，请与承印公司联系

《广西地方古籍整理研究丛书》总序

梁　扬

　　在自治区党委、广西大学党委有关领导的大力支持下,经过广西大学文学院师生的共同努力,《广西地方古籍整理研究丛书》第一辑(10种)已于 2011 年 12 月在巴蜀书社出版[①],第二辑(10 种)亦将在上海古籍出版社付梓[②],第三至六辑(46 种)已完成初稿,一俟机会成熟,亦当陆续修订面世。另有 7 种已先后单独出版[③]。这将是对广西地方古籍文献中作家别集的一次规模空前的整理,也是对广西地域文学与文化的一次比较深入的发掘研究。

一

　　我国浩瀚的古籍文献,以历史之悠久、数量之繁多、内容之丰富而著称于世。它维系着源远流长、博大精深的中华文化的根脉,并见证了中华民族绵延数千年,一脉相承奋斗发展的伟大历史。广西作为中华民族大家庭中的重要成员,在长期的发展过程中,也有大量珍贵的古籍文献遗存。

　　广西地方古籍整理研究工作,包括对文献的普查、整理和研究等三个方面。

　　(一)对广西地方古籍文献的普查工作。

　　最早系统载录广西文献者当推清代谢启昆《广西通志·艺文略》。该《志》所录,始自汉成帝时期的陈钦,止于清嘉庆初年,历时近两千年,存广西人士著作 240 馀种。其后蒙起鹏《近代广西经籍志》收录闻见所及的桂人著作,凡谢《志》未收,或虽收而有缺遗者,一并著录;外省人士所写有关广西文献,亦酌予采录。共得 450 馀种。

20 世纪 30 年代,广西统计局对本省地方古籍文献遗存情况进行普查,"举凡广西人或广西人团体之各种撰著、译述、纂辑、笺注,其已成定本者,悉为甄录",共得 2548 种,辑为《广西省述作目录》一书,并对各时代各类别的述作列表说明:

朝代＼种数＼类别	总类	哲学	宗教	社会科学	语文学	自然科学	应用艺术	艺术	文学	史地	合计
汉	3	1									4
三国	2								1		3
唐									2		2
宋	1	1	2	2					8	19	33
元		1							1	2	4
明	17	15		15		2		3	80	143	275
清	157	62	1	31	14	11	30	13	803	281	1398
民国	180	45	14	135	29	52	31	12	219	106	824
合计	360	125	17	183	43	65	61	28	1114	552	2548

80 年代初,广西民族学院(今民族大学)图书馆编《广西历代文人著述目录》,收 819 家 1505 种著述,具体情况见下表:

作家作品＼朝代	三国	唐	宋	元	明	清	民国	合计
人数	1	2	8	2	70	622	114	819
种数	1	6	9	2	98	1078	311	1505

该馆同时编有《广西历代文人著述馆藏联合目录》,进一步载明各

书在区内主要图书馆的收藏情况,极便读者检阅。

80 年代中期,广西社会科学院文学研究所查阅区内馆藏的 700 馀种古籍,从中鉴别出历代广西少数民族文人著作约 60 种,收录少数民族文人作品或关涉少数民族内容的古籍 100 馀种,另有作者族属待考的古籍约 30 种。

(二)对广西地方古籍文献的搜集整理。

早在 20 世纪 40 年代,陈柱以数年访求所得编为《粤西丛书》,可惜仅出版《粤西十四家诗钞》《粤西词四种》和《红豆曲》等三种。其后黄华表辑《广西丛书》,更仅刊行《玉溪存稿》一种,均未竟其功。

新中国成立后,古籍整理研究工作渐受重视。1981 年 9 月,根据陈云同志的意见,中共中央下发《关于整理我国古籍的指示》,明确指出,"整理古籍,把祖国宝贵的文化遗产继承下来,是一项十分重要的、关系到子孙后代的工作","整理古籍是一件大事,得搞上百年",为古籍整理出版工作进一步指明了方向,极大地推动了古籍整理出版工作。广西老一辈著名学者、原自治区政府副主席、自治区政协副主席莫乃群先生曾主持《桂苑书林丛书》《广西史志资料丛刊》等大型项目,为此,莫老亲临广西民族学院、广西大学,座谈商议广西古籍整理工作,动员中文系教师承担有关项目。在此背景下,广西部分高校相继建立古籍整理研究机构④,并先后参与了莫老主持的广西地方古籍整理工作,"把有关广西的诗、文、史、地、科技、社会、民族、人物的古籍或资料,分别整理,或校点,或校注,或校补,或选注,或辑录",陆续出版了数十种广西地方古籍。其中包括广西古籍中最具参考价值的清代汪森纂"粤西三载"(《粤西诗载》《粤西文载》《粤西丛载》)的校注本,以及《三管诗话校注》《粤西十四家诗钞校评》《王鹏运词选注》《桂海虞衡志校补》等重要古籍。

稍后,广西少数民族古籍整理出版规划领导小组主编《广西少数民族古籍丛书》,已出版的壮族作家别集有清代蒙泉镜《亦嚣轩诗稿》、韦绣孟《茹芝山房吟草》等。曾德珪编《粤西词载》、蒋钦挥主编《全州历史文化丛书》15种、杨东甫编《八桂千年游：古代广西旅游文学作品荟萃》等也相继面世。由广西桂研究会潘琦会长主编的《桂学文库》，截至2015年8月底，已由广西师范大学出版社推出"广西历代文献集成"影印系列66种，另已有扫描文件待出者128种。

广西大学文学院一直积极参与广西古籍的整理研究，并把这项工作与研究生培养有机结合起来，其中，汉语言文字学硕士点古籍整理专业1993—2005级校注广西古代作家别集70种，中国古代文学硕士点元明清文学专业2005—2006级校注广西古代作家别集3种，计73种。除已出版的17种外，此次上海古籍出版社即将出版10种，尚需修订待机出版的有46种（详见文末附表）。

（三）对广西地方古籍文献的研究状况。

黄华表曾就其编辑《广西丛书》所见发表《广西文献概述》一文，对历代广西的文、诗、词、曲各体裁、流派的文献进行概括述要。

2004年中共中央下达《关于进一步繁荣发展哲学社会科学的意见》之后，有关高校又陆续建立与古籍所相关而又有所分工的研究中心⑤，加强对广西地方古籍文献的研究工作。今据对《中国知网·中国期刊全文数据库》及《中国重要报纸全文数据库》，以及广西各主要高校、科研机构网站的检索调查⑥，获得有关广西地方古籍研究成果的资讯为：专题论文26篇⑦，科研项目13项⑧，学术专著15种⑨。

由于《中国知网》收录的选择性，各高校、科研机构网站又多未能及时更新信息，以及检索者可能的疏漏等原因，上述资讯或未能完全反映实际的研究情况。但从中已可看出，对广西地方古籍的整理与研究，已受到越来越多的单位和学者的重视，开始呈现出一派繁荣景象。

二

广西大学文学院从事广西地方古籍整理的研究者，主要是汉语言文字学、中国古代文学硕士点的导师。大家面对广西古籍这座蕴蓄丰厚却有待开发的南国特色宝藏,这批久经岁月侵蚀而亟须抢救的不可再生资源,以当代学人的责任感、使命感和紧迫感,甘坐冷板凳,满怀热心肠,共同投入广西地方古籍整理研究工作,而且二十馀年如一日,专注地尽力做好这项事业。

在确定选题和整理研究中,我们的做法可以概括为"四个并重":

(一)本籍人士与外来人士的著述并重。广西人士生于斯写于斯,如吴廷举、朱依真、苏时学、王维新、蒋励常、黄体正、苏煜坡、李宗瀛、李彬、罗辰等,其著述固然难能可贵;而居外地写他乡的广西人士,如契嵩、蒋冕、戴钦、王贵德、龙启瑞、王拯、赵炳麟、潘乃光、蒋琦龄、况周颐等,因故乡仍给其创作带来重大影响,并在述作中多有反映,故当一并予以重视。被贬谪或宦游来桂的外省人士,如董传策、瞿式耜、赵翼、汪为霖、李宪乔、谢启昆、秦焕、徐樾、甘汝来、郝浴等,不仅传播了中原文化,而且以理论指导和创作实绩促进了广西文学与文化的发展,其著述亦应受同等重视;但那些虽有吟写八桂佳作却从未到过广西的外省人士,如韩愈、杜甫、白居易、张籍、刘长卿、王昌龄、张说、许浑、钱起、张祜等,则不在此列。

(二)大小作家、男女作家并重。此处论作家的大小,一按名声高下,二据作品多寡。声名远播者如"一代高僧"契嵩,"乾隆三大家"之一赵翼,"晚清四大词人"之王鹏运、况周颐,"岭西五大家"吕璜、朱琦、彭昱尧、龙启瑞、王拯等;沉寂无闻者如李宗瀛、王衍梅、崔瑛、钟琳、周必超、李彬、周益等,悉数纳入,穷达不捐。以作品多寡论长短,原本不足为训。只是我们在指导研究生选题时有轻重缓急的考虑,要求先选有诗 500 首或文 10 万字以上的"大"家,后来降为诗 300 首或文 6 万字以上者,最终因资源渐竭才不再作数量上的硬要求。女作家人数本来就不多,名家作品数量则更少,因之如清代闺秀诗,即将35 家诗结为一集加以校注。其馀如有父女、夫妻皆能诗文者,亦一并论及。

(三)多种版本与孤本善本并重。在版本的选择上,尽量选取较早的、较为通行又较可靠的本子为工作本,再辅以他本校勘。要求先选有多种版本的著述进行整理校注,也是基于让学生获得较全面扎实的训练并保证校注本学术质量而考虑。但在普查选题时,发现有的著述疑似孤本,且蟫蠹伤残严重,亟待抢救性保护。如王维新《海棠桥词》抄本在广西区内久已绝踪,80 年代初邓生才同志于旧书摊购得并捐赠给容县博物馆,2001 年研究生赴容拍照时因蟫蠹粘连未能摄全,后来导师亲往并在馆长协助下将缺页补齐,惜蠹洞残字已难以复原。

（四）作品的校勘注释与作家生平研究并重。校注者对每部书不仅加以新式标点,还对生僻的字词、晦涩的典故予以注释,对所涉人物的生平、地名的变迁也作简略考释。在查找资料时,既广求一般文史论著资料,又特别留意地方史志文献材料;强调以地方志作为整理地方古籍的重要依据,并应着力诠释原著（文）含义,切忌生搬硬套辞书以释义。在生平研究中,要求以大量可信的文献资料为依据,注重于对相关素材的梳理、鉴定,坚持言必有据,不发空论;强调所依据的文献资料务必是第一手“生料”,少用第二、三手“熟料”,力忌照搬他人重复使用过的“腐料”。在尽可能充分地占有翔实可靠的材料基础上,详考史实,补充史料,阐幽发微,使一些人物本事、行迹及史事本末昭然若揭,以助读者便捷地了解书籍内容,真正起到导引作用,对专业研究者也有启迪意义。

三

著名文化学家罗迈德·威廉姆斯说过:“文化研究最精彩的片段,将不再是回溯古老洞穴的火把,而是照亮未来选择的光柱。”[⑩]结合广西的历史与现状,充分发掘与利用广西固有的文化资源,建设独具风格的文化强省,日益成为广西学界和政界的共识。

越是具有地方性的文化,越富于民族性;越是具有民族性的文化,越富于世界性。因此,近年来,许多省市均致力于地方古籍的整理出版,如广东的《岭南丛书》、湖北的《湖北地方古籍文献丛书》、福建的《福建丛书》、甘肃的《陇右文献丛书》、安徽的《安徽古籍丛书》、山西的《山右丛书初编》、东北数省的《辽海丛书》、广西的《桂学文库》等,对各地文化、经济建设具有多方面的借鉴意义与应用价值。这套《广西地方古籍整理研究丛书》,也当作如是观。

(一)珍稀的文献资料。南京艺术学院音乐学院张翠兰教授指出:"《海棠桥词》是清嘉道年间广西词人王维新的一部稀见词作,集中的《法曲献仙音·洋琴》是目前所见清词中唯一一首专述洋琴(即扬琴)的咏物词。因作者身处边地,词集未刊刻,原作流传不广且抄本稀见,故词作中蕴涵的相关史料在目前所见扬琴研究论著论文中鲜见引用。"[11]再如,赵翼的人口论,始于知广西镇安府时的所见所思,"我行万里半天下,中原尺土尽耕稼";[12]来到"地当中国尽,官改土司流"的镇安,"只拟此中非世界,谁知鸡犬亦相闻",[13]"昔时城外满山皆树,今人烟日多,伐薪已至三十里外"。[14]随着密菁日渐萎缩,虎群不时入城觅食,赵翼曾组织打虎安民,同时开始意识到人口问题的严重性:"遥山最深处,想必无人居。一缕炊烟起,乃亦有室庐。始知生齿繁,到处垦辟劬。虎豹所窟宅,夺之为耕畬。尚有佣丐者,无地可把锄。民生方愈多,地力已无馀。不知千岁后,谋生更何如?"[15]此后,随着思考逐步深入,他形成了解决人口问题的基本框架:"太平生齿日蕃昌,不死兵戈死岁荒",[16]通过天灾人祸达到减员;"勾践当年急生聚,令民早嫁早成婚。如今直欲禁婚嫁,始减年年孕育蕃",[17]通过晚婚、晚育控制人口增长;"或仿秦开阡陌例,尽犁坟墓作田畴",[18]推平坟墓以增加耕地;"只应钩盾田犹旷,可惜高空种不成",[19]斗胆提出将皇家园林翻为耕地,并想到了如何向高空发展这个几百年后的热点问题!以往,洪亮吉的《治平篇》被视为我国乃至世界上最早的人口专论,但事实上赵翼的人口论比他早22年,更比英国的马尔萨斯早27年!又如,唐景崧曾亲赴越南联络黑旗军统兵抗法长达六年,而当甲午战争中国战败,清廷被迫签订《马关条约》割让台湾之际,又曾率领台湾军民自主抗日。故其《请缨日记》里蕴含中法战争、中越边情、中日战争的丰富史料,"其中得失是非,足以备鉴来兹,有裨时务,而事必征实,尤可为后世史官得所依据焉"。[20]

(二)传统思想精华举要。在北宋禅宗史上,一代高僧契嵩"谋道不谋身,为法不为名"的思想境界,令人肃然起敬。明代戴钦《古风拟李白三十首》诸作,既热情歌颂抵抗外族入侵的正义战争,又痛批明武宗宠信小人、乱政祸国的昏庸无能。清代赵炳麟与康有为、黄遵宪、丘逢甲等共同投身社会变革,并致力"诗界革命",作品多借咏叹古今,指陈时政得失。潘乃光在汹涌的洋务大潮中,坚持独立思考,提出武器制造"镕金冶铁不自铸,购向外夷年年来"绝非长久之计,要就地取材国产化;"讲求机器固应尔,众志当仿长城坚",强国的根本不在利器而在于招揽人才凝聚人心。当《马关条约》签订,日军割占台湾之际,他写下《台湾割让,时局可知,谁实为之,愤而成此》等诗篇,怒斥出卖国家利益的当朝权贵,期望能力挽狂澜,救国于水火。蒋琦龄《中兴十二策》则提出"端正本,除粉饰,任贤能,开言路,恤民隐,整吏治,筹军实,诘戎行,慎名器,恤旗仆,挽颓风,崇正学"的政治主张,并留下"气愤如山死不平"的《绝笔》。前贤们的爱国情怀、凛然正气和真知灼见,至今仍闪烁光芒。

(三)艺术创作规律的启示。广西文学是中国文学的重要组成部分,清代广西各民族文学是中华古代多民族文苑中的一簇奇葩,也是汉、壮等多民族融和,南北、东西文化交流的成果和实证。这种融和与交流是双向的、共赢的。例如经济欠发达的少数民族聚居地桂西,自乾隆年间傅坚、商盘、赵翼、汪为霖相继知镇安府,李宪乔、刘大观分任镇安府归顺知州、天保县令,均颇能尊重民族风习,积极推动文化建设,促成当地诗人成批涌现。李宪乔"政暇尝以教州人士。州人粗知韵语,皆宪乔所教也。贡生童毓灵、庠生童葆元皆经其陶育。一时风雅称彬彬焉"[21]。壮族人素以善歌而著称于世,其以汉文写诗亦颇有特色。如童毓灵《独秀峰呈颖叔先生》诗句:"龙攫虎拏纷无数,中间一峀尤峣峣。"用了三个古壮字:"峀",上声下形,即读若当地壮话"巴"音,意指高而尖的石山。"峣",左形右声,即读若当地壮话"松"音,意指(山)高;两字叠用,即很高很高。二句以刚健灵动之笔,极写众山簇拥之下独秀峰的险峻奇丽。诗中偶用古壮字对理解诗作并无大碍,反而使笔下景物别具异域风味,更显奇丽怪伟。这些土著壮人夹用古壮字写汉诗与国内名家唱和,堪称相映成趣,独特绝妙! 其馀诗作也大多类似,风格古朴,较少含蓄雅致之作,无论沉郁悲怆还是显豁浅俗,均力求自然畅达,直抒内心情感。由此可见,壮族文人诗并非汉族诗歌的单纯模仿,而是自具品格,保有自身的独特价值,为清代诗坛增添了一道奇丽灵秀的异彩。而赵、汪、李诸大家,入镇安后其诗风诗境和影响力亦有变化。李宪乔旅桂十馀年,先后在岑溪、苍梧、桂林、归顺、天保、柳州、柳城、宁明、百色、南宁、崇善等地或任职,或寓居,或行经,"所至以诗教人,开各邑宗风"[22],传播诗法,召集诗社,八桂诗家十数位与之交游,后学师从有名姓可考者更多达数十人。于是高密诗派由山东崛起,以广西为根据地,逐渐辐射到江西、江苏,再传衍各省,形成为全国性的主要诗派之一。尚镕《三家诗话》称:"云松宦游南北数千里之外,所表现固皆不虚,而极险之境地,极怪之人物,皆收入诗料,遂觉少陵、放翁之入蜀,昌黎、东坡之浮海,犹逊其所得所发之奇,可谓极诗中之伟观也。"指出赵翼镇安府诗作在题材、风格上的开拓之功,业已超越杜甫、韩愈、苏轼、陆游诸大家的同类作品。再如,文学的发展与经济状况并不都成正比,经济欠发达地区、少数民族地区在一定条件下也能产生全国性大家。如"岭西五大家"崛起于内地桐城派衰竭之际,是桐城中兴的前奏,以致梅曾亮惊叹:"天下之文章,其萃于岭西乎?"[23]又如王鹏运、况周颐分列"晚清四大词人"之冠冕和殿军;王维新作为清代散曲大家,是张炯《中华文学通史》中论及清散曲仅举的两家之一。

(四)资政参考示例。古代广西各地经济、社会、文化的发展极不平衡,桂北、桂东南、桂东、桂中相对较快,桂西、桂西北、桂西南则长期落后,政治制度的不平衡是其重要原因之一。对桂北等地区,很早就派出流官,治以中原之术;对桂西等地区的许多州县,则至清末仍维持羁縻制、土司制,推行愚民政策。政治上的差异,造成了桂西等地区经济、教育与文化发展的严重滞后。以史为鉴,更见当今中央西部大开发战略的英明及时。应在大力扶持西部经济建设的同时,加大对"老、少、边、山、穷"地区文教事业和社会发展的倾斜力度。又如,从古籍中体现的广西古代教育情况来看,许多官员都重视教育事业,有的带头捐资办学,有的亲自授课。在科举腐败、官学衰落的背景下发展起来的书院,民办、公立并举,有较宽松活跃的学术争鸣氛围和浓厚的学习风气,造就了许多学者名儒。后来随着书院官学化、行政化的逐步加深,其特点和优势也随之消失。这对于当今的教育教学改革,不无借鉴意义。

习近平总书记在党的十八大报告中强调指出:"中华文明绵延数千年,有其独特的价值体系。中华优秀传统文化已经成为中华民族的基因,植根在中国人内心,潜移默化影响着中国人的思想方式和行为方式。今天,我们提倡和弘扬社会主义核心价值观,必须从中汲取丰富营养,否则就不会有生命力和影响力。"当今,随着中国—东盟自由贸易区、北部湾经济区相继成立,广西站在了一个千载难逢的腾飞基点上。我们期盼,通过对广西地方古籍的整理研究工作,能为积极寻找广西文化的根,深入探讨广西崛起内在的文化基因,努力探索文化与经济互动发展的最佳模式,尽到自己的一份责任。

四

我们的古籍整理研究工作,一直得到自治区领导和社会各界的鼎力支持。莫乃群、李纪恒、潘琦、钟家佐、梁超然、沈北海等同志都曾过问并解决有关问题,有的还直接参与研究生培养工作。黄天骥、钟振振、莫砺锋、康保成、陶文鹏、郑杰文等国内名家对我们的工作多有指导。毛水清、丘振声、顾绍柏、韦湘秋等十馀位区内专家学者先后参与历届学位论文的评审指导工作。自治区图书馆、桂林图书馆、自治区通志馆、广西大学图书馆，以及国内、区内许多图书馆和有关单位都提供了资料查阅之便。此外，本丛书还吸取了海内外许多专家学者的研究成果，大都注明了出处，而其中有些为学界所熟知的，为节省篇幅不再一一标示。谨此说明，并致以诚挚的谢意！

限于水平，丛书的编纂和各别集的整理、校勘、注释及前言等，错误失当，在所难免，敬请专家、学者和广大读者批评指正。

2015 年 9 月 1 日于广西大学碧云湖畔寓所

① 《广西地方古籍整理研究丛书》第一辑，余瑾主编，梁扬副主编，巴蜀书社 2011 年 12 月第一版。

② 《广西地方古籍整理研究丛书》第二辑，余瑾主编，李寅生、梁扬副主编，上海古籍出版社即出。

③ 详见本文后附《广西大学文学院已整理的广西地方古籍情况简表》。

④ 广西民族学院古籍整理研究所、广西大学古籍整理研究所、广西师范学院古籍整理研究所。

⑤ 广西师范大学八桂文化与文学研究中心、广西大学文学与文化研究中心。

⑥ 检索截止日期：2015 年 8 月 31 日。此项网上调查工作及文末所附《广西大学文学院已整理的广西地方古籍情况简表》的编制，均由广西大学行健文理学院梁颖峰完成。

⑦ 专题论文 26 篇，即毛水清《桂山漓水写襟抱——谈李商隐在桂林》，《学术论坛》1980 年第 4 期；梁扬《镇安府任上的赵翼》，《广西大学学报》1981 年第 1 期；梁扬《袁枚与广西》，《广西大学学报》1981 年第 2 期；梁扬《赵翼在镇安府》，《学术论坛》1981 年第 4 期；毛水清《瘴雨海棠写归魂——谈宋代词人秦观在广西》，《学术论坛》1982 年第 3 期；丘振声《论临桂词派》，《学术论坛》1985 年第 7 期；梁超然《唐末五代广西籍诗人考论》，《广西社会科学》1986 年第 3 期；丘振声《浩气长存山水间——瞿式耜、张同敞风雨桂林吟》，《学术论坛》1987 年第 5 期；梁超然《略论〈粤西诗载〉的史学价值与美学价值》，《广西民族

学院学报》1988 年第 4 期;韦湘秋《博学多才的龙启瑞》,《学术论坛》1989 年第 1 期;丘振声《试论壮族诗人韦丰华的诗论》,《广西民族学院学报》1989 年第 3 期;梁超然《晚唐桂林诗人曹唐考略》,《广西师范大学学报》1989 年第 4 期;莫恒全《试论爱国诗人朱琦及其诗》,《学术论坛》1989 年第 2 期;张维《晚清诗人朱琦的诗歌创作》,《中国韵文学刊》2000 年第 2 期;黄海云《赵翼镇安府诗文研究》,《苏州大学学报》2005 年第 7 期;梁扬、戎霞《〈小山泉阁诗存〉版本生成考论》,《广西大学学报》2006 年第 6 期;葛永海《论清代壮族名士郑献甫纪游诗的文化维度》,《广西民族研究》2007 年第 2 期;王德明《论广西文学在晚清的崛起》,《南方文坛》2007 年第 4 期;王德明"杉湖十子研究"系列论文,《广西师范大学学报》等 2007—2008;李惠玲《临桂龙氏父子与晚清词坛》,《广西民族大学学报》2008 年第 2 期;王德明"清代广西文学家族研究"系列论文,《南方文坛》等 2008—2009;梁扬《论王维新对清代散曲题材的新变与开拓》,《广西大学学报》2008 年第 5 期;张维《试论家族文化对清代广西古文创作的影响——以全州谢氏、蒋氏为例》,《广西师范大学学报》2010 年第 3 期;谢仁敏《清代壮族文人的精神特质及其文学选择》,《广西民族研究》2012 年第 2 期;梁颖峰《别开生面的世态民情独家报道——赵翼笔下的清代桂西壮族社会》,《传播与版权》2013 年第 6 期;梁颖峰《桂西壮族地区汉文化传播例谈——从靖西"二童"到德保"三盛"》,《广西大学学报》2014 年第 1 期。

⑧ 科研项目 13 项,即梁扬、陈自力主持广西大学项目《岭西五大家研究》1996—1998;李复波主持全国高校项目《粤西文献整理》1997—1999;梁扬主持广西大学项目《广西地方古籍整理研究丛书》2001—2003;杨东甫主持全国高校项目《古代广西旅游文学作品汇编》2002—2004;梁扬主持广西社科项目《赵翼镇安府诗文考论》2004—2005;梁扬主持国家社科基金项目《清代广西作家群研究》2005—2007;张明非主持国家社科基金项目《广西文学史》2005—2007;沈家庄主持广西师大项目《临桂词派与粤西词人群体研究》2006—2008;陈自力、李寅生主持广西社科项目《广西地方古籍整理研究丛书》2007—2009;阙真主持国家社科基金项目《广西彩调研究》2008—2010;梁扬主持广西社科项目《广西乡邦文学文献研究》2013—2015;梁颖峰主持广西社科项目《桂西壮族地区汉文化传播研究》2013—2015;梁扬主持广西高校项目《广西典籍研究》2014—2016。

⑨ 学术专著 15 种,即梁超然《八桂诗人论及其他》,广西人民出版社 1988 年版;梁庭望等《壮族文学概要》,广西民族出版社 1991 年版;韦湘秋《广西百代诗踪》,广西人民出版社 1995 年版;张利群《词学渊粹——况周颐〈蕙风词话〉研究》,广西师大出版社 1997 年版;韦湘秋《广西历代词评》,广西教育出版社

2001 年版;张维、梁扬《岭西五大家研究》,江苏古籍出版社 2003 年版;梁扬、黄海云《古道壮风——赵翼镇安府诗文考论》,中国社会科学出版社 2005 年版;周作秋、欧阳若修等《壮族文学发展史》,广西人民出版社 2007 年版;张维《清代广西古文研究》,广西师范大学出版社 2008 年版;黄海云《清代广西汉文化传播研究》,民族出版社 2009 年版;王德明《广西古代诗词史》,广西师范大学出版社 2009 年版(获广西第十一次社会科学优秀成果奖一等奖);张明非《广西古代诗文发展史》,广西师范大学出版社 2012 年版;范学亮《古道盘龙——商盘旅桂诗研究》,中央民族大学出版社 2013 年版;钟文典、刘硕良主编《中国地域文化通览·广西卷》,中华书局 2013 年版;梁扬、谢仁敏等《清代广西作家群研究》,中国社会科学出版社 2013 年版(获广西第十三次社会科学优秀成果奖一等奖)。

⑩ 转引自:蒋磊《蓝色大潮——21 世纪上半叶人类文明与海洋发展》,北京:海潮出版社 2013 年版,第 281 页。

⑪ 张翠兰《稀见清词中的洋琴史料》,《江苏教育学院学报》2007 年第 6 期。

⑫⑬⑮⑯⑰⑱⑲ 赵翼《瓯北集》,上海古籍出版社 1997 年版,第 267、269、731、1272、1196、1196、1196 页。

⑭ 赵翼《檐曝杂记·镇安水土》,清乾隆五十七年(1792)湛贻堂刊本。

⑳ 唐景崧《请缨日记·跋》,上海古籍书店 1980 年影印版。

㉑ 何福祥纂《归顺直隶州志》,清道光二十八年(1848)抄本,成文出版社 1967 年影印版。

㉒ 广西统计局编《古今旅桂人名鉴》(1934),杭州古籍书店 1987 年影印版。

㉓ 龙启瑞《彭子穆遗稿序》,《经德堂文集》卷四,清光绪四年(1878)京师刻本。

附：广西大学文学院已整理的广西地方古籍情况简表

序号	年级	校注本题目	著者			校注者		备注
			朝代姓名	原籍贯	简历	研究生	导师	
1	93级	《粤西词见》校注	清·况周颐	广西临桂	内阁中书、会典馆修纂	赵艳丽	林仲湘 陈自力	
2	96级	《怡志堂诗文集》校注	清·朱琦	广西临桂	翰林院编修、监察御史	张维	梁扬	
3		《龙壁山房诗文集》校注	清·王拯	广西马平	太常寺卿、孝廉书院主讲	李芳	陈自力	
4	97级	《经德堂诗文集》校注	清·龙启瑞	广西临桂	翰林院编修、江西布政使	吕斌	梁扬	岳麓书社,2008
5		《广西清代闺秀诗校注》	清·陆媛等			杨永军	梁扬	共收35家诗
6		《月沧诗文集》校注	清·吕璜	广西临桂	浙江庆元、奉化等县知县	胡永翔	陈自力	
7		《致翼堂诗文集》校注	清·彭昱尧	广西平南	广东抚黄石琴幕僚	王春林	陈自力	
8	98级	《九芝草堂诗存》校注	清·朱依真	广西临桂	《广西通志》分纂、布衣终生	周永忠	梁扬	巴蜀书社,2011
9		《韦庐诗集》校注	清·李秉礼	江西临川	刑部郎中、未几退居桂林	赵志方	梁扬	
10		《宝墨楼诗册》校注	清·苏时学	广西藤县	候选内阁中书、主讲藤州书院	阳静	陈自力 梁扬	巴蜀书社,2011
11		《芙蓉池馆诗草》校注	清·罗辰	广西临桂	两广总督阮元等之幕僚	罗瑛	梁扬 滕福海	上海古籍,即出
12		《带江园诗文集》校注	清·黄体正	广西桂平	广西西隆州学正、桂林司训	刘洋	陈自力 滕福海	

（续表）

序号	年级	校注本题目	朝代·姓名	原籍贯	作者简历	校注者		备注
						研究生	导师	
13		戴钦诗文集校注	明·戴钦	广西马平	刑部郎中	石勇	滕福海	巴蜀书社,2011
14		《青箱集测》校注	明·王贵德	广西容县	湖广麻阳县令、南明监军佥事	江宏	谢明仁	巴蜀书社,2011
15	99级	《玉照堂诗钞》校注	清·邓建英	广西苍梧	山西榆社知县、绛州通判	曾蔡男	梁扬	
16		《少鹤先生诗钞》校注	清·李芜乔	山东高密	岑溪知县、归顺知州	赵黎明	潘琦 梁扬	上海古籍,2017
17	00级	赵翼镇安府诗文校注①	清·赵翼	江苏常州	镇安、广州知府、贵西兵备道	黄海云	梁扬	中国社科,2005
18		《空翠水碧斋高诗集》校注	清·蒋琦龄	广西全州	国史馆总纂、顺天知府	银健	潘琦 梁扬	巴蜀书社,2011 广西人民,2013
19		《西舍诗钞》校注	清·况澄	广西临桂	户部主事、河南按察使	方芳	潘琦 梁扬	
20		王维新文集校注	清·王维新	广西容县	武宣县教谕、平乐、泗城府教授	彭君梅	梁扬	光明日报,2012
21		《桐阴清话》校注	清·倪鸿	广西临桂	广东昌山、江村等县巡检	王璇	梁扬	
22		《味腴轩诗稿》校注	清·封祝唐	广西容县	陕西神木县知县	苏铁生	梁扬	

（续表）

序号	年级	校注本题目	著者			校注者		备注
			朝代姓名	原籍籍贯	简历	研究生	导师	
23		《镡津文集》校注	宋·契嵩	广西藤县	一代高僧,封"明教"禅师	邱小毛	林仲湘	巴蜀书社,2011
24		《蒋励常文集》校注	清·蒋励常	广西全州	融县教谕,全州清香书院山长	袁志成	滕福海	
25		《韫山诗稿》校注	清·朱凤森	广西临桂	河南籍县,固始知县	韦盛年	滕福海	
26		瞿武耜诗歌校注	清·瞿武耜	江苏常熟	南明史兵部尚书兼桂林留守	李英	滕福海	
27	01级	《赵柏岩集》校注	清·赵炳麟	广西全州	翰林院编修,都察院侍御史	刘深	余瑾	巴蜀书社,2011
28		《赵柏岩文集》校注	清·赵炳麟	广西全州	翰林院编修,都察院侍御史	孙改霞	余瑾	上海古籍,即出
29		《沈周颐词集》校注	清·沈周颐	广西临桂	内阁中书,会典馆修纂	秦玮鸿	梁扬	上海古籍,2013
30		《退遂斋诗钞》校注	清·倪鸿	广西临桂	广东昌山,江村等县巡检	王先岳	梁扬	上海古籍,即出
31		《悦山堂诗集》校注	清·谢赐履	广西全州	山东巡抚,左都御史	周毅杰	谢明仁	
32		《湘皋集》校注	明·蒋冕	广西全州	礼部尚书兼文渊阁大学士	梁颖椎	谢明仁	
33		《东湖集》校注	明·吴廷举	广西梧州	广东右布政使,主讲东湖书院	邹壮云	滕福海	
34		《问梅轩诗草偶存》校注	清·蒋启歍	广西临桂	山东、河南河道总督	杨瑞	李寅生	
35		《苓盒斋诗集》校注	清·苏煜坡	广西贺县	临桂县教谕,主讲临江书院	周生杰	李寅生	上海古籍,即出

（续表）

序号	年级	校注本题目	朝代·姓名	原籍贯	著者简历	校注者		备注
						研究生	导师	
36	02级	《岭西五家词校注》	清·王拯等			黄红娟	梁扬	巴蜀书社,2011
37		《琼台诗话》校注	明·蒋冕	广西全州	礼部尚书兼文渊阁大学士	李柳宁	梁扬	广西人民,2013
38		《遗园诗集》校注	清·徐樾	广东番禺	广西巡抚抚张联桂桂幕僚,成都知府	石天飞	陈自力	巴蜀书社,2011
39		《素轩诗集》校注	清·黎建三	广西平南	甘肃山丹等八县知县	陆毅青	陈自力	
40		《小庐诗存》校注	清·李宗瀛	广西桂林	布衣学生	刘晖	谢明仁	
41		《空青水碧斋文集》校注	清·蒋琦龄	广西桂林	国史馆总纂、顺天府尹	步菁英	谢明仁	
42		《树经堂咏史诗》校注	清·谢启昆	江西南康	广西巡抚、《广西通志》主修	曾志东	滕福海	
43		《易安堂集》校注	清·龙献图	广西临桂	昭州训导、《临桂县志》编纂	李国新	滕福海	
44		《鳞爪集》校注	清·吴时来	浙江仙居	刑科给事中、谪戍横州	范利亚	滕福海	
45		《寓真轩诗钞》校注	清·蔡希邠	江西新建	龙州同知、广西按察使	武海军	李贲生	
46		《榕阴草堂诗草》校注	清·潘乃光	广西荔浦	湖北布政使王之春幕僚	杨经华	李贲生	巴蜀书社,2011
47	03级	《剑虹居古文集》校注	清·秦焕	江苏山阳	桂林府知府、广西按察使	刘雪平	陈自力	上海古籍,2017
48		《白鹤山房诗抄》校注	清·李璲	广西苍梧	广州知府	黄飞	陈自力	
49		《小山泉阁诗存》校注	清·汪为霖	江苏如皋	刑部郎中、思、恩、镇安知府	戎霞	梁扬	

（续表）

序号	年级	校注本题目	朝代·姓名	原籍籍贯	著者简历	研究生	导师	备注
50		《红杏诗集》校注	清·王衍梅	浙江会稽	武宣知县	农福庞	谢明仁	
51		《唐确慎公集》校注	清·唐鉴	湖南善化	平乐知府	乔丽荔	谢明仁	
52		《豫章集》校注	清·王必达	广西临桂	武昌知府、安肃道按察使	张月兰	滕福海	
53		《树经堂文集》校注	清·谢启昆	江西南康	广西巡抚、《广西通志》主修	夏侯轩	滕福海	
54		《甘庄恪公全集》校注	清·甘汝来	江西奉新	广西巡抚	郭春林	李寅生	巴蜀书社,2011
55		《小罗浮草堂诗集》校注	清·冯敏昌	广西钦州	翰林院编修、户、刑部主事	杨年丰	李寅生	上海古籍,2018
56		《醉白堂文集》校注	清·谢良琦	广西全州	江苏宜兴知县、延平通判	熊柱	梁扬	广西人民,2001
57	04级	《琼笙吟管诗馀》校注	清·崔瑛	广西桂平	布衣终生	兰旻	滕福海	
58		《南涧文集》校注	清·李文藻	山东益都	桂林府同知	王艳羚	陈自力	
59		《菊芳园诗钞》校注	清·何梦瑶	广东南海	义宁、阳朔、岑溪知县	游明	陈自力	
60		《咀道斋诗集》校注	清·钟琳	广西苍梧	直隶行唐、昌平知县	肖菊	谢明仁	
61		《分青山房诗集》校注	清·周必超	广西临桂	甘肃礼县、宁远等县知县	李木会	谢明仁	
62		《中山诗钞》校注	清·郝浴	河北定州	广西巡抚	王玮	李寅生	上海古籍,2017
63	05级	《海叟集》校注	明·袁凯	松江华亭	监察御史	孙晓飞	陈自力	

（续表）

序号	年级	校注本题目	著者			校注者		备注
			朝代/姓名	原籍 籍贯	简历	研究生	导师	
64		《奇游漫记》校注	明·董传策	松江华亭	刑部主事,谪戍南宁	杜建芳	陈自力	
65		《穆堂初稿诗集》校注	清·李绂	江西临川	内阁学士,广西巡抚	王昭	谢明仁	
66		《海日堂诗集》校注	清·程可则	广东南海	桂林知府	魏捷	谢明仁	
67		《愚石居集》校注	清·李彬	广西贵县	赐内阁中书,辞隐故里	方立顺	滕福海	
68		《北上》《过江集》校注	清·王必达	广西临桂	南昌知府,甘肃按察使	周楠	滕福海	
69		《阮庵笔记五种》校注	清·况周颐	广西临桂	内阁中书,会典馆修纂	张宇	李寅生	上海古籍,即出
70		《树萱草堂集》研究	清·周益	广西临桂	刑部主事,湖北恩施知县	刘青山	李寅生	
71		《王鹏运词集校注》②	清·王鹏运	广西临桂	内阁中书,礼科给事中	宋丽娟	李寅生	
72	06级	《商盘旅桂诗校注》③	清·商盘	浙江绍兴	郁林知州,太平、镇安知府	范井莞	梁扬	中央民大,2013
73		《诸缥日记》校注	清·唐景崧	广西灌阳	吏部主事,台湾布政使,巡抚	李光先	李寅生	上海古籍,2016

①《赵翼镇安府诗文考论》附录;②05级中国古代文学《王鹏运词集研究》附录;③06级中国古代文学《商盘旅桂诗研究》附录。

目　录

前　言

　　岭南诗派自唐代名相张九龄发轫,发展至清代已呈蔚为大观之态,"岭南三大家"、"南园五子"等诗人群体在当时诗坛颇有影响。康熙朝以来,广东与中原、内地的交通转为频繁,文风诗风的交汇也愈加多。乾嘉时期,岭南诗歌发展进入繁盛时期。何梦瑶、余锡纯、黎简、张锦芳、冯敏昌、张维屏等人成为岭南诗坛的领军人物。

　　其中,钦州诗人冯敏昌以其高尚的人品、渊博的学识为粤人推崇,又因其游历丰富,诗歌以"牢笼百态,包罗万有"而独特,不拘一格,得到当朝翁方纲、钱载等著名诗人赏拔,并为时人所称道。

一

　　冯敏昌,字伯求,号鱼山,清代钦州长墩司南雅乡(今广西钦州市钦北区大寺镇马岗村)人。冯敏昌生于乾隆十二年(1747)八月,乾隆四十三年进士及第,选庶吉士,先后任翰林院编修、四库全书馆武英殿分校、户部主事、刑部河南司主事等职,嘉庆十一年(1806)二月逝于广州粤秀书院,终年六十岁。有《小罗浮草堂诗集》四十卷、《小罗浮草堂文集》二十六卷、《小罗浮游草》十卷;师友纂订《小罗浮草堂诗钞》四卷。另纂有《孟县志》十卷、《河阳金石录》二卷等。

　　冯敏昌历乾隆、嘉庆两朝,四度会试方中进士,此后又走过近十年蹭蹬名场的路途,虽不是大器晚成,但"平生足迹遍五岳"的人生,也砥砺了他"诗纵无多至性存"的诗笔。纵观冯敏昌一生行迹,大致可分为:

读书求仕、中式为官、壮游考古、主讲书院这四个阶段。

（一）读书求仕

冯敏昌家族是耕读起家、书香门第。其曾祖父冯应祥、祖父冯经邦、父亲冯达文都是秀才，文化积淀较为丰厚。

冯敏昌少年时，父亲大多时间在外求学，而"严君储书一万卷"，为其博览群籍提供了条件。冯敏昌十二岁前的学业主要在祖父指导下完成的。八岁时，即"《毛诗》、《四书》已各勤诵"；九岁时"《四书》、《五经》俱卒读"；十岁时诵习"秦、汉、唐、宋诸古文，并疏通《四书》大义，遂作破承试诗"；十一岁时"遍习《五经》、《左传》、《国策》，更习制艺，则援笔成篇"。

乾隆二十六年（1761），冯敏昌十五岁时，随父亲赴廉州郡例考，被广东学政郑虎文擢为第一，并"指授古今诗律宗旨"；次年，正式进入端溪书院跟随当地名宿陆大田读书，与当时广东各地名士龚骖文、唐汝凤、黄淮、王宗烈、邵天眷、欧焕舒、梁平庵等议论诗文、往来切磋。在这里，他诗艺日富，"发荣滋长，几不复知世味"。但此年七月应乡试不中。次年他进入粤秀书院读书，拜在柴屿青门下，在其西斋竹园与黄翼堂、李勺海、林刚等同门砥砺，"文法既精，诗篇愈赡"。从粤秀、越华书院学习归家时，都要带着几个弟弟在家塾的深竹读书堂勤学苦读。一边自己学习，一边辅导弟弟的学业。

乾隆二十九年，翁方纲任广东提督学政，次年督学按试廉州（治所在今广西合浦），冯敏昌以《金马式赋》等拟古诗篇获翁方纲"此南海明珠"的赞誉，并擢拔为郡中科试第一，虽随后的乡试复落榜，但他以第一的身份被选为拔贡生，获得进国子监读书的机会。乾隆三十年春天赴京参加朝考，春天从家乡出发经由大庾岭，取道长江，经金陵趋扬州由运河北上，"为初揽胜景之始"。四月抵京，"以二等候选"七月离京，此次游历标志着冯敏昌开始走出岭南，其"纪行诸诗大进"。乾隆三十五年，冯敏昌二十四岁，第三次参加乡试，主考为陆锡熊，此试以第三人中式。

　　此后,冯敏昌又开始了另一段艰难的求学之路。乾隆三十六年,他二十五岁,春天至京,应恩科会试不第。幸运的他遇到了钱载这位人生和文学生涯又一良师。此年春,冯敏昌"以诗进质",钱载赞叹其诗"实有天才",并鼓励他"加以博学,在所必传……",还期望他学岭南三家(屈大均、陈恭尹、梁佩兰),"并驱中原,扶轮大雅,幸不以博取功名而自小之"。此年翁方纲也从广东学政任上返京任职。此后,冯敏昌开始了长达八年的备考进士生涯。其间近七年时间是在北京度过的,先在虎坊桥聚魁店,后寓居法源寺朱华书屋。在其寓所、在京郊的陶然亭、老师翁方纲的书斋遍交天下名士如戴震、周永年、李文藻、李威、黄景仁、安桂甫等,此间又拜见大学士朱筠,向其"问字质疑"。乾隆四十三年,冯敏昌三十二岁了,此年春闱终于得中,中式二甲二十五名进士。随后,即入庶常馆,散馆后又授职编修,进入中秘,这些职务都是闲职,但正好可以诵五经、通书理、约观史事、究心诗赋,也是其后来题咏日益工富的重要来源,完成了他人生中的又一次华丽转身。

(二) 中式为官

　　作为文人的他,在中式为官后经历了一生梦寐的盛事:《四库全书》编纂。乾隆四十六年起的三年时间里,冯敏昌任《四库全书》馆分校官,借此机会披览珍本秘籍。编书过程中,与馆内学者"时相过从讨论,如此者前后约将十年",与相交者皆当时学识卓荦豪俊之士,诗文唱和、诗艺大进。

　　总的来看,冯敏昌在仕途上并不顺利。乾隆四十九年(1784),被皇帝钦点为会试同考官,他公正选拔,以质选才,"谨得胡君应魁等六人,内改翰林庶吉士者四分,部者一时论称得士云"。随后,他先后任户部河南司主事、刑部主事等职,因为主事是闲职,作为一个循吏,他陈力就列。任刑部河南司主事时"竭力奉公,每阅案多至漏下。不以成谳为因循,若必求有可生之路然,务得平反而后已"。因为所任皆闲职,虽然想的是"学而优则仕",但作为文人却做不到"不力文章报至尊",他于被任命为户部主事等待铨选时,就出京远游,开始壮游考古的人生新天地。

值得一提的是,乾隆四十七年他在京任四库馆臣,从这年四月开始,经合郡捐款,和李载园等人筹划建廉州会馆,翌年二月会馆落成,"由是郡人留京求仕,典州郡者踵接",乡人"有卒于京者,谋归柩于里,前后凡十馀榇。每急人之急,慨然以不得广厦万间为慨,顷囊倒箧无少惜"①。会馆的建成,极大地方便了乡人入京求学求仕者。正是有了如冯敏昌这样的能为家乡文教献计献策、不遗馀力的有远见卓识的士大夫,所以才有清代岭南文化的发展与繁兴。

(三) 壮游考古

"读万卷书,行万里路"是中国文人追求的目标,他用近七年时间"恣情山水,旁搜金石,……平生足迹遍五岳……故凡山川雄直苍莽之气、世路夷险可喜可愕之情,一于诗发之"②。他的壮游,从第一次出岭南赴京应朝考时就开始了。而在乾隆四十四年,他进士及第后归家时,从"正月至峄山县,观秦篆峄山碑并刻名于碑内,遂谒圣林,入阙里,摩挲车服礼器及夫子手植楷、子贡手植桧","道出泰安,由长江取道金陵,登燕子矶、采石矶,过南康,更游庐山、看大瀑布及诸名胜而去"③。

乾隆五十年(1785),任户部主事待铨选时,"出都遂为山右之行",过平陆谒傅相祠,观三门砥柱,谒夏县大禹庙,过蒲坂谒虞帝祠,登慈恩寺塔游骊山,从风陵渡过黄河,抵西安,往华阴登华山绝顶落雁峰,为西岳华山五日之游,又至蓝田入辋川觅鹿苑寺谒右丞祠,题诗渤碑,奇揽搜胜,著《华山小志》六卷。乾隆五十二年,正月自陕西至河南。登中岳嵩山,越轩辕关至少林寺,入嵩阳书院,登太室中峰绝顶,宿少室山。五月游东岳泰山。六月骑行游北岳恒山,过太原,历大同观应州元时木塔,遂登大茂山抵古祠额曰北岳庙,乃入谒黑帝元神。乾隆五十三年,入主河阳书院并修《孟县志》。三年期间,其山川远近,如芒砀、洛水形势险要必亲历图绘。主修《孟县志》时,还尽心征考确证韩愈墓所在,并

---

① 冯敏昌卷首年谱,《小罗浮草堂文集》,光绪甲午年刻本。
② 张岳崧跋,《小罗浮草堂诗钞》,嘉庆十四年刻本。
③ 冯敏昌卷首年谱,《小罗浮草堂文集》,光绪甲午年刻本。

为重修墓碑。乾隆五十六年春,他又一路南游,经南阳卧龙冈谒诸葛公祠,登晴川阁,上大别山,登黄鹤楼,游嘉鱼赤壁,登岳阳楼,抵长沙游岳麓山,经衡阳县拜南岳神祠。

他的壮游,或与朋友偕同出游,或独自浪游恣赏,或与友朋互赠酬唱,或在石壁泐字题诗,或寻觅古碑拓摩,或重修先贤遗迹墓碣,追慕古仁人志士、古圣先贤,追寻其遗迹,借凭吊发揽古之幽情,“其悱恻之情,旷逸之抱,一寓于诗”①。除诗文作品,冯敏昌书法,也得力于其师友翁方纲、钱载、黄易等人,他每到一地便访金石,摹碑刻,造巅题壁。其“所蓄惟奇书万签,古画、字帖墨刻亦不下二三千片”②,其“书法专宗二王,尤得力于大令(王献之),画亦高品”③,尤精研兰亭诸本,他独创“鱼山执笔法”,翁方纲赞曰:“仙风道骨我不如。读冯君之执笔法,始知其‘仙风道骨’之缘由也。”冯敏昌是当时岭南乃至全国书法界有影响的书法家。

七年遍游五岳,游赏不徒骋目。壮游成就了他诗文、书画创作的鼎盛。目接八荒之表,心游万仞之外,是冯敏昌精神上最自由的时候,优游于山水之间,他获得的是高、深、博、大之质,不役于物,也能不伤于物,虽然冯敏昌的一生基本上是在奔波中度过的,仁智之乐又使他自由,而儒家的根基使他能超凡而不脱俗,所以他宽容仁厚,执著挺拔,内含正直。

(四) 书院主讲

冯敏昌青年时期在端溪书院、粤秀书院读书,中举后遍游大江南北求学,他深知为学的艰辛。乾隆五十三年,他 42 岁,壮游至河南孟县时,受知县仇汝瑚邀请,先后三年主河阳书院讲席,并帮助建设了花封书院。嘉庆四年(1799),冯敏昌受邀主广东肇庆端溪书院,历两年;嘉庆六年至十一年(1801—1806)又入主广州粤秀书院,期间,九年十二月

---

①　赵尔巽、柯劭忞等《清史稿·文苑传》,中华书局,1997:13401。

②　冯敏昌卷首年谱,《小罗浮草堂文集》,光绪甲午年刻本。

③　谢兰生《鱼山先生传》,《小罗浮草堂诗集》,嘉庆十四年刻本。

还短暂入主广州越华书院。每到一地,便积极推动当地文化教育事业的发展。"士君子读书致身,苟以师儒之任,亦莫不欲以振兴文教为心。"①他先后主讲各书院长达九年的时间,过着清贫的生活,却教书育人,孜孜不倦,乐在其中。书院是其一生以"师儒"为任,行"振兴文教"之鸿举的地方。

　　冯敏昌饱读四书五经,有着深厚的儒学功底,是典型的儒家士大夫。所以他的教育思想、教育内容和教育方法,莫不以儒家为归。

　　他非常明确"人师"的作用和意义:"至于为人师者,日取八股通套无用之陈言而论之,而略不为学侣一言,使之反求诸身,而或得其所以从人之路,则何赖乎人师者哉?"②他在道德修养、学问研究等方面都以"人师"自任自勉:"百篇老去殷勤读"(《元日》),重视用自己的行为去影响感染学生,反对空谈,注重实践,亲身示范,"说经用空谭,责人忘过苟。后生憒所闻,讵肯勤切磋"(《励志诗示书院诸生》)。六十岁主讲粤秀书院时仍"自奋兴,与诸生切磋专经致用以期实学,每鸡鸣起盥危坐读书"③。通过人格感化,以自身的榜样对生徒起潜移默化作用,使学生自觉加强修养。

　　嘉庆四年(1799)掌端溪书院时,他制定学约十六条:"正学宜先讲,志向宜先立,品行宜先敦,义利宜先辨……"④嘉庆六年(1801)掌粤秀书院时进一步归纳为:"学业一则:正学、品行、义利、礼文……务实一则:立课程、勉应课……"⑤学约仿照朱熹为白鹿洞书院所制学规,非常明确地表达了自己的教学思想,但并不是据守理学的藩篱,"学规之立,自古而然,亦视乎其所向方为何如耳"⑥。

---

①　冯敏昌《绥江伟伐集序》,《小罗浮草堂文集》,光绪甲午年刻本。
②　冯敏昌《论语仲弓门仁章解》,《小罗浮草堂文集》,光绪甲午年刻本。
③　冯敏昌卷首年谱,《小罗浮草堂文集》,光绪甲午年刻本。
④　傅维森《端溪书院志·冯鱼山先生端溪书院学规》,赵所生、薛正兴主编《中国书院志(第三册)》,江苏教育出版社,1985:377-383。
⑤　刘伯骥《广东书院制度沿革》,商务印书馆1939:355。
⑥　傅维森《端溪书院志·冯鱼山先生端溪书院学规》,赵所生、薛正兴主编,《中国书院志(第三册)》,江苏教育出版社,1985:377。

　　书院的教学以科举为目的，冯敏昌本人也是科第出身，但教育观念不泥于时，他能客观认识八股取试的迂腐之处，要求学生不能仅从科举的角度出发去学习，在"五经宜先背诵"的基础上，诗歌、文章、书法等都要学习，力求做到"通"，"诸学宜兼及也"。他从经世致用的角度出发，指出人"得其性之所近，尤以有用者为先。……夫天文地舆礼乐邢政钱谷甲兵度数之详，虽未易精究，亦不可不以时讲涉其藩篱"①。

　　冯敏昌走出书斋，重新提出"经世致用"的口号。在课堂中增设经策论题课，专门分析地方利弊，从而把书院教学逐步引向经世致用之途。他要求学生从古文学习以正本清源，在以时文为体的科举应试中不盲目跟随。"汉贾生之《过秦论》、《陈政事疏》，董子之《贤良三策》……等篇皆宜先抄成册，以资雒诵，即《国策》之苏秦合纵、张仪连横诸篇，亦宜抄读，以拓智识，至于所读时文尤宜取法贵上……及今之时，而不改弦更张，将吾粤之文何时始有风气日出之日也乎？"②他把在书院学习的士子看作岭南文风振兴的希望，把岭南文风繁兴和发展融入书院日常教育之中，思虑可谓深邃，体现出了独到和先进的教育理念，其对岭南文风推进的引导培植之功不应忽略。

　　冯敏昌主讲河阳书院三年，同时又受河南巡抚毕沅邀请主修《孟县志》，此间，还帮助孟县建花封书院并主持书院事务。冯敏昌所修《孟县志》结构合理，体例完备，"修辑之富，考订之勤，可谓竭情尽矣"，"博搜广采，蔚然大备"，"一时文人盛称孟志为善本"。清代著名学者、时任河南巡抚毕沅说此志"门类无多，本末悉备。其考据之精详，体例之古雅，不减前人名志焉"，认为方志有助于地方治理，"其于山川之形势，生民之利弊悉为留意，盖有裨于政事，不独文章之可尚而已"③。冯敏昌在其编纂的其他志书都体现了他"学以为政"，"儒者之书，具有微旨，不同

———————————

　　①　傅维森《端溪书院志·冯鱼山先生端溪书院学规》，赵所生、薛正兴主编，《中国书院志（第三册）》，江苏教育出版社，1985：381。
　　②　傅维森《端溪书院志·冯鱼山先生端溪书院学规》，赵所生、薛正兴主编，《中国书院志（第三册）》，江苏教育出版社，1985：380。
　　③　宋立楙序，毕沅序，民国阮藩济等修，宋立楙等纂《孟县志》，台湾成文出版有限公司，1976。

记簿”的修志思想。

冯敏昌“居官才四五年,远游者七年,退居凡十一年,所蕴未获究施,而内行之诚笃、实学之醇茂,众所心折”①。他以士大夫的忠恕智信,得到了学生的感激、爱戴和官绅世人的崇敬。在端溪书院“师弟爱悦不啻父子,竟多有不忍离归度岁者”;由端溪书院到粤秀书院时,肇郡人“陈钱觞数十筵,相连十里,市为之罢”,“(郡人)各以诗饯送者二百馀篇”。他的门生及从学者著名的有觉罗桂芳、张岳崧、谢兰生、张维屏等人。

冯敏昌多年在各书院任教,但由于他乐善好施,而一生清贫,乃至临终前,留给后人的遗产竟然是三十馀张的典当票据②,其人其行,令人唏嘘不已,俱为可叹可敬之至。

冯敏昌用自己人格的完美和为学的深邃,最终成为当时饮誉钦州、广东乃至大江南北,出孝如悌的模范士大夫、热心文教的社会活动家。他注重学术又兼顾科举教学,满足了士子们读书应举的要求,使书院不仅成为学术研究和传播的主要场所,也促进了岭南文化的发展传承。

二

冯敏昌十二岁中秀才,二十四岁中举人,三十二岁中进士,以学仕进,但又不痴迷仕途。他一生游历了大半个中国,所到之处,均有作品叙及。他一生创作诗歌两千馀首,涉猎广泛,兴趣广及金石书法,是清代中期广东广西有影响的诗人、书法家和金石家,诗歌内容丰富多姿,风格自为一体。

（一）诗学渊源

冯敏昌出身书香门第,从小受家教熏陶,勤奋刻苦,“读书谈道有家

---

① 冯敏昌卷首年谱,《小罗浮草堂文集》,光绪甲午年刻本。
② 冯敏昌卷首年谱,《小罗浮草堂文集》,光绪甲午年刻本。

学"。七岁时就接受了祖父启蒙教育,"为口授毛诗并疏通大义";八岁"毛诗四书已各勤诵";九岁"四书五经俱卒读","好读唐诗";十岁习"秦汉唐宋诸古文";十一岁"在家塾中遍习五经、《左传》、《国策》,更习制艺,则援笔成篇";十二岁即随祖父、父亲"应州府两试"①。冯敏昌曾回忆祖父时写道:"平生习《春秋》,老去爱《谷梁》。抄本字如蚁,时时置在床。诗卷与碑帖,日月蠹鱼防。兼复教孙书,背诵令铿锵。"冯敏昌日后的成就可以从这些诗教启蒙中找到始点。他从小所受的儒学教育,既为完善了他的人格,也为其诗艺的发展与提高打下坚实功底。所以钱大昕说他"弱冠而名满海内","学有原本"②。

冯敏昌十三岁学制艺,十四岁从合浦名宿谭崧堂学诗歌辞赋,十六岁在端溪书院与同辈的王宗烈、黄翼堂、李潮三、梁平庵等交游切磋,三十一岁后赴京应考寓法源寺读书后遍交天下名士。交往的如师辈翁方纲、钱载等,既长于诗文,又精于考证、金石;友朋李文藻、李威、张锦芳等精于绘画、书法;黄仲则等人则专于诗歌,诗友的切磋使其诗文愈加壮富。乾隆四十六年(1781)任四库馆臣得"尽览天禄石渠之富",以及游览的丰富人生阅历进一步使他的诗文自成一家。

冯敏昌是翁方纲做广东学政期间发现简拔的优秀人才之一,因此其诗歌创作所受翁方纲影响很大。翁方纲标榜"肌理说",是考据学家诗歌理论的代表。他说:"士生今日,经籍之光,盈溢于世宙,为学必以考据为准,为诗必以肌理为准。"③以义理、考据等内容来充实诗歌的写作开启了学人之诗的风气。翁方纲曾论诗云:"论诗……有口授之二语,则'手腕必须灵活,喉咙必要宽松。'盖喉咙宽乃众妙之门,百味皆可茹入。"④翁方纲曾称赞冯敏昌《海门春阴行》诗:"风骨一年胜于一年。"此诗在五言、七言、杂言的有机安排中,景物错落有致,体现了高超的语言组织能力。其中表现的不羁思维和描写景物的阔大气象,是其以后

① 冯敏昌卷首年谱,《小罗浮草堂文集》,光绪甲午年刻本。
② 钱大昕序《小罗浮草堂诗集》,嘉庆十四年刻本。
③ 冯敏昌《志言集序》,《小罗浮草堂文集》,光绪甲午年刻本。
④ 梁章钜《退庵随笔》,《清诗话》,上海古籍出版社,1999:1961。

诗歌继续发展的基础。

　　翁方纲对冯敏昌、张锦芳等岭南诗人是寄寓厚望的:"风抗南园后,鱼山又药房。何区五家派,莫误二樵狂。酣放精妙处,崇深黍尺量。于苏窥杜法,诗境乃升堂。"翁方纲崇奉苏轼,其书法、诗艺均崇苏、学苏,并由苏上溯学杜,翁方纲的诗正是对学生冯敏昌诗歌创作提出了殷切的要求和希望。冯敏昌在京应考还曾得钱载鼓励:"实有天才,加以博学,在所必传,若岭南诸先正皆得偏方之音,而此独否精进不已,横绝古今固当拔戟于三家之上,并驱中原,扶轮大雅。"①

　　冯敏昌传承儒学之道,又善于学习古今诗人的成就,他曾说:"诗之为教其来尚矣,在昔虞廷论乐,首及言志,逮于风雅颂烂陈,用之闺门,用之邦国,用之朝廷,其事甚重。而圣人论诗有兴观群怨之旨,则其益又甚……则古今之诗殆无所不窥,而杜李韩苏则尤服膺者。故其为诗无剽窃之习而有结撰之能,既不涉邪又不佞佛,和易中正,屏绝惑愿,惟所谓泉石膏肓烟霞痼疾者殆未之能免乎焉!"②所以,从廉州学府到肇庆端溪书院,到越华书院的矻矻求学,从出岭南道至京城途中浏览异景,到京城法源寺研习苦读,到四库览石渠天禄钻研考证,从粤西一隅到江河五岳,从风雅传统到杜李韩苏,到本地先贤与良师友朋。在华夏大地奇情异景的徜徉中,他不再是一个偏安岭南的诗人了。

　　(二)诗学创作

　　王国维《人间词话》中说:"大家诗词,脱口而出。大家之作,其言情也必沁人心脾,其写景也必豁人耳目。其辞脱口而出,无矫揉妆束之态。以其所见者真,所知者深也。……诗词贵自然,人能于诗词中不为美刺投赠之篇,不使隶事之句,不用粉饰之字,则于此道已过半矣。"③

　　翁方纲评价冯敏昌的诗"宽喉咙"特点,就其诗歌内容而言的:举凡风月、花草、山石、树木、宫室、亭寺,都能入诗,而冯敏昌的咏物记游

---

① 冯敏昌卷首年谱,《小罗浮草堂文集》,光绪甲午年刻本。
② 冯敏昌《听竹轩诗集序》,《小罗浮草堂文集》,光绪甲午年刻本。
③ 施议对译注《人间词话译注》,岳麓社,2003:94。

诗中,不唯表达吟咏风物的畅快和自适,还有对历史的追忆和对昔贤的追慕。所以,他各个时期的诗歌中,很多的不是表现个人的情愁,而具有深沉的现实感触,和沧桑的历史感的作品。冯敏昌以多彩的画笔描绘生活,描绘家乡的河川,描绘三山五岳,描绘大江黄河,描绘洞庭潇湘,描写朋友交游的适意,抒写漫漫行程中的思绪,抒写个人悲欢离合的内心情感。

冯敏昌对我国历代诗歌有相当深的研究,他总结分析陶、李、杜、韩、苏、黄等先贤诗歌风格特点,提出自己的创作主张:"大概诗以平淡古朴为尚。平淡古朴者,气骨体格尚有可观。不尔,即繁华绮丽,已有免于失焉尔。"认为这样的诗"气骨体格皆有可观",①从心中自然流淌出来的诗是好诗,"惟天地之中声,流于人心而发于诗。其为声也至矣,盖有中声必有元气。诗者气所为,非一切区区气格空调之谓也"。能达到"元气之鼓万物而不自知,万象咸该,滴水不漏"②,才可以真正称得上是大家。所以他的诗有许多胸臆中语,有"真"的本质,而又呈现出"拙"、"苍"、"朴"的特质。

如其十岁时所作的《小横塘》云:"碧水涵秋月,怡园多晚凉。为言洞庭水,争似小横塘。"则清新真切自然,备呈婀娜之姿。再如《合浦采珠歌五首》其五所写:"江浦茫茫月影孤,一舟才过一舟呼。舟舟过去何舟得,得得珠来泪以枯。"感情真挚,摹尽海中采珠人的心酸与苦楚。而《车中梦与诸弟入深竹读书堂,感赋》其一中的"风尘一路总茫茫,旅邸何堪忆故乡。惟有梦情难断处,依然身在读书堂",则于风尘仆仆之车马行程中,念故乡,思亲人,使人感受到诗人真挚的赤子之心。

另如《药洲晚步》写面对晚景、惆怅失意时的落寞。诗中,诗人思维中依然延续"消磨十年志"的"愁思",而"望古"已经透露出一个信息:诗人在山川游赏中已找到江湖与魏阙间平衡的支点,即赏游古迹中得到的学识上的提高、从古仁人志士的失意或功业中比照自己的行为,从

---

① 　冯敏昌《再与诸子论诗书》,《小罗浮草堂文集》,光绪甲午年刻本。
② 　谢兰生《鱼山先生传》,《小罗浮草堂诗集》,嘉庆十四年刻本。

中既找到慰藉心灵的庇护，又借以抒发惆怅与壮志。

所以，后来崇慕先贤、追慕历史之作如《谒文丞相墓》、《七里濑谒严先生祠》、《漂母祠》、《过彭泽有怀陶公》、《樟树镇王文成公誓师处》等，或古朴俭约，或慷慨感言，俱为心声与真性情之自然流露。而《道平陆谒傅相祠》、《谒王右丞祠二首》、《谒元郝文忠公墓诗》、《至偃师谒杜少陵先生祠，敬赋五言古诗一百韵》等诗，又都能站在高山之巅，回望历史的长河，在追寻历史的遗迹中融入现实，在不经意的比照中以旁观者的形象自居，隐而不发，"拙"、"苍"、"朴"的叙写方式之中，真意自显。

其题画酬赠诗也是辄有感触而发，如《题毛俟舍〈菊尊清话图〉即饯其羊城之行》，以描摹图中景"志士抗孤怀，独立卑八表"起兴，抒发"幕天而席地，酒醉更饭饱"的畅适，虽然在"山水探深窅"中"生涯颇枯槁"，但"发挥著作心，无取词句勦"已让诗人自诩了，所以秋风中并未伤怀，离别独见"篱间花最好"，举目之下："鸿飞益冥冥，洪流空浩浩"，这是一种敞开胸襟的畅快、舒适。

冯敏昌在诗艺上的追求，由翁方纲上溯苏轼、韩愈、杜甫，也正是"宽喉咙"具体的体现：洒脱上学苏轼，穷奇上追韩愈，在人生的感悟、诗歌的现实性上师法杜甫。但他学习前人并不是盲目的模仿，而是吸收借鉴，融会贯通，注意形成自己的风格，他的诗歌有苏轼洒脱的特质，也有韩愈追求穷奇的风格，而如《仲夏游陶然亭同张瑞夫胡秋筠作》、《题赵渭川罗浮访道图》、《谢宁河令关西园惠银鱼紫蟹一首》、《夏县谒大禹庙敬赋六十韵》、《谒韩文公祠》、《谒韩文公墓》、《至偃师谒杜少陵先生祠，敬赋五言古诗一百韵》、《送宫保百菊溪前辈由粤抚擢制两湖》等诗歌又通过散文化的句式，具有了自己独特的飘忽灵动的美感特点。

冯敏昌有不少诗歌直接用苏轼的诗韵，如《继苏文忠餅笙诗得殼字》、《琴枕、餅笙诗追和苏文忠韵二首》、《峡山寺用苏韵》等有十五首之多，所以他也学到了苏轼表达上阔大胸襟、洒脱的气度，如《海门春阴行》，诗人伫立海边，见天水离合，思接千古，心游万仞，摹形绘声不落俗套，写江流、潮水、细雨，写雷声、云气，比拟恰当，想象奇特，形神皆备。全诗句法灵活，在五言、七言、杂言的安排之中，景物也错落有致，体现了非常高超的语言组织能力。翁方纲赞为："风骨一年胜于一年。"

　　张维屏《国朝诗人徵略》中"王芑孙"条说："鱼山学韩而得其骨之重。"①韩愈诗歌在表现上用赋法写诗，铺张罗列，浓彩涂抹，穷形尽相，力尽而后止。冯敏昌《题赵渭川罗浮访道图》即有此写法，此诗开篇即奇，视角如在九天，俯临下界："我骑神羊二禺山，九月落木过黄湾。"而诗为题画，思维却跳出画界，在整个中华大地上驰骋，在现实和仙界之间穿梭，从陆地到海上，从天上到水中。诗中堆砌铺叙了仙凡两界的众多奇特意象：二禺山、獒霍峰、蓬莱、扶桑、雾市、樊桐、天鸡、黄麟、白鹤等等，极力衬托罗浮山之雄奇、瑰丽，又比较恰当地运用了比喻、夸张等多种修辞。诗歌化用典故也奇："尧时洪水"、"扶桑初日"、"禽捣药"、"麻姑"、"飞云峰"，或人或物或事，而都能妥帖地配合诗意。诗歌采用对偶为主兼用散体的句式，也显得奇特灵活，使得飘飞的思绪能挥洒自如，也能增强表达的效果，也比较好的避免了生涩的问题，如"天风抨击，崖谷喧豗，四海徽纆，沸声如雷"一句，写罡风之烈，以崖谷喧豗，四海沸腾，极力夸张声音之大，声势之雄，在夸张中令人感受到真实。此诗的语言也奇，"噫嘻哉，赵生！"好像要引起人物之间的对话，与朋友置身于比拟中的仙界，欲仙化而去，在恍恍惚惚的仙界氛围中消失。此诗继承韩诗的雄奇，融入苏诗挥洒自如，在阔大的情景抒写中，借恰当的句式使诗歌飘忽灵动。而穷奇的追求容易带来晦涩的诗意，极力的铺叙难免产生雕琢过甚的毛病，散文化句式的追求可能会带来平淡、无趣的效果。所以后人有"鱼山诗阔大，而或失之粗豪"②的评价。

　　而《至偃师谒杜少陵先生祠，敬赋五言古诗一百韵》，则一气呵成，没有谒韩愈祠墓两首诗中详细甚至有些琐碎的考证，诗人首先回顾从风雅传统，到六朝绮丽风气形成及恶劣影响，曹植、陶、谢、陈子昂等人的颠覆旧式、历史推进的功绩，再集中笔墨，叙写杜甫的奔波、凄凉偶有焕发的一生。诗人以万分的敬仰，"瓣香夙有怀"，感慨"才人自古穷，天

---

　　①　陈永正点校，张维屏编撰《国朝诗人征略》，中山大学出版社，2004：713。
　　②　陈永正点校，张维屏编撰《国朝诗人征略》，中山大学出版社，2004：721。

子尤堪噫",提出"忠孝苟不根,文字空葳蕤",在与先贤先哲的心灵契合中得到了慰藉,得到精神的力量。

冯敏昌对杜甫的学习,还有组诗形式的表达,如《晓入峡山寻归猿洞,得四律》,是组诗创作的有意、有益探索,四首诗起、承、转、合,整体上是统一的构架,其一起:入峡山之因,"渺渺自惆怅,难为尘世喧",渺渺的惆怅欲借进入归猿洞消解,诗人眼中归猿洞已出尘世之喧,其写景物"石气"、"云阴"也是朦胧心境的印证;其二承:远望近观、辨形听声,而思绪起落,泉声在山谷中回响,幽梦在寂静中迷离,"响流辨山窍,影小沉萝丝。寂寞起灵梦,云中来桂旗";其三转:置身峰顶寒意不觉,"自春色"和"空离忧",一"自"一"空",反照心境;其四合:人行在外,思绪归入乡情,"采药"人远,"名路"难舍。其后的创作,如《梅花十首》、《云藏九咏》都是比较成功的组诗作品。

冯敏昌的诗:"入天心,穿月胁,幽窈奇崛不可为状。次者直抒胸臆,宁蓬□粗服而耻为苟饰。星月之光不避云雾,江河之流不憎泥沙。"①他的诗是在博采众长的基础上自成蹊径,纪游览胜、酬唱题画、登临揽古等诗歌,不少真切简远、平淡古朴制作。其后期诗歌中,尤其善于在各种题材的诗歌中恰当地加入历史或现实的因素,增加诗歌的内涵,而这一点是他诗歌追求中的最重要的一点。如将考证融入诗歌,在考证的基础上通过历史现实的连接,建立起了古今贤人沟通交流的通道,在这里,诗人沉浸在古迹中,追寻着先哲的事迹,诗歌中融入自己的思索,在充满历史的沧桑感的阔大画卷中叙写诗意,使诗歌呈现出了壮、朴、拙的特色。洪亮吉《北江诗话》评语"冯户部敏昌诗,如老鹤行庭,举止生硬"②,既指出冯诗的上述特色,也指出了冯诗的不足。

（三）诗史地位

洪亮吉《论诗绝句》二十首之五"尚有昔贤雄直气,岭南犹似胜江

---

①　觉罗桂芳序,《小罗浮草堂诗钞》,嘉庆十四年刻本。
②　洪亮吉《洪亮吉集》,中华书局,2002：2246。

南"的名句一出,岭南诗派开始渐为人们认识,岭南诗风开始渐为人们所熟悉。而清代是岭南诗歌发展的第二个高潮,从康熙末年惠士奇任广东学政,到乾隆中叶翁方纲任广东学政,岭南与内地文化上的联系日益紧密,经学政官的简拔誉扬,冯敏昌等一批诗人的影响已不限于岭南。①

冯敏昌曾有诗论:"诗不可以不守绳尺,亦不可徒涉旧窠,不可专恃性灵,亦不可浪逞博洽,必深悉古人堂奥而穷其离合浅深,然后自辟一境,以附古人之后。后又云,凡大家诗,宁质毋浮,宁拙毋巧,宁秃毋纤,而尤要在陶淑性行,读书穷理乃能为正大洪达之音,有合温柔敦厚之旨。"②

冯敏昌少年时起在端溪书院等处读书时,受学政翁方纲的影响比较大,但他却不囿于老师"肌理说"的诗学追求。结合冯敏昌《年谱》所述其一生形迹,我们就可以准确地再现其诗歌的变化:二十岁时赴京应廷试,由庾岭取江西,历长江、彭蠡、金陵、扬州、山东、直隶,为初揽胜景之始。四月到京以二等候选,七月南还,十月上旬到东省还家,纪行诸诗大进。次年在廉州受业于翁方纲,古今诗一变。三十一岁寓法源寺读书应考,遍交天下名士如戴震、李文藻、黄仲则,并执赞就学士朱筠、钱载问字质疑,诗文壮富又一变。三十五岁在翰林院供职,又任武英殿四库馆分校官,尽览天禄石渠之富,题咏日益工富。他早期的诗从学盛唐五七言绝句入手,颇富情韵,以秀华见长,如《登文笔峰》、《村居》、《春草》等写景抒情作品,多自然清新、清丽典雅;青年时起,他先后师从翁方纲、钱载、朱筠等学者,沾溉濡润,与李文藻、黄景仁、李威、张锦芳等诗人交游,切磋砥砺。他的诗从陆游、苏轼入手,上溯韩愈、杜甫,在他的诗中,有苏轼洒诗的脱洒,也有韩愈的穷奇,也有陆游、杜甫的深挚沉郁,其中后期的游赏、题画、揽古等作品,如《高廉道中作寄晚堂弟》、《海门春阴行》、《题赵渭川罗浮访道图》、《至偃师谒杜少陵先生祠,敬

---

①　严迪昌《清诗史》,浙江古籍出版社,2002:910-911。

②　张岳崧跋,《小罗浮草堂诗钞》,嘉庆十四年刻本。

赋五言古诗一百韵》多质朴深挚、阔大洒脱。他的诗歌是从大自然中来,从历史中来,从现实中来,从心胸流淌而出。

黄培芳曾引著名学者钱载对冯敏昌的评价:"钱箨石先生大加奖许,评其诗卷有云'岭南自曲江后,诸子或存偏方之音,惟冯生力追正始'。余谓曲江极其醇,至先生极其大,皆当以一代论者也。"①

冯敏昌是在岭南诗歌的第二个高潮中凸显出来的一位诗人,他以"周济扶危、引善恕恶之心",推己及人、民胞物与之精神,闻鸡起舞之勤奋,"崛起天南陲,为人伦楷模。拟之日南姜公(唐代钦州遵化人姜公辅,官至中书门下平章事,因直谏德宗以节俭葬安公主获罪,贬福州别驾)、琼台邱公(明代海南琼台当朝大学士邱浚),虽功业禄位不逮,而所造深邃,与之代兴无愧焉"。"盖其始为诗也,耽习若嗜欲;勤求若饥渴;博采而兼收若市贾;日锻而月炼若工师。其力健,其气豪,其声正,故其成也沉郁而苍厚。"②他虽出身岭南,但诗歌不囿于一隅,学习前人而又不束缚于窠臼,能自呈特色,在清代岭南诗歌发展史上有着重要的地位。

三

冯敏昌著述较多,其《小罗浮草堂诗集》四十卷为全集本。有嘉庆十四年(1809)和嘉庆十六年钦州佩弦斋刻本。此集为冯敏昌诗歌全集,编年收录,纪年从乾隆二十年(1755)冯敏昌九岁时起,到嘉庆十一年冯敏昌六十岁去世前,共收其创作的古今体诗四十卷,一千九百馀首。《小罗浮草堂文集》九卷有道光二十六年(1846)和光绪二十年(1894)两个版本,其中后者为修刻本,卷首增《年谱》一卷(共十卷)。《年谱》为冯士镳、冯士履所编,比较详细地记录了冯敏昌从出生至去世每一年的行踪及活动,涉及其交游、著述等情况较详。《小罗浮草堂游

① 黄培芳《香石诗话》,《续修四库全书》本,上海古籍出版社,2002:108。
② 李威序,《小罗浮草堂诗集》,嘉庆十四年刻本。

草》有光绪二十七年（1901）刻本，此本为诗文合编汇刻本，其中诗十卷、文四卷。诗文均为诗集及文集中所辑录内容。《小罗浮草堂诗钞》为嘉庆十四年（1809）刻本，此本由冯敏昌弟子梁炅辑集，收诗一千六百馀首，"来京师投先生之师翁覃溪先生定之"，后由翁方纲、秦瀛、宋湘、觉罗桂芳、张岳崧等人共同删减，选定近四百首，编为四卷，秦瀛、觉罗桂芳作序，宋湘、张岳崧题跋。由觉罗桂芳和周兆基出资印行。该版本清晰，偶有脱漏。张维屏《听松庐诗话》云："鱼山先生诗集，令嗣所编，殆欲无一字不存，遂致重复脱误，后梁蓼浦孝廉携至都中，翁覃溪、秦小岘两先生为选定之，其本甚精善。"①冯敏昌还著有《孟县志》十卷、《华山小志》、《广东通志》（未完稿）和《河阳金石录》二卷等。

　　本书校注以《小罗浮草堂诗钞》嘉庆十四年（1809）刻本为底本，以《小罗浮草堂诗集》四十卷本为主要参校本，再参考其他诗文集本，原书有异同处一般不做改动。

---

①　陈永正点校，张维屏编撰《国朝诗人征略》，中山大学出版社，2004：660-662。

校注凡例

一、本校注以嘉庆十四年（1809）《小罗浮草堂诗钞》为底本，以嘉庆十四年（1809）、嘉庆十六年（1811）《小罗浮草堂诗集》（四十卷）本为主要校本。再参考道光丙午年（1846）和光绪甲午年（1894）修刻《小罗浮草堂文集》本、光绪二十七年（1901）《小罗浮游草》（其中有诗十卷）本。

二、校注中所作校勘记，嘉庆十四年（1809）《小罗浮草堂诗钞》简称作：《诗钞》本。嘉庆十四年（1809）、嘉庆十六年（1811）《小罗浮草堂诗集》本简称作：《全集》本。光绪二十七年（1901）《小罗浮游草》简称作：《游草》本。光绪甲午年（1894 年修刻）《小罗浮草堂文集》卷首《年谱》简称：《年谱》。

三、同一诗题下的组诗，原来没有数字标明，校注时依次加"一"、"二"……字样；诗中原有小标题，一律作为诗题移至诗前。

四、原则上采用分首校注方式，将校注文字置于各首之后。遇原一个标题下有二首或数首诗作为组诗，则以组诗为单元校注（除卷一《云藏九咏》九首）。作者原诗中的自注仍保留在原处，予以标点，以便阅读。

五、校注时，先校后注。校勘记序号以"（一）、（二）、（三）……"标明；注释序号以"①、②、③……"标明。

六、本诗集校勘，采取"不校校之"原则。凡有异文处一律出校，校文均列于校勘记中，保持《诗钞》原貌。校勘记列于每首诗之后，注释之前，用【校勘记】标示。

　　七、注释以疑难字词、通假字、典故、史实、引语、典章制度、人名地名、化用他人诗句为主,列于校勘记之后,以【注释】标示。偏僻字注出读音,典故、史实、引语尽量引用原文。对前文已经出现过的词条或类似词目,后文则注明见某某处;文少或生僻者则另注,以免读者翻检之劳。对于出现次数过多的词条,不再另外出注。

　　八、诗歌及校注用简化汉字,尽量保持底本面貌。诗中的繁体字、异体字、古体字在不影响诗作意思的前提下全部改为通用简化字,极少数予以保留。通假字不作改动。

卷一

云藏九咏 并引①

云藏,所居乡也⁽一⁾,乡在天马山之下,筊溪之上。北为龙女峰,东为望海峰。又东侧铜鱼之山,灵泉是出。其西南峰曰海螺,为铁冠岩。两山之间有瀑泉下垂者,盖又云藏之南矣。暇日周揽,各成一诗。

天 马 山⁽二⁾

群峰离合云海同,天马独起如云龙②。鼓鬣西行十馀里③,远揽积秀凌虚空⁽三⁾。云滚雨泄千万状⁽四⁾,虽有变化无终穷。极知造化鼓铸力⁽五⁾,不数分寸人间功。大石骑危已齾齾④,万木枕股何濛濛⑤。嶂崩□腾首尻见⑥,阳崖豁敞明心胸。晨朝景气一澄霁,交人以南钦以东⑦。五岭南来入于海⑧,当复赖此司其雄。惜哉谢公屐折齿⑨,几欲马匹羞同蒙⁽六⁾。綮馀生长好游览,每望河渭思华嵩⑩。山行悠远意萧瑟,归来拥蔽蓬蒿中⁽七⁾。岂谓山林落吾手,久矣斧凿烦神功。穷幽探秘馀惝恍,欲语绝景诚何从。猿猱呻吟鬼悲啸,松下但有斜阳红。因欲脱屦骑鲸鱼,飘然巨海浮天风⑪。

【校勘记】

（一）所居乡也：《全集》本无"也"。

（二）《天马山》：《全集》本诗题中有"右"。"九咏"中各诗题均有。

（三）积：《全集》本作"奇"。

（四）滚：《全集》本作"流"。

（五）化：《全集》本作"物"。

（六）匹：《全集》本作"退"。

（七）蔽：《全集》本作"被"。

【注释】

① 这组诗作于乾隆三十四年（1769），时冯敏昌读书家中。

② "天马"句：《钦县县志》（民国三十五年）卷一《舆地志》载："天马山，即马岗岭，（钦州城）西一百里，高二百馀丈，脉自众龙岭。""众龙岭，（钦州城）西百二十里，发脉广西崇尖岭……"钦之山川纵横，群峰离合，绵延不绝，山岚叠起，烟雾缥缈，故诗云"如云龙"。

③ 鼓鬣：谓天马奔腾之时，鬣毛飘逸之状。鬣，《广雅》曰："毛也。"

④ 齾齾（yà）：《说文解字》段注云："缺齿也。从齿献声。"此谓参差起伏貌。

⑤ 濛濛：迷茫貌。

⑥ 首尻：首尾之意。尻：《康熙字典》云："脊骨尽处。以山至高，其下必有托根之所也。"

⑦ 交人：指越南人。汉武帝时在岭南置交趾。辖今广东、广西大部和越南北部、中部。东汉末改为交州。宋亦称其国为交趾。宋赵汝适《诸蕃志·交趾国》："交趾，古交州，东南薄海，接占城，西通白衣蛮，北抵钦州，历代置守不绝。"

⑧ 五岭：大庾岭、越城岭、骑田岭、萌渚岭、都庞岭的总称，位于江西、湖南、广东、广西四省之间，是长江与珠江流域的分水岭。宋周去非《岭外代答·地理·五岭》："自秦世有五岭之说，皆指山名之，考之乃入岭之途五耳，非必山也。自福建之汀，入广东之循梅，一也；自江西之南安，入大庾、入南雄，二也；自湖南之彬入连，三也；自道入广西之贺，四也；自全入静江，五也。"

⑨ 谢公屐：一种前后齿可装卸的木屐。原为南朝宋诗人谢灵运游山时所穿，故称。《宋书·谢灵运传》载："寻山陟岭，必造幽峻，岩嶂十重，莫不备尽。登蹑常着木履，上山则去其前齿，下山去其后齿。"此句说山势险峻，难以攀登。

⑩ 河渭：黄河渭河。华嵩：华山和嵩山。

⑪ "因欲"二句：说诗人羡慕仙化的李白，希图能飘然海上，逍遥自在。骑鲸鱼：语出《文选·扬雄〈羽猎赋〉》："乘巨鳞，骑京鱼。"李善注："京鱼，大鱼

也,字或为鲲。鲲亦大鱼也。"后因以比喻隐遁或游仙。杜甫《送孔巢父谢病归游江东兼呈李白》诗有"几岁寄我空中书,南寻禹穴见李白"句。仇兆鳌注:"南寻句,一作'若逢李白骑鲸鱼'。"俗传太白醉骑鲸鱼,溺死浔阳,皆缘此句而附会之。后用为咏李白之典。

筱　溪

　　小园之傍北一里,一水潺湲弄清泚①。沙圆石小苔发明②,影乱风篁声亦似③。海中自鼓成连琴④,拿舟相从劳我心(一)⑤。但使纡流菜畦里,亦能息机同汉阴⑥。

【校勘记】

　　(一)相从:《全集》本作"从之"。

【注释】

　　① 清泚:清澈的水。

　　② 发明:犹映衬,辉映。

　　③ 风篁:谓风吹竹林。南朝宋谢庄《月赋》:"若乃凉夜自凄,风篁成韵。"

　　④ 成连琴:典出唐代吴兢《乐府古题要解·水仙操》:"伯牙学琴于成连先生,三年有成,至于精神寂寞,情之专一,尚未能也。成连曰吾师方子春在东海中,能移人情。乃与伯牙俱至蓬莱山,留伯牙,曰:子居习之,吾将迎师。刺船而去,旬时不返。伯牙四望无人,但闻海水汩没崩澌之声,山林空冥,群鸟悲号,怆然叹曰,先生将移我情,乃援琴而歌。曲终,成连刺船而还。伯牙遂为天下妙手。"

　　⑤ 劳:烦劳,麻烦。

　　⑥ "但使"句:诗人述说筱溪清流,无用机巧,也能流灌菜畦,造福生灵。息机:典出《庄子·外篇·天地》:"子贡南游于楚,反于晋,过汉阴,见一丈人将为圃畦,凿隧而入井,抱瓮而出灌,搰搰然用力甚多而见功寡。子贡曰:'有械而出灌,一日浸百畦,用力甚寡而见功多,夫子不欲乎?'为圃者仰而视之曰:'奈何?'曰:'凿木为机,后重前轻,挈水若抽,数如溢汤,其名为槔(按,利用杠杆原理的井上汲水工具)。'为圃者忿然作色而笑曰:'吾闻之吾师,有机械者必有机事,

有机事者必有机心。机心存于胸中,则纯白不备,则神生不定;神生不定者,道之所不载也。吾非不知,羞而不为也。'"汉阴,县置早在先秦。在今陕西汉阴境内。

龙 女 峰

寥寥一庙山深处^(一),题碣荒唐镜台古①。风鬟雾鬓两茫然,勿向村巫问龙女。连山奔凑随云行,此峰离立如有情。仿佛云涛海天合,珮环飘举风泠泠②。山腰流泉响空涧,涧上崖开几人见。我还秉烛穷幽探③,中有灵虚水心殿④。

【校勘记】

(一)寥寥一庙山深处:《全集》本此句后有作者小注"峰旧有龙女庙,上有潭深不可测"。

【注释】

① 镜台:具体不详,由《全集》本作者小注大概可知为龙女庙内案台之类。

② 泠泠:清凉,泠清貌。

③ 幽探:谓探求幽胜之境。

④ 灵虚水心殿:即灵虚殿,神话中水宫名。

望 海 峰

山势西来若连鳌①,东走沧海临怒涛。凌崖踦足一掀首②,鳌背崛起天为高。我来入险先林皋,十步九蹶谨以号③。攀藤援葛敢失坠,安望骋步纾前劳。苍茫绝顶复何有,下视九有惟一毛④,海色昏昏连暮潮。神龙上为霖雨处,玄云四匝千霆鏖⑤,海风扬声莽飂飂⑥。黑烟一点作人立⑦,鲸鱼万丈波心逃。阴阳簸弄见物沮,眼界豁落精魂超。吾闻百粤袤回万馀里⑧,长山巨海相局遭⑨。中东西路诧奇险,龙门气象尤雄鳌⑩,琼州雷州两犄角。往时转粟飞千艘⑪,崔苻啸聚殊汹涌⑫,门户锁钥空坚牢。铁炮轰雷岛夷震,楼船激电长戈掺⑬。
廊庙经纶岂得已,更开参府咨英豪⑭。嗟余学剑徒草草,未能
浪战从弓刀⑮。逝将拂袖学仙去,长啸宇宙恣游遨。蓬莱仙客
若相许,愿佩水玉镜云璈⑯。

【注释】

① "山势"句:望海峰,即望海岭,民国《钦县志》载:"峰在州治西北百十里,高三百丈。乡贤冯敏昌墓在此麓。"连鳌:传渤海之东,有一深壑,中有神仙所居之五山。然山浮于海,随波而动。天帝遂命巨鳌十五,分作三批,轮流负山,五山始屹立不动。"而龙伯之国有大人,举足不盈数步而暨五山之所,一钓而连六鳌,合负而趣归其国,灼其骨以数焉。"事见《列子·汤问》。后因以作善钓之典。

② 踦:《说文解字》云"踦,一足也。"掀首:抬头向上看。

③ 讙(huān):哗也。此指诗人登山感叹。

④ 九有:九州。《诗经·商颂·玄鸟》:"方命厥后,奄有九有。"毛传:"九有,九州也。"

⑤ 玄云:即黑云。《楚辞·九歌·大司命》:"广开兮天门,纷吾乘兮玄云。"

⑥ 飏飏:风凛冽貌。

⑦ "黑烟"句:形容山势之高,山峰上耸,黑云下压,给人触目惊心之感。故下有"鲸鱼万丈波心逃"之句。

⑧ 百粤:亦作"百越"。我国古代南方越人的总称。分布在今浙、闽、粤、桂等地,因部落众多,故总称百越。袤,《说文解字》云"南北曰袤"。袤回,此状粤地之广。

⑨ 局遭:指山川纵横,相连互生。

⑩ 龙门:此借指此处山峰雄鹜之势。非实指洛阳南之龙门山。

⑪ "琼州"二句:琼州,清代建制为今海南岛,雷州在今广东雷州半岛。两地隔琼州海峡相望,成掎角之势。内地与海南交通都通过海南岛与雷州半岛地理位置十分重要。　转粟:运送谷物。

⑫ 萑苻啸聚：指琼州、雷州等地的起义军。《续资治通鉴长编》、《明史》、《广东通志》、道光《琼州府志》等均有记载。萑苻(huán fú)：芦苇丛生的水泽，代指强盗出没的地方。此指盗贼，草寇。《左传·昭公二十年》载："郑国多盗，取人于萑苻之泽。大叔……兴徒兵以攻萑苻之盗，尽杀之，盗少止。"杜预注："萑苻，泽名。于泽中劫人。"

⑬ "铁炮"二句：谓对当地反抗力量的镇压。楼船：有楼的大船。古代多用作战船。亦代指水军。《史记·平准书》："是时越欲与汉用船战逐，乃大修昆明池，列观环之。治楼船，高十馀丈，旗帜加其上，甚壮。"激电：闪电。掺(shǎn)：执，操。

⑭ 廊庙：殿下屋和太庙。指朝廷。《国语·越语下》云："谋之廊庙，失之中原，其可乎？王姑勿许也。"经纶：喻策略。

⑮ "嗟余"二句：自叹所学无益于守疆拓土。学剑徒草草：以项羽少时学书、学剑事作比。见《史记·项羽本纪》。浪战：轻率作战。弓刀：语出唐卢纶《塞下曲四首》之三："欲将轻骑逐，大雪满弓刀。"

⑯ "愿佩"句：此句述说仙羡蓬莱之意。水玉：即水晶。最早频出于《山海经》。锵，形容金、玉等撞击发出响亮清越的优美之声。云璈，即云锣。打击乐器。

铜 鱼 山①

铜鱼山高一百丈，山头井深不盈尺。铜鱼飞去影冥冥，空有长熊作人立。是日所见如此。臻草寒荒浣风露，松桂萧条悬崖石。岩虚壁压遗刻暗，磴绝梯悬古苔涩②。凄凉气象几百年，姜子书堂竟谁识③。山上有姜德文读书堂址。位重平章何足道，道侔伊吕闻在昔④。朝廷暇豫直谏声，时事仓皇叩马力⑤。奇才本自在山林，编摩未审何书策。平生负气颇落落，迩来望古还恻恻。铜柱超遥边峤峙⑥，翼轸苍茫烟雾积⑦。谁怜海国空蜃气，公有《白云照春海赋》⑧。徒尔山灵护楚石。山上柱楚础，云是公书堂物也。阴雨蒙蒙远江合，晴云溶溶半山出。林峦清旷无古今，公应未减真颜色。

【注释】

① 铜鱼山：《钦县县志》卷一《舆地志》："铜鱼山,(钦州)城北百二十里,发脉灵属(今钦州之灵川县)管根山,世传山下有巨石,陂堤下铸铜鱼为水窦,因名。又名古窦山,上有井石室,昔姜德文读书遗迹。"

②"岩虚"句：感慨唐代历时久远,遗迹污漫。

③ 姜子书堂：姜子,指唐代钦州遵化人姜公辅(字德文),官至中书门下平章事,因直谏德宗以节俭葬安公主获罪,贬福州别驾。铜鱼山上有其旧时读书堂遗址。

④ 伊吕：商伊尹辅商汤,西周吕尚佐周武王,皆有大功,后因并称伊吕泛指辅弼重臣。诗中指先贤姜公辅。

⑤"朝廷"二句：指姜公辅直谏遭贬事,参见本诗注③。

⑥ 铜柱：屈大均《广东新语》卷二《地语》"铜柱界"："钦州之西三百里,有分茅岭。岭半有铜柱,大二尺许。《水经注》称'马文渊建金标,为南极之界。'金标者,铜柱也。《林邑记》云,建武十九年,马援植两铜柱于象林南界。与西屠国分疆。铭之曰：'铜柱折,交趾灭。'交趾人至今怖畏。有守铜柱户数家,岁时以土培之。仅露五六尺许。……考伏波铜柱,一在钦州东界;一在凭祥州南界;三在林邑北为海界;五在林邑南为山界。"

⑦ 翼轸：二十八宿中的翼宿和轸宿。《钦县县志》卷一《舆地志》说："广东廉州府钦州,皆翼轸分,轸十度,至氐一度,寿星之次也。""钦古粤地,属鹑尾之次,翼轸之分野,自张十五度至轸九度,曰鹑尾之次,于辰在巳,为四斗建。"

⑧《白云照春海赋》：文见《全唐文》卷四四六。

灵　泉

山势小却车转辕,山日下烧倾火盆①。山行得水一下马,十步之上即水源。一泓清泠长□沸,漫说窥临沁肌骨(一)。回流汤沸气云蒸,却值寒威万里凝②。严冬濡足殊可念③,语以夏凉或不辨。我来濯手扬轻波,波间石色丹砂多。丹砂故井复何有④,愿结茆宇阳之阿⑤。

【校勘记】

（一）漫说窥临沁肌骨：《全集》本此句后有作者小注"泉夏寒冬热"。

【注释】

① "山日"句：极言山间泉水之热，有似火盆烧煮。

② "回流"二句：此说山日炙烤之下，此水清泠非常寒洌。以"沸气云蒸"对"寒威万里凝"，突出此间殊可流连。

③ 濡足：润足之意。濡，浸润。

④ 丹砂故井：出自《抱朴子》卷十一《内篇·仙药》"余亡祖鸿胪少卿曾为临沅令，云此县有廖氏家，世世寿考，或出百岁，或八九十，后徙去，子孙转多夭折。他人居其故宅，复如旧，后累世寿考。由此乃觉是宅之所为，而不知其何故，疑其井水殊赤，乃试掘井左右，得古人埋丹砂数十斛，去井数尺，此丹砂汁因泉渐入井，是以饮其水而得寿，况乃饵炼丹砂而服之乎？"此喻水质醇美。

⑤ 茆宇：即茅屋，草屋。阿：山下。此说灵泉地方如处世外，愿居此间求仙学道。

海　螺　峰①

流云四垂雨微冥，海风长吹春雾腥②。千峰坐失楼间形，浮天修眉一痕青③。谁从空际看娉婷，楼间之人梦初醒。涧松岩桂暮芳馨④，何当采芝歌洞灵⑤。

【注释】

① 海螺峰：民国《钦县志》卷一《舆地志》："天击山，（钦州城）西六十里，发脉瀑布岭，高四百馀丈，亦名社龙山。山巅石相传为雷所击，乡贤冯敏昌以形似海螺，故又名海螺峰。"

② 春雾腥：风自海上来，带有海腥之味，故云。

③ "浮天"句：此句比喻海螺峰秀顶，有修然独立之姿。

④ 岩桂：指岩中桂树。张邦基《墨庄漫录》云："木犀花黄深而大，一种花白浅而小，湖南呼九里香，江东呼岩桂，浙人曰木犀。"

⑤ 采芝：秦末有四皓：东园公、角里先生、绮里季、夏黄公，见秦政苛虐，乃

隐于商雒,曾作歌曰:"莫莫高山,深谷逶迤。晔晔紫芝,可以疗饥。唐虞世远,
吾将何归? 驷马高盖,其忧甚大,高贵之畏人,不及贫贱之肆志。"见《史记·留
侯世家》、晋皇甫谧《高士传·四皓》。后因以"采芝"指遁隐。名其歌为《采芝
操》或《四皓歌》,亦省称《采芝》。见《乐府诗集·琴曲歌辞二·〈采芝操〉序》
引《琴集》及南朝陈智匠《古今乐录》。古以芝草为神草,服之长生,故常以指求
仙或隐居。此句正有此义。

铁　冠　岩

　　我浮凌江问韶石[①],孤舟百丈缘江干[②]。江干岩石势往
复,尽日紫翠蓬窗攒[③]。幽处时时舍轻楫,捷足往往追飞翰[④]。
危崖忽豁得真爽,嵌窦相续惊奇观[⑤]。玲珑窾窍窗户揭[⑥],宛
转形势堂庑宽。白蝠鸦腾乳兽立[⑦],苍藓甲脱藤蛇蟠。深坳似
闻虎腥热,积黝下宅龙身安。火铃流照气先慑[⑧],金镜在掌神
为寒[⑨]。当时坐觉万象逼,过眼岂特飞烟残。岂知铁冠丈人
在,许我旧好联新欢。我来未能同酒客,桑苎书携二三策[⑩]。
已欣松枝落细细,更闻石井鸣瑟瑟。是时山意初风色,徐看细
雨来青壁。铁浪茶芽春早摘,州境铁浪洞产茶芽颇佳。破颜一笑
非水脉。讵惊声转羊肠间,最喜凉生麈尾侧[⑪]。平生嗜险探奇
意,到此萧然反冰释。穷荒物色感灵异,万里烟霞思羽翮[⑫]。
还应野服携黄冠[⑬],晚向苍屏吹铁笛。

【注释】
　　① 韶石:山岩名。在广东曲江县(旧属韶州)。传说舜游登此石,奏《韶》
乐,因名。郦道元《水经注·溱水》:"其高百仞,广圆五里,两石对峙,相去一里,
小大略均,似双阙,名曰韶石。"
　　② 江干:江边。
　　③ 攒:簇聚,聚集。指船随江势,岩上红花绿草尽现船窗。
　　④ 飞翰:指飞鸟。

⑤嵌窦：山洞。杜甫《园人送瓜》诗："竹竿接嵌窦，引注来鸟道。"仇兆鳌注："嵌窦，谓泉穴。"

⑥窾窍：亦作"窾窍"。此同"嵌窦"，指水边岩石上的窍洞。

⑦乳兽：幼兽。

⑧火铃：指太阳。

⑨金镜：指月亮。

⑩"我来"两句：述说无酒酿佳朋，但有茗香亦足自乐。桑苎：唐代陆羽别号，著有《茶经》。

⑪麈尾：用兽毛、麻等扎成一束，另配上象牙或木板制成之长柄，而于说法或讲解经义时所用之物。

⑫羽翮：指鸟羽，此喻犹飞腾。

⑬野服：村野平民服装。《礼记·郊特牲》："大罗氏，天子之掌鸟兽者也，诸侯贡属焉。草笠而至，尊野服也。"孔颖达疏："尊野服也者，草笠是野人之服。今岁终功成，是由野人而得，故重其事而尊其服。"黄冠：古代指箬帽之类。蜡祭时戴之。《礼记·郊特牲》载："黄衣黄冠而祭，息田夫也。野夫黄冠；黄冠，草服也。"郑玄注："言祭以息民，服像其时物之色，季秋而草木黄落。"孔颖达疏："黄冠是季秋之后草色之服。"

瀑　泉

石梁上横五云片，澄潭下垂一匹练。潭中灵物长有灵①，夜擘林石捎雷电②。天容黯黯昼不改，风气萧萧时一变。千林雪落鸟声绝③，百斛珠圆映人面④。吾家书堂深竹中，亦有峰峦垂几研⑤。讵知远目新雨后，天半霓虹掌中见。观山未必观水乐⑥，卧游岂比行游倦。已看窗户延虚照⑦，便拟茶瓜启清宴⑧。谁能杖策俯潭声，静听鼍翻九龙战⑨。

【注释】

①"潭中"句：民国《钦县志》卷二《名胜志》"灵潭沛雨"条载："龙潭在县东十五里，其深莫测，相传有龙居此，岁旱，捣药洗潭，祈雨辄应。"

② 擘:《说文解字》段注:"……今俗语谓裂之曰擘开。"

③ "千林"句:化用柳宗元《江雪》"千山鸟飞绝,万径人踪灭"句意。

④ "百斛"句:此句说潭小水静。

⑤ 几研:即"几砚",指几案和砚台。

⑥ "观山"句:有"知者乐水,仁者乐山"(《论语·雍也》)之意。

⑦ 虚照:因泉落自山顶,水雾弥漫,因阳光照耀而光线氤氲,故云。

⑧ 茶瓜:即茶与瓜。清宴:亦作"清晏"。清闲意。

⑨ 蝄:《说文解字》云:"水虫,似蜥蜴,长丈所,从龟单声。"九龙:传说中神仙驾驭的神兽。

西 塘 晓 兴①

林塘静晓色,隔水花濛濛。白月丛篁梢,娟娟含微风②。披衣行不远⁽一⁾,清泉听还同⁽二⁾。新愁渺何处,西楼烟树中。

【校勘记】

(一) 不:《全集》本作"乍"。

(二) 清泉听还同:《全集》本作"清境梦还同"。

【注释】

① 此诗作于乾隆二十三年(1758),冯敏昌十二岁。西塘:具体不详,当是诗人家居附近小水塘,晓日初升,景色旖旎,故作此诗。

② 娟娟:指竹丛姿态柔美,随风飘动的样子。

村 居①

病多身旧弱,事少意全微。村落已正月,鹧鸪方一飞②。山光青映竹⁽一⁾,水影绿侵矶。日暮小原上⁽二⁾,斜风细雨归⁽三⁾③。

【校勘记】

（一）映竹:《全集》本作"入户"。

（二）上:《全集》本作"外"。

（三）斜风细雨归:《全集》本作"人兼风雨归"。

【注释】

① 此诗作于乾隆二十三年（1758），冯敏昌十二岁。

② 鹧鸪:鸟名。形似雌雉,头如鹑,胸前有白圆点,如珍珠。古人谐其鸣声为"行不得也哥哥",诗文中常用以表示思念故乡。《文选·左思〈吴都赋〉》:"鹧鸪南翥而中留,孔雀崒羽以翱翔。"刘逵注:"鹧鸪,如鸡,黑色,其鸣自呼。或言此鸟常南飞不止。豫章已南诸郡处处有之。"

③ 斜风细雨归:化用唐张志和《渔歌子》中"青箬笠,绿蓑衣,斜风细雨不须归"。

舟泊平塘江口漫兴①

平塘夜泊舟,江水正悠悠。星落月沉嶂②,灯微人上楼。

乡情千里路,旅况一轻鸥。独坐推篷望,萧然枫树秋。

【注释】

① 此诗作于乾隆二十七年壬午（1762），冯敏昌十六岁。平塘江:《清史稿》载:"廉州府……西北:那良江,出那良山,南流过太平墟曰太平江,又东北入广西横州为平塘江也。"廉州府治在今广西合浦廉州镇。横州即今广西横县。

② 嶂:耸立如屏障的山峰。

西　洲　道　中 (一)①

清晓几人愁,寒风一叶舟。迷云林树晚,含雨野塘秋。此梦中得之。烟外闻孤磬，天涯有故楼②。如何两年内，三度过西洲。

【校勘记】

（一）《全集》本诗题作《西洲道中吟》。

【注释】

① 此诗作于乾隆二十八年癸未（1763），冯敏昌十七岁，入广州粤秀书院读书，往来两粤，故诗中有"如何两年内，三度过西洲"之句。西洲：当指途中一地名。

② 天涯故楼：即指天涯亭。南宋周去非《岭外代答》卷一记载："钦州有天涯亭，廉州有海角亭。""钦远于廉，则天涯之名甚于海角之可悲矣。"民国《钦县志》卷二《名胜志》载："天涯亭，向在城外东坡书院门外，临平南渡头，宋余襄公守郡时建，旧志云陶弼建……"

晚　泊　闲　眺①

　　向晚泊江村，轻风动旅魂。鸟归烟欲暝，塔远寺初昏。微睇亦新景②，薄潮如旧痕。萍踪念游走③，何处是家园。

【注释】

① 此诗作于乾隆二十八年癸未（1763），冯敏昌十七岁。

② 睇：斜视，流盼。

③ 萍踪：浮萍的踪迹。常比喻行踪漂泊无定。

由拔苍峰登望海石、过洞平原归家，道中口占^{（一）①}

一

　　峰头豁远目，四望何无邻。溟海啸边地，乱云凝古春②。

年随学共去,性与山相亲。颇喜见村落,愁为羁旅人。

二

云海渺无际,故山新有楼。腐儒何地着^③,为客一春愁。痴处梦徒远,归来心转留。篮舆小原上^④,日暮冷如秋。

【校勘记】

(一)《全集》本诗题后有作者小注:"拔翠峰即料头岭。"

【注释】

① 此诗作于乾隆二十九年(1764),冯敏昌十八岁,仍在粤秀书院读书,后应郡例考,得第一。

② 古春:指春天。春自古而然,故称。

③ 腐儒:迂腐之儒者。杜甫《江汉》诗:"江汉思归客,乾坤一腐儒。"

④ 篮舆:语出《宋书·陶潜传》:"江州刺史王弘欲识之,不能致也。潜尝往庐山,弘令潜故人庞通之赍酒具于半道栗里要之,潜有脚疾,使一门生二儿舁篮舆,既至,欣然便共饮酌,俄顷弘至,亦无忤也。""弘要之还州,问其所乘,答云:'素有脚疾,向乘篮舆,亦足自反。'"

尊经阁观所悬灵觉寺古钟歌^①

洪炉烈火横天红,神物化成飞入水。波涛沉瀞不见人^②,旷古精灵在于是。大纲沉沉烟际开,鲸鱼泣血鼋鼍回^③。巨网初举见奇状,万人屏息颜如灰。蛮夷大帅心翻悦,心为摩挲手为掠。以昭来世更留铭,铭以其王之岁月。何人探囊出宝刀,剧剔上下如吹毛^④。想象当年十指上,定有鬼母随而号。铭成见者皆惊顾,布施金珠已无数^⑤。得入昭光大有缘^⑥,转归灵觉夫何故。蛮王昔造灵觉时,数载功劳能独支。十丈虹梁飞玳瑁⑦,万重碧瓦堆琉璃。于时此钟负灵质,悬向飞楼几人击。向日朝随法鼓鸣⑧,横波暮使铜船出⑨。流光荏苒政和年,昌符回首犹目前⑩。试听鲸音晚来发⑪,如有归情当海天。城北老龙殊太恶,夜起腥氛满城郭。既警当年浩荡心,遂动此时战争乐。满城风雨何冥冥,鬼哭神号难可听。波间巨怪气方静,床上老僧心转灵。平明起集缁沆辈⑫,削平两角谁令戴⑬。观之无乃亦可怜,从此翻为大自在⑭。呜呼钟也何年成,尘土茫茫空变更。旁门寄迹恐非是⑮,人间重器讳敢争⑯。当朝天子崇文学,文澜学海容湍濡⑰。已看碑版照千春⑱,还闻木铎推先觉⑲。钟乎钟乎得所逢,辗转移来入泮宫⑳。还知得傍琴樽列㉑,不负从前水火功。

【注释】

①　此诗作于乾隆三十二年(1767),冯敏昌二十一岁,家居,同诸弟读于深竹读书堂。翁方纲再任廉州学使,晋谒受业。灵觉寺:在广西合浦县。合浦是秦汉古郡,早有佛教传入,有"一寺三庵十二庙"之说。灵觉寺始建于晋,在南越王赵佗行宫遗址上建成。至宋,宝山成禅师又修复扩建,后改名东山寺,一直沿用至今。

②　沆漭:水面辽阔无际貌。亦指广阔无际的水面。

③　泣血:无声痛哭,泪如血涌。一说,泪尽血出。形容极度悲伤。鼋鼍:大鳖和猪婆龙。

④　劂(jué):刻镂。此句说宝刀锋利,吹发即断。

⑤　布施:佛教指向僧道施舍财物或斋食。

⑥　昭光:使光大;发扬。

⑦　虹梁:高架而拱曲的屋梁。玳瑁:亦作"瑇瑁"。指玳瑁的甲壳。亦指用其甲壳制成的装饰品。这里指屋梁上的华美装饰物。

⑧　法鼓:佛教法器之一。举行法事时用以集众唱赞的大鼓。亦指禅寺法堂东北角之鼓,与茶鼓相对。

⑨　铜船:相传越王作铜船。其后马援征交趾时,亦有建造铜船之举。他把

收缴来的铜,铸成两条铜柱,四只铜船,两条用于战争,两条不用,沉于海,风雨即见浮出。晋刘欣期《交州记》称:"越人铸铜为船,在定安江,潮退时见。"

⑩　昌符:指越南陈朝年号。康熙《廉州府志》,记康熙十三年海滨得钟,题皇越(按,指越南)昌符九年乙丑,有光禄大夫胡宗族所撰"钟序铭"。明万历三年(1575),时任廉州府推官刘子麒有《古寺灵钟》云:"潇潇古刹法华寒,闻说崆峒也涅盘。架上晓来犹有湿,可知音响倒盂兰。"王一鹗有和诗云:"战罢蛟潭月色寒,晓随海日上金盘。蒲牢忽吼千峰动,唤醒当年竺法兰。"清代屈大均《广东新语·器语》载:"宋政和中,合浦灵觉寺钟一夕飞去,既明,悬于空中,其半犹湿。居人言:江湾每夜有钟吼声,是必与龙斗也。察之果然。乃去钟顶上龙角,遂不复飞,而名其地曰钟湾。每湾中风起,有一物大如车轮,蓝色,腾跃波中,必尝与钟斗者也。"

⑪　鲸音:洪亮的乐声或钟声。

⑫　缁沇辈:指僧人。缁,因僧服常作黑色,故称。

⑬　削平两角:指龙化钟。见本诗注⑩。

⑭　大自在:佛教语。谓进退无碍,心离烦恼。《法华经·五百弟子受记品》:"复闻诸佛有大自在神通之力。"后多用指自由自在、无挂无碍的境界。

⑮　旁门:指非正统的门类、流派或不正经的东西。

⑯　重器:指国家的宝器,古时多为国家的象征。语出《孟子·梁惠王下》:"毁其宗庙,迁其重器。"焦循正义:"复迁徙其国中之宝器。"

⑰　湍濡:指士人享受当朝恩泽。湍:冲刷,冲激。濡:浸渍,沾湿。常喻施受恩泽。

⑱　碑版:碑碣上所刻的志传文字。此句化用杜甫《八哀诗·赠秘书监江夏李公邕》:"干谒走其门,碑版照四裔"句。

⑲　木铎:以木为舌的大铃,铜质。古代宣布政教法令时,巡行振鸣以引起众人注意。《周礼·地官·乡师》:"凡四时之征令有常者,以木铎徇以市朝。"

⑳　泮宫:西周诸侯所设大学。《诗经·鲁颂·泮水》:"既作泮宫,淮夷攸服。"后泛指学宫。

㉑　琴樽:琴与酒樽为文士悠闲生活用具。此说此钟原先因为国家而经历战伐,一入泮宫得便得宁静,是为得其所哉,故有"不负从前水火功"之叹。

春　草①

　　泛翠围烟色,寒青入酒魂。于人如有意,望尔欲无痕。别
想前年路,今思负郭村。芳馨感琴曲,幽谷长兰荪②。

【注释】

　　① 此诗作于乾隆三十年(1765),冯敏昌十九岁。

　　② 荪:即菖蒲。一种香草。北宋沈括《梦溪笔谈·辩证一》:"香草之类,
大率多异名,所谓兰荪,荪即今菖蒲是也。"

秋夜偕勺海、翼堂元妙观访浣云、黄贯之(一)①

　　青衫何处听琵琶②,离恨难消又忆家。坠梦夜沉孤响叶,
团心灯蚀半围花。堂空蟋蟀愁云渺,风入梧桐落月斜。漏下
严城知几转(二)③,潮鸡凌乱报窗纱④。

【校勘记】

　　(一)《秋夜偕勺海、翼堂元妙观访浣云、黄贯之》:《全集》本诗题后有:"分
赋二首"。此取《全集》本原诗之一。

　　(二)漏下严城知几转:《全集》本"严"作"殿"。

【注释】

　　① 此诗作于乾隆三十年(1765),冯敏昌十九岁。几人均为冯敏昌密友,
《年谱》记:"乾隆二十七年壬午十六岁,读书于肇庆端溪书院,与龚骖文、唐汝
凤、黄淮、王宗烈、邵天眷、欧焕舒、梁平庵等名士往来。应乡试时又与李潮三、
黄翼堂、林刚、黄药樵等切磋诗律。"勺海:李潮三,广东新会人,黄培芳《香石诗
话》谓其诗:"皆情见乎词,不忍卒读。"浣云:林刚,广东番禺人,具体不详。黄
翼堂:黄绍统,字燕勖,号翼堂,广东香山人。乾隆二十四年举人,任石城县训

导、琼州府教授等职。后人称"仰山先生",有《仰山堂集》。黄贯之：字药樵,广
东番禺人,生平不详。龚骖文,字熙上,乾隆二十八年进士。先后任庶吉士、通
志馆纂修、浙江道监察御史等职。唐汝风,字平知,乾隆三十年举人,广东高要
人,曾任端江义学掌教。黄沮,字沮秋,广东高要人。乾隆十九年岁贡,后选龙
川训导,自免归,著有《春秋传》等。王宗烈,广东高要人,乾隆间岁贡。邵天眷,
字季杰,号云菴。广东电白人。乾隆三十年拔贡。曾任始兴县教谕。著有《云
菴诗稿》、《历代史钤》等。欧焕舒,字桐阴,乐昌黄圃东村人。家贫力学,曾肄业
于广州粤秀羊城书院。乾隆三十年,选拔廷试一等。历官三十年,凡任八县二
州一厅五府。冯敏昌诗中记此几人颇多,下有提及,不复注出。元妙观：民国
《钦县志》卷二《名胜志》云："在州城东门外,明都指挥于羽建,早废。"

② "青衫"句：化用白居易《琵琶行》"座中泣下谁最多,江州司马青衫湿"。

③ 漏：古代计时器。即漏壶。

④ 潮鸡：一种潮来即啼的鸡。又名伺潮鸡、石鸡。顾野王《舆地志》："移
风县有鸡,雄鸣,长且清,如吹角,每潮至则鸣,故呼为潮鸡。"

与勺海、翼堂同赋秋虫^{(一)①}

秋意已如此,萧萧谁与论。寒霜警诗骨,微雨静人言。影
入花丛薄,声从夜里繁。砌边与篱侧,何处不销魂。

【校勘记】

(一)《全集》本此诗题作《与勺海、翼堂同赋秋虫,得言字四首》,此选其一。

【注释】

① 此诗作于乾隆三十年(1765),冯敏昌十九岁。

与勺海、浣云同赋秋雨^{(一)①}

孤灯门掩处,独对思绵绵。珠海云无数,鱼山路几千^②。

虫吟疑有约,萤影照难眠。何事深篁里,萧萧锁暮烟。

【校勘记】

(一)《与勺海、浣云同赋秋雨》:《全集》本此诗题作《与勺海、浣云同赋秋雨,得圆字三首》,此选其一。

【注释】

① 此诗作于乾隆三十年(1765),冯敏昌十九岁。

② 鱼山:指铜鱼山。见前本卷《云藏九咏·铜鱼山》注①。

同浣云、黄贯之雨中留宿集梧堂^{(一)①}

秋气如烟幕枕屏,故人犹许共居停^②。夜来微雨不知碧,眼底寒灯相对青^③。一榻空教愁渺漠,五湖谁与梦沉冥^④。天涯亦有回时路,惆怅还怜酒易醒。

【校勘记】

(一)《全集》本此诗题作《同浣云、黄贯之雨中留宿集梧堂,醉后言怀,分得青字》。

【注释】

① 此诗作于乾隆三十年(1765),冯敏昌十九岁。

② 居停:寄居的处所。

③ "眼底"句:相对青,指眼青,犹青眼。晋阮籍善为青白眼,朋友来了青眼有加,反之就白眼相待。见《世说新语·简傲》。此处说与友朋相与知己。

④ 五湖:此指钦州之五湖,民国《钦县志》卷一《舆地志》:"五湖在钦城外,分东湖、南湖、西湖、北湖、中湖,据《舆地纪胜》,并嘉祐八年置。……即今四面城濠。"沉冥:低沉冥寂。

晓发江雾甚大①

柔橹寒江奋响微,水痕晨色两依依。苍蒹有影渔人立^{(一)②},绿网无声水鸭飞^{(二)③}。到处置身非故我,年来多梦未忘机④。即看云海茫茫处,回首秋风欲不归。

【校勘记】

(一)苍蒹有影渔人立:《全集》本此句后有作者小注:"西河中嘉鱼每乘雾出穴。"

(二)绿网无声水鸭飞:《全集》本此句后有作者小注:"河中水鸭数百,为群居。人每乘晓以小舟、丝网网取之。"

【注释】

① 此诗作于乾隆三十年(1765),冯敏昌十九岁。

② "苍蒹"句:化用《诗经·秦风·蒹葭》:"蒹葭苍苍,白露为霜。所谓伊人,在水一方。"

③ 绿网:指水草丰茂纵横如网。

④ 忘机:道家语,指忘却计较、巧诈之心,自甘恬淡。出自《列子·黄帝篇》:"海上之人有好鸥鸟者,每旦之海上,从鸥鸟游,鸥鸟之至者百住而不止。其父曰:'吾闻鸥鸟皆从汝游,汝取来,吾玩之。'明日之海上,鸥鸟舞而不下也。"后喻淡泊隐居,与世无争。

梅 花 四 首①

一

无边天影晓冥冥,萧飒风声在小亭。鹤驭行云愁月堕,笛吹残雪与山听。美人魂气销铜照②,诗客肝肠寄纸屏。笑指炊烟起篱外,一丝寒破万峰青。

二

　　几处芳魂不可招③，惟馀诗骨总萧萧④。枕前云与疏棂
断，湖上春如一水遥。月冷离情那可寄，江流长恨若为销。闲
愁尚有寻幽梦，惆怅临溪旧板桥。

三

　　笛声凄绝到平楼，何处吹来澹未收。流水短桥馀晚意，乱
云残雨绕篱愁。萧条杨柳徒成梦，明媚芙蓉不及秋⑤。惟有伴
人寥寂处，一天寒色水西头。

四

　　东风何事起行尘，驽马萧萧垫角巾⑥。庾岭几回同有
梦⑦，江南从此更无春。迷离衰草连云暗⑧，寂寞孤村细雨匀。
惆怅芳华容易落，只应持赠与愁人。

【注释】

　　① 此诗作于乾隆三十年(1765)，冯敏昌十九岁。

　　② “美人”二句：抒写历史沧桑感。古铜镜犹存，对镜美人已化为乌有，而
今只有对着屏纸抒写内心感慨。铜照：铜镜。

　　③ “几处”句：《楚辞》有《招魂》篇，汉王逸《题解》：“《招魂》者，宋玉之所
作也……宋玉怜哀屈原，忠而斥弃，愁懑山泽，魂魄放佚，厥命将落。故作《招
魂》，欲以复其精神，延其年寿。”

　　④ 诗骨：诗的风骨。孟郊《戏赠无本》诗之一：“诗骨耸东野，诗涛涌
退之。”

　　⑤ 芙蓉：荷花的别名。荷花花大叶丽，清香远溢，出淤泥而不染，花至秋陨
落。故诗有“不及秋”之叹。

　　⑥ 角巾：方巾，有棱角的头巾。常为古代隐士冠饰。也指布衣。

　　⑦ 庾岭：即大庾岭。五岭之一。在江西省大庾县南。岭上多植梅树，故又

名梅岭。

⑧ 迷离衰草连云暗：写衰草连天，景色惨淡气象。语出秦观《满庭芳》"山抹微云，天粘衰草，画角声断谯门"句。

从樟木林入西原，听十里松籁^①

　　落月澹将晓，骑马出平林。行人尚未出，山寒风满襟。石礵太峭绝，窈窕不可临^②。十里见长原，千松何森森。天籁有时鸣，萧条清客心。恍疑尘世中，有此太古音^③。又似去乡久，为此还山吟。逌然长啸声^④，缥缈苍烟深。静极自成响，此意谁复寻。系马枯松根，聊为枕吾琴。

【注释】

　　① 此诗作于乾隆三十一年（1766），冯敏昌二十岁，此年赴京应廷试。樟木林：今广西贺州市昭平县东北部。

　　② 窈窕：深远、秘奥貌。

　　③ 太古：远古，上古。此句说松籁如天音，听此有超然物外之感。

　　④ 逌然：闲适、自得貌。逌（yóu）：同"攸"。

通　天　岩^①

　　寂寂空山中，有此十日暇。主人念我愁，导我斯岩下。斯岩何穹隆，其高与天亚。我来得小径，攀跻出石罅^②。循行缘回溪，远见飞湍泻。悬滞拗左折，中有虹梁跨。巨石纷谽谺^③，一一相抵架。洞口过一身，如出恶少胯^④。初疑云气暗，少觉日光射。拔地耸重楼，凌空杳飞榭^⑤。蝌蚪龙蛇生^⑥，钟乳人兽化⑦。千盘恣腾跳，小康获慰藉⑧。宛转连户闼，弯环准庑舍⑨。异石生其间，晶莹古无价⁽一⁾。红兰开小春，绿藓静长夏。巢空飞鼠潜⑩，磴悬宿羽借⑪。藤臂夜又悬，云髻丹螭驾⑫。雷霆走白日，鬼怪出阴夜。蜿蜒寸蜡穷，窅敞中魂讶⑬。鬼斧与神工，往往生嗟诧。如何古天地，亦有此机诈⑭。摩崖面温公⑮，蜡屐失诸谢⑯。坎坎石径危⑰，杳杳山灵迓⑱。崦嵫下落日⑲，追游顿望罢。

【校勘记】

（一）晶莹古无价：《全集》本此句后有作者小注："岩中有石如晶玉。"

【注释】

① 此诗作于乾隆三十一年(1766)，冯敏昌二十岁。通天岩：在广东英德。南宋洪适曾游通天岩后，作《通天岩记》："自英州西南行十五里，至石角头山。……双窍穿豁，垂蔓摇丝，云在木叶间，日影漏人，乱石总总，所谓通天岩也。"

② 石罅：石头的缝隙。

③ 谽谺：山石险峻貌。

④ 恶少胯：典出《史记·淮阴侯列传》："淮阴屠中少年有侮信者，曰：'若虽长大，好带刀剑，中情怯耳。'众辱之曰：'信能死，刺我；不能死，出我袴下。'于是信孰视之，俛出袴下，蒲伏。韩信封侯后回家乡，召辱己之少年令出胯下者以为楚中尉。告诸将曰：'此壮士也。方辱我时，我宁不能杀之邪？杀之无名，故忍而就於此。'"诗中指洞口逼狭，人从中过，如出胯下。

⑤ "拔地"句：指岩洞有高下相连者、有独立突出自成一体者、有阔大深入者，似亭似阁、似楼似榭。

⑥ 蝌蚪：即蝌蚪书。古文字体的一种。笔画多头大尾小，形如蝌蚪，故称。

⑦ "钟乳"句：指岩洞中钟乳如同人形、兽形。南宋洪适《通天岩记》记载："列户如蜂房，其顶结乳，如珠缨，如流苏，如裂瓜，如垂莲，如肺肝。回壁如施上衣，有纹折；凝于地者，如鬼神形，如幡蘦，如帷帐，如笋，如枯木，如禽兽，如器物，多不可名。"

⑧ 小康：儒家理想中的所谓政教清明、人民富裕安乐的社会局面,指禹、汤、文、武、成王、周公之治。低于"大同"理想。见《礼记·礼运》。

⑨ "宛转"句：说岩石洞窍多、长得奇,犹如房屋庑舍俨然。

⑩ 飞鼠：指蝙蝠。

⑪ 宿羽：指夜晚栖息的鸟。

⑫ 云辔：指骏马。螭驾：传说神仙所乘的螭龙驾的车。

⑬ "蜿蜒"二句：说燃烛游洞,蜡将燃尽心有所悸,眼前也豁然开朗,景象令人讶异。

⑭ 机诈：此说岩洞崎岖、互相通连,无比机巧。

⑮ 摩崖：山崖。多指在山崖石壁上所刻的诗文、佛像等。

⑯ 蜡屐：以蜡涂木屐。语出《世说新语·雅量》："或有诣阮(孚),见自吹火蜡屐,因叹曰:'未知一生当着几量屐!'神色闲畅。"后指悠闲、无所作为的生活。

⑰ 坎坎：谓险难重重。

⑱ 迓：溜走,逃跑。

⑲ 崦嵫：山名。在甘肃天水县西境。传说以为日落的地方。《楚辞·离骚》："吾令羲和弭节兮,望崦嵫而勿迫。"王逸注："崦嵫,日所入山也。"

羚 羊 峡①

羚羊峡前水渺茫,羚羊峡口烟苍苍。一峰猿声一峰雨,随意客船江寺旁(一)②。

【校勘记】

(一) 随意：《全集》本作"无数"。

【注释】

① 此诗作于乾隆三十一年(1766),冯敏昌二十岁。羚羊峡：屈大均《广东新语》卷三《石语·两三峡》：(西江)"浈阳(峡)、香炉(峡)、中宿(峡)。为北

三峡。大湘、小湘、羚羊，为西三峡。从东而上……香炉峡尽为高要。城东二十里则羚羊峡至矣。羚羊比大、小湘较长。渔者歌云，长者羚羊，短者二湘。……西江既出羚羊，势乃沛然。"

②　江寺：羚羊峡口有寺，即中宿峡上飞来寺。羚羊峡在西江，中宿峡在北江，两江相汇并为珠江，两峡也互交接，可参见本诗注①。清代檀萃《楚庭稗珠录·粤囊》称寺在中宿峡："中宿峡飞来寺，在水之右，山峰对竦，江流中贯，阔仅廿馀丈。寺临水崖，众木蓊郁，后叠危屏，疏槛面江，得江东亭馆之趣。昔轩辕庶子长太禺、次仲阳，降居南海，与其臣'初'曰'武'隐此。……迨萧梁时，帝子……往舒州延祚寺，叩真俊禅师移寺南来。"

崧　台①

　　天水茫茫合，牂牁千里来②。苍然留远影，晚色下山隈③。
缥缈城钟出，嵯峨羚峡开④。长风吹不极，人立古崧台。

【注释】

　　①　此诗作于乾隆二十七年壬午（1762），冯敏昌十六岁。读书于肇庆端溪书院，与诸名士往来，切磋诗律。见前《秋夜偕勺海、翼堂元妙观访浣云、黄贯之》注①。崧台：在羚羊峡旁山岩上。

　　②　牂牁（zāng kē）：南宋周去非《岭外代答·地理门》"广西水经"条云："融州之水，牂牁江是也。"又"牂牁江"条云："西融州城外江水，即牂牁江之下流也。"檀萃《楚庭稗珠录·黔囊》"牂牁江"条云："盖江（校注者按，指牂牁江）以郡名，即今之盘江是也。盘江有二源，一出云南之曲靖，名右江；一出贵州之都匀，名左江，俱经广西，至郁林郡合，至封川入广东界，东赴番禺，入于海。"

　　③　隈：山水弯曲隐蔽处。

　　④　嵯（cuó）峨：山高峻貌。

进舟石门作^①

　　白云自成闲,遥山复相映。石门望中开,一水平如镜。击
楫向中流,棹歌亦堪听。有怀吴隐之,廉节矢高行^②。偶来酌
贪泉,寂寞成清咏^(一)。俯仰千年来,高尚谁与并。悠悠行路
人,风尘几时竟。延望一徘徊,山崦来孤磬^③。

【校勘记】

　　(一)寂寞成清咏:《全集》本此句后有"岂复索苞苴,真能洗奔竞"
两句。

【注释】

　　① 石门:位于今广州西北郊小北江与流溪河的汇合处。江景壮丽,为宋、
元两代羊城八景之一的"石门返照"所在。小北江为西江、北江总汇,水大流急,
而流经这里时,要横穿西南走向的岩石山冈,河道收整,石门两岸群山对峙、壁
石如门故名。"贪泉"即在此,可与本诗注②互参。

　　② "有怀"句:事见《晋书·良吏传·吴隐之》。濮阳鄄城人吴隐之操守清
廉,为广州刺史,未至州二十里,地名石门,有水曰贪泉,相传饮此水者,即廉士
亦贪。隐之酌而饮之,因赋诗曰:"古人云此水,一歃怀千金;试使夷齐饮,终当
不易心。"及在州,清操愈厉。

　　③ 山崦:山坳,山曲。

晓入峡山寻归猿洞,得四律^①

一

　　空青与烟辟^②,片水围苔痕^③。石气不离雨,云阴常在门。
何人见清晓,独往闻孤猿。渺渺自惆怅,难为尘世喧^④。

二

悬崖削空下,幽境还迷离。泉引凿心竹⑤,亭围连理枝⑥。响流辨山窍⑦,影小沉萝丝。寂寞起灵梦,云中来桂旗⑧。

三

悄然上峰顶,峰顶凝寒流。石树自春色,岚风吹晓愁。玉环渺何处⑨,瑶草空离忧⑩。独对老僧坐,何心能远游。

四

不觉有寒意,因之思故乡。人危下山径⑪,花冷临崖香。采药昔人远⑫,縶身名路长⑬。听钟一回首,烟雨空苍苍。

【注释】

① 此诗作于乾隆三十一年(1766),冯敏昌二十岁。

② 空青:指青色的天空。

③ 苔痕:苔藓滋生之迹。此指猿洞久无人迹而荒生苔藓。

④ 尘世:犹言人间;俗世。

⑤ 凿心竹:中间凿空的竹子,用以从山上引泉水下山,故云泉引。

⑥ 连理枝:典出干宝《搜神记》卷十一:宋康王夺舍人韩凭妻何氏,夫妻相约自杀。韩妻"遗书于带曰:'王利其生,妾利其死,愿以尸骨赐凭合葬。'王怒,弗听,使里人埋之,冢相望也。王曰:'尔夫妇相爱不已,若能使冢合,则吾弗阻也。'宿昔之间,便有大梓木,生于二冢之端,旬日而大盈抱,屈体相就,根交于下,枝错于上。又有鸳鸯,雌雄各一,恒栖树上,晨夕不去,交颈悲鸣,音声感人。"后喻恩爱夫妇。诗中仅叙根枝相连,围护亭泉之状。

⑦ 窍:孔穴。水流经过稍急时,会发出响声。

⑧ 桂旗:《楚辞·九歌·山鬼》:"乘赤豹兮从文狸,辛夷车兮结桂旗。"王逸注:"结桂与辛夷以为车旗,言其香絜也。"指神祇车上所树之旗。

⑨ 玉环:喻圆月。

⑩ 瑶草:传说中的香草。宋玉《高唐赋》序说巫山之云为神女瑶姬所化,

"旦为朝云,暮为行雨",瑶姬为炎帝二女,死后化云,居巫山之巅,上有瑶草,男女食之相爱。

⑪ 危:忧惧,不安。

⑫ 采药:谓采集药物。借指隐居避世或求仙修道。《后汉书·逸民传·庞公》:"后遂携其妻子登鹿门山,因采药不反。"

⑬ 名路:谋取功名之路。

晚泊中宿峡①

长河百折此中经,向晚孤帆且暂停。半角日沉微雨黑,一声猿断众山青。人当客路常难别,酒到乡心亦易醒。欲向飞来寻往迹②,烟萝深处冷冥冥③。

【注释】

① 此诗作于乾隆三十一年(1766),冯敏昌二十岁。中宿峡:清代屈大均《广东新语》卷三《石语·两三峡》:(西江)"浈阳(峡)、香炉(峡)、中宿(峡)。为北三峡。"

② 飞来:指中宿峡飞来寺。见本卷《羚羊峡》注①。

③ 烟萝:草树茂密,烟聚萝缠,谓之"烟萝"。

蒙浬驿晓起(一)①

烟水渺沉沉,孤舟望远心。一峰云不落,千树雨相深。岐路惟徐感,牢愁独苦吟。谁知有闲客,寥寂尚琪琳②。

【校勘记】

(一)《蒙浬驿晓起》:《全集》本诗题作《蒙浬驿晓起二首》。此选其一。

【注释】

①　此诗作于乾隆三十一年(1766),冯敏昌二十岁。蒙浬驿:驿站名,在今广东清远县。

②　琪琳:均指美玉。

彭蠡湖中望匡庐^{(一)①}

浓云黯黯垂阴风,帆开碧浪开两龙^{(二)②}。鄱阳湖阔一百里^③,其气久矣吞长空。水光飞洒不见日,欲卷怒云吹船篷。孤飞去鸟疾如矢,巨鱼出没波涛中。回首苍茫渺何处,方信天地难可穷。造物谁知意不死^④,还从天际开神峰^⑤。屹然一万六千丈,下瞰云雨青蒙蒙。有如巨鳌抃舞在^⑥,沧海骧首独举蓬莱宫^⑦。又如美人伫立明镜侧,惨淡空写蛾眉工^⑧。一双裙带忽飞起,化为雪瀑千仞下注悬玲珑^⑨。乱峰苍苍不得数,芥蒂忽觉除心胸^⑩。却忆当时慧远师^⑪,撇尽禅语邀陶公^⑫。篮舆颇至东林内^⑬,谁为名山相过从^(三)。炼药成仙亦有人^⑭,上骑鸾鹤恣遐冲^⑮。黄尘一瞬几千载^(四),空馀指顾留芳踪^⑯。可怜仙佛尚沦没,何况争战之馀功。茫茫百感一旦积,翻恨此身随转蓬^{(五)⑰}。无言独立向瀁漭^⑱,大姑山远斜阳红^⑲。

【校勘记】

(一)《全集》本诗题作《彭蠡湖》。

(二)碧:《全集》本作"擘"。

(三)过:《全集》本作"随"。

(四)尘:《全集》本作"河"。

(五)转:《全集》本作"飞"。

【注释】

①　此诗作于乾隆三十一年(1766),冯敏昌二十岁。匡庐:即庐山,传说殷周时

期有匡氏兄弟七人结庐隐居于此(一说为一人,匡俗,字君孝,也有称匡裕,字子孝;
也有称匡续),后成仙而去,其所居之庐幻化为山,故而得名。多奇峰峻岭,悬崖峭
壁,千姿百态。北靠长江,南傍鄱阳湖。自古享有"匡庐奇秀甲天下"之盛誉。

②"帆开"句:喻船前行划开水面时形成于船后的两条波浪似龙。

③鄱阳湖:是我国第一大淡水湖,位于九江至湖口的江湖相接处,上承赣、
抚、信、饶、修五江之水,下接长江。南宽北狭,烟波浩渺、水域辽阔,古代有彭蠡
泽、彭湖、宫亭湖等多种称谓。

④造物:运气;福分。造物者:特指创造万物的神。

⑤"还从"句:概说庐山自天际而来,极言其高,下句又具体说庐山之高。

⑥巨鳌抃舞:语出《楚辞·天问》:"鳌戴山抃,何以安之?"喻负荷重任。

⑦骧首:抬头。比喻意气轩昂。蓬莱宫,唐宫名。在陕西省长安县东。原
名大明宫,高宗时改为蓬莱宫。

⑧娥眉:女子秀眉。借指美女。

⑨玲珑:喻清越的声音。

⑩芥蒂:比喻积在心中的怨恨、不满或不快。

⑪慧远:东晋名僧(334—416),雁门楼烦(今山西宁武)人,是继著名高僧
道安之后的佛教首领。本姓贾,出身仕宦家庭。《高僧传·释慧远传》载:"少
为诸生,博综六经,尤善《庄》、《老》。"东晋太元六年(381)入庐山,创东林寺传
法。元兴元年(402)与同好结白莲社,罗致中外"息心贞信"之士123人,其中名
声特别大的有18人,号称"社中十八高贤"。以白莲社为基地倡导净土宗,著有
《法性论》、《沙门不敬王者论》等。因白莲社之故,净土宗又叫莲宗,成为我国
佛教的重要宗派之一。

⑫禅语:禅话。　陶公:陶渊明。

⑬篮舆:见前本卷《由拔苍峰登望海石、过洞平原归家、道中口占》注③。
东林:指东林寺,庐山西北麓,晋释慧远建造,是中国佛教净土宗的发源地。

⑭炼药成仙:一说可见本诗注①。另一种传说,周武王时,方辅先生,同老
子李耳,入山炼丹,俱"得道成仙","人去庐存",因称庐山。(校注者按,老子与
武王不同时,此为神话。)

⑮鸾鹤:鸾与鹤。相传为仙人所乘。遐冲:千里之外故国之冲车。引申
为与远方邦国间的冲突。

⑯ 指顾：手指目视,指点顾盼。一指一瞥之间,形容时间短暂、迅速。

⑰ 转蓬：随风飘转的蓬草。形容漂泊不定。

⑱ 瀁(yǎng)瀁：水广大无涯际貌。

⑲ 大姑山：在鄱阳湖中,一头高,一头低,像只巨鞋浮于碧波之中,故又称"鞋山"。神话传说古代有一个渔夫胡青,在湖上打鱼时,与天界瑶池玉女大姑相遇,相爱成亲。渔霸盛泰得知,要抢大姑。玉帝得知此事,派天兵天将把大姑带走,盛泰乘机抓去胡青。大姑从天上丢下一只绣花鞋把盛泰一伙压住,这只绣花鞋变做了鞋山。鞋山因此又名大姑山。《水经》记载：大禹曾在此山岩刻石记功,唐时建有大姑庙。

将　至　金　陵①

向晓推篷处,垂杨夹水迎。微微远烟色,初见秣陵城②。
佳丽六朝地③,栖迟孤客情。会须寻李白,一上酒楼行④。

【注释】

① 此诗作于乾隆三十一年(1766),冯敏昌二十岁。

② 秣陵：指今南京。秦时置郡县,呼为秣陵。

③ "佳丽"句：化用谢朓《鼓吹曲·入朝曲》诗句："江南佳丽地,金陵帝王州。"

④ "会须"二句：说金陵是诗仙游览旧地,酒楼是最喜欢去的地方,要寻诗仙旧迹,须上酒楼。李白于唐玄宗开元十四年(726)游金陵,春赴扬州,作《金陵酒肆留别》。

雨　夜　怀　公　悦①

隔花虫语梦迟迟,回首依然感别离。酒抱尚容狂客共^(一)，赋心空有美人知^②。三湘烟水迷蘅杜^③，五岭炎云忆荔枝^④。惆怅燕台残雨夜，一灯犹似沛兰时^⑤。

【校勘记】

（一）酒抱：《全集》本作"把酒"。

【注释】

① 此诗作于乾隆三十一年（1766），冯敏昌二十岁。

② "赋心"句：说纵才华横溢也只有知己知晓。以美人喻友朋知己。采用楚辞的"香草美人"引类譬喻手法。

③ 三湘：指沅湘、潇湘、资湘。泛指湘江流域及洞庭湖地区。蘅杜：即杜蘅。香草名。《楚辞·九思·伤时》："蘅芷雕兮莹嫇。"王逸注："蘅，杜蘅；芷，若芷。皆香草。"

④ 五岭：见前本卷《云藏九咏·天马山》注⑥。

⑤ 沛兰：即佩兰，也叫蕙兰，叶似草兰而稍瘦长，暮春开花，气逊于兰，色也略淡。

沧 州 铁 狮 歌^①

太乙初封六一时^②，金火精凝天地紫。行秋白虎气下肃^③，出土黔雷势上启^④。随阴一夜髑髅啼^⑤，填空百万黑妖死^⑥。蛟龙怒悚不得力，化为神物决眦起^⑦。神物偶见夫何名，□皇作此白狮子^{(一)⑧}。狮子独立何昂藏^⑨，圆颅突出毛四指。□然一丈穷牙须，漠尔万仞连尻尾^⑩。前□定可走貔豼^⑪，后蹲已足摄犀兕^⑫。欻如攫飞挟两剑^{(二)⑬}，怒如神骏决千里^⑭。健如鹰隼凌秋旻^⑮，奋如鲸鬛翻沧水^⑯。于时刻画无冥顽^⑰，一夜飞横有风雨。条支海上如有闻^⑱，卢沟桥侧差堪拟^⑲。吾闻柴皇在昔时^⑳，奇气英姿世莫比。譬若猰貐一当

路㉑,虎豹之雄亦披靡㉒。身经战伐二十年,几回铁马金刀
里㉓。一朝绣宸辟麒麟㉔,午夜关情念蝼蚁㉕。遗风直欲继三
代㉖,馀烈犹存在青史㉗。胡为拨冶出异形,毋乃销兵寄微
旨㉘。不然作此彰威神㉙,留取奇形惊远迩。何期甲马营中
儿,倒裂黄旗上玉几㉚。孤儿寡妇竟何为,范质王溥但如彼㉛。
金乌未许斗中天㉜,铁券徒用留朱玺㉝。何曾此子时一鸣,但
觉庞然留四体。已无气焰当此时,纵有精灵欲谁倚。苍茫鼓
铸亦大劳,欻歘蹲夷空复尔㉞。君不见当时死却田将军㉟,大
宅重门遂焚毁。又不见尚王故第犹巍巍,近世豪雄俱已矣。

【校勘记】

(一)□皇作此白狮子:按,后有"吾闻柴皇在昔时"句,"□"疑为"柴"。

(二)攫:《全集》本作"悚"。

【注释】

① 此诗作于乾隆三十一年(1766),冯敏昌二十岁。铁狮子:又名镇海吼,
在今河北沧州。铸于后周广顺三年(953)。《沧县志》(1933年修订)记载:铁
狮,在旧州城内开元寺前。高一丈七尺,长一丈六尺。背负巨盆,头顶及项上各
有"狮子王"三字,右项及牙边皆有"大周广顺三年铸"七字,左肋有"山东李云
造"五字。腹内、牙内外字迹甚多,然湮灭不全。后有识者谓是《金刚经》文。头
内有"窦田、郭宝玉"字,曾见拓本,意系冶者姓名,字体为古隶。相传周世宗北
征契丹,罚罪人铸此,以镇州城。素有"狮子王"之美誉。

② 太乙:亦作"太一"。即道家所称的"道",古指宇宙万物的本原、本体,
天地未分前的混沌之气。六一:道家炼丹用以封炉的一种泥。晋葛洪《抱朴
子·金丹》:"用雄黄水、矾石水、戎盐、卤盐、矾石、牡蛎、赤石脂、滑石、胡粉,各
数十斤,以为六一泥(封之)。"

③ 白虎:中国古代四圣兽之一。与五行说相和,西为白色,属金,配虎。也
是战神、杀伐之神。具有避邪、禳灾、祈丰及惩恶的扬善、发财致富、喜结良缘等
多种神力。

④ 黔嬴:神名。《楚辞·远游》:"召黔嬴而见之兮,为余先乎平路。"王逸

注:"问造化之神以得失。"洪兴祖补注:"《大人赋》云:'左玄冥而右黔雷。'注云:'黔嬴也,天上造化神名,或曰水神。'"

⑤ 髑髅:头骨。此借指鬼魂。

⑥ 黑妖:意同"黑祲",黑色之气,不祥的天象。亦喻指战祸。语本《左传·昭公十五年》:"梓慎曰:'禘之日,其有咎乎? 吾见赤黑之祲,非祭祥也,丧氛也。'"杜预注:"祲,妖氛也。"

⑦ 决眦:裂开眼眶。此用以表示盛怒的情绪。

⑧ 白狮子:铁狮子俗称。

⑨ 昂藏:气度轩昂。

⑩ 尻尾:尾部。

⑪ 貔貅:古籍中的猛兽。《礼记·曲礼上》载:"前有挚兽,则载貔貅。"郑玄注:"载谓举于旌首以警众也。""貔貅亦挚兽也。"孔颖达疏:"貔貅是一兽,亦有威猛也。"

⑫ 犀兕:犀,通称犀牛。哺乳类,形略似牛,体较粗大。吻上有一角或二角,间有三角者。皮厚而韧,多皱襞,色微黑,毛极稀少。兕(sì),古代兽名。皮厚,可以制甲。这里"前□"两句是形容铁狮子威猛无比。

⑬ 欻如:迅疾貌。

⑭ "怒如"句:形容铁狮子迅猛之姿。

⑮ 秋旻:秋季的天空。

⑯ 鲸鬣:鲸须。

⑰ 冥顽:愚昧顽固。

⑱ 条支海:西汉有条支国,唐属安西大都护府统辖的波斯(今伊朗)都督府;条支海即今波斯湾。

⑲ 卢沟桥侧差堪拟:指卢沟桥上的石狮子。北京西南丰台永定河(旧称卢沟河)上。始建于金大定二十九年(1189),明正统九年(1444)重修。清康熙时毁于洪水,康熙三十七年(1698)重建。桥身两侧石雕护栏各有望柱140根,柱头上均雕有卧伏的大小石狮共501个(一说498个)。

⑳ 柴皇:即五代后周世宗柴荣(921—959),邢州龙冈(今河北邢台西南)人。显德元年(954),即皇帝位。立下三十年宏志:"以十年开拓天下,十年养百姓,十年致太平。"《旧五代史》评价他"神武雄略,乃一代之英主……而降年不

永,美志不就,悲夫!"

㉑狻猊:狮子。《尔雅·释兽》:"狻麑如虦猫,食虎豹。"郭璞注:"即狮子也,出西域。"

㉒披靡:本义草木倒伏。指退却,后退。

㉓铁马金刀:指代战争。

㉔扆(yǐ):或称"斧依"、"屏扆"。古代天子坐处,在东西户牖之间所设的用具。状如屏风,高八尺,以绛为质,其上绣为斧文。起于周代。麋:麋鹿中的雄性称麈。

㉕蝼蚁:蝼蛄和蚂蚁。比喻力量微弱或地位低微、无足轻重的人。可参见本诗注⑳。

㉖三代:指夏、商、周。

㉗烈:功业,功绩。青史:古代以竹简记事,故称史籍为"青史"。

㉘销兵:销毁兵器。微旨:精深微妙的意旨。

㉙威神:赫奕的声威,神明般的威严。

㉚"倒裂"句:借指兵器镕为铁狮子,被尊崇至高位。黄旗:黄色的旗帜。古代军中用旗。《墨子·旗帜》:"守城之法,木为苍旗,火为赤旗,薪樵为黄旗,石为白旗。"玉几:玉饰的矮桌。《尚书·顾命》:"相被冕服,凭玉几。"表尊贵之位。此处指赵匡胤陈桥兵变事。

㉛范质:字文素(911—964)。五代后周和北宋初大臣。大名宗城(今河北清河西南)人。后周柴世宗时任首相兼参知枢密院事,掌军政大权。世宗柴荣病危时,为顾命大臣。王溥(922—982):并州祁县(今属山西)人,字齐物。后汉乾祐二年(949)进士。后周时累官参知枢密院事加右仆射,《宋史》有传。

㉜金乌:古代神话传说太阳中有三足乌,因用为太阳的代称。

㉝铁券:即铁契。古代皇帝颁赐功臣授以世代享受某种特权的凭证。为汉高祖所创。铁制的契券上用丹砂书写誓词,从中剖开,朝廷和受赐者各保存一半。唐以后不用丹书,而是嵌金,并在券文上刻有免死等特权的文字。

㉞餂(tiǎn)舕(tàn):吐吞貌。蹲夷:蹲踞。

㉟田将军:指燕国著名的侠士田光,他结识燕太子丹后,曾把荆轲推荐给太子丹以谋刺秦王政,太子丹要田光保证不泄密,田光便抽刀自尽,让太子放心,又激励荆轲。

对　月　二　首①

一

秋情秋影两难降,抱影重悲剑一双②。几处西风迷水岸,
此时明月落船窗。苍茫易感还乡梦,惨淡空愁过客艭③。何事
悄无人语处,萧萧长笛又横江④。

二

夜气苍茫一望空,江烟无尽影朦胧。梦随双橹摇寒月,人
与孤灯避暗风。遥雁凄凉迷枕上,苍蒹凌乱入愁中⑤。梅关天
远铜鱼暗⑥,惆怅归情不可穷。

【注释】

①　此诗作于乾隆三十一年(1766),冯敏昌二十岁。

②　"抱影"句:古人有仗剑优游之说,如李白,此处有抱负无处施展之意。

③　艭(shuāng):古人所称的小船。

④　"萧萧"句:指笛声悠扬,回荡江面之上。

⑤　苍蒹:见前本卷《晓发江雾甚大》注①。

⑥　梅关:古关名。宋时在江西大庾岭上所置。为江西、广东二省分界处。
清代屈大均《广东新语·山语·梅岭》:"自驿至岭头六十里为梅关。从大庾县
西南者,望关门两峯相夹,一口哆悬,行者屈曲穿空,如出天井。"顾祖禹《读史方
舆纪要》称:梅岭"南扼交广,西拒湖湘,处江西上游,拊岭南之项背"。铜鱼:
见前本卷《云藏九咏·铜鱼山》注①。

岱　　宗(一)①

岱宗有神灵,尊为五岳独。真气所融结,万物敢不肃。日

月照其顶,齐鲁卫其足。十八盘冥冥②,何人夜中宿。

【校勘记】

(一)《全集》本诗题作《望岱宗》。

【注释】

① 此诗作于乾隆三十一年(1766),冯敏昌二十岁。岱宗:清钱泳《履园丛话·古迹》"岱庙"条云:"岱庙……南向进泰安门半里许,至遥参亭,即岱庙前门。庙五门三阙,东西角楼五层,如天子宫室之制。进庙门,则老树参天,古刻林立;东西两傍,有穹碑二座,一为宋宣和间立,一为大中祥符间立。……殿正中甬道上,有名扶桑石者,不知何时置。此出所谓南天门、日观峰者,俱在指顾间矣。"

② 十八盘:是东岳泰山登山盘路中最险要的一段,在对松山北。高阜之上,双崖夹道,旧称云门,今名开山,为清乾隆末年改建盘道时所辟。十八盘自此而始。此处两山崖壁如削,陡峭的盘路镶嵌其中,远远望去,恰似天门云梯。中间磴道盘旋,行人几乎直上直下,兼有高、陡、危、奇之感。又有"慢十八"、"紧十八"之分。

西台寻谢皋羽墓①

西台长恸后,壤土亦荒榛。竹石碎当日②,乾坤空此人。

台前云漠漠,台下水粼粼。朱鸟归何处③,萧条一怆神。

【注释】

① 此诗作于乾隆三十一年(1766)。冯敏昌二十岁。谢皋羽:文天祥帐下咨事参军。南宋景炎二年(1277)别天祥于章水(一作漳水)湄,后二年,文天祥被俘北去,至元十九年(1282)被杀。此后每逢天祥殉国忌日,皋羽都于西台野祭。至元二十七年(1290)"哭于子陵之台",作《西台恸哭记》,洋溢家国之感。西台在富春江边之子陵钓台上(今浙江桐庐县桐君山上),谢皋羽即葬于此。

② "竹石"句：文天祥遇害后，谢皋羽每年逢忌日于西台野祭，至元二十七年（1290），作《西台恸哭记》，云："登西台，设主于荒亭隅；再拜，跪伏，祝毕，号而恸者三，复再拜，起。……乃以竹如意击石，作楚歌招之曰：'魂朝往兮何极？莫归来兮关塞黑。化为朱鸟兮有咮焉食？'歌阕，竹石俱碎，于是相向感唶。"

③ 朱鸟：传说中的鸾鸟，此以喻谢皋羽。

谒文丞相墓①

繁云迷八极②，蛟蛇安可回。大风覆鸟巢，鸾皇欲安归⁽一⁾③。峨峨文文山④，遭运当乱危。天地白骨满，寒日无晶辉⑤。感激国士恩，痛哭章水湄⁽二⁾⑥。义兵一旦起，宁复顾家赀⑦。间关逾闽嶂，⑧飘蓬当海涯⁽三⁾。途穷亦已屡，天心竟谁知。大厦既将倾，洵非一木支⑨。新诗泣鬼神，孤舟坐重围⑩。浩浩厓门波，凭陵阴风飞。大地共愁惨，苍昊同迷离⑪。黑气黯不明，大星陨如雷⑫。王舟遂漂沦，凄凉十万师⑬。可怜空顾瞻，五内为崩摧⑭。遥遥入燕都，千里犹縶维⑮。八日饥不死，三年恒苦悲⑯。生还宁复望，一死犹迟迟⑰。感愤正气歌⑱，闻者亦涕洟。成仁及取义，孔孟岂难追⑲。柴市更何言，以为完节时⑳。正大天地塞，忠诚山岳齐。遗骸几年归，墓门今在兹。凄然聊一拜，风吹青松枝。

【校勘记】

（一）欲：《全集》本作"将"。

（二）章水：《全集》本作"童水"。按，章水在今江西省境，赣江之上游。"童"应为"章"之形讹。

（三）涯：《全集》本作"崖"。

【注释】

① 此诗作于乾隆三十一年（1766），冯敏昌二十岁。

②　八极：八方极远之地。

③　鸾皇：亦作"鸾凰"。此句说南宋德祐二年（1276），恭帝在临安投降元军，南宋灭亡。而文天祥等人于同年五月拥益王福安登基，是为端宗，但势小力单。

④　文山：文天祥号文山。

⑤　晶辉：光辉。

⑥　章水：一作漳水。赣江上游之西支，大部在江西境。发源于崇义县，流经大余、崇义、上犹、南康、赣县。由池江与上犹江汇合而成。章水与赣江东支贡水合于赣州八镜台下北流，始称赣江。

⑦　家赀：即"家资"。家中的财产。《宋史·文天祥传》云："天祥性豪华，平生自奉甚厚，声伎满前。至是，痛自贬损，尽以家赀为军费。"

⑧　间关：犹辗转。

⑨　洵：诚然；实在。

⑩　孤舟坐重围：至元十六年（1279），元军击溃文天祥督军府，入海直趋厓山，文天祥被俘囚于海舟中。

⑪　苍昊：苍天。

⑫　大星陨如雷：古人以人间英杰皆上应天星，故以"星陨"或"星亡"谓重臣或贤人死亡。

⑬　凄凉十万师：咸淳十年（1274），南宋理宗死，元派伯颜统军二十万攻宋，理宗皇后谢太后下哀痛诏云："……尚赖文经武纬之臣，食君之禄，不避其难；忠肝义胆之士，敌王所忾，以献其功。……起诸路勤王之师……"次年，文天祥奉旨勤王。《宋史》本传云："诸豪杰皆应，有众万人。"刘岳申《文丞相传》云："天祥以兵二万至衢州。"此句十万非确指。

⑭　五内：即五中，五脏。通常用指内心。

⑮　絷维：语出《诗经·小雅·白驹》："皎皎白驹，食我场苗。絷之维之，以永今朝。"谓绊马足、系马缰，示留客之意。此引申指束缚。元至元十六年（宋赵昺祥兴二年，1279 年），文天祥于广东厓山被元军俘获，随即由广州、赣州、庐陵、建康等地押送大都，途中颈带枷锁，系铁链。

⑯　八日：《宋史》本传载："天祥在道，不食八日，不死，即复食。"三年：指从至元十六年（1279）十月初一日，至至元十九年（1282）十二月初九日，文天祥被

囚禁于大都。

⑰ "生还"句：被俘后不降，惟有一死，但经三年桎梏方就义。

⑱ 感愤正气歌：文天祥被囚禁于大都，至元十八年于狱中写下《正气歌》："天地有正气，杂然赋流形：下则为河岳，上则为日星。于人曰浩然，沛乎塞苍冥。皇路当清夷，含和吐明庭。时穷节乃见，一一垂丹青。……顾此耿耿在，仰视浮云白。悠悠我心悲，苍天曷有极。哲人日以远，典型在夙昔。风檐展书读，古道照颜色。"凛凛然正气充塞胸襟。

⑲ 成仁：见《论语·卫灵公》："志士仁人，无求生以害人，有杀身以成仁。"取义：见《孟子·告子上》："生亦我所欲也，义亦我所欲也；二者不可得兼，舍生而取义者也。"《宋史·文天祥传》载："其（校注者按，指文天祥）衣带中有赞曰：'孔曰成仁，孟曰取义，惟其义尽，所以仁至。读圣贤书，所学何事，而今而后，庶几无愧。'"

⑳ "柴市"句：至元十九年（1282），元君臣劝降未果，十二月初九日，文天祥于大都柴市就义。赵弼《文文山传》："公至柴市，观者万馀人。公问市人曰：'孰为南面？'或有指者，公即向南再拜。"有绝笔诗二首，其有句"惟有一灵忠烈气，碧空长共暮云愁"云。

万安夜泊①

夜枕愁无寐，寒灯静转明。星河围一棹，水石绕孤城。峰隔芙蓉远②，凉从橘柚生。旅怀难遣处，危坐听滩声③。

【注释】

① 此诗作于乾隆三十一年（1766），冯敏昌二十岁。万安：在今江西省。名取"五云呈祥、万民以安"之意，建县于宋。1176年，辛弃疾任江西提典刑狱，舟泊万安造口，赋词《菩萨蛮·书江西造口壁》；1274年，文天祥《过零丁洋》诗中所指惶恐滩即在万安。

② 芙蓉：万安有芙蓉峰。

③ 危坐:古人以两膝着地,耸起上身为"危坐",即正身而跪,表示严肃恭敬。此指正身而坐。

南　康①

　　□帆傍晚落,归思总成愁。玉枕云何处,女郎峰自秋。抱城怜暮暗,激石有泉流。万里寒风外,萧萧念敝裘②。

【注释】

　　① 此诗作于乾隆三十一年(1766),冯敏昌二十岁。南康:今江西省赣州所辖市。

　　②"万里"二句:离家万里之外,在萧萧寒风中,思念故居。敝裘:借指家乡。典出《战国策》卷三《秦策一·苏秦始将连横》:"说秦王书十上而说不行。黑貂之裘弊,黄金百斤尽,资用乏绝,去秦而归。"

峡　江(一)①

　　乘流复扬帆,此乐何穷已。推篷见峡江,孤城乱山里。人家少墙垣,磴道明松杞②。烟霭时复来,青翠亦难比。复此怀山栖,茫然令愁起。

【校勘记】

　　(一)《全集》本此诗题作《峡山》。

【注释】

　　① 此诗作于乾隆三十一年(1766),冯敏昌二十岁。峡江:今江西吉安下属县。古称玉峡,因千里赣江最狭处位于境内而得名。

　　② 磴道:登山的石径。

春日归里，维舟珠海。朋旧难忘，夜宿集梧堂，同诸公分赋^{(一)①}

归舟重系共盘桓，人却初春一月寒。千里关河迷客路，三更风雨上骚坛。故园情到吟应易，旅馆愁来梦转难。莫怪临岐还惜别，两年离合已无端②。

【校勘记】

(一)《全集》本此诗题作《春日归里，维舟珠海。朋旧难忘，夜宿集梧堂，同诸公分赋，得四律》，诗原有四首，此取其一。

【注释】

① 此诗作于乾隆二十九年(1764)，冯敏昌十八岁，应郡例考，得第一。

② 两年离合：冯敏昌十六岁时读书于肇庆端溪书院，此时归里，恰好两年。

海门春阴行①

天水茫茫乍离合，中间尚有云层着。泛舟乌雷门②，遥望乾体塔^(一)。钦江廉江两江地③，何异千钧力挽之一发。高空隐日气先淡，长风驾潮午不落④。西上细雨殊黯黯，东望春愁馀漠漠。是时春半忽起雷，雷声殷殷还豗豗⑤。试看白气千寻亘霄处，应有神物拿攫奋迅直上天门开。鲸鱼千丈何奇哉，惊波喷浪从天来。鼋鼍方怒横，鱼鳖空迟回。不知苍茫之中光彩倏忽是何所，岂是蛟蜃蚌蛉呼吸变化成楼台⑥。吾闻秦始皇，昔日登蓬莱。鞭石成梁事不就，至今登莱之民生还哀⑦。因思东坡翁，当年游两粤⑧。万里羁怀天共远，千斛文澜海争阔⑨。踪迹当时纵渺茫，风景至今寂寞。吁嗟哉，丈夫生世学

神仙,要当采药乘楼船^⑩,保我精华万亿年。不然文章声誉足
千古,何必方壶之中,岱舆之下^⑪。

【校勘记】

（一）泛舟乌雷门,遥望乾体塔:《全集》本作"泛舟乌雷门遥望",下接"璇
题珠缀日华照。藻井罘罳月英洗,飞廉桂管储胥外。通天之台高莫比,金人掌
截云嵯峨。斋房芝吐灵煌炜,栏楯纡郁杨碧。梦楣映带虹霓紫,就中雁齿映
鱼鳞。何啻周身缝帛缕,房中曼寿歌绕梁。阶前候日圭移晷,仙人楼居事已就。
王母飙轮望何已,宁知椽桷龙风化。况复墙垣风雨毁,石门山前万馀砾。乱窜
饥鼯掷山鬼,此瓦飞入兰话堂。此文又传药洲市,为看四隅仿卦画。如睹五岳
真形体,濡墨何知屋有漏。掷笔还疑柱重倚,夫子近又仿王右军诸葛武侯卷。凭
将一片端溪石。写出苍茫入海意,长吟新篇转真朴。未许南朱北王□,綮余研
亩久荒落。问奇侍立良有以,顷者故事举孝廉。册名谬误送烦邮使,便辞夫子
西北去。旅梦尚能倚杖几,愿更就研搴数番,携之以易长安米。"

【注释】

①　此诗作于乾隆三十五年（1770）,冯敏昌二十四岁。《年谱》记:"三月再
之郡（正月翁方纲任廉州学使）读书……暇日以诗文请业,（翁方纲）手书云:有
此才气则五岭十郡三州竟无其对……风骨一年胜于一年,似此则竟要直追古大
家,而学之断断不可落明李何诸人窠臼云云……"

②　乌雷门:因乌雷滨海,故诗题有"海门"之谓。乌雷,据史籍载,唐时,高
宗（李治）于总章元年（668）置乌雷县,隶属钦州。南宋王象之《舆地纪胜》云:
"乌雷故城,距今乌雷庙半里。"

③　钦江廉江:钦江发源于灵山县平山镇白牛岭,由东北向西南横穿灵山境
内,至钦州市尖山镇入茅尾海。廉江上游为发源广西陆川的九洲江,入北部湾。

④　长风:远风。此句说潮水随风而起的势头。

⑤　殷殷:象声词,形容声音。隊隊:喧闹。

⑥　"蛟蜃"句:指海市蜃楼景象。海上或沙漠地区,因光线折射或全反射,
把远处景物显示在空中或地面而形成的各种奇异景象,古人误认为蜃吐气而
成,故称。《史记·天官书》记:"海旁蜄（蜃）气象楼台;广野气成宫阙然。云气

各象其山川人民所聚积。"

⑦ 鞭石：《艺文类聚》卷七九引晋代伏琛《三齐略记》："始皇作石桥，欲过海观日出处。于时有神人，能驱石下海，城阳一山石，尽起立。巍巍东倾，状似相随而去。云石去不速，神人辄鞭之，尽流血，石莫不悉赤，至今犹尔。"指有神助。

⑧ 游两粤：指苏轼被贬岭南、海南事。《宋史·苏轼传》载："绍圣初，御史论轼掌内外制日，所作词命，以为讥斥先朝。遂以本官知英州，寻降一官，未至，贬宁远军节度副使，惠州安置。居三年，泊然无所蒂芥，人无贤愚，皆得其欢心。又贬琼州别驾，居昌化。昌化，故儋耳地，非人所居，药饵皆无有。初僦官屋以居，有司犹谓不可，轼遂买地筑室，儋人运甓畚土以助之。独与幼子过处，著书以为乐，时时从其父老游，若将终身。徽宗立，移廉州，改舒州团练副使，徙永州。"

⑨ 文澜：文章的波澜。源自明代何景明《六子诗·边太常贡》"芳词洒清风，藻思兴文澜"。

⑩ "丈夫"二句：谓当学神仙优游度岁。采药：谓采集药物。指隐居避世或求仙修道。乘楼船：楼船指有楼台雕饰的游船，乘楼船指游玩享乐。

⑪ 方壶、岱舆：传说中海上仙山。《列子·汤问》："渤海之东，不知几亿万里，有大壑焉……其中有五山焉：一曰岱舆，二曰员峤，三曰方壶，四曰瀛洲，五曰蓬莱。"

瓶 中 梅 花①

一

一片玲珑梦不知，窗虚微辨纸明时。凌波步冷疑无迹②，倚镜妆成定有思。澹荡芳魂寒枕静③，萧疏春意远风吹。何人更抱飘零想，冰雪精神夜转宜④。

二

竹帘香细杳无言，人袖熏炉夜不温⑤。鹤怨已埋和靖骨⑥，残灯空绾丽娘魂⑦。萧萧诗卷春无梦，渺渺山窗月有痕。

却怕明朝风雨重,芒鞋先为过西村^⑧。

【注释】

① 此诗作于乾隆二十九年(1764),冯敏昌十八岁。

② "凌波"句:化用曹植《洛神赋》中"凌波微步,罗袜生尘"句。此喻瓶中梅花孤冷独立,如冰雪美人。

③ 澹荡:谓使人和畅。芳魂:林逋《梅花》诗中有"众芳摇落独暄妍"、"粉蝶如知合断魂"等句,故云。

④ 冰雪:此形容梅花心地纯净洁白,操守清正贞洁。

⑤ 熏炉:用于熏香等的炉子。

⑥ 和靖:林和靖(967—1028)。北宋诗人,名逋,字君复,宁波奉化人。四十多岁后长期隐居杭州孤山,终身不娶,以种梅养鹤为乐。时人谓其"以梅为妻,以鹤为子"。

⑦ 杜丽娘:明代汤显祖戏曲《牡丹亭》中女主角,南安太守杜宝女儿杜丽娘,冲破约束私出游园,梦中与书生柳梦梅幽会。从此一病不起,怀春而死。柳生在园内拾得杜丽娘殉葬的自画像,和画中人的阴灵幽会,后柳生掘墓开棺,杜丽娘起死回生,两人结成夫妇,一家团圆。

⑧ 芒鞋:用芒茎外皮编织成的鞋。亦泛指草鞋。苏轼《定风波》词:"竹杖芒鞋轻胜马"。西村:杭州西泠别称。林逋《易从师山亭》有"西村渡口人烟晚,坐见渔舟两两归"句。

远　烟^①

淡淡烟横望有无,数村灯影阁南隅。远风微送薜萝语^②,冷月如沉杨柳湖。半掩柴门林黯澹,斜分溪石草模糊。杳然独向闲阶望,十里冥冥一笛孤。

【注释】

① 此诗作于乾隆三十年(1765),冯敏昌十九岁。

② 薜萝:薜荔和女萝。两者皆野生植物,常攀缘于山野林木或屋壁之上。《楚辞·九歌·山鬼》:"若有人兮山之阿,被薜荔兮带女萝。"王逸注:"女萝,菟丝也。言山鬼仿佛若人,见于山之阿,被薜荔之衣,以菟丝为带也。"指隐者或高士的衣服。借指隐者或高士的住所。

暮 春 野 行①

黯然春暝落南原,匹马孤琴风雨昏。草软如凝三月梦,林深时见两家村。寄情烟景愁无用,得句溪山淡亦存。最是年年有行路,艰难回首不堪论。

【注释】

① 此诗作于乾隆三十年(1765),冯敏昌十九岁。

海角亭谒苏文忠公遗像①

楼船伏波去已久②,炎宋下有苏东坡③。坡公精神逮千载,海山柱石吁嵯峨④。琼廉归途不计程,当时暑月还经过⑤。茫茫榕林接霖雨,日日大水迷陂陀⑥。兴廉村南寺如洗⑦,白石渡口船回梭⑧。谁言西国有归凤⑨,真使东人欣伐柯⑩。雪泥鸿爪迹漫似⑪,月饼龙眼佳宁诃⑫。月饼、龙眼暨饼笙、琴枕皆见公寓廉诗中。还从饼笙拟瓠响⑬,未倚琴枕怀云和⑭。愁来诗篇且复作,忠义气短夫如何。孤亭城南秩南讹⑮,海门红日升阳阿⑯。蛮云一破海光碧,尧天万里晴容磨⑰。公登亭兮歌复歌,陟岵之望奚殊科^⑱。楣间四字想飞动^⑲,百年故老多摩挲。公所书"万里瞻天"扁十数年前尚存。我生边隅思见公,低头独拜诚匪他。长髯飘飘倚杖立^⑳,仰见顾我颜微酡^㉑。忠惟天知鬼门破,文如海势韩山摩^㉒。平生不陋姜子居^㉓,此行漫比尧夫窝。人间何处有笠屐^㉔,地上未许闲吟哦。排闾天旋北斗柄^㉕,骑鲸风搅南溟波。翻笑防边老飞将,马革自裹宁堪多^㉖。"马革裹尸真细事",公送梁右藏知钦州诗。

【注释】

①　此诗作于乾隆三十五年(1770),冯敏昌二十四岁。海角亭:古海角亭在廉州城(今广西钦州合浦县)西南隅。元代范梈《重建海角亭记》载:"钦廉僻在百粤,距中国万里而远,郡南皆岸大洋,而廉又居其折,故曰海角也。"始建于北宋景德年间,经明代成化、嘉靖多次迁建,北宋元符三年六月至八月,苏轼获赦奉诏从海南儋州移居廉州期间,曾到此亭游览,并题"万里瞻天"匾额。

②　楼船:有楼的大船。古代多用作战船,亦代指水军。《后汉书·马援传》载:"援将楼船大小二千馀艘,战士二万馀人,进击九真贼徵侧馀党都羊等,自无功至居风,斩获五千馀人,峤南悉平。"李贤注引《广州记》曰:"援到交阯,立铜柱,为汉之极界也。"伏波:马援受封为伏波将军。事亦见《后汉书·马援传》。

③　苏东坡:指苏轼被贬岭南、海南事。可参见前本卷《海门春阴行》注⑧。

④　嵯峨:见前本卷《崧台》注④。

⑤　当时:元符(宋哲宗年号,是年徽宗即位)三年(1100)夏,徽宗赦令下,苏轼由海南返大陆,由广西境内取道湖南北归。其《庚辰岁人日作,时闻黄河已复北流,老臣旧数论此,今斯言乃验,二首》(其一)诗云:"天涯已惯逢人日,归路犹欣过鬼门。"《山水志》:"广西容、牢二州有鬼门关。谚云:若度鬼门关,十去九不回。言多炎瘴也。"

⑥　陂陀:原指地势倾斜不平貌。这里借指水波荡漾。

⑦　兴廉村:在今广东省遂溪县乐民镇。苏轼遇赦北归,途经遂溪兴廉村,宿于佛舍净行院内。得私塾教师陈梦英款待,有"清水南,白石北,此地嵯峨无人识"(《残句青山南》)诗句留石壁。并追记途中艰险:"连日大雨,桥梁尽坏,

水天津涯。"

⑧ 白石渡：在湘粤边境湖南宜章县，为永宁江渡口之一。

⑨ 西国有归风：指苏轼。因苏轼为四川眉山人，眉山在西，故称。

⑩ 伐柯：典出《诗经·豳风·伐柯》："伐柯伐柯，其则不远。"郑玄笺："则，法也。伐柯者必用柯，其大小长短，近取法于柯，所谓不远求也。"后指取法于人。

⑪ 雪泥鸿爪：鸿雁在雪地上走过时留下的脚印。语出苏轼《和子由渑池怀旧》："人生到处知何似？应似飞鸿踏雪泥。泥上偶然留指爪，鸿飞那复计东西？"后比喻事情过后遗留下些微的痕迹。

⑫ 诃：通"歌"。

⑬ 瓶笙：古时以瓶煎茶，微沸时发音如吹笙。笙本用匏为座，故名匏笙。这里故称匏响。苏轼《瓶笙》诗引："刘几仲饯饮东坡，中觞闻笙箫声……出于双瓶，水火相得，自然吟啸，盖食顷乃已。坐客惊叹，得未曾有，请作《瓶笙》诗记之。"

⑭ 琴枕：形如古琴的竹枕。苏轼有《琴枕》诗。云和：语出《周礼·春官·大司乐》："孤竹之管，云和之琴瑟。"郑玄注："云和、空桑、龙门，皆山名。"后也借以统称琴瑟琵琶等弦乐器。这里意指山名。古取所产之材以制作琴瑟。

⑮ 南讹：指夏时耕作及劝农等事。《尚书·尧典》："申命羲叔，宅南交，平秩南讹，敬致。"孔传："讹，化也。掌夏之官，平叙南方化育之事……四时同之，亦举一隅。"

⑯ 阳阿：古代神话传说中的山名，朝阳初升时所经之处。《楚辞·九歌·少司命》："与女沐兮咸池，晞女发兮阳之阿。"王逸注："阿，曲隅，日所行也。言己愿托司命，俱沐咸池，干发阳阿。"

⑰ 尧天：语出《论语·泰伯》："巍巍乎，唯天为大，唯尧则之。"谓尧能法天而行教化。后以"尧天"称颂帝王盛德和太平盛世。

⑱ 陟岵：语出《诗经·魏风·陟岵》："陟彼岵兮，瞻望父兮。"后因以"陟岵"为思念父亲之典。也用借指父亲。殊科：不同。

⑲ 楣间四字：今广西合浦海角亭匾额有苏轼所书"万里瞻天"匾。苏轼从海南儋州遇赦北还途经合浦时，受到当地名士邓拟热情接待，留合浦两月，跋山涉水，观赏风物，探访民情，游览海角亭后留题此匾四字。

⑳ "长髯"句：说苏轼形象。苏轼蓄有长髯，被贬岭南是在晚年，故云倚杖。

㉑ 微酲：犹稍醉。

㉒ "文如海势"句：指苏轼散文的气势磅礴，如海涛汹涌。南宋李涂《文章精义》云："韩如海，柳如泉，欧如澜，苏如潮。"《四库全书总目提要》云："世传韩文如潮，苏文如海。"苏文强调"有为而作"，崇尚自然，摆脱束缚，"出新意于法度之中，寄妙理于豪放之外"。苏轼推崇韩愈，在《潮洲韩文公庙碑》称他"文起八代之衰"，也有意学习。韩山：指韩愈。因唐时韩愈被贬广东潮州，"德泽在人，久而不磨"，其后，潮州又名韩山。

㉓ 姜子居：见前本卷《云藏九咏·铜鱼山》注③。

㉔ 笠屐：斗笠和木屐。苏轼贬海南后，因地制宜地制作了适应当地炎热潮湿气候的斗笠和木屐，也为当地群众所接受。

㉕ "排闾"句：说推开门窗看见天上北斗星移，知道季节变化。排闾：推开门窗。北斗柄：又称斗杓。《淮南子·天文训》："斗杓为小岁。"高诱注："斗，第五至第七为杓。"古人以斗杓指东为春，指南为夏，指西为秋，指北为冬。

㉖ "马革"二句：典出《后汉书·马援传》："男儿要当死于边野，以马革裹尸还葬耳，何能卧床上在儿女子手中邪？"用马皮把尸体包裹起来。谓英勇作战，死于战场。

继苏文忠鉼笙诗①得蘞字

裁箭协律事已起②，宫商清浊戒混淆③。黄钟之音本牛铎④，何意鼓瑟还施胶⑤。希声窅窈不易辨⑥，物籁鼓荡知谁交。曾闻爨下出焦尾⑦，亦有风外听悬匏⑧。何来双瓶响堂坳，似欲并奏笙兼笛。初疑古树皮翻巢，又非车走羊肠交。空山真唳九霄鹤，幽壑独舞千年蛟。王乔自应遗灶井⑨，秦女何当悟幻泡⑩。岂知活火及活水⑪，情性相得还应嘲。东坡先生学仙者，千觞一笑玻璃抛⑫。先生昔日游海表，到处耳目能兼包⑬。风雨醋听百谷晓，石钟静与长江敲⑭。赏奇好异能尔

尔,听真识曲宁嘐嘐⑮。吁嗟世人未能解,疑声拟影空喧
呶^(一)⑯。我知先生已厌此,但思阆苑锵云璬⑰。试看清音入耳
尚不醒,又况瓦缶筝笛徒譊譊⑱。

【校勘记】

(一)拟:《全集》本作"议"。

【注释】

① 此诗作于乾隆三十四年(1769),冯敏昌二十三岁,在家读书。间至郡探
视二三弟应郡试。苏文忠銕笙诗:见《海角亭谒苏文忠公遗像》注⑬。

② 箭(tǒng):管;竹筒。《汉书·律历志上》:"黄帝使泠纶,自大夏之西,
昆仑之阴,取竹之解谷生……制十二箭以听凤之鸣。"

③ 宫商:五音中的宫音与商音。泛指音律。清浊:语音的清声与浊声。

④ 黄钟:乐律十二律中的第一律。《吕氏春秋·适音》:"黄钟之宫,音之
本也,清浊之衷也。"陈奇猷校释:"黄钟即今所谓标准音,故是音之本。但黄钟
是所有乐律之标准……黄钟既是标准音,则自黄钟始,愈上音愈高,愈下音愈
低,故黄钟是清浊之衷。"牛铎:牛铃。亦指牛铃声。《晋书·荀勖列传》载:"既
掌乐事,又修律吕,并行于世。初,勖于路逢赵贾人牛铎,识其声。及掌乐,音韵
未调,乃曰:'得赵之牛铎则谐矣。'遂下郡国,悉送牛铎,果得谐者。"此句说即
使是标准的音律也来自最基本的民间的声音。

⑤ 鼓瑟还施胶:鼓瑟时胶住瑟上的弦柱,就不能调节音的高低。比喻固执
拘泥,不知变通。

⑥ 希声:语出《道德经》:"大音希声,大象无形。"窅窈:深邃貌。

⑦ 焦尾:事见《后汉书·蔡邕传》:"吴人有烧桐以爨者,邕闻火烈之声,知
其良木,因请而裁为琴,果有美音,而其尾犹焦,故时人名曰'焦尾琴'焉。"

⑧ 匏:为八音之一。《国语·周语下》:"匏以宣之,瓦以赞之。"韦昭注:
"匏,笙也。"

⑨ 王乔:道教崇奉的神仙。唐代杜光庭《王氏神仙传》云:"王乔有三人:
有王子晋王乔,有叶县令王乔,有食肉芝王乔,皆神仙,同姓名。"

⑩ 秦女:指秦穆公女弄玉。曹植《仙人篇》云:"湘娥抚琴瑟,秦女吹笙

竽。"黄节注:"《列仙传》曰:'萧史者,秦穆公时人也,善吹箫。穆公有女,号弄玉,好之,公遂以妻焉。遂教弄玉作凤鸣吹,似凤声,凤凰来止其屋。'"幻泡:佛教语。比喻事物虚幻无常。

⑪ "岂知"句:苏轼《汲江煎茶》诗云:"活水还须活火烹,自临钓石取深清。"

⑫ 学仙:苏轼有《留题仙都观》诗:"真人厌世不回顾,世间生死如朝暮。学仙度世岂无人,餐霞绝粒长辛苦。安得独从逍遥君。泠然乘风驾浮云,超世无有我独行。"《苏轼文集》卷七十《书谤》云:"吾昔谪居黄州,曾子固居临川,死焉。人有妄传吾与子固同日化去,如李贺长吉死时事,以上帝召也。时先帝亦闻其语,以问蜀人蒲宗孟,且有叹息语。今谪海南,又有传吾得道,乘小舟入海,不复返者。……今谤吾者,或云死,或云仙。"玻璃:指古代水晶做的酒杯。

⑬ "先生"二句:说苏轼昔日在贬地,优游度岁,极耳目之乐。海表:犹海外。古代指中国四境以外僻远之地。这里说苏轼贬谪地岭南、海南,似在国家疆土之外,故称。

⑭ "石钟"句:苏轼《石钟山记》探讨石钟鸣响之因:"元丰七年六月丁丑,……余自齐安舟行适临汝,而长子迈将赴饶之德兴尉,送之至湖口,因得观所谓石钟者。……舟回至两山间,将入港口,有大石当中流,可坐百人,空中而多窍,与风水相吞吐,有窾坎镗鞳之声,与向之噌吰者相应,如乐作焉。"

⑮ 嘐嘐:语出《孟子·尽心下》:"何以谓之狂也? 曰:其志嘐嘐然,曰'古之人、古之人。'夷考其行而不掩焉者也。"赵岐注:"嘐嘐,志大言大者也。"

⑯ 喧啾:形容声音嘈杂。

⑰ 阆苑:阆风之苑,传说中仙人的住处。云璈:即云锣。打击乐器。

⑱ 譊譊:争辩,论辩。引申为喧闹嘈杂。

覃溪师见示铜马篇,用韵奉答①

昌也生长铜柱边,十年作赋何由传②。譬如辕下羸马奋迅不得力③,有时亦复顾影长留连。覃溪夫子来堂堂④,摩挲眼力当风烟⑤。得我铜马赋,示我铜马篇。居然见赏尘埃前,窃惟天地万物一马也,牝牡骊黄何有焉⑥。世间识者亦恨少,骏骨断弃无人怜⑦。伏波将军有此见⑧,中心感叹生愁然。忆昔汉帝坐前殿⑨,将军气猛能酣战。力拓金弓满明月,身骑骏马疑流电。鸣钲五月进穷海⑩,首鼠万人遂革面⑪。事后平收骆越金⑫,胸中自守神明见。一朝模范成全角,万里提携向仙苑⑬。真疑造次名千古⑭,谁知鼓铸心百炼。吁嗟!将军岂有独好为此烦,毋乃深悲世俗眼俱昏。枉自高矜古良乐⑮,反失侧立真胜骞。试看元精耿耿照人处⑯,形气神骨一一皆可寻其源⑰。世上有马果若此,岂肯使之局促困苦生烦冤。为思此翁真矍铄,铜船铁鼓俱开拓⑱。后人汶闇强解事⑲,坐使山川转辽阔。将军爱马乃识马,马为所用亦所乐。古来相马相士原可并,名马无人识,名士为吞声,所以昌黎痛哭战国策⑳,至今奇气凛凛犹如生。昌也乃获巨手为裁成,能无感发中怀倾?独惭偃蹇弱劣未是超群英㉑,未可云路腾骧万里行㉒,何以弩力仰副知我情㉓!呜呼,何以弩力仰副知我情!

【注释】

① 此诗作于乾隆三十二年(1767),冯敏昌二十一岁,据《年谱》载,家居,同诸弟读于深竹读书堂。"翁方纲再任廉州学使,晋谒受业,古今诗一变"。翁方纲有《铜马篇示冯生》:"我来岭西访铜柱,怀古一赋《铜马篇》。摩挲铜鼓况已屡,有若手量铜马然。……"铜柱:注见前本卷《云藏九咏·铜鱼山》注⑥。

② "十年"句:此年翁方纲再任廉州学使,冯敏昌"晋谒受业,古今诗一变"。《年谱》记:"十岁,在家塾中随祖父学秦汉唐宋诸古文。"至此十一年,故有此句。

③ 奋迅:形容鸟飞或兽跑迅疾而有气势。

④ 堂堂:形容容貌壮伟。

⑤ 摩挲:琢磨。风烟:景象,风光。犹风尘,尘世。

⑥ 牝牡骊黄:语出《列子·说符》。古代善相马的伯乐年老,推荐九方皋为

秦穆公访求骏马。三月后于沙丘求得之。穆公问为何马，回答说是"牡而黄"；穆公派人去看，却是"牝而骊"。于是责备伯乐。伯乐喟然叹息说："若皋之所观，天机也。得其精而忘其粗，在其内而忘其外；见其所见，不见其所不见；视其所视，而遗其所不视。若皋之相马，乃有贵乎马者也。"马取来，果然是天下稀有的良马。九方皋，《淮南子·道应训》《吕氏春秋·观表》等作"九方堙"、"九方歅"。

⑦ 骏骨：典出《战国策·燕策一》，郭隗用买马作喻，说古代有用五百金买千里马头骨，因而在一年内就得到三匹千里马的，劝燕昭王厚币以招贤。后因以"骏骨"喻杰出的人才。诗中也说"千金市骨"意。

⑧ 伏波将军：东汉马援(前14—49)，字文渊，扶风茂陵(今陕西兴平东北)人，因功累官伏波将军，封新息侯。建武十六年(40)，交趾郡女子征侧、征贰举兵叛汉，攻破交趾、九真、日南、合浦等郡。翌年，汉光武帝，"于是玺书拜援伏波将军，以扶乐侯刘隆为副，督楼船将军段志率军南击交趾"。马援率水陆大军万馀人，沿今浦北南流江经合浦，进入钦州乌雷整训，渡海南征交趾。十八年(42)，大败叛军。并立铜柱于林邑(今越南中部)以标汉界。汉章帝于建初三年(78)追谥"忠诚侯"并诏"所在皆为立庙"。于乌雷立庙祀之。详见《后汉书·马援列传》。

⑨ 汉帝：指汉光武帝刘秀。

⑩ 鸣钲：敲击钲、铙或锣。古代常用作起程信号。穷海：僻远的海边。此指马援出征地交趾合浦等地。

⑪ 首鼠：亦作"首施"。窥伺观望，进退无定。革面：喻彻底悔改。

⑫ 骆越：古种族名。居于今云南、贵州、广西之间。金：特指马援征骆越地所获铜鼓。《后汉书·马援传》："援好骑，善别名马，于交趾得骆越铜鼓，乃铸为马式，还上之。"

⑬ "万里"句：指马援平定交趾后，被封为新息侯，食邑三千户。建武二十年(44)，凯旋回京，光武帝赐兵车一辆，与九卿同列。

⑭ 造次：须臾，片刻。

⑮ 良乐：即王良与伯乐。《汉书·传·叙传上》："良乐轶能于相驭，乌获抗力于千钧。"颜师古注："良，王良也。乐，伯乐也。轶与逸同。相，相马也。驭，善驭也。"

⑯ 元精：天地的精气。

⑰ "形气"句：古人以为天地的形气与五行相配合，与人之禀气相关联，故曰"可寻源"。

⑱ "铜船"句：马援征服交趾叛乱后，组织人力，为郡县修治城郭，并开渠引水，灌溉田地，便利百姓。铜船：见本卷《尊经阁观所悬灵觉寺古钟歌》注⑨。铁鼓：犹战鼓。

⑲ 汶：蒙蔽。闇：愚昧，昏乱。

⑳ 昌黎痛哭战国策：昌黎即韩愈。《战国策》中有《骥遇伯乐》："夫骥之齿至矣，服盐车而上太行。蹄申膝折，尾湛胕溃，漉汁洒地，白汗交流。中阪迁延，负辕不能上。伯乐遭之，下车攀而哭之，解衣以幂之。骥于是俯而喷，仰而鸣，声达于天，若出金石之声者，何也？彼见伯乐之知己也。"韩愈《马说》即痛陈人才之不遇。

㉑ 偃蹇：犹困顿。

㉒ 云路：上天之路，升仙之路。喻仕途，高位。腾骧：飞腾；奔腾。引申为地位上升，宦途得意。

㉓ 弩力：犹努力。

琴枕瓶笙诗追和苏文忠韵二首①

琴　枕

虬髯粗豪卧华屋②，射虎归来听丝竹③。谁抛白额换龙唇④，更屏鸳鸯捐雁足⑤。东坡捧腹无一事，饱食河豚血教漉⑥。熏风关门梦渐长⑦，流水浮云肱莫曲⑧。

瓶　笙

沙泉城南敲中泠⑨，月炭满柈分焙笙⑩。笙簧得火字愈明⑪，我曲无词差有声。水嘲火消无须赓⑫，王子还丹金可成⑬。谷中风雨酣睡醒，橐籥大小何殊鸣⑭。

【注释】

①　此诗作于乾隆三十四年(1769),诗人二十三岁。《琴枕瓶笙》诗:见《海角亭谒苏文忠公遗像》注⑬。

②　虬髯:苏轼为长髯,故称。其《与陈慥》中云:"彼此须髯如戟,莫作儿女态。"

③　"射虎"句:说文武之道,一张一弛之理。射虎:苏轼《江城子·密州出猎》有"亲射虎,看孙郎"句,形容英雄豪气。丝竹:弦乐器与竹管乐器。指音乐。

④　白额:猛虎。龙唇:琴唇的美称。或说琴唇以龙为饰者。

⑤　雁足:即雁足书,系于雁足的书信。语出《汉书·苏武传》:"昭帝即位。数年,匈奴与汉和亲。汉求武等,匈奴诡言武死。后汉使复至匈奴,常惠请其守者与俱,得夜见汉使,具自陈道。教使者谓单于,言天子射上林中,得雁,足有系帛书,言武等在某泽中。使者大喜,如惠语以让单于。单于视左右而惊,谢汉使曰:'武等实在。'"

⑥　河豚:古称"鲀鱼",近海鱼类,初春游入长江下游产卵,外形似豚,得名。此种鱼内脏、生殖腺、血液等均有毒,但肉味鲜美。

⑦　熏风:《史记·乐书》载:"昔者舜作五弦之琴,以歌南风;夔始作乐,以赏诸侯。故天子之为乐也,以赏诸侯之有德者也。"裴骃《史记集解》云:"王肃曰:'《南风》,育养民之诗也。其辞曰:南风之薰兮,可以解吾民之愠兮。'"

⑧　"流水浮云"句:化用《论语·述而》语意:"饭疏食,饮水,曲肱而枕之,乐亦在其中矣。不义而富且贵,于我如浮云。"

⑨　中泠:泉名。在今江苏镇江西北金山下长江中。相传其水烹茶最佳,有"天下第一泉"之称。今江岸沙涨,泉已没沙中。苏轼《游金山寺》诗云:"中泠南畔石盘陀,古来出没随涛波。"

⑩　柈(pán):盘子。焙:指焙茶的装置。唐代陆羽《茶经·茶之具》:"焙,凿地深二尺,阔二尺五寸,长一丈,上作短墙,高二尺,泥之。"

⑪　笙簧:指笙的乐音。簧,笙中之簧片。

⑫　赓:继续。

⑬　还丹:也叫"七返还丹"、"七返九还",道家合九转丹与朱砂再次提炼而成的仙丹。称服后可以即刻成仙。道教以"七"代火,以"九"代金。

⑭　橐籥(yuè):亦作"橐龠"。古代冶炼时用以鼓风吹火的装置,犹今之风箱。

初秋夜坐，有怀勺海浣云①

玉宇凉回夜，闲斋病后躯。故人何处在，书札久全无。树杪明河澹②，风前片月孤。平居已难慰，况复隔江湖。

【注释】

① 此诗作于乾隆三十二年（1767），冯敏昌二十一岁。

② 树杪：树梢。明河：天河，银河。

龙　门①

惊浪到龙门，连山大海吞。楼船撑日裂②，火器迸天昏。已见南交宅③，真同砥柱尊④。鲸鲵还可憾⑤，形胜数东藩(一)⑥。

【校勘记】

（一）藩：《全集》本作"蕃"。

【注释】

① 此诗作于乾隆三十四年（1769），冯敏昌二十三岁。龙门：在钦州湾，从此出海可达旧称南交的越南。

② 楼船：有楼的大船。古代多用作战船。

③ 南交：指交趾。古地区名，泛指五岭以南。

④ 砥柱：山名。当黄河中流。此指钦州湾激流中矗立如柱之山。

⑤ 鲸鲵：即鲸。雄曰鲸，雌曰鲵。

⑥ 东藩：东方州郡的泛称。此句说龙门湾风景堪比东南繁华都市。

登 州 城 东 楼①

钦江秋色净无烟，直下东城赴海壖②。城拥三峰横向日，

楼峨一柱上擎天。河山骋望矜前界,生聚于今又百年。姜宁
遗风还不远③,与谁怀古赋新篇。

【注释】

① 此诗作于乾隆三十四年(1769),冯敏昌二十三岁。

② 海壖(ruán):亦作"海堧",海边地。泛指沿海地区。

③ 姜宁:姜,指姜公辅。详见《云藏九咏·铜鱼山》注③。宁:指宁悌原
(?—约756),宁宣子。岭南道钦江县(今广西钦州市东北部)人,唐元昌元年
(689)举进士,初授校书郎。玄宗(712—756)时晋为谏议大夫兼修国史。治史
正直不阿,敢于秉笔直书,不畏权贵。后因将唐太宗诛灭兄弟之史实写进国史
而被罢官归里。不久病卒。民国《钦县志》作"宁原悌"。并称墓在"城东北三
十里大墓山"(大墓山又名大帽山)。宁氏家谱载墓在"钦往廉三十华里的分界
坪上蒙岭。"

天　涯　亭①

不信愁边天有涯,茫茫飞日但西斜。诗词易起流亡怨,肝
胆难为楚越夸。山外几黄茅岭瘴,亭前空白佛桑花②。儿童不
踏长安陌,莫到长安更忆家。

【注释】

① 此诗作于乾隆三十四年(1769),诗人二十三岁。天涯亭:民国《钦县
志》卷二《名胜志》"亭楼"条云:"向在城外东坡书院门外,临平南古渡头,宋余
襄公守郡时建,……民(国)23年,……拆移此亭,建于旧农会斜对面西南角石
墩上,界于西湖南湖之间,地颇幽雅。"

② 佛桑:即扶桑。唐代段成式《酉阳杂俎续集·支植上》:"闽中多佛桑
树。树枝叶如桑,唯条上勾。花房如桐,花含长一寸馀,似重台状。花亦有浅
红者。"

舟过乌雷门，望伏波将军庙作①

楼船横海伏波回，海上旌旗拂雾开。自古神人当血食②，
谅为烈士岂心哀③。山连铜柱云行马④，地尽扶桑浪吼雷⑤。
漫语武侯擒纵略⑥，汉家先有定蛮才。

【注释】

① 此诗作于乾隆三十四年(1769)，冯敏昌二十三岁。乌雷门：民国《钦县志》卷一《舆地志》"形胜"载："（钦）东西夹水，出猫尾海，入龙门港，出港口，入大海，以乌雷门三墩为第一重门户。"东汉建武十六年(40)，交趾郡女子征侧、征贰举兵叛汉，攻破交趾、九真、日南、合浦等郡。翌年，汉光武帝"于是玺书拜援伏波将军，以扶乐侯刘隆为副，督楼船将军段志率军南击交趾"（《后汉书·马援列传》）。马援率水陆大军万馀人，沿今浦北南流江经合浦，进入钦州乌雷整训，渡海南征交趾。十八年(42)，大败叛军。并立铜柱于林邑（今越南中部）以标汉界。汉章帝于建初三年(78)追谥"忠诚侯"并诏"所在皆为立庙"。于乌雷立庙祀之。

② 血食：谓受享祭品。古代杀牲取血以祭，故称。《汉书·高帝纪下》："故粤王亡诸世奉粤祀，秦侵夺其地，使其社稷不得血食。"颜师古注："祭者尚血腥，故曰血食也。"

③ 烈士：有气节有壮志的人。

④ 铜柱：见前本卷《云藏九咏·铜鱼山》注⑥。

⑤ 扶桑：传说日出于扶桑之下，拂其树杪而升，因谓为日出处。亦代指太阳。

⑥ "漫语"二句：指诸葛亮七擒孟获。《三国志·蜀书·诸葛亮传》："亮率众南征，其秋悉平。"裴松之注引《汉晋春秋》："亮至南中，所在战捷。闻孟获者，为夷、汉所服，募生致之。既得，使观于营陈之间，问曰：'此军何如？'获对曰：'向者不知虚实，故败。今蒙赐观看营陈，若秪如此，即定易胜耳。'亮笑，纵使更战，七纵七禽，而亮犹遣获。获止不去，曰：'公，天威也，南人不复反矣。'"

甘泉宫瓦歌^①铭曰长生未央

瑶池飙驭不可回^②,金铜仙人生还哀^③。百年龙凤变橡
桷^④,但挟云雨呼风雷。讵知当时富贵极,更愿寿域中天开。
竹宫望祠夕徘徊^⑤,灵萧然兮来不来。房中神芝紫茎苗^⑥,云
表玉屑金盘堆^⑦。仙人楼居列万户,太乙坛宇高三垓^⑧。长生
之求未云已,片瓦亦拟皇心裁。此瓦圆正谁胚胎,胡桃油捣罗
纨筛^⑨。就中葦葦高巍巍^⑩,龙螭四绺分隔限^⑪。想见参差万
鳞甲,岂啻焜耀千琼瑰^⑫。天巧不拟李菊夺,字奇或许扬雄
猜^⑬。穷工极艺竟何有,只拚一坠埋荒莱^⑭。何由圆壁启泉
壤^(一),更以楮纸涂松煤^⑮。羽扬上林不可致^⑯,香姜铜雀殊喧
豗^⑰。摩挲故物孰如此,恍掠栏楯相追陪。黄云氤氲拟神
鼎^⑱,美光荡漾仍斗魁^⑲。吁嗟乎!蓬莱神仙安在哉,穷檐赤
子无馀财。穷兵况与祖龙似^⑳,故宫岂特云阳恢^㉑。五利六印
鬼腾笑^㉒,太室万岁山嘲哈^㉓。下诏我独思轮台^㉔,此瓦存之同
劫灰^㉕。

【校勘记】

(一)圆壁:《全集》本作"橡笔"。

【注释】

① 此诗作于乾隆三十二年(1767),冯敏昌二十一岁。甘泉宫瓦:钱泳《履
园丛话·阅古》中"秦汉瓦当"条载:"长乐未央,……《汉书·高帝纪》:'五年后
九月,关中治长乐宫。'《史记·高祖本纪》:'七年,长乐宫成。八年,萧丞相作
未央宫。九年,未央宫成。'据此则长乐、未央本两宫,此瓦文合而一之,亦取吉
祥语意配合成文耳……长生未央,此瓦最多,诸君俱有之,皆出于汉城,盖亦未
央宫瓦,亦取'长生'二字配合成文也。"

② 瑶池:古代传说中昆仑山上的池名,西王母所居。飙驭:亦作"飇驭"。

犹神驾。

③ 金铜仙人：金铜铸造的仙人像。指汉武帝时所作以手掌举盘承露的仙人。

④ 橡桷：泛指椽子。橡，圆形；桷，方形。《三辅黄图·台榭》载："（通天台）橡桷皆化为龙凤，从风雨飞去。"

⑤ 竹宫：用竹建造的宫室。《汉书·礼乐志》载："以正月上辛用事甘泉圜丘，使童男女七十人俱歌，昏祠至明，夜常有神光如流星止集于祠坛，天子自竹宫而望拜。"

⑥ 神芝：即灵芝。

⑦ 云表：云外。玉屑：玉的碎末。《三国志·魏书·卫觊传》："昔汉武信求神仙之道，谓当得云表之露以餐玉屑，故立仙掌以承高露。"金盘：承露之盘。

⑧ 太乙坛：汉武帝初从谬忌之奏，以为太一乃天神之贵者，置太一坛以祠太一神。事见《史记·封禅书》。三垓：三重，三迭。

⑨ "胡桃油"句：此句说甘泉瓦之制作。胡桃油：胡桃煎制的油。汉时盖佐以制瓦。筛（shāi）：筛子。这里指用来筛制瓦用的土。

⑩ 葟葟（yù）：草木花初生。

⑪ 隅隈：角落和弯曲之处。

⑫ 焐耀：光彩夺目。

⑬ 扬雄：字子云。蜀郡成都（今四川成都）人，善辞赋，仿《论语》作《法言》，仿《易经》作《太玄》。曾著《方言》，述西汉各地方言。

⑭ 荒莱：犹草莱。亦指荒地。

⑮ 楮纸：楮树皮所制之纸。松煤：指墨。

⑯ 羽扬上林：指《羽猎赋》、《长杨赋》、《上林赋》。

⑰ 香姜：瓦名，出太原龙山（今太原市西南）冰台阁井。明代杨慎《丹铅录》谓后来铜雀砚多以高齐香姜瓦为之。铜雀：指铜雀砚。苏轼《铜雀砚铭引》："客有游河朔，登铜雀古台，得其遗瓦以为砚。砚坚而泽，归以遗余，为之铭云。"

⑱ "黄云"句：黄云，指祥瑞之气。《汉书·郊祀志上》载："天子使验问巫得鼎无奸诈，乃以礼祠，迎鼎至甘泉，从上行，荐之。至中山，晏温，有黄云焉。"

⑲ 斗魁：指北斗七星之第一至第四星，即枢、璇、玑、权。《史记·天官书》："在斗魁中，贵人之牢。"喻指德高望重或才学冠世而为众人景仰的人。

⑳ 祖龙：指秦始皇。《史记·秦始皇本纪》：“（三十六年）秋，使者从关东夜过华阴平舒道，有人持璧遮使者曰：‘为吾遗滈池君。’因言曰：‘今年祖龙死。’”裴骃集解引苏林曰：“祖，始也；龙，人君象。谓始皇也。”

㉑ 云阳：《史记·秦始皇本纪》：“韩非使秦，秦用李斯谋，留非，非死云阳。”张守节正义引《括地志》：“云阳城在雍州云阳县西八十里，秦始皇甘泉宫在焉。”

㉒ 五利六印：《史记·封禅书》载：“是时上方忧河决，而黄金不就，乃拜大（校注者按指栾大）为五利将军。居月馀，得四印，佩天士将军、地士将军、大通将军印……大见数月，佩六印，贵震天下。”司马贞索隐：“谓五利将军、天士将军、地士将军、大通将军为四也。更加乐通侯（校注者按指丁义）及天道将军印，为六印也。”

㉓ 太室万岁：太室：即嵩山。《汉书·武帝纪》载：“元封元年。……春正月，行幸缑氏。诏曰：‘朕用事华山，至于中岳，获驳麚，见夏后启母石。翌日亲登嵩高，御史乘属，在庙旁吏卒咸闻呼万岁者三。……’行，遂东巡海上。”颜师古注引荀悦曰：“万岁，山神称之也。”嘲哈：嘲笑。

㉔ 轮台：古地名。在今新疆轮台南。武帝晚年颁《轮台罪己诏》中所指轮台即此。汉武帝一生，致力开拓西域，国力大损。至晚年深悔之，遂弃轮台之地，并下诏罪己，谓之“轮台诏”。事见《汉书·西域传赞》。

㉕ 劫灰：谓劫火的馀灰。

苏文忠《天际乌云帖》墨迹后有虞文靖诸跋①

钱塘昔游愁可怜②，美人云气随飞烟。闲情万古一梦中，感激亦有峨嵋仙③。其人已去骨已朽，剩有翰墨相夤缘④。守杭郡者为谁欤⑤，茗清酒熟齐翩翩。楼头一觉似有言，笼内之出宁非天⑥。诗与人传亦何幸，藏名顾乃如潜渊。汉庭老吏才比肩⑦，下笔已办真轩辕⑧。自感精魂化云雨，何况运会惊推迁。泪乎庐山亦□耳⁽一⁾，丹丘之子何悲焉⑨。君不见西湖吟诗讽朝士，海南谪宦成几年⑩。大瓢行歌野田内，木屐避雨桃

榔边⑪。一场春梦吾岂醒,老婆参破方安禅⑫。即如此纸谁与
传,百年瞥眼如飞鸢⑬。偏傍点画半残缺,精神气体馀雄妍。
人生何者不惘然,愿与付之华胥间⑭。

【校勘记】

(一)泊乎庐山亦□耳:《全集》本"□"为"佳"。

【注释】

① 此诗作于乾隆三十三年(1768),冯敏昌二十二岁,秋应乡试不第。天际
乌云帖:徐珂《清稗类钞》第九册"翁覃溪藏天际乌云帖真迹"条云:"宋苏文忠
《天际乌云帖》,翁覃溪于乾隆戊子十月八日得之,而识其端,云:'此帖归予斋,
柯跋之尾、张伯雨前五诗及吴原博跋,皆已失去。盖原是横卷,自项子京时,已
是册子矣。而翁氏深原印凡三十,翁字小图印凡卅有七。其归于予箧,岂非有
前定耶'云云。后以诗跋、辨证,别装为册,且为之作歌题跋其多。至嘉庆壬申
五月廿日,距得此帖已四十四年矣,又以所考核而加题焉。"虞文靖:虞集
(1272—1348),字伯生,号道园。别署青城山樵,人称邵庵先生。仁宗朝为集贤
修撰。文宗时,累迁奎章阁侍书学士,受命编纂《经世大典》。卒赠江西行中书
省参知政事,封仁寿郡公,谥文靖。著有《道园学古录》、《道园类稿》等。

② 钱塘昔游:宋神宗时,王安石推行新法,苏轼为避身祸求出外任,熙宁四
年到六年(1071—1074)任杭州通判;后哲宗元祐四年到六年(1089—1091)任杭
州知州。

③ 峨嵋仙:苏轼是四川眉山人。

④ 蜿缘:绵延。

⑤ 守杭郡:苏轼两任杭州事。见前本诗注②。

⑥ 笼内之出:苏轼在京城屡不得意,出外任似鸟出笼。

⑦ 老吏:旧吏,精于吏事者。语出《后汉书·光武帝纪上》:"老吏或垂涕
曰:'不图今日复见汉官威仪!'"

⑧ 轩辕:传说中的古代帝王黄帝的名字。传说姓公孙,居于轩辕之丘,故
名曰轩辕。曾战胜炎帝于阪泉,战胜蚩尤于涿鹿,诸侯尊为天子。后被奉为中
华民族始祖。

⑨ 丹丘：亦作"丹邱"。传说中神仙所居之地。《楚辞·远游》："仍羽人于丹丘兮，留不死之旧乡。"王逸注："丹丘，昼夜常明也。"

⑩ "君不见"二句：指苏轼被贬海南事。宋神宗元丰二年（1079）苏轼身陷"乌台诗案"，遭旧党排挤，先后到杭州、赣州、扬州、定州等地任地方官。元祐八年（1093）新党执政，苏轼再受打击，贬官到岭南惠州（广东惠阳），再贬琼州昌化（海南儋县）。元符三年（1100）徽宗即位，遇赦北归，次年病逝于常州。

⑪ "大瓢"二句：说东坡至儋后居无定所，优游度岁。参见前本卷《海门春阴行》注⑦。檀萃《楚庭稗珠录》卷四《粤琲上》"桄榔"条云："东坡先生至儋，无居室，偃息于桄榔林，摘树叶铭曰：'九州一区，帝为方舆；孰非吾居？百柱员颠，万瓦披敷；上栋下宇，不烦兵夫。海气瘴雾，吞吐呼吸；蝮蛇魑魅，出怒入娱。习若奥堂，杂处童奴；东坡居士，强安四隅。以勤寓止，以实托虚；放此四大，还于一如。东坡非名，岷峨非庐；须发不改，示现毗卢。无作无止，无欠无馀；生之谓宅，死之谓墟。三十六年，吾其舍此；跨汗漫，而游鸿蒙之乡都乎？'"

⑫ "一场"二句：宋神宗元丰二年（1079）苏轼因"乌台诗案"入狱，出狱后为黄州团练副使。在黄州筑室东坡，自号"东坡居士"，与田野父老时时相从。此后他更多地接受佛道思想，放情山水，随缘自适，在佛老思想中，在大自然中寻求解脱。此二句即拟苏轼口吻而发感叹。"老婆参破"句：释迦牟尼以肉体、财产、现实中的妻子、人的自性作比，在法会对弟子所讲佛经故事：一商人的四个老婆在商人出行时只有第四个老婆愿意伴随，以此说明人的灵魂和天性最为根本。

⑬ "百年"句：形容时间之快如鸢疾飞而过。

⑭ 华胥：语出《列子·黄帝》："（黄帝）昼寝，而梦游于华胥氏之国。华胥氏之国在弇州之西，台州之北，不知斯齐国几千万里。盖非舟车足力之所及，神游而已。其国无帅长，自然而已；其民无嗜欲，自然而已……黄帝既寤，怡然自得。"后用以指理想的安乐和平之境，或作梦境的代称。这里指梦境。

浯溪中兴颂①

胡雏祸胎谁与媒，唐之宗社几倾颓②。二十四郡有义士，书生此日为之魁③。陕既不守潼关闭④，贼势强横宁驰回。常山睢阳太守继，出挠贼后清隅隅⑤。哥舒防关固可罪⑥，羲驭久欲西南颓⑦。治风乱风昔所戒⑧，弃置何止当馀灰。凤翔移跸务争守，幸使四海人心回⑨。北收诸郡发河陇，坐拾两京从烬煨⑩。灵武之际有惭德，以戡乱论功可推(一)⑪。谁与勒铭播终古，浯溪伐石穷漻洄⑫。后来人士感遗迹，往往扪视空莓苔⑬。显教忠隐教孝耳⑭，杂以讥谤胡为哉⑮。平生浯溪梦不到，仿佛石势高崔巍。南来墨本幸完好⑯，睹此愿可守从来。于时寒空上初日，牖户豁达轩堂开(二)。道州雄辞峻山岳⑰，平原老笔回云雷⑱。词翰纵横两堪赏⑲，漫与前古分馀哀。

【校勘记】

（一）"陕既不守潼关闭"至"以戡乱论功可推"十四句：《全集》本作："当时河西土门破，贼势强横宁迟回。乱风治风戒自古，弃置何止同飞灰。遥遥反正在灵武，收拾两京从烬煨。天伦之际有惭德，以戡乱论功可推。"

（二）"后来人士感遗迹"至"牖户豁达轩堂开"十句：《全集》本作："千年人事数遗迹，往往扪视空莓苔。何人归来致一本，高堂照日光初开。"

【注释】

① 此诗作于乾隆三十三年（1768），冯敏昌二十二岁。浯溪：在今湖南祁阳县城西南，湘江西岸支流小溪。《祁阳县志》载："浯溪胜景，天地生成，一木一石，别饶雅趣。"唐代宗广德元年（763）元结出任道州刺史。次年写下《大唐中兴颂》，记述安史之乱，颂唐中兴之事。嗣后，大历六年（771）由颜真卿书刻于摩崖之上。元结以"中兴颂""彰以来者"；又取唐太宗"鉴于铜，整衣冠；鉴于人，明得生；鉴于古，知兴衰"之意，启迪后人。元文、颜字，加之天然造就峭岩，文奇、字奇、石奇，世称"摩崖三绝"。

② "胡雏"二句：指安史之乱扰乱唐室，几使至于瓦解。唐玄宗开元后期，皇帝纵情享乐，宠爱杨贵妃，信任宦官高力士，把朝政全交给宰相李林甫处理。继之杨国忠，排斥异己，政治日益败坏。胡人亦担当节度使重任。胡，指安禄

山，其本混血胡人，貌似忠诚，生性狡诈，讨得玄宗和杨贵妃欢心，身兼范阳、河东、平卢三镇节度使。玄宗天宝十四年(755)，安禄山在范阳起兵叛乱。第二年，唐军在潼关溃败，安禄山便长驱直入长安。唐玄宗匆忙南逃四川。同时，太子李亨逃往灵武(在今宁夏境内)，756年，在郭子仪、李光弼等一班西北将领的支持下，即皇帝位，改元至德，是为肃宗。后叛军内部发生分裂，唐军联同回纥援兵乘机反攻，收复了长安和洛阳。不久安禄山部将史思明杀安庆绪，后又被其子史朝义杀死。唐朝再借回纥兵，收复洛阳，史朝义自杀，"安史之乱"结束。

③ "二十四郡"二句：《资治通鉴》卷二百一十七《唐纪》"天宝十四载"："初，平原太守颜真卿知禄山且反，因霖雨，完城浚壕，料丁壮，实仓廪。禄山以其书生，易之。及禄山反，檄真卿以平原、博平兵七千人防河津，真卿遣平原司兵李平间道奏之。上始闻禄山反，河北郡县皆风靡，叹曰：'二十四郡，曾无一人义士邪！'及平至，大喜，曰：'朕不识颜真卿作何状，乃能如是！'真卿使亲客密怀购贼檄诣诸郡，由是诸郡多应者。真卿，杲卿之从弟也。"

④ "陕既不守"句：指天宝十四载安禄山反叛后，第二年即攻下洛阳，又攻破潼关，陷长安。

⑤ "常山睢阳"二句：常山：指颜杲卿，安史之乱时任太守。睢阳：指时任睢阳太守的张巡。二人事均见《新唐书·忠义传》中。安史之乱爆发后，常山太守颜杲卿佯顺安禄山，后与平原太守堂弟颜真卿起义兵勤王，被俘杀害。叛将尹子奇率兵十馀万攻打睢阳，张巡自宁陵率兵进入睢阳，协助守将许远坚守。唐军以六千馀人，苦战数月，城陷，张巡、南霁云、雷万春等被害。坚守睢阳，对后来郭子仪平定安史之乱，作用巨大。因二人作战都在被安史之乱陷落的地区，故有"出扰贼后"之词。

⑥ "哥舒"句：安史之乱爆发后，封常清、高仙芝连败，玄宗拜哥舒翰为将征讨。天宝十五载，哥舒翰追击叛军崔乾祐部于灵宝，遭伏击败溃，哥舒翰被俘。随后潼关失守，叛军攻入长安，玄宗出逃。

⑦ "羲驭"句：安史之乱(755—763)历时八年，由唐朝西北叛将安禄山、史思明发起，其间一度攻占唐都长安，建立大燕政权，安氏自称皇帝。唐玄宗出走四川剑阁，其间太子李亨在甘肃宁武称帝建制。是为肃宗。后安史之乱终被郭子仪等将平息。共历经玄宗、肃宗、代宗三代才完满解决这次战乱，但地方藩镇

拥兵自重,唐自此走向衰败。羲驭,典出《楚辞补注》卷一《离骚经·王逸序》:"羲和,日御也。""御"同"驭"。后以"羲驭"代称太阳,此指唐王朝。

⑧ 治风乱风昔所戒:《春秋公羊传》有"三世说",董仲舒《春秋繁露·楚庄王》说:"春秋分十二世为三等:有见,有闻,有传闻。"这里也说国家治乱有着循环的规律。

⑨ "凤翔移跸"二句:至德二载(757),郭子仪连战告捷,攻下河东,肃宗由灵武到凤翔。即命郭子仪为天下兵马副元帅(元帅为皇子李俶),继续征讨叛军。

⑩ "北收"二句:肃宗至德二载(757)正月,安禄山被其子安庆绪杀死。九月,郭子仪率兵收复长安。肃宗得回长安。肃宗乾元元年(758)九月,调遣朔方郭子仪、淮西鲁炅、兴平李奂、滑濮许叔冀、镇西北庭李嗣业、郑蔡季广琛、河南崔光远、河东李光弼、关内泽潞王思礼等九节度使率兵六十万,进讨安庆绪。二年(759)三月,败史思明部于安阳。上元二年(761)二月,史思明被其子史朝义所杀。宝应元年(762)四月,唐肃宗病死。太子李豫即位,是为唐代宗。十月,以雍王李适为天下兵马元帅,朔方节度使仆固怀恩为副元帅,统领诸道唐军和回纥兵,收复洛阳。

⑪ "灵武"二句:天宝十五年(756)七月,肃宗在灵武即位,改元至德,组织光复,镇压叛乱。

⑫ "谁与"二句:参见本诗注①。

⑬ 莓苔:青苔。这里说后人到此感慨遗迹犹存而人事都非。

⑭ "显教忠隐"句:唐人以孝治天下,玄宗曾亲注《孝经》,《孝经》还被列入九经之一,故句中云教孝。

⑮ 杂以讥谤:参见本诗注①。

⑯ "南来墨本"句:自唐、宋、元、明、清以来,众多文人在浯溪,留下诗、词、赋、文等摩崖石刻505方之多。康熙十九年(1680)续修《祁阳县志》有《三吾石钞》,收列历代名人题咏浯溪之诗文,为以后作《浯溪志》之滥觞。后多有专志。

⑰ 道州:今湖南省道县。元结于唐代宗广德元年(763)至大历元年(766),两任道州刺史。

⑱ 平原老笔:指颜真卿的字。安史之乱时颜真卿任平原令。

⑲ 词翰：浯溪文为元结所作，颜真卿手书。

十二矶夜泊，寄叔求弟①

　　浦口维舟坐忆君，风林摇月白纷纷。江声夜静不知处，一
十二矶空水云。

【注释】

　　① 此诗作于乾隆三十三年(1768)，冯敏昌二十二岁。叔求：冯敏昌三弟冯
敏曦。十二矶：顾祖禹《读史方舆纪要·广西三》"东山县"载："县西九十里又
有六爻山，山形六叠如卦爻然，山足为十二矶，络绎相属……"

阁暮即事①

　　美人来何迟，怅矣芙蓉阁。日暮湖水多，微明度疏箔②。
流云渺如梦(一)，灵雨黯不作。冥冥烟色深，风吹晚愁阔。罗
襦悄然至③，环佩降寂寞④。目成可怜处，惆怅亦已数。折我
园梅花，赠君感零落。

【校勘记】

　　(一) 如：《全集》本作"入"。

【注释】

　　① 此诗作于乾隆三十四年(1769)，冯敏昌二十三岁。

　　② 箔：用苇子、秫秸等做成的帘子。

　　③ 罗襦：绸制短衣。

　　④ 环佩：古人所系的佩玉。后多指女子所佩的玉饰。

望海楼歌，留别勺海、广文归里^①

楼头云气昏层空，楼前疾雨捎劲风。涛声如雷浪头黑，大
海直卷莲峰东^②。何人置酒层楼中，广文先生勺海翁。一觞饯
我适乡国，使我太息悲填胸^③。丈夫出门事游走，何用屑屑嗟
萍蓬^④。忧从中来不可绝，今昔之感良难通。今昔发愤事游
衍^⑤，凭眺往往与君同。南还北去且勿论，久矣离合多匆匆。
去年执手南禺峰^⑥，春堂酒绿灯火红^⑦。镇海楼头一怅望，君
又良德骑青骢^⑧。良德山高地卑湿，居人结屋茅为篷。空城一
半复何有，青珊瑚兼山刺桐^⑨。危楼十丈独潇洒，朝夕与海为
迎逢。帆樯颇落栏槛底，岛峙不借烟雾封。有时南望古安
邑^⑩，似有一点青蒙蒙。铜鱼山色可想象^⑪，白磨尾路尤难
穷^⑫。落笔崔嵬一百首，归来示我何其工。五羊秋色浮珠
宫^⑬，词人气吐如长虹。云霄放眼有遗恨，羽翮万古羞鷾鸸^⑭。
冯谖敢以弹铗见^⑮，李膺堪继同车踪^⑯。翩然高凉竟出走，因
欲故里甘菽荗^⑰。残年风景颇愁绝，软语留我听春鸿。羁
人无欢易感激，赖尔远引开愚蒙。黄昏马踏乌石月^⑱，静夜鸟立庄
山钟^⑲。曷来兹楼一登眺，果有归梦沉青枫^⑳。萧条归装尚许
作，不觉宛转愁颜容。人生意气有嗳隔^㉑，无泪岂必方英雄。
故乡欲见且未得，感别先已难弥缝。我愁长路似行脚，君居冷
署如斋公^㉒。他时寂寞倘相忆，愿以楼为香火宗。

【注释】

① 此诗作于乾隆三十三年（1768），冯敏昌二十二岁。望海楼：又名镇海
楼，在今广州市越秀山。始建于明洪武十三年（1380）。因临海，故名镇海，寓
"雄镇海疆"之意。珠江辽阔，登楼东望，珠水滔滔，万顷碧波，故又有望海楼之
名。屈大均《广东新语·宫语》"六楼"条："横波涛而不流，出青冥以独立，其玮

丽雄特，虽黄鹤、岳阳，莫能过之。""镇海层楼"是清代羊城八景之一。

② 莲峰：在今广东中山市内。

③ 太息：大声长叹，深深地叹息。

④ 屑屑：特意、着意貌。

⑤ 游衍：语出《诗经·大雅·板》："昊天曰旦，及尔游衍。"毛传："游，行；衍，溢也。"孔颖达疏："游行衍溢，亦自恣之意也。"

⑥ 南禺峰：在北江之中宿峡，清代屈大均《广东新语·石语》"二禺"条记："相传轩辕二庶子，长太禺，次仲阳，降居南海，与其臣曰初曰武者隐此。太禺居峡南，仲阳居峡北，故山名曰二禺。在南者曰南禺，北曰北禺，七十有二峰相对，一一奇峭。"

⑦ "春堂"句：化用李商隐《无题》诗中："隔座送钩春酒暖，分曹射覆蜡灯红。"

⑧ 良德：又称高凉郡城，始建于南朝陈代。初名务德县，隋开皇时改为良德县。县治今高州东岸镇良德墟旁。

⑨ 珊瑚：喻俊才。刺桐：亦称海桐、山芙蓉。枝干间有圆锥形棘刺，故名。

⑩ 古安邑：在今山西夏县西北。本战国魏都，秦置县。句中为虚指。

⑪ 铜鱼：见前本卷《云藏九咏·铜鱼山》注①。

⑫ 白麛(jiù)：即白麟。古代以为祥瑞。

⑬ 珠宫：指佛寺。

⑭ 羽翮：泛指鸟类。氃(tóng)氋(méng)：毛松散，委顿貌。

⑮ 弹铗：典出《战国策·齐策四》："齐人有冯谖者，贫乏不能自存，使人属孟尝君，愿寄食门下。孟尝君曰：'客何好？'曰：'客无好也。'曰：'客何能？'曰：'客无能也。'孟尝君笑而受之曰：'诺。'左右以君贱之也，食以草具。居有顷，倚柱弹其剑，歌曰：'长铗归来乎！食无鱼。'左右以告。孟尝君曰：'食之，比门下之客。'居有顷，复弹其铗，歌曰：'长铗归来乎！出无车。'左右皆笑之，以告。孟尝君曰：'为之驾，比门下之车客。'于是乘其车，揭其剑，过其友曰：'孟尝君客我。'后有顷，复弹其剑铗，歌曰：'长铗归来乎！无以为家。'左右皆恶之，以为贪而不知足。孟尝君问：'冯公有亲乎？'对曰：'有老母。'孟尝君使人给其食用，无使乏。于是冯谖不复歌。"后谓处境窘困而又欲有所干求。

⑯ 李膺：字元礼，汉代颍川襄城(今河南襄城)人。举孝廉，官至河南尹，与太学生郭泰等交游，反对宦官专擅，纠劾奸佞。延熹九年(166)，因党锢之祸入狱。灵帝即位，窦武辅政，党祸再起，被下狱拷问致死，妻子徙边，父兄及其门生

故吏并遭禁锢。

⑰ 菽荄：即大豆。《列子·力命》："进其荄菽，有稻粱之味。"杨伯峻集释
引郑玄曰："即大豆也。"

⑱ 乌石：在今雷州半岛。

⑲ 庄山：在今广东电白，山上有庄泉，明代建有净土寺，清代改名庄山寺。

⑳ 青枫：化用张若虚《春江花月夜》诗句："白云一片去悠悠，青枫浦上不
胜愁。"

㉑ 暌隔：分离；乖隔。

㉒ 冷署：冷落清闲的官署。斋公：对道士的尊称。此以斋公喻居官清贫。

乌石溪行屡经与勺海游处^①

弃车以徒行，耿耿如有失^②。别酒醉益甚，求水寒溪侧。
举目一徘徊，犹有旧所历。踏春忆前事，携手寻溪石。草草花
卉深，汩汩湍澜急。日暮流连处，至今有行迹。重城君己归，
长途我安适。决去复何言，临风转太息。

【注释】

① 此诗作于乾隆三十三年(1768)，冯敏昌二十二岁。乌石：村名，在钦州
市寨圩镇。

② 耿耿；烦躁不安，心事重重。

慈亲旦期行园中作^{(一)①}

慈亲夜不寐，申旦期行园^(二)。披衣亟随从，衣裳虑慈单。
霜明天宇清，清风戒其寒。与言掇秋葵，焜黄嗟少残^②。园南
有萧艾^③，衰飒不可观。行行霜畦中，慈亲复解颜。数畦先手锄，

苗蔓绿犹繁。采撷入筥籥,聊思劝早餐^(三)。徘徊掩篱门,黄菊开

瓦盆。采之不插发,携归使风干。明目以读书,益寿同南山^④。北

堂自有萱^⑤,南陔欣有兰^{(四)⑥}。欢忻且无尽,奚与时岁阑。

【校勘记】

　　(一)《慈亲旦期行园中作》:《全集》本诗题作《旦起侍慈行园作》。

　　(二)申旦期行园:《全集》本"期"作"起"。按,"期"疑为"起"之音讹。

　　(三)聊思劝早餐:《全集》本"早"作"朝"。

　　(四)北堂自有萱,南陔欣有兰:《全集》本作"北堂欣有萱,南阶欣有兰"。

【注释】

　　① 此诗作于乾隆三十四年(1769),冯敏昌二十三岁。《年谱》记:"是年春由电白返廉还家,下帷于书堂。五月母氏归宁养疾……"

　　②"与言掇秋葵"二句:化用《乐府诗集·长歌行》:"青青园中葵,朝露待日晞。阳春布德泽,万物生光辉。常恐秋节至,焜黄华叶衰。"

　　③ 艾:年长,老。借指年老的人。

　　④ 寿同南山:祝福长寿。语出《诗经·小雅·天保》:"如月之恒,如日之升,如南山之寿,不骞不崩。"

　　⑤ 北堂:指母亲的居室。语出《诗经·卫风·伯兮》"焉得谖草,言树之背。"毛传:"背,北堂也。"萱:古称母亲居室为"萱堂"。以"萱"为母亲或母亲居处的代称。

　　⑥ 南陔:《诗经·小雅》篇名。六笙诗之一,有目无诗,是燕飨之乐。《诗经·小雅·南陔序》:"《南陔》,孝子相戒以养也……有其义而亡其辞。"后用为奉养和孝敬双亲的典实。

闰　月^①

　　芙蓉窗下沉水烟,闺中寒月明嫣然。寒月流空正清绝,闺

中相看成可怜。可怜故是池亭侧,夜静闲阶露欲滴。微风平

处悄无人，一树梅花冷湘笛②。笛声依约落平池，池波不动纹
漪漪。鸳鸯飞起落何处，宝鸭寒深不自知③。去年明月梅花
下，忆得低徊倚长夜。寂坐长愁玉镜空，寒眠真想罗浮嫁④。
今年月是去年临，旧时愁与今时深。一样闲宵与明月，移入闺
中别感心。沉吟且自归中阁，灯烬香残寒意作。罗帷不下小
窗虚，半枕疏篁映斜月。

【注释】

① 此诗作于乾隆三十四年（1769），冯敏昌二十三岁。

② 湘笛：湘妃竹做的笛子。用湘妃之典。舜二妃娥皇、女英追随舜至湘
水，知舜死于九嶷，泪洒湘竹为斑竹，没于湘水，为湘水之神。

③ 宝鸭：用宝石镶嵌的飞鸭状的头饰。

④ “寂坐”二句：静坐无聊，对月怀远思人之意。罗浮嫁：罗浮梦之意。传
说隋开皇中，赵师雄于罗浮山遇一女郎。与之语，则芳香袭人，语言清丽，遂相
饮竟醉，及觉，乃在大梅树下。见旧题唐柳宗元《龙城录》。

深竹读书堂夜坐，闻风雨声甚壮。
追忆莲峰海声有作①

　　书堂之外万竿竹，复有桧柏兼松杉。枫杞橡橘细垂道，往
往翠色苍云衔。云沉雨晦白日晚，谁使噫气吹空嵌。天经下
合地轴转，鹏羽拟击海水咸②。其声之大本足异，况我乍返听
宁诚。昔我行矣竟一载，得友幸与中情咸。足茧禺岭珠江
上③，莲峰落手方崭岩④。当时为海所抨击，中夜如雷鼓吾
儳⑤。自谓耳目佳在远，岂知心地矼犹凡。故人南向指归路，
今夜到家尘满衫。低徊人静辟帘幌，讵识此声回枕函。深山
之中果吾乐，何用浩淼思长骢⑥。

【注释】

① 此诗作于乾隆三十四年(1769),冯敏昌二十三岁。莲峰:见前本卷《望海楼歌,留别勺海、广文归里》注②。

② "鹏羽拟击"句:化用《庄子·逍遥游》中"鹏之徙于南冥也,水击三千里"。

③ 禺岭:见前本卷《望海楼歌,留别勺海、广文归里》注⑥。

④ 崭岩:高峻的山崖。

⑤ 儳(chán):不安宁。

⑥ 騆(zhōu):神马。

城西晓寒,忆深竹读书堂作^{(一)①}

辞家百馀里^②,羁愁已不浅。朝来一风雨,独坐成偃蹇^③。
饥鸟下阶除,残叶行书卷。书堂有旧林,柴关为谁掩。

【校勘记】

(一)《全集》本此诗题作《城西晓寒,忆深竹读书堂,作示介斋晚堂诸弟》。

【注释】

① 此诗作于乾隆三十四年(1769),冯敏昌二十三岁。

② 辞家百馀里:民国《钦县志》卷二《建制志》"墟市"条载:"大字(校注者按,今作寺)墟,在城西北九十里长墩司署旁。"(校注者按,冯敏昌家在长墩司之马岗村。)据此推算钦州城距冯家当有百馀里之途。

③ 偃蹇:安卧。

高廉道中作寄晚堂弟四首^①

一

还时弟独病,春中与弟还自廉阳,而弟已亡病。病里兄独去。

长路有邮亭,是弟曾留处。徘徊白日下,想象中房暮。何事最愁人,鹧鸪啼不住②。余习闻鹧鸪之声矣,今始慨然。

二

有□过于勤⁽一⁾,肩右常苦痛。比来两弟病,昼夜兼勤动。艰难不自惜,幽愁与谁共。长路难可游,思之杳如梦。

三

海气故昏昏,肩舆在中野③。寒日出未出,西月下未下。此时旧书堂,晓色亦难写。群弟读父书,偃息何为者。

四

回忆出门时,匆匆寡行色。小女更牵衣,室人抱之入。离别亦已屡,惆怅复何益。挥袂出门去,乃亦至今日。

【校勘记】

(一) 有□过于勤:《全集》本此处亦空一字。

【注释】

① 此诗作于乾隆三十五年(1770),冯敏昌二十四岁。此年先至廉州追随翁方纲,后至广州,秋,三弟冯敏曦去世。

② 鹧鸪:鸟名。形似雌雉,头如鹑,胸前有白圆点,如珍珠,背毛有紫赤浪纹,足黄褐色。古人谐其鸣声为"行不得也哥哥",诗文中常借以思念故乡。《文选·左思〈吴都赋〉》:"鹧鸪南翥而中留,孔雀綷羽以翱翔。"刘逵注:"鹧鸪,如鸡,黑色,其鸣自呼。或言此鸟常南飞不止。豫章已南诸郡处处有之。"

③ 肩舆:轿子。

化 州 雨 发①

雄雷殷鼍鼓②,骇电飞铜丸③。载水百万石,云头重如山。
茫茫一肩舆,将晓荒郊间。孤城已不辨,深林宁敢安。仓皇问
前村,路远行复难。中途屡回转,故乡乃西看。风从故乡来,
吾亲岂不寒。吾亲昔病肺,参术苦无关④。颇喜橘皮饮,所得
百不堪。吾闻玉井橘⑤,朱实尚红兰。何当采一双,归呈藤下
欢。兹行复匆遽,过此空长叹。

【注释】

① 此诗作于乾隆三十五年(1770),冯敏昌二十四岁。化州:属广东,在鉴
江中游。

② 鼍鼓:用鼍皮蒙的鼓。这里说雷声隆隆,如同敲击鼍鼓。

③ "骇电"句:此句形容球状的闪电飞击而下,闪闪刺目如同从空中飞下铜球。

④ 参术:中药名。人参和白术。

⑤ 玉井橘:即化州橘,又名橘红,可做中药。万历年间《高州府志》"药物"
目中即有化州橘红记载。《本草纲目》记其功效"下气消痰"。

崆峒岩追和石上吴云岩夫子韵(一)①

古称嵩恒岱衡华,厥秩视三公。谁其佐之河图遁甲转②,
不言崆峒朱明洞天次第列岭峤③,不知崆峒何以独在西北耸峙
凌虚空。元精由来揭斗柄④,地势空说联崝潼⑤。我意太始自
㤭莽⑥,岂必洞壑真龙嵸⑦。况称斯山宇内复有几两脚未历,
正使拟议摹写难为工(二)。扣扉今日阳江东,居然灵异栖其
中。念我出门忧短蓬(三)⑧,多水愁鱼鳖,山咷虹。苦忆旧林不

能返,以异景,来相通⁽四⁾。于时山外初午钟,群石如豹如蹲熊。忽转尘寰作福地,谽然日月开庭宫⑨。石梁横跨路迤逦,冰瀑飞洒声玲珑。藤臂高垂猿女挂玉乳⁽五⁾⑩,润极云母烘神狮之白鹦鹉⑪,红嵌窦夹峙双房栊⑫。斧凿那无鬼神力,结构不与人间功。吾闻上古民质朴,三皇五帝非尊崇⑬。所以黄帝广成子⑭,心契元妙神虚冲⑮。梨枣自扫荆棘丛⑯,升高何必箕与嵩⑰。方舆丁壬候起伏⑱,枉向龙虎参铅汞⑲。何如题字濂溪翁⁽六⁾⑳,真精三五开群聋⁽七⁾㉑。寥寥熙宁溯元丰㉒,至今峭壁支罡风㉓。呜呼,后来观者但赏笔力雄,扰扰何异冰疑虫。问君何处符德充㉔,徒尔河陕甲乙分异同⁽八⁾。

【校勘记】

(一)《全集》本诗题为《阳春崆峒岩追和石上吴云岩夫子韵》。

(二)我意太始自悦莽,岂必洞壑真巃嵸。况称斯山宇内复有几两脚未历:此三句《全集》本作"我意几两脚未历"。

(三)念我出门忧短蓬:《全集》本作"我来辍棹推短蓬"。

(四)多水愁鱼鳖,山岷虹。苦忆旧林不能返,以异景,来相通:《全集》本作"隔江雨过明彩虹。笋舆十里不辞远,篁茆一径微相通"。

(五)猿:《全集》本作"蝠"。

(六)何如题字濂溪翁:《全集》本此句后有作者小注"山有周夫子题名"。

(七)真:《全集》本作"至"。

(八)徒尔河陕甲乙分异同:《全集》本此句后有作者小注"山又有碑称为第四崆峒"。

【注释】

① 此诗作于乾隆三十五年(1770),冯敏昌二十四岁。崆峒岩:在今广东阳春,中国四大崆峒名山之一。始建于明代万历丁丑年间,清乾隆二十一年阳春令姜山重修寺宇。崆峒岩又名"四崆峒山",山下有岩,岩中有寺,寺外有峰,古雅清幽。吴云岩:吴鸿(1725—1763),字颉云,号云岩。浙江仁和(今杭州)人。清乾隆十六年(1751)状元。授职翰林院修撰。先后任广西、湖南乡试主考官,

广东、湖南学政等职。

② 河图：儒家关于《周易》卦形来源的传说。《易·繫辞上》："河出图，洛出书，圣人则之。"河，黄河。洛，洛水。据汉儒孔安国、刘歆等解说：伏羲时有龙马出于黄河，马背有旋毛如星点，称作龙图。伏羲取法以画八卦生蓍法。夏禹治水时有神龟出于洛水，背上有裂纹，纹如文字，禹取法而作《尚书·洪范》"九畴"。《汉书·五行志上》也有记载。遁甲：古代方士术数之一。起于《易纬乾凿度》太乙行九宫法，盛于南北朝。

③ 朱明：道教十大洞天的第七洞天，即"朱明辉真之洞天"。在广东罗浮山。《天地宫府图》云："十大洞天者，处大地名山之间，是上天遣群仙统治之所。"《云笈七签》中也有记载。

④ 元精：天地的精气。

⑤ 崤潼：崤山和潼关。

⑥ 太始：古代指天地开辟、万物开始形成的时代。《列子·天瑞》："太始者，形之始也。"恍：迷离恍惚，模糊不清。《老子》："道之为物，唯恍唯忽。"河上公注："道之于万物，独恍忽往来于其无所定也。"

⑦ 巄（lóng）嵷（zōng）：山势高峻。

⑧ 短篷：指小船。

⑨ 谽然：山谷空旷貌。

⑩ 玉乳：即石钟乳。

⑪ 白鹦鹉：形容石乳白而形状又似鹦鹉。

⑫ 房楎：亦作"房笼"，窗棂。指房屋。

⑬ 三皇五帝：泛指远古时代的帝王。

⑭ 广成子：古代传说中的仙人。晋代葛洪《神仙传·广成子》："广成子者，古之仙人也。居崆峒之山石室之中。黄帝闻而造焉。"

⑮ 神虚：谓心神清虚。沖：调和。

⑯ 梨枣：指交梨火枣。道家所说的仙果。

⑰ 箕山：在嵩山南麓（今河南登封境内）。《吕氏春秋·求人》："昔尧朝许由于沛泽之中，曰：'请属天下于夫子。'许由辞曰：'为天下之不治与？而既已治矣。自为与？啁噍巢于林，不过一枝；偃鼠饮于河，不过满腹。归已君乎！恶用天下？'遂之箕山之下，颍水之阳，耕而食，终身无经天下之色。"后因"箕山之

节"谓隐居不仕的节操。嵩：指嵩山。

⑱ 方舆：指大地。丁壬：指水火。古代以十干配五行，《淮南子·天文训》："甲、乙、寅、卯，木也；丙、丁、巳、午，火也；戊、己、四季，土也；庚、辛、申、酉，金也；壬、癸、亥、子，水也。"

⑲ 龙虎：道教语。指水火。朱熹《周易参同契考异》："坎离水火龙虎铅汞之属，只是互换其名，其实只是精气二者而已。精，水也，坎也，龙也，汞也；气，火也，离也，虎也，铅也。"铅汞：道教语。指先天元气。

⑳ 濂溪翁：指理学家周敦颐，湖南省道县人，世居濂溪上，晚年移居庐山莲花峰下，峰前有溪，因取旧居濂溪以为水名，并自以为号，世称濂溪先生。参看本诗【校勘记】(六)。

㉑ 真精：古代哲学家指一种极其精微神妙而不见形迹的存在。《吕氏春秋·君守》："天无形而万物以成，至精无象而万物以化。"

㉒ 熙宁与元丰：宋神宗赵顼在位的年号，熙宁：1068—1077年，元丰：1078—1085年。熙宁二年(1069)，神宗任用王安石变法图强，后因保守派干预而失败。

㉓ 罡风：道教谓高空之风。泛指劲风。

㉔ 符德充：即《庄子·内篇·德充符》。取"以德养形，充者足内，符者内外相合，争竞忘而后不忘其所不忘，才全内充，于物无不宜，而其符也大"之意。

得　绿　亭①

遥空新雨馀，回檐晚风落②。万绿积已成，重帘望犹合。离家已月馀，兹焉守寂寞。耳目觉沉静，志趣寡欢乐。师友信亲严，诗书或糟粕。长当诵读暇，苦抱羁愁恶。日长有啸叹，夜感长萧索③。愁魂引幽梦，天涯仍海角。歌泣匪成辙④，惨怆难约略。岂伊悲女儿，且匪循棣萼⑤。吁嗟出门日，吾弟形何弱(一)。一病知岁时(二)，回思仅如昨。始犹寒热兼(三)，继乃喘泻作。上嗽撄其心(四)⑥，下瘅缘从脚⑦。饮食或不尽(五)，滋味恒苦薄。严君既感慨,慈亲益劳结⑧。重之以幼弟,艰难那可说。最疑两颊下,瘿瘤并时作⑨。吾闻致此物,其疾甚难却。当弟送我时,瘦如忍饥鹤。不知别离后,何以制消削⑩。嗟予卤莽甚,不获视汤药。念此心肠断,空馀形影泊。何当早归来,骨肉诚可托。

【校勘记】

(一)吾:《全集》本作"有"。

(二)岁:《全集》本作"几"。

(三)兼:《全集》本作"攻"。

(四)嗽:《全集》本作"咳"。

(五)尽:《全集》本作"进"。

【注释】

① 此诗作于乾隆三十五年(1770),冯敏昌二十四岁。

② "遥空"句:用王维《山居秋暝》句:"空山新雨后,天气晚来秋。"

③ 萧索:萧条冷落;凄凉。

④ 匪:同"非"。

⑤ 棣萼:比喻兄弟。语出《诗经·小雅·棠棣之花》:"棠棣之华,鄂不韡韡。凡今之人,莫如兄弟。"

⑥ 撄其心:扰乱心神。

⑦ 瘇:足肿。

⑧ 严君,慈亲:对父母的尊称。

⑨ 瘿瘤:中医病名。生在皮肤、肌肉、筋骨等处的肿块。

⑩ 消削:谓消瘦。

小湘峡晚饭①

泷水在何处②,独行犹有群。迢遥小湘峡,西指苍梧云。

上西岂不美,归途宁所云。徒将溯流苦,说与客微醺。

【注释】

① 此诗作于乾隆三十五年(1770),冯敏昌二十四岁。小湘峡:端溪之一段,在肇庆境内,因江流自小湘转向,古称小湘峡。宣统《高要县志》载:"小湘水在县西北四十里……源出碧笼山……小湘峡……高数十仞,群峰矗峙,东山下有峡路,亘十里半径为三榕,又名三榕峡。"

② 泷水:罗定江的旧称,流经罗定、郁南境内,也称南江。

罗阳对月寄晚堂弟①

天马山前月②,还来一照人。牵余愁里梦,怜尔病中身。
万里清辉远,三泷素影新。可能自爱惜,即以慰双亲。

【注释】

① 此诗作于乾隆三十五年(1770),冯敏昌二十四岁。罗阳:在今广东博罗县。

② 天马山:见前《天马山》注②。

十 六 日 作①

肩舆出重城,乘船下清滩。回首高城东,中郁得暂宽②。
两岸石立壁,豫章生其间。枫柟竹箭合,荆棘藤萝翻。风雨苍翠中,焦黄荔时丹⁽一⁾。时复见民居,凿石支危栏。轻舟一水驶,顾盼颇不安。岂谓山水心,又来乡井叹。吁嗟小罗浮,吾祖曾挂冠③。筱溪注其左⁽二⁾,螺峰当其南④。杖履顾我辈,俯仰恒为欢。颜色一以逝,人事多衰残。乃者弟病馀,吾亲匪加餐⑤。亲方事愁苦,我复何游盘。乃知游子游⁽三⁾,忧喜两所难。白云苍梧来⑥,牂牁逆层澜⁽四⁾⑦。伏枕何萧条,斜日蓬窗寒。

【校勘记】

（一）时:《全集》本作"复"。

（二）其:《全集》本作"共"。

（三）游子游:《全集》本作"客游子"。

（四）白云苍梧来,牂牁逆层澜:《全集》本作"目盼苍梧云,耳愁牂牁澜"。

【注释】

① 此诗作于乾隆三十五年(1770),冯敏昌二十四岁。

② 中郁: 内心的抑郁。

③ 吾祖曾挂冠: 借杜甫《赠蜀僧闾邱师兄》中句:"吾祖诗冠古。"

④ 筱溪两句: 见前本卷《云藏九咏》中《筱溪》、《铜鱼山》注。

⑤ 加餐: 慰劝之辞。谓多进饮食,保重身体。语出《古诗十九首·行行重行行》:"弃捐勿复道,努力加餐饭。"

⑥ 苍梧: 今广西梧州。

⑦ 牂牁: 见本卷《崧台》注②。

出　　峡①

出峡三十里,舟轻倏已度。人意恋孤石,猿啼渺何处。浩然将欲往,临发一回顾。万仞碧摩天,不记来时路。

【注释】

① 此诗作于乾隆三十五年(1770),冯敏昌二十四岁。

药 洲 晚 步①

　　高城霁馀云,平湖清晚吹。苍然古树木,延缘互亏蔽。长堤一以步,潇洒留馀意。緊余出家门,行吟但顇顇②。望古既伤怀,抚躬兼愁思。栖皇千里道③,消磨十年志。弃绝骨肉恩,驰骋功名地。情危觉路岐,心迫感时逝。岂无邱壑资④,未有宽闲势。遥遥望天涯,徒令一垂泪。

【注释】

　　① 此诗作于乾隆三十五年(1770),冯敏昌二十四岁。药洲:又名九曜园。五代时南汉开国皇帝刘岩利用天然池沼凿长湖五百丈,置有名石九座,称"九曜石",后世俗称"九曜园"。湖中沙洲遍植花药,故称药洲。北宋成为士大夫泛舟觞咏、游览避暑胜地,名为西湖。南宋嘉定元年(1208)经略使陈岘加以整治,在湖面种上白莲,称白莲池,建爱莲亭。明代时以"药洲春晓"列为羊城八景之一。

　　② 顇顇:亦作"顇悴"。形容枯槁瘦弱。

　　③ 栖皇:亦作"栖遑"。忙碌不安,奔忙不定。

　　④ 邱壑:深山与幽壑。多借指隐者所居。

　　余惟怀弟之心久矣,抑而弗发,益用感伤。兹风雨初过,独坐无聊,永怀大廉旅次之况如在目前,不知涕泗之横也。坐卧不得,书此遣怀(一)①

一

　　何用彷徨感旧游,只应回首古廉州②。三冬风雨迷城闼③,百里凄寒拥絮裘(二)。险阻向人亭北面,艰难蹴屋市西头。还珠古郡坊前路④,朔吹三更冷未休(三)。

二

自从移徙小堂阴,药圃荒凉细草深。窗下井寒乘晓汲(四),炉中炭暖畏霜侵(五)。盘餐方减二之一,风雨还随浮与沉。共喜双窗好明净,冻馀封纸稍能禁⑤。

三

潦倒犹期一奋飞,残年风景未能归(六)。数翻诗稿吟千过,一盏寒灯冷四围。守岁相看聊具酒,朝正西向祝庭闱⑥。旧时笔砚琴书色,如与窗前日共辉。

四

秋深慈母病初起,兄弟相携为此行(七)。春早严君来亦至,风尘初定有馀清。提携未肯日虚度,诵读犹能漏几更。惆怅小楼风雨夜,还从漂泊感彭城(八)⑦。

五

时当零落已何言,今日余还泪重吞(九)。精锐尽犹坚壁待,疮痍战乃背城奔⑧。尘埃感叹行无色,药石何知病有根⑨。仲氏此时稍慰藉⑩,独能随我向河源(十)⑪。

六

不能扶掖起遭迍⑫,卤莽重为道路身。书札岂能依病骨,忧劳惟以奉慈亲(十一)。高歌饮泣寻常事,死梦生魂半夜真。挥涕悄然思往事(十二),更阑雨暗益愁人。

【校勘记】

(一)《全集》本此诗题作《余惟怀弟之心久矣,抑而不发,益用感伤。兹风雨初过,独坐无聊,永怀大廉旅次之况如在目前,不觉涕泗之横集也。坐卧不得,书此遣怀,非作诗也。六月十六日夜,药洲斋中六首》。

（二）拥:《全集》本作"感"。

（三）朔吹三更冷未休:《全集》本此句后有作者小注"府试日甚寒,余待两弟于坊下,仅能成立"。

（四）窗下井寒乘晓汲:《全集》本此句后有作者小注"井常自汲"。

（五）炉中炭暖畏霜侵:《全集》本此句后有作者小注"弟寒惟以风炉自给"。

（六）风景:《全集》本作"乡里"。

（七）兄弟相携为此行:《全集》本此句后有作者小注"慈病稍起,即促行,而晚堂弟于慈病之际不敢自逸,弟亦初起也,病乃复。人矣,此予独知之者也"。

（八）还从漂泊感彭城:《全集》本此句后有作者小注"余手书坡公《逍遥堂》诗于壁,又公《梧州作示子由》诗。时两弟同卧小楼,甚苦寒焉"。

（九）重:《全集》本作"更"。

（十）独能随我向河源:《全集》本此句后有作者小注"两弟就试,俱病,余亦然。而三弟则已不能行矣,归里时,二弟与余尚能三日行"。

（十一）忧劳惟以奉慈亲:《全集》本此句后有作者小注"余归未久遂为此行"。

（十二）思往事:《全集》本作"书旧事"。

【注释】

① 此诗作于乾隆三十五年(1770),冯敏昌二十四岁。

② 古廉州:治所在今广西合浦。

③ 闽:门。

④ 还珠:典出《后汉书·循吏传·孟尝》:"先时宰守并多贪秽,诡人采求,不知纪极,珠遂渐徙于交阯郡界。于是行旅不至,人物无资,贫者饿死于道。尝到官,革易前敝,求民病利。曾未逾岁,去珠复还,百姓皆反其业,商货流通,称为神明。"

⑤ "冻馀封纸"句:说天寒笔砚被冻。

⑥ 庭闱:内舍。多指父母居住处。

⑦ 还从漂泊感彭城:借苏辙诗以自叹。苏辙有《逍遥堂会宿二首》,抒写兄弟之情。诗序云:"辙幼从子瞻读书,未尝一日相舍。既仕,将宦游四方……熙

宁十年二月,始复会于澶濮之间,相从来徐留百馀日。时宿于逍遥堂,追感前约,为二小诗记之。"其一有句:"误喜对床寻旧约,不知漂泊在彭城。"苏轼有《和子由会宿两绝》。

⑧ "精锐"二句:说自己在家与学宫之间来往奔波,精疲力竭。

⑨ 药石:药剂和砭石。泛指药物。

⑩ 仲氏:语出《诗经·小雅·何人斯》:"伯氏吹埙,仲氏吹篪。"郑玄笺:"伯仲,喻兄弟也。"

⑪ 独能随我句:指二弟尚能随大兄冯敏昌求学。

⑫ 邅迍:亦作"邅屯"。行走困难。

连夜风雨梦境殊多,不能自已①

越岭千枫林,越海千蛟鳄。波涛昼方怒,风雨夜中作。行人不识路,魂来讵能数。汝魂既能来,我魂当迎汝。迎汝禺之阳②,送汝珠之浦③。把臂知几时,感望终无睹。欹枕寒鸡鸣④,寥寥四五声。披衣还隐几,沉沉天未明。亦欲还家门,不知谁与迎。

【注释】

① 此诗作于乾隆三十五年(1770),冯敏昌二十四岁。

② 禺:禺峰,见前本卷《望海楼歌,留别勺海、广文归里》注⑥。

③ 珠之浦:合浦盛产珍珠,钦州距合浦不远,此借指家乡钦州。屈大均《广东新语·货语》记:"合浦海中,有珠池七所……大抵珠者粤之精华……故凡还珠之郡,媚川之都,沉珠之浦,禺珠之乡,珠匪之国,生其地者,人多秀丽而文……"

④ 欹枕:斜依枕头。

病　夜①

病夜沉绵苦梦长,梦回长忆更彷徨。镜奁笔研承如旧②,纨扇巾裳静有香③。芳草归时三月半,小梅开后十年强。莫将离绪同此前,几见逢杯即放怀。

【注释】

① 此诗作于乾隆三十七年(1772),冯敏昌二十六岁。

② 笔研:即"笔砚"。

③ 纨扇:细绢制成的团扇。

三弟凶问至,不得归哭,越二日,笔述五首①

一

平时不贻爱⁽一⁾,遂令有今日。骨肉竟乖离,门庭方荡析②。上天与下地,东西更南北。呜呼我独生,伤哉汝奚适。我生亦何为,冥然追汝及。

二

追汝亦不及,及汝仍无补。生死有难忘,为吾父有母⁽二⁾。汝虽弃父母,父母宁弃汝。遥想一门中,哀哀泪如雨。

三

日色何晼晚③,风雨来冥冥。空房欲谁诉,形影悲丁零。灯花落墙隅,不死还荧荧。掩泣为汝言,知汝鬼有灵。倚檐木千寻,凄切不可听。

四

有弟十七年,所得但一棺。不躬大小殓,安知缺及完。重伤果何物,永诀岂无言。生死在即时,来者亦不传。迷罔复冥茫④,使余伤肺肝。

五

弟讣亦有闻,亲书转不至。得无感伤甚,纸墨益颥颎⑤。百年事已然,千里途何畏。嗟乎归去来,以为幽明慰(三)。

【校勘记】

（一）贻:《全集》本作"遗"。

（二）吾:《全集》本作"有"。

（三）明:《全集》本作"冥"。

【注释】

① 此诗作于乾隆三十五年(1770),冯敏昌二十四岁。

② 荡析:动荡离散。

③ 晼晚:太阳偏西,日将暮。

④ 冥茫:虚空;渺茫。

⑤ 颥颎:见本卷前《药洲晚步》注③。

夜哭晚堂弟(一)①

一

谁匪慈恩被,谁忘孝思永。况以吾弟身,而长弃人境。念汝幼多疾,亲劳与身等。回首十年来,愁鬓几堪整。乃者读父书,已喜大意领。且复罕人事,自有天机静②。自从去年始,衰瘦如柴梗。伊谁事调护③,伊谁伴形影。相对谁泪垂,中夜谁枕警④。何当有时愈，此语我耿耿。力劳心永伤，讵意一朝并⑤。吾亲于汝没，割舍夫岂肯。当吾未归日，亦已睹此景。九原若有知⑥，汝目何由瞑。

<h1 style="text-align:center">二</h1>

城严夜何长⑦，膏尽灯亦灭。愁人知风雨，飒飒新秋节。呜呼我行役，十载九离别。闲常与诸弟，读书故山侧。予性本孑然⑧，弟诗亦清绝。守真足慰意，流咏曾何歇。宁言尘海翻，遂睹潜虬伏⑨。吟卷谁收拾，遗文定零落。百年竟如此，不朽焉能说。嗟予但狂顾，狼疐还载跋⑩。进既无所荣，退亦何所乐。且复居朝市，声禁不得发。哭者人所恶，笑者人所悦。饮泣向衾枕，含凄向昏黑。死者既杳杳，生者徒郁郁。何时一长恸，吐我三升血。

【校勘记】

（一）《全集》本此诗题作《夜哭晚堂弟二首》。

【注释】

①　此诗作于乾隆三十五年（1770），冯敏昌二十四岁。

②　天机：犹灵性。谓天赋灵机。

③　伊谁：谁，何人。语出《诗经·小雅·何人斯》："伊谁云从？维暴之云。"

④　枕警：枕名。用圆木制成，稍动辄醒，能使人睡而保持警觉。

⑤　讵意：岂料，谁能料到。

⑥　九原：九泉，黄泉。

⑦　城严：古代戒夜曰"严"。转指戒夜更鼓。《新唐书·礼乐志五》说："其日未明四刻，挝一鼓为一严；二刻，挝二鼓为再严。"此句说长夜漫漫。

⑧　孑然：孤立，孤单。

⑨　潜虬：犹潜龙。喻有才德而未为世重用之人。

⑩　狼疐：语出《诗经·豳风·狼跋》："狼跋其胡，载疐其尾。"毛传："跋，躐；疐，跲也。老狼有胡，进则躐其胡，退则跲其尾，进退有难，然而不失其猛。"此喻艰难窘迫。

洗研池忆晚堂弟^{(一)①}

昔我得此研^②,弟爱我不啻。呜呼弟已亡,此研犹无异。研好何人同,倅令凝尘蔽^③。不欲蔽以尘,惟当洗以泪。

【校勘记】

(一)《全集》本此诗题作《洗研》。

【注释】

① 此诗作于乾隆三十五年(1770),冯敏昌二十四岁。

② 研:即"砚"。

③ 倅:一任,听凭。

药洲听雨,柬勺海、浣云、药樵^①

不信愁怀与境仍,风摇帘幎自层层^②。当檐木脱云无影^③,着枕寒深被有棱。故里新阡还在目,浮名歧路更安凭^④。翻怜此夜西园客,人语憎憎共一灯^⑤。

【注释】

① 此诗作于乾隆三十三年(1768),冯敏昌二十二岁,此年秋应乡试不第。

② 帘幎:用于门窗处的帘子与帷幕。

③ "当檐"句:古代建筑屋檐均有瓦状护檐,木制或为瓦当,装饰有云纹或其他样的纹路。檐木毁落,云纹也即消失。

④ 浮名:虚名。

⑤ 憎憎:极言冷清,暗示物是人非,有今昔对比之意。

卷二

甘泉宫瓦摹本覃溪师命作①

昌华苑沟水泠泠②，九曜石口谁款铭⁽一⁾③。故宫遗物不复睹，但有榕阴承檐青。夫子于此开书厅，日摹石鼓校石经。甘泉西京独深嗜⁽二⁾④，旁及泉冶更土型。五凤砖刻考纸本⑤，上林瓦璞完真形。此瓦何自来轩庭，甘泉山址罗户屏。长生未央隶法古⑥，旧林家宝新发硎⑦。忆昔武皇慕遐龄⑧，仙人楼居索杳冥。通天口台瞰通灵⑨，琼华芝草承荧荧⁽三⁾⑩。文口涂附紫泥壁⁽四⁾，玉树樛结黄金扃⁽五⁾⑪。微风飘然感遥睇，马犀和璧交珑玲⑫。尚比仓庚与城郭⑬，直栏横槛口口钉⁽六⁾。云霞不曾蔽红翠，邱垤宁敢争岩嵝⁽七⁾⑭。龙凤风雨未变化，如瓜一气连土星⑮。下作篆笔出波磔⑯，不止屋漏痕初停。五岳图形颂曼寿⑰，三青鸟迹扬修翎⑱。那知铜仙去渭水⑲，金釭玉砌俱荒萤⑳。一口兰话主人室⁽八⁾，金壶墨汁千载零。王朱汪查竞诠引㉑，六书书秘仍未聆⁽九⁾㉒。吾师健笔如建瓴，廿年侍草趋彤廷㉓。蔀屋还看跻仁寿㉔，畴图讵止陈康宁。偏旁迹待洪迈释㉕，雕篆义岂扬雄听㉖。嘻余固陋从问字⁽十⁾，对此那不倾罍瓶㉗。披图谛观谛惝怳㉘，古色飞起横窗棂。

【校勘记】

（一）九曜石口谁欵铭：《全集》本"口"为"古"。

（二）甘泉：《全集》本作"先秦"。

（三）通天口台瞰通灵，琼华芝草承荧荧：《全集》本"口"为"茎"；"琼华"

作"露华"。

（四）文□涂附紫泥壁：《全集》本"□"为"椒"。

（五）玉树樛结黄金局：《全集》本此句后有"君王祈福当灶陉，宛若蹑氏来享馨"二句。

（六）直栏横槛□□钉：《全集》本"□□"为"磷磷"。

（七）埕：《全集》本作"墼"。

（八）一□兰话主人室：《全集》本"□"为"枚"。

（九）六书书：《全集》本作"六书之"。

（十）唗余固陋从问字：《全集》本此句作"絮余问字许数过"。

【注释】

① 此诗作于乾隆三十五年（1770），冯敏昌二十四岁。乾隆三十三年，翁方纲留任广东学政，三十五年二月在合浦道中曾与冯敏昌论诗，七月作《甘泉宫瓦歌》。

② 昌华苑：五代十国时南汉的宫廷，在今广州荔湾，濒临珠江，水网纵横、荔枝成林，汉初即有"荔枝洲"之称。小谷围被南汉建为狩猎区，建御花园"昌华南苑"，内有"昌华宫"。《南汉书·高祖纪》载："建玉堂珠殿，饰以金碧翠羽，悉聚珍宝实之。"泠泠：清凉貌；洁白貌。形容声音清越、悠扬。

③ 九曜石：见前卷一《药洲晚步》注释①。翁方纲《复初斋诗集》卷六《仲春舟发广州咏怀九首》其一小注云："梁时书目有广州史碑十二卷"，"广州府西街近出一石，上刻九曜石"。卷九《后九曜石歌》诗后附识语，记载乾隆三十六年（1771）九月出九曜石的详细情况："剔池中破石得题刻十有二处，皆八年来所未见者。"

④ 甘泉：遗址位于咸阳市淳化县城北的甘泉山南麓。《汉书·郊祀志》记载："（武帝）作甘泉宫，中为台室，画天地泰一鬼神，而置祭具以祭天神。"遗址上瓦当文字发现的有"甘林"、"千秋万岁"、"长生未央"、"长毋相忘"等。

⑤ 五凤砖刻：鲁孝王刻石又名五凤刻石，为发现最早西汉石刻之一，公元前56年（鲁孝王三十四年，即五凤二年）刻。此石于金章宗明昌二年（1191）重修曲阜孔庙时，得自鲁灵光殿基西南三十步之太子钓鱼池。时工匠取石维修孔庙，提领修庙的开州刺史高德裔随即移石入孔庙。翁方纲《两汉金石记》："钱竹汀云：'鲁孝王庆忌以后元元年嗣，则五凤二年，当为鲁孝王之三十三年。'方

纲按：鲁共王馀以孝景二年立为淮阳王,二年徙鲁,二十八年薨。此鲁共王馀之二十八年者,汉武帝元朔元年也。史表书曰:'元朔元年,安王光嗣,四十年薨,则是安王光未逾年改元也。'准此度之,则孝王庆忌自必以未逾年改元矣。既以元朔元年为安王光之元年,则自应以征和四年为孝王庆忌之元年。则自征和四年至五凤二年正是卅四年。"

⑥ 隶法古:隶书是汉代普遍使用的书体。汉代隶书又称分书或八分,笔法日臻纯熟,书体有稚拙、古朴、浑穆等特点。

⑦ 发硎:犹言发掘整理。

⑧ 武皇慕遐龄:汉武帝思慕神仙,追求长生之事。见《汉书·武帝纪》:"(元封)二年冬十月……作甘泉通天台。"颜师古注:"通天台者,言此台高,上通于天地。《汉旧仪》云高三十丈,望见长安城。"遐龄:高龄;长寿。郭璞《山海经图赞下·不死国》:"有人爰处,员丘之上,赤泉驻年,神木养命,禀此遐龄,悠悠无竟。"

⑨ 通天台:事见前注,台在今陕西省淳化县西北甘泉山故甘泉宫中。《三辅黄图·台榭》引《汉武故事》:"筑通天台于甘泉,去地百馀丈,望云雨悉在其下,见长安城……元凤间,自毁。"

⑩ 琼华:神话中琼树的花蕊,似玉屑。芝草:灵芝。

⑪ 玉树:槐树的别称。黄金扃:黄金饰的门。此指宫殿。

⑫ 马犀:玛瑙与犀角。和璧:和氏璧。事见《韩非子·和氏》。

⑬ 仓庚:黄莺的别名。

⑭ 邱垤:小土山。岩嵾:高耸、高峻貌。

⑮ 土星:北斗星的第一星。《星经·北斗》:"北斗星谓之七政……第一名天枢,为土星,主阳德,亦曰政星也。"

⑯ 波磔:书法指右下捺笔。一说左撇曰波,右捺曰磔。

⑰ 曼寿:长寿。《汉书·礼乐志》:"德施大,世曼寿。"颜师古注:"曼,延也。"此句说汉武求长寿事。

⑱ 三青鸟:《山海经·大荒西经》:"有三青鸟,赤首黑目,一名曰大鵹,一名少鵹,一名曰青鸟。"郭璞注:"皆西王母所使也。"

⑲ 铜仙:即"金铜仙人"。《三辅黄图·建章宫》:"神明台在建章宫中,祀仙人处,上有铜仙舒掌捧铜承云表之露。"金铜仙人:指汉武帝时所作以手掌举盘承露的仙人。

⑳ 金釭：古代宫殿壁间横木上的饰物。

㉑ 王朱汪查：王士禛、朱彝尊、汪琬、查慎行。王士禛（1634—1711）。本名士禛，字子贞，一字贻上，号阮亭，别号渔洋山人。山东新城（今桓台）人。顺治进士，官至刑部尚书。谥文简。与朱彝尊并称"朱王"。有《带经堂集》、《池北偶谈》等。朱彝尊（1629—1709），字锡鬯，号竹垞，晚号小长芦钓鱼师。浙江秀水（今嘉兴）人。康熙十八年（1679）参加博学鸿词科殿试，入选，授翰林院检讨，任《明史》纂修官。通经史，擅作文，精考据。有《曝书亭集》、《经义述闻》等。开创浙西词派。查慎行（1650—1727）：初名嗣琏，字夏重，又字悔馀，号初白，海宁（今属浙江）人。康熙中以举人召直南书房。后赐进士，改庶吉士，授编修。有《敬业堂集》等。汪琬（1624—1690）：字苕文，号钝翁，又号尧峰，江苏长洲（今苏州）人。顺治进士，历任刑部郎中、户部主事等职。康熙时举博学鸿词，授翰林院编修。有《钝翁类稿》等。

㉒ 六书：亦称"六体"。指六种字体。许慎《〈说文〉叙》："……时有六书：一曰古文，孔子壁中书也。二曰奇字，即古文而异者也。三曰篆书，即小篆，……四曰左书，即秦隶书。五曰缪篆，所以摹印也。六曰鸟虫书，所以书幡信也。"

㉓ 彤庭：亦作"彤廷"。原指汉代宫廷，因以朱漆涂饰，故称。后泛指皇宫。

㉔ 蔀屋：草席盖顶之屋。泛指贫家幽暗简陋之屋。

㉕ 洪迈：字景庐，号容斋，鄱阳人。南宋考据学家，有《容斋随笔》等，于古书考证、辨伪，金石考订，及音韵、训诂、校勘等诸多方面颇有创获。

㉖ 扬雄：字子云，西汉蜀郡成都（今四川成都郫县）人。西汉后期文学家、语言学家。

㉗ 罍：古代的一种容器。外形或圆或方，小口，广肩，深腹，圈足，有盖和鼻，与壶相似。用来盛酒或水。多用青铜铸造，亦有陶制。

㉘ 谛观：审视，仔细看。惝怳：亦作"惝恍"。模糊；恍惚。

峡山寺用苏韵①

长絙挂危栈②，霜气清空湾。寒日乱山夕，下见苍古颜。

木脱石更瘦,竹老凤难还③。宁知采药人,千年一相关。台上
读何书,意中乃无山。苍茫阮俞径④,恍莽黄虞间⑤。天风警
猨鹤,明月悬佩环。相顾更何有,三十六烟鬟⑥。

【注释】

① 此诗作于乾隆三十九年(1774),冯敏昌二十八岁。峡山寺:即今广东清
远飞来寺。始建于梁武帝时,元代在江边扩建,香火鼎盛,历代重修,新旧兼顾。
另参见《羚羊峡》注①、②。苏轼有《峡山寺》诗,见《苏轼诗集》卷二十二。

② 緪:粗绳索。

③ "竹老"句:传说凤鸟非竹实不食,竹老,凤即不回还。《太平广记》引
《集异记》、《大业拾遗记》均有"凤鸟非梧桐不栖,非竹实不食"的说法。

④ 阮俞径:屈大均《广东新语·石语》"二禺"条:"沿涧西行,竹林中有阮
俞径,昔二帝子善音,采阮俞之竹吹之,凤凰来集,至今月明,犹仿佛闻其遗
响焉。"

⑤ 黄虞:黄帝、虞舜的合称。

⑥ 烟鬟:喻云雾缭绕的峰峦。

留京寄勺海⁽一⁾①

一

疾风回首鹡鸰原②,鼓翼何因翙羽骞⁽二⁾③。五色肝肠尘土
共④,十年灯火梦魂论。山凭铜柱蛮烟黑⑤,天入高凉海气昏。
迢递关山感蓬迹,只应长日闭重门。

二

尘沙马色望居庸⑥,霁晓泉声起玉虹。耸出西山九门上,
平临北斗昊天中。神州地爽堪长眺,词赋谋疏莫漫工。我亦

田光门下客⑦,剑歌时复和高风。

【校勘记】

（一）《全集》本此诗题作《留京寄高州李广文勺海二首》。

（二）鼓:《全集》本作"短"。

【注释】

① 此诗作于乾隆三十六年(1771),冯敏昌二十五岁。勺海:见卷一《秋夜偕勺海、翼堂元妙观访浣云、黄贯之》注①。

② 鹡鸰原:语出《诗经·小雅·常棣》:"脊令在原,兄弟急难。"孔颖达疏:"脊令者,当居于水,今乃在于高原之上,失其常处,以喻人当居平安之世,今在于急难之中,亦失常处也……以喻兄弟既在急难而相救。"脊令,即鹡鸰,水鸟。

③ 翂:鸟飞声。亦指鸟飞。骞:过失,这里指遭受挫折。

④ 五色肝肠:五色,中医指五脏反映在面部的五种气色。此指复杂各种心情。

⑤ 注见前卷一《云藏九咏·铜鱼山》注⑥。

⑥ 居庸:山名。在北京市昌平。古名军都山,为太行山八陉之一,层峦叠嶂,形势雄伟,又为燕京八景之一,名曰"居庸叠翠"。

⑦ 田光:见前卷一《沧州铁狮歌》注㉟。

仲夏游陶然亭同张瑞夫胡秋筠作①

往时登高黑窑厂,沙砾之外堆阜层②。谁欤结构事游冶③,我来溽暑方上腾④。行人郁郁炎淹积⑤,高峰嗳嗳奇云凝⑥。燕台节物一览耳⑦,欲出反畏羁愁增。岂谓兹亭一来登,风景夙昔犹堪徵。亭东南北皆有乘^(一)⑧,高城抱日明舲凌⑨。忽然一山堕潭影,山在潭西亭却承。当檐一泒墨痕浣^(二),连天千丈芙蓉崩^(三)⑩。吞云泻雨有谁到,仰视倏想飞翰凌⑪。何由拂面凉风升,亭下蒲苇蓊相蒸⑫。翠影冥冥远烟入,寒响瑟瑟微波应。蜻蜓闲黏蚓蛙杂,鸟雀不去鸥凫仍⑬。茫茫一渠翠涛涌,何异水稻苗初兴(四)。南中田家重五月⑭,论说并许同来朋。繄余世以为农称⑮,识字窃愿记斗秤。岂无菽水奉欢笑⑯,亦有同气齐爱憎。长夏合力踏龙骨⑰,晚凉携手循田塍⑱。禾深人行只见笠,陇底雊雏还张罾⑲。风交怀新雨送熟,水上正以柴门凭。胸中陶陶岂惟乐⑳,唱和乃复田歌能。何由却作骥尾蝇㉑,此日大似鸠化鹰㉒。忽漫野草萌拆矜(五),遽使麋鹿心情兢㉓。回眸南云在何许,夜梦欲返犹未曾。对床人但胜风雨,耦耕约只馀邱陵。冥鸿北来有垂翅㉔,寒日西走无长绳㉕。暝色迷离几能画,犹情寂寞还如冰。归来怊怅过萧寺㉖,寺塔已见双明灯。

【校勘记】

（一）有:《全集》本作"可"。

（二）泒:《全集》本作"派"。

（三）千:《全集》本作"十"。

（四）稻:《全集》本作"道"。

（五）拆:《全集》本作"坼"。

【注释】

① 此诗作于乾隆三十六年(1771),冯敏昌二十五岁,此年春赴京应会试,不第。陶然亭:康熙三十四年(1695),工部郎中江藻奉命监理黑窑厂,于慈悲庵西部构筑小亭,并取白居易诗"更待菊黄家酿熟,与君一醉一陶然"句中的"陶然"命名。张瑞夫:张维屏《国朝诗人徵略初编》:"张锦麟,字瑞夫,号玉洲。广东顺德人。乾隆三十三年举人,有《少游集》。锦麟幼慧,与兄锦房并为北平翁方纲所赏,有'双丁两到'之目,年二十九而卒。""玉洲诗格清苍,情韵绵邈,与胡同谦齐名。"胡秋筠:胡国纲,号秋筠,福建归化人,举人。生卒不详。嘉庆初曾任茂名知县。

② 堁阜:小山丘。

③ 游冶:出游寻乐。

④ 溽暑：指盛夏气候潮湿闷热。

⑤ 埯：小坑。

⑥ 叆叇：阴晦不明貌。

⑦ 燕台：指战国时燕昭王所筑的黄金台。故址在今河北省易县东南。相传燕昭王筑台以招纳天下贤士，故也称贤士台、招贤台。此处泛指京城一带景物。

⑧ "亭东南北"句：说亭子依势而建，凌空而起。

⑨ "高城"句：说阳光下照，亭角凌空，投影于地清晰可见。甋凌：即"甋棱"。宋代王观国《学林·甋角》："所谓甋棱者，屋角瓦脊成方角棱瓣之形，故谓之甋棱。"

⑩ 芙蓉崩：形容乌云翻滚，天气变化。

⑪ 飞翰凌：亭角飞起如飞鸟之翔，此状亭貌。

⑫ 翁：草木茂盛。

⑬ "蜻蜓"句：此说陶然亭之境幽雅。蜓伫蛙鸣、鸟戏凫浮，正一派闲适之象。

⑭ "南中田家"句：自述家乡岭南五月正是农忙时分。

⑮ 綮：表叹息。

⑯ 菽水：豆与水。指所食唯豆和水，形容生活清苦。语出《礼记·檀弓下》："子路曰：'伤哉！贫也！生无以为养，死无以为礼也。'孔子曰：'啜菽饮水尽其欢，斯之谓孝。'"后常以"菽水"指晚辈对长辈的供养。

⑰ 龙骨：龙骨车，水车的别名。带水的木板用木榫连接成环带，形如龙骨，故称。

⑱ 塍：田间小路。

⑲ 雉雊：雉鸣叫。《礼记·月令》："（季冬之月）雁北乡，鹊始巢，雉雊鸡乳。"郑玄注："雊，雉鸣也。"矰：系有生丝绳以射飞鸟的箭。《吕氏春秋·直谏》："荆文王得茹黄之狗，宛路之矰，以畋于云梦，三月不反。"高诱注："矰，弋射短矢。"

⑳ 陶陶：语出《诗经·王风·君子阳阳》："君子陶陶，左执翿，右招我由敖，其乐只且。"毛传："陶陶，和乐貌。"

㉑ 骥尾蝇：即"附骥蝇"。典出《史记·伯夷列传》："附骥尾而行益显。"司马贞索隐："按，苍蝇附骥尾而致千里，以譬颜回因孔子而名彰也。"后喻依附他

人而成名之人。

　　㉒ 鸠化鹰：说事物之间的互相转化。《大戴礼记·夏小正第四十七》："正月鹰则为鸠。鹰也者，其杀之时也。鸠也者，非其杀之时也。善变而之仁也，故其言之也，曰'则'，尽其辞也。""五月启灌蓝蓼。启者，别也，陶而疏之也。灌也者，聚生者也。记时也。"清代赵学敏《本草纲目拾遗》卷五云："物之变化，必由阴阳相激而成。……鸠化鹰，鹰化鸠，悉能复本形者，阳乘阳气也。"

　　㉓ 兢：小心谨慎。

　　㉔ 垂翅：垂翼。

　　㉕ "寒日"句：希望借长绳束缚日头，不让西落。

　　㉖ 怊怅：犹惆怅。萧寺：唐代李肇《唐国史补》卷中："梁武帝造寺，令萧子云飞白大书'萧'字，至今一'萧'字存焉。"后称佛寺为萧寺。

云杜馆九月二十七日五更起作(一)①

　　残月上空阶，有如微雪光。复有木已枯，卧影于其傍。幽人梦不省(二)，归去求松篁②。途迷安所之，开门以彷徨。大星西徐行③，念此何无常。斗杓亦何为，尚指东南方④。

【校勘记】

　　（一）《全集》本此诗题作《云杜馆九月二十七日五更起作二首》，此取其一。

　　（二）省：《全集》本作"管"。

【注释】

　　① 此诗作于乾隆三十六年（1771），冯敏昌二十五岁。

　　② 松篁：松与竹。以喻节操坚贞。

　　③ 大星：指启明星。

　　④ 斗杓：即斗柄。斗柄方向变化显示季节更替。见前卷一《海角亭谒苏文忠公遗像》注㉕。

云杜烈妇哀诗二首^{(一)①}

一

不分蘼芜少，翻令泪竹多^②。阙阶谁与捣，破镜几同磨^③。
惨怆下山路^④，凄凉公渡河^⑤。从来托连理，其奈墓门何^⑥。

二

机拆流黄绮，花僵园李枝^⑦。东南飞孔雀，西北厉精丝^⑧。
天有沧浪色，山唯蒿里知。凭谁瘗碎玉^⑨，烟雨勒新碑。

【校勘记】

（一）《全集》本此诗题作《云杜烈妇邹氏哀诗二首》。

【注释】

① 此诗作于乾隆三十六年（1771），冯敏昌二十五岁。

② 蘼芜：草名。芎䓖的苗，叶有香气。《山海经·西山经》："（浮山）有草焉，名曰薰草，麻叶而方茎，赤华而黑实，臭如蘼芜，佩之可以已疬。"泪竹：一种茎上有紫褐色斑点的竹子，也叫湘妃竹。张华《博物志》卷八："尧之二女，舜之二妃，曰湘夫人，帝崩，二妃啼，以涕挥竹，竹尽斑。"

③ 破镜：喻夫妇分离。

④ 下山路：借用汉乐府民歌《上山采蘼芜》句："上山采蘼芜，下山遇故夫。"

⑤ 公渡河：即《公无渡河》，乐府歌辞名。《乐府诗集》附于相和歌辞《箜篌引》下。四言四句，以歌辞首有"公无渡河，公竟渡河。公渡河死，将奈公何……"而名。晋崔豹《古今注·音乐》："《箜篌引》，朝鲜津卒霍里子高妻丽玉所作也。子高晨起刺船而棹，有一白首狂夫，披发提壶，乱流而渡，其妻随呼止之，不及，遂堕河水死。于是，援箜篌而鼓之，作《公无渡河》之歌。声甚凄怆，曲终自投河而死。霍里子高还，以其声语妻丽玉。玉伤之，乃引箜篌而写其声，闻者莫不堕泪饮泣焉。丽玉以其声传邻女丽容，名曰《箜篌引》焉。"

⑥ 连理：指夫妻。事见《搜神记》卷十一。墓门：语出《诗经·陈风·墓门》："墓门有棘，斧以斯之。"郑玄笺："墓门，墓道之门。"

⑦ "黄绮"二句：以织机毁而黄绮不能再续、树枝枯而花不能再开喻夫妇不能再聚。

⑧ "东南"二句：化用南朝乐府民歌《孔雀东南飞》、南朝江淹《清思诗五首》之二中"……明管东南逝，精丝西北临……白云瑶池曲，止使泪淫淫"及古诗十九首中《西北有高楼》"西北有高楼，上与浮云齐。……上有弦歌声，音响一何悲"。

⑨ 瘗碎玉：即"瘗玉埋香"。指埋葬已故的美女。此指葬烈妇。

与　　弟①

与弟再采药，迷路入人园。篱口翳隘处②，篁笫花棘繁③。
仓皇有真趣，庶遂平生欢⁽一⁾。如何梦遽觉⁽二⁾，风雪满前轩。

【校勘记】

（一）庶遂平生欢：《全集》本作"庶令平生敦"。

（二）遽：《全集》本作"递"。

【注释】

① 此诗作于乾隆三十六年（1771），冯敏昌二十五岁。

② 翳：遮蔽；隐藏；隐没。

③ 篁笫：指竹子。笫：竹名，俗名笆篱竹。

暮雪寄勺海、浣云、药樵、翼堂⁽一⁾①

落雪微茫里，城钟亦到门。此时怀故国，有客似南园。梅
萼香初破，松明火易温②。谁与樽酒地，心与敝裘言③。

【校勘记】

（一）《暮雪寄勺海浣云药樵翼堂》：此诗《全集》本共二首，此取其一。

【注释】

① 此诗作于乾隆三十六年（1771），冯敏昌二十五岁。此题中四人名见前卷一《秋夜偕勺海、翼堂元妙观访浣云、黄贯之》注。

② 松明：山松多油脂，劈成细条，燃以照明，叫"松明"。

③ 敝裘：破旧的皮衣。

《药洲图》次覃溪师韵二首①

一

九石围亭不盈咫②，画师此稿聊因存。不知图外有遗景，我昔竹根看水痕⁽一⁾。

二

榕阴一窗梧一枝，西斋斋北尽上声清池。斋头风雨无人见，坐读乌雷庙口碑⁽二⁾③。

【校勘记】

（一）我昔竹根看水痕：《全集》此句后有作者小注"图上题作'近墙多少沦茗地'"。

（二）坐读乌雷庙口碑：《全集》此句后有作者小注"图上题作'藏弃区区满帘碑'"。

【注释】

① 此诗作于乾隆三十七年（1772），二十六岁，是年时从翁方纲游名胜，看花赋诗，及会试又不第。夏南还，中秋后抵粤，至家度岁。翁方纲前一年十一月作《自题〈药洲图〉二首》。

② 九石围亭：药洲中亭子。见前《药洲晚步》注①。

③ 乌雷庙：见前卷一《舟过乌雷门，望伏波将军庙作》注①。

澄怀堂歌呈康茂园邑侯^{(一)①}

鸡鸣海色城头山，城隅春水来潺潺。水源却在龙湾上^②，
谁起城当山水间。鱼肥蟹聚风物异，地广田陴居民宽。南交
上纪羲叔宅^③，铜柱眇觌文渊还^④。宁生石室闳且久^⑤，姜子书
堂凄已寒^⑥。人才拂拭岂寂寞，山川掩抑殊清孱。使君莅矣来
何难，驱徒渐指城埦看^⑦。台孤堞小有高势^⑧，川平野绿还开
颜^(二)。城阖百丈启春雨^⑨，宫墙千仞夷榛菅^⑩。雄楼下瞰诸岭
色，一塔自照江水澜^⑪。曷来筑堂倚厅事，山水并入胸怀闲。
使君堂深昼不关，放衙朝雨鸣珊珊^⑫。西岭云浓有欢牸，墙阴
雉子无惊斑^⑬。人归林深孔翠下，船欹浦阔鱼子闲^⑭。使君读
书坐不起，韵与檐溜争潺湲。忽然解带袭巾履，新塾看此城西
完。城西新塾几重镮^⑮，弦歌灯火夜已阑。阁高时有鸟来迹，
池阔宁无龙起蟠。使君一来一神王^⑯，高语啸咏扬韩攀^⑰。群
形荡涤清辉照，民气酝酿丰年欢。昌也孤茎托艺苑^⑱，谬许封
殖辞芟刊^⑲。堂开固已侍清宴^⑳，语永重以劳加餐^㉑。儒术于
今或不乏，仁爱若此诚何殚。高阳池开且为乐^㉒，文翁肆集行
可观。定知此后登堂客^㉓，仰止冰玉惭巾冠^㉔。

【校勘记】

（一）《全集》本此诗题作《澄怀堂歌一首呈康太守茂园基田》。

（二）开：《全集》本作"解"。

【注释】

① 此诗作于乾隆三十八年（1773），冯敏昌二十七岁。康茂园：名基田，字
仲耕，号茂园，山西兴县人，乾隆二十二年进士。曾任廉州（辖今广西钦州、合

浦,广东廉州等地)太守。在任期间,喜出游,遍访名山。

②　龙湾:即龙潭。见前卷一《云藏九咏·瀑泉》注①。

③　"南交"句:语出《尚书·虞书·尧典》:"申命羲叔,宅南交。"孔安国传:"羲叔,居治南方之官。"

④　铜柱:注见前卷一《云藏九咏·铜鱼山》注⑥。眇觊:远观。

⑤　阖:关门,关闭。

⑥　姜子书堂:见前卷一《云藏九咏·铜鱼山》注③。

⑦　壖:"壖"。空地,边缘馀地。

⑧　堞:城上呈齿形的矮墙,也称女墙。

⑨　城闉:城内重门。亦泛指城郭。

⑩　夷:铲平,削平。　榛菅:丛生的茅草。

⑪　一塔:指文昌塔,位于合浦县南,始建于明朝万历四十年。

⑫　放衙:属吏早晚参谒主司听候差遣谓之衙参。退衙谓之"放衙"。珊珊:形容风雨之声。

⑬　惊斑:指雉羽色彩驳杂,灿烂多彩貌。雉,通称野鸡。雄者羽色美丽烂然。遭人惊扰飞起,故曰"惊斑"。

⑭　孔翠:孔雀和翠鸟。此两句写"欢牂"、"惊斑"、"孔翠"、"鱼子"诸景,说城外、墙阴、深林、清溪,俱幽静适然。

⑮　镮:环。

⑯　神王:佛教指护法神。此句借以说州侯庇护州郡、造福一方。

⑰　扬韩:指扬雄、韩愈。

⑱　艺苑:文学艺术荟萃之处所。诗人此指涉身诗文。

⑲　封殖:亦作"封埴"。此指培养人才。芟刊:芟,删除;刊,砍斫,削除。"昌也"二句为诗人自诩。涉身诗文,芟削斧正,培养人才,亦称有功。

⑳　清宴:亦作"清晏"。清雅的宴集。

㉑　语永:谓语重心长。加餐:见前卷一《十六日作》注⑤。

㉒　高阳池:池名。在今湖北襄阳。原为汉侍中习郁于襄阳岘山养鱼之所。《晋书·山简传》:"简优游卒岁,唯酒是耽。诸习氏,荆土豪族,有佳园池,简每出嬉游,多之池上,置酒辄醉,名之曰高阳池。时有童儿歌曰:'山公出何许,往至高阳池。日夕倒载归,茗艼无所知。'"名之曰高阳池,以类比太

守游乐之意。

　　㉓ 登堂客：指来此瞻仰之人。即《论语·先进》中"升堂入室"之说："由也升堂矣，未入于室也。"

　　㉔ 仰止：仰慕，向往。语出《诗经·小雅·车牵》："高山仰止，景行行止。"冰玉：冰和玉。常用以比喻高尚贞洁的人品或其他洁净的事物。

五月廿四日作^{(一)①}

一

　　遗文凋散竟何言②，泪雨飘萧更点痕。倾奠有人相讶绝，三间前日已招魂③。

二

　　高斋红药摘无人，竹院丛兰折雨频。一卷韦郎诗蠹尽，惟馀鼠迹印承尘。

三

　　如云水稻熟平田，西转横塘一慨然。欲采芙蓉何处赠，美人零落已三年。

四

　　当年此日作愁吟，得绿亭边桂水浔。南望苍梧西越峤，已飞魂气独追寻。

五

　　庭阴黯黯总愁馀，晚色昏昏自映间。蓦转重帘窥妇病，药烟灯影又旬馀。

六

陵冈杖匼诚何事,临水登山只益愁。山鬼寂寥藤竹里^④,
与谁含睇说离忧。

七

峰头西望墓门藏,一恸松阴转夕阳。直泻长溪三十里,海
山重叠晚苍苍。

八

旧徙书堂深竹中,回车取径畏经同。归来倦枕长廊
底^(二),一卷楞严碗火红^⑤。

【校勘记】

(一)《全集》本此诗题作《五月廿四日作八首》。

(二)倦:《全集》本作"捲"。

【注释】

① 此诗作于乾隆三十八年(1773),冯敏昌二十七岁。

② 遗文:冯敏昌已逝三弟冯敏曦的诗文。

③ 三闾:《后汉书·孔融传》:"忠非三闾,智非晁错,窃位为过,免罪为
幸。"李贤注:"即屈原也,掌王族三姓,曰昭、屈、景,故曰'三闾'。"招魂:屈原
有《招魂》篇,王逸《题解》:"《招魂》者,宋玉之所作也……宋玉怜哀屈原,忠
而斥弃,愁懑山泽,魂魄放佚,厥命将落。故作《招魂》,欲以复其精神,延其
年寿。"

④ 山鬼:山神。

⑤ 楞严:《楞严经》,又名《大佛顶如来密因修证了义诸菩萨万行首楞严
经》。佛教认为是诸佛之秘密宝藏,修行奇妙之门,解脱迷悟之根本。碗火:指
油灯香烛之火。

秋日感事^①时闻树双松于三弟墓侧

红药不被径,黄花空绕篱^②。徒怀岭西墓^(一),落日青松枝。诗卷与谁续,书堂唯梦知。长歌一中绝^③,洒泣望天涯。

【校勘记】

(一) 徒:《全集》本作"遥"。

【注释】

① 此诗作于乾隆四十一年(1776),冯敏昌三十岁,寓法源寺读书,五月考取国子监,候用。与四弟冯敏曙相依诵读。

② 红药:指芍药花。黄花:指菊花。

③ 中绝:隔断、中断。谓当长歌以寄感念三弟之情,而如骨鲠在喉终难一发。

除夕前一日示介斋弟,用苏东坡
《安节远来夜坐》韵^①

庭阴天气凛峥嵘,万里归来话雪声。梦里弟兄同有恨,年来妻女欲忘情。中厨扰扰治家具^②,南郭萧萧未草生。回首侵寻十年事^③,负他风雨暗灯檠^④。

【注释】

① 此诗作于乾隆三十七年(1772),冯敏昌二十六岁。苏轼诗为《侄安节远来夜坐》,用"耕"部"声"韵。

② 家具:菜肴饭食。

③ 侵寻:逐渐。

④ 灯檠:灯架。

北 上 二 首^①

一

弦弧韬天狼^②，况我蓬与桑。为男不农田，敢不猎四方。独契弱弟去，登途浩无旁。亲友塞门来，长幼齐一堂。妻孥不敢愁，行子方严装^③。驱马出门行，日中堕与梁。乘危意不挫，笑言与平常。独忆启行期，阿母回入房。缝纫且连日，默坐南窗床。谁为春草谣，使余寸心伤^④。

二

少小治六籍，父师期成立^⑤。群艺未通一，行年已三十^⑥。愿之长安学^⑦，竟此尧舜业^⑧。长安城门道，车骑如云入。宦游携兼金^⑨，侯门亘七业^⑩。齐驱引奇唱，歌鼓杂竽瑟。燕女如玉雪，利屣连袂袯^⑪。谁甘草元学^⑫，何由下帷习。人生自有志，长望讵靡及。遄哉干禄人^⑬，谢尔信所执。

【注释】

① 此诗作于乾隆三十八年(1773)，冯敏昌二十七岁，八月携同四弟冯敏曙北上，至因弟病阻留度岁。次年复经羊城入都。

② 弦弧：语出《易·系辞下》："弦木为弧。"在曲木上张弦成弓。谓制作弓箭。此指弓箭。韬：弓袋。韬弓：将弓放进盛弓袋。谓携带兵器。天狼：恒星名。属于大犬座。古以为主侵掠。此句学古人说壮游之意。

③ 严装：装束整齐。

④ "谁为"二句：化用孟郊《游子吟》意。

⑤ "少小"二句：冯敏昌七岁即由祖父口授《毛诗》并疏通大义；九岁四书五经卒读；十岁于家塾随祖父学秦汉唐宋古文；十三岁从本州贡生谢谦读制艺试律；十四岁从合浦名宿谭超渊读书；十五岁应郡例试得第一；十七岁入广州粤秀书院，

入学考试获第一;十九岁应郡科试,为学使翁方纲擢拔第一,誉为"南海明珠"。

⑥ 行年:此年冯敏昌二十七岁,三十非确指。

⑦ 愿之长安学:长安代指京城。唐代,士子游学长安,干谒公卿,投诗献赋,以求功名。这里诗人借以自比。

⑧ 尧舜:尧舜是古代的圣明君主。此句说愿为盛世明主效力。

⑨ 宦游:谓外出求官或做官。

⑩ 侯门亘七叶:左思《咏史》之二有句:"金张籍旧业,七叶珥汉貂。"金张:指汉代金日磾和张汤家,自汉武帝时起,到汉平帝止,七代为内侍。《汉书·金日磾传赞》:"七世内侍,何其盛也。"又《汉书·张汤传》:"安世(校注者按,张汤子)子孙相继,自宣元以来为侍中、中常侍……者凡十馀人。功臣之世惟有金氏、张氏亲近贵宠,比于外戚。"七叶:七世,指汉武帝到汉平帝(武、昭、宣、元、成、哀、平七帝)。珥汉貂:汉代凡侍中、常侍等官冠旁都插貂尾为饰(侍中插左、常侍插右),代指高位。

⑪ 利屣:即舞屣。《史记·货殖列传》:"今夫赵女郑姬,设形容,揳鸣琴,揄长袂,蹑利屣。"

⑫ 草元:即"草玄"。指汉·扬雄所作《太玄》。《汉书·扬雄传下》:"哀帝时,丁、傅、董贤用事,诸附离之者或起家至二千石。时雄方草《太玄》,有以自守,泊如也。"指淡于势利,潜心著述。

⑬ 干禄:求禄位;求仕进。语出《论语·为政》:"子张学干禄。"

舟发钦江别仲子①

不谓晚迷侣,翻云途胜舟。斜阳照子背,三里尚江头②。
摇棹水程夜,还家山雨秋。堂前奉蔬菽③,何以慰亲愁。

【注释】

① 此诗作于乾隆三十八年(1773),冯敏昌二十七岁,同上《北上二首》均为离家赴京所作。

② "斜阳"二句:船已远行,送行之人尚在岸头。

③ 奉蔬菽：指孝敬父母。语出《礼记·檀弓下》："孔子曰：'啜菽饮水尽其欢，斯之谓孝。'"

龙　潭[①]

洪河赴长澜，一束得铁嶂。凛然相弹压，横绝不奔放。悬流轰一射，鼓帆逆三上。遂睹深沉容，变兹肃栗状[②]。双厓云雾腥，大树风日荡。胡奴挟二剑[③]，石脚落百丈。窈穴迅独出，首角畏相向。渊媚起潜藏，雷霆威大壮。力擘天门桷[④]，恍洗炎洲瘴[(一)]。颇闻正昼睡，奔走逮州将。南山老於菟[⑤]，縋首搤其吭[⑥]。聚毒更何益，鱼鳖但无妄。存身少暇逸，微命实惨怆。我行亦何心，感恻发高唱。

【校勘记】

（一）恍：《全集》本作"快"。

【注释】

① 此诗作于乾隆三十八年(1773)，冯敏昌二十七岁。龙潭：见前卷一《云藏九咏·瀑泉》注①。

② 肃栗：谓戒畏自警。

③ "胡奴"句：两边山势，如胡人执剑状。

④ 桷：方形的椽子。

⑤ 於菟：虎的别称。《左传·宣公四年》："楚人谓乳谷，谓虎於菟。"

⑥ 縋：拽；拉。搤吭：扼住咽喉。谓使要害受制。

乌　蛮　滩[①]

左江发南宁[②]，横州其壮钥[③]。兹惟乌蛮地，倜然恣钞略④。戈船道梧桂,不刷兹水恶。水石更争衡,蛟鼋并为虐。伏波老飞将⑤,南来初矍铄。想象此营屯,登高望寥廓。苍茫有神助,惨淡伴幽索。聊挥摩天刃,恍奋驱山铎⑥。千锤巨霆震,万炬列星烁。崩云八阵走⑦,长蛇一线落⑧。军士舞楼船⑨,风利不得泊。当时忌阻隔,快意得稍削。今我几来去,险语信勿作。吾闻古兵法,辎重可后掠。步骑夹岸进,可进复可却。自非策万全,讵用侈开凿。请看征侧辈,坐受帐下缚。惜哉壶头卧⑩,人命困熏灼。不然耿况计⑪,得以自跃跃。

【注释】

① 此诗作于乾隆三十八年(1773),冯敏昌二十七岁。乌蛮滩:《徐霞客游记·粤西游日记》中记:"乌蛮滩在横州东六十里,上有乌蛮山、马伏波庙。"

② 左江:发源于广西宁明县与越南交界的枯隆山,上源称奇穷河,流入国内称平而河,在龙州县城与水口河汇合称丽江,与最大支流明江汇合后称左江。左江与右江在南宁西老口渡口会合后,形成邕江,宽阔汹涌。

③ 壮钥:此指横州地势之关键。钥:即"锁钥"。出入要道。

④ 偭然:狂妄貌;自大貌。

⑤ 伏波:见前卷一《海角亭谒苏文忠公遗像》注①。

⑥ 铎:古代乐器。古代宣布政教法令或遇战事时用之。

⑦ 八阵:古代作战的阵法。银雀山汉墓竹简《孙膑兵法·八阵》:"用八阵战者,因地之利,用八阵之宜。"宋代王应麟《小学绀珠·制度·八阵》:"八阵:洞当、中黄、龙腾、鸟飞、折冲、虎翼、握机、衡。"传为诸葛亮所作。

⑧ 长蛇:形容长河,这里指左江。

⑨ 楼船:有楼的大船。古代多用作战船。

⑩ 壶头:此说东汉建武二十四年,伏波将军马援征讨武陵蛮事。《资治通鉴·汉纪》:"及援讨武陵蛮,军次下隽,有两道可入,从壶头则路近而水,从充则涂夷而运远。耿舒欲从充道;援以为弃日费粮,不如进壶头,扼其喉咽,充贼自破;以事上之,帝从援策。进营壶头,贼乘高守隘,水疾,船不得上;会暑甚,士卒多疫死,援亦中病,乃穿岸为室以避炎气。贼每升险鼓噪,援辄曳足以观之,左

右哀其壮意,莫不为之流涕。耿舒与兄好侯书曰:'前舒上书当先击充,粮虽难运而兵马得用,军人数万,争欲先奋。今壶头竟不得进,大众怫郁行死,诚可痛惜! 前到临乡,贼无故自致,若夜击之,即可殄灭,伏波类西域贾胡,到一处辄止,以是失利。今果疾疫,皆如舒言。'……"

⑪ 耿况计:见本诗注⑩。

大滩谒汉新息侯庙^{(一)①}

　　江上巍巍大将台,灵旗令尚此中开②。一声铁鼓向波去,
十丈铜船冲雨来③。鹅岭月寒迷剑履④,龙门风急起云雷⑤。
当年薏苡招谗后⑥,滩水无情亦自哀。

【校勘记】

　　(一)《全集》本作此诗题《大滩谒汉新息侯庙二首》。此取其一。

【注释】

　　① 此诗作于乾隆三十八年(1773),冯敏昌二十七岁。大滩:即伏波滩,又称乌蛮滩。新息侯:即马援,见前卷一《覃溪师见示铜马篇,用韵奉答》注⑧。

　　② 灵旗:战旗。出征前必祭祷之,以求旗开得胜,故称。

　　③ 铁鼓、铜船:见前卷一《覃溪师见示铜马篇,用韵奉答》注⑱。

　　④ 剑履:剑履上殿,经帝王特许,重臣上朝时可不解剑,不脱履,以示殊荣。鹅岭:在今广东惠州。

　　⑤ 云雷:《易·屯》:"《象》曰:屯,刚柔始交而难生,动乎险中,大亨贞。"《屯》之卦象为《坎》上《震》下,《坎》之象为云,《震》之象为雷。喻险难环境。

　　⑥ 薏苡招谗:指薏苡之谤。《后汉书·马援传》:"初,援在交趾,常饵薏苡实,用能轻身省欲,以胜瘴气。南方薏苡实大,援欲以为种,军还,载之一车。时人以为南土珍怪,权贵皆望之。援时方有宠,故莫以闻。及卒后,有上书谮之者,以为前所载还,皆明珠文犀。"

贵县戏作①

兹邦有遗志,相古飞头蛮②。衔蚓耳予翼③,哺雏瞳乃鳏。

洪惟海雪客,独适石袍山④。吾不注三雅⑤,聊书云弹鬟⑥。

【注释】

① 此诗作于乾隆三十八年(1773),冯敏昌二十七岁。贵县:今广西贵港。唐贞观九年(635)置贵州。明洪武二年(1369)置贵县。

② 飞头蛮:晋干宝《搜神记》"落头民"载:"秦时,南方有落头民,其头能飞。其种人部有祭祀,号曰'虫落',故因取名焉。吴时,将军朱桓得一婢,每夜卧后,头辄飞去。或从狗窦,或从天窗中出入,以耳为翼,将晓复还。……"

③ 衔蚓:传说落头民以蚯蚓为食。

④ 石袍山:《太平寰宇记·岭南道》载:"石袍山,山多竹木,蒽翠如袍。山有肉翅虎,下山食人,食讫即飞还。"

⑤ 三雅:《太平御览》卷845引《典论》:"刘表有酒爵三,大曰伯雅,次曰仲雅,小曰季雅。伯雅容七升,仲雅六升,季雅五升。"后用"三雅"泛指酒器。

⑥ 云弹鬟:应为"弹云鬟"。弹:下垂貌。云鬟:一种盘旋像云的发髻。

古甕滩①滩有旋穴甚大昔人以木甕之不得

尾闾泻溟海②,玉井洌咸瀸③。不闻狂涛间,涌现无底穴。西江滩一万,古甕益恶劣。我来驾长帆,云头晚风压。滩光背落日,倒射若赤魃④。众石走鼍鼋⑤,又若鹅鸭狎。鼓栌入洪涛,飞棹击怪雪(一)⑥。开头不二里,舟师呕咋舌⑦。遽闻人啸声(二),有若瓶笙聒⑧。遂睹盘洄势,大似地轴折。圜成亘百丈,陷下捷一瞥⑨。初疑鲸呷张,渐拟蜃喉结⑩。鼍城神姥怒⑪,趸盆独夫悦⑫。深沉人鲊瓮⑬,糜烂雷囷辙⑭。长波转飞

电,幻影圆光掣。群槎剧奔星⑮,远势辰极缀。吾舟勇一过,逢
彼怒未竭。坳堂竟胶芥⑯,磁门果坐铁⑰。嚣号悯同济,狂飙
幸大发。风力与人力,鬼国得迅越。群灵五龙集⑱,重险壮马
脱。及乎顾江面,倏又平一抹。异哉我来处,无得亦无失。不
知彼水性,何生又何灭。吾闻故老述,此穴琼海达。如彼朱明
洞⑲,又守灵威笈⑳。忆昔势逾怒,过者力转屈。伐木紫荆
山㉑,十里下巨筏。磔狗元武方,百皿浇恶血㉒。临危始一放,
吞吐蛇酪骨。以兹杀其势,几幸壅可阏。予惟天地性,堕断要
大力。又思王公国,固守在险设。天难侈蜀道,水急说巴峡㉓。
不有奇绝处,何以压深掇。丈夫取快意,夷险俱一哄㉔。勿以
仁者心,而规智者说。

【校勘记】

(一)怪:《全集》本作"怒"。

(二)人:《全集》本作"吟"。

【注释】

① 此诗作于乾隆三十八年(1773),冯敏昌二十七岁。古瓮滩:位于广西平
南县平南镇古瓮村边,自古险恶。《平南县志》载:"波涛汹涌,奔腾如箭,一遇
漩涡陡起,则水高数尺,逆流旋转约里许,远客舟小不戒,即遭漩覆,不可救,最
为险恶。"

② 尾闾:古代传说中泄海水之处。语出《庄子·秋水》:"天下之水,莫大
于海,万川归之,不知何时止而不盈;尾闾泄之,不知何时已而不虚。"成玄英疏:
"尾闾者,泄海水之所也。"

③ 玉井:星官名。参宿下方四颗星,形如井,故名。洌:清澄。《易·井》:
"井洌寒泉,食。"王弼注:"洌,絜也。"

④ 赤魃:亦称"炎魃""旱魃"。《诗经·大雅·云汉》:"旱魃为虐,如惔如
焚。"孔颖达疏:"《神异经》曰:'南方有人,长二三尺,袒身,而目在顶上,走行如
风,名曰魃,所见之国大旱,赤地千里,一名旱母。'"

⑤ "众石"句:说水势之大,石头在水中翻滚犹如鼋鼍活跃。

⑥ 怪雪：指飞流激荡而起的水花。

⑦ 咋舌：咬住舌头。谓因害怕或惊异而说不出话。

⑧ 瓶笙：古时以瓶煎茶，微沸时发音如吹笙，故称。苏轼《瓶笙》诗引："刘几仲饯饮东坡，中觞闻笙箫声……出于双瓶，水火相得，自然吟啸，盖食顷乃已。坐客惊叹，得未曾有，请作《瓶笙》诗记之。"

⑨ 众石走鼍鼋至陷下捷一瞥：从色、形、声摹写水流之急、激、怪。

⑩ 蜃：传说中像蛟的兽。此两句用鲸嘴、蜃喉来比喻水流激荡形成的漩涡。

⑪ 鼍城：即鼍窟，鼍居住的洞窟。南朝宋刘敬叔《异苑》卷八云（城府）有鼍窟通府中池，"岁久因能为魅"。此借指滩水深阔。神姥：指孟姥，传说中的船神名。亦云"孟公孟姥"。段公路《北户录·鸡骨卜》："南方除夜，及将发船，皆杀鸡择骨为卜，传古法也。占吉，即以肉祀船神，呼为孟公孟姥；其来尚矣。按梁简文帝《船神记》云：'船神名冯耳。'《五行书》云：'下船三拜三呼其名，除百忌。又呼为孟公孟姥。'"

⑫ 蛊盆：《武王伐纣平话》说商纣时酷刑，置毒蛇、毒虫于坑，放入罪人，任蛇虫咬噬。此引申为痛苦的环境。独夫：《尚书·泰誓》："独夫受，洪惟作威，乃汝世雠。"孔传："言独夫，失君道也。"此句说水恶。

⑬ 人鲊瓮：长江险滩之一。在今湖北秭归县西，瞿塘峡之下，号称峡下最险处。宋赵令畤《侯鲭录》卷三："瞿塘之下，地名人鲊瓮，少游尝谓未有以对。南迁，度鬼门关，乃用为绝句云：'身在鬼门关外天，命轻人鲊瓮头船。'"

⑭ 雷囷：宋代擅长雷法的道士，名雷渊，号雷囷真人。

⑮ 槎：木筏。奔星：流星。此句说船在湍流中疾若流星。

⑯ "坳堂"句：语出《庄子·内篇·逍遥游》："且夫水之积也不厚，则其负大舟也无力。覆杯水于坳堂之上，则芥为之舟。置杯焉则胶，水浅而舟大也。……"

⑰ "磁门"句：传说秦始皇墓门用磁铁做成，有携带铁器非法侵入者至门前会被阻止。

⑱ 五龙：古代传说中五个人面龙身的仙人，道教称为五行神。

⑲ 朱明：见前卷一《崆峒岩追和石上吴云岩夫子韵》注③。

⑳ 灵威笈：灵威，指传说中仙人"灵威丈人"。传吴王阖闾游禹山，遇灵威丈人入洞庭取禹藏书卷。

㉑ 紫荆山：山名。在广西桂平县北。

㉒ "磔狗"句：磔：古代祭祀时分裂牲畜肢体。《礼记·月令》："（季春之月）九门磔攘。"孙希旦集解："磔，磔裂牲体也……磔牲以祭国门之神，欲其攘除凶灾，御止疫鬼，勿使复入也。"元武：即玄武，古代神话中的北方之神，其形为龟，或龟蛇合体。后为道教所信奉。即真武神。

㉓ "天难"二句：以蜀道难、巴峡水急比壅水。

㉔ 映：以口吹物发出的细小声音。喻微不足道。

藤　县①

江阔水如油，江心一叶舟。二苏相觅处②，明月两夷犹③。
予亦清安者④，兼携季子游。茫茫南与北，看尽几藤州⁽一⁾。

【校勘记】

（一）几：《全集》本作"古"。

【注释】

① 此诗作于乾隆三十八年（1773），二十七岁。藤县：古称藤州，自秦时设置，历代沿革。较早接受中原文化，历史文化积沉深厚。

② 相觅处：指藤县。北宋哲宗绍圣四年（1097），苏东坡被贬海南岛时路经广西，与被贬往广东雷州的弟弟苏辙在藤县同行。

③ 夷犹：亦作"夷由"。犹豫，迟疑不前。

④ 清安：清平安宁。苏轼《答程全父推官书》之一："舶到，忽枉教音，喜慰不可言，仍审起居清安，眷爱各佳。"

藤县夜雨作⁽一⁾①

篷窗风紧雨如绳，篁箐阴沉络古藤②。鲁直平生少游
□⁽二⁾③，坡公终夕子由灯④。凄凉东阁言何似，邂逅南柯梦已

征⑤。谒帝陈词弟追及,苍梧来往复谁能⑥。

【校勘记】

(一)《全集》本此诗题作《藤县夜雨》。

(二)鲁直平生少游□:《全集》本"□"为"处"。

【注释】

① 此诗作于乾隆三十七年(1772),冯敏昌二十六岁。

② 古藤:即今广西藤县。

③ 鲁直:北宋诗人黄庭坚字鲁直,号山谷道人,晚号涪翁。洪州分宁(今江西修水)人。党争中受贬谪,曾编管宜州(今广西宜州),今宜州白龙公园有黄庭坚衣冠冢。少游:指北宋词人秦观。字少游、太虚,号淮海居士,高邮(今属江苏)人。与黄庭坚、张耒、晁补之合称"苏门四学士"。哲宗时因党争,被贬,曾编管横州(今广西横县),又徙雷州(今海南雷州),至藤州(今广西藤县)而卒。

④ "坡公"句:说苏轼怀念其弟苏辙。元祐八年(1093)新党再度执政,苏轼以"讥刺先朝"罪名,被贬为惠州(在今广东)安置、再贬为儋州(今海南省儋县)别驾、昌化(今海南儋县)军安置。徽宗即位,调廉州(今广西合浦)安置、舒州(今安徽潜山)团练副使、永州(在今湖南)安置。可参见前本卷《藤县》注②。

⑤ 南柯:唐代李公佐《南柯太守传》,叙述淳于棼梦至槐安国,娶公主,封南柯太守,荣华富贵,显赫一时。后率师出征战败,公主亦死,遭国王疑忌,被遣归。醒后,在庭前槐树下掘得蚁穴,即梦中之槐安国。南柯郡为槐树南枝下另一蚁穴。指梦境。亦比喻空幻。

⑥ "谒帝"二句:指冯敏昌于去年(26岁)时赴京参加会试事,此前赴乡试时均有三弟冯敏曦追随,而三弟于乾隆三十五年(1770)去世。此时再也无法像东坡兄弟相伴而行。

梧州用苏诗《闻子由在藤》韵示季子①

二水如云来晓湘②,连冈化鹤翮朱方③。髯仙一去六百载④,但指苏迹寻微茫。何况前古追神圣,徒使陋儒惊走藏。重华乘云昔相将⑤,弃其琴瑟天海长⑥。苍梧冥冥入韶阳⑦,鱼龙笙管空凄望⑧。我来陈词继苏子,恨不乐章先补亡。琼儋过从寓居耳⑨,尔我生长皆穷荒。夜梦请谒太古帝⑩,意行何处蛮夷乡。

【注释】

① 此诗作于乾隆三十八年(1773),二十七岁。《闻子由在藤》:苏轼诗题为《吾谪海南子由雷州被命即行了不相知至梧乃闻其尚在藤也旦夕当追及作此诗示之》,押"阳"部"方"韵。

② 二水:指梧州的浔江和桂江(上游为漓江),均发源于广西湖南交界的猫儿山。

③ 化鹤:谓成仙。多用以代称死亡。朱方:指南方。

④ 髯仙:即指"髯苏",苏轼别称,以其多髯故。

⑤ 重华:虞舜的美称。《尚书·舜典》:"曰若稽古帝舜,曰重华,协于帝。"孔传:"华,谓文德。言其光文重合于尧,俱圣明。"一说,舜目重瞳,故名。《史记·五帝本纪》:"虞舜者,名曰重华。"张守节正义:"(舜)目重瞳子,故曰重华。"

⑥ 琴瑟:比喻融洽情谊。

⑦ 韶阳:谓明媚的春光。

⑧ 鱼龙:鱼和龙。泛指鳞介水族。

⑨ 琼儋:指今海南。琼,指古琼州府,即今海南海口及琼山、琼海地。儋,指儋耳。在今海南儋县。苏轼《峻灵王庙碑》:"自徐闻渡海,历琼至儋,又西止昌化县。"参见前本卷《藤县夜雨作》注③。

⑩ 太古:远古,上古。

阅江楼阻风和壁上覃溪师韵(一)①

滕王阁前倚王郎②,飞槕不说江水长。昔人黄鹤复高举③,独俯江汉窥衡湘。我乘牂牁之西涨④,藤梧晓势趋汪洋。
船行州邑疾飞鸟,天意风水须周防⑤。雄楼十丈谁俯望,崧台
杰出江亭旁⑥。檐浮百雉轶埃圹⑦,槛涌六塔分毫芒⑧。茫然
大河落南牖,白龙鳞甲森开张。群山如云怒相抱(二),首不见
尾馀中央。堆阜鼍行亦鼋趾⑨,作力赑屃皆腾骧⑩。羚羊之峡
独何许,铁浮图起摩青苍⑪。上有霱云蠚相压,如困如鼠如牛
羊⑫。大风东来驱不动,但见白浪组练驰西方。吁嗟哉！此楼
前后登者不可量,雄文峻笔谁豪强。阅人何啻若传舍⑬,赋手
咫尺无津梁。吾师笔阵看堂堂⑭,雷门鼓震声礐硠⑮。武昌题
诗慰迁客⑯,洪都把酒追新凉⑰。曷来兹楼语登览,奇字许学
成都扬⑱。逝将渡江访幽蓟,径取章贡先湑沚⑲。壮游每泥神
所助,羁泊未免颜无光。流行坎止自有日⑳,问天何必徵苍茫。

【校勘记】

(一)《全集》本此诗题作《阅江楼阻风仰和壁上覃溪师韵》。

(二)抱:《全集》本作"控"。

【注释】

① 此诗作于乾隆三十八年(1773),冯敏昌二十七岁,八月携四弟冯敏曙北
上,九月重至省垣。阅江楼:在广东肇庆端州石头岗,始建于明宣德六年
(1431),原名石头庵,后改为崧台书院,崇祯十四年(1641)名为阅江楼。清顺治
十四年(1657)改建为南方园林庭院式建筑。楼临西江,可以登高远眺,望大江
归帆点点渔火。"江楼远眺"是端州八景之一。楼壁有翁方纲题咏。

② 王郎:指王勃。

③ 黄鹤:指黄鹤楼。唐代崔颢有《黄鹤楼》"昔人已乘黄鹤去,此地空馀黄
鹤楼"。黄鹤楼临长江,故下有"独俯江汉窥衡湘"句。

④ 牂牁:见前卷一《崧台》注②。

⑤ 周防:谨密防患。

⑥ 崧台:在肇庆七星岩,台在水旁,台水辉映,"崧台揽月"为肇庆星湖十二
景之一。

⑦　檐浮：指楼檐高标超出。埃：灰尘。埃：尘埃。

⑧　槛涌六塔：与阅江楼同矗立西江畔的有崇禧、元魁、文明、巽峰等古塔。

⑨　"堆阜"句：说小丘像匍匐前行的鼋鼍，爪足俱似。堆阜：小丘。

⑩　"作力"句：说群山起伏，堆垛叠压，山水亲离，气势昂然。赑屃(bìxì)：传说中龙之九子之一，似龟，喜负重，常做碑下龟。此指作气用力之貌。腾骧：飞腾，奔腾。

⑪　"铁浮图"句：状羚羊峡耸立崛起、直插青霄之雄姿。铁：谓山之青色。浮图：亦作"浮屠"，指佛塔，状峡之形。青苍：犹青天。

⑫　"上有"二句：摹写天上云朵之状逼肖。

⑬　传舍：古时供行人休息住宿的处所。

⑭　笔阵：楼壁有翁方纲题咏，此谓其书法运笔如行阵。王羲之《题〈笔阵图〉后》："夫纸者，阵也；笔者，刀稍也；墨者，鍪甲也；水砚者，城池也；心意者，将军也；本领者，副将也；结构者，谋略也。"

⑮　礌磈：大声。

⑯　武昌题诗：指崔颢《黄鹤楼》诗。迁客：指遭贬斥放逐之人。参加本诗注③。

⑰　洪都：江西南昌别称。隋至宋南昌为洪州治所，唐初曾在此设都督府，因以得名。

⑱　成都扬：指扬雄。见前本卷《甘泉宫瓦摹本覃溪师命作》注㉖。

⑲　滃：水名。源出广东佛冈，西南注入北江。洭：郦道元《水经注·洭水》："洭水出关(洭浦关)右合溱水谓之洭口。"按，洭口即今广东英德县西南连江口。洭水即今广东北部连江。

⑳　流行坎止：即坎止流行，语出《汉书·贾谊传》："寥廓忽荒，与道翱翔。乘流则逝，得坎则止。"颜师古注："孟康曰：'《易》坎为险，遇险难而止也。'张晏曰：'谓夷易则仕，险难则隐也。'"遇坎而止，乘流则行。喻依据环境逆顺确定进退行止。

与季子晚入羚山寺^{(一)①}

帆前苍云横，一堕出不及。攀天上有门，沿厓滑无级^(二)。

扶栏怯前援^(三)，片叶后窣立^②。暝色乱一径，鸟影掠两笠。高木翻藤萝，万里长风入。轩然古台端^(四)，一口可江吸^③。堂头红碗火^④，慈眼悟粟粒^⑤。归船途已顺，冲虎意未急^{(五)⑥}。思拾羚羊角^⑦，以破旧诗习。

【校勘记】

（一）季子：《全集》本作"季弟"。

（二）沿：《全集》本作"凌"。

（三）扶栏怯前援：此句《全集》作"生衣怯前援导"。

（四）端：《全集》本作"颠"。

（五）归船途已顺，冲虎意未急：《全集》本无此二句。

【注释】

① 此诗作于乾隆三十八年（1773），冯敏昌二十七岁。羚山寺：在今广东肇庆西江羚羊峡入口北岸之羚山。始建于南朝梁代，又名"岭山寺"、"灵山寺"等。民国《高要县志》记载："羚山寺，即峡山寺，清季渐圮，仅馀前墙、大门，羚山古寺石额至今犹在。"

② 窣：下垂。

③ 一口可江吸：典出释道原《景德传灯录·居士庞蕴》："后之江西，参问马祖云：'不与万法为侣者是什么人？'祖云：'待汝一口吸尽西江水，即向汝道。'"此处指寺立峡口的气势。

④ 红碗火：即佛堂所燃火烛，因烛为红色，故云。

⑤ "慈眼"句：借佛语以慈悲心领悟纤微。慈眼：亦称"慈目"。佛教语。佛以慈悲心视众生之眼。《法华经·观世音菩萨普门品》："慈眼视众生，福聚海无量，是故应顶礼。"粟粒：粟粒状之物。

⑥ 冲虎：星相术士谓相克相忌为"冲"。星相术认为寅申相冲，寅为虎，申为猴，申日冲虎，不宜举事。此处意为着急赶路。

⑦ 羚羊角：用严羽《沧浪诗话》语："盛唐诸公唯在兴趣，羚羊挂角，无迹可求。故其妙处透彻玲珑，不可凑泊，如空中之音，相中之色，水中之影，镜中之象，言有尽而意无穷。"此自说作诗之求变。

登镇海楼同季弟作^{(一)①}

　　东南霸气散如烟，漫侈斯楼四百年。珠海地穷城压水，虎门船到炮訇天^②。万家生计鱼盐共^③，十郡人才岭峤偏^④。莫笑长缨空有志^(二)，他年还得并筹边^⑤。

【校勘记】

　　（一）《登镇海楼同季弟作》：此诗题《全集》本作《登镇海楼示季子作》。

　　（二）莫笑长缨空有志：《全集》本"志"作"愿"。

【注释】

　　① 此诗作于乾隆三十九年（1774），冯敏昌二十八岁。镇海楼：见前卷一《望海楼歌，留别勺海、广文归里》注①。

　　② 虎门：一曰虎头门。扼珠江出海之口，东有大虎山，西有小虎山，两山相对如门，故名。訇：大声。

　　③ 鱼盐：鱼和盐。滨海的人家借此谋生。

　　④ 十郡：犹言五湖四海。岭峤：五岭别称。此泛指岭南偏远地区。

　　⑤ "莫笑"二句：与弟共勉，当负雄心报效家国。长缨：指捕缚敌人的长绳。筹边：筹划边境的事务。冯氏兄弟俱处边地，故云。

雨夜寄仲子二首^①

一

　　冬寒夜飞雨，乃如北地秋。我行胡留滞，番郡城南头。寒灯静空壁，药火依墙幽^②。坐视季子病，只影床阑愁。梦境苦沉冥，将毋仲与游。遥知读书堂，破牖寒飕飕。幡然感离家^③，幸免庭闱忧^④。

二

藉言有遗忘，晨明不念起。默惭我内行⑤，固已衰妻子⑥。
况吾失叔氏⑦，长号屡中止。奉亲颜已欢，适墓泪空泚。遗文
只置之⑧，瘝寐益杳尔。昔游满胸血⑨，还归乃如此。平居不
可言，予其惊风雨。

【注释】

① 此诗作于乾隆三十八年（1773），冯敏昌二十七岁。

② 药火：以火炉熬药。

③ 幡然：遽然，猛然。

④ 庭闱：注见前卷一《余惟怀弟之心久矣，抑而弗发，益用感伤。兹风雨初
过，独坐无聊，永怀大廉旅次之况如在目前，不知涕泗之横也。坐卧不得，书此
遣怀》注⑥。

⑤ 内行：平日家居的操行。

⑥ 衰：不善。此为方言词。

⑦ 叔氏：指已去世之三弟冯敏曦。

⑧ "遗文"句：三弟文采超人，恨其遗文无暇整理。

⑨ 昔游：昔日游学于州府及都中皆曾负壮志。《全集》卷八《秋夜拜石堂，
同勺海、健夫作》句："平生志气总如云，婉转虚怀翻若谷。"《诗钞》卷一《望海楼
歌，留别勺海、广文归里》句："词人气吐如长虹。"

浣云药樵夜过^(一)① 药樵为季子疗病

空庭映芦帘，初灯如水浸②。不拟故人来③，门开晚风闯。
开颜一惊笑，就榻索茗饮。欣惟季少差，昨者愁不任。能俯不
能仰，坐作痛益甚。肺气之所刑，金秋兆其祲④。风雨况十日，
鸟乌不一谶⑤。谁言子桑至⑥，方有耆域禁⑦。小人所托命，岂
但惕就荫。碗水烦料量，擘视及盖枕。清诗共慰我，况令心脾

沁。绝叹杂咨嗟，弗答恐相锓[8]。还为夜阑语，不用床头窨[9]。

【校勘记】

（一）《全集》此诗题本作《浣云药樵夜过，药樵为季弟疗病》。

【注释】

① 此诗作于乾隆三十八年(1773)，冯敏昌二十七岁。浣云药樵：见前《秋夜偕勺海、翼堂元妙观访浣云、黄贯之》注①。

② “初灯”句：初灯不明之貌。

③ 不拟：没有料到。

④ “肺气”二句：中医视元气为宇宙本源。自然界万物皆由元气演化而来。认为“有诸内必形诸外”，五季与人体五脏之气相应：春应肝，夏应心，长夏应脾，秋应肺，冬应肾。祲：征象。

⑤ 谶：预言吉凶的文字、图箓或征兆。贾谊《鹏鸟赋》：“发书占之兮，谶言其度，曰：‘野鸟入室兮，主人将去。’”古人以乌鸦为不祥之鸟，认为鸦鸣主凶。

⑥ 子桑：语出《庄子·大宗师》：“子舆与子桑友。而霖雨十日。子舆曰：‘子桑殆病矣！’裹饭而往食之。至子桑之门，则若歌若哭，鼓琴曰：‘父邪！母邪！天乎！人乎！’有不任其声而趋举其诗焉。”

⑦ 耆域：当为“耆欲”，嗜欲。《礼记·月令》：“（仲夏之月）节耆欲，定心气。”

⑧ 锓：《集韵·平盐》：“锓，《博雅》：‘锐也。’或作尖。”也引申为尖刻。此句中意为不以诗酬答友朋，恐其嗔怨。

⑨ 窨：忖度，思考。

再过韶州[1]

我昔游韶阳，天风吹异嶂。飞瀑落厓间，长松卷涛上。中有古仙人，古貌高山仰[2]。神惟协道腴[3]，意以凌虚放。时携松风琴[4]，远和虞弦旷[5]。琅琅一弹后，声响益清畅。不知松泉音,飞落几千丈。妙旨契濂溪⑥,幽期等禽向⑦,顾我复开颜,至道还堪访。芝兰手种成⑧,梧竹经时长。如何一鹤来,长鸣引孤吭。遥知真居下,此接仙人仗。翩然竟高去,仙驾谁堪傍。再过一留连,题诗只惆怅。

【注释】

① 此诗作于乾隆三十九年(1774),冯敏昌二十八岁。韶州:今广东韶关,岭南军事戍守要地。相传舜帝巡奏"韶乐"于城北石峰群中,该处36石后来统称为韶石山,州因此得名。

② 高山仰:语出《诗经·小雅·车牵》:"高山仰止,景行行止。"

③ 道腴:某种学说、主张之精髓。

④ 松风琴:李白《鸣皋歌送岑征君》:"盘白石兮坐素月,琴《松风》兮寂万壑。"传宋徽宗作松风琴古琴曲《风入松》。

⑤ 虞弦:语出《礼记·乐记》:"昔者舜作五弦之琴,以歌《南风》。"后因以"虞弦"指琴。

⑥ 濂溪:在今湖南省道县。宋理学家周敦颐世居溪上。

⑦ 幽期:隐逸之期约。

⑧ 芝兰:芷和兰,皆香草。喻英杰。

大 庾 山 行①

　　秋老梅身未着花,谁从清梦想横斜②。隔林儿斛垂乌柏③,半入寒香半酒家。

【注释】

① 此诗作于乾隆三十九年(1774),冯敏昌二十八岁。大庾:即大庾岭。因唐代张九龄开凿新路,道旁多植梅树,又名梅岭。

② "谁从"句:借用林逋《山园小梅》句:"疏影横斜水清浅,暗香浮动月

黄昏。"

③ 乌桕:落叶树。实如胡麻子,多脂肪,可制肥皂及蜡烛等。

湖 口①

湖口城前宿雾回,推篷延望一衔杯②。人烟多在松篁里,
山翠遥从睥睨开③。左蠡风帆随日至④,匡庐云气有时来⑤。
清晖如此堪长对,无那江头一棹催⑥。

【注释】

① 此诗作于乾隆三十一年(1766),冯敏昌二十岁。湖口:即鄱阳湖口。

② 衔杯:口含酒杯,多指饮酒。

③ 睥睨:城墙上锯齿形的短墙,女墙。

④ 左蠡:因在彭蠡泽(即古鄱阳湖)之左得名,故址在今江西都昌西北左蠡
山下。

⑤ 匡庐:指江西庐山。相传殷周之际有匡俗兄弟七人结庐于此,故称。

⑥ 无那:无奈,无可奈何。

小 姑 神 女 祠①

我欲乘巫云,巫云愁暗分。我欲随湘烟②,湘烟杳无言。
美人亭亭当中天,云旗窈窕纷相牵③。梦中衰柳迷兰棹④,鲤
鱼夜急芙蓉老⑤。细雨归楼天四晓,楼前一片秋波渺。

【注释】

① 此诗作于乾隆三十一年(1766),冯敏昌二十岁。小姑神女祠:在鄱阳湖
中小姑山上,民称"小姑庙"。传说一少女,与彭郎相爱,因终难成眷属而投江殉

情,化作"小孤山",又名"小姑山",彭郎遂化成石矶,立于江边,即"彭浪矶",亦名"彭郎矶"。

② 湘烟:湘江之云气。

③ 云旗:以云为旗。

④ 兰棹:兰舟,木兰舟。亦用为小舟的美称。

⑤ "鲤鱼"句:化用李商隐《板桥晓别》句:"水仙欲上鲤鱼去,一夜芙蓉红泪多。"

芍药今年独迟,余抵京后犹及见之①

空庭惆怅易黄昏,何事繁枝尚许存。明月满时微有晕,篆香吹断了无痕②。愁来六代销金粉③,留得残春是酒樽。回首维扬前日路④,东风寒雨足销魂。

【注释】

① 此诗作于乾隆三十一年(1766),冯敏昌二十岁。芍药:多年生草本植物。五月开花,花大而美丽,有紫红、粉红、白等多种颜色,供观赏。根可入药。

② 篆香:犹盘香。唐宋时将香料做成篆文形状,点其一端,依香上的篆形印记,烧尽计时。

③ 六代:指三国时吴、东晋和南朝之宋、齐、梁、陈。金粉:喻指繁华绮丽的生活。

④ 维扬:扬州别称。

南汉铁塔歌李南碉明府索赋(一)①

皇朝见续郑樵志(二)②,郡县杂许金石征(三)。李侯属事有兼摄,铁塔先考南汉称③。诃林五月收暑雨④,东西殿角愁云

凌。二塔分形体相埒，三寻直上凡七层⑤。交龙翼柱俨巘巑
屃⁽⁴⁾⁶，连珠结顶高崚嶒。千佛螺旋出宝号⑦，续以梯桄垂金
镫⑧。重看伪号纪大宝⑨，董者内侍随诸僧。误文渐可灼屈
指，伪识兼得穷朱承⁽⁵⁾。想当炉鞲金火乘⑩，炎云涨天海风
蒸。二禺山童死灰出⑪，群蛮髓结脂膏腾。兔丝吞骨□殊
惨⑫，龙泉瘗地崖须崩⑬。降王一梃竟先导⑭，功施万载空无
凭。君侯抶剔有何意，枉以翠墨烦濡缯⑮。吾闻粤功数铜
柱⑯，远溯炎汉新中兴⑰。扶桑海绿望穷发⑱，分茅峤峻飞长
絚⑲。历唐逮宋此疆界，交夷摄处愁凌兢⑳。岁时腰腊就培
土㉑，意令蓄蚀难规绳㉒。前明瞀乱苟畏事㉓，遽弃海东黎与
蒸㉔。吁嗟列郡半万口㉕，沦胥左衽谁衰衿㉖。胡不一介笃行
李㉗，拓铭馆阁供钞誊。饩羊在鲁朔未去㉘，白雉贡周图可
增㉙。前人远虑贵后继，大作无益宜小惩㉚。胡为吾谋迄不
用，转使刻画吟秋蝇㉛。广州之南南海庙⁽⁶⁾㉜，韩碑杰出铜鼓
抳㉝。铜鼓无铭碑可上，胜彼迷谬纷相仍㉞。君侯治壤矧韩
旧㉟，碑版幸访同服膺。

【校勘记】

（一）《全集》本此诗题作《南汉铁塔歌李南碉明府属赋》。

（二）皇朝见续：《全集》本作"馆垣新续"。

（三）郡县杂许金石征：《全集》本此句作"诏下郡县金石征"。

（四）俨：《全集》本作"两"。

（五）伪识兼得穷朱承：《全集》本此句后有作者小注"翁山、竹垞所记皆有
误，南碉考之最详。"

（六）南海：《全集》本作"海神"。

【注释】

①　此诗作于乾隆三十九年（1774），冯敏昌二十八岁。九月偕同年陈元章
及四弟第三次入都，十二月寓城南法源寺，兄弟度岁。南汉铁塔：广州光孝寺

东西铁塔,两塔外形酷似。东铁塔,建于五代南汉大宝十年(967),西铁塔建于南汉大宝六年,是我国现存铁塔中年代最早的一座。东铁塔高七层,四方形,全身有九百馀个带佛像的佛龛。冯敏昌此时游赏两塔应仍完好。西铁塔毁于清末,今残存三层塔身。李南磵:张维屏《国朝诗人征略初编》卷三十八:"李文藻,字素伯,号南磵。山东益都人。乾隆二十六年进士。官桂林同知。有《恩平》、《潮阳》、《桂林》诸集。"

②"皇朝"句:指《续通志》,清嵇璜、刘墉等奉敕撰,纪昀等校订,成书于乾隆五十年(1785)。全书640卷,体例仿《通志》,惟缺《世家》及《年谱》。书中纪传自唐初至元末止,二十略自五代至明末止,补充了《通志》诸略于唐事的缺漏。《通志》:南宋郑樵撰。纪传体通史。郑樵,字渔仲,福建路兴化军莆田(今福建莆田)人。

③南汉:五代时十国之一。曾称大越国。刘隐、刘岩兄弟所建。都番禺。唐天祐二年(905),刘隐任清海军(岭南东道)节度使。后梁开平元年(907)朱温封刘隐为大彭郡王;三年,改封南平王;四年,又进封南海王。唐末,岭南士人云集,刘隐收用士人为辅佐。遣其弟刘岩平定岭南东西两道诸割据势力,控岭南;西与楚争容桂之地,攻占容、邕两管(今广西西部、南部及广东部分地区)。乾化元年(911)刘隐卒。刘岩继位,先后改名为陟、龚、龑。后梁贞明三年(917)刘岩称帝于番禺,国号大越,次年改为汉,史称南汉。宋开宝四年(即南汉大宝十四年,971),宋兵南下,刘铱降,南汉亡。

④诃林:即今广州光孝寺。寺址西汉时原是越王赵陀第三世孙赵建德宅。三国时吴国虞翻谪番禺,在此讲学,名为"虞苑"。清代王士禛《广州游览小志》:"光孝寺,又名法性寺,在粤城西北,越王建德故宅也。孙吴、虞翻居此,手植诃子,因名虞苑,又名诃林。"虞翻逝后,舍宅建寺,名"制止寺"(一作"制旨寺")。

⑤三寻:指塔高,非确数。寻,古长度单位,八尺为一寻。现存东塔七层完整,西塔残存三层。

⑥赑屃:蠵龟的别名。传为龙所生九子之一。旧时石碑下的石座相沿雕作赑屃状,即取其力大能负重之义。

⑦千佛:现存东西二铁塔,东塔内有佛龛及佛像九百馀,故亦称千佛。宝号:称神及僧道法号的敬辞。

⑧垂金镫:指传镫,亦作"传灯"。佛家指传法。佛法犹如明灯,能破除迷

暗,故称。

⑨ "重看"句:见本诗注③。

⑩ 炉韛:火炉鼓风的皮囊。亦借指熔炉。

⑪ 二禺:见前卷一《望海楼歌,留别勺海、广文归里》注⑥。

⑫ 兔丝:喻妻室。

⑬ 瘗:埋物祭地。

⑭ "降王"句:见本诗注③。

⑮ 濡:浸渍,沾湿。

⑯ 铜柱:见前卷一《云藏九咏·铜鱼山》注⑥。

⑰ 炎汉新中兴:指南汉建立汉朝,是承两汉续业。汉自称以火德王,故称炎汉。

⑱ 扶桑:见前卷一《舟过乌雷门过伏波将军庙作》注⑤。穷发:极北不毛之地。《庄子·逍遥游》:"穷发之北有冥海者,天池也。"成玄英疏:"地以草为毛发,北方寒沍之地,草木不生,故名穷发,所谓不毛之地。"

⑲ 分茅:《清史稿·地理志十九》:"钦州直隶州:……钦州十万大山在西北。……又西南,分茅岭,与越界,南濒海。"据说山顶产茅草,草头南北异向,故名。

⑳ 交夷:交指南交,夷指岭南。凌兢:战栗、恐惧的样子。

㉑ 腊腊:古代的两种祭名。其祭多在岁终,故常并称。培土:壅土。

㉒ 薶:本义埋葬,这里有湮没意。规绳:规矩绳墨,喻法度。

㉓ "前明"句:明自中叶后,东南沿海倭寇及海盗猖獗,百姓深受其害,朝廷亦为之困扰。此说其事。《明史》中《太祖本纪》、《吴桂芳传》皆记有倭寇袭扰东南沿海事。瞀乱:昏乱、纷乱。

㉔ 黎与蒸:百姓,黎民。

㉕ 半万:五千。此说人口。

㉖ "沦胥"句:说粤地僻远,陋习相率沿习。沦胥:语出《诗经·小雅·雨无正》:"若此无罪,沦胥以铺。"毛传:"沦,率也。"郑玄笺:"胥,相铺徧也。言王使此无罪者见牵率相引而徧得罪也。"此指沦陷、沦丧。左衽:《论语·宪问》"被发左衽"刘宝楠正义:"中夏礼服皆右衽。"此说地远、人鄙、俗陋。

㉗ 一介笃行李:《左传·襄公八年》:"知武子使行人子员对之曰:'君有楚

命,不使一介行李告于寡君。'"杜预注:"一介,独使也。行李,行人也。"

㉘ 饩羊:语出《论语·八佾》:"子贡欲去告朔之饩羊。子曰:'赐也,尔爱其羊,我爱其礼。'"朱熹集注:"月朔,则以特羊告庙,请而行之。饩,生牲也。"

㉙ 白雉:白色羽毛的野鸡。古时以为瑞鸟。典出《尚书大传》卷四:"周公居摄六年,制礼作乐,天下和平。越裳以三象重译而献白雉。"

㉚ 大作:创办大事,大办。《尚书大传》卷四:"周公将作礼乐,优游三年不能作……将大作,恐天下莫我知也;将小作,恐不能扬父祖功业德泽。"

㉛ 秋蝇:秋天的苍蝇,比喻衰败的势头。

㉜ 南海庙:在今广州黄埔南岗庙头乡,古属扶胥镇,始建于隋,唐至清均有重修、扩建。清代檀萃《楚庭稗珠录》卷三《粤囊下》"南海神庙"云:"神君南海,姓祝名赤,封广利王。"(按,一说神为祝融。)唐玄宗时册尊南海神为广利王,后代屡有加封,后合称南海广利洪圣昭顺威显灵孚王,配以明顺夫人。历朝每年都有官员庙祭。旧俗商船、渔船出海,均向南海神祭拜。

㉝ "韩碑"句:唐宪宗元和十二年(817)、元和十四年,孔子38世孙孔戣祭扫南海神,并修葺扩建庙宇,适逢韩愈因《谏迎佛骨表》一事被贬往潮州,途经广州,孔请韩愈著文纪念修葺神庙之事。韩愈作《南海神广利王庙碑》。庙另有历代皇帝御祭石碑30馀方,以及东汉大铜鼓、明代铁钟、玉刻南海神印等物。檀萃《楚庭稗珠录》卷三《粤囊下》"南海神庙"记载两铜鼓形制等较详。揎:通"亘"。横贯。

㉞ 仍:依照,沿袭。

㉟ 矧:亦。

书胡同谦遗集后^{(一)①}

燕吴指云鸿^②,身前交臂失^{(二)③}。颇怪玉洲生^④,惜甚等词溢^(三)。一编向壁卧^⑤,悔恨渐中出。悔予币不将^⑥,嗟子节乃毕。谁使子于诗,而为此憭慄^⑦。力欲洗尘相^⑧,岂不挟一律。余惟曲江后^⑨,作者谅有述。百年望海雪,五字至今日^⑩。长卿固长城^{(四)⑪}，仲宣尤入室^{(五)⑫}。平生古心貌，抱卧况经帙。
我曾无返思，子固未亏质⑬。瑶华一以散，嘉秀谁与实。恻恻
素馨词，面子𬤇何术。集后素馨词特妙。

【校勘记】
（一）胡同谦《全集》本作"胡同轩"。
（二）身前交臂失：《全集》本此句后作者小注"都中至钱塘再晤，得同轩一
诗耳"。
（三）惜甚等词溢：《全集》本此句后有作者小注"近见张玉洲挽同轩诗，甚
哀切"。
（四）长卿固长城：《全集》本作"兹实固长城"。
（五）仲宣尤入室：此句《全集》本作"岂为灯暗室"。后又有"綮予敢妄叹，
兼举或未必。更恨钱江上，致我者弱卒"四句。

【注释】
①此诗作于乾隆三十九年（1774），冯敏昌二十八岁。九月入都，十二月寓
城南法源寺。胡同谦：张维屏《国朝诗人徵略初编》卷四十三："胡亦常，字同
谦。广东顺德人，乾隆三十六年举人。亦常事母孝，抗志希古，不欲为一乡一国
之士。诗悟天成，能于南园五子外自成一家。"
②云鸿：喻志向远大者。
③交臂失：即"失之交臂"，谓当面错过机会。语出《庄子·田子方》："吾
终身与汝交一臂而失之。"王先谦集解："虽吾汝终身相与，不啻把一臂而失之，
言其暂也。"
④玉洲：冯敏昌好友，参见《哭张玉洲三十韵》诗及注释。
⑤向壁：面对墙壁。多表示心情不悦或不欲与人接谈。
⑥不将：不送。
⑦懰慄：凄凉貌。
⑧尘相：尘俗的表象。
⑨曲江：唐时张九龄，字子寿，韶州曲江人（今广东曲江），生于唐高宗仪凤
三年（678），卒于唐玄宗开元二十八年（740）。唐时名臣。卒谥文献。有《张曲

江集》。

⑩ 五字：五个字。多指诗文中五字句。西晋郭颁《魏晋世语》："司马景王命中书郎虞松作表，再呈不可，意令松更定之，经时竭思不能改，心有忧色……会（锺会）取草视，为定五字。松悦服，以呈景王。景王曰：'不当尔耶？'松曰：'锺会也。'王曰：'如此可大用，真王佐才也。'"后指好的表章。也指好的诗文。

⑪ 长卿：唐代刘长卿，字文房，河间（今属河北）人。开元二十一年进士。历任监察御史、检校祠部员外郎、转运使判官等职，终随州刺史。以诗驰声上元、宝应间。权德舆尝谓为五言长城。《新唐书·隐逸传·秦系》："长卿自以为五言长城，系用偏师攻之，虽老益壮。"

⑫ 仲宣：汉末王粲，字仲宣，为"建安七子"之一。博学多识，文思敏捷，善诗赋，尤以《登楼赋》著称。入室：语出《论语·先进》："由也升堂矣，未入於室也。"邢昺疏："言子路之学识深浅，譬如自外入内，得其门者。入室为深，颜渊是也；升堂次之，子路是也。"后比喻学问或技艺得师传，造诣高深。

⑬ 未亏质：指不失朴实，淳朴。

哭张玉洲三十韵^{(一)①}

鹏击风云冥，蛟缠雷雨昏。南澜倒文柱^②，西翼坼天门^③。君子材何懋^④，神交素已敦。乘蟾奔月窟^⑤，登木驭朝暾^⑥。烛奋雄龙驾，霆惊天马辕^⑦。飞腾遗薄俗，凌厉刷群言。扬讫交游绝，祢生众口喧^{(二)⑧}。黄金轻俊骨^⑨，白日闭蛛轩^⑩。率尔尘中觅，因缘心赏论。藏身万人海，归计一桃源^⑪。自我还乡国，衔伤恤弟昆^{(三)⑫}。原鸰心悱恻^⑬，行雁子翩翻。已美林居胜，宁追蓬迹奔^⑭。人逢五羊后，泪裹九泉痕^⑮。新诔胡生痛^{(四)⑯}，陈编粤子髡^⑰。谁将继前哲，时第讽南园^⑱。嗜鼠群何吓^⑲，屠龙技最尊^⑳。余师拜韩杜，感旧匹谌琨^㉑。突兀中宵立，光芒万古存。单心传绝业^㉒，谒蹶恃长援。雨里子舆饭^㉓，泉开文举罇^㉔。予规方药石^㉕，子日富腾骞。讵意长沙鹏^㉖，真愁秋岭猿^(五)。仓皇来永诀,悲愤感鸿原^㉗。冲斗神如昨^㉘,挥戈日不
暄^{(六)㉙}。哲兄徒雨泣^㉚,帷帘自声吞^㉛。我抱中怀戚^㉜,来惊忧
坎扪。悬河崩一恸^㉝,击柱起三飧^{(七)㉞}。艺感钟期听^㉟,招随屈
子魂^㊱。传薪道宁绝^㊲,浩荡问乾坤。

【校勘记】

（一）《全集》本此诗题作《张孝廉玉洲挽诗三十韵》。

（二）生：《全集》本作"狂"。

（三）衔伤恤弟昆：《全集》本此句后有作者小注"谓亡弟叔求"。

（四）新诔胡生痛：《全集》本此句后有作者小注"谓挽同谦诗"。

（五）秋：《全集》本作"巴"。

（六）暄：《全集》本作"烜"。

（七）飧：《全集》本作"改"。

【注释】

① 此诗作于乾隆三十九年(1774),冯敏昌二十八岁。张玉洲：见前《仲夏游陶然亭同张瑞夫胡秋筠作》注①。

② "南澜"句：谓张之去世犹如定海之柱倒。南澜：南海。文柱：文坛砥柱,借喻张玉洲。

③ 坼：裂开,分裂。

④ 懋：盛大,大。

⑤ 蟾：传说月中有蟾蜍,因借指月亮、月光。乘蟾：犹说乘月。月窜(cuì)：《文选·颜延之〈宋郊祀歌〉之一》："月窜来宾,日际奉土。"吕延济注："窜,窟也。月窟,西极。"

⑥ 登木：上树。传说日出于扶桑之下,拂其树杪而升,因谓为日出处。故后有"驭朝暾"之说。朝暾：初升的太阳。亦指早晨的阳光。

⑦ "烛奋"二句：均指张玉洲才气横绝。

⑧ 祢生：祢衡,汉末辞赋家。字正平。少有才辩,长于笔札,性格刚毅傲慢,好侮慢权贵。因拒绝曹操召见,操怀忿,因其有才名,不欲杀之,罚作鼓史,祢衡则当众裸身击鼓,反以《渔阳三挝》辱曹操。曹操怒,欲借人手杀之,因遣送

与荆州牧刘表。仍不合,又被刘表转送与江夏太守黄祖。后因冒犯黄祖,终被杀。有名作《鹦鹉赋》。

⑨ "黄金"句:战国时燕昭王千金买马骨以求贤才事。见《战国策·燕策一》。后以"马骨"喻贤才俊士。

⑩ 蛛轩:蛛网横织的房屋,借指简陋的房屋。

⑪ 桃源:指"桃花源"。

⑫ "衔伤"句:冯敏昌三弟冯敏曦于乾隆三十五年(1770)秋去世。

⑬ 原鸰:见前卷一《留京寄勺海》注①。此指兄弟。

⑭ 蓬迹:蓬草的踪迹,喻人生无着、漂泊不定。

⑮ "人逢"二句:悲痛地回忆与朋友羊城一别成永诀。五羊:广州别称。裛:通"浥"。沾湿。

⑯ 新谍:见前本卷《书胡同谦遗集后》注释。

⑰ 髡:本义为剃去毛发,或古代剃发之刑,或整枝,剪去树枝。此借剪枝说对诗文集子的删改修订。

⑱ 南园:屈大均《广东新语》卷十二《诗语》"诗社"条说:"广州南园诗社,始自国初(按,指明朝)五先生。"五诗人指:孙蕡,字仲衍,南海人。洪武三年进士。王佐,字彦章,南海人。黄哲,字庸之,番禺人。李德,字仲修,番禺人。赵介,字伯贞,番禺人。

⑲ 嗜鼠群何吓:典出《庄子·外篇·秋水》"惠子相梁,庄子往见之。或谓惠子曰:'庄子来,欲代子相。'于是惠子恐,搜于国中三日三夜。庄子往见之,曰:'南方有鸟,其名为鹓雏',子知之乎? 夫鹓雏发于南海而飞于北海,非梧桐不止,非练实不食,非醴泉不饮。于是鸱得腐鼠,鹓雏过之,仰而视之曰:'吓!'今子欲以子之梁国而吓我邪?"

⑳ 屠龙:典出《庄子·列御寇》:"朱泙漫学屠龙于支离益,单千金之家,三年技成,而无所用其巧。"后因以指高超的技艺或高超而无用的技艺。这里仅用来称赞诗艺高超。

㉑ 谌:诚然,确实。琨:玉石,比喻杰出的人才。

㉒ 单心:孤忠之心。绝业:有非凡成就的事业或学业。

㉓ 子舆饭:典出《庄子·大宗师》:"子舆与子桑友。而霖雨十日,子舆曰:'子桑殆病矣!'裹饭而往食之。至子桑之门,则若歌若哭,鼓琴曰:'父邪! 母

邪! 天乎! 人乎!'有不任其声而趋举其诗焉。子舆入,曰:'子之歌诗,何故若
是?'曰:'吾思夫使我至此极者而弗得也。父母岂欲吾贫哉? 天无私覆,地无私
载,天地岂私贫我哉? 求其为之者而不得也! 然而至此极者,命也夫!'"

㉔ 文举罇:文举,指孔融(153—208),汉末"建安七子"之一,字文举,鲁国
(今山东曲阜)人。汉献帝时任北海太守,时称"孔北海"。张璠《汉纪》曰:性
宽容少忌,宾客日盈门,爱才乐酒,常叹"坐上客恒满,樽中酒不空,吾无忧矣"。

㉕ 药石:药剂和砭石,泛指药物。比喻规诫。

㉖ 长沙鵩:长沙:指西汉贾谊(前200—前168)。河南洛阳人,时称贾生。
22岁即任文帝太中大夫。汉文帝三年,贬为长沙梁怀王王太傅,后人称为贾长
沙,所作有《吊屈原赋》、《鵩鸟赋》、《过秦论》、《论积贮疏》等。后人称贾生、贾
子、贾长沙。鵩:指贾谊《鵩鸟赋》,作于被贬长沙时。赋借鵩鸟来抒发自己怀
才不遇的抑郁不平,并以老庄齐死生等祸福思想自我排遣。

㉗ 鸿原:广大的原野。

㉘ 冲斗:晋司空张华,望见斗牛之间常有紫气,问之道术家雷焕。焕谓宝
剑之精,上彻于天,其地当在豫章丰城间。因补焕为丰城令,掘地果得龙泉、太
阿两宝剑。见《晋书·张华传》。后喻人志气超迈或才华英发。

㉙ "挥戈"句:语出《淮南子·览冥训》:"鲁阳公与韩构难,战酣,日暮,援
戈而挥之,日为之反三舍。"后多用来指力挽危局。

㉚ 哲兄:对兄长的敬称。后多以称他人之兄,犹言令兄、贤兄。

㉛ 帷帝:指室内帷幔。此代指室内。声吞:即吞声,无声地悲泣。

㉜ 中怀戚:内心悲伤。

㉝ "悬河"句:此句以瀑布水落之大喻心中伤悲之深。悬河:指瀑布。

㉞ "击柱"句:此句仍说内心伤痛无以排遣。击柱:刺柱。三飧:指三餐。

㉟ 钟期听:指知音的赏识。事见《吕氏春秋·本味篇》:"伯牙鼓琴,钟子
期听之,方鼓琴而志在泰山,钟子期曰:'善哉乎鼓琴! 巍巍乎若泰山。'少时而
志在流水。钟子期曰:'善哉鼓琴,洋洋乎若流水。'钟子期死,伯牙摔琴绝弦,终
身不复鼓琴,以为世无足复为鼓琴者。"

㊱ 屈子:指屈原。宋玉有《招魂》篇,王逸《楚辞章句·招魂序》云:"宋玉
怜哀屈原忠而斥弃,愁懑山泽,魂魄放佚,厥命将落,故作《招魂》。"

㊲ 传薪:传火于薪,前薪尽而火又传于后薪,火种传续不绝。语出《庄子·

养生主》:"指穷于为薪,火传也,不知其尽也。"

出关作寄家人①

别时不执手②,此怨留房帏。房帏岂无萱③,慰子愁依依。仓皇旅周道④,感激成孤抱⑤。乡园渺天末⑥,长安几时到⑦。九月到黄湾⑧,十月古台关⑨。木叶落孤棹,梅花销旅颜⑩。铭功罕长策⑪,岁月坐虚掷。明发不成寐⑫,中夜只叹息。讵忆盛年日,子颜如桃红。踯躅不得去,我情如春风。独夜千山外,往迹翻成再。裁诗远寄将,五噫同增慨⑬。

【注释】

① 此诗作于乾隆三十九年(1774),冯敏昌二十八岁。

② 执手:犹握手;拉手。《诗经·郑风·遵大路》:"遵大路兮,掺执子之手兮。"郑玄笺:"言执手者,思望之甚也。"

③ 房帏:亦作"房闱"。寝室,闺房。亦借指夫妻间的情爱。萱:萱草。古人以为萱草可以使人忘忧,故又称忘忧草。

④ 周道:大路。语出《诗经·小雅·四牡》:"四牡騑騑,周道倭迟。"朱熹集传:"周道,大路也。"

⑤ "感激"句:感谢妻子理解。孤抱:无人理解的志向。

⑥ 天末:天的尽头,指极远之地。这里指家在南陲,犹如天末。

⑦ 长安:今陕西西安,因汉及唐均建都于此,后多代指京城,此借指北京。

⑧ 黄湾:在今浙江海宁市境东南,南临钱塘江,历史上素为军事要地。

⑨ 古台关:具体不详。

⑩ "梅花"句:《年谱》"乾隆三十九年"条云:"九月偕同年陈元章孝廉及季叔由羊城入都。有《大庾山行》诗'秋老梅根未着花'之句……遂为第三次入都。"

⑪ 铭功:在金石上刻写文辞,记述功绩。长策:犹良计。

⑫ 明发:黎明,平明。语出《诗经·小雅·小宛》:"明发不寐,有怀二人。"

朱熹集传:"明发,谓将旦而光明开发也。二人,父母也。"

⑬ 五噫:即《五噫歌》。相传为东汉梁鸿所作。全诗五句,句末均有'噫'字。《后汉书·逸民传·梁鸿》:"因东出关,过京师,作五噫之歌,曰:'陟彼北芒兮,噫! 顾览帝京兮,噫! 宫室崔嵬兮,噫! 人之劬劳兮,噫! 辽辽未央兮,噫!'"

三峡桥用苏韵①

　　驱云作长垣,接竹隐悬溜②。何来三峡桥,水石交相斗。振荡无寂徐,奋迅来左右。踊跃金在冶,离立乳悬窦③。惊回接臂猿,颠扑攀崖狖④。声喧雷气粗,光逼日色瘦(一)⑤。淣漾帘半垂⑥,沉酣乐九奏⑦。髯苏万斛才⑧,力开十石弓⑨。长桥跨空飞,掉臂过白昼⑩。谁能从之游,瑶泉或可漱。

【校勘记】

(一) 逼:《全集》本作"遥"。

【注释】

① 此诗作于乾隆三十九年(1774),冯敏昌二十八岁。苏轼有五古《栖贤三峡桥》。三峡桥:庐山山南石峰下有栖贤寺,寺东数百步玉渊潭,三峡涧中诸水合流,有三峡桥。

② 悬溜:即悬流,从高处下注的水流。

③ 踊跃金在冶:《庄子·大宗师》:"今大冶铸金,金踊跃曰'我且必为镆铘'。"窦:孔穴,洞。

④ 狖:亦作"狖"。长尾猿。

⑤ "光逼"句:此句说峡谷高蔽,日光仅可透过一线,故曰瘦。

⑥ 淣漾:闪动;摇动。

⑦ 乐九奏:由九支乐曲组成的宫廷宴会音乐。《书·益稷》云:"《箫韶》九成,凤凰来仪。"孔传:"备乐九奏而致凤凰。"孔颖达疏:"成,谓乐曲成也。郑

云：‘成，犹终也。每曲一终，必变更奏。’故经言九成，传言九奏，《周礼》谓之九变，其实一也。”另见《明史·乐志三》记载。

⑧ “髯苏”句：盛赞苏轼才华。髯苏：苏轼的别称，以其多髯故。其《客位假寐》诗云：“同僚不解事，愠色见髯苏。”万斛才：极言才华横溢。

⑨ 十石弓：一种极强劲的弓。古代以三十斤为钧，四钧为石。

⑩ 掉臂：自在行游貌。

洛阳宫第十九本褚临兰亭墨迹卷①

越州驿骑成兰亭⁽一⁾②，寺门花放齐春星③。云何昭代婵娟子④，敢以姿致夸娉婷。引卷全行二十八⑤，千年缃色犹明荧⑥。御风乘云一千丈，瑶台直上连空青。中有一人恣游戏，手挈帝女邀诸灵⑦。窃药骑蟾势奔踔⑧，投壶激电声瑽玎⑨。欻如钧天飨帝乐⑩，九奏万舞訇惊霆⑪。又如王会盛周礼⑫，鸾锵鹭振纷充庭⑬。贞观天子十二载，洛阳宫坐开高扃⑭。御书特许申公赐，想象褒鄂予揆拎⁽二⁾⑮。于时昭陵犹未起，茧纸不令临摹停⑯。今兹绢本匪捶熟⁽三⁾⑰，岂不磨研沾馀馨。况闻右军鼠须笔⑱，法秘永师归九冥⑲。后人书迟笔不问，笔头硬钝如粗钉⑳。作力在笔不在腕⁽四⁾，后人瞀说奚堪聆⁽五⁾㉑。试观此书竟何等，左萦右拂随溁渟㉒。刚强何能胜柔弱，瘦劲要是撑玲珑㉓。前贤付受有成绪，欧虞老去谁典型㉔。湖州笔工颇唐突㉕，玉堂贵人搜禁经㉖。若能先识作笔诀，再辨蟹爪针眼兼丁形⁽六⁾㉗。

【校勘记】

（一）成：《全集》本作“来”。

（二）拎：底本作“抢”，据《全集》本改。

（三）兹：《全集》本作"之"。

（四）作力在笔不在腕：此句《全集》本作"作力仗笔不仗腕"。

（五）瞽说：《全集》本作"群伧"。

（六）再辨蟹爪针眼兼丁形：《全集》本此句作"再辨蟹爪针眼鱼骨丁"。

【注释】

①此诗作于乾隆四十二年（1777），冯敏昌三十一岁，是年仍寓法源寺读书。遍交名士，并就朱筠、钱载问字质疑。

②兰亭：亭名。在浙江省绍兴市西南之兰渚山上。绍兴古为越州。据传，春秋时越王勾践种兰于此，东汉时建有驿亭，因而得名。东晋永和九年（353）王羲之、谢安等同游于此，羲之作《兰亭集序》称："此地有崇山峻岭，茂林修竹，又有清流急湍，映带左右，引以为流觞曲水。"

③"寺门"句：说门前百花齐放似漫天星辰。

④昭代：政治清明的时代。常以称颂本朝或当今时代。婵娟：姿态美好貌。指美人。

⑤"引卷"句：晋穆帝永和九年三月三日，王羲之宦游山阴，与孙统承、谢安等四十一人在会稽山阴的兰亭聚会，修祓禊之礼。饮酒赋诗，王羲之写下《兰亭序》，被称为"天下第一行书"。

⑥绡色：绡本指薄的生丝织品，轻纱。可以用来作书画，多白色。王羲之以特选鼠须笔写《兰亭序》于蚕茧纸上，这里指蚕茧纸的色泽。

⑦帝女：指天帝之女瑶姬。

⑧窃药：传说后羿得不死之药于西王母，其妻姮娥盗食之，成仙奔月。见《淮南子·览冥训》。后以"窃药"喻求仙。

⑨投壶：古代宴会礼制。亦为娱乐活动。宾主依次用矢投向盛酒的壶口，以投中多少决胜负，负者饮酒。见《礼记·投壶》："投壶之礼，主人奉矢，司射奉中，使人执壶。"瑽（cōng）玎（dīng）：玉石等碰撞声。

⑩钧天："钧天广乐"的略语。指天上的音乐。语出《列子·周穆王》："王实以为清都紫微，钧天广乐，帝之所居。"

⑪"九奏"句：这里是说褚临摹之字体龙飞凤舞，使人思之如仙乐入耳，观之似雷霆当空。九奏：见前《三峡桥用苏韵》注③。万舞：古代舞名。先是武舞，舞者手拿兵器；后是文舞，舞者手拿鸟羽和乐器。亦泛指舞蹈。《诗经·邶

风·简兮》：“简兮简兮，方将万舞。”毛传：“以干羽为万舞，用之宗庙山川。”訇：形容声大。

⑫ 王会：旧时诸侯、四夷或藩属朝贡天子的聚会。语本《逸周书·王会》：“成周之会，壿上张赤帠阴羽。”孔晁注：“王城既成，大会诸侯四夷也。”

⑬ 鸾锵：指铃声。《诗经·大雅·烝民》云：“四牡彭彭，八鸾锵锵。”鹭振：鹭鸟在水中振羽嬉戏。此形容字迹挥洒自如。充庭：古代的一种朝仪。每大朝会，陈皇帝车辇仪仗于殿庭，谓之充庭。《后汉书·安帝纪》云：“（永初）四年春正月元日，会，彻乐，不陈充庭车。”李贤注：“每大朝会，必陈乘舆法物车辇于庭。”

⑭ “贞观天子”二句：《洛阳宫本兰亭序》传为褚遂良第十九次临摹本，此本为唐太宗赐给高士廉者。褚遂良所临又传有《神龙半印本兰亭序》、《张金界奴本兰亭序》，因前者有“神龙”半印，后者有“张金界奴上进”字。又有唐太宗朝供奉拓书人直弘文馆冯承素钩摹本，称《神龙本兰亭》，此本墨色最活，被视为珍品。此外还有“薛稷本”、“赐潘贵妃本”、“颍上本”、“落水本”，等等。

⑮ 褒鄂：唐初封功臣，段志玄封号褒国公，尉迟恭封号鄂国公。此指王公贵族争相观赏。

⑯ 于时两句：见本诗前注⑬。昭陵，唐太宗李世民陵墓，从唐贞观十年（636）太宗文德皇后长孙氏首葬到开元二十九年（741），昭陵建设持续107年之久。唐代刘悚《隋唐嘉话录》记：“王右军《兰亭序》，梁乱，出在外。陈天嘉中，为僧众所得。……果师死后，弟子僧辩才得之。太宗为秦王后，见拓本惊喜，乃贵价市大王书，《兰亭》终不至焉。及知在辩才处，使萧翼就越州求得之，以武德四年入秦府。贞观十年，乃拓十本以赐近臣。帝崩，中书令褚遂良奏：‘《兰亭》，先帝所重，不可留。’遂秘于昭陵。”

⑰ 绢本：以绢为底的字画。

⑱ 鼠须：见前本诗注⑤。所谓鼠须笔有两种说法：一是老鼠的胡须；二是黄鼠狼的尾毫。后一种更为可信。

⑲ 永师：指智永，东晋代书法大家王羲之第七世孙。名法极，善书法，尤工草书。山阴（今浙江绍兴）永欣寺僧，人称“永禅师”。常居永兴寺阁，临池学书。闭门习书三十年。初从萧子云学书法，后以先祖王羲之为宗。有《真草千字文》传世。

⑳ "后人"二句：此评后人作书不求法，而求笔。举止生硬故云笔粗钝。

㉑ "作力"二句：批评后人"作力在笔"之说。瞽说：胡说，亦指不明事理的言论。冯敏昌书画俱佳，于书法尤有心得，独创鱼山执笔法。清人林绳武有《鱼山执笔法附》云："……笔执既定，五指皆不能转动，而惟腕之悬，惟臂之运矣。手掌手腕手臂，皆一连横过自己面前，使如一条长城，……笔虽执定，仍须气定神闲，方能运转自如。常思道家所云，精化为气，气化为神。"

㉒ 潆渟：水停滞不流貌。此形容笔势左右挥洒自如。

㉓ 竛（líng）竮（pīng）：孤单貌。

㉔ 欧虞：即欧阳询与虞世南，与褚遂良、薛稷合称初唐四大书法家。欧阳询（557—641），字信本，潭州临湘（今湖南长沙）人。曾被封为太子率更令，世称欧阳率更。虞世南说他"不择纸笔，皆能如意"。欧阳询创立的楷书，法度严谨，笔力险峻，笔划方润，纤细得中，世称"欧体"。传世名帖有《化度寺邕禅师舍利塔铭》、《九成宫醴泉铭》、《皇甫诞碑》等。被称为唐人楷书第一。与虞世南俱以书法驰名初唐，并称"欧虞"。虞世南（558—638），字伯施，浙江馀姚人，太宗时任弘文馆学士。自幼跟智永和尚学书法，所谓"深得山阴真传"，其书笔致圆融丰腴，外柔内刚，世称"虞体"。传世名帖有《孔子庙堂碑》、《大瓢偶笔》等。

㉕ 湖州笔工：湖州在今浙江省。隋仁寿二年（602），置州治，以滨太湖而名湖州。湖州是湖笔文化发祥地之一。相传东晋王羲之，擅长书法，工制笔，曾结庵于吴兴的善琏镇，教居民仿习制笔技术。元代浙江湖州成为新兴制笔中心，有著名工匠冯应科。冯应科制笔，与赵孟頫字画、钱舜举（元代画家）花鸟，被人们称为"吴兴三绝"（校注者按，湖州古称吴兴）。

㉖ 玉堂：玉饰的殿堂。亦为宫殿的美称。禁经：也同禁文，秘藏的珍贵文籍。

㉗ 蟹爪：绘画用的笔。以其形似蟹爪，故名。

瑞云岩石篆诗 (一)①

崇岩雨沐非香熏，岩幽泚笔题瑞云。三人岂结竹林赏②，篆后有:"三人雨后□竹同观此石"之语。一品先垂甘露文③。上公荣封补文献,头衔款识遗阶勋。廿年文正颂新庙,有此篆迹追幽芬。想当城外燕客日④,险易密察签书勤。亦能谈笑撤边警⑤,讵少诗刻同风斤⑥。老臣秉国自有述,不独议礼□纷纷(二)。惜哉太傅启事帖⑦,楚南车氏徒殷殷。楚南车氏《萤照堂帖》内载"韦太傅启事帖□老臣秉国"之语(三)。不及玉虹主人癖⑧,云根慈□苍苔纹(四)⑨。我思华山攀铁锁⑩,千寻直上凌秋旻。穷搜遗刻阅榛莽,更矢伏虎□□真(五)。白岩曾游华山,有诗《又于山中遇虎》。

【校勘记】

(一)《全集》本此诗题后有作者小注"篆为乔侍郎白岩所作,圣裔孔君茹谷得之"。

(二)不独议礼□纷纷:《全集》本"□"作"怯"。

(三)"韦太傅启事帖□老臣秉国":《全集》本"□"作"有"。

(四)云根慈□苍苔纹:《全集》本"慈□"作"并斫"。

(五)更矢伏虎□□真:此句《全集》本作"更矢伏石穿其龈"。

【注释】

① 此诗作于乾隆三十九年(1774),冯敏昌二十八岁。瑞云岩:又名瑞云洞。位于三明市西北狮头山麓,因山中常有彩云缭绕得名。洞顶苍松如盖,流水潺潺,如珠如帘,洞口石壁如削,有宋以来摩崖石多处,依岩有始建于宋代的木构五开间佛寺,明代以来屡有修葺。

② 竹林赏:志同道合的友朋之间的惺惺相惜。竹林:魏晋之间陈留阮籍、谯郡嵇康、河内山涛、河南向秀、籍兄子咸、琅琊王戎、沛人刘伶相与友善,常宴集于竹林之下,时人号为"竹林七贤"。

③ 甘露:古人认为甘露降是太平瑞征。《汉书·宣帝纪》:"乃者凤皇集泰山、陈留,甘露降未央宫……获蒙嘉瑞,赐兹祉福,夙夜兢兢,靡有骄色。"

④ 燕客:宴请宾客。

⑤ 边警:边境的警报。

⑥ 风斤：指尖厉的寒风。

⑦ 太傅：指韦弘嗣，三国时吴人，字弘嗣，吴郡人。为太子中庶子。历吴、晋两朝。

⑧ 玉虹：喻宝剑。

⑨ 云根：道院僧寺。为云游僧道歇脚之处，故称。

⑩ "我思"句：冯敏昌追忆游华山之事。《年谱》记："乾隆五十一年，四十岁……六月廿五出西安城，将以初秋登岳，遂为西岳华山之游……闰七月初十二……至若苍龙岭者，在落雁峰右、西峰左，高五百丈，有铁索铁柱，……援而登之。先君（校注者按，指冯敏昌）因峻壁劈窠梯架，大书'苍龙岭'，字径四尺，旁识年月。"

唐元宗鹡鸰颂墨迹卷①

尘烟蔽天元武门，唐家四海无弟昆②。诗人叹息何为者③，急难脊令思在原④。逡巡三郎作天了⑤，媲美贞观称开元⑥。名垂金鉴播彤史⑦，楼成花萼辉乾坤⑧。花萼楼头风日美，麟德殿前花鸟繁⑨。花奴击鼓雪儿舞，琵琶朔管声喧喧⑩。五王贵盛闻天下⑪，群臣歌诵无间言⑫。神龙已报戏潜邸⑬，雍渠忽见当庭轩⑭。飞鸣行摇信得意，饮食衍宴堪同论⑮。谁与献颂魏长史⑯，手足愉悦情相宣。神藻飞时焕祥瑞⑰，天笔落处光玙璠⑱。赵明诚《金石录》谓此颂天宝间刻石。和气感召讵不信，让帝始终尤克敦⑲。谁令阿环玉笛窃⑳，遽使步幛金鸡蹲㉑。延秋啼乌最先起㉒，蜀道杜宇声重吞㉓。长安繁华但一梦，几人跋马追西奔㉔。惟馀宝墨照春色，异时歌板停芳罇（一）㉕。欧赵题识罕辩证，汝帖补缀空瘢痕㉖。遥遥千载发长喟，尺布斗粟空仁恩㉗。天寒展卷数开阖，门外急雪看飞翻。

【校勘记】

（一）异时：《全集》本作"绝异"。

【注释】

① 此诗作于乾隆三十九年（1774），冯敏昌二十八岁。唐元宗："元"即"玄"。清人为避清圣祖康熙爱新觉罗·玄烨名讳改。清代钱泳《履园丛话·收藏》"唐"条载："玄宗《鹡鸰颂》，纸本，高七寸八分，长五尺八寸，纸凡四接，岐缝内俱有'开元'二字小印。结构精严，笔法敷畅，迥非唐以后人所能为之。有蔡京、蔡卞二跋，前后俱有宣和、政和小玺，盖宋时曾入内府。相传尚有黄山谷一跋，已亡之矣。谨案，御刻《三希堂法帖》第二十七册有明洪武初人林佑跋语云：'唐玄宗《鹡鸰颂》，宋时藏于祕府，徽宗朝有鹡鸰数千集于后苑龙翔池，遂出此卷示蔡京、蔡卞，因题于后。宋亡，卷遂流落民间，为指挥方明谦得之。佑谓玄宗有一李林甫，徽宗有一蔡京，正鸱枭蔽日、凤凰远避之时，虽有数万，何益于治乱存亡哉？'据此，则知卷后不止失去山谷一跋也。今刻《经训堂帖》者，即此本。"

② "尘烟"二句：指唐初玄武门之变。唐高祖武德九年（626）夏，高祖次子秦王李世民在宫中发动政变，杀太子李建成、四弟李元吉及其家属数百人，史称玄武门之变。随后高祖立秦王为太子，传皇帝位，是为太宗。

③ 何为：为什么，何故。

④ 脊令：即鹡鸰。见前卷一《留京寄勺海》注①。语出《诗经·小雅·常棣》："脊令在原，兄弟急难。"后以"鹡鸰"比喻兄弟。

⑤ 三郎：指唐玄宗李隆基。唐代中兴君主，唐睿宗第三子，故称三郎。谥号为至道大圣大明孝皇帝，亦称为明皇。

⑥ 贞观：唐太宗统治年号，政治清明，国力强盛。史称"贞观之治"。开元：唐玄宗统治前期年号。开元时期文治武功鼎盛，唐王朝国势强盛，各方面达到了空前的盛世景况，史称"开元之治"，或"开元盛世"。贞观与开元是唐代两个盛世，故此并称。

⑦ 金鉴：《新唐书·张九龄传》载："（玄宗）千秋节，公、王并献宝鉴，九龄上事鉴十章，号《千秋金鉴录》，以伸讽谕。"后以"金鉴"指对人进行讽谕的文章和书籍。　彤史：指记载宫闱生活的宫史。

⑧ 花萼楼：唐玄宗建，在兴庆宫(在今西安兴庆公园)，玄宗未即帝位前与兄弟宁王宪、申王援、岐王范、薛王业住在这里，人称"五王宅"，兄弟五人宴乐于其间。

⑨ 麟德殿：建于唐高宗麟德年间(664—665)，毁于唐僖宗光启年间(885—887)，大唐皇宫主殿之一，由前殿、中殿、后殿、结邻楼、郁仪楼、东亭、西亭组成，规制宏伟，结构独特，堪称唐代建筑经典之作。

⑩ "花奴"二句：指麟德殿前君王举办的宴赏娱乐等活动。史载在麟德殿大宴时，殿前和廊下可坐三千人，并表演百戏，可在殿前击马球。如常衮《奉和圣制麟德殿燕百僚应制》有句云："台鼎资庖膳，天星奉酒浆。蛮夷陪作位，犀象舞成行……千秋不可极，花发满宫香。"

⑪ 五王：见本诗注⑧。

⑫ 间言：非议，异议，不满意的话。

⑬ 潜邸：指皇帝即位前的住所。

⑭ 雍渠：即雝渠，即鹡鸰。玄宗《鹡鸰颂》云："桂宫兰殿，唯所息宴，栖雍渠兮。"

⑮ 衎宴：欢乐的宴会。衎：乐，欢乐。《诗经·小雅·南有嘉鱼》："君子有酒，嘉宾式燕以衎。"朱熹集传："衎，乐也。"

⑯ 魏长史：魏征。

⑰ "神藻"句：指玄宗《鹡鸰颂》。神藻：华美非凡的文章。

⑱ "天笔"句：赞玄宗墨宝光耀超美玉。玙璠：美玉。

⑲ 让帝：指唐睿宗长子李宪，本名李成器。因其弟李隆基有平韦氏之功，恳让储位于李隆基，后谥"让皇帝"，逝后以皇帝礼葬，号其墓为"惠陵"。见《旧唐书·让皇帝宪传》。克敦：敦厚。

⑳ 阿环：唐玄宗时杨贵妃的小名。清代褚人获《坚瓠广集·玉环》："杨太真小字玉环，故古今诗人多以阿环称之。"元初陆文圭有《跋明皇贵妃普马图》："声残玉笛梨花月，笑指骊泉浴香雪。宣来天驷玉花骢，醉傲金勒摇东风。阿环业部微相顾，一点芳心情莺诉。"

㉑ 金鸡：一种金首鸡形，古代颁布赦诏时所用的仪仗。《新唐书·百官志三》："赦日，树金鸡于仗南，竿长七丈，有鸡高四尺，黄金饰首，衔绛幡长七尺，承以彩盘，维以绛绳。将作监供焉。击捆鼓千声，集百官、父老、囚徒。"

㉒ 啼乌：喻悲凉之声。

㉓ 杜宇：最早见载于西汉杨雄《蜀王本纪》，说“蜀王之先名蚕丛，……后有一男子名曰杜宇，从天堕，止朱提（今昭通），……宇自立为蜀王，号曰望帝，治汶山下邑郫，化民往往复出。……蜀王据有巴蜀之地，本治广都，后徙治成都。”晋代常璩《华阳国志 · 蜀志》、北魏郦道元《水经注》等均有传载。杜宇死后，思念故国，化为杜鹃，昼夜悲鸣，啼血化为杜鹃花，唐代李商隐《锦瑟》诗有“望帝春心托杜鹃”句。

㉔ “长安繁华”二句：注见前卷一《浯溪中兴颂》注①。

㉕ “异时”句：安史之乱爆发，玄宗的娱乐活动只能停止。 史称玄宗“性英断多艺，尤知音律，善八分书”，还擅长羯鼓，听政之暇曾选坐部伎子弟三百人和宫女数百人，在梨园教以音声，称为“皇帝梨园弟子”。

㉖ 瘢痕：喻瑕疵，缺点。

㉗ 尺布斗粟：典出《史记 · 淮南衡山列传》。汉文帝弟淮南王刘长在淮国“自为法令，拟于天子”，事败被废，徙居蜀郡严道县，途中不食而死。民间为此作歌谓：“一尺布，尚可缝；一斗粟，尚可舂。兄弟二人不能相容。”后多以“尺布斗粟”讥兄弟不和。

唐中和五年李克用题名碑拓本①

藩镇祸结天无纲，诏书所及惟咸阳②。么麽名字不复数③，赤心儿子终为唐④。唐终大盗行虎狼，谁结义愤排边霜⑤。白须已报官军至⑥，鸦儿又睹沙陀装⑦。勤王力战各第一，雁门李氏京兆王⑧。太保司空位等耳，进爵郡本同平章⑨。维北岳耸大茂苍⑩，祠宇奂若神貌庄。四十一州在其下，忻代易定东西当⑪。幽州主将未焚死⑫，镇州小儿方跳梁⑬。思分邻瘠更肥己，不虑人怒兼天殃⑭。飞狐上党天堪亢，五十万骑回东方⑮。马头新城一战拔，易州守贼重驱将⑯。岂惟婚姻世谊笃，要以忠义神心臧⑰。轻骑行庖酒酹庙，刻石征事垂渺茫^{(一)⑱}。如何回兵复北指，遽使天子奔凤翔⑲。和事虽惭谬刑赏，报仇未免恣猖狂。生平毋忘上源驿⑳，亚子克念三垂冈㉑。功罪纷纷许谁辨㉒，英雄磊磊非寻常^(二)。高君摸刻良有以㉓，梦溪著录犹未详㉔。人生留名岂容易，要使翠墨生晶光。目不知书古亦有㉕，后来吾爱王铁枪㉖。

【校勘记】

（一）征：《全集》本作"旌"。

（二）磊磊：《全集》本作"落落"。

【注释】

① 此诗作于乾隆三十九年（1774），冯敏昌二十八岁。李克用题名碑：沈括《梦溪笔谈》卷二十四《杂志一》："北岳恒山，……岳祠……中多唐人故碑，殿前一亭，中有李克用题名云：'太原河东节度使李克用，亲领步骑五十万，问罪幽陵，回师自飞狐路即归雁门。'"中和五年：朱彝尊《唐北岳李克用题名碑跋》云："曲阳县北岳庙有唐李克用题名一百二十八字。文称中和五年二月者，即光启元年（885），考僖宗以是年二月至凤翔，三月还京，改元之诏犹未下也。克用与义成节度使王处存同破黄巢，以功封陇西郡王。"

② "藩镇"二句：安史之乱后，藩镇割据问题并未有效解决，藩镇割据一方继续为祸，朝廷束手乏策。如唐代宗大历八年（773），循州刺史哥舒晃杀岭南节度使，据岭南反；大历十年（775），魏博节度使田承嗣叛乱，朝廷无力讨伐。唐德宗建中三年（782），河北、山东、淮西诸镇叛乱。唐宣宗大中十二年（858），岭南、湖南、江西、宣州先后军乱，复平。唐僖宗乾符元年（874），关东连年水旱，百姓流亡。濮州王仙芝农民起义爆发，次年黄巢响应。淮南等五道大乱。僖宗广明元年（880），黄巢军克洛阳，破潼关，入长安。僖宗奔成都。唐廷大乱，政令亦无法畅达。

③ 么麽：微细貌。

④ 赤心儿子：李克用（856—908），本姓朱邪，沙陀族人，后唐开国皇帝李存勖之父。李克用的祖先为西突厥别部，因驻帐于沙陀碛（今新疆古尔班通古特沙漠），自号为沙陀部，以朱邪为姓。祖父朱邪赤心，曾经参加镇压庞勋起义，因

立功而被唐朝廷任命为单于大都护、振武军节度使,还赐国姓李,赐名国昌。僖宗广明元年(880),黄巢攻占长安城,诏命李克用勤王救援。次年,李克用在良田陂(今陕西华县西南)大败黄巢军。四月,李克用恢复长安。因功升为检校司空、同中书门下平章事、河东节度使,成为使相(使指节度使,相指宰相,唐无宰相,同中书门下平章事职权相当于宰相,故称使相),授金紫光禄大夫、检校右仆射、河东节度使。李家有功于唐室甚多,故诗借朱邪赤心有"赤心儿子"之誉。

⑤ 边霜:喻指唐末的兵乱及农民起义,如唐僖宗乾符元年(874)南诏军陷黎州、攻雅州;次年王仙芝黄巢起义等。

⑥ 官军至:见本诗前注②④。

⑦ "鸦儿"句:李克用于唐末据有太原为强,别号"鸦儿"。又其部以蕃兵为主,步骑混合。士卒一律以黑衣着装,称"鸦军"。其事见本诗前注④。

⑧ "勤王"二句:见本诗前注④。

⑨ "太保"二句:见本诗前注④。

⑩ 大茂:《资治通鉴》卷二十四《杂志一》云:"北岳恒山,今谓之大茂山者是也。半属契丹,以大茂山分脊为界。"

⑪ "四十一州"二句:说唐北方边地为李克用所控制,足保唐室平安。忻代易定:指忻州、代州,在今山西省;易州、定州,在今河北省。均为唐代边地重镇。《资治通鉴·唐纪》记载了李克用与叛军争战情形:"卢龙节度使李可举、成德节度使王镕恶李克用之强,而义武节度使王处存与克用亲善,为侄郓娶克用女。又,河北诸镇,惟义武尚属朝廷,可举等恐其窥伺山东,终为己患,乃相与谋曰:'易、定、燕、赵之馀也。'约共灭处存而分其地。又说云中节度使赫连铎使攻克用之背。可举遣其将李全忠将兵六万攻易州,镕遣将将兵攻无极。处存告急于克用,克用遣其将康君立等将兵救之。……卢龙兵攻易州,裨将刘仁恭穴地入城,遂克之。仁恭,深州人也。李克用自将救无极,败成德兵。成德兵退保新城,克用复进击,大破之,拔新城,成德兵走,追至九门,斩首万馀级。卢龙兵既得易州,骄怠,王处存夜遣卒三千蒙羊皮造城下,卢龙兵以为羊也,争出掠之,处存奋击,大破之,复取易州,李全忠走。"

⑫ "幽州主将"句:指当时李克用和镇守幽州刘仁恭的争夺。

⑬ 跳梁:跋扈,强横。

⑭ 天殃:天降的祸殃。唐僖宗乾符元年(874)前后,关东连年水旱,民不

聊生。

⑮飞狐：要隘名。在今河北省涞源县北蔚县南。两崖峭立，一线微通，迤逦蜿蜒，百有馀里。为古代河北平原与北方边郡间交通咽喉。《汉书·郦食其传》："愿足下急复进兵……距飞狐之口，守白马之津，以示诸侯形制之势。"颜师古注引臣瓒曰："飞狐在代郡西南。"

⑯"易州"句：说李克用兵与叛军在易州争战的情形，见本诗前注⑪。

⑰臧："藏"的古字。收藏，隐藏。

⑱刻石征事：即指李克用题名碑所记。见本诗前注①。

⑲"如何回兵"二句：唐僖宗光启元年(885)，李克用与河中(今山西永济西)节度使王重荣击败盘踞关中的朱玫、李昌符，进犯长安，纵火大掠，唐僖宗出逃。

⑳上源驿：唐僖宗中和三年(883)，李克用军先败黄巢大将尚让军，又挫黄巢援军，进军渭桥。四月，李克用进入长安。七月，唐廷授李克用金紫光禄大夫、检校右仆射、河东节度使。退回河东后，李克用开始扩展地盘。黄巢退出长安后逼近汴州，任，镇守汴州的宣武节度使朱温向李克用求援。中和四年春天，李克用连败起义军于太康、汴河、王满渡。黄巢起义军败走山东。为答谢李克用出兵相助，朱温佯在汴州驿馆上源驿设宴款待。暗地包围驿馆，企图加害，李克用逃脱。此后二人成为唐末两大割据势力，开始晋、汴之争。

㉑亚子：指李存勖(885—926)，李克用长子，小字亚子，五代时后唐开国皇帝，庄宗。《新五代史·唐本纪第五》载："存勖年十一，从克用破王行瑜，遣献捷于京师，昭宗异其状貌，赐以鹧鸪卮、翡翠盘，而抚其背曰：'儿有奇表，后当富贵，无忘予家。'"三垂岗：在今山西长治。《新五代史·唐本纪第五》载："初，克用破孟方立于邢州，还军上党，置酒三垂岗，伶人奏《百年歌》，至于衰老之际，声甚悲，坐上皆凄怆。时存勖在侧，方五岁，克用慨然捋须，指而笑曰：'吾行老矣，此奇儿也，后二十年，其能代我战于此乎！'"

㉒"功罪"句：李克用、朱温皆为唐末割据一方的势力，对唐镇压黄巢农民起义有大功，但又为割据而战，各立王国。故云功罪纷纷。

㉓摸刻：即摹刻。

㉔梦溪著录：梦溪指沈括《梦溪笔谈》，所著录内容见本诗前注①。

㉕目不知书：指下句中王铁枪行伍出身，不谙文化。

㉖王铁枪：王彦章，五代时后梁大将。字贤明，郓州寿张(今山东东平)人，

少时就从军,隶属朱温帐下。《资治通鉴》卷267《后梁纪二》"太祖神武元圣孝皇帝(校注者按,指朱温)开平三年"(909)载:"王彦章骁勇绝伦,每战用二铁枪,皆重百斤,一置鞍中,一在手,所向无前,时人谓之'王铁枪'。"

题覃溪师所藏宋椠苏诗注钞本^{(一)①}

苏米斋头香茗期②,试展苏像看苏诗。汉孺手写二家注,吴郡顾并吴兴施③。元之父子昔终始,世传施注兹其遗。四十二卷虽缺损④,什存七八仍瑰奇。卷尾私印孙子贻⑤,自宋入明诚宝之^(二)。同时人家火其一⑥,此本重刻人方知。吾闻注苏家最伙⑦,馆阁为溯仪巢谁⑧。两士不致诸生师,意深语缓尤难窥。司谏注意纵不尔⑨,剑南序语宁当訾⑩。后来初白最堪落⑪,青门老去空尔为⑫。今看三十一卷内,事裨正史多阙疑⑬。谁言断烂等朝报⑭,漫许补缀存由仪⑮。亭亭玉立渤海法,况睹妙处传于戏。海内于今赝鼎出,久矣面目遗绍熙^{(三)⑯}。我师为诗与苏契,得此讵不堪解颐。苏公精神信充满,诗笔光彩连虹霓。谓《天际乌云帖》。何当重开第一本,我校伪缺名附垂。湖州诗案复□耳^(四),捃摭岂怕遭仓司⑰。

【校勘记】

(一)《全集》本此诗题作《前题》。按,《全集》本卷十三此诗前有《过覃溪师苏米斋,观所藏宋椠苏诗注残本,因赋长句》。

(二)自宋入明:《全集》本作"自毛入宋"。

(三)遗绍熙:《全集》本作"遭绐欺"。

(四)湖州诗案复□耳:《全集》本"复□耳"作"复了结"。

【注释】

① 此诗作于乾隆三十九年(1774),十二月初八移寓城南法源寺,兄弟度

岁。清代钱泳《履园丛话·耆旧》"覃溪阁学"条载："大兴翁覃溪先生名方纲，……先生之学，无所不通，而尤邃于金石文字，著有《两汉金石记》、《粤东金石考》诸书。……尝得宋板施注苏诗，海内无第二本，每至十二月十九日必为文忠作生日会，即请会中人各为题名以及诗文歌咏，尽海内群豪，垂三十年如一日也。"张维屏《国朝诗人征略初编》卷三十四云："是年冬（乾隆三十八年，癸巳），得宋椠苏诗施顾注本，因以'宝苏'名室。"翁方纲有《买得苏诗施注宋刊残本即商丘宋氏藏者》诗，记述《施顾注坡诗》宋本概况。后乾隆五十一年（1786），翁方纲有《苏诗补注》刊刻。

②　苏米斋：乾隆三十七年，翁方纲卸任广东学政回京，九月，移居潘家河沿（今潘家胡同），置所刻苏轼题"英德南山"、米芾题"药洲"二石于斋壁，匾曰"苏米斋"。

③　"汉孺"两句：南宋嘉定六年（1213），第一部编年体苏轼诗注在淮东（治所在今扬州）刊行，书名《注东坡先生诗》，编者是施元之、顾禧，陆游为书作序。此为后人所谓《施顾注苏诗》，俗称"施注"本。陈振孙《直斋书录解题》著录此书："《注东坡集》四十二卷，《年谱》、《目录》各一卷，司谏吴兴施元之德初与吴郡顾景藩共为之，元之子宿从而推广，且为《年谱》，以传于世。陆放翁为作序，颇言注之难。盖其一时事实，既非亲见，又无故老传闻，有不能尽知者。"施元之，字德初，吴兴（今浙江吴兴）人，绍兴二十四年（1154）进士，官秘书省正字、国史编修、左司谏等职。顾禧，字景藩，吴郡（今江苏苏州）人。少任侠，《吴郡志》说，绍熙间（南宋光宗赵惇年号，1190—1194），郡以遗逸荐。闲居五十年不出，读书以老。乡人贵重之。施宿字武子，庆元初（南宋宁宗赵扩年号，1196—1200）知馀姚县。累迁知盱眙军，提举淮东常平仓等职。汉孺：即傅氏，协助施宿刊印《施顾注苏诗》者，湖州人，书法名家。傅氏善欧书，施宿于淮东沧司刻印诗注乃由傅氏手写上板。

④　"四十二"句：诗中有"今看三十一卷内"句，知诗人所见为三十一卷本。故云。

⑤　孙子贻：东坡曾孙苏峤曾刻印《东坡别集》四十六卷。可与下注⑥互参。

⑥　伙：即"夥"。众多，盛多。

⑦　"吾闻"句：苏轼的诗词文集版本很多，也比较复杂混乱。大致可以分为两大系统，即分集本和分类合编本。分集本的代表是《东坡七集》。宋版的"东

坡七集",到明朝初年已经难见。现在可看到的最早"东坡七集"本子,为明代成化四年(1468)吉安知府程宗据宋本重刻。分类合编本,就是按照各种体裁、内容分类的诗文集,最早为苏轼曾孙苏峤在建安(今属福建)所刻印《东坡别集》四十六卷,但没有流传下来。后福建建阳麻沙镇书商又据以增补,刻成《东坡大全集》,但错讹多,质量不高,且已亡佚。元、明以来的苏轼诗文集大都出于分集本系统。今天所能见到版本,多出于明成化四年吉安本系统。自宋至清,苏轼诗集注本数量仅次于杜甫诗集校注。最早注本,为宋代赵次公等人的四家注。后不断有新注家加入,后来竟号称百家。保存至今,惟宋代坊刻《王状元集百家注分类东坡先生诗》(校注者按,王状元指王十朋,是否为王所注尚有争论)。

⑧ 仪巢:模仿,学习。

⑨ 司谏:指施元之,详见前本诗注③。尔:这样。

⑩ 剑南:指陆游。其有《剑南诗稿》。其序《施顾注苏诗》见《渭南文集》卷十五,云:"若东坡先生之诗,则援据宏博、指趣深远,渊(校注者指蜀人任渊)不敢独为之说。某顷与范公至能(校注者指范成大)会于蜀,因相与论东坡诗,慨然谓予:'足下当作一书,发明东坡之意,以遗学者。'某谢不能。……后二十五六年,某告老居山阴泽中,吴兴施宿武子出其先人司谏公所注数十大编,属某作序。……某虽不能如至能所托,而得序斯文,岂非幸哉!"

⑪ 初白:指查慎行(1650—1727),海宁(今属浙江)人。原名嗣琏,后更名慎行,字夏重,又字悔馀,号他山,又号查田,晚年筑初白庵以居,故又称初白。康熙四十二年(1703)进士,官翰林院编修。其有《补注东坡编年诗》五十卷,成书于康熙四十一年,但查氏生前没有刊行,乾隆二十六年(1761)由香雨斋刻印行世。

⑫ 青门老去:二语均见杜甫诗句。青门:杜甫诗《投简成华两县诸子》:"南山豆苗早荒秽,青门瓜地新冻裂。"杜甫诗前句化用陶渊明诗"种豆南山下,草盛豆苗稀"意,又用秦东陵侯召平"青门种瓜"典:秦汉之际邵平,秦时为东陵侯。秦灭后,为布衣,种瓜长安城东。老去:见杜甫《因许八奉寄江宁旻上人》诗:"旧来好事今能否,老去新诗为谁传。"苏轼遭贬海南后《雷州八首》云:"白发坐钩党,南迁濒海州。灌园以糊口,身自杂苍头。篱落秋暑中,碧花蔓牵牛。谁知把锄人,昔日东陵侯。"诗饱含个人今昔盛衰之感。

⑬ 裨正史:增加补益正史内容。阙疑:遇有疑惑,暂时空着,不作主观推

测。语出《论语·为政》:"多闻阙疑,慎言其馀,则寡尤。"

⑭ 断烂等朝报:《宋史·王安石传》:"黜《春秋》之书,不使列于学官,至戏目为断烂朝报。"王安石认为《春秋》经文过简,不借传注难以理解,三传又不可信,强作解徒以穿凿附会、望文生义,不足为训。认为是残缺、陈腐、杂乱无参考价值的历史记载。

⑮ 由仪:《诗经·小雅》逸篇名。《诗经·小雅·由仪序》:"《由仪》,万物之生,各得其宜也,有其义而亡其辞。"这里说苏轼诗歌虽经补缀,仍可能有遗篇。

⑯ 绍熙:南宋光宗赵惇年号,1190 年—1194 年。

⑰ "湖州诗案"二句:宋元丰二年(1079),苏轼由徐州任改知湖州仅三个月,即遭逮捕,史称"乌台诗案"(乌台,指御史台,当时监察机关)。御史李定等以苏轼所作诗,定"谤讪新政"之罪,强迫承认"撰作诗赋文字讥讽"。故后有"捃摭"语。捃摭,指搜罗材料以打击别人。

瓶　内①

瓶内已无红芍药,水边时见白蔷薇。独寻可信春无迹(一),欲折犹嫌刺着衣(二)。绿蚁樽空馀旧酒②,黄鹂日暮但深飞。芳园亦有闲庭院,何事东风寂不归。

【校勘记】

(一) 可:《全集》本作"了"。

(二) 着:《全集》本作"惹"。

【注释】

① 此诗作于乾隆四十年(1775),冯敏昌二十九岁。是年就翁方纲问学,及会试复不第,锐意留京。

② 绿蚁樽:亦作"绿樽"指酒杯。绿蚁:新酿的米酒,酒面浮潭渣,微现绿色,细如蚁,称为"绿蚁"。

晚入法源寺①

南城雨云散,萧寺钟鱼寂②。凉叶翳鸣蝉③,卑丛偃归翼。
聊为晚晴步,惜此莓苔色。谁念法源寺,悠悠不可极。

【注释】

① 此诗作于乾隆四十年(1775),冯敏昌二十九岁。法源寺:据《元一统志》载,始建于唐朝。贞观十九年(645),唐太宗为哀悼北征辽东阵亡将士,诏令立寺纪念,未成。武则天万岁通天元年(696)完工,赐名"悯忠寺"。后有"顺天寺"、"崇福寺"等名。清雍正十二年(1734),定寺为律宗寺庙,传戒法事,正式更改为"法源寺"。

② 萧寺:见前本卷《仲夏游陶然亭同张瑞夫胡秋筠作》注㉖。

③ 翳:遮蔽,隐藏,隐没。

吉日癸巳石刻摹本①

元狐雨雪铲山猎⁽一⁾②,披图授宝河宗职③。阿谁爱此白云谣④,绿耳渠黄骛西极⑤。牸牛二百行流沙⑥,豪马豪羊走虇犤⑦。赂遗赠送不知几千万,千年发迹尚有银独玉狗相矜夸⑧。当时七萃属可嘉⑨,得不赐以左佩华。逢公筮易有吉卜⑩,谋父作诗堪爪牙⑪。吾闻郊圻数王制⑫,王德昭明可游戏。马融说祈招以祈为王圻千里王者游戏,不过圻内。嵩邙河洛盛中天⑬,元华弱水沦何地。赞皇坛畔望临城⑭,还包甸圻内何年⑮。玉音省柔日颇记⑯,金舆临癸巳一从。天子西登群玉山⁽二⁾⑰,瑶池风雨隔尘寰。五日璿房肯休息⑱,三年珠树岂得重追攀⑲。黄池喷罢沙无路,青鸟归来日将暮⑳。崦嵫铭迹悬圃残^㉑，黎邱陈书羽陵蠹^㉒。但道君王谥盛姬^㉓，那知别有开颜处^(三)。君不见海艘万斛乘天风，白日簸荡冯夷宫^㉔。一发千钧危碇出，数行原刻海潮东。谁欤取置龙兴寺^㉕，到得诸郎孟翔记。谓东巡别有题□海贾碇名得之者^(四)。由唐迄宋且千春，小宋搜求复兹秘。惜哉奇迹难久陈，漫鄙儿曹矜解事^(五)。《集古录》云，庆历中宋尚书祁在镇阳遣模此字，而赵将武臣也遽命工凿取其字，龛于州廨。今所传者嘉祐中赞皇人之重刻者也^(六)。人间何者真乘黄^㉖，跋尾还求马镫似^㉗。吁嗟黄竹千秋衰^㉘，不及中兴英主才。不见瞀儒罢读吉日车攻了^{(七)㉙}，摩挲十鼓同向监门来。

【校勘记】

（一）元：《全集》本作"玄"。

（二）西登：《全集》本作"癸巳"。

（三）那知别有开颜处：《全集》本此句作"那知吉语偏随处"。

（四）谓东巡别有题□海贾碇名得之者：《全集》本"□"作"从"。

（五）漫鄙儿曹矜解事：《全集》本此句后有作者小注有"我求遗拓类欧阳，犹胜谢吴浦阳宋公重刻字"。

（六）今所传者嘉祐中赞皇人之重刻者也：《全集》本此句作者小注为"今所传者嘉祐中赞皇令重刻者也"。

（七）罢：《全集》本作"乍"。

【注释】

① 此诗作于乾隆四十年（1775），冯敏昌二十九岁。吉日癸巳石刻：在河北南坛山，传为西周时周穆王所刻，用以记其登山之日，刻石原位于山腰峭壁间，其字竖书，两行，书体小篆，文曰"吉日癸巳"四字。《穆天子传》云："穆天子登赞皇山以望临城，置坛此山，遂以为名。癸巳志其日也。……但云登山，不言刻石。然字划亦奇怪，若杖画状……"。《赞皇县志》释云：此四字系周穆王作品。赵明诚《金石录》指出"案穆王时所用皆古文科斗书，此字笔画反类小篆；又《穆天子传》、《史记》诸书皆不载，以此疑其非是。"宋仁宗皇祐四年，赵州郡守王君派人椎拓。县令刘庄凿取山石，嵌于县署大厅墙壁。后著录家多称《周穆王坛

山刻石》。清末置于县学署，民国年间移至文庙。建国以后，文庙拆毁，刻石又移至县文化馆，嵌于影壁内侧。

②钘：山名。《穆天子传》卷一："天子乃奏广乐，载立不舍，至于钘山之下。癸未，雨雪，天子猎于钘山之西阿，于是得绝钘山之隧，北循虖沱之阳。"郭璞注："燕赵谓山脊为钘，即井钘山也，今在当山石邑县（校注者按，今河北鹿泉）。"

③河宗：指黄河的水神。即河伯。《穆天子传》卷一："河宗伯夭逆天子燕然之山……天子授河宗璧，河宗伯夭受璧西向沉璧于河。"郭璞注："伯夭，字也。"

④白云谣：《穆天子传》卷三："天子觞西王母于瑶池之上。西王母为天子谣，曰：'白云在天，丘陵自出。道里悠远，山川间之，将子无死，尚复能来。'天子答之曰：'予归东土，和治诸夏。万民平均，吾顾见汝。比及三年，将复而野。'"

⑤绿耳：亦作"绿骍"。古骏马名。渠黄：骏马名。均为周穆王八骏之一。《穆天子传》卷一："天子之骏：赤骥、盗骊、白义、逾轮、山子、渠黄、华骝、绿耳。"《列子·周穆王》："次车之乘，右服渠黄而左逾轮，左骖盗骊而右山子。"

⑥牦：牛名。古代传说中一种良牛，能像骆驼一样在沙漠中行走，日行二三百里。《穆天子传》卷四："文山之人归遗，乃献良马十驷，用牛三百，守狗九十，牦牛二百。"郭璞注："此牛能行流沙中，如橐驼。"

⑦雚：水鸟。豤：公猪。

⑧豚：亦作"豚"，小猪。亦泛指猪。古人用豚犬以谦称自己的儿子。

⑨七萃：周天子的禁卫军。《穆天子传》卷一："天子于当水之阳，天子乃乐口，赐七萃之士战。"郭璞注："萃，集也，聚也；亦犹《传》有七舆大夫，皆聚集有智力者，为王之爪牙也。"亦泛指天子的禁卫军或精锐的部队。

⑩筮易：以筮卜决定吉凶。

⑪"谋父"句：《国语·周语》载："穆王将征犬戎，祭公谋父谏曰：'不可。先王耀德不观兵。夫兵戢而时动，动则威，观则玩，玩则无震。是故周文公之《颂》曰：载戢干戈，櫜高弓矢。我求懿德，肆于时夏，允王保之。先王之于民也，茂正其德而厚其性，阜其财求而利其器用，明利害之乡，以文修之，使务利而避害，怀德而畏威，故能保世以滋大。'"此句是说祭公以君主应胸怀美好的德行谏周穆王伐犬戎，祭公可以称得上是穆王得力助手。

⑫郊圻：都邑的疆界；边境。

⑬ 嵩邙河洛：嵩山邙山，黄河洛水。代称中原。

⑭ 赞皇：今属河北，吉日癸巳石刻即发现于其境内坛山。

⑮ 甸圻：同"甸畿"。《国语·周语上》曰："夫先王之制，邦内甸服，邦外侯服，侯、卫宾服。"古时王城以外五千里之内，自内而外，每五百里为一畿，甸畿即为古九畿之一。

⑯ 玉音：尊称帝王的言语。《尚书大传》卷四："皆莫不磬折玉音、金声、玉色。"

⑰ 群玉山：《山海经·西山经》："玉山，是西王母所居也。"郭璞注："此山多玉石，因以名云。《穆天子传》谓之'群玉之山'。"

⑱ 璿房：饰玉的房屋。形容华美的居室。

⑲ 珠树：神话传说中的仙树。《山海经·海内西经》："开明北有视肉、珠树、文玉树、玗琪树。"

⑳ 青鸟：《山海经·西山经》："又西二百二十里，曰三危之山，三青鸟居之。"郭璞注："三青鸟主为西王母取食者，别自栖息于此山也。"

㉑ 崦嵫：注见前卷一《通天岩》注⑰。

㉒ 羽陵：古地名。《穆天子传》卷五："仲秋甲戌，天子东游，次于雀梁，□蠹书于羽陵。"郭璞注："谓暴书中蠹虫，因云蠹书也。"后以"羽陵"为贮藏古代秘籍之处。

㉓ 盛姬：西周穆王爱妃盛姬。

㉔ 冯夷：传说中的黄河之神，即河伯。泛指水神。

㉕ 龙兴寺：建于唐代，供有碧落天尊像，初名碧落观。唐改龙兴宫，北宋宋太祖赵匡胤曾在宫中寓居，改名龙兴寺。

㉖ 乘黄：传说中的神马。指良马。

㉗ "跋尾"句：唐代林韫《拨镫序》："镫，马镫也，盖以笔管著中指、无名指尖令圆活易转动，笔皆直则虎口间圆如马镫也。足踏马镫浅则易转运，手执笔管亦欲其浅则易转动矣。"指作字运笔方法。

㉘ 黄竹：指毛竹。

㉙ 瞀儒：愚昧无知的儒生。

萧尺木楚辞图歌^{(一)①}

诗人无媒安问天,画手欲并前人肩。谁云画史胸次狭,有此人物神鬼仙。潇湘洞庭渺风烟,苍梧北渚云连绵②。屈子神游向何处,飘荡恍惚凌风船。天阍不开吁可怜③,鸾皇蛟龙相后先④。湘君夫人环佩捐,云之君兮下翩翩⑤。幽丛山鬼媚馀笑⑥,坐使狸豹工攀牵^(二)。猨狖悲哀草木泣⑦,雷雨昏绝枫篁颠。呜呼重华不可作⑧,汤禹只敬忧其侃⑨。王佐霸功几遭遇,孤臣孽子多迍邅⑩。不闻谗鼎铸饕餮⑪,共说獚雄私彭筵⑫。女娲炼石补不尽^(三),缺恨首在磨兜坚⑬。搔首问之不得对,无声第写愁诗篇^(四)。古来作者俱精专,妙手须附辞人传。略如婵嫣有苗裔⑭,鬼才贮锦仙青莲⑮。我昔长江浩洄沿,太白楼高矶势偏⑯。匡庐峨嵋接云气,云台日观森钩缠^{(五)⑰}。谁呵四壁吐墨沇⑱,不食七日愁笞鞭^(六)。画成长嗟果绝笔,事过感激难为缘。再游京国今几年,萧斋寄寂来骚笺^(七)。读罢想象得真契⑲,使我坐叹心茫然。昔画何减吴道玄⑳,今图何谢李龙眠㉑。谁能御气出天地,披发往逐烦忧蠋㉒。

【校勘记】

(一)《全集》本此诗题作《萧尺木楚辞歌》。

(二)工:《全集》本作"空"。

(三)尽:《全集》本作"到"。

(四)写:《全集》本作"但"。

(五)森:《全集》本作"纷"。

(六)不食七日:《全集》本作"七日不食"。

(七)骚笺:《全集》本作"僧氈"。

【注释】

① 此诗作于乾隆四十年(1775),冯敏昌二十九岁。萧尺木:徐珂《清稗类

钞》第九册《艺术类》"萧尺木画山水人物"条云："芜湖萧云从,字尺木,工画山水、人物,具有北宋人遗轨。闭门著述,品格亦高峻。乾隆甲申,四库全书馆进尺木所画《离骚图》,高宗命馆臣为补《天问》以下,萧尺木所未图也。"

② 苍梧:《离骚》中句:"朝发轫于苍梧兮,夕余至于县圃。"北渚:北面的水涯。《楚辞·九歌·湘君》:"鼌骋骛兮江皋,夕弭节兮北渚。"王逸注:"渚,水涯也。"

③ 天阍:天门。《离骚》中有"吾令帝阍开关兮,倚阊阖而望予"。

④ 鸾皇蛟龙:《离骚》中句:"鸾皇为余先戒兮,雷师告余以未具。""麾蛟龙使梁津兮。"

⑤ 云之君:《楚辞·九歌》有《云中君》。王逸《楚辞章句》题解说:"云中君,云神丰隆也。一曰屏翳。"

⑥ 山鬼:《楚辞·九歌》中有《山鬼》。

⑦ 猿狖:均指猿。

⑧ 重华:虞舜的美称。《尚书·舜典》:"曰若稽古帝舜,曰重华,协于帝。"孔传:"华,谓文德。言其光文重合于尧,俱圣明。"一说,舜目重瞳,故名。《史记·五帝本纪》有记。

⑨ 汤禹:大禹。即夏禹,夏代开国之君。《楚辞·离骚》:"汤禹严而祗敬兮,周论道而莫差。"

⑩ 迍邅:处境不利;困顿。

⑪ 饕餮:传说中的一种贪残的怪物。古代钟鼎彝器上多刻其头部形状以为装饰。《吕氏春秋·先识》:"周鼎着饕餮,有首无身,食人未咽,害及其身,以言报更也。"比喻贪得无厌者,贪残者。

⑫ 彭籛(jiān):即彭祖。籛姓,又封于彭,故称。

⑬ 磨兜坚:诫人慎言的意思。宋代袁文《瓮牖闲评》卷八:"唐刘洎少时,尝遇异人谓之曰:'君当佐太平,须谨磨兜坚之戒。'榖城国门外有石人,刻其腹曰:'磨兜坚,慎勿言。'故云。"

⑭ 婵媛:相连貌。苗裔:子孙后代。《楚辞·离骚》:"帝高阳之苗裔兮,朕皇考曰伯庸。"

⑮ 鬼才贮锦仙青莲:用李贺与李白说继承关系。严羽《沧浪诗话》云:"人言太白仙才,长吉(李贺)鬼才……"

⑯ 太白楼：原名谪仙楼。在今安徽马鞍山西南采石矶,面临长江,背依翠螺山。始建于唐元和年间,清光绪年间重建。

⑰ 云台：山名。在陕西省华阴县。即西岳华山的北峰。古代隐者和道家多居于此。日观：泰山峰名。为著名的观日出之处。

⑱ 墨渖：犹墨迹。

⑲ 真契：谓妙趣,真意。

⑳ 吴道玄：即吴道子(约685—785),河南禹县人。唐代画家。擅画道释人物,亦擅画鸟兽、草木、台阁,笔迹落落,气势雄峻。与张僧繇并称"疏体",壁画名作有《地狱变相图》。

㉑ 李龙眠：北宋画家李公麟(1049—1106)。舒州舒城(今属安徽)人,字伯时。神宗熙宁三年(1070)进士,官至朝奉郎。哲宗元符三年(1100)告老,居龙眠山,号龙眠居士。画法以白描著称。

㉒ 蠲：除去,清除。

濯 巾 篇①

　　巾子白如雪,携持以明洁。为与尘垢亲,照影不得彻②。置之几阁间,暂为君子别。何来轻薄男,嗤鄙挨常列。朝来戚戚悲,瀚濯为一设③。光明与手同,净软随心结。风人念营蒯④,行路恻井渫⑤。不见独醒人,手此常不辍。萧尺木《离骚图》作屈子像,两手持巾自洁。

【注释】

　　① 此诗作于乾隆四十年(1775),冯敏昌二十九岁。

　　② 彻：明;显明。

　　③ 瀚濯：即洗涤。

　　④ 风人：指古代采集民歌民俗等以观民风的官员。营蒯：本指茅草之类。可编绳索。喻微贱的人或物。

⑤ 井渫:谓井已浚治,洁净清澈。比喻洁身自持。《易·井》云:"井渫不食,为我心恻。"王弼注:"渫,不停污之谓也。"孔颖达疏:"井渫而不见食,犹人修己全洁而不见用。"

万岁通天帖^{(一)①}

金轮天子受记时②,肜夵黼幛开周基③。宝录书成天瑞字④,铜龙谱就朝章诗⑤。控鹤台南北门北⑥,家世三槐纡旧泽⑦。青箱谁言学姿媚⑧,乌衣未肯低颜色⑨。何缘朱碧眼初青⑩,验取珍赙好字形⑪。龙跳虎卧三千仞,凤阁鸾台十二屏。黄门中卫中书令,齐梁世胄簪缨盛⑫。颇闻掘笔效僧虔^{(二)⑬},不独传家推子敬⑭。骑骡欲度势骎骎⑮,谁睹家鸡学凤心^(三)。六代风流羡群展⑯,一门声价重璆琳^{(四)⑰}。武成殿御看钩楬⑱,宝章集付传家物。辛苦诸臣捧睹时,睥睨神工真欲夺^(五)。虔州老子最婵娟,不得临摹百本传。廿八头衔空手署,十三体制更徒然。寸纸于今作唐色,神霄秘阁重摹刻。岳家宝惜到停云,俯仰千年堪叹息。吁嗟残帖匪无凭,当年诸迹若为征。不及兰亭真茧纸⑲,还陪玉匣殉昭陵^{(六)⑳}。

【校勘记】

(一)《全集》本此诗题作《万岁通天帖歌》。

(二)掘:《全集》本作"握"。

(三)谁睹家鸡学凤心:《全集》本此句后有作者小注"子慈云:我书不得仰父,犹家鸡之不能仰凤"。

(四)声价:《全集》本作"清白"。

(五)睥睨神工真欲夺:《全集》本此句后有作者小注"后使双钩讫,传观诸臣,而还其真迹"。

（六）还：《全集》本作"能"。

【注释】

① 此诗作于乾隆四十年（1775），冯敏昌二十九岁。万岁通天帖：徐珂《清稗类钞》第九册"朱竹垞考订万岁通天帖"条云："朱竹垞书《万岁通天帖》旧事曰：'《万岁通天帖》一卷，用白麻沙纸双钩书，句法精妙，锋神毕备，而用笔浓淡，不露纤痕，正如一笔独写。论者谓非薛稷、钟绍京不能，洵异宝也。'"徐珂自注：盖秘府储存，故罕题识，第有宋高宗用小玺，其后岳珂、张雨、王鏊、文徵明跋者四人而已。

② 金轮：指武则天。《旧唐书·则天皇后纪》载，武则天于长寿二年"秋九月，上加金轮圣神皇帝号，大赦天下"。

③ 黼：古代帝王座后的屏风，上画斧形花纹。

④ 天瑞：上天降下的祥瑞。

⑤ 铜龙：笔架、笔套之类文具。此句借指笔墨。

⑥ 控鹤：传周灵王太子王子乔喜吹笙，学凤鸣，道士浮丘公接他上嵩山，后成仙。见刘向《列仙传·王子乔》。后因以指得道成仙。亦作"控鹄"。

⑦ 三槐：相传周代宫廷外种有三棵槐树，三公朝天子时，面向三槐而立。后喻三公。

⑧ 青箱：收藏书籍字画的箱笼。

⑨ 乌衣：黑色衣。古代贫贱者之服。

⑩ 朱碧：言丹青。借指图画。眼初青：犹青眼。谓以正眼相看表示重视。指阮籍青白眼典故，见《晋书》卷四十九《阮籍列传》。

⑪ 贉：指书册或书画条幅卷首贴绫之处。

⑫ 簪缨：古代官吏的冠饰。比喻显贵。

⑬ 僧虔：王僧虔。南朝齐书法家。字简穆，琅琊临沂人。王羲之四世族孙。官至尚书令。书承祖法丰厚淳朴而有骨力。

⑭ 子敬：王献之，字子敬。

⑮ 骎骎：疾速。

⑯ 六代：见本卷前《芍药今年独迟，余抵京后犹及见之》注④。屐：指谢公屐。见前卷一《云藏九咏·天马山》注⑧。

⑰ 璆琳：美玉。这里指宝物。

⑱ "武成殿"句：殿为武则天建，《万岁通天帖》即在此示群臣，又命弘文馆用双钩填墨法相摹。

⑲ 兰亭真茧纸：见《洛阳宫第十九本褚临兰亭墨迹卷》注⑤。

⑳ 昭陵：见《洛阳宫第十九本褚临兰亭墨迹卷》注⑬⑯。

元延祐江西乡试石鼓赋卷^(一)①

宋之取士沿李唐②，免九经义先词章^(二)。元人设科举成例③，皇祐二载分三场^{(三)④}。明年分试许诸道，□三百士罗英光^{(四)⑤}。西江自古文物邦⑥，谁司试者吴澄与杨刚中⑦。斗牛星分起光焰⑧，珠贝晓色占文昌⑨。是时诸老与文纲，舆致石鼓来岐阳⑩。观经阗咽等平辙^{(五)⑪}，命题煊赫非浅常⑫。钦哉二十有二人⑬，记词吐焰何辉煌^(六)。推原文宣侈搜猎⑭，考核篆籀殊精详^{(七)⑮}。宁知图书启湘派^{(八)⑯}，共抵天□□湖湘^(九)。就中元□语最亲^(十)，徐吴陈苏罗李王⑰。前路看花岂无意，同袍为乐还多方⑱。想象侧厘重手钞，酒花灯烛交光芒⑲。明年会试新榜帐，罗虬李贺重攀张^(十一)。罗曾李路次年中张起□榜进士。苏君亡金但徒步^(十二)，余子脱颖翻处囊⑳。呜呼丈夫□年强^(十三)，当奋六翮追鸾皇㉑。不然词赋耀千古，亦可韩苏相颉颃㉒。何必区区藉荣宠^(十四)，青史名字惭芬芳^{(十五)㉓}。

【校勘记】

（一）《全集》本此诗题作《前题》。按，《全集》卷十四此诗前有《元延祐甲寅江西乡试石鼓赋墨迹卷》。

（二）免九：《全集》本作"既乃"。

（三）皇祐：《全集》本作"皇庆"，按，皇祐（1049—1053）为宋仁宗年号，皇庆（1312—1313）为元仁宗年号。

（四）□三百士罗英光：《全集》本"□"为"合"。

（五）观经阗咽等平辙：《全集》本"阗"作"填"；"平"作"前"。

（六）辉：《全集》本作"炜"。

（七）篆：《全集》本作"义"。

（八）湘：《全集》本作"浙"。

（九）共抵天□□湖湘：《全集》本"□□"为"马起"。

（十）就中元□语最亲：《全集》本"□"为"凯"；"语"作"谁"。

（十一）罗虬李贺重攀张：《全集》本此句后作者小注中"□"为"严"。

（十二）但：《全集》本作"耳"。

（十三）□年：《全集》本作"身手"。

（十四）藉：《全集》本作"较"。

（十五）青史：《全集》本作"忍使"。

【注释】

① 此诗作于乾隆四十年（1775），冯敏昌二十九岁。元延祐江西乡试石鼓赋卷：钱大昕《潜研堂集》诗续集卷一《择石詹事招同覃溪学士、白华侍读、习庵中允、鱼门吏部、梦谷耳山两刑部集木鸡斋观元延祐甲寅乡试石鼓赋卷真迹》诗云："韩公有志事竟成，试官出题良有以。英才入彀廿二人，今之存者八篇尔。"下有小注"李炳奎、徐汝士、王与玉、陈祖义、李路、罗曾、吴舜凯、苏宏度凡八人合一卷，皆苏所书也。"按传世此卷，苏宏度当为苏弘道，此卷即为其录八人所作《石鼓赋》。

② 宋之取士沿李唐：宋代科举，大体沿袭唐代，有常科、制科和武举。常科的科目大为减少，进士科仍最受重视。进士科之外，其他科目总称诸科。宋代科举放宽了录取和作用的范围。进士分三等：一等称进士及等；二等称进士出身；三等赐同进士出身。开宝六年（973）后并正式确立州试、省试和殿试的三级科举考试制度。英宗治平三年（1066），正式定为三年一次。每年秋天，各州考试，次年春，礼部进行考试。省试当年进行殿试。王安石任参知政事后，改革考试内容，取消诗赋、帖经、墨义，专以经义、论、策取士。把《易官义》、《诗经》、《书经》、《周礼》、《礼记》称为大经，《论语》、《孟子》称为兼经，定为应考士子的必读书。

③ 举成例：仿宋人成例。《元史·选举志一》引仁宗皇庆二年十一月诏：

"三代以来,取士各有科目,要其本末,举人宜以德行为首,试艺则以经术为先,词章次之……爰命中书,参酌古今,定其条制。其以皇庆三年八月,天下郡县,兴其贤者能者,充赋有司,次年二月,会试京师。"另见本诗注①。

④ 皇祐:当为"皇庆"之误,见本诗【校勘记】(三)。皇庆二年(1313年)元仁宗下令恢复科考,诏定以朱熹《四书集注》试士子,朱学定为科场程式。元代科考只举行十六次。把蒙古人、色目人和汉人、南人分为右左两榜。

⑤ 英光:犹光辉。

⑥ 西江:即江西。

⑦ 吴澄:1249年—1333年,元代理学家。字幼清,晚年改字伯清。谥文正。抚州崇仁(今属江西)人。宋度宗咸淳六年(1270),中乡贡。作"草庐"以居,人称草庐先生。入元后,隐居著述。大德八年,任江西等处儒学副提举,迁延不赴。至大四年(1311),任国子监司业。改革弊端,拟定教法,分经学、行实、文艺、治事四门,扩大教学内容。泰定元年(1324),命为经筵讲官,复命修《英宗实录》。有《草庐吴文正公全集》传世。与许衡同为名儒,时有"南吴北许"之称。传见《元史·列传·儒学》。杨刚中,建康(今江苏南京)人,字志行。仕至翰林待制而卒。有《霜月集》行于世。《元史·列传·敬俨传》载:"(皇庆)二年,拜江西等处行中书省参知政事。……诏设科举,俨荐临川吴澄、金陵杨刚中为考试官,得人为多。"

⑧ 斗牛:二十八宿中的斗宿和牛宿。

⑨ 文昌:即文昌星,又名文曲星、文星。旧时传说主文运。亦以指重要的文职官员及文才盖世的人。《史记·天官书》:"斗魁戴匡六星曰文昌宫:一曰上将,二曰次将,三曰贵相,四曰司命,五曰司中,六曰司禄。"

⑩ 岐阳:岐山之南。《诗经·鲁颂·閟宫》"后稷之孙,实维大王,居岐之阳,实始翦商"郑玄笺:"大王自豳徙居岐阳。"

⑪ 阗咽:堵塞,拥挤。

⑫ 命题:参见本诗注④。煊赫:形容气势盛大。

⑬ 二十有二人:《元史·选举志一》:"中书省所定(科考)条目……乡试,行省一十一:……天下选合格者三百人赴会试,于内取中选者一百人,内蒙古、色目、汉人、南人分卷考试,各二十五人。蒙古人取合格者七十五人……色目人取合格者七十五人……汉人取合格者七十五人……南人取合格者七十五

人……江西二十二人。"

⑭ 文宣：指孔子。唐玄宗开元二十七年(739)封孔子为文宣王。

⑮ 篆籀：篆文和籀文。篆：多指秦统一后通行的小篆。籀：古代书体的一种。也叫"籀书"、"大篆"。因著录于《史籀篇》而得名。春秋、战国间通行于秦国。与篆文近似。今存《石鼓文》即这种字体的代表。

⑯ 湘派：宋代张栻，由四川绵竹辗转至衡阳定居。曾主管岳麓书院教事，从学者达几千人之众，初步奠定了湖湘学派规模。元代的科举考试共有 20 馀次，湖南地区乡试中试者 271 人，中进士者 143 人，入选为官者 86 人。

⑰ "徐吴陈苏"句：见本诗注①。

⑱ 同袍：语出《诗经·秦风·无衣》："岂曰无衣，与子同袍。王于兴师，修我戈矛，与子同仇。"泛指朋友、同年、同僚、同学等。多方：多端，多方面。

⑲ 酒花：浮在酒面上的泡沫。

⑳ 脱颖：典出《史记·平原君虞卿列传》载："平原君曰：'夫贤士之处世也，譬若锥之处囊中，其末立见……'毛遂曰：'臣乃今日请处囊中耳。使遂蚤得处囊中，乃颖脱而出，非特其末见而已。'"

㉑ 六翮：谓鸟类双翅中的正羽。用以指鸟的两翼。鸾皇：《楚辞·离骚》："鸾皇为余先戒兮，雷师告余以未具。"王逸注："鸾皇，俊鸟也。皇，雌凤也。以喻仁智之士。"

㉒ 韩苏：指韩愈和苏轼。颉颃：亦作"颉亢"。语出《诗经·邶风·燕燕》："燕燕于飞，颉之颃之。"鸟飞上下貌。多谓不相上下，相抗衡。此即其意。

㉓ 青史：古代以竹简记事，故称史籍为"青史"。何必两句说不必刻意荣辱，或可青史流芳。

王 雅 宜 手 券 (一)①

不见山人王雅宜，流传楮墨馀丰姿②。温醇邢和价不售，婉娈季女朝斯饥③。平生知己文徵仲④，谁其善者袁与之⑤。可怜虞戈笔三折⑥，不敌五万徒质剂。石湖湖西把茆处⑦，白

雀寺内幽居时⑧。生年读书卧疾耳,此外何事劳解推。岂其七
试卜不利^(二)⑨,作此羁旅容颜为。白金五十良友事,子本称贷
仍保持。一介宁因己为利,为行要使人无疑。山人腕疾若回
雪⑩,寿承押字如花枝⑪。倾囊偿还付岁暮,长林偃卧须论诗。
曷不往观荷花荡,红云烂锦香风吹。山人有《荷花荡诗为袁与之
作》。绝胜亲情唐子畏⑫,买桃花坞嗟无赀⑬。

【校勘记】

(一)《王雅宜手券》:《全集》本此诗题后有作者小注:"券云:立票人王履
吉,今央文寿成作中,借到袁与之白银五十两,每月三分行息,至十二月本利一并
送还。立票人为据。后有文寿承押字。"(按,小注中人名前后字异为"成"与"承"。)

(二)"卜":《全集》本作"尚"。

【注释】

① 此诗作于乾隆四十年(1775),冯敏昌二十九岁。王雅宜:王宠(1494—
1533),明苏州吴县(今属江苏)人,字履仁,更字覆吉,号雅宜,别号雅宜山人。
少从学于蔡羽,后读书石湖。屡试不第,由诸生贡入国子监。晚年居常熟虞山
白雀寺。喜诗画,书法以行草见长,有逸气。著有《王覆吉诗集》。

② 楮墨:纸与墨。借指诗文或书画。

③ 婉娈:语出《诗经·齐风·甫田》:"婉兮娈兮,总角丱兮。"郑玄笺:"婉
娈,少好貌。"借指美女。朝斯饥:化用《诗经·周南·汝坟》句:"惄如调饥。"郑
玄笺:"惄,思也。未见君子之时,如朝饥之思食。"

④ 文徵仲:即文徵明,1470 年—1559 年,初名壁,一字征仲,号停云,别号
衡山居士,人称文衡山。江苏长洲(苏州)人。是"吴门画派"创始人之一。与
祝允明、王宠,同被誉为明代中期书法"三大家"。其诗、文、书、画无一不精,人
称"四绝"。他与沈周、唐寅、仇英合称"吴门四杰"。与唐伯虎、祝枝山、徐祯卿
并称"江南四大才子"。

⑤ 袁与之:袁褧,明吴县(今江苏吴县)人。字与之,号镜机子。裒之弟。
太学生。轻财好施,潜心读书。性恶佛老,晚卜居桃花坞,以吟咏自娱。著有《东
窗笔记》、《括囊稿》等。其兄为明著名藏书家袁裒。参见本诗【校勘记】(一)。

⑥ 虞戈：虞世南书法的"戈法"，人称"虞戈"。传唐太宗对他人品、书品极为器重，常与他讨论书学理论，并向他学习"戈法"。详见本卷《洛阳宫第十九本褚临兰亭墨迹卷》注㉗。

⑦ "石湖"句：见本诗注①。

⑧ 白雀寺：《常昭合志稿》卷十六"寺观"载，在县北谢家桥西，相传梁天监初僧志圆建。"甫成，有白雀二巢焉，因以名寺"。遗址在今江苏常熟大义镇寺基村。

⑨ "岂其"句：见本诗注①。

⑩ 回雪：形容舞姿如雪飞舞回旋。借以喻挥笔姿态优美。

⑪ 押字：犹今言签字。

⑫ 唐子畏：即唐寅（1470—1523）。初字伯虎，更字子畏，号桃花庵主、江南第一风流才子等。晚年信佛，号六一居士。吴县（今江苏苏州）人。举乡试第一（解元）。后因科场舞弊案受牵连，功名受挫，又遭家难，后半生在苏州城西北桃花坞建"桃花庵"，卖文鬻画。他诗才出众，画见功力，书法源自赵孟頫一体，还能作曲，多采民歌。参见本诗注④。

⑬ 桃花坞：地名。在今江苏苏州。以盛产木版年画而著名。参见本诗注⑫。

寄李槐庭①

陀城风雨十年前②，萍散云流各惘然。人似有心同任侠③，身原无垢可参禅④。鹣鹣梦渺燕中雪⑤，鸿雁书题海上烟。手种梅花三百树，归来凄绝但高眠。

【注释】

① 此诗作于乾隆三十八年（1773），冯敏昌二十七岁。李槐庭：不详。

② 陀城：公元前214年赵陀在龙川县（属广东）任县令时修建的土城，是这位南越第一代君王称雄南越的起源地。

③ 任侠：凭借权威、勇力或财力等手段扶助弱小，帮助他人。

④ 无垢：禅宗六祖慧能所作偈语："菩提本无树，明镜亦非台，本来无一物，何处惹尘埃。"参禅：是禅宗修行的最基本的方式。参究禅道，以求"明心见性"。方法包括打坐、参见禅师、参"公案"，参"话头"等。

⑤ "鹡鸰梦"句：说思念兄弟之意。鹡鸰：见前卷一《留京寄勺海》注①。

寄 林 浣 云①

一

何处求丝绣阆仙②，夜长空耸似山肩。学徒不散炊馀米，定倚茶铛一龁然③。

二

及门不耻原思病，天下宁知范叔寒④。环堵萧然衣褐少⑤，此生差不梦长安⑥。

三

冯子闭门佛寺内⑦，弟兄不病可轻年。读书未熟下笔少，夜雨怀人空对眠。

【注释】

① 乾隆四十二年(1777)，冯敏昌三十一岁。浣云：见前《秋夜偕勺海、翼堂元妙观访浣云、黄贯之》注①。

② 阆仙：唐诗人贾岛，字阆仙。范阳人，初为浮屠，名无本，来东都，以苦吟著称。累举不第，文宗时为长江主簿。

③ 铛：一种古代的温器。较小，有三足。用以把酒、茶等温热。龁然：笑貌。

④ 范叔：范雎（？—前255），战国时魏人，字叔。为魏齐所辱，更姓名曰张禄，入秦，秦昭襄王以为客卿。寻相秦，封应侯。

⑤ 环堵：四周环着每面一方丈的土墙。形容狭小、简陋的居室。《礼记·儒行》："儒者有一亩之宫，环堵之室。"

⑥ 长安：借指京城。诗人来此应试，求取功名。

⑦ "冯子闭门"句：《年谱》记："是年仍寓法源寺读书。"

法源寺寓斋雪霁①

墙头冻雀思依依，墙外薄日光晖晖。静对墙阴一方雪，坐觉寺内诸僧饥②。长安城中车马绝，岂有布施薪蔬肥。南中书生此谢客，经年寺僧见面稀⁽一⁾。今朝敲门忽相见⁽二⁾，为乞月米添香馡③。岂知书生贫到骨，箪瓢旧味荤腥非。囊无一金盗不齿，头乱经月虱生衣。近来学诗先杜老⁽三⁾，徒令饭颗增嘲讥④。昨者大风朝至午，童仆病卧斋火微。街头买米别弱弟，饭罢落日看关扉。今者童仆又卧病⁽四⁾，幸有储米堪分归。僧去悯默坐虚室⑤，糊窗纸白空生辉。

【校勘记】

（一）见面稀：《全集》本作"看亦稀"。

（二）敲：《全集》本作"开"。

（三）先：《全集》本作"思"。

（四）卧病：《全集》本作"病卧"。

【注释】

① 此诗作于乾隆四十年（1775），冯敏昌二十九岁。

② "坐觉"句：《年谱》记："是年兄弟……相对读书，兄弟执爨，或日仅一食，或竟日不炊。"

③ 馡：香气。

④ "饭颗"句：《唐诗纪事》载李白《戏赠杜甫》诗中句："饭颗山头逢杜甫，顶戴笠子日卓午。借问别来太瘦生，总为从前作诗苦。"李白自负文格放达，讥甫寒酸，有饭颗山头之嘲诮。此二句说兄弟寓居法源寺读书，其坎坷崚嶒甚于老杜。

⑤ 悯默：因忧伤而沉默。虚室：空室。

嵩山汉柏图①

　　风雪夜压云模糊，有此汉柏撑双株②。升堂把火照壁挂，意谓古刻为新摹。轮囷拔地一千丈③，地接邙洛当中区④。嵩高大室几万仞(一)⑤，产此巨植凡材殊。厚地根蟠转缪结(二)⑥，高天影矗留纷敷(三)。黛色苍皮几岁荫⑦，坚心抱节非时须(四)⑧。黄河一夜变风雨，搜山万鬼号须臾。雷霆霹雳自缠绕，鞭鳞灼鬣无完肤⑨。一龙忽去有天意，双干未拔嗟神扶⑩。吾闻封嵩自汉武⑪，千官帐殿群龙趋(五)。将军雄封睹三锡⑫，列爵不减秦大夫⑬。三花照耀等仙折⑭，万岁想象同山呼。茂陵仙去几千载⑮，安榴扶荔皆已无⑯。惟馀双柏阅今古，回干元气根仙枢⑰。吁嗟动植有本性，正直还应寿命俱。讬根山岳既得所⑱，写状贞石尤难渝⑲。从兹万古万万古，出土入石同规模。况闻嵩阳观碑在⑳，怒猊渴骥争先驱㉑。名山精灵记感应，仙真鸾鹤非空纡㉒。何时读碑采柏实㉓，更佩五岳真形图。

【校勘记】

　　（一）大：《全集》本作"太"。

　　（二）缪：《全集》本作"樛"。

　　（三）高：《全集》本作"青"。

　　（四）抱：《全集》本作"拔"。

（五）龙：《全集》本作"灵"。

【注释】

① 此诗作于乾隆四十年（1775），冯敏昌二十九岁。嵩山汉柏：嵩山中岳庙有汉柏 40 株，据说是汉武帝增建太室祠时亲手所栽。另嵩山南麓嵩阳书院内有古柏 3 株，相传西汉元封元年（前 110），汉武帝游嵩岳时，见三柏高大茂盛，封为大将军、二将军、三将军。三将军柏于明末毁于火，今仅存两株。

② 双株：见本诗注①。

③ 轮囷：硕大貌。《礼记·檀弓下》"美哉轮焉。"郑玄注："轮，轮囷，言高大。"

④ 邙洛：邙即邙山，北邙山。一作北芒，也称芒山、郏山、北山。在今河南洛阳东北。洛即洛水，古水名。即今河南洛河。

⑤ 嵩高：即嵩山。《史记·封禅书》："昔三代之居，皆在河洛之间，故嵩高为中岳。"几万仞：极言其高。

⑥ 缪结：纠结在一起。缪，通"纠"。

⑦ "黛色"句：说苍松历经沧桑方成今日之姿。

⑧ 抱节：节即松节，松树的节心，富油脂，古时常用以照明，又可入药。明·李时珍《本草纲目·木一·松》："松节，松之骨也，质坚气劲，久亦不朽。"此处借喻节气。

⑨ "雷霆"二句：说古柏历经雷电风雨的苦难，为有九死一生之韧拔。

⑩ "一龙"二句：指原有三松，其一已死，今存其二。见本诗注①。

⑪ 封嵩：封嵩山自汉武帝始，后曾有 30 多位帝王幸临嵩山封禅祭祀。如唐时武则天曾 8 次幸临，并于周万岁登封元年（696）在嵩山举行封禅大典，为庆祝其登嵩山、封中岳，还特诏封"登封"之名，即今日登封。

⑫ 三锡：古代帝王尊礼大臣所给的三种器物。

⑬ 秦大夫：即泰山五大夫松。秦始皇二十八年封禅泰山，风雨暴至，避于树下，因此树护驾有功，按秦官爵封为五大夫。事见《史记·秦始皇本纪》。

⑭ 三花：三花树的略称。即贝多树。一年开花三次，故名。见北魏贾思勰《齐民要术·盘多》。

⑮ 茂陵：西汉武帝刘彻陵墓。西汉时，茂陵地属槐里县茂乡，武帝陵故称

茂陵。武帝建元二年(前139)在此建寿陵,后元二年(前87)葬于此。

⑯ 安榴:安石榴的省称,即石榴。因产自古安息国,故称。扶荔:汉武帝元鼎六年(前111)破南越后,在京都长安建"扶荔宫",以植所得奇花异木如荔枝、龙眼、柑橘、橄榄、槟榔等,但未成功。此句说岁月历久,故物俱去,有历史沧桑之感。

⑰ 元气:古人观念中,宇宙的形成,万物的化生皆被看作元气变化的结果。儒家在汉代产生了气化学说,发展至宋代形成了气一元论的宇宙生成学说。道教中,元气被看作是"无上大道"的化生物,混沌无形。由元气产生阴阳二气,阴阳二气互相结合,摩荡相推,万物化生。古柏存逾千年,被认为有灵,有元气护持其生存繁茂。

⑱ 讬根:犹寄身。

⑲ 贞石:坚石。碑石的美称。

⑳ 嵩阳观碑在:嵩阳寺碑,刻立于东魏天平二年(535),是中岳嵩山迄今为止发现最早的石碑,被誉为"中岳第一碑"。此碑于唐麟德元年(664)被移到附近另一寺院内,今已移回。另书院大门外西南侧竖立一座《大唐嵩阳观纪圣德盛应以颂碑》,唐玄宗天宝三年(744)刻立。

㉑ 猊:狻猊的省称。狮子。骥:骏马。

㉒ 纡:萦回,围绕。

㉓ 柏实:药名,久食能悦泽美色,耳目聪明,轻身延年。《宋书·谢灵运传》:"《本草》所载,……九实者,连前实、槐实、柏实、兔丝实、女贞实、蛇床实、蔓荆实、蓼实、口口也。凡此众药,事悉见于《神农》。"

除夕前三日,竹筠先生招同诸公集陶然亭,
分得色字。时以病不赴,会后赋呈^(一)①

不看岭南梅,来寻苏邱植②。握手谁与偕,群贤盛京国。扶轮大雅心③,常时念雕饰④。深秋郊南禊⑤,图画巾履侧。今兹残臈后⑥,冻荄需春亟⑦。江亭雪馀云,下映龙潭黑。一时

两北平,对案豁胸臆。谓覃溪师。论量天下士,满喷醉中墨。
尺五魁三像,照人皆古色。小子抱幽病,即事馀简默⑧。僧窖
火迫花,春盘辛避食⑨。不知阳和至⑩,转仗文酒力⑪。残月横
半窗,耿耿如有得。孤光起我病⑫,细响不能匿⑬。城南曾合
句,窘极皇甫湜⑭。

【校勘记】

(一)《全集》本诗题中"竹筼"作"朱筼河"。

【注释】

①　此诗作于乾隆四十年(1775),冯敏昌二十九岁。竹筼:朱筼(1729—
1781),字竹君,一字美叔,学者称为筼河先生,顺天大兴(今北京市大兴)。乾隆
十九年进士,官翰林学士,曾充日讲起居注官。好金石文字,通于经史,有《筼河
集》。其生平可见姚鼐《朱竹君先生传》。冯敏昌在京师曾就其求学。陶然亭:
北京名园。清康熙三十四年(1695)工部郎中江藻奉命监理黑窑厂,在慈悲庵西
部构筑,并取白居易诗"更待菊黄家酿熟,与君一醉一陶然"句中"陶然"二字命
名。被誉为"周侯藉卉之所,右军修禊之地",其四周有龙树寺、黑龙潭、风氏园、
窑台、香冢等遗迹,此亭多为文人雅集觞咏之处。此次雅集朱筼、王昶、翁方纲、
纪昀、蒋士铨、黄仲则等分韵赋诗。

②　苏邱:唐诗人苏味道葬处。苏味道:代赵州栾城(今河北栾城县)人,与
李峤以文辞著名,时称"苏李"。高宗乾封年间举进士,转任咸阳尉。官武后延
载元年(694)凤阁舍人、检样侍郎同凤阁鸾台平章事。卒后葬栾城西北,即今之
苏邱。宋代苏洵、苏轼、苏辙为其后裔。

③　扶轮:扶翼车轮。

④　雕饰:指对文章进行润色。

⑤　深秋郊南禊:古人于农历七月十四日至水滨举行的被除不祥的祭祀活
动。称"秋禊"、"秋禊"。清代仍有这种活动,如清代钱泳《履园丛话·谭诗》:
"中丞尝于九峰园作秋禊之会。"

⑥　残腊:指岁末。腊:祭名。即"腊"。古代称祭百神为"蜡",祭祖先为
"腊";秦汉以后统称"腊"。《礼记·月令》:"(孟冬之月)天子乃祈来年于天

宗,大割祠于公社及门闾,腊先祖五祀,劳农以休息之。"孔颖达疏:"腊,猎也。
谓猎取禽兽以祭先祖五祀也。"

⑦ 冻荄:经冬的草根。

⑧ 简默:简静沉默。

⑨ 春盘:古代风俗,立春日以韭黄、果品、饼饵等簇盘为食,或馈赠亲友,称
春盘。帝王亦于立春前一天,以春盘并酒赐近臣。

⑩ 阳和:春天的暖气。

⑪ 文酒:谓饮酒赋诗。

⑫ 孤光:远处映射的光。喻师友之情。

⑬ 细响:喻自己的诗。

⑭ 皇甫湜:字持正(777—835),睦州新安(今浙江省淳安县西)人。官至
工部郎中。是"韩门弟子"中有名的古文家。为文尚奇。有《皇甫持正集》。

挽刘烈妇邹少君(一)①

一

蕙死兰难笑②,鸾伤凤不飞③。声名儿女大,情性古人稀。
湘水原家侧,华山合墓畿④。遗编继刘向⑤,彤管有光辉⑥。

二

生人有忠孝,可以事夫君。气作门楣色,光生彤史文⑦。
谁寻连理树⑧,遥望九疑云⑨。迢递长沙晚,鸾笙竟不闻⑩。

三

一片明明水,此心持照之。何曾负天日,可以愧须眉⑪。
血冷修篁湿,霜深翠柏萎。延津有神物⑫,终始亦如期(二)。

【校勘记】

（一）《全集》本此诗题作《挽刘烈妇邹少君三首》。

（二）期：《全集》本作"斯"。

【注释】

① 此诗作于乾隆三十六年（1771），冯敏昌二十五岁。

②"蕙死"句：指女子夭亡。

③ 鸾、凤：比喻情侣；夫妻。

④"华山"句：指南朝乐府民歌《孔雀东南飞》所述故事。焦仲卿与妻刘兰芝相约同死，"两家求合葬，合葬华山傍。东西植松柏，左右种梧桐。枝枝相覆盖，叶叶相交通。中有双飞鸟，自名为鸳鸯。仰头相向鸣，夜夜达五更"。

⑤ 刘向：原名更生，字子政。汉高祖弟楚元王交之四世孙，传附《汉书·楚元王传》中。官至中垒校尉。有《列女传》，班昭有《续列女传》。述母仪、贤明、仁智、贞顺与节义等。

⑥ 彤管：杆身漆朱的笔。古代女史记事用。语出《诗经·邶风·静女》："静女其娈，贻我彤管。"

⑦ 彤史文：指烈妇事迹足光耀史册。彤即"彤管"之省，见本诗注⑥。

⑧ 连理枝：见前卷一《晓入峡山寻归猿洞，得四律》注⑥。

⑨ 九疑：又名苍梧山，在今湖南宁远县城南，《史记·五帝本经》载："舜南巡狩，崩于苍梧之野，葬于江南九疑。"主峰九座山峰连接一体，接岫连峰，相互掩映，让人望而生疑难辩其名，因称九疑山。传说舜帝南巡崩于苍梧之野后，二妃追寻至洞庭山，闻之悲痛欲绝，伤心而亡，葬于山之东麓。舜称湘君，二妃亦称湘妃。谁寻二句，诗人用典衬托并赞叹烈妇少君感情深挚。

⑩ 鸾笙：笙的美称。

⑪ 须眉：胡须和眉毛，代称男子。

⑫ 延津：即延平津。为古代津渡名。晋时属延平县（今福建南平市东南），故称。据《晋书·张华传》载，丰城令雷焕得龙泉、太阿两剑，以其一与张华。后华被诛，剑即失其所在。雷焕死，其子持剑行经延平津，剑忽跃出堕水。使人入水取之，但见两龙蟠萦，波浪惊沸。剑亦从此亡去。此用以剑喻人。

初春寄张粲夫^{(一)①}

　　前年蓟门春^②,风雨远迷客。我如孤雁飞,子似双鹇集^③。今年春又归,旅雁还相依。翻怜双璧只^(二),碎羽惜毛衣。我有万古愁,怀之欲谁吐。贻君一书札,敢慰分离苦。有凤高韩山^④,时南碉先生令潮阳^(三)。窅然难可攀^⑤。毋令追步晚,蹉跎云海间。

【校勘记】

　　(一)《全集》本此诗题作《初春寄张明经粲夫锦芳》

　　(二)翻怜双璧只:《全集》本此句后有作者小注"谓瑞夫已逝"。

　　(三)时:《全集》本作"谓"。

【注释】

　　① 此诗作于乾隆四十年(1775),冯敏昌二十九岁。粲夫:张锦芳,字粲夫,号药房,广东顺德人。乾隆五十四年进士,官编修,通《说文》,与其弟并为翁方纲所器异。与同邑胡亦常、钦州冯敏昌并称"岭南三子"。

　　② 蓟门:就是蓟门城,又称蓟城,在今北京市大兴县。唐代军事上最重要的是东西两翼,西北一翼对付突厥和吐番,东北一翼对付奚和契丹。

　　③ 鹇:唐人萧颖士《白鹇赋》序曰:"白鹇,羽族之幽奇,素质黑章,爪觜纯丹,体备冠距,颇类夫鸡翟,神貌清闲。"此用"双鹇",为求与前句"孤雁"对仗。

　　④ 韩山:即广东潮州。潮州城古称"凤城",俗叫"府城"。因唐时韩愈被贬此地,"德泽在人,久而不磨",其后,"韩"字或"昌黎"命名的颇多:木称"韩木",山称"韩山",亭称"韩亭",江称"韩江";还有"昌黎路"、"韩山书院"等,至今犹有存名。

　　⑤ 窅然:精深貌;深远貌。

李长沙书种竹诸诗卷^{(一)①}

　　燕山僧报平安书,何似湘南春雨馀。茶陵相公老京国^②,

归梦远忆青疏疏。平生爱竹诗最伙,何处钞撮烦小胥③。投闲一老竟归去,数竿憩息思相与。移根深深种植后,新笋臟臟抽萌初④。一日定可一诗计,中年况与中心虚。人生劲节固应尔,君子之爱嗟何如。墙翻泥污偶一见⁽²⁾,孰与洗濯勤扫除。清诗银钩看落纸,杂以篆籀穷爬梳。落木庵中有词客,老眼摩挲时卷舒。新年风日乍晴美,尚少寒具工汗渠⁽³⁾。笑谈幸续已竟日,京尘半面谁免诸。

【校勘记】

(一)《全集》本此诗题作《李长沙种竹诸诗卷》

(二)墙翻泥污偶一见:《全集》本此句后有作者小注"卷中有《见竹为墙所覆》诗"。

(三)汗:《全集》本作"轩"。

【注释】

① 此诗作于乾隆四十一年(1776),冯敏昌三十岁。李长沙:李东阳。字宾之,号西涯,祖籍湖广长沙府茶陵(今湖南茶陵)人。以内阁大臣身份主持诗坛,形成茶陵诗派。著有《怀麓堂稿》、《怀麓堂诗话》、《燕对录》等。清人辑编《怀麓堂集》和《怀麓堂全集》。亦工书法。

② 茶陵相公:指李东阳。见本诗注①。

③ 小胥:钞胥。旧时专任誊写的小吏。

④ 臟臟:形容生长的态势。

郭忠恕摹右丞辋川图石本①

幼读辋川诗②,满册恣涂写。有时更束缚,空林茅一把。时事忽忽三十年,长安索米衣垂穿③。风尘日日蔽东郭,邱壑往往怀蓝田。蓝田邱壑嗟欻改,高人图画今安在④。高人常在

天地间,图画经营许谁逮。横图三面横云开^(一),辋口终南烟
雨来⑤。随诗索画皆掎摭⑥,廿□之外何如哉^(二)。茆堂西川枕
山曲^(三),一径檀栾荫青玉⑦。连山风多似有樵,返照林空本无
鹿⑧。诗裴书金语不多^(四),沧涟与月竟如何。眼前抱水迷南
北^(五),谁识柳浪沈云波⑨。山谷丛中理词笔^(六),漆园拟庄椒
拟屈⑩。芙蓉红蕚好容颜,黄子丹房兼杜实^(七)⑪。文人渲淡非
画工^(八)⑫,钩斫一变开南宗⑬。谁将太虚祛疾意,沁入狂生任
诞胸⑭。狂生意放笔不放,骏足驱驰蝗封上⑮。不似猖狂使酒
时,纸鸢一线从千丈。图传万历间来复⑯,计部□沈公重^(九)。
入石妙迹犹堪夸,我今不归亦焉住,郁轮弹破犹如故。朱门脱
屣亦何人⑰,计办赏钱买山去^(十)⑱。

【校勘记】

(一) 面:《全集》本作“丈”。

(二) 廿□之外何如哉:《全集》本“□”为“首”。

(三) 曲:《全集》本作“腹”。

(四) 金:《全集》本作“佳”。

(五) 水:《全集》本作“坨”。

(六) 谷:《全集》本作“水”。

(七) 兼杜实:《全集》本作“结秋实”。

(八) 淡:《全集》本作“染”。

(九) 计部□沈公重:《全集》本“□”作“家”。

(十) 计:《全集》本作“幸”。

【注释】

① 此诗作于乾隆四十一年(1776),冯敏昌三十岁。郭忠恕:河南洛阳人。
五代宋初画家(? —977)。字恕先,一字国宝。后周广顺中为宗正丞兼国子书
学博士。入宋,官国子监主簿,因肆言时政,获罪流配,死于途中。擅画山水。
传见《宋史·文苑四》。南唐后主李煜时,画家郭忠恕“奉命复本”。郭忠恕临
本明代画家郭漱六曾临摹过并刻石七块以传世不朽,上刻郭忠恕原题“辋川真

迹"四字,石刻今存蓝田县文化馆。

② 辋川诗:即王维在辋川隐居期间所作《辋川集》。辋川在蓝田县城西南嶷山间,是秦岭北麓一条风光秀丽的川道,迤逦在绕山山谷间,诸谷水流因似车辋环辏,故称辋水,辋川因此得名。初唐诗人宋之问曾在此建有"蓝田山庄",王维购得后,重又整葺,并依山川的自然形态,精心营造了二十个景区,这便是有名的"辋川别业"。《辋川集》便是分咏其景,多写隐逸生活和谈禅说佛之作,风格自然恬静、含蓄蕴藉、冲淡空灵。

③ "时事"二句:说自己在京城为学求功名的艰辛。

④ 安在:盖当时已只见摹本石本。

⑤ 终南:又名中南山或南山,即秦岭,辋川就在其中。

⑥ 掎撅:摘取,取得。

⑦ 檀栾:秀美貌,形容竹。青玉:喻青翠的植物。指绿竹。

⑧ "连山"二句:化用王维诗句。《终南山》:"太乙近天都,连山接海隅。"《鹿柴》:"返影入深林,复照青苔上。"

⑨ 柳浪:柳枝随风摆动起伏如波浪之状。辋川别墅中的胜景之一。《新唐书·文艺传中·王维》:"别墅在辋川,地奇胜,有华子冈、欹湖、竹里馆、柳浪、茱萸沜、辛夷坞,与裴迪游其中,赋诗相酬为乐。"

⑩ "山谷"二句:说王维在辋川隐居,形神俱似庄子、屈原,自洁于山川秀美之中。 漆园:指庄子。《史记·老子韩非列传》:"庄子者,蒙人也。名周,周尝为蒙漆园吏。"椒:即花椒。为芳香植物。《楚辞·招魂》曰:"巫咸将夕降兮,怀椒糈而要之。"《楚辞·九歌·东皇太一》曰:"瑶席兮玉瑱,主持把兮穗芳。蕙肴蒸兮兰藉,奠桂酒兮椒浆。"皆比喻贤德之士。

⑪ 萸子丹房:即茱萸花的子房,称萸房。

⑫ "文人"句:此说文人画求画意不求画工。文人画:起源于魏晋,唐代诗歌盛行,大诗人王维以诗入画。后世奉为文人画鼻祖。他诗中有画,画中有诗。两宋时期文人,如苏轼、黄庭坚、米芾父子等,又以书法入画。元代,文人画兴盛,著名的如黄公望、王蒙、倪瓒、吴镇。艺术上提倡"高雅"、"平淡天真"、"天真幽淡",明代董其昌根据苏轼的"士人画"理论进一步提出划分南北宗和文人画理论。文人画诗画相连,诗情贯注于画意之中。

⑬ 南宗:明代董其昌推崇王维为南宗之祖。认为文人之画,自右丞始。王

维传世画作有《雪溪图》、《孟浩然马上吟诗图》、《雪山图》。

⑭ 任诞:任性,放诞。

⑮ 螳封:即蚁垤,蚁穴外隆起的小土堆。

⑯ 万历:明神宗年号,1573 年—1620 年。此句说郭忠恕临摹《辋川图》传至明万历年间。

⑰ 屣:鞋。

⑱ 买山:睦庵(善卿)编正《祖庭事苑》卷四:"释支遁,字道林。幼有神理,聪明秀彻。年二十五出家,受业讲通之外,犹善庄老,为时贤所重。晚年入会稽剡山沃洲小岭,买山为嘉遁之乡。"朱门两句说权贵之门无缘登临,只有顺性乐游山川。

覃溪师寓斋拜观苏文忠公三像^{(一)①}

我哦公诗三百篇,伫叹公姿谁与传^(二)。拜公低头起独立,峨嵋西望连青天。江山岭海接一气,何处觅逐排风烟。周回万里思驻足,却入师室神惘然^(三)。龙鸾顾步耸千仞^②,笠屐真放来散仙^③。成仙成佛罕成相^④,是三是一谁□□^{(四)⑤}。金山即不偶堕劫^⑥,灵禅半偈空生前^(五)。从知不坏是真手,且以研背烦雕镌。吾闻公昔自图写,故作障前羞群贤。时从伊颖弄形影,自笑分散为百千。渭南老子昔梦见,要自执一难窥全。朱生图绘重南海,彝斋画手追龙眠^⑦。吾师收拾为藏弄^⑧,拟难举似穷初□^(六)。平生心迹有真契,共信文字多清缘。嵩阳一帖世何有,施注初刻犹堪编^⑨。闭门一室何傲兀,焚香起拜翻精虔。我虽未及立雪子^⑩,已似学得忘家禅^{(七)⑪}。庐山面目在何许,烦师指示其中言^(八)。

【校勘记】

(一)《全集》本此诗题作《前题》。按,《全集》卷十五此诗前有《覃溪师宝苏斋拜观苏文忠公三像作歌》。

（二）伫：《全集》本"伫"作"仰"。

（三）师：《全集》本作"苏"。

（四）是三是一谁□□：《全集》本"□□"为"差肩"。

（五）金山即不偶堕劫，灵禅半偈空生前：此二句《全集》本作"金山片石偶劫后，灵峰半偈空生前"。

（六）拟难举似穷初□：《全集》本"□"为"颠"。

（七）家：《全集》本作"忧"。

（八）言：《全集》本作"玄"，"玄"缺笔。

【注释】

① 此诗作于乾隆四十一年（1776），冯敏昌三十岁。翁方纲《苏文忠公三像》诗题注云："宋李伯时画金山像，明南海朱完画广州小金山像，又宋赵子固画研背笠屐像。"《跋坡公像三首》谓："又南海朱完所作小金山像，及常州李枢藏松雪画像，皆与宋人所画真本相合。盖疏眉凤眼，秀摄江山，而颧清峻，而髯不甚多，右颊近上黑痣数点，是为宋李伯时之真本，赵松雪、朱兰嵎临本，皆足证也。"

② 龙鸾：龙与凤。喻贤士。这里指苏轼。

③ 笠屐：见前卷一《海角亭谒苏文忠公遗像》注㉔。

④ 成相：谓还其本来面目。即佛教所讲的真相、本相。

⑤ 是三是一：三一，传说中的天一、地一、太一三神。此指苏轼三像，作者不同但所画者同一。

⑥ 金山：镇江长江中小山，与瓜洲、西津渡成掎角之势，为南北来往要道。山上有金山寺，山因寺而更闻名，苏轼曾多次游玩此地。寺中有李公麟所画苏轼像。《金山志》："李龙眠（公麟）画东坡留金山寺，后东坡过金山寺，自题。"苏轼自儋州遇赦北返再过金山寺有《自题金山画像》诗"心似已灰之木，身如不系之舟"云云。

⑦ 彝斋：赵孟坚（1199—1264），字子固，号彝斋，宋太祖赵匡胤十一世孙，南渡后寓居嘉兴海盐。擅画水墨白描水仙、梅花、兰、竹石等，风格清秀淡雅。龙眠：见前本卷《萧尺木楚辞图歌》注㉑。

⑧ 藏弆：收藏。

⑨ "施注"句：见前本卷《题覃溪师所藏宋椠苏诗注钞本》注①③。

⑩ 立雪：北宋儒生杨时、游酢往见其师程颐，值颐瞑目久坐，二人侍立不

去,颐既觉,门外雪已盈尺。事见《宋史·道学传二·杨时》。后以"立雪"为敬师笃学之典故。

⑪ 忘家:无家。忘通亡。

三月二日同人集菜香草堂修禊,得左字①

　　今晨车骑联,昨雨重城锁。时禊月诹三,前期或未可。既出西郭门,始信兹游果。于时桃杏间,柳色渐婀娜。郊原新霁后,未有尘堁堁②。长者况前行,移步敢偷情。遂欸幽人庐③,有鹊檐间堕。欢颜一笑粲,品茶先列坐。延缘出土室,迟日光淡沲④。容然望西山,耸秀青莲朵。汤汤御河流,新成通风舸⑤。照影俯沦涟,坡阜间破硪⑥。前辈三数公,雄谈炙毂輠⑦。相劝进德言,名实思负荷。主人勤雅集,顾环襟磊砢⁽一⁾⑧。那复耕渔轩,漫比徐达左⑨。千年永和后⑩,追者空蹩跛。惜哉限严城⁽二⁾⑪,晚愁郊风簸。轮辕各归去,有若船回柁。未须仿茧纸⑫,先愁嘲饭颗⑬。

【校勘记】
　　(一) 环:《全集》本作"瑛"。
　　(二) 限:《全集》本作"恨"。

【注释】
　　① 此诗作于乾隆四十二年(1777),冯敏昌三十一岁。禊(xì):即"禊",祭名。古人祓除不祥之祭。常在春秋二季于水滨举行。农历三月上巳行春禊,七月十四日行秋禊。菜香草堂:图辂布室名。图辂布(1719—1785),字裕轩,一字丹崖,号德裕,又号枝巢、漫圃。满洲镶红旗人,祖籍黑龙江,姓图色里氏。乾隆辛酉(1741)举人,乾隆戊辰(1748)进士。官翰林院侍读学士,充日讲起居注官。有《枝巢诗草》。晚年卜居于京郊阜成门外,曰"漫圃"翁方纲。《野圃记》记:"野圃者,学士裕轩图色里先生养疴之所,在平则门外三里钓鱼台址。……

屋在圃之中南向三椽曰'菜香草堂'。"

② 堀堁：尘扬貌。

③ 欸：这里指唱和之声。

④ 淡沲：形容风光明净。

⑤ 凤舸：指画船。

⑥ 破硊：高大貌。

⑦ 毂輠：车上盛贮油膏用以滑润车轴的小壶。

⑧ 磊砢：形容仪态豪放洒脱。

⑨ 徐达左：明初藏书家、书画家。一作远左。字良夫，一作良辅。号松云道人，斋号耕渔轩。平江(今江苏苏州)人。元末隐居于邓尉山、光福山等地。

⑩ 永和：见前本卷《洛阳宫第十九本褚临兰亭墨迹卷》注②。

⑪ 严城：戒备森严的城池。这里说游在城外，傍晚要赶回城内。

⑫ 茧纸：见前本卷《洛阳宫第十九本褚临兰亭墨迹卷》注⑯。

⑬ 嘲饭颗：见前本卷《法源寺寓斋雪霁》注⑤。

陪覃溪师出右安门，访芍药丰台。
归过陶然亭看紫藤，同用晴字①

紫角楼前山影明，南西门外沙水清。小车出城不知处，左右蒲苇风交生。五里十里进村路，一家两家映花耕。耕定不如种花好，花犹未许离人并(一)。午日曛暖如我避，晨霞膏沐将谁迎。茫茫杂花不可名，昨者一雨发其英。繁哉仅与药甲争，不若亭子当南城。下有潭水洗我目，上有好山纡我情。其侧况亦有藤石，石发上覆苔花轻。蒙蒙不易辨幢字，寂寂徒尔听茶声。兹亭数来诗境熟，后合欸使归心惊②。山川超遥纵可越，巾履潇洒谁随行。虽然成诗许见及，多恐节物还相撄③。人归久矣桂花蚀(一)，雷殷或似车轮轰④。他时炎洲念京国，清梦定值田家晴。

【校勘记】

　　（一）花犹未许离人并：《全集》此句后有作者小注："芍药一名将离。"

　　（二）矣：《全集》本作"已"。

【注释】

　　① 此诗作于乾隆三十七年（1772），冯敏昌二十六岁。丰台：清代钱泳《履园丛话·古迹》"丰台"条载："丰台在京城西便门外，为京师看花之所。凿池开沼，连畛接畦，无花不备，而芍药尤胜于扬州。"

　　② 欻：忽然。

　　③ 撄：抵触。

　　④ 雷殷：隐隐然的雷声。语出《诗经·召南·殷其雷》："殷其雷，在南山之阳。"

陪覃溪师过陶然亭^{(一)①}

一

　　寺楼月落天宇凉，僧庐不睡思烧香。巾履开门袭风露，惊鸦轧轧翻林光。移门先过物□□^(二)，长者在门车道北。心知不是□朝期^(三)，漫请执舆遵巷陌^②。

二

　　车行遥遥莎草外，露重晓绿垂芦苇^(四)。绝似村南晓溪来，竹枝低亚横塘水。黑龙潭影烟际开，亭子独立城之隈。振衣岂得即千仞^③，梦气沉沉方九垓^④。

三

　　西风凭栏豁秋恙，西山气色令人爽。谁将九叶青芙蓉，洗出黄尘露千丈^⑤。直北嵯峨双阙高^⑥，红日升兮烟雾消。不置云中看山阁,讵睹蓬莱迓赤霄^{(五)⑦}。

四

长安行乐多游贵,此地喧喧亦不废^(六)。不信弦歌聒耳
烦,请听亭前市声起。市声欲起初且微,沈吟相顾不如归。相
从只在红尘内^⑧,漫许傍人相是非。

【校勘记】

(一)《全集》本此诗题作《陪覃溪师晓过陶然亭四首》

(二)移门先过物□□:《全集》本此句作"掃门先过扬雄宅"。

(三)心知不是□朝期:《全集》本"□"为"早"。

(四)苇:《全集》本作"带"。

(五)迓:《全集》本作"连"。

(六)废:《全集》本作"止"。

【注释】

① 此诗作于乾隆四十年(1775),冯敏昌二十九岁。翁方纲有《晓起,同鱼
山陶然亭作》。

② 执舆:谓执辔驾车。

③ 振衣:抖衣去尘,整衣。

④ 九垓:九层,指天。

⑤ "谁将"两句:形容西山青翠高耸。

⑥ 嵯峨:见前卷一《崧台》注④。

⑦ 迓:迎。赤霄:极高的天空。

⑧ 红尘:佛教、道教等称人世为"红尘"。

颜氏家藏鲁公名印歌^①

忠孝大节不可渝,雕虫篆刻原区区。鲁公之名二千载,见

似烈日当空无。当时河北廿四郡，真卿所为非故殊^②。元宗色动鲁公表^③，德宗涕陨司农躯^④。君臣之际死生后，曷不授以朝家枢。凭陵既用赤心虏^⑤，破坏重以蓝面卢^⑥。老臣一死更何有，九鼎之重吾方诸^⑦。嗟哉吾兄杲卿是^⑧，千古伤心名更呼。书生逾老心逾壮^(一)，岂信好道兼名儒^(二)。方方之印寸有馀^⑩，□山铜绿血模糊^(三)。审视遗文敢衣拭^(四)，想象遗事重嗟吁。忆从石本得见公，忠义凛凛如眉须。不识何状岂君黯，不敢称名空众趍^{(五)⑨}。竟以公名印公像^(六)，视彼贤者愚不愚。

【校勘记】

（一）壮：《全集》本作"在"。

（二）信：《全集》本作"论"。

（三）□山铜绿血模糊：《全集》本"□"作"首"。

（四）遗：《全集》本作"奇"。

（五）趍：《全集》本作"趋"。

（六）竟：《全集》本作"敬"。

【注释】

① 此诗作于乾隆四十一年（1776），冯敏昌三十岁。鲁公：颜真卿，字清臣，京兆万年（今陕西西安）人，祖籍琅琊临沂（今山东临沂），书法家，善楷书，称"颜体"。黄景仁有《颜鲁公名印歌》。颜崇榘字运生号心斋，曲阜人。乾隆三十五年举人，官兴化知县，工书。

② "当时河北"二句：见前卷一《浯溪中兴颂》注③。

③ "玄宗"句：见前卷一《浯溪中兴颂》注③。

④ "德宗"句：德宗时，李希烈叛乱，颜真卿亲赴敌营，晓以大义，终为李希烈缢杀，终年77岁。德宗诏文曰："器质天资，公忠杰出，出入四朝，坚贞一志。"

⑤ 凭陵：横行，猖獗。这句说叛乱横行时要凭忠心的臣子之力平定。

⑥ 蓝面卢：蓝面的鬼怪，这里指叛乱者。

⑦ 九鼎：相传夏禹铸九鼎，象征九州，夏商周三代奉为象征国家政权的传国之宝。这里指国家。

⑧ 杲卿：见前卷一《浯溪中兴颂》注③。

⑨ 趁：众多。

偶与桂甫读苏诗，桂甫用苏《岐亭》韵见示，依韵奉答(一)①

风囊拥颓云②，天瓢倾墨汁。不知龙蛇过③，只见星斗湿。袖手还虚空，独立不自得。又观古贤将，师行利于急。勇锐蓄人马，纵横击鹅鸭④。骁骑饱还营(二)，帐幕连云幕。于时公年盛，许国寸心赤。还怜好兄弟，相依到头白。扶携海南道，洗濯黄州帻⑤。谁将忠爱思，报以神鬼泣。古人奇足法(三)，正在行罔缺。况吾桑梓敬⑥，皆公鹏鷃客⑦。何当手一编，以当题襟集。

【校勘记】

（一）依：《全集》本作“次”。

（二）骑：《全集》本作“腾”。

（三）奇：《全集》本作“词”。

【注释】

① 此诗作于乾隆四十二年(1777)，冯敏昌三十一岁。桂甫：安嘉相，字桂甫。湖北江夏人(今武汉)。以举人起家。先后任同知、知州等职。工书法，好吟咏。

② 风囊：传说中行风的口袋。这里指风。

③ 龙蛇：指龙，传龙过行雨。

④ 击鹅鸭：用“李愬击鹅”典。唐末，吴元济叛唐，宪宗元和十一年(816)，宰相裴度率李愬等讨伐。次年冬，李愬率兵夜袭蔡州(今河南汝南城)，至鹅鸭池，令击鹅鸭以乱军声，攻下内城，活捉吴元济。

⑤ “扶携”二句：苏辙也曾因为反对变法遭贬，哲宗绍圣初，贬知汝州，进而又贬至雷州、循州，徙永州、岳州。兄弟二人在急难中互相扶助。可参见前卷一

《海门春阴行》注⑦。

⑥　桑梓：语出《诗经·小雅·小弁》："维桑与梓，必恭敬止。"朱熹集传："桑、梓二木。古者五亩之宅，树之墙下，以遗子孙给蚕食、具器用者也……桑梓父母所植。"这里作者自指家乡。

⑦　鹏鷃：鹏有远志，鷃为小雀，不能高飞。这里用作谦称。

桂甫再用《岐亭》韵见示，
时方暑甚，次韵再答①

吾乡鲜荔子，甘美更多汁。亦有野湖莲，雨过初不湿。三年来北地，怀此终胡得。昼梦登湖舫，随波绝惊急⁽一⁾。横篙起飞鸥，脱衣弄雏鸭。湖风送雨凉⁽二⁾，荷叶在头幕。沉酣不复醒，落日衔山赤。起来得君诗，满浮一大白②。方怀玉局翁③，散发堕仙帻。胡为钟仪奏④，颇杂卞生泣⑤。人生得天全，外物奚所缺。宇宙一指马⑥，光阴百过客。曷若同庄生，栩然方蝶集⑦。

【校勘记】

（一）绝：《全集》本作"乍"。

（二）湖：《全集》本作"荷"。

【注释】

①　此诗作于乾隆四十二年（1777），冯敏昌三十一岁。

②　满浮一大白：典出刘向《说苑·善说》："魏文侯与大夫饮酒，使公乘不仁为觞政，曰：'饮不釂者，浮以大白。'"原意为罚饮一满杯酒，这里指饮酒。

③　玉局翁：苏轼的自称。苏轼曾任玉局观提举。

④　钟仪：典出《左传·成公九年》。春秋楚人钟仪，曾为郑获，被献于晋。晋侯见钟仪，问之曰："南冠而絷者谁也？"有司对曰："郑人所献楚囚也。"释而慰问之，问其族。对曰："伶人也。"晋侯曰："能乐乎？"对曰："先人之职也，敢有

二事?"与之琴,操楚音。晋侯语于范文子。文子曰:"楚囚,君子也。言称其先职,不背本也;乐操土风,不忘旧也。"指拘囚异乡或怀土思归者的典型。这里指后者意。

⑤ 卞生:指卞和献和氏璧的故事。见《韩非子·和氏》、刘向《新序·杂事五》。

⑥ 一指马:语出《庄子·齐物论》:"以指喻指之非指,不若以非指喻指之非指也;以马喻马之非马,不若以非马喻马之非马也。天地一指也,万物一马也。"指宇宙万物之理。

⑦ "曷若"二句:化用庄子梦蝶故事。见庄子《齐物论》。

送饶桐阴得庶常南还^{(一)①}

变得鸾皇返故株,文章五色故应殊。谁言照影羞南羽,羡尔循陔学哺乌^②。循陔,桐阴别号。

【校勘记】

(一)《全集》本此诗题作《送饶桐阴得庶常南还二首》,此取其一。

【注释】

① 此诗作于乾隆四十年(1775),冯敏昌二十九岁。饶桐阴:饶庆捷(1739—1813),字德敏,号漫塘,人称"太史公",广东大埔人。乾隆四十年(1775)进士,授翰林院庶吉士,后参编《四库全书》。工于诗文,有《桐阴诗集》、《馆课拟存》等。

② 哺乌:即乌哺。旧称乌鸟能反哺其母,故以喻人子奉养其亲。

古藤书呈谦集诗为赵味辛舍人赋^{(一)①}

后生剷闻吁可慨^②,瞠目飞腾视前辈。古来大雅几传人,文苑儒林堪并载。国初坛坫高新□^(二),犄角赖有长芦生。南北齐名自伯仲,五经家学尤铿铿③。己未之岁凤皇鸣④,仁皇天网掩八弦。鸿词巍科开上京,天榜照耀罗群英⑤。事在康熙十八年。汪琬陈维崧毛奇龄施闰章汤斌秦松龄彭孙遹⑥,推班橐笔趋承明⑦。布衣通籍夸尤荣。朱即竹垞先生暨冯勖李因笃潘耒严绳孙并⑧。高骖班扬缀骏足⑨,下哂元白犹蝇声⑩。一时才人并吐气,千秋盛事堪纡情。先生才高信冠世,退食博考兼经义⑪。经神易圣蒙荣造,张篷李厨姑舍置⑫。还从日下记前闻⑬,广搜金石征文字。当时鸿爪竟何是⑭,厂肆西头海波寺。先生所寓古藤书屋在今海波寺街,先生寓此五年。《经义考》及《日下旧闻》皆寓此时所著。海波之屋仙人来⑮,二龙手挟方徘徊。终然出海舞云浪,未肯破壁呼风雷。仙人小谪知何处,奋然复挟一龙去。其一蜿蜒守勺波,颇似鲵渊德机杜⑯。先生寓时藤有二本,今但其一,下有石池,广半亩,旁有奇石林立,古树掩映,皆当时寓中物云。帝城春深雨云浓,群龙骧天决雌雄⑰。纪渻木鸡还却敌⑱,此龙如木知谁同。京师名藤若珠市街之金藤,吏部后阁之明藤,珠巢街王阮亭先生手植之藤,皆古物。其外亦尚不一,而此藤以先生名最著。曷来震霆收笑电⑲,红光紫雾腾人面。髯须带火鳞鬣张⑳,更似钱塘新罢战㉑。赵君家世从清献,凤阁鸾台几登荐㉒。爱乌敬梓为邦彦㉓,扫径移居开笔研。已看妙手绘新图,更招诗客酹清谦㉔。词翰淋漓动鬼神,风流映照辉畿甸(三)㉕。我来中酒还放歌,古来睇骧已无多㉖。君看宋玉临江宅,只有兰成异代过㉗。

【校勘记】

(一)《全集》本此诗题作《古藤书呈谦集诗为赵舍人味辛怀玉赋》。

(二)国初坛坫高新□:《全集》本"□"作"城"。

(三)风流映照辉畿甸:《全集》本此句后有作者小注:"时赵君移居此屋,作移居图。花时召客谦赏,余亦与焉。"

【注释】

① 此诗作于乾隆五十九年（1794），冯敏昌四十八岁。古藤书：指古藤书屋。朱彝尊曾在此居住并完成《日下旧闻》。古藤书屋在北京宣武门外大街海柏胡同，所在明代之前建有海波寺，清初海波寺已无存，保留海波寺街或海北寺街地名。清初由金之俊创建，后何元英继之寓居，书屋曾易名"丹台书屋"。康熙十八年朱彝尊举博学鸿词科，授翰林院检讨，后入值南书房。二十三年因挟带小胥入翰林院私抄官书，被劾谪官，移居到海波寺街古藤书屋，居此达五年。著名诗人王士禛、查慎行、赵执信，以及周筼、姜宸英、黄虞稷、梁佩兰、顾贞观、查嗣庭等多有宴集酬唱。赵味辛：钱泳《履园丛话·耆旧》"味辛司马"记："赵怀玉字亿生，江南阳湖人（今江苏常州）。为恭毅公申乔曾孙。少读书刻厉为学，家本素封。以乾隆四十五年高宗皇帝南巡献赋，赐内阁中书，擢侍读，出为山东青州府同知。以母忧去官，家渐贫，益自刻厉，发为文章，粹然而纯，渊然而雅，一以韩（愈）、欧（阳修）为宗。所著有《亦有生斋文集》二十四卷、诗词集若干卷。"

② 尠：同"鲜"，少。

③ 五经：五部最基本的儒家经典，即《诗》、《书》、《易》、《礼》、《春秋》。

④ 己未：康熙十八年（1679），为延揽人才开博学鸿词科。三月初一，在体仁阁考试，录取一等彭孙遹等二十人，二等李来泰等三十人。乾隆元年（1736）九月，又进行了一次博学鸿词科考试，录取一等刘纶等五人，二等由科甲出身的陈兆崙等五人。见《清史稿·选举志》。

⑤ "鸿词"二句：指康熙十八年（1679）博学鸿词科事，与注④互参。

⑥ "汪陈"句：此七人均为康熙十八年博学鸿词科一等。汪琬（1624—1690），字苕文，号钝翁，又号尧峰，江苏长洲（今苏州）人。顺治进士，历任刑部郎中、户部主事等职。举博学鸿词，授翰林院编修。有《钝翁类稿》。毛奇龄（1623—1716），原名甡，又名初晴，字大可，又字齐于，号西河，学者称其西河先生，萧山（今浙江萧山）人。中博学鸿儒科，被授翰林院检讨、国史馆纂修等职。著有《西河诗话》、《西河词话》多卷。施闰章（1618—1683），清代宣城（今安徽宣州）人，字尚白，号愚山，清初与当时山东莱阳宋琬齐名，有"南施北宋"之称。顺治六年（1649）中进士。康熙时应博学鸿词科，授翰林院侍讲，参与撰修《明史》。著有《施愚山全集》、《蠖斋诗话》、《青原山志略》等。汤斌，字孔伯，河南

睢州人。顺治九年进士,选庶吉士,授国史院检讨。举博学鸿词,授翰林院侍讲,与修明史。陈维崧(1625—1682)清代词人、骈文作家。字其年,号迦陵。江苏宜兴人。清初诸生,举博学鸿词,授翰林院检讨,54岁时参与修纂《明史》,4年后卒于任所。彭孙遹(1631—1700),字骏孙,号羡门,又号金粟山人,浙江海盐人。顺治十六年进士。举博学鸿词,授翰林院编修。与王士禛齐名,时号彭王。著有《松桂堂全集》、《延露词》、《金粟词话》等。

⑦　推班:方言。亦作“推扳”。差,不好。橐笔:语本《汉书·赵充国传》:“卬家将军以为安世本持橐簪笔事孝武帝数十年。”颜师古注引张晏曰:“橐,契囊也。近臣负橐簪笔,从备顾问,或有所纪也。”后亦以指文士的笔墨耕耘。承明:古代天子左右路寝称承明,因承接明堂之后,故称。

⑧　“朱暨”句:朱彝尊(1629—1709)字锡鬯,号竹垞,晚号小长庐钓鱼师、金风亭长。秀水(今浙江秀水)人。明亡后,顺治年间,朱彝尊参与魏耕等人的反清活动。后出游,足迹遍及半个中国。与顾炎武、屈大均、王士禛等人交往甚密。编《词综》“独标正始,别择甚严”,奠定清初词坛领袖地位,开创浙西词派者。举博学鸿词,授翰林院检讨,参与《明史》编纂。著有《经义考》、《日下旧闻》、《曝书亭集》等。冯勖,字方夷,长洲(今江苏苏州)人。召试博学鸿词,授检讨。李因笃,字天生,一字子德,富平籍洪洞人。试博学鸿词,授检讨。有《受祺堂集》。潘耒(1645—1708),字次耕,又字稼堂,晚号止止居士,江苏吴江人,潘柽章之弟。以布衣中博学鸿辞科,授翰林院检讨参与纂修《明史》,主纂《食货志》兼订纪传。充任日讲起居注官,纂修《实录》、《圣训》,又任会试考官。严绳孙(1623—1702),字荪友,号藕渔,无锡人。诸生。试博学鸿词,授检讨,历官中允。有《秋水集》。

⑨　骖:同驾一车的三匹马。班扬:汉代班固和扬雄的并称,二人以擅辞赋著名。此句说博学鸿词科中试的各人才气堪与班扬并驾。

⑩　元白:唐代诗人元稹、白居易的并称。

⑪　退食:语出《诗经·召南·羔羊》:“退食自公,委蛇委蛇。”朱熹集传:“退食,退朝而食于家也。自公,从公门而出也。”此指被劾谪官移居古藤书屋事。《经义考》、《日下旧闻》即在此完成。参见本诗注①。

⑫　张篋李厨:有张冠李戴之谓。

⑬　还从日下记旧闻:指朱彝尊《日下旧闻》,朱彝尊于康熙二十六年

（1687）编成的有关北京的记载和资料,共分十三门（即星土、世纪、形胜、宫室、城市、郊坰、京畿、侨治、边障、户版、风俗、物产、杂缀十三门）,四十二卷。该书收集保存了许多史料和文献。

⑭ 鸿爪：语出苏轼《和子由渑池怀旧》："人生到处知何似,应似飞鸿踏雪泥,雪上偶然留爪印,鸿飞那复计东西。"后用"鸿爪"比喻往事留下的痕迹。

⑮ 海波之屋仙人来：古藤书屋所在地原有海波寺,清初寺已无存,保留海波寺街地名（现为海柏胡同）,当时往来此屋的都是当时名儒、耆宿等,故称。参见本诗注①。

⑯ 鲵渊：典出《庄子·应帝王》："鲵桓之审为渊。"郭象注："渊者,静默之谓耳。夫水常无心,委顺外物,故虽流之与止,鲵桓之与龙跃,常渊然自若,未始失其静默也。"成玄英疏："鲵,大鱼也；桓,盘也。"后以"鲵桓"喻顺应外物而自得。德机：亦作"德几",犹生机。《庄子·应帝王》："乡吾示之以地文,萌乎不震不止,是殆见吾杜德机也。"陈鼓应注："杜德机,杜塞生机。"

⑰ 骧天：驰骋天宇。

⑱ 纪渻木鸡：典出《庄子·外篇·达生》："纪渻子为王养斗鸡。十日而问：'鸡已乎?'曰：'未也,方虚骄而恃气。'十日又问,曰：'未也,犹应向景。'十日又问,曰：'未也,犹疾视而盛气。'十日又问,曰：'几矣,鸡虽有鸣者,已无变矣,望之似木鸡矣,其德全矣。异鸡无敢应者,反走矣。'"后喻指修养深淳以镇定取胜者。

⑲ 笑电：典出《神异经·东荒经》："东荒山中有大石室,东王公居焉……恒与一玉女投壶,每投千二百矫,……矫出而脱误不接者,天为之笑。"张华注："言笑者,天口流火照灼,今天不下雨而有电光是天笑也。"后指闪电。亦指闪电不雨之典。

⑳ 鳞鬣：指龙的鳞片和鬣毛。

㉑ "更似"句：化用唐代李朝威《柳毅传》故事。洞庭龙女下嫁泾阳君,受其暴虐,柳毅送信,又诉其苦,龙君弟钱塘君暴怒,作百丈赤龙,径往泾阳,灭泾阳龙君,接回龙女。

㉒ 凤阁：华丽的楼阁,多指皇宫内的楼阁。武则天光宅元年（684）改中书省为凤阁,遂用为中书省的别称。鸾台：宫殿高台的美称。唐时为门下省别名。二者在此句中均代指朝廷政务机构。

㉓ 邦彦：指国家的优秀人才。

㉔ 清讌：饮宴。

㉕ 畿甸：指京城及郊外的地方。

㉖ 睎骥：即希骥，谓仰慕才俊。

㉗ "君看"二句：庾信，字子山。南朝梁诗人庾肩吾之子，散骑常侍。历仕梁、西魏、北周，官至骠骑大将军开府仪同三司，故又称"庾开府"。梁武帝末，侯景叛乱，庾信时为建康令，率兵防守朱雀航，战败。自建康遁归江陵，居宋玉故宅。其《哀江南赋》有："诛茅宋玉之宅，穿经临江之府。"兰成：庾信的小字。庾信《哀江南赋》："王子滨洛之岁，兰成射策之年。"唐·陆龟蒙《小名录》："庾信幼而俊迈，聪敏绝伦，有天竺僧呼信为兰成，因以为小字。"

初冬寄故园诸子①

十月欲尽衣箧空，庭前菊花白雪中。寻常酒债避不得②，绝徼乡书谁为通③。不用桥边待司马，会须庑下访梁鸿④。迢迢千里梅关外⑤，此日南枝何意红⑥。

【注释】

① 此诗作于乾隆四十三年（1778），冯敏昌三十二岁，"是年仍寓（北京）法源寺朱华书屋，自元日即依课程读书不辍，……会试中式二十五名进士，殿试二甲，廷试入选钦点翰林院庶吉士"。

② 寻常酒债避不得：借用杜甫《曲江》句"酒债寻常行处有，人生七十古来稀"。

③ 绝徼：极远的边塞之地。

④ 梁鸿：字伯鸾，扶风平陵（今陕西咸阳市西北）人。东汉初，曾入太学受业。后归平陵，娶孟氏女子，有德无容，取名孟光，字德曜。后共入霸陵山中隐居，耕织为业。汉章帝时，因事出函谷关，过京城，作《五噫歌》讽世，章帝闻知不悦，下诏搜捕。便改姓运期，名耀，南逃至吴闭门著书。死后葬于要离墓旁。

⑤ 梅关：参见前卷一《对月二首》注⑥。

⑥ 南枝：梅岭梅树众多。一入严冬，红白梅花拥满驿道。岭南岭北梅花又各不相同，南枝花落北枝始开，自古称异。此诗作于初冬，是岭南梅红之时，"迢迢"二句正是念时感怀。

卷三

宋赵子固所藏定武兰亭本[①]

右军兰亭书有神，定本唐刻辉千春。太真何年召入合[②]，锦绮一顾无光新。肥拓非肥乃真面[③]，逸艳所照堪惊人。盛鬟丰容美且仁[④]，儿女欲妬嗟无因。世间虽有贵瘦论，浓态远意还兼珍[⑤]。

【注释】

① 此诗作于乾隆四十六年（1781），冯敏昌三十五岁。赵子固：见前卷一《覃溪师寓斋拜观苏文忠公三像》注⑦。定武兰亭本：唐太宗喜晋王羲之父子书法，得《兰亭序》真迹，命人临拓，刻于学士院。五代梁时移置汴都，后经战乱而遗失，北宋庆历间发现，置于定州州治。宋徽宗大观年中，徽宗命取其石置于宣和殿。北宋亡，石亦散失不传。定州在宋时属定武军（今河北真定），故称此石刻及其拓本为"定武兰亭"或"定武石刻"。其拓本简称"定本"。《定武兰亭》有三个著名的原石拓本。一是元吴炳藏本，册首有清代王文治署《宋拓定武禊帖》，是"湍、流、带、左、右"五字未损本；二是元朝柯九思旧藏本。王文治题《定武兰亭真本》，为五字已损本；三是元代独孤长老藏本，也是五字已损本，有赵孟頫题跋为："古今言者以右军为最善，评右军之书者以禊帖为最善，真迹既亡，其刻石者以定武为最善。"钱泳《履园丛话·收藏》"元"条载："松雪所题兰亭十三跋墨迹，并定武兰亭，余尝于吴杜村太史家见之，所谓独孤长老本是也。"

② 太真：杨贵妃号。《旧唐书·后妃传上·玄宗杨贵妃》："时妃衣道士服，号曰'太真'。"太合：也称"入阁"。唐代皇帝于朔望日在便殿接见群臣，称"入阁"。此处借指贵妃入宫。

③ "肥拓"句：定武石刻初拓拓本，字较肥，称"定武肥本"。唐人以丰腴为

美,此句借贵妃之丰腴赞肥拓之神韵。

④ 鬄:女子鬓发下垂貌。

⑤ 浓态意远:语出杜甫《丽人行》:"态浓意远淑且真,肌理细腻骨肉匀。"

《乌岩图》为李畏吾舍人作^{(一)①}

苍岩下垂碧琳腴^②,岩前杂树青不枯。岩深树阴寂无响,高枝哑哑群飞乌。何人结庐此岩居,守道绝俗忘饥劬^③。平生教子积万卷,老去对松方五株。云霄到眼一息翼^④,邱壑寄赏非枪榆^⑤。当门复见粲粲子^⑥,空□自负青青刍^(二)。毛义喜色原可想,曾参养志将非殊^⑦。生平事亲不出门,一出万里登皇都^⑧。读书谈道有家学,持身洁行君子儒。即今假直向薇省^⑨,文章五色谁敢俱。升斗纵未厚俸禄,纶綍自□荣亲躯^(三)。胡为每食动遐想^(四),反哺独切情区区^⑩。乃知孝养在人子,穷达只要亲心娱^⑪。乌岩之乐应有馀,担榼进食情恬愉^⑫。却童回顾呼且趋,惊起林端尾毕逋^⑬。锄瓜集冠有天意^{(五)⑭},衔鼓立县宁彼迂^⑮。我今不归亦非住^(六),略似绕树空惊呼。万钟鼎食亦何有^⑯,但愿菽水开新图^⑰。

【校勘记】

(一)《全集》本此诗题作《乌岩图为李舍人畏吾威作》。

(二)空□自负青青刍:《全集》本"□"为"谷"。

(三)纶綍自□荣亲躯:《全集》本"□"为"可"。

(四)胡:《全集》本作"故"。

(五)天:《全集》本作"笑"。

(六)亦:《全集》本作"复"。

【注释】

① 此诗作于乾隆四十三年(1778),冯敏昌三十二岁。李畏吾:李威。张维

屏《国朝诗人徵略二编》载："李威，字畏吾，号凤冈。福建龙溪人。乾隆四十三年进士，官广州府知府，有《无名子诗存》。"

②"苍岩"句：以美玉比画中岩石。

③"何人"二句：借陶渊明"结庐在人境"赞扬画意境高远，使人有超出尘世之感。饥劬：饥饿劳累。

④息翼：敛翕翼，合拢翅膀。有退守之意。

⑤枪榆：语出《庄子·逍遥游》："蜩与学鸠笑之曰：'我决起而飞，枪榆枋，时则不至而控于地而已矣，奚以之九万里而南为？'"形容识浅志小，亦借指识浅志小的人。

⑥粲粲：鲜明貌。语出《诗经·小雅·大东》："西人之子，粲粲衣服。"

⑦曾参养志：曾参，字子舆。"善养父志。每食，必有酒肉，将彻，必请所与。父嗜羊枣，既没，参不忍食。采薪山中，家有客至，母无措，啮指以悟之。参忽心痛，负薪归。妻为母蒸梨，不熟，出之。过胜母，避其名不入。学于孔子，而传《孝经》。"（《二十四孝》）

⑧"生平"二句：自述侍养双亲，而为尽国忠出门。

⑨薇省：也称薇垣。唐开元元年改称中书省为紫微省，简称微垣。后代沿称。作此诗时冯敏昌中式进士，钦点翰林院庶吉士，故称。

⑩反哺：乌雏长成，衔食喂养其母。后比喻报答亲恩。

⑪穷达：困顿与显达。班固《幽通赋》有："懿前烈之纯淑兮，穷与达其必济。"亲心娱：《二十四孝图》有老莱子年七十"戏彩娱亲"故事。

⑫榼：古代盛酒或贮水的器具。

⑬毕逋：鸟尾摆动状。

⑭锄瓜：锄地种瓜。化用"五色瓜"即"东陵瓜"之典。汉初有邵平，本秦东陵侯，秦亡，为民，种瓜于长安城东，故称。事见《史记·萧相国世家》。

⑮衔鼓：（南朝）刘敬叔《异苑》卷十载："东阳（郡）颜乌以淳孝著闻。后有群乌衔鼓集颜所居之村，乌口皆伤。一境以为颜乌至孝，故慈乌未萃。衔鼓之异，欲令聋者远闻。"

⑯万钟鼎食：即"钟鸣鼎食"，谓食则鸣钟。形容富豪之家的生活。张衡《西京赋》中有"击钟鼎食，连骑相过"句。此借指奢华的生活。

⑰菽水：见前卷二《仲夏游陶然亭同张瑞夫胡秋筠作》注⑯。

读张药房《啖荔图》诗,有寄,
即次春初见寄原韵①

　　不见离支山火繁②,想君霞上气轩轩。东坡一去七百载③,词组今同不二门④。安觅有心人共学,敢于无佛处称尊。石牛道士不得说⑤,食罢苦笋开德园。

【注释】

　　① 此诗作于乾隆四十三年(1778),冯敏昌三十二岁。张药房:见前卷二《初春寄张粲夫》注①。

　　② 离支:即荔枝。

　　③ 东坡一去七百载:苏轼《惠州一绝》有"日啖荔枝三百颗,不辞长作岭南人"之句。

　　④ 不二门:即不二法门。语出《维摩诘经·入不二法门品》。谓平等而无差异之至道。

　　⑤ 石牛道士:指老子。传说老子骑青牛西行出关,留下五千言《道德经》。

《石鉴图》为赵渭川题^{(一)①}

　　小石楼下云溶溶,大石楼上峰重重。两楼相当开一峰,即石□□到□封^(二)。其光可鉴如青铜,铸自太古谁磨砻②。阳乌将升大瀣东③,跋跃拚击扶桑红④。临崖下睹心忡忡,两目眩耀无全功。此时此鉴光上冲,不比朏朒还示冲⑤。日精月魄交相宫^{(三)⑥},金膏水碧非关烘。人欲窥之不可逢,窥之令汝好颜容。兼明孔窍于心胸,一扫障翳生灵通。麻姑近傍来无踪⑦,玉女旦旦相追从。三角髻绾如芙蓉^{(四)⑧},或散发至腰髻松⑨。笑人反走来如风,玩弄朴鄙还愚蒙。老死不见光两瞳,赵子乍仰性虚空。跳身直坐当其中,此身此心奚初终。匪石匪鉴将谁同,服食镇压闻仙翁⑩。光明透彻开禅宗⑪,即仙即佛即机锋⑫。狡狯伎俩何须工,心心万古垂无穷。

【校勘记】

(一)《全集》本此诗题作《石鉴图为赵孝廉渭川希璜题》。

(二)即石□□到□封:《全集》本此句作"片石倒嵌口尘封"。

(三)宫:《全集》本作"容"

(四)如:《全集》本作"女"

【注释】

① 此诗作于乾隆四十三年(1778),冯敏昌三十二岁。赵渭川:赵希璜,字渭川。广东长宁人。乾隆四十四年己亥(1779)举人,官安阳知县。有《四百三十二峰草堂诗钞》。《清史稿·列传·文苑二》有传。

② 砻:磨,使光亮。

③ 阳乌:神话传说中在太阳里的三足乌。大瀚:这里指大海。

④ 扶桑:神话中的树名。《山海经·海外东经》:"汤谷上有扶桑,十日所浴,在黑齿北。"郭璞注:"扶桑,木也。"传说日出于扶桑之下,拂其树杪而升,因谓为日出处。

⑤ 朏朒:农历月初时的月相。

⑥ 日精月魄:道教以日为阳,称日魂;以月为阴,称月魄。 相宫:《易》纬家有"九宫八卦"之说,这里说九宫的相合。

⑦ 麻姑:神话中仙女名。事见葛洪《神仙传·麻姑传》。

⑧ 芙蓉:荷花。

⑨ 鬖松:毛发散乱貌。

⑩ 服食:服用丹药。道家养生术之一。

⑪ 禅宗:中国佛教一大宗派。主张修习禅定,故名。传说创始人为菩提达摩,下传慧可、僧璨、道信,至五祖弘忍下分为南宗惠能,北宗神秀,时称"南能北秀"。又因以参究的方法,彻见心性的本源为主旨,亦称佛心宗。以顿悟为特

色,以心传心,不立文字,无迹可循。

⑫ 机锋:佛教禅宗用语。指问答迅捷锐利、不落迹象、含意深刻的语句。

送张春台同年从事镇江,即归选学博,
并呈令兄药房孝廉、饶桐阴前辈^(一)①

忆昔计偕同入都,孝廉船看中江趋。饶清曹壮君更俊,谓桐阴秋潭。飞帆直下鄱阳湖。秣陵山川一千里②,云舒绣蹙供啸呼。我时一语嗫不发,非慕寂寞但坐迂。登场一蹶再不振③,眼看得路人先驱。三试同舟幸一隽④,弹冠吾敢相揶揄⑤。谓乙未桐阴入馆。此后分携迭南北,六年京国嗟予愚^(二)⑥。谒来一第窃未秩,我重自愧为君吁。君才俊逸天下少,旧是天上麒麟无。诗篇凭陵气轩磊,往往欲到韩兼苏⑦。长安名卿半赏识^(三)⑧,有时亦恩燕南屠⑨。平生事事看自好,只虞出手金钱粗。以兹生计还拓落⑩,五上不第倾其帑⑪。虽得儒官意不惬,非不自憙愁追逋⑫。间移寺寓我旧历,时为剥啄惊潜夫⑬。闭门三日雨不绝,烟爨往往清斋厨⑭。愧为同袍力不厚⑮,湿沫但足相煦濡⑯。故人之谊乃若此^(四),定愁马食兼骡徒⑰。使君五马城南隅⑱,待子共发方踟蹰。京口之酒何当沽^(五)⑲,萧公北顾轩眉须⑳。芙蓉楼接莲花府㉑,君试出入冰心壶㉒。飞书草檄赖公等,好句更拟倾盘珠。一杯浮玉在何许㉓,江海一气连浮图。君力所到剔抉处^(六),瘗鹤铭字当重摹㉔。他时还乡艺桃李㉕,门墙化雨连天敷㉖。虽然盘中饱苜蓿㉗,尚胜乞米羞侏儒㉘。人生富贵亦何有,但取困迫劳形躯。少年豪气亦不必,取材要足当世须。君之难兄最心许,比者力学开芳芜㉙。欲求切琢不在远㉚,归去照映从华不㉛。胡为临发不忍别,片言要使蒙区区。十年未有一字赠,语默自异中非

殊。曹公比来诗亦好,不异横槊方登舻㉜。行当归去共寮案㉝,
收拾景物相喝于㉞。若逢色养饶先辈,为言竽吹方愁吾㉟。

【校勘记】

(一)《全集》本此诗题作《送张春台同年之镇江官署,即归选学博,并呈令
兄药房孝廉、饶桐阴编修前辈》。

(二)国:《全集》本作"寓"。

(三)赏识:《全集》本作"识赏"。

(四)乃:《全集》本作"仅"。

(五)何当沾:《全集》本作"雄兵俱"。

(六)君力所到:《全集》本作"君家力臣"。

【注释】

① 此诗作于乾隆四十九年(1784),冯敏昌三十八岁。张春台:张锦芳弟,
生平不详。药房:见前卷二《初春寄张粲夫》注①。饶桐阴:见前卷二《送饶桐
阴得庶常南还》注①。

② 秣陵:今南京。见前卷一《将至金陵》注②。

③ "登场"句:自指科场不顺利事。冯敏昌先后于乾隆三十三年二十二岁
乡试被落;乾隆三十六年二十五岁、四十年二十九岁会试先后不第。

④ 三试同舟:指冯敏昌三次赴京会试与张同行。

⑤ 弹冠:指为官后他人弹冠相庆。

⑥ "六年"句:指由乾隆四十三年三十二岁中式进士,至此时三十八岁,已
有六年时间。

⑦ 韩与苏:指韩愈和苏轼。

⑧ "长安名卿"句:借唐代举人在长安献诗赋求荐的事,指游学京都希求名
士的赏拔。长安,代京师。名卿,有声望的公卿。

⑨ 愬:混杂。此句指交友。

⑩ 拓落:即落拓。失意,不得意。

⑪ 帑:财帛。

⑫ 逋:拖欠,积欠。此处说因欠债而愁被追偿。

⑬ 潜夫：隐者。

⑭ "烟爨"句：自指在京城生活艰难，据《年谱》记："乾隆四十年(1775)二十九岁，兄弟相对读书，兄弟执爨。或日仅一食，或竟日不炊。"

⑮ 同袍：语出《诗经·秦风·无衣》："岂曰无衣，与子同袍。王于兴师，修我戈矛，与子同仇。"此处指同年、同学。

⑯ "湿沫"句：即呴湿濡沫意。语出《庄子·大宗师》："泉涸，鱼……相呴以湿，相濡以沫。"比喻同处困境，互相救助。

⑰ 黥徒：受黥刑的囚徒。

⑱ 五马：《玉台新咏·日出东南隅行》："使君从南来，五马立踟蹰。"借指太守的车驾。

⑲ 京口：即镇江。这里希望有机会再与老朋友一起宴饮。

⑳ 萧公：萧法明(1149—1193)，南宋人。三岁丧母，后潜心修炼，飘然成仙。

㉑ 芙蓉楼：在古镇江城内月华山上。为东晋刺史王恭所建。唐代诗人王昌龄有《芙蓉楼送辛渐》："寒雨连江夜入吴，平明送客楚山孤。洛阳亲友如相问，一片冰心在玉壶。" 莲花府：犹莲幕。《南史·庾杲之传》："(王俭)用杲之为卫将军长史。安陆侯萧缅与俭书曰：'盛府元僚，实难其选。庾景行泛渌水，依芙蓉，何其丽也。'时人以入俭府为莲花池，故缅书美之。"后因称幕府。

㉒ 冰心壶：见本诗注㉑。

㉓ 浮玉：浮玉山。指今江苏省镇江市的金山、焦山。

㉔ 瘗鹤铭：今江苏镇江焦山摩崖石刻。华阳真逸撰，上皇山樵书。乾隆二十二年移置焦山定慧寺。铭文正字大书左行。北宋胡仔《苕溪渔隐丛话后集·楚汉魏六朝下》："《东观馀论》云：'……此铭后又有题"丹阳尉山阴宰"数字，及唐王瓒诗，字画亦颇似《瘗鹤》，但笔势差弱，当是效陶书。'"

㉕ 艺：种植。桃李：桃花与李花。《韩诗外传》卷七："夫春树桃李，夏得阴其下，秋得食其实。"后比喻栽培的后辈和所教的门生。

㉖ 门墙：语出《论语·子张》："夫子之墙数仞，不得其门而入，不见宗庙之美，百官之富。得其门者或寡矣。"后称师门为"门墙"。

㉗ 苜蓿：植物名。豆科，一年生或多年生。汉武帝时，张骞使西域，始从大宛传入。可食用。唐人薛令之《自悼》诗："朝日上团团，照见先生盘。盘中何所

有,苜蓿长阑干。"这里也是说生活清贫。

㉘ 乞米:求米;讨米。唐书法家颜真卿有向李太保借米的《与李太保帖》称《乞米帖》。

㉙ 芜芜:杂草。喻芜杂的事物。

㉚ 切琢:即切瑳琢磨。比喻道德学问方面互相研讨勉励。语本《诗经·卫风·淇奥》:"有匪君子,如切如瑳,如琢如磨。"

㉛ 华不注:即华山,又名金舆山、尖尖山,在山东济南市东北、黄河之南"齐烟九点"之一。《水经注》记述:"单椒秀泽,不莲丘陵以自高;虎牙桀立,孤峰特拔以刺天。青崖翠发,望同点黛。"

㉜ "曹公"二句:指曹操横槊赋诗事。建安十三年(208),曹操率大军沿长江南下,欲平孙刘势力。后置酒宴请诸将。横槊赋《短歌行》:"对酒当歌,人生几何? 譬如朝露,去日苦多。……山不厌高,水不厌深。周公吐哺,天下归心。"咏叹时光易逝、贤才难得。

㉝ 寮寀:指同僚。

㉞ 喁于:即于喁。《庄子·齐物论》:"前者唱于而随者唱喁。"陆德明释文引李轨曰:"于喁,声之相和也。"这里有友朋唱和来往意。

㉟ 竽吹:滥竽充数之典。出《韩非子·内储说上》。此为自谦。

纱 窗 一 首①

纱窗微月映微黄,独坐无灯近倚床。笑语风来仍别院,麝兰雨后任过墙②。十年京寺寻幽梦③,午夜江船识异香。此际不须还睹面,待留前味许思量。

【注释】

① 此诗作于乾隆四十五年(1780),冯敏昌三十四岁,携五弟冯敏晖同游。散馆以二等奉旨授职编修,遂读书中秘。

② 麝兰:麝香与兰香。

③ "十年"句：回忆自乾隆三十一年(1766)二十岁时开始赴京，至这一年，乾隆四十五年(1780)三十四岁，多年求学为官的经历。京寺指北京法源寺，冯敏昌流寓北京，多次居住。

寄 内 一 首①

离居又近十霜期②，万感唯应病骨支。何事年来心渐怯，被棱如铁夜眠时⁽一⁾。

【校勘记】

（一）棱：《全集》本作"稜"。

【注释】

① 此诗作于乾隆五十三年(1788)，冯敏昌四十二岁。是年正月往谒济渎清源王庙，游王屋、天坛山，入主河阳书院并修《孟志》。每鸡鸣起自温读。府属八县及河南府属各县皆足迹遍历。又谒韩文公祠。

② 十霜：遇一霜为一年，此指夫妻离居时间之长。

渡洞庭湖南风甚正有作⁽一⁾①

吾精不曾开衡云②，连朝雾雨兼纷纷。峨冠不入三公府③，稽首独祷洞庭君④。君侯南人特南庇，风势竟晓清霞雯⑤。蒲帆十幅半空举⑥，大似荐剡通殷勤⑦。同来诸船亦齐发，又譬捷足争阶勋。风帆如林迭前后，沙岸过鸟空纷纭。龙堆迢递鹿角远⁽二⁾⑧，日车渐冷樯乌分⑨。孤帆茫茫但中进，乍见天水相絪缊⑩。此时风急涛声吞，帝轩张乐犹可闻⑪。洪钟万石远轰耳，猛簴百仞高穿龈⑫。湘阴盘石湘竹管，灵夔作鼓鼍为鼗^(三)⑬。鱼龙震撼满坑谷，鬼神杂沓凌紫氛。动心岂但北门客，急节尚殷重华坟⑭。湘灵何来水边瑟，汉女似舞风中帉⑮。吾闻大乐本天地，中声元气通氤氲⑯。茎英章韶相继作⑰，清明广大非常云。谁初咸池泄秘篇⑱，首尾不用穷郢斤⑲。帝轩之德照万古，我皇异世还同文。陈词从来贵忠信，谒帝容易非虚欣。我行遥途纡正听，天关不见雄九军⑳。军行漫想营卫接，先后幸许容成群。宁言浮湘问天客㉑，纫兰采蕙徒芳芬㉒。

【校勘记】

（一）《全集》本此诗题作《渡洞庭湖南风甚正湖中有作》。

（二）堆：《全集》本作"旌"。

（三）灵夔作鼓鼍为鼗：此句《全集》本作"灵鼍作鼓夔为鼗"。

【注释】

① 此诗作于乾隆四十五年（1780），冯敏昌三十四岁。

② 衡云：泛指湖南。衡即衡山。

③ 峨冠：高帽子。古代士大夫的装束。三公：古代中央三种最高官衔的合称。

④ 洞庭君：洞庭水神。

⑤ 雯：形成花纹的云彩。

⑥ 蒲帆：用蒲草编织的帆。这里说船帆简陋。

⑦ 荐剡：指推荐人的文书。

⑧ 鹿角：镇名。在湖南岳阳南，洞庭湖滨。

⑨ 日车：太阳。太阳每天运行不息，故以"日车"喻之。樯乌：桅杆上的乌形风向仪。

⑩ 絪缊：形容云烟弥漫、气氛浓盛的景象。

⑪ 帝轩：指黄帝轩辕氏。

⑫ 簴：悬挂钟磬的立柱。

⑬ 灵夔：传说中的奇兽。《山海经·大荒东经》记："状如牛，苍身而无角，

一足,出入水则必有风雨,其光如日月,其声如雷,其名曰夔。”

　　⑭ 重华坟:王逸《楚辞补注·离骚》引《帝系》曰:“瞽叟生重华,是为帝舜,葬于九疑山,在沅、湘之南。”山在湖南宁远,九峰耸立,山势雄浑,控三湘,临北粤,连峰接岫,竞秀争高。

　　⑮ 汉女:传说中的汉水女神。《后汉书·马融传》:“湘灵下,汉女游。”李贤注:“汉女,汉水之神女。”帉:大巾,佩巾。

　　⑯ 通氤氲:说人的元气与天地同在。氤氲:古代指阴阳二气交会和合之状。

　　⑰ 茎英章韶:韶、韺,指舜乐和帝喾乐。亦泛指古乐。

　　⑱ 籥:古管乐器。象编管之形。有吹籥、舞籥两种。《诗经·邶风·简兮》:“左手执籥,右手秉翟。”孔颖达疏:“籥虽吹器,舞时与羽并执,故得舞名。”

　　⑲ 郢斤:郢匠挥斤。《庄子·徐无鬼》载,匠石挥斧削去郢人涂在鼻翼上的白粉,而不伤其人。比喻纯熟、高超的技艺。

　　⑳ 九军:天子六军,诸侯三军,统称为九军。《庄子·德充符》:“勇士一人,雄入于九军。”

　　㉑ 问天客:指屈原,作《天问》。

　　㉒ 纫兰:《楚辞·离骚》:“扈江离与辟芷兮,纫秋兰以为佩。”比喻人品高洁。蕙(huì):香草名。指熏草(俗称佩兰)或蕙兰。叶似草兰而稍瘦长,气逊于兰,色略淡。

风雨江中晓行①

　　忆昔牂牁上水船②,船头风紧雨连天。风花肠断方三月,尘土今来近十年③。一梦江南兼塞北,更听篷背到沙边。烟餐水宿知何限,只有当时中酒眠。

【注释】

　　① 此诗作于乾隆四十三年(1778),冯敏昌三十二岁,经连续三次会试终成进士。

② 牂牁：见前卷一《崧台》注②。
③ "尘土"句：回忆自己风雨奔波的历程。

题赵渭川罗浮访道图^{(一)①}

我骑神羊二禺山^②，九月落木过黄湾^③。虚行南寻嶅霍峰^④，峦烟雾不可以悉数^(二)，途艰路绝使我侧望伤心颜^(三)。归路扶胥水边驿^⑤，要看扶桑浴初日^⑥。洪澜滔天飓风发，三夜罗浮梦登陟^⑦。嗟罗浮之名山兮，四百三十二之奇峰。天边兮雾市，海上兮樊桐^⑧。尧时洪水汩日罗列而不没兮蓬莱，一股夜半涌液而相冲。天风抨击崖谷喧，豗四海^⑨，徽纆沸^{(四)⑩}，声如雷。铁桥绵亘而云横兮锁连山，合体之将开朱明宫^{(五)⑪}。其中耀真室，其下峨台殿兮金银悬。日月兮潇洒，群峰逮晓涧壑萦回。悬崖一削几千仞，水帘瀑布之泻何奇哉。大石楼西弦月白，飞云峰头盖天黑，毛人长啸乞火米^⑫。天鸡距短禁寒极^⑬，子夜三更树颠一声，火轮百丈以高跃^⑭，海气万叠而孤撑。三足下视张口纳^⑮，六龙高驭升天行^{(六)⑯}。方平生，稚川子^⑰，黄麟白鹤来相竢^⑱。麻姑狡狯竟何为^⑲，鲍女聪明谁得似^⑳。群蛺蜨之缤纷兮^㉑，袖彩云之翩翩。禽捣药以歌舞^㉒，虎守窨而瘖眠^㉓。木叶似兮铜鱼^㉔，长松化为剑客篁，冉冉其云青萝依依而岭碧。思美人兮不见，倚梅花而辨色。但落月兮参横羌，何为兮自责。噫嘻哉，赵生！尔胡不向梅花村边买酒田，更寻一觉续前缘！曷来白鹤观中住。等闲一住经一年。天秋时^(七)，碧露下，杞菊黄精撷盈把。骑牛入石石鉴明^㉕，骑马蹂田田妇骂^㉖。虽然兹山之内昔到苏东坡^㉗，讵敢侵人恃杯斝^{(八)㉘}。东坡公，良可从，玉堂金马神仙客，蛮烟蜑雨衰迟翁^㉙。园叟招寻同荔食，亭花开落伤松风。诗名信与山长在，转入廉江自琼海^{(九)㉚}。吾家今住小罗浮㉛,恨不我公翘足待。自我别家来北阙,赵子遨游且辞粤。京尘满面羁旅同,禅房把臂殷勤说。岽秀空怀缥缈云㉜,太白只望婵娟月㉝。太白平生不到罗浮颠,从知山与南溟连^(十)。何时苏李更相合㉞,握手直上同飞仙。

【校勘记】

(一)《全集》本此诗题作《题赵渭川希璜罗浮学仙图》。

(二)峦烟雾:《全集》本作"峦烟嶂雾"。

(三)侧望伤心颜:《全集》本作"侧望绝叹伤心颜"。

(四)纆:《全集》本作"缠"。

(五)朱明宫:《全集》本作"朱陵宅"。

(六)升:《全集》本作"乘"。

(七)时:《全集》本作"风"。

(八)讵敢侵人恃杯斝:此句《全集》本作"讵尔恢奇若兹者"。

(九)转入廉江自琼海:此句《全集》本作"何事迁流自琼海"。

(十)从:《全集》本作"仍"。

【注释】

① 此诗作于乾隆四十二年(1777),冯敏昌三十一岁。赵渭川:见前本卷《〈石鉴图〉为赵渭川题》注①。

② 二禺:见前卷二《南汉铁塔歌李南碉明府索赋》注⑪。

③ 黄湾:在今浙江海宁。

④ 螯霍峰:即螯山。在广东龙川北。见清代顾祖禹《读史方舆纪要·广东四·惠州府》。

⑤ 扶胥:即扶苏。出《诗经·郑风·山有扶苏》:"山有扶苏,隰有荷华。"毛传:"扶苏,扶胥,小木也。"

⑥ 扶桑:见前本卷《石鉴图为赵渭川题》注④。

⑦ 罗浮:我国道教十大名山之一。司马迁比作"粤岳",素有"岭南第一山"之称。在广东惠州博罗县,大小山峰432座,山势雄伟挺拔,风光清静幽秀。

又有神仙洞府的美誉,道教称它为第七洞天,第三十四福地。由罗山、浮山相连而成。罗山主峰飞云顶,浮山主峰称上界三峰。罗浮山与南海西樵山为姐妹山,故又名东樵山。东晋咸和年间(326—334)葛洪在此山修道炼丹。南朝梁武帝相继建华首、明月、龙华、延祥、宝积五个佛寺。

⑧ 樊桐:传说中的山名。《淮南子·墜形训》:"县圃、凉风、樊桐,在昆仑阊阖之中。"高诱注:"县圃、凉风、樊桐,皆昆仑之山名也。樊,读如麦饭之饭。"

⑨ 隑:喧闹。此说声音洪大。

⑩ 徽纆:绳索。

⑪ 朱明宫:道教十大洞天的第七洞天,即"朱明辉真之洞天"。在罗浮山南麓,洞前有传为葛洪炼丹时修建的冲虚古观。

⑫ 毛人:传说中的仙人。乞火:求取火种。

⑬ 天鸡:神话中天上的鸡。南朝梁任昉《述异记》卷下:"东南有桃都山,上有大树,名曰'桃都',枝相去三千里。上有天鸡,日初出,照此木,天鸡则鸣,天下鸡皆随之鸣。"

⑭ 火轮:指太阳。

⑮ 三足:即三足乌,古代传说中的神鸟。日中之三足乌。汉代王充《论衡·说日》:"儒者曰:日中有三足乌,月中有兔、蟾蜍。"

⑯ 六龙:指太阳。神话传说日神乘车,驾以六龙,羲和为御者。

⑰ 稚川子:葛洪字稚川子。

⑱ 竢:等待。

⑲ 麻姑:见前本卷《石鉴图为赵渭川题》注⑦。

⑳ 鲍女:《随园诗话》卷十六记:"丹阳鲍氏女自称闻一道人,遭难流离,嫁竟陵陆襄云,年二十四而夭。咏《溪钟》云:'溪外声徐疾,心中意断连。是声来枕畔,抑耳到声边?'颇近禅理。"

㉑ 蛱蜨:蝴蝶。

㉒ 捣药:传说嫦娥偷吃羿从西王母得到的不死药,进月宫,变成了捣药的月中兔。见《淮南子·览冥训》。

㉓ 窨:地下室;地窖。

㉔ 铜鱼:铜制的鱼形符信。古代官员用以证明身份和征调兵将的凭证。

㉕ "骑牛"句:老子骑青牛入函谷关,经灵石,留下五千字《道德经》。

㉖ 蹂田：践踏田禾。

㉗ "虽然"句：苏轼在惠州时，曾为当地酒取名：家酿酒叫"万户春"，糯米酒叫"罗浮春"，龙眼酒叫"桂酒"，荔枝酒叫"紫罗衣酒"，等等。他也自酿酒浆，招人同饮。还喜搜集民间酒方。下句有"恃杯斝"句。

㉘ 杯斝：酒杯。斝：古代青铜制贮酒器，有把手、两柱、三足、圆口，上有纹饰，供盛酒与温酒用。盛行于殷和西周初期。

㉙ 蜑：旧时南方少数民族之一。

㉚ "转入"句：指苏轼在粤及琼的行迹。参见前卷一《海门春阴行》注⑦。

㉛ 小罗浮：民国《钦县志》卷一《舆地志》："旧志载，旁有罗浮山，本安京山，俗呼麓撒。随置安京县于此。脉发自铜鱼山，昆连广西宣化县胡公山，山峰峭拔，类惠州罗浮山……"

㉜ 昙：密布的云气。

㉝ 婵娟月：明媚月色。

㉞ 苏李：指苏轼和李白。

长毋相忘汉瓦歌为张瘦铜同年舍人作①

片瓦文传面无缺，团团一似咸阳月。咸阳宫殿几烧燔②，汉字不同秦烬灭。汉武当年建柏梁③，规模曾弗借秦皇（一）。长饶漆瓦垂文露④，岂识穷檐飞夜霜。兰有秀兮菊有芳，怀佳人兮不能忘⑤。佳人恩爱几时歇，地老天长方未央（二）。君王意深情亦至，旦旦不殊传信誓（三）。房承芝日写奇文（四）⑥，何似鱼鳞屋楞字（五）⑦。嵯峨三十六离宫⑧，愁绝顽仙泪陨铜⑨。龙桷已随风雨化⑩，璧轮犹藉仙苔封。我友昔年西命驾，徘徊吊古蓝田下。词赋凄凉类有情，琳珉赓答知无价⑪。平生此制宁多识，兰话堂中偶存一。长生之篆义则同，铜雀之称岂其匹⑫。燕台相示几惊吁⑬，还出新诗为起予。千里分携情不尽，经年相见意何如。多君此日携游处，秘省研磨当砚具⑭。

待儽三篋史臣书⑮,更续两京平子赋⑯。

【校勘记】

（一）曾弗借:《全集》本作"殊不下"。

（二）方未央:《全集》本作"无断绝"。

（三）君王意深情亦至,且且不殊传信誓:此二句《全集》本作"缠绵岂尽当时意,信誓不殊朝旦说"。

（四）房承芝日:《全集》本作"房芝承日"。

（五）字:《全集》本作"缀"。

【注释】

① 此诗作于乾隆四十五年(1780),冯敏昌三十四岁。是年散馆以二等奉旨授职编修,遂读书中秘。长毋相忘汉瓦:清代钱泳《履园丛话阅古》"秦汉瓦当"载:"此张舍人(垍)所得,亦出自汉城,不知何宫所施。案《长安志》引汉宫殿名有相思殿者,不知所在。此疑为后宫所用也。"张瘦铜:张垍,字商言,号瘦铜,吴县人。乾隆三十四年(1769)进士,官内阁中书。有《竹叶庵集》。

② 烧燔:指项羽焚毁阿房宫等事件。

③ 柏梁:《三辅黄图·台榭》:"柏梁台,武帝元鼎二年春起。此台在长安城中北关内。《三辅旧事》云:'以香柏为梁也,帝尝置酒其上,诏群臣和诗,能七言诗者乃得上。'"

④ 文露:指瓦上的花纹和文字。

⑤ "兰有秀兮"二句:语出汉武帝《秋风辞》:"秋风起兮白云飞。草木黄落兮雁南归。兰有秀兮菊有芳。怀佳人兮不能忘。泛楼船兮济汾河。横中流兮扬素波。箫鼓鸣兮发棹歌。欢乐极兮哀情多。少壮几时兮奈老何。"

⑥ "房承芝"句:见前卷二《甘泉宫瓦摹本覃溪师命作》注⑦⑧⑨。

⑦ 棔:屋檐板。

⑧ 三十六离宫:张衡《西京赋》说西京有离宫别馆三十六处。这里是极言其多。

⑨ "愁绝"句:见前卷二《甘泉宫瓦摹本覃溪师命作》注⑲。李贺《金铜仙人辞汉歌序》:"魏明帝青龙九年八月,诏宫官牵车西取汉孝武捧露盘仙人,欲立

置前殿。宫官既拆盘,仙人临载乃潸然泪下。"

⑩ 桷:方形的椽子。

⑪ 琳:美玉。珉:像玉的美石。

⑫ 铜雀:即铜雀台。《三国志·魏书·武帝纪》:"(建安十五年)冬,作铜雀台。"曹操所建。周围殿屋一百二十间,连接榱栋,侵彻云汉。铸大孔雀置于楼顶,舒翼奋尾,势若飞动,故名铜雀台。故址在今河北省临漳西南古邺城西北隅,与金虎、冰井合称三台。

⑬ 燕台:战国时燕昭王所筑的黄金台。故址在今河北易县东南。相传燕昭王筑台以招纳天下贤士,故也称贤士台、招贤台。

⑭ 秘省:秘书省。是古代专门管理国家藏书的中央机构。东汉后期设立秘书监,南朝梁时改为秘书省。后世延之。

⑮ 雠:校勘;校对。

⑯ 两京平子赋:张衡《东京赋》和《西京赋》,两赋合称《二京赋》。张衡(78—139),字平子,南阳西鄂人(今河南南阳石桥镇夏村),曾任尚书和河间相等职。《二京赋》被称为京都大赋的"长篇之极轨"。

长句一首赠黄仲则作①

夫君宗派宋豫章②,五经无双江夏黄③。巍然百世不祧祖④,诗人再盛兴且昌(一)。鸾雏翀霄渐传响⑤,豹文映雾先久藏⑥。初寻四明越钱塘,再穷九疑窥衡湘⑦。缠绵屈宋启骚赋⑧,漂泊杜李留芬芳⑨。人言君祖杜诗法⑩,谁与梦彼迁夜郎⑪。文节集载梦李白讲诗事。君乘晚潮下浔阳⑫,但有太白楼堪殇⑬。九华真逢绿水挂⑭,黄山更出天梯长⑮。天都峰前亦何有⑯,荡为云海输温汤⑰。入云既深出汤热,如鲸跋扈鸢飞扬。谪仙千年气殊馁⑱,抗子笔力为铺张⑲。星辰上逼来朗朗,江海下走流汤汤。南条舟浮尽淮水,大河以北车马良。去年东巡赋长杨⑳,蛟龙锦烂承恩光。相如退扫上林作,天子虚

仁凌云翔。国朝词人盛文藻,共勉追琢陈金相㉑。清水芙蓉念
方出㉒,小山丛桂思初香㉓。旷然千古忽并世,岂用南北看朱
王㉔。我生三十讵怀返㉕,见子迄久而自伤。十年更起读书
愿,万里未裹还乡粮㉖。饭颗山头莫相索㉗,糟邱台畔吾肯
忘㉘。将焚笔研谢名场㉙,更种福田资宝坊㉚。君家石牛幸堪
借,衰宗象龙谁解装㉛。闭门敬通初却埽㉜,落月杜子馀窥梁。
君手赐袍尚归里㉝,更泛素舸吟江乡。江山一代被锦绣,金石
万口传宫商㉞。射书未必东海蹈㉟,险句讵免西江方㊱。但思
补述派后派,须看此日狂生狂。

【校勘记】

（一）夫君宗派宋豫章,五经无双江夏黄。巍然百世不祧祖,诗人再盛兴且
昌:此四句《全集》本作"黄君宗派宋豫章,兰陵起家游虞庠。童年盛业何为者,
五经无双江夏黄。巍然百世不祧祖,诗法佑启云孙祥。诗人再盛古难必,远而
后兴兴且昌。"

【注释】

① 此诗作于乾隆四十五年(1780),冯敏昌三十四岁。张维屏《国朝诗人微
略初编》引《湖海诗传》:"黄仲则字汉镛,一字仲则。江南武进人,诸生。"号鹿
菲子,有《两当轩诗集》《悔存斋诗钞》。

② 宋豫章:指宋代诗人黄庭坚(1045—1105)。字鲁直,号山谷道人,又号
涪翁,学者称豫章先生,江西修水人。开创"江西诗派"。

③ "五经"句:赞黄氏一门渊源久远,黄仲则学问渊博,媲美东汉许慎。五
经无双:指东汉许慎。《后汉书》有传:"许慎,字叔重,汝南召陵人也。性淳笃,
少博学经籍,马融常推敬之,时人为之语曰:'五经无双许叔重。'为郡功曹,举孝
廉,再迁除洨长。卒于家。"江夏黄:指黄氏起源。颛顼后裔嬴氏之一支黄姓迁
徙至江夏、安陆(今湖北云梦东南至武汉)一带,繁衍为汉代最著名的江夏黄氏。
这支黄姓宗族世居江夏,代为冠族,至孝子黄香,才倾天下,黄琼、黄琬位至三
公,名震宇内,时人誉称"江夏黄氏,天下无双"。

④ 不祧祖:古代帝王的宗庙分家庙和远祖庙,远祖庙称祧。家庙中的神

主,除始祖外,凡辈分远的要依次迁入祧庙中合祭;永不迁移的叫做"不祧"。

⑤ 翀:向上直飞。

⑥ 豹文:玄豹成文。多指隐居或才华出色。汉代刘向《列女传·陶答子妻》:"妾闻南山有玄豹,雾雨七日而不下食者,何也? 欲以泽其毛而成文章也,故藏而远害。"

⑦ 九疑:九疑山,见前卷二《挽刘烈妇邹少君》注⑨。衡湘:指楚地,参见本诗前注③。

⑧ 骚赋:指骚体作品。明代胡应麟《少室山房笔丛·经籍会通二》:"集之名昉于楚乎,屈、宋、唐、景皆楚也,非骚赋无以有集。"屈宋:指屈原宋玉。

⑨ 杜李:杜甫和李白。二人遭遇坎坷,一生漂泊。杜甫"奉儒守官,未坠素业"(《进雕赋表》),希望"致君尧舜上,再使民风淳",先后漫游吴越、齐赵,后飘零西南,逝于旅途。 李白25岁出川漫游干谒,备尝艰辛,长安、东鲁、吴越均游历。这句以黄仲则遭遇与杜李相比。

⑩ "人言"句:说黄庭坚诗学杜甫。黄庭坚以杜甫为诗家宗祖,黄庭坚注重借鉴杜诗艺术经验,对杜诗炼字、造句、谋篇有许多细致分析研究与学习,开创了以学杜诗为宗旨的江西诗派。

⑪ 迁夜郎:天宝十四载(755)安史之乱爆发,李白避地东南后参与永王李璘戎幕,后因李璘叛乱,李白被长流夜郎(今贵州铜梓一带)。

⑫ 浔阳:在今江西九江。白居易曾遭贬谪江州司马,在此作《琵琶行》。

⑬ 太白楼:在今安徽马鞍山西南采石矶,面临长江,背依翠螺山。始建于唐元和年间,清光绪年间重建,原名谪仙楼。

⑭ 九华:九华山,四大佛教名山之一。原名九子山,因唐代大诗人李白见此山"高数千丈,上有九峰如莲花",赋诗更名为九华山。山水雄奇、灵秀,胜迹众多。泉、池、潭、瀑众多。瀑布有五龙瀑、碧桃岩瀑布、濯缨瀑、七布泉瀑布、百丈箭瀑布、百丈潭瀑布、百丈岩瀑布等。

⑮ 黄山:在今安徽黄山市。以奇松、云海、瀑布、怪石闻名于世。

⑯ 天都:黄山主要山峰,以险峻著称。

⑰ 温汤:黄山温泉,又名汤池、灵泉、朱砂泉,明代潘之恒《黄海》载:"香泉溪中有汤泉,口如碗大,出于石间,热可点茗。"

⑱ 谪仙:李白。

⑲ 抗子：指陆机、陆云。吴郡华亭（今上海松江）人。西晋时名将陆抗之子。陆机，字士衡。曾任平原内史，世称"陆平原"，与弟陆云合称"二陆"。钟嵘《诗品》评陆机"才高词赡，举体华美"，其《文赋》是重要的文论。陆云，字士龙。西晋末年官拜清河内史。有"陆清河"之称。《文心雕龙·才略》说他："士龙朗练，以识检乱，故能布采鲜净，敏于短篇。"

⑳ "东巡"句：黄仲则在乾隆四十一年春，二十八岁时，赴津门应乾隆帝东巡召试获二等，于武英殿书签，充武英殿书签官。清《南巡盛典》记："乾隆四十四年、四十五年、四十九年，高宗南巡……"此处只说其事无确指年份。

㉑ 陈金相：说向君主呈现才华。金相：指贴金的佛菩萨等像。这里借指才华。

㉒ "清水芙蓉"句：用李白《经乱离后天恩流夜郎忆旧游书怀赠江夏韦太守良宰》诗中"清水出芙蓉，天然去雕饰"句。

㉓ 小山丛桂：是苏州网师园之一景。园景呈天光山色、亭阁花木相互映现，每逢仲秋"香风满轩花满树"。

㉔ 朱王：指朱彝尊和王士禛。二人齐名，俱为康熙诗坛领袖人物，时称"南朱北王"。朱彝尊（1629—1709），字锡鬯，号竹垞，嘉兴人。开浙西词派。王士禛（1634—1711），字贻上，号阮亭，又号渔洋山人，山东新城（今山东省桓台县）人，主"神韵说"。

㉕ 三十：作此诗时冯敏昌三十四岁，这里不是确指。

㉖ 粮：粮食。

㉗ 饭颗山头：见前本卷《法源寺寓斋雪霁》注⑤。

㉘ 糟丘：积糟成丘。极言酿酒之多，沉湎之甚。李白《襄阳歌》："此江若变作春酒，垒曲便筑糟丘台。"

㉙ 名场：泛指追逐声名的场所。

㉚ 福田：佛教语。佛教以为供养布施，行善修德，能受福报，犹如播种田亩，有秋收之利，故称。宝坊：对寺院的美称。

㉛ 衰宗：衰败的宗族。象龙：汉时大宛名马。《汉书·冯奉世传》："奉世遂西至大宛。大宛闻其斩莎车王，敬之异于它使。得其名马象龙而还。上甚说。"颜师古注："言马形似龙者。"

㉜ 闭门：此句用"相门洒埽"典，《史记·齐悼惠王世家》："魏勃少时，欲求

见齐相曹参,家贫无以自通,乃常独早夜埽齐相舍人门外……于是舍人见勃曹参,因以为舍人。"形容干求有术,这里反其意用之。

㉝ "君手"句:参见本诗注⑳。

㉞ 宫商:泛指音乐、乐曲。

㉟ 射书:用箭传送书信。

㊱ 险句:黄庭坚提出"点铁成金"、"脱胎换骨"说:"虽取古人之陈言,入于翰墨,如灵丹一粒,点铁成金也。"(《答洪驹父书》)"然不易其意而造其语,谓之换骨法;窥入其意而形容之,谓之夺胎法。"(引自惠洪《冷斋夜话》)黄庭坚雕琢诗句、好奇尚硬、喜用拗体也造成了诗中的险句。

题李南磵司马《曝书图》①

世人不经世②,往往衿著述。著述亦不工,经世宁有实。李侯根柢人,为政以经术⁽一⁾。平生马郑学③,早窥唐宋失。六经既輨辖④,群奴恣推诘⁽二⁾。经左而史右⑤,傲睨自一室。危楼起借书,况满三万帙⑥。委婉羽陵蠹⑦,搜罗更排栉⑧。钞写尤苦辛,深藏读韬乙⑨。一朝官广南⑩,捆载虞散佚⑪。岭南文学兴,韩子功第一⑫。百年数红豆,配飨歆橡栗⑬。潮人以惠公配食韩庙。令子传家学,其书抱不出。公来令潮阳,弗遑梨枣恤⑭。书成纪雠校,张生盖详密⑮。昌也何所施,附骥容草率⑯。说文况贻我,小学明始卒。读杂得书易,语古砭今疾。昔承见贻《说文》,因有"读书难得书易"之戒。三年走京师,何曾遂占毕。多公仕且学,岂不惭与慄。但闻公北装,卖书始就驿。不知书卖尽,可得金几镒⑰。读书至卖书,此书读不必。宜教鼹鼠啮⑱,或任墙雨汨。梅炎衣总涴⑲,舟漏絮共室⁽三⁾⑳。胡为尚恋恋,出曝还染笔。披图临花药,爱此芳润质。岿然睹公坐,精神如烈日。庭前阴蠹走㉑,天外阳羽逼㉒。从来五经笥,

不用三尺律㉓。民情于此见,天心鉴公悉。我当拜低头,公当
高抱膝。

【校勘记】

(一) 术:《全集》本作"述"。

(二) 奴:《全集》本作"呶"。

(三) 宜教鼹鼠啮,或任墙雨泪。梅炎衣总浣,舟漏絮共室:《全集》本无此
四句。

【注释】

① 此诗作于乾隆四十二年(1777),冯敏昌三十一岁。李南磵:见前卷二
《南汉铁塔歌李南磵明府索赋》注①。清代徐珂《清稗类钞》第九册"李南磵好
聚书"条云:"……好聚书,每入肆,见异书,辄典衣取债致之,又从朋友借钞,藏
弆数万卷,皆手自校雠。其为学无所不赅,慨然以衰辑为己任。曰《所见书目》,
曰《所闻书目》,皆详其序例卷次,志其刊钞岁月。"杨钟羲《雪桥诗话》录有黄仲
则题李文藻曝书图:"积雨晴窗偶一开,手披鱼粉出秦灰。愿分太古九枝日,更
曝胸中万卷来。"

② 经世:治理国事。这里指关心国事。

③ 马郑:马融和郑玄。东汉经学大师。马融(79—166),字季长,右扶风茂
陵(今陕西兴平东北)人。遍注《周易》、《尚书》、《毛诗》、《论语》、《孝经》等。
郑玄(127—200),字康成。北海高密(今山东高密西)人。曾从学马融三年。遍
注群经,融今古文经,经注训释集汉代经学之大成。

④ 輨:包在车毂头上的金属套。喻事物的枢要、关键。

⑤ "经左"句:《汉书·艺文志》:"古之王者世有史官,君举必书,所以慎言
行,昭法式也。左史记言,右史记事,事为《春秋》,言为《尚书》,帝王靡不同
之。"《春秋》记史,《尚书》为经,故称经左史右。

⑥ 三万:见本诗注①。

⑦ 羽陵:古地名。《穆天子传》卷五:"仲秋甲戌,天子东游,次于雀梁,□
蠹书于羽陵。"郭璞注:"谓暴书中蠹虫,因云蠹书也。"后以"羽陵"为贮藏古代
秘籍之处。

⑧ 排枇：整治清理。

⑨ 乙：旧时在书上画"乙"字形符号，打钩。标志着重处、章节段落处。也表示增补的校勘术语。

⑩ 广南：唐时的岭南道，宋代广南道，即今两广。李南磵曾先后任广东恩平、潮阳知县、桂林府同知。

⑪ 虞：防范。

⑫ 韩子：指韩愈。在今广东潮州笔架山麓，有韩文公祠，祠中楹联云："辟佛累千言，雪冷蓝关，从此儒风开岭峤；到官才八月，潮平鳄渚，于今香火遍瀛洲。"屈大均《广东新语·文语》说："自韩昌黎入粤，粤之人士与之游，而因以知名于世者……至今粤人以为荣。"参见前卷二《初春寄张粲夫》注④。

⑬ 歆：谓用食品祭祀神鬼。橡栗：栎树的果实。

⑭ 梨枣：旧时刻版印书多用梨木或枣木，故代称书版。这里说韩愈刻书发行推广文化。

⑮ 张生：不详。

⑯ 附骥：即附骥尾，蚊蝇附在马的尾巴上，可以远行千里。比喻依附先辈或名人之后而成名。

⑰ 镒：古代重量单位。合二十两，一说二十四两。

⑱ 鼹鼠：鼠类最小的一种。

⑲ 浼：浸渍，染上。

⑳ 窒：堵塞。

㉑ 蠹：蛀虫。

㉒ 阳羽：神话传说，日中有三足乌，故称。借指太阳。

㉓ 三尺律：指法律。《史记·酷吏列传》："周曰：'三尺安出哉？'"裴骃集解引《汉书音义》："以三尺竹简书法律也。"

题李南磵司马《啖荔图》，即送之官桂林①

我寻京国沙水园，暮雨看长蒲萄根。三年荔支岂生识，但

索软枣思雄吞。有言蒲萄略类软枣。庾信云当言似生荔支。虬髯
公来四五月②,不肯求尹规太原。杨炎谓蒲萄为太原尹。秦松嵯
峨岱云表③,眉宇十丈红尘轩。忆留炎天噉冰雪,示我新图受
赭矾④。江城东临大江奔,火云奇峰落酒樽。万株古坝北山
曲,千船油栏西水门⑤。红云宴开锦贝窟,白雨驱过杨卢村⑥。
吾闻荔乡祗荒服⑦,旧比割据夸雄尊⑧。广南来苏蜀川杜⑨,气
压蔡谱开宗蕃⑩。公来舍棠为平反⑪,更比三百髯苏飧⑫。科
头箕踞几意得⑬,风枝露叶聊手扪。颇闻公厨只南食,渐苦胃
反无背蘡⑭。驰书幸许效忠告,尤物未肯从危言。新辞簿领释
吏烦,与监大郡蒙主恩。西南山川本不恶,况界服岭同凉暄。
百车面碾香雪出⑮,十抱桂斫青花繁。屑面作饼桂入药⑯,胃
气定理中仍温。火山无烦录异辨,龙荔尚许虞衡翻⑰。吾还戈
船访前道,更想高论公髯掀。

【注释】

① 此诗作于乾隆四十二年(1777),冯敏昌三十一岁。李南礀:即李文藻。
参见前卷二《南汉铁塔歌李南礀明府索赋》注①。此年任广西桂林同知。

② 虬髯公:指苏轼。见前卷一《海门春阴行》注⑧,和卷一《海角亭谒苏文
忠公遗像》注⑳。

③ "秦松"句:指泰山上五大夫松。见前卷二《嵩山汉柏图》注⑭。

④ 赭:赤红如赭土的颜料。矾:用胶矾水浸湿或洗刷生纸或生绢,使之能
吸水适度,便于书画。

⑤ "江城东临"四句:描摹画中山水及奇景。

⑥ "红云"二句:从颜色上写细小洁白的荔枝花和火红的荔枝果交相辉映。

⑦ 荒服:古"五服"之一。称离京师二千到二千五百里的边远地方。亦泛
指边远地区。《书·禹贡》:"五百里荒服。"孔传:"要服外之五百里,言荒又简
略。"五服:《书·益稷》:"弼成五服,至于五千。"孔传:"五服,侯、甸、绥、要、荒
服也。服,五百里。四方相距为方五千里。"

⑧ "旧比割据"句:历史上,岭南地区几经割据。如秦末任南海尉的赵佗,

割据岭南,建立南越国,凡5代历93年。汉武帝刘彻于元鼎六年(前111)灭南越国,复置南海郡。东汉末刘隐为唐清海军节度使,917年,其弟刘岩割据岭南称帝,国号南汉。见前卷二《南汉铁塔歌李南碉明府索赋》注③。明末清初,1646年朱聿在广州称帝,建南明,旋即被破。

⑨ 广南:见前本卷《题李南碉司马〈曝书图〉》注⑩。

⑩ 蔡谱:蔡襄于宋嘉祐四年(1059)作《荔枝谱》。宗蕃:指受天子分封的宗室诸侯。因其拱卫王室,犹如藩篱,故称。

⑪ 舍棠:典出《诗经·召南·甘棠》:"蔽芾甘棠,勿翦勿伐,召伯所茇。"郑玄笺:"茇(bá),草舍也。""棠芾"喻惠政。

⑫ 三百颗苏飡:指苏轼《惠州一绝》所说。见前本卷《读张药房〈噉荔图〉诗,有寄,即次春初见寄原韵》注③。

⑬ 科头:谓不戴冠帽,裸露头髻。箕踞:一种轻慢、不拘礼节的坐的姿态。即随意张开两腿坐着,形似簸箕。均为不礼貌的行为。

⑭ 蕿:萱草。古人以为萱草可以使人忘忧,故又称忘忧草。

⑮ 香雪:指白色的花。此处指荔枝花。

⑯ 入药:并可入药。《本草纲目》载荔枝果实:"能止渴,益人颜色……通神、益智、健气";壳能治"痘疮出发不爽快……又解荔枝热"等。

⑰ 龙荔:宋代范成大《桂海虞衡志·志果》:"龙荔壳如小荔枝,肉味如龙眼,木身、叶亦似二果,故名。可蒸食,不可生啖。生啖令人发痫。三月开小白花,与荔枝同时。"虞衡:古代掌山林川泽之官。《周礼·天官·太宰》:"以九职任万民,三曰虞衡。"郑玄注:"虞衡,掌山泽之官,主山泽之民者。"贾公彦疏:"地官掌山泽者谓之虞,掌川林者谓之衡。"

送李南碉司马于彰义门,暮归有述(一)①

驱车城南隅,言送粤西役②。行役念之官,途回且乡国。问客今何阶,治中古管职③。人非百里才,秩班二千石④。皂盖朱左幡⑤,屏星缇蔽轼⑥。舆服彰优异,足以荣有德。况乃行旧乡,锦衣昼堪睹。才名桑梓敬^{(二)⑦},仁爱棠荫惜⑧。岂无中朝贵,出饯壮行色。胡为伯厚车⑨,赠以绕胡策。而来两贱士,兼之一姻亲。时偕舍弟暨周书昌编修往送。道左更班荆⑩,临岐真动魄。

【校勘记】

（一）《全集》本此诗题作《送李南碉司马于彰义门,暮归有述二首》,此取其一。

（二）名:《全集》本作"深"。

【注释】

① 此诗作于乾隆四十二年(1777),冯敏昌三十一岁。彰义门:北京在金朝称为中都,西城有三门,中间一门名彰义,明代称广宁门,清改称广安门。李南碉:见前卷二《南汉铁塔歌李南碉明府索赋》注①。

② 粤西役:指李南官桂林府同知。见前本卷《题李南碉司马〈曝书图〉》注⑩。

③ 管职:唐代于岭南道设置的某些特别行政区域称"管",桂林为桂管。

④ 二千石:汉制,郡守俸禄为二千石,即月俸百二十斛。世因称郡守为"二千石"。

⑤ 皂盖:古代官员所用的黑色蓬伞。《后汉书·舆服志上》:"中二千石、二千石皆皂盖,朱两幡。"朱幡:红色的旗幡,尊显者所用。

⑥ 屏星:车前用以蔽尘的车挡。缇:车轼前屏泥的红色油布。

⑦ 桑梓:语出《诗经·小雅·小弁》:"维桑与梓,必恭敬止。"朱熹集传:"桑、梓二木。古者五亩之宅,树之墙下,以遗子孙给蚕食、具器用者也……桑梓父母所植。"借指故乡或乡亲父老。

⑧ 棠荫惜:化用自《诗经·召南·甘棠》:"蔽芾甘棠,勿翦勿伐,召伯所茇。"蔽芾,树木茂盛、浓荫覆蔽貌。后因以"棠茇"喻惠政。

⑨ 伯厚:《后汉书·陈蕃传》:"震(朱震)字伯厚,初为州从事,奏济阴太守单匡臧罪,并连匡兄中常侍车骑将军超。桓帝收匡下廷尉,以谴超,超诣狱谢。三府谚曰:'车如鸡栖马如狗,疾恶如风朱伯厚。'"借朱震"宿有负薪之忧,力疾

就车"劝友人刚正为官。

⑩ 班荆：典出《左传·襄公二十六年》："楚伍参与蔡太师子朝友，其子伍举与声子相善……伍举奔郑，将遂奔晋。声子将如晋，遇之于郑郊，班荆相与食，而言复故。"杜预注："班，布也。布荆坐地，共议归楚，事朋友世亲。"谓朋友相遇，共坐谈心。

夏 至 夜 作①

白袷风吹薄②，青林月转凉。检书聊复醉，娱日未愁长。茗碗留佳客，荷杯忆故乡③。更堪寻短梦，为觅荔枝香。

【注释】

① 此诗作于乾隆四十七年（1782），冯敏昌三十六岁，在京供职校书四库馆。建廉州会馆。

② 白袷：白色夹衣。

③ 荷杯：荷叶杯，荷叶中心凹处下连茎，可刺穿茎作酒器饮用。

谢宁河令关西园惠银鱼紫蟹一首(一)①

宁河近海场芦台，沽淀直接何悠哉②。关侯莅政久多暇③，只见红日东方来(二)。日来天东始下照(三)，百里一射冰盘开。冰盘照兮亦不开(四)，千指肆伐声如雷(五)。下震龙宫作云雨，夏雾捧得银鲜回④。横行公子不崩岸⑤，穴中凿取同曝腮⑥。居民得此正不易(六)，尤物所自宁堪推⑦。吾闻防国有深虑(七)，口腹之累毋根荄⑧。荔支唐进感蜀道⑨，石决魏取嗟登莱。富阳茶鱼奋韩臬，胡侯引喻良独哀(八)。明邑令胡某作《银鱼说》引韩愈宪邦奇《富阳茶鱼歌》为喻。君侯固是龚卓比,作志更具班马才。农屯十二教水利,盐筴百万蠲追赔。一存一删有深意,再展再读忘昏煤^(九)。君修邑志言水利盐政甚详,又删旧志"夏雾银鳞"之目而存胡令银鱼说。今朝打门送递急^(十),胡乃珍异连筐堆。百五十尾银鬣动,副以紫壳兼多枚。金明红丝不入眼,志云银鱼以金眼无红丝者为上。玉执两穗朝其魁。陆鲁望云:蟹执两穗以朝其魁。知君不用津要喜,只敦乡谊聊迂回。虽然嘉贶敢私辱^{(十一)⑩},分致师友同欢咍^⑪。右军邛杖布远惠^⑫,元亮名酒分邻杯^{(十二)⑬}。当杯欣然发遐想,想见绝海回樯桅。烟销海城日下结,雾压萧寺风中抬^⑭。邑岁有海城之异,又有寺名雾抬。鲑菜盘登足士养^⑮,稻蟹业就丰民财。烹鲜之治赖公等^⑯,安坐而食堪微材。

【校勘记】

(一)《全集》本此诗题作《寄谢宁河令关西园惠银鱼紫蟹一首》。

(二)只见红日东方来:此句后《全集》本有作者小注"邑有八景海天东胜乃其一也"。

(三)天东:《全集》本作"东方"。

(四)照:《全集》本作"射"。

(五)肆:《全集》本作"四"。

(六)正:《全集》本作"自"。

(七)防国:《全集》本作"庀民"。

(八)侯:《全集》本作"宰"。

(九)昏:《全集》本作"灯"。

(十)递急:《全集》本作"急递"。

(十一)虽然嘉贶敢私辱:《全集》本"贶"作"惠";"私"作"虚"。

(十二)元亮:《全集》本作"陶令"。

【注释】

① 此诗作于乾隆四十七年(1782),冯敏昌三十六岁。关西园:生平不详。

宁河在今天津,银鱼、紫蟹以出产于七里海而著名,都曾为贡品。

② 沽淀:都指浅水湖泊,因天津临海,地势低洼。

③ 莅政:掌管政事。

④ "日来天东始下照"六句:说冬令季节渔民捕鱼蟹的情景。

⑤ 横行公子:指蟹,因蟹横着前行,故云。崩岸:蟹在水边凿土或借土穴为窟。

⑥ 曝腮:语出《后汉书·郡国志五》"(交趾郡)封溪建武十九年置"刘昭注引晋刘欣期《交州记》:"有堤防龙门,水深百寻,大鱼登此门化成龙,不得过,曝鳃点额,血流此水,恒如丹池。"这里指蟹被捉取。

⑦ 尤物:珍奇之物。

⑧ 根荄:比喻事物的根本,根源。这句劝诫不要误以饮食为根本。

⑨ "荔支唐进"句:说唐玄宗为讨好杨贵妃,令快马从岭南奉进荔枝事。此处有感慨讽诫意。

⑩ 贶:赐给,赐与。

⑪ 欢咍:欢笑。

⑫ 右军:王羲之。邛杖:邛竹制成的手杖。

⑬ 元亮:陶渊明,字元亮。

⑭ 萧寺:见前卷二《仲夏游陶然亭同张瑞夫胡秋筠作》注㉖。

⑮ 鲑菜:古时鱼类菜肴的总称。

⑯ 烹鲜:语出《老子》:"治大国若烹小鲜。"这里比喻治国便民。

三月廿八日与安桂甫、洪稚存、张药房集黄仲则、余少云法源寺寓斋饯花,同用饯字①

古寺繁花绕春殿,一到春光迎客面。春光欲去客重来,斜日云容看一变。东郊大道直如发,春去堂堂不相恋。只馀花片尚留连,为集词人申薄饯。黄君笔力挟飞仙,张子清词秀乡县。海内诗人洪景卢②,洛阳才子安鸿渐③。共集余君宝绘

斋⁽一⁾,斋头正对花如霰。诸公是主花是宾⁽二⁾,诸花且去公谁
援。眼前大白亟须浮④,树底残红最堪咽。如闻蕊榜发南
宫⑤,伫见胜齐方一战⁽三⁾。余黄二君虽壁上⑥,乘韦十二牛曾
先⑦。人间万事如看花,无为色动神教眩。繁花将去幸堪留,
盍不歌呼作欢讙⑧。即使花去挽难胜,来岁还当重相见。仍烦
妙语作深盟,莫信流光疾如电。

【校勘记】

(一) 绘:《全集》本作"翰"。

(二) 是:《全集》本作"作"。

(三) 伫:《全集》本作"仲"。

【注释】

① 此诗作于乾隆四十八年(1783),冯敏昌三十七岁。安桂甫:武昌人,生
平不详。洪稚存:洪亮吉(1745—1809),字稚存,号北江,阳湖(今江苏武进)
人,乾隆庚戌(1790)进士,授编修。有《卷施阁》、《附鲔轩》、《更生斋》等集。张
药房:见前卷二《初春寄张粲夫》注①。黄仲则:见前本卷《长句一首赠黄仲
则》注。余少云:余鹏翀,字少云,号扶斋、月村,安徽怀宁人。生于乾隆二十二
年(1757),年十七为诸生,两应乡试不中,乾隆四十二年秋入都。卒于四十八年
(1783)。工诗善画,有《余扶斋诗》。法源寺:见前卷二《晚入法源寺》注①。

② 洪景卢:洪迈(1123—1202)字景卢,号容斋,别号野处,鄱阳(今江西波
阳)人。绍兴十五年,中博学宏词科,授两浙转运司侯办公事。迁吏部郎、礼部
郎,除枢密院检详文字。历知赣州、建宁府、婺州。嘉泰二年,以端明殿学士致
仕。《宋史》有传。有《容斋五笔》、《夷坚志》,诗选《万首唐人绝句》。

③ 安鸿渐:宋初洛阳人。晚年为教坊判官。欧阳修《六一诗话》记:"时有
安鸿渐者,文词隽敏,尤好嘲咏。"

④ 大白亟须浮:见前卷二《桂甫再用〈岐亭〉韵见示,时方暑甚,次韵再答》
注②。

⑤ 蕊榜:传说中道教学道升仙,列名蕊宫。后指科举考试中揭晓名第的
榜示。

⑥ 壁上：即壁上观，语出《史记·项羽本纪》："诸侯军救钜鹿下者十馀壁，莫敢纵兵。及楚击秦，诸将皆从壁上观。"后指置身事外，这里说两人未中进士。

⑦ "乘韦十二"句：典出《左传·僖公三十三年》《殽之战》。秦欲袭郑国，"及滑，郑商人弦高将市于周，遇之。以乘韦先，牛十二犒师。曰：'寡君闻吾子将步师出色敝邑，敢犒从者。不腆敝邑，为从者之淹，居则具一日之积，行则备一夕之卫。'且使遽告于郑。"秦师于殽遭晋军袭击，败军辱将而还。

⑧ 欢讌：同欢宴。

题李南碉先生遗墨①

传来宝墨梦初回，三日焚香不忍开。刺眼枫篁湘水驿，惊心风雨越王台②。镌铲妙迹何人力，掇拾遗篇故可哀。几辈石交斥总缀③，因公玉润句翻裁④。

【注释】

① 此诗作于乾隆四十八年（1783），冯敏昌三十七岁。李南碉：见前本卷《题李南碉司马〈曝书图〉》注①。

② "刺眼"二句：写其字画内容。越王台：位于绍兴市卧龙山麓，系后人为缅怀越王勾践卧薪尝胆复国雪耻而建。

③ 石交：交谊坚固的朋友。

④ 玉润：语出《礼记·聘义》："君子比德于玉焉，温润而泽，仁也。"后以比喻美德。这里是修饰润色意。

五月廿四日叔弟讳日作⁽一⁾①

人事纷纭里，昏忘又几时。岂能无一日，为尔有馀悲。闇淡千秋业，萧条五字诗。讵须陈箧衍②，重许世人知。

【校勘记】

（一）《全集》本此诗题作《五月廿四日叔弟讳日作二首》，此取其一。

【注释】

① 此诗作于乾隆四十八年（1783），冯敏昌三十七岁。距三弟冯敏曦去世的乾隆三十五年（1770）已经十三年的时间。

② 箧衍：方形竹箱，盛物之器。

长生瓦研斋歌为韦药轩师作①

君不见，秦皇雄心扫六合②，射鱼海上求灵药③。蓬莱烟雾但微茫，倀子楼船竟安托④。又不见，汉武凭虚欲学仙⑤，甘泉柏梁高入天⑥。瑶池青鸟讫不到⑦，竹宫望拜何茫然⑧。茫然秦川冷宫阙，铜仙携出金盘月⑨。龙楯凤桷已风飞⑩，胜址残基馀雨歇。我昔迢遥问旧京，敢将才调拟初月⑪。斜阳匹马荒郊外，顾影亦自嗟浮生。浮生若梦何为者，入手团员欣片瓦。长生无极兆最佳⑫，顾我无堪但惊诧。吾师此日方乘轺⑬，文衡上烛同斗杓⑭。终南泰华入眼底（一）⑮，虎皮高坐何岿峣⑯。遍揽秦中胜桃李，新阴还益盛宁知。踽踽旧门生，尚枉谆谆苦提命⑰。师恩莫报诚难安，片瓦制研宁容悭。探怀古物出西汉，愿师益寿同南山。吾师当时亦色喜，谓此片心劳弟子。为装行笈返京华，别起新斋颜研字。吾师吾师信典型，相门几业看传经⑱。早与三头作冠冕⑲，中历八座膺垣屏⑳。玉堂重来更华国㉑，辟雍乍起人师得㉒。九棘三槐谅有时㉓，近且宽闲憩筋力。白发红颊发蟠蟠㉔，比似仙真乐更多。得句尚然心似茧㉕，谭经真有口悬河㉖。得句谭经几堪羡，大药金丹宁在远㉗。若问长生何以长，请向斯斋近斯研。吾今生事未全非，五年函丈重依依㉘。请看研席赓诗处㉙，何似灞桥追送时㉚。

【校勘记】

（一）泰：《全集》本作"太"。

【注释】

① 此诗作于乾隆五十七年（1792），冯敏昌四十六岁。韦药轩：韦谦恒（1720—1796），字慎砶，号药轩，又号木翁，安徽芜湖人。清乾隆二十八年（1763）进士，授编修，官至贵州巡抚，后降为鸿胪寺少卿。著有《传经堂诗钞》。

② 六合：天地四方；整个宇宙的巨大空间。

③ "射鱼海上"句：说秦始皇为求仙药，亲自出海欲射除鲛鱼通航路及遣方士徐市率童男女出海求长生药事。

④ 佽子：童子。

⑤ 汉武：见前卷二《甘泉宫瓦摹本覃溪师命作》注⑧。

⑥ 甘泉柏梁：甘泉，见前卷二《甘泉宫瓦摹本覃溪师命作》注④。柏梁：故址在今陕西长安县西北长安故城内。《三辅黄图·台榭》："柏梁台，武帝元鼎二年春起此台，在长安城中北门内。《三辅旧事》云：以香柏为梁也，帝尝置酒其上，诏群臣和诗，能七言者乃得上。太初中台灾。"

⑦ 青鸟：见前卷二《吉日癸巳石刻摹本》注⑳。

⑧ 竹宫：《三辅黄图·甘泉宫》："竹宫，甘泉祠宫也，以竹为宫，天子居中。"

⑨ 铜仙：见前卷二《甘泉宫瓦摹本覃溪师命作》注⑲。

⑩ 栭：柱上支承大梁的方木。桷：方形的椽子。

⑪ 初月：新月。

⑫ 长生：见前卷二《甘泉宫瓦摹本覃溪师命作》注④。

⑬ 轺：使节所用之车。

⑭ 文衡：旧谓判定文章高下以取士的权力。评文如以秤衡物，故云。斗杓：北斗柄。指北斗的第五至第七星，比喻为人所敬仰者或众人的引导者。

⑮ 终南泰华：终南山、泰山和华山。

⑯ 岧峣：高峻；高耸。

⑰ 提命：即耳提面命。谓亲自教诲。语本《诗经·大雅·抑》："匪面命之，言提其耳。"

⑱ 相门：宰相之家。

⑲ 三头：科举考试三试都中第一名的人。即府试为解头，进士试为状头，博学宏词及制科试为勅头。

⑳ 八座：亦作"八坐"。古代中央政府的八种高级官员。历朝制度不一，所指不同。东汉指六曹尚书并令、仆射；三国魏、南朝宋、齐指五曹尚书、二仆射、一令；隋唐指六尚书、左右仆射及令。清代指六部尚书。

㉑ 玉堂：官署名。汉侍中有玉堂署，宋以后称翰林院。华国：光耀国家。

㉒ 辟雍：亦作"辟雝"。辟，通"璧"。本为西周天子所设大学，校址圆形，围以水池，前门外有便桥。东汉以后，历代皆有辟雍，除北宋末年为太学之预备学校亦称（"外学"）外，均为行乡饮、大射或祭祀之礼的地方。

㉓ 九棘：古代群臣外朝之位，树九棘为标识，以区分等级职位。《周礼·秋官·朝士》："左九棘，孤、卿、大夫位焉……右九棘，公、侯、伯、子、男位焉。"郑玄注："树棘以为立者，取其赤心而外刺，象以赤心三刺也。"后以九棘代称九卿。三槐：相传周代宫廷外种有三棵槐树，三公朝天子时，面向三槐而立。后以三槐喻三公。

㉔ 皤皤：白发貌。形容年老。

㉕ 尚然：犹然，尚且。心似茧：说心很乱。

㉖ 谭经：即谈经，谈论儒家经义。

㉗ 大药金丹：古代方士所炼金石丹药，认为服之可以长生不老。

㉘ 函丈：亦作"函杖"。语出《礼记·曲礼上》："若非饮食之客，则布席，席间函丈。"郑玄注："谓讲问之客也。函，犹容也，讲问宜相对容丈，足以指画也。"原谓讲学者与听讲者座席之间相距一丈，这里指跟随老师学习。

㉙ 赓诗：和诗。

㉚ 灞桥：本作霸桥。《三辅黄图·桥》："霸桥，在长安东，跨水作桥。汉人送客至此桥，折柳赠别。"

以所制温研小纸閤送孙敬轩同年、张药房孝廉，并系以诗^(一)①

研池寒深冰起棱，以火下炙或汤蒸。汤蒸先温后亦冻，火炙石热胶翻凝。京居十载此云困，试以小智求名称。书城南面百堵兴②，纸阁峙右方台承。阁高比圭长稍增③，长分两间同二珊④，其纵只与高相仍。架构已毕埶墙宇，缭以茧纸非文绫⑤。爰开北户可研墨，更启东牖来受灯。正南承阳光更二，牖上各以琉璃拥⑥。亦非琉璃乃越纸⑦，纸号飞雪兼千层。阁成中空何所有，一炉一研稍相乘。炉西研东火气横，掠研北出如鞲鹰⑧。况复重帘户间卷，暖卷冻下惟其能。楣颜牓小旸谷户(二)⑨，柱句请刊头衔冰。阁中春融墨海润，几上花发毫锋腾。燥研无烦长者惜，换汤讵使奚童憎⑩。就中香户更堪喜(三)，沈水一缕来无凭。云烟卷舒兴已极，风雪凛冽愁胡胜⑪。曷不红炉堆兽炭⑫，间以屏帷施氍□⑬。满堂歌吹沸酒炙，谁虑一研犹其凌(四)。生涯落拓讵可说，佳趣冷淡谁堪征。同年孙君真益友，经事日日从钞誊。朅来同舍得张子，醉墨往往留缣缯⑭。聊为出手制此物，将致同袍先服膺⑮。兼成七字自书写⑯，但愧手拙同痴蝇(五)。

【校勘记】

（一）《全集》本此诗题作《自制温研小纸阁子送孙敬轩、张药房，并系以诗》。

（二）楣颜牓小旸谷户：《全集》本此句作"楣颜或榜小旸谷"。

（三）户：《全集》本作"事"。

（四）谁虑一研犹其凌：《全集》本"谁""讵"；"犹"作"三"。

（五）痴：《全集》本作"窗"。

【注释】

① 此诗作于乾隆四十八年（1783），冯敏昌三十七岁。阁：通"盒"。孙敬轩：孙希旦（1736—1785），字绍周，又字敬轩，浙江瑞安人。乾隆四十三年（1778）进士，授翰林编修。著有《礼记集解》、《孙敬轩先生遗稿》等。张药房：参见前卷二《初春寄张粲夫》注①。

② 百堵：众多的墙。亦指建筑群。《诗经·小雅·鸿雁》："之子于垣，百堵皆作。"此指书房内藏书众多。

③ 圭：古代帝王诸侯朝聘、祭祀、丧葬等举行隆重仪式时所用的玉制礼器。长条形，上尖下方。名称、大小因爵位及用途不同而异。

④ 堋：分水的堤坝。这里指盒中的隔板。

⑤ 茧纸：书画用纸。相传以蚕茧为原料制成。东晋王羲之书《兰亭序》即用此纸。

⑥ 搪：横贯。

⑦ 越纸：越地，今江浙一带出产的纸。由藤等原料制成，可防虫蛀。

⑧ 鞴鹰：形容炉火势猛。如飞马、疾鹰。

⑨ 旸谷：古称日出之处。语出《尚书·尧典》："分命羲仲，宅嵎夷，曰旸谷，寅宾出日。"孔传："旸，明也。日出于谷而天下明，故称旸谷。"诗中说炉火暖如日。

⑩ 奚童：指童仆。

⑪ 愁胡：谓胡人深目，状似悲愁。这里指墨。

⑫ 兽炭：语出《晋书·外戚传·羊琇》："琇性豪侈，费用无复齐限，而屑炭和作兽形以温酒，洛下豪贵咸竞效之。"此指炭。

⑬ 氍：有文采的细毛毯。

⑭ 醉墨：谓醉中所作的诗画。

⑮ 同袍：见前卷二《元延祐江西乡试石鼓赋卷》注⑱。

⑯ 七字：自指作此七言诗。

筱庭寓斋种竹，赋诗纪之(一)①

一

主人爱竹癖，数竿可疗疾。当其啸咏适，百物不能夺。过客往问讯，快语口流沫。汲新煮苦茗，尘襟为之豁②。兴来举一筯，入林天宇阔。却笑嵇阮辈③，清言徒强聒。我欲补泉石，醉墨聊可泼④。

二

长安饶淄尘⑤,湫隘少林园。僦居数椽屋⑥,拘促如笼樊⑦。宁知达者意⑧,不以广狭论。蕉叶拂短墙,若榴窥侧门。恰从绿筠下⑨,石磴安清樽⑩。闲时哦经史,招友娱朝昏。忘机对衡宇⑪,妙会安能言。

三

我有数亩园,乃在江之涯。君家引泉图,荒芜杂繁花。寄意赖有此,对客时相夸。而我苦倦游,五年长忆家⑫。感遇类梦丝⑬,言归方及瓜⑭。三日一过饮,沉醉屡咨嗟。赋诗谢此君,临风手频叉⑮。

【校勘记】

(一)《全集》本此诗题作《筱庭寓斋种竹,赋诗三首纪之》

【注释】

① 此诗作于乾隆四十三年(1778),冯敏昌三十二岁,会试中进士,钦点翰林院庶吉士。

② 尘襟:世俗的胸襟。

③ 嵇阮:嵇康和阮籍。嵇康,字叔夜,生于魏文帝黄初五年(224),谯郡铚人。《世说新语·容止》:"嵇叔夜之为人也,岩岩若孤松之独立",曾为中散大夫。阮籍(210—263)字嗣宗,三国陈留尉氏(今河南)人,曾为步兵校尉,有《阮步兵集》。《晋书·阮籍传》说他"作《咏怀诗》八十馀篇"。

④ 醉墨:见本卷前《以所制温研小纸阁送孙敬轩同年、张药房孝廉,并系以诗》注⑭。

⑤ 淄尘:缁尘:黑色灰尘。常喻世俗污垢。

⑥ 僦居:所租之屋。

⑦ 笼樊：即樊笼，语出陶潜《归园田居》诗之一："久在樊笼里，复得返自然。"比喻受束缚不自由。

⑧ 达者：放达、旷达之人。

⑨ 筠：竹子。

⑩ 清樽：酒器。

⑪ 忘机：见前卷一《晓发江雾甚大注》注④。衡宇：横木为门的房屋。指简陋的房屋。

⑫ 五年：冯敏昌自乾隆三十七年，离家赴京，至今已经五年馀。

⑬ 棼丝：乱丝。语出《左传·隐公四年》："臣闻以德和民，不闻以乱。以乱，犹治丝而棼之也。"这里比喻心乱如丝。

⑭ 及瓜：语出《左传·庄公八年》："齐侯使连称、管至父戍葵丘。瓜时而往，曰：'及瓜而代。'"这里指到时的意思。

⑮ 手频叉：对人恭敬。叉手，两手在胸前相交，表示恭敬。

与季弟暨李文颖宿栖贤寺三首^(一)①

一

屋后千松树，门前五老峰②。攀崖才五日^(二)，归寺已昏钟。雨气泉源白，云痕谷口封③。玉渊潭水碧④，看搅万虬龙。

二

白鹿还何日⑤，黄门记有年⑥。重思长公笔^(三)，东坡云，将书刻子由寺记，今亦未见。遗迹一时贤^(四)。今我来携季，仍同李是仙。不因闻舍宅，尚苦俗情牵。

三

雨沉孤馆黑，灯小夜窗明。涧鸟疑无梦，云松尽有声。禅栖此幽谷，归棹自江城。幸得重来好，僧闲客不生。

【校勘记】

（一）《全集》本此诗题作《与季弟及李明经文颖馥香宿栖贤寺三首》。

（二）五：《全集》本作"午"。

（三）重思长公笔：《全集》本此句后作者小注为"东坡云将刻子由本记，今亦未见"。

（四）遗迹：《全集》本作"为见"。

【注释】

① 此诗作于乾隆四十三年(1778)，冯敏昌三十二岁。季弟：四弟冯敏曙。李文颖：生平不详。栖贤寺：是庐山五大丛林之一。又称观音洞，位于南山寺北侧的栖贤谷口，五老峰和汉阳峰峙其左右，万木葱茏，溪涧争流。于唐宝历初年(825)，由刺使李渤始创，僧智常住持。清顺治年间，大规模建设，栋宇栉比，楼阁繁复。寺内有500罗汉图，共200幅，画像清净肃穆，端庄谨严，坐行笑语，栩切如生。山石树海、鸟兽虫鱼，穿插其间，浑然一体。

② 五老峰：庐山东南相连的五座山峰，俨如五老并坐，故名。

③ 云痕谷口封：见本诗注①。

④ 玉渊潭：庐山南麓栖贤谷中，潭深似瓮，有石如玉横亘中流，故名。洞水奔注渊中，水势汹涌，数里之外即闻其轰响。

⑤ 白鹿：庐山上有白鹿洞，五老峰南麓后屏山下，四周青山怀抱，貌如洞状而已。此句化用李白《梦游天姥吟留别》"且放白鹿青崖间，须行即骑访名山"句意。

⑥ 黄门：官署名。这里指做官。

药房画六幅，自题其二，
遂归余为补题成册四首^{(一)①}

一

兰草一花竹数叶，花高出竹可尺强。兰中高花遽如许。为有根石倾笿笝②。

二

兰叶倒垂花上生，叶落三转尤飞动。不是魏公笔派传③，
乱草聚生真一閧④。

三

张子作竹如昨隶，张子善书尤善诗。后来三绝知谁擅⑤，
走问平生箨石师⑥。

四

忆游匡庐紫霄峰⑦，日暮谷中遇一丛。折得一枝茎亦紫，
馀香至今犹在胸。

【校勘记】

（一）《全集》本其二、其三、其四依次为此处其三、其四、其二。

【注释】

① 此诗作于乾隆四十九年（1784），冯敏昌三十八岁。药房：见前卷二《初春寄张粲夫》注①。

② 筼筜：一种皮薄、节长而竿高的竹子。汉代杨孚《异物志》："筼筜生水边，长数丈，围一尺五六寸，一节相去六七尺，或相去一丈，庐陵界有之。"

③ 魏公：指元代赵孟頫，死后追封魏国公，故称赵魏公。

④ 閧：同"哄"，哄闹；众声并作。这里指乱。

⑤ 三绝：梁章钜《楹联丛话》："唐玄肃二宗时，有诗人郑虔，诗书画皆工，时称'郑虔三绝'。"吴镇（1280—1354），字仲圭，号梅花道人，嘉善魏塘人，元代四大画家之一。每作画均题诗文其上，时人称为诗书画"三绝"。郑板桥（1693—1766），名燮，字克柔，号板桥，泰州兴化人。以"诗书画三绝"名世。

⑥ 箨石：钱载（1708—1793），字坤一，号箨石，又号瓠尊，晚号万松居士，浙江秀水（今嘉兴）人。乾隆十七年（1752）进士，官至礼部侍郎。其诗学韩愈、黄庭坚，瘦硬苍劲，而时有自然入理之作。有《箨石斋诗文集》。善写生，所写兰

石,天然逸志。

⑦ 匡庐紫霄峰:匡庐,见前卷一《彭蠡湖中望匡庐》注①。

题鲍雪林自写鲍庄图①

一

鲍家栖隐处,遗屋傍平湖。径绕莓苔湿,门开雁惊呼。扁舟疑访戴②,片石忆题朱。谓竹垞所题石。岂竟嗟摇落,还当入画图。

二

才子高门秀,词华国士风③。荐将饥独出,马看步弥工。画手场偏擅④,家山貌更同。因君怀旧德,转忆故山中。

【注释】

① 此诗作于乾隆四十九年(1784),冯敏昌三十八岁。鲍雪林:鲍祖隽,字云林,浙江平湖诸生。工山水。

② 访戴:《世说新语·任诞》:"王子猷居山阴。夜大雪,眠觉,开室,命酌酒。四望皎然,因起彷徨,咏左思招隐诗。忽忆戴安道;时戴在剡,即便夜乘小船就之。经宿方至,造门不前而返。人问其故,王曰:'吾本乘兴而行,兴尽而返,何必见戴?'"

③ 国士:一国中优秀的人物。语出《左传·成公十六年》:"皆曰:国士在,且厚,不可当也。"

④ 场偏擅:擅场,《文选·张衡〈东京赋〉》:"秦政利觜长距,终得擅场。"薛综注:"言秦以天下为大场,喻七雄为斗鸡,利喙长距者终擅一场也。"谓强者胜过弱者,专据一场。这里指技艺超群。

汉高安万世瓦歌钱献之别驾属赋^{(一)①}

黄头郎去铜山合②,长安陌上金丸落③。那知更有古云阳④,出出贤人差不恶。殿中壶漏昼森沉⑤,阶下仪容自赏心。帝顾初回金陛上,夕郎还拜琐闱深⑥。出骖乘舆入左右,贵盛何论旬月后。从教恃爱等馀桃⑦,几见垂恩深断袖⑧。便辟和柔性本工⑨,赐休不出更留中。已许妻孥直钩楯⑩,还闻女弟贮椒风⑪。全家上下无昕夕⑫,赏赐何曾计千亿。未令题凑付黄肠⑬,且亟人工兴第宅。第宅成来北阙高,重楼复阁连青霄。珠璧堂阶自辉焕,绨绘柱槛还周遭⑭。有情得奉君王意,无缘得会封侯事。元云泱郁沸河阳⑮,丞相小车翩出第。郎官几岁致通侯⑯,高安两字百无忧。自要宠荣传万世,宁惟带砺纪千秋。堂开万瓦龙鳞焕⑰,字本六书云凤篆⑱。想象华榱日映时⑲,何啻温颜增眷恋。一从王母奉筹喧^(二),无端新第坏中门。玉柙珠襦何处在⑳,苍龙白虎信蒙冤㉑。此第当时作何状,此瓦千年竟无恙。摩挲埏埴想精工㉒,还识妇翁将作匠。钱侯篆笔逼斯冰㉓,好古披榛遍汉陵。未央甘泉藏弄富㉔,尤珍此瓦秘缄縢㉕。为言董卿徒玩愒㉖,未如恭显恣剜剔。从知但作可怜虫,徒跣仓皇来诣阙。独有迎尘却拜人㉗,为承风旨更投薪㉘。不及买衣收葬者,象贤还作鼎司臣㉙。

【校勘记】

(一)《全集》本此诗题作《汉高安万世瓦歌钱别驾献之赋》。

(二)王:《全集》本作"西"。

【注释】

① 此诗作于乾隆五十年(1785),冯敏昌三十九岁。高安万世瓦:钱献之所藏瓦。乾隆时程敦撰《秦汉瓦当文字》记:"高安万事瓦一,钱别驾得于汉城,自

署曰'汉大司马董圣卿第'。"钱献之：钱坫(1744—1806)，字献之，又字篆秋，号十兰，江苏嘉定(今属上海)人，乾隆三十九年(1774)举人，累官知乾州、兼署武功县。擅长书法，并能刻印及画梅竹，亦好收藏，著有《汉瓦图录》。

②黄头郎：汉代掌管船舶行驶的吏员。后泛指船夫。《史记·佞幸列传》："(邓通)以濯船为黄头郎。"裴骃集解："徐广曰：'着黄帽也。'《汉书音义》曰'善濯船池中也。一说能持擢行船也。土，水之母，故施黄旄于船头，因以名其郎曰黄头郎。'"铜山：指金钱；钱库。

③金丸落：典出《西京杂记》卷四："韩嫣好弹，常以金为丸，所失者日有十馀。长安为之语曰：'苦饥寒，逐金丸。'京师儿童每闻嫣出弹，辄随之，望丸之所落，辄拾焉。"

④云阳：《史记·秦始皇本纪》："韩非使秦，秦用李斯谋，留非，非死云阳。"张守节正义引《括地志》："云阳城在雍州云阳县西八十里，秦始皇甘泉宫在焉。"

⑤壶漏：古代一种计时器。

⑥夕郎：亦称"夕拜"。黄门侍郎的别称。应劭《汉官仪》卷上："黄门侍郎，每日暮，向青琐门拜，谓之夕郎。" 琐闱：镂刻连琐图案的宫中旁门。指代宫廷。

⑦馀桃：馀桃之好，典故出自于《韩非子·说难》："昔者弥子瑕有宠于卫君。……异日，与君游于果围，食桃而甘，不尽，以其半啖君。君曰：'爱我哉！亡其口味以啖寡人。'"

⑧断袖：典出《汉书·佞幸传·董贤》："(董贤)为人美丽自喜，哀帝望见，说其仪貌……贤宠爱日甚，为驸马都尉侍中，出则参乘，入御左右，旬月间赏赐累巨万，贵震朝廷。常与上卧起。尝昼寝，偏藉上袖，上欲起，贤未觉，不欲动贤，乃断袖而起。其恩爱至此。"馀桃、断袖均指男性同性恋。这里说得帝王赏识。

⑨便辟和柔：语出《论语·季氏》："友便辟，友善柔，友便佞，损矣。"邢昺疏："便辟，巧辟人之所忌以求容媚者也。"

⑩钩盾：古代职官和官署名。汉少府属官有钩盾令，职掌园苑游观之事，晋亦有之；隋唐曰钩盾署，属司农寺，职掌薪炭鹅鸭薮泽之物，以供祭飨。

⑪椒风：语出《汉书·佞幸传·董贤》："又召贤女弟以为昭仪，位次皇后，

更名其舍为椒风,以配椒房云。"颜师古注:"皇后殿称椒房。欲配其名,故云椒风。"

⑫ 昕夕:朝暮。谓终日。

⑬ 题凑付黄肠:即黄肠题凑。汉时帝王陵寝椁室四周用柏木枋堆垒成的框形结构。黄肠本谓柏木之心。柏木心黄,故称。语出《汉书·霍光传》:"光薨……赐金钱、缯絮,绣被百领,衣五十箧,璧珠玑玉衣、梓宫、便房、黄肠题凑各一具。枞木外藏椁十五具。东园温明,皆如乘舆制度。"颜师古注引苏林曰:"以柏木黄心致累棺外,故曰黄肠。"

⑭ 绨:厚实平滑而有光泽的丝织物。

⑮ 泱郁:盛貌。

⑯ 通侯:爵位名。《战国策·楚策一》:"楚尝与秦构难,战于汉中。楚人不胜,通侯、执珪死者七十馀人,遂亡汉中。"鲍彪注:"彻侯,汉讳武帝作'通',此亦刘向所易也。"

⑰ 龙鳞焕:指堂上瓦如龙鳞,焕发光泽。

⑱ 云凤篆:云篆,道家符箓。借指道家典籍。凤篆,道家所用的文字。也称云篆、凤文。

⑲ 华榱:雕画的屋椽。

⑳ 玉柙珠襦:《汉书·佞幸传·董贤》:"及至东园秘器,珠襦玉柙,豫以赐贤,无不备具。"颜师古注:"东园,署名也。《汉旧仪》云:东园秘器作棺梓,素木长二丈,崇广四尺。珠襦,以珠为襦,如铠状,连缝之,以黄金为缕,要以下,玉为柙,至足,亦缝以黄金为缕。"古代帝、后及贵族的殓服。

㉑ 苍龙:指太岁星。古代术数家以太岁所在为凶方,故亦指凶恶的人。白虎:特指迷信传说中的凶神。

㉒ 埏埴:和泥制作陶器。

㉓ 斯冰:秦李斯、唐李阳冰的并称。二人皆以篆书名世。

㉔ 藏弄:收藏。

㉕ 缄縢:缄封。

㉖ 玩愒:即玩岁愒日。谓贪图安逸,旷废时日。语出《左传·昭公元年》:"赵孟将死矣。主民,玩岁而愒日,其与几何?"《汉书·五行志》引作"玩岁而愒日"。颜师古注:"玩,爱也。愒,贪也。"

㉗ 迎尘：谓迎奉接待。尘，来客车马扬起的尘土。

㉘ 风旨：指君主的旨意，意图。

㉙ 象贤：谓能效法先人的贤德。语出《尚书·微子之命》："殷王元子，惟稽古崇德象贤。"鼎司臣：重臣，大臣。

宋孝宗书《春云》诗真迹，赵晋斋文学属题①

诗云："春云初起拂青林，冉冉因风度碧岑。既解从龙作霖雨，油然出岫岂无心。"绢本似纨扇上所书，后有选德殿书印，书迹特工，其诗或即题纨扇画所作也。

南渡以后推贤主，孝宗之孝诚堪数②。上皇邸中花宴回，选德殿前春日午③。万岁馀暇橅兰亭④，百本还能媲徽祖⑤。金漆屏开近御床⑥，诸道图成列疆土。文忠诗文一代雄⑦，殿里披寻仍冠序⑧。表章大节更文豪⑨，足使斯人重气吐。书成还赐苏峤藏⑩，惜哉旧迹无能谱。斯诗何意春云题，此殿偏留鸾凤翥⑪。谛观行笔更迟回，似感随风乍容与⑫。对时育物本先王，有心无为自初古⑬。斯诗无心抑有情，尚望从龙作霖雨。极知求治正思贤，还忆好文兼习武。流星马突过毬门，霹雳弦高惊玉弩⑭。朝廷虽小国要竞⑮，将帅无人髀空抚⑯。斯时得相亦可为，其奈洪周未堪语。从来良弼馆帝赉⑰，殷宗中兴由相传⑱。待时抱道亦有人，退易进难非莽鲁。立朝未几即还山⑲，令人长忆朱提举⑳。

【注释】

① 此诗作于乾隆四十八年（1783），冯敏昌三十七岁。赵晋斋：字恪生，号晋斋，1746年—1825年，浙江仁和（今杭州）人。博学嗜古，尤工篆、隶，最精于考证碑版，所藏商、周彝器款识及汉、唐碑本，号为天下第一。阮元《定香亭笔谈》云："恪生博学精于隶古，尤嗜金石之学，中年游关中毕制军（沅）幕，

与孙渊如(星衍)、钱献之(坫)、申铁蟾(兆定)互相砥砺,见闻日广,黄小松(易)极推重之。奚铁生(冈)喜习隶书,常往过其门而问焉。"亦深谙画理,偶作画。著有《竹崦庵金石目》《华山石刻表》《历朝类帖考》《竹崦庵碑目》《小学杂辍》。

② 孝宗:赵昚(1127—1194),字元永,秀王偁子,生于秀州。初名伯琮,高宗绍兴二年(1132)选育宫中,赐名瑗。十二年,封普安郡王。三十年,立为皇子,更名玮,进封建王,赐字元瑰。三十二年,立为皇太子,改今名,赐今字。同年,即皇帝位。建元隆兴、乾道、淳熙,在位二十七年。事见《宋史·孝宗纪》。即位后为岳飞平反,起用张浚为枢密使,部署北伐。隆兴二年(1164)与金订立和议,处于相持状态。统治期间政治比较稳定,经济也有一定发展。淳熙十六年(1189)传位于太子赵惇(宋光宗),称寿皇圣帝。

③ 选德殿:《宋史·舆服志》"淳熙初,孝宗始作射殿,谓之选德殿。"在今杭州城南凤凰山东麓。

④ 橅:临摹。

⑤ 徽祖:指北宋徽宗。赵佶(1082—1136),擅长书画,曾敕编《宣和画谱》、《宣和书谱》、《宣和博古图》。

⑥ 金漆屏:金箔装饰的屏风。

⑦ 文忠:指苏轼。谥文忠。

⑧ "殿里"句:苏轼曾孙苏峤刻《东坡集》四十卷,卷端《御制文忠苏轼文集赞并序》一篇,末署"乾道九年闰正月望选德殿书赐苏峤",乃宋孝宗书赐者。冠序:在书前加序言。

⑨ 表章:同"表彰"。

⑩ 苏峤:苏轼曾孙,字季真,官至给事中,显谟阁待制,宋孝宗曾御制《苏轼文集赞》,亲书苏轼诗赐峤。参见前卷二《题覃溪师所藏宋椠苏诗注钞本》注③⑤⑥。

⑪ 鸾凤翥:即骞凤翔鸾,盘旋飞举的凤凰。这里比喻孝宗书法龙飞凤舞之姿。

⑫ 容与:从容闲舒貌。

⑬ 初古:远古。

⑭ "流星"二句:蹴鞠,今之所谓足球,本为军中戏,这里以"流星"、"霹雳"

比喻球动如穿梭,踢球者的矫健身姿。玉弩:流星。

⑮ 竞:强盛,强劲。

⑯ 髀空抚:抚髀,以手拍股,表示感叹。《世说新语·识鉴》"谢子微见许子将",刘孝标注引晋·周斐《汝南先贤传》:"虔恒抚髀称劭,自以为不及也。"

⑰ 良弼:犹良佐。

⑱ 殷宗:谓殷代先王盘庚。班固《东都赋》:"迁都改邑,有殷宗中兴之则焉。"

⑲ "立朝"句:见本诗注②。

⑳ 朱提举:朱大勋,字研臣,北宋末钱塘人(今杭州),晚号厌尘道人。少而好古,富藏弄。善书法,楷书学颜、柳、钟、王,又工篆隶,苍劲古拙,自成一家。

乙巳三月九日悼殇女阿寅作^{(一)①}

一

已报官才改,那知女竟殇。开书还对客,入户低投床。惨极心脾痛,酸馀涕泗滂。不知临殁者,举目若为伤^(二)。

二

汝昔将弥月,吾方事远征。隔门聊拊额,在道若闻声。间作经年返,还能绕膝行。叹余家住少,七载更留京②。

三

堂前爱趋走,屋里学咿唔^(三)。扫地家人喜,明灯姊弟俱。食宁知美好,衣只羡疏粗。残工兼胜粉,并作一棺无。

四

叔殇曾玉折③,姑夭竟兰焚④。望眼无干泪,连山但小坟。

汝今藏白骨,想象接黄云⑤。何日浇羹碗,还来趁夕曛。

五

拙士功名蹇⑥,浮生日月忙。鬓毛清镜里,骨肉道途傍。

人事纷何益,名心澹可忘。词章本无用,只合写哀伤。

【校勘记】

(一)《全集》本此诗题作《二月九日悼殇女阿寅作六首》。此处五首,未选其二,其诗云:"汝命亦何苦,汤燖火燎时。宁知父母罪,还费老人慈。"后有小注"女于数岁时与弱婢同仆火中,复值沸汤,几毙。赖大母慈爱,百方调治始痊。""僻远无医术,辛勤但保持。可怜重一割,伸耳不颦眉。"后有小注:"后左耳轮廓稍黏,余以磁剃之,女欣然不畏也,伤哉!"

(二)举目若为伤:《全集》本此句后有作者小注"是日方改官,回寓,对客随得此信"。

(三)屋里学咿唔:《全集》本此句后有作者小注"女解承顺,兼随姊弟读书"。

【注释】

① 此诗作于乾隆五十年(1785),冯敏昌三十九岁,二月改授户部主事。得家信知幼女噩耗。

② 七载:指自冯敏昌中进士的乾隆四十三年(1778),钦点翰林院庶吉士起,至此已经七年。

③ 玉折:喻贤者夭折,或为保持节操而捐躯。指三弟冯敏曦去世事。

④ 兰焚:芳兰遭焚。这里指妹妹去世事。

⑤ 黄云:这里指女儿的坟茔。

⑥ 蹇:困苦,困厄,不顺利。

故关题僧寺壁一首①

绝磴千盘险,雄关万马回。昔人横戟地,今日戍楼开。元祐当朝老②，明昌野史才③。自从题句后，重见阮亭来⁽⁻⁾④。

【校勘记】

（一）重见阮亭来：《全集》本此句后有作者小注"寺内有韩魏公、温公遗旧诗，及阮亭先生诗刻"。

【注释】

① 此诗作于乾隆五十年(1785)，冯敏昌三十九岁。改官户部主事，十一月出游山西，至河津登龙门山，在河津县登望河楼，至太平(山西平阳府属)。故关：在山西省平定东九十里，今称旧关。《魏书·地形志》："石艾县有井陉关。"《元和郡县志》："井陉故关，在广阳县东八十里，即韩信、张耳击赵时所出道，今亦名土门。"

② 元祐：北宋哲宗赵煦年号，1086 年—1094 年。

③ 明昌：昌盛发达，昌明。

④ 阮亭：见前本卷《长句一首赠黄仲则作》注㉔。

十一日自雨水镇循绵水西行三十馀里至井陉道中，欲雪意，忽忽不乐⁽⁻⁾①

微霰飘萧雪意临，绝行未出井方深。昏峰似剑铲人目，冽水如鞭伤客心。此路便应同蜀道⁽⁻⁾②，人生何必学淮阴③。功成名遂知能几，枉使霜毛两鬓侵。

【校勘记】

（一）《全集》本此诗题作《十一日自雨水镇循绵水西行三十馀里至井陉道中，有雪意，勿勿不乐作》。

（二）同：《全集》本作"如"。

【注释】

① 此诗作于乾隆五十年(1785)，冯敏昌三十九岁。

② 蜀道：在秦岭、巴山、岷山之间，北起陕西汉中，南到四川成都，入川经广元、剑阁、梓潼、绵阳、德阳等地。沿线地势险要，山峦叠翠，风光峻丽，关隘众多。

③ 淮阴：指汉淮阴侯韩信。辅佐刘邦建立汉朝天下，功成名就之时被杀。事见《史记》中《高祖本纪》、《淮阴侯列传》。

道平陆谒傅相祠^{(一)①}

一

遁迹同遗老，旁求仁大贤。傅严图像日，殷室中兴年。霖雨端由帝，星辰尚在天。精诚能陟降^②，且勿托神仙。

二

巫相欣邻壤^{(二)③}，阿衡得替人^④。如何先版筑^⑤，且复学劳薪^{(三)⑥}。一代君臣契，千秋空乏身。车驱睹遗庙，感激动心神。

【校勘记】

（一）道：《全集》本作"过"。

（二）巫相欣邻壤：《全集》本此句后有作者小注"巫相里在夏县，距此六十里"。

（三）且复学劳薪：《全集》本"复"作"事"；"薪"作"筋"。

【注释】

① 此诗作于乾隆五十一年（1786），冯敏昌四十岁，继续去年之游。《年谱》说："二月廿七过平陆谒傅相祠。"平陆，今山西平陆。傅相祠：位于山西运城平陆县县城东北傅岩山上，为纪念商代名相傅说而建。唐大历年间已建有傅相祠，据清康熙《平陆县志》记，祠内有主殿、配殿、碑台、戏楼、砖塔等建筑，"傅岩雾雪"为平陆古八景之一。

② 陟降：上下。

③ 巫相：商帝太戊时大臣巫咸。

④ 阿衡：指商名相伊尹。《诗经·商颂·长发》："实维阿衡，实左右商王。"毛传："阿衡，伊尹也。"

⑤ 版筑：《孟子·告子下》云："傅说举于版筑之间"。传说他曾在傅岩地方为人筑墙，为国君武丁访得，举以为相。

⑥ 劳薪：《世说新语·术解》："荀勖尝在晋武帝坐上食笋进饭，谓在坐人曰：'此是劳薪炊也。'坐者未之信，密遣问之，实用故车脚。"旧时木轮车的车脚吃力最大，使用数年后，析以为烧柴，故云。

雪后游瑶台山作^{(一)①}

　　层台高耸削琼瑶，飞步登临切玉霄。出郭晴沙漾盐海^{(二)②}，连天春雪抱中条③。禹王城阙浮云卫④，巫相祠堂碧树飘⑤。赖得吾宗携酒榼⑥，萧琴溪宗侄。待收烟景贮诗瓢^{(三)⑦}。

【校勘记】

（一）《全集》本此诗题作《仲春雪后游瑶台作》，此取其一。

（二）出郭晴沙漾盐海：《全集》本此句后有作者小注"台下白沙河水流入盐池，则盐不生，故作堤引入五姓湖"。

（三）待收烟景贮诗瓢：《全集》本此句后有作者小注"时家福隆秩隆侄携酒同游"。

【注释】

① 此诗作于乾隆五十一年（1786），冯敏昌四十岁。瑶台山：位于山西运城夏县中条山前沿，孤峰峭拔，苍翠摩空，为夏县古八景之首。明清时期庙宇林立，是游人佳赏处，又称巫咸山。传说商王太戊时掌卜筮大臣巫咸长居瑶台山下。《山海经·大荒西经》、郭璞《巫咸山赋·序》均有记载。

② 盐海：在今山西运城南，中条山下。又名盐池、银湖，内陆盐湖。

③ 中条：中条山，在山西南部、黄河北岸，东连太行山、太岳山，南屏潼关、洛阳，最高峰为舜王峰。

④ 禹王城阙：遗址位于今山西夏县禹王乡禹王村、庙后辛庄、郭里村一带，传说夏禹曾在此居住，俗称禹王城。城南面中条山，青龙河、天盐河、白沙河、姚暹渠流经东南，鸣条岗枕其西北，地势北高南低。

⑤ 巫相祠：商相巫咸之祠。

⑥ 酒榼：代指酒席。

⑦ 诗瓢：宋计有功《唐诗纪事·唐球》："球居蜀之味江山，方外之士也。为诗捻藁为圆，纳入大瓢中。后卧病，投于江曰：'斯文苟不沈没，得者方知吾苦心尔。'至新渠，有识者曰：'唐山人瓢也。'"指贮放诗稿的器具。

谒王右丞祠二首①

一

少日慕前贤，雅志在坟典②。林壑亦多怀，寄兴良不浅⁽¹⁾。夫君实先觉，持躬有众善。澹然无欲性，不虑世途践。娱亲但安闲，怀君逮屯蹇③。幽兰诚可佩，初服自兹返④。儒风兼梵行⑤，乐郊乃嘉遁⑥。谁使地斯偏，要亦天所遣。在昔诵君诗，林泉乐在眼。何知拜君祠，苹蘩容敬展。低徊瑶草折，空惜岁华晚。迷方良已误，来复庶不远。

二

君诗西来旨⁽²⁾⑦，画亦南宗推⑧。诗画事虽殊，妙理还兼该。緊余秉微尚⑨，奔走空尘埃。学诗既不成，画手或可能。顾陆已不作⑩，吴生安在哉⑪。犹思驱笔墨，信手翻云雷。重惭天机精，讵免高人哈。升堂俨问讯，出户仍迟回。云白山自青，水流花更开。是中有何法，法亦□如来⁽³⁾⑫。

【校勘记】

（一）良：《全集》本作"诗"。

（二）旨：《全集》本作"指"。

（三）法亦□如来：《全集》本"□"为"非"。

【注释】

① 此诗作于乾隆五十一年（1786），冯敏昌四十岁。王右丞祠：王维墓。位于陕西省蓝田县辋川白家坪村东，《光绪蓝田县志（附辋川志及文征录）》载："王右丞祠旧址在辋川文杏馆久经倾圮。乾隆四十八年知县周崧晓捐俸银三百五十九两有奇，重建大门楼一间、卷棚三间、祠堂三间、东西道房四间。以北渠铺山场地亩归入祠内，每岁赁租钱三千文作岁修之费，年久祠圮。道光十六年知县胡元焜重建祠堂三间，立有栋宇，重开新气象山川，不改旧容颜楹帖。"现在祠堂遗迹已毁。

② 坟典：三坟、五典的并称，相传为最古的典籍。孔颖达《尚书正义》云："伏羲、神农、黄帝之书，谓之'三坟'，言大道也。少昊、颛顼、高辛、唐尧、虞舜之书，谓之五典，言常道也。"

③ 屯蹇：《易》"屯"卦和"蹇"卦的并称。谓艰难困苦，不顺利。

④ 初服：未入仕时的服装，与"朝服"相对。王维曾隐居终南山，后得宋之问辋川别墅，复隐居。

⑤ "儒风"句：说王维思想兼有儒佛。王维有"诗佛"之称。"以般若力，生菩提家"（《赞佛文》），一生遍访名僧大德，与南北禅宗及其重要人物都有交往，"以玄谈为乐"，妻亡后，"笃志奉佛，蔬食素衣，丧妻不再娶，孤居三十年"（辛文房《唐才子传》卷二）。

⑥ 乐郊：喜欢偏远的乡郊。嘉遁：语出《易·遁》："嘉遁贞吉，以正志也。"谓合乎时宜的隐遁。

⑦ "君诗"句：说王维诗有禅意。西来：佛教有西天极乐世界之说，故称王维诗为西来旨。

⑧ 南宗：明代画家董其昌把李思训和王维视为"青绿"和"水墨"两种画法始祖，倡中国山水画"南北宗"，开后世"笔短意长"的文人画。

⑨ 微尚：微小的志趣、意愿。作谦词。

⑩　顾陆：指顾恺之和陆探微。顾恺之(348—409)字长康，小字虎头，晋陵无锡(今江苏无锡)人。工诗赋、书法，尤善绘画。精于人像、佛像、禽兽、山水等，时人称之为三绝：画绝、文绝、痴绝。与曹不兴、陆探微、张僧繇合称"六朝四大家"。著名作品如《女史箴图》、《洛神赋图》。陆探微：(？—约485)南朝宋画家。吴(今江苏苏州)人。擅画肖像、人物，学顾恺之，兼工蝉雀、马匹、木屋，亦写山水草木，因笔势连绵不断，称为"一笔画"。和顾恺之并称"顾陆"，称"密体"。

⑪　吴生：吴道子(约685—785)，河南禹县人。唐代画家。擅画道释人物，亦擅画鸟兽、草木、台阁，笔迹落落，气势雄峻。与张僧繇并称"疏体"，壁画名作有《地狱变相图》。

⑫　如来：佛的别名。梵语意译。"如"，谓如实。"如来"即从如实之道而来，开示真理的人。

辋川鹿苑寺访王摩诘先生书堂遗迹作二首(一)①

一

古寺临流水，书堂溯辋川。鹿柴无旧迹②，银杏是唐年。寺前银杏云是先生手植，枯瘁已久，近年复荣。妙画宁论癖，清诗不碍禅。何时买山遂③，还共白云眠。

二

尘鞅抛难早④，云门隐自深⑤。水澄花竹性，山养鹿麋心⑥。妙旨谁先觉，遗踪试一寻。千秋来者意，难得是知音(二)。

【校勘记】

(一)《全集》本此诗题作《鹿苑寺访王摩诘书堂遗迹作》。

(二) 千秋来者意，难得是知音：此二句《全集》本作"当时已非昔，何用叹来今"。

【注释】

① 此诗作于乾隆五十一年(1786),冯敏昌四十岁。辋川:水名。即辋谷水。诸水会合如车辋环凑,故名。在陕西蓝田南,源出秦岭北麓,北流至县南入灞水。沿水形成的山谷也称辋川,王维曾置别业于此。《新唐书·文艺传中·王维》:"别墅在辋川,地奇胜,有华子冈、欹湖、竹里馆、柳浪、茱萸沜、辛夷坞,与裴迪游其中,赋诗相酬为乐。"鹿苑寺:在辋川飞云山下,为唐代古寺。《光绪蓝田县志(附辋川志及文征录)》所附《辋川志》载:"鹿苑寺即清源寺,乾隆间周大令崧晓重修,并以北渠地为岁修之资。"

② 鹿柴:辋川一景。

③ 买山:《世说新语·排调》载:"支道林因人就深公买印山,深公答曰:'未闻巢由买山而隐。'"后喻贤士的归隐。

④ 尘鞅:世俗事务的束缚。

⑤ 云门:山门,借指寺庙。

⑥ 麋鹿心:归隐泉林,优游卒岁之心。

夏县谒大禹庙敬赋六十韵①

天地初谁俶,忧勤在至人。祗台还陟后②,丕绩信由神③。尚想怀山日,难将息壤陻④。鱼头看膴膴,乌足但踆踆⑤。荒度知承帝,焦思本嗣亲。元祉方感格⑥,苍昊转弥纶⑦。遂有随刊迹,真劳律度身⑧。娵才过癸甲⑨,佐乃并庚辰⑩。万古龙门矗⑪,千寻砥柱湮⑫。经营烦尾画,凭怒更雷震。九曲遥流海⑬,三峰却避秦(一)⑭。辒辕奚越阪⑮,泥土自乘輴⑯。宛委藏宁閟⑰,支祁锁竟驯⑱。阵云衡岳望,玉牒水宫陈⑲。加璧祠教瘞⑳,燔柴礼用禋㉑。厓看摩峋嵝,篆并泐峋嶙㉒。体势回鸾凤,光芒耀火鹑㉓。大文弥亿劫,遗刻炳千春。已信川源涤,缘觇壤赋均。淮墙包橘柚,泗上贡珠蠙㉔。华衮彰天绘㉕,元圭锡帝珍㉖。平成功永赖,弼直契谁邻。神佑焉枚卜㉗,人谋早博询。一中仍得统,二圣遂传薪㉘。政以时为大,民将物共新。山连爰首艮㉙,斗建正逢寅㉚。宝鼎愁魑魅㉛,神龟敌凤麟㉜。图成协休德,畴衍叙彝伦㉝。拜忆昌言喜,甘因旨酒嗔。裔延过四百,苗固只三旬㉞。汲汲宁汤导,巍巍且舜钧㉟。非常人所异,无间道斯纯。兹土原安邑,维初立帝闉㊱。中条开奥室㊲,盐海注藏缊㊳。相像梯航入,从容道路遵。卑宫崇俭后⁽²⁾,服秸劾忠晨㊴。信矣为民极,于焉盛国宾。一从征夏谚㊵,遥为举南巡㊶。玉帛涂山会㊷,封坛霍镇臻㊸。车专曾异骨,舟负任黄麟㊹。驭辨登仙域,骖螭上紫宸㊺。穴奇留窆石㊻,陵古斥金银。松磴重峦表,梅梁旧水滨㊼。慕思馀哲嗣㊽,瞻仰遍群臣。更有青台筑㊾,从知望女辛㊿。攀应愁翠柏,泪或洒丛筼。风雨来于越㉛,涛波上禹津㉜。飘飘归故国,睠顾抚遗民。祠庙今仍焕⁽³⁾,筘箫日更振。馀风犹浑朴,习俗尚忠淳。自我游并冀㊳,遐观历道榛㊴。河奔过洛汭㊵,山断引梁岷。刘子言良信㊶,商高术待申㊷。馨香隆俎豆㊸,瞻拜肃冠绅。只愿分阴惜,谁当亥步因㊹。皋繇疑拥篲㊺,柏翳怳扶轮⁽⁴⁾㊻。侧想培元化㊼,端居峻玉真㊽。安澜还有庆㊾,沛泽总无垠㊿。厚土诚同载,高穹自比仁。芒芒弥九域,长此荷陶甄㊿。

【校勘记】

（一）避：《全集》本作“擗”。

（二）崇：《全集》本作“从”。

（三）仍：《全集》本作“弥”。

（四）怳：《全集》本作“况”。

【注释】

① 此诗作于乾隆五十一年(1786),冯敏昌四十岁。《年谱》记:“四月廿六谒夏县大禹庙,赋六十韵,书碑刻立。”大禹:夏禹,《尚书·禹贡》载:“(大禹)

导河积石,至于龙门","劳身焦思,居外十三年,过家门而不敢入"。大禹庙所在不详。

② 祇:地神。

③ 丕:大。

④ 息壤:《山海经·海内经》:"洪水滔天,鲧窃帝之息壤以堙洪水。"郭璞注:"息壤者,言土自长息无限,故可以塞洪水也。"

⑤ "鱼头"二句:形容大禹在水中、陆地十分忙碌的样子。鱼戠鱼戠:船桨。踆踆:行走貌。

⑥ 元祇:即玄祇。指天神、地祇。感格:谓感于此而达于彼。

⑦ 苍昊:苍天。弥纶:治理。

⑧ 律度:规矩,法度。说大禹以身作则。见本诗注①。

⑨ 癸甲:《虞夏书·益稷》记禹云:"娶于涂山,辛壬癸甲,启呱呱而泣。"《史记》、《吴越春秋》亦有记载。

⑩ 庚辰:古代传说中助禹治水之神。禹治水,唐代李公佐《古〈岳渎经〉》记:"三至桐柏山,惊风走雷,石号木鸣"。禹怒,召集百灵,获淮涡水神无支祁。授之章律、鸟木由,不能制。授之庚辰,"庚辰以战逐去,颈锁大索,鼻穿金铃,徙淮阴之龟山之足下,俾淮水永安而流注海"。

⑪ 龙门:即禹门口。在山西河津县西北和陕西韩城市东北。黄河至此,两岸峭壁对峙,形如门阙,故名。参见本诗注①。

⑫ 砥柱:又称底柱山、三门山。在今河南三门峡市,当黄河中流。以山在激流中矗立如柱,故名。

⑬ 九曲:黄河河道曲折,故称。

⑭ 三峰:指华山之莲花、毛女、松桧三山峰。

⑮ 轘辕:关口名。在河南偃师登封交界处,少室、太室山之间。因山路有十二曲,盘旋往还得名。

⑯ 辀:古代用于泥泞路上的交通车。《吕氏春秋·慎势》:"水用舟,陆用车,涂用辀,沙用鸠,山用樏,因其势也。"

⑰ 阒:谨慎。

⑱ 支祁:水神。即无支祁。唐代李公佐《古岳渎经》:"(夏禹)乃获淮涡水神,名无支祁,善应对言语,辨江淮之浅深,原隰之远近。形若猿猴,缩鼻高额,

青躯白首,金目雪牙。颈伸百尺,力逾九象,搏击腾踔疾奔,轻利倏忽,闻视不可久……颈镴大索,鼻穿金铃,徙淮阴之龟山之足下,俾淮水永安流注海也。"

⑲ 玉牒:指典册、史籍。

⑳ 加璧句:指瘗玉之礼,古代祭山治礼毕埋玉于坑。

㉑ 燔柴:古代祭天仪式。将玉帛、牺牲等置于积柴上而焚之。《仪礼·觐礼》:"祭天,燔柴……祭地,瘗。"

㉒ "厓看"二句:说岣嵝碑。岣嵝碑相传为大禹陵述事碑,原刻在湖南衡山岣嵝峰。清代檀萃《楚庭稗珠录》卷二《粤囊·上》岳麓禹碑:援考他书,称碑在岣嵝峰。又传在衡山密云峰,宋嘉定中,蜀士因樵人引至其处,以纸拓其碑七十二字,刻于夔门道院,后俱亡。又闻有刻于栖霞者,则是今所见禹碑皆重刻,而所刻亦非一处也。其文字奇古不可识。……辛卯春暮,予至长沙,游岳麓,登山见此碑,碑在山之东,东面摩石壁,勒之多有凹凸,厥崇五尺,广减其一,上复以亭,亭今穿漏欲圮,亭之东北十丈许,为往来径路,非幽隐难觅处也。碑左离尺许,勒字三行云:"嘉定壬申秋……"。

㉓ 火鹑:星宿名。《左传·僖公五年》:"鹑之贲贲,天策焞焞。"杨伯峻注:"鹑火也。据《尔雅·释天》,柳宿亦名鹑火;据《星经》,心宿亦有鹑火之名。此盖指柳宿。柳宿为朱鸟七宿第三宿,有星八,均属长蛇座。贲音奔,贲贲,状柳宿形。"

㉔ "淮堧"二句:说后人供奉大禹庙。珠蠙:即蚌珠,珍珠。

㉕ 华衮:古代王公贵族的多彩的礼服。这里表示极高的荣宠。

㉖ 元圭:即玄圭。一种黑色的玉器,上尖下方,古代用以赏赐建立特殊功绩的人。《尚书·禹贡》:"禹锡玄圭,告厥成功。"孔传:"玄,天色,禹功尽加于四海,故尧赐玄圭以彰显之,言天功成。"蔡沈集传:"水色黑,故圭以玄云。"

㉗ 枚卜:指占卜吉凶。

㉘ 二圣:指西周文王和武王。传薪:传火于薪,前薪尽而火又传于后薪,火种传续不绝。语出《庄子·养生主》:"指穷于为薪,火传也,不知其尽也。"

㉙ 艮:止。

㉚ 斗建正逢寅:指正月。斗建:古时以北斗星的运转计算月令,斗柄所指之辰谓之斗建。正月指寅,为建寅之月,二月指卯,为建卯之月。

㉛ 魑魅:古代谓害人的山泽之神怪。

③② 神龟：陆机《洛阳记》载："禹时有神龟,于洛水负文列于背,以授禹。文,即治水文也。"

③③ 彝伦：谓成为表率、成为典范。

③④ 苗：后裔,子孙。

③⑤ "汲汲"二句：说大禹功绩可为汤的先导,并可与舜同列。

③⑥ 维初：最早,开初。帝闉：京都的城门。这里指大禹为后世帝王立下榜样。

③⑦ 中条山：见前本卷《雪后游瑶台山作》注③。

③⑧ 缙：延续,连续。

③⑨ 秸：农作物的茎秆。服秸是说穿着简陋的衣服。

④⑩ 夏谚：相传流行于夏代的谚语。

④① 南巡：指舜南巡事,舜在位四十八年,每五年巡天下一次。

④② 涂山会：《左传》载："禹会诸侯于涂山,执玉帛者万国。"涂山之会,确立了禹的天下共主地位。

④③ 封坛：聚土为圆坛以祭天。

④④ 黄麟：传说中的瑞兽麒麟。因其身上鳞片闪耀金色,故称。

④⑤ 紫宸：宫殿名,天子所居。这里指仙界。

④⑥ 窆石：圹旁石碑。有孔,用以穿绳引棺下穴。

④⑦ 梅梁：《太平御览》卷 970 引汉应劭《风俗通》："夏禹庙中有梅梁,忽一春生枝叶。"

④⑧ 哲嗣：敬称他人之子。

④⑨ 青台：涂饰成青色的楼台。《年谱》说："清明日出城(夏县),登青台,台乃涂山氏女筑以望乡者。"

⑤⓪ 女辛：《史记·殷本纪》司马贞索隐云："其实禹是名。故张晏云'少昊已前,天下之号象其德;颛顼已来,天下之号因其名'。又按：系本'鲧取有辛氏女,谓之女辛,是生高密'。宋衷云'高密,禹所封国'。"

⑤① 于越：古族名。分布在今浙江省境内。这里指越地,因越地也有大禹庙。

⑤② 鬲津：古水名。即《书·禹贡》所谓古黄河下游"九河"之一。

⑤③ 并冀：并州和冀州。辖地一在今山西,一在今河北。

(54) 榛：丛木。

(55) 洛汭：河流会合或弯曲的地方。《尚书·禹贡》："东过洛汭。"孔传："洛汭，洛入河处。"

(56) 刘子：名昼，北齐道学家。有《刘子》一书。

(57) 商高：周初数学家，与周公旦同时人。发明勾股定理，能用矩的原理来进行地理测量。见《周髀算经》。

(58) 俎豆：俎和豆。古代祭祀、宴飨时盛食物用的两种礼器。

(59) 亥步：健步行走。相传禹臣竖亥善走。《山海经·海外东经》："帝命竖亥步自东极至于西极，五亿十选（万）九千八百步。"

(60) 皋繇：亦作"皋陶"。传说虞舜时的司法官。《书·舜典》："帝曰：'皋陶，蛮夷猾夏，寇贼奸宄，汝作士。'"

(61) 柏翳：舜时人，本称大费，也称伯益。古代嬴姓的祖先。相传他助禹治水有功，禹要让位给他，他避居箕山之北。《史记·秦本纪》："女华生大费，与禹平水土……佐舜调驯鸟兽，鸟兽多驯服，是为柏翳。舜赐姓嬴氏。"扶轮：扶翼车轮。这里指辅佐。

(62) 元化：造化，天地。

(63) 玉真：谓仙人。

(64) 安澜：谓使河流安稳不泛滥。

(65) 沛泽：沼泽，水草茂密的低洼地。

(66) 陶甄：比喻陶冶、教化。

宿少室山下人家作[①]

御砦云横磴[②]，轘辕雨暗关[③]。崎岖策羸马，寂历住深山。

入道思先定[(一)]，游仙梦亦悭。还欣筋力健，明霁拟登攀。

【校勘记】

（一）入道思先定：《全集》本此句后有作者小注："少室有上中下定思处。"

【注释】

① 此诗作于乾隆五十二年(1787),冯敏昌四十一岁,正月自陕西至河南。游中岳嵩山轘辕关、少林寺,入嵩阳书院。少室山:又名"季室山",今河南登封县南,嵩山东峰。

② 御砦:少室山主峰,金末宣宗曾屯兵于少室山顶,抵抗元兵,故又称为"御寨山"。

③ 轘辕:见前本卷《夏县谒大禹庙敬赋六十韵》注⑮。

发解梁至虞乡,大雾竟日。
望道左天柱诸峰雄甚^{(一)①}

蜿蜒中条山②,千里蟠河东。迢遥接雷首,振拔争崝潼③。晴明望不极,黯黯看尤雄。我发解梁城,颠簸车凌风。长风扫不尽,积雾弥天空。郁然层霄间,拔起千神龙。鳞鬣不可见,掉尾鸣雷公。又如金揪鹏④,羽翼垂云封。妖鸟脑尽礳⑤,砺距仍当胸。谁凌缥缈巅^(二),还撑天柱峰。王冠真下压,五老方遥从⑥。更似来神人,屹立重云中。摩天扬巨刃⑦,卫日张长弓⑧。肃然真动魄,盛矣殊难穷。昔闻韩退之,开云祝融宫⑨。又闻苏子瞻,倒海烦神工⑩。二公唯正直,信足称奇逢。而我亦何为,汗漫寄游踪^(三)。翻于怳惚处^(四),似有精诚通^(五)。新诗匪娱翫^{(六)⑪},但欲加磨礲⑫。何当重扫净,更睹青天容。

【校勘记】

(一)《全集》本此诗题作《发解梁至虞乡,大雾竟日。望道左天柱诸峰雄甚。爰赋一章》。

(二)谁凌缥缈巅:《全集》本此句做作"谁移武当山"。

（三）寄：《全集》本作"留"。

（四）怳惚：《全集》本作"境幻"。

（五）精诚：《全集》本作"山灵"。

（六）娱翫：《全集》本作"奇羾"。

【注释】

① 此诗作于乾隆五十一年（1786），冯敏昌四十岁，在河南、陕西等地继续赏游。解梁：解州古称，位于今山西运城西南解州镇。虞乡：今山西永济。

② 中条山：见前本卷《雪后游瑶台山作》注③。

③ 峆：古代水名。在今河南省西部。《水经注·河水四》："河之右侧，峆水注之。水出河南盘峆山，西北流，水上有梁，俗谓之鸭桥也。"潼：水名。在陕西潼关县境。

④ 揪：群飞貌。

⑤ 磔：斩杀，捕杀。

⑥ 五老：五老峰，《年谱》说在虞乡县。

⑦ "摩天"句：形容五老峰高耸，直插云霄，如利剑刺空。摩天：迫近蓝天。

⑧ "卫日"句：形容山势高耸独立突出者在群山连绵中又如长弓。

⑨ 祝融宫：在南岳衡山祝融峰。

⑩ 神工：神人。

⑪ 娱翫：玩乐。

⑫ 磨礲：磨练，切磋。

潼　关①

潼关旌旆拂云开，万古金汤势壮哉（一）。分陕东连峆塞启（二）②，大河南迫华山来（三）。秦家劲弩还如昨③，唐代桃林信可哀（四）④。圣化即今同内外（五），行人车马漫迟回（六）。

【校勘记】

（一）万古：《全集》本作"下瞰"。

（二）启：《全集》本作"阻"。

（三）来：《全集》本作"回"。

（四）信：《全集》本作"洵"。

（五）同：《全集》本作"无"。

（六）迟徊：《全集》本作"徘徊"。

【注释】

① 此诗作于乾隆五十一年（1786），冯敏昌四十岁。潼关：在今陕西潼关县北，关城在华山山腰，雄踞晋、豫、秦三省，有"鸡鸣闻三省，关门扼九州"之说。北临黄河，南依秦岭，自古是关中东大门。

② 崤塞：崤山。又名嶔崟山、嶔岑山。在河南洛宁县北。山分东西二崤，中有谷道，坂坡峻陡，为古代军事要地。

③ "秦家"句：指秦皇扫六合，一统天下之事。

④ "唐代桃林"句：见《唐中和五年李克用题名碑拓本》注②。潼关古称桃林塞。

蒲阪谒虞帝祠二首①

一

蒲阪雄河朔，虞祠忘几时⁽一⁾。重华真协帝②，恭已自无为。暮雨连群望，愁云去九疑③。垂衣俨如昨，凄恋一陈词。

二

忆过苍梧野④，因攀斑竹阴⑤。云旗不可见，湘瑟若为心。北渚愁如在⑥，南征怨不任⑦。故宫苹藻处，重为诵徽音⑧。

【校勘记】

（一）几：《全集》本作"岁"。

【注释】

①　此诗作于乾隆五十一年(1786)，冯敏昌四十岁。蒲阪：今山西省永济县蒲州镇。《年谱》说"过蒲坂(府城东南舜所都故城)谒虞帝祠"。

②　重华：虞舜的美称。《尚书·舜典》："曰若稽古帝舜，曰重华，协于帝。"孔传："华，谓文德。言其光文重合于尧，俱圣明。"

③　九疑：见前卷二《挽刘烈妇邹少君》注⑨。

④　苍梧：见前卷二《挽刘烈妇邹少君》注⑨。

⑤　斑竹：又叫湘妃竹。晋·张华《博物志》："舜死，二妃泪下，染竹即斑。妃死为湘水神，故曰湘妃竹。"

⑥　北渚：《楚辞·九歌·湘夫人》："帝子降兮北渚，目眇眇兮愁予。"

⑦　南征：舜在位四十八年，舜每五年巡天下一次。《史记》载："舜南巡狩，崩于苍梧之野，葬于江南九疑。"

⑧　徽音：犹德音。指令闻美誉。语出《诗经·大雅·思齐》："大姒嗣徽音，则百斯男。"郑玄笺："徽，美也。"

风 陵 渡 河①

虞日生蒲阪②，秦云接首阳③。陵吹风气黑，河混渭流黄④。
已赴三门急(一)⑤，真令一苇航(二)⑥。星源难可到，徒仰帝台浆⑦。

【校勘记】

(一)　已赴三门急：《全集》本此句为"已信双帆蠹"。

(二)　航：《全集》本作"杭"。

【注释】

①　此诗作于乾隆五十一年(1786)，冯敏昌四十岁，《年谱》说："五月，风陵渡河(永济县)乃至西安"。风陵渡：位于芮城县西南端，黄河北岸，是晋、豫、陕交通要冲。相传黄帝与蚩尤争战，黄帝重臣风后阵亡，埋葬于此，冢名风后陵，故称风陵关。因唐代圣历年间曾在此置关，又称风陵津，是黄河南泄转而东流

之地,后称风陵渡。

　　② 蒲阪:见前本卷《蒲阪谒虞帝祠二首》注①。

　　③ 首阳:一称雷首山,相传为伯夷、叔齐采薇隐居处。《史记·伯夷列传》:"武王已平殷乱,天下宗周,而伯夷、叔齐耻之,义不食周粟,隐于首阳山,采薇而食之。"《论语》何晏集解引马融曰:"首阳山在河东蒲坂,华山之北,河曲之中。"蒲坂在今山西永济县南。

　　④ 渭:渭河,黄河最大支流,由潼关入黄河。

　　⑤ 三门:三门山,又名砥柱。在河南陕县东北黄河之中。有中神门、南鬼门、北人门三门,故名。《水经注·河水四》:"山穿既决,水流疏分,指状表目,亦谓之三门矣。"

　　⑥ 一苇:语出《诗经·卫风·河广》:"谁谓河广,一苇杭之。"孔颖达疏:"言一苇者,谓一束也,可以浮之水上而渡,若桴栰然,非一根苇也。"代小船。

　　⑦ 帝台:古代神话中的神仙名。《山海经·中山经》:"(休与山)上有石焉,名曰帝台之棋,五色而文,其状如鹑卵。帝台之石,所以祷百神者也。"郭璞注:"帝台,神人名。"

过桃花涧数里至马家河坻,
村形甚美,再占一律①

　　四山环合古原斜⁽一⁾,马姓居人近百家。绿鬓当垆还柿酒②,黄河绕岸更桃花。遥山已入商岩望③,近水仍将底柱夸④。纵有仙源人不到,何殊天上望匏瓜⑤。

【校勘记】

　　(一)四:《全集》本作"乱"。

【注释】

　　① 此诗作于乾隆五十一年(1786),冯敏昌四十岁。

　　② 绿鬓:乌黑而光亮的鬓发。引申为青春年少的容颜。杜牧《阿房宫赋》

有:"明星荧荧,开妆镜也;绿云绕绕,梳晓鬟也。"柿酒:指用柿子制作的酒。

③ 商岩:傅说初版筑于傅岩之野,后被商王武丁举以为相。见《尚书·说命上》。

④ 底柱:见前本卷《夏县谒大禹庙敬赋六十韵》注⑫。

⑤ 匏瓜:星名。《史记·天官书》:"匏瓜,有青黑星守之。"司马贞索隐引《荆州占》:"匏瓜,一名天鸡,在河鼓东。"

游龙门谒大禹庙^{(一)①}

一

万年钦禹力,千仞睹龙门。山束峰峦壮,晴雷冬亦奋。白日昼仍昏,感激为鱼叹。真看濆洞源^②,

二

气运将开辟,山河待始终。宁慭天地性,直作鬼神功。云气摩青壁,涛声绕故宫。安澜欣此日,俯仰意何穷。

【校勘记】

(一)《全集》本此诗题作《游龙门谒大禹庙题壁二首》。

【注释】

① 此诗作于乾隆五十一年(1786),冯敏昌四十岁。龙门:见前本卷《夏县谒大禹庙敬赋六十韵》注⑪。

② 濆洞:水势汹涌。

河津观龙门歌^①

惊涛殷地声如雷,濒河路折听喧豗^②。连天烟雾不知数,

西望一气连峰开,峰如连牛亦奇哉。岂谓河自峰腰来,骑危路
转峰还回。地穷转石躔斯下,天成巨闬高何嵬③。仰看铁壁形
如隤④,俯积云气容如灰。想象昆仑万里导源至此偪拶不得
出⑤,丰隆列缺乃驱应龙画地鼓翼掉尾扬其颏⑥。厓开蠛豀
迟回⑦,山口一石门还阂。谁令千丈势忽断,真见当时指麾万
众雷辊电激轰钳锤⑧。河流怒喷风回埃,建瓴一泻无根垓⁽一⁾。
长澜千里更东下,高掌万仞从西摧。吁嗟神功安可能,云雷合
赖经纶才⑨。试观千秋万古山童水不竭⁽二⁾⑩,于中禹迹令人慨
想心徘徊。山前古庙临危台,降神拜奠倾云罍⑪。云松绕屋鸣
作籁,龙蛇满壁昏成煤。一从洒瀋诸沉炎,何意逝水还相催。
淇园竹竿下不尽⑫,宣房瓟子空悲哀⑬。我愿元气深滋培,权
衡迭运兼公台。济川舟喜盛世见⁽三⁾,清河颂许诗人裁。

【校勘记】

（一）瓴:《全集》本作"瓶"。

（二）童:《全集》本作"重"。

（三）世:《全集》本作"时"。

【注释】

① 此诗作于乾隆五十一年(1786),冯敏昌四十岁。河津:在今山西运城。
古称绛州龙门,因地处滨河要口,当黄河要津,故名。《三秦记》:"河津,一名龙
门"。河津与陕西韩城交界的黄河峡谷出口处,两面大山,黄河夹中,黄涛滚滚,
一泻千里,也称"龙门"。传说龙门是大禹治水处,又称禹门。《名山记》载:黄
河到此,直下千仞,水浪起伏,如山如沸。两岸均悬崖断壁,唯"神龙"可越,故名
"龙门"。

② 喧豗:形容轰响。

③ 闬:墙垣。

④ 隤:崩颓,坠下。

⑤ 偪拶:压迫。

⑥ 应龙:古代传说中一种有翼的龙。相传禹治洪水时,有应龙以尾画地成

江河,使水入海。《山海经》、《广雅》、《太平广记》等均有记载。

⑦ 巇:山,山顶。

⑧ 雷辊:雷滚,雷鸣。

⑨ 经纶:整理丝缕、理出丝绪和编丝成绳,统称经纶。引申为筹划治理国家大事。

⑩ 山童:谓山无草木。

⑪ 云罍:饰有云状花纹的酒壶。

⑫ 淇园:古代卫国园林名。产竹。在今河南省淇县西北。《史记·河渠书》:"是时东郡烧草,以故薪柴少,而下淇园之竹以为楗。"裴骃集解引晋灼曰:"淇园,卫之苑也,多竹篠。"

⑬ 宣房:西汉元光(汉武帝年号:前132—前129)中,黄河决口于瓠子,二十馀年不能堵塞,汉武帝亲临决口处,发卒数万人,并命群臣负薪以填,功成之后,筑宫其上,名为宣房宫。见《史记·河渠书》。

循河车行,热甚,饮于龙头泉。
因登泉上禹祠门楼,望隔河华山作①

车行虽喜晴,亦畏赤日烈。火云郁如盖,不障长空热。欲向夸父饮②,又畏长河竭。山从雷首来,泉喷龙头冽。灌顶胜醍醐③,入喉当冰雪。复寻晞发阿④,遂造冠山阒⑤。缅惟神禹功,兹仍祠庙设。祠门三层楼,正拒黄河喝。长风吹晴沙,千里势一瞥。隔河望垂云,忽堕三峰嶻⑥。天地为之黑,秦商皆若挈⑦。黄河虽南下,安得不东折。心驰五千仞,目愦蜦蛇穴⑧。踊跃还就车,何异登飞辙。

【注释】

① 此诗作于乾隆五十一年(1786),冯敏昌四十岁。

② 夸父:《山海经·海外北经》载:"夸父与日逐走,入日;渴,欲得饮,饮于

266 266 · 小罗浮草堂诗钞校注

河、渭;河、渭不足,北饮大泽。未至,道渴而死。弃其杖,化为邓林。"

③"灌顶"句:即醍醐灌顶,佛教以醍醐灌人之顶,喻以智慧灌输于人,使人彻悟。醍醐:从酥酪中提制出的油。《大般涅盘经·圣行品》:"譬如从牛出乳,从乳出酪,从酪出生酥,从生酥出熟酥,从熟酥出醍醐。醍醐最上。"

④晞发:晒发使干。语出《楚辞·九歌·少司命》:"与女沐兮咸池,晞女发兮阳之阿。"常指高洁脱俗的行为。

⑤冠山:位于山西平定县西南,主峰顶状似冠,故名。闃:寂静。

⑥嵦:山石突出,耸出。

⑦秦商:秦地和商地,即指隔河相望的陕西、河南。

⑧蜃:传说中的神蛇。

登岳庙后万寿阁望华山作①

连霄飞阁跨蓬莱②,峻岳雄屏实壮哉。白帝扬旒今日见③,巨灵高掌向天开④。群山既已朝宗下,千里真成望气来。愿得凌风舒六翮⑤,青莲瓣上看红埃⑥。

【注释】

① 此诗作于乾隆五十一年(1786),冯敏昌四十岁。万寿阁:为华山上西岳庙一阁,为明神宗万历年间道官席演所建。

② 蓬莱:蓬莱山。古代传说中的神山名。

③ 白帝:古神话中五天帝之一,主西方之神。《周礼·天官·大宰》"祀五帝"唐贾公彦疏:"五帝者,东方青帝灵威仰,南方赤帝赤熛怒,中央黄帝含枢纽,西方白帝白招拒,北方黑帝汁光纪。"

④ 巨灵高掌:华山东峰峭壁,可见黄、白色相间岩石,形如巨掌,称"华岳仙掌",传说古代河神巨灵,左手托起华山,右足蹬去中条山,辟黄河入海河道,排放洪水,拯救万民,仙人掌即巨灵推山时留下的手印。

⑤ 六翮:指鸟的两翼。

⑥ 青莲：华山主峰西南，隔壑相望为三公山，三公山两则，千峰林立，如一片片青莲花瓣，围绕华山。

七月一日仍登岳庙万寿阁作①

莲峰天半削崚嶒②，此日重瞻意气增。雨巤玉盆谁挂到⁽一⁾，晴崖铁锁待攀登。平添岳势三千仞⁽二⁾，遥竦神霄百万层。咫尺元关还易扣③，无须宝槛更深凭。

【校勘记】

（一）挂：《全集》本作"拄"。

（二）仞：《全集》本作"丈"。

【注释】

① 此诗作于乾隆五十一年(1786)，冯敏昌四十岁。

② 崚嶒：高耸突兀。

③ 元关：即玄关，佛教称入道的法门。万寿阁为岳庙之一阁，故云咫尺易扣。

登华山落雁峰仰天池作⁽一⁾①

我生身事殊茫然，岂意得到兹峰巅。四十年来但一梦②，五千仞上今青天。天形冒地诚无边，地面流峙纷山川。自非黄鹤举一再，岂辨纤曲兼方圆③。我初逾险登山来，惊魂慄魄愁攀牵。云梯巧坼铁锁绝⁽二⁾④，衣袂始向三峰翩⑤。三峰杰出南峰先，东西乃及南峰肩。谁放兹峰一头地，秀耸即在南峰偏。金天峥嵘最高峙，洪钧铸造非无权⑥。谁言四面削成好，未睹一气凝还坚。是时开霁无云烟,万里瞥目随飞鸢。黄河倾天正南下,有此拔地方当前。咆哮喷薄迄回首,坐使一线重溟穿⑦。秦山蚁蛭渭一发,精骛八极心狂巅⑧。当时太白此登陟(三),搔首欲问宣城篇⑨。帝坐尊严我岂敢,但想呼吸存绵绵。傍人大笑亦何有,安知我身非谪仙。长嗟尘世事驰骛,漫使白日空推迁(四)。眼中徒羡希夷子⑩,白首但作云台眠⑪。我当循池采红莲,不然峰顶乘铁船。云涛浩荡恣流驶,玉泉皎洁方洄沿⑫。时还下视人间子,抚掌又阅三千年⑬。

【校勘记】

(一)《全集》本此诗题作《登落雁峰仰天池是华山绝顶放歌》。

(二)巧:《全集》本作"朽"。

(三)当时太白此登陟:此句《全集》本作"忽忆当时太白登"。

(四)漫:《全集》本作"共"。

【注释】

① 此诗作于乾隆五十一年(1786),冯敏昌四十岁。落雁峰:华山主峰南峰之一,据说因山高,大雁至此歇息,故名。仰天池在南峰上,池水清澈,涝不溢,旱不竭。

② 四十年:见本诗注①。

③ "自非"二句:言山形复杂莫辨。

④ 铁锁绝:《年谱》说:"闰七月……初十二……又过老君离垢处,两崖中空,路断丈馀,云雷在下。乃有铁结为繘,高低各一,横系崖口,若待过者。……竟手攀足踏浮空而过。"

⑤ 三峰:华山三主峰:南峰"落雁",为太华极顶;东峰"朝阳";西峰"莲花"。

⑥ 洪钧:指天。

⑦ 重溟:这里指黄河。

⑧ 精骛八极:语出陆机《文赋》。谓思维驰骋无边。八极:喻极远之处。

⑨ "当时"二句:李白曾登西岳,如有《西岳云台歌送丹丘子》等诗。宣城

篇：在今安徽宣城。李白曾在此及庐山隐居,有《秋登宣城谢朓北楼》、《宣州谢朓楼饯别校书叔云》等诗。

⑩ 希夷子：指陈抟。字图南,真源(今河南鹿邑)人。隐于华山,自号扶摇子,宋太宗赐号希夷先生。

⑪ 云台：华山三峰之外还有中峰和北峰。北峰又称云台峰。陈抟落第后,隐居武夷山九室岩,服气、辟谷二十馀年,后移居华山云台观。

⑫ 玉泉：传说中昆仑山上的泉名。这里指月亮。

⑬ 三千年：《汉武内传》说,王母仙桃三千年一开花,三千年一结实。这里形容世事沧桑。

立秋日华顶作二首①

一

层霄谁共跨茅龙②,绝顶遐观荡芥胸。白帝西来行万里③,黄河东去避三峰④。晴云肤寸收莲萼,楼阁千寻建鼓钟。莫问悲秋还有客,从来登华兴难逢(一)。

二

不辞旬月住峰头,好胜他山作漫游。仙掌试看初日上(二)⑤,芙蓉新倚半天秋⑥。云冈独立真千仞,烟点遥分是九州⑦。厓壁一时聊泼墨(三),雪泥鸿爪几人留(四)⑧。

【校勘记】

(一) 兴：《全集》本作"正"。

(二) 初日上：《全集》本作"初上日"。

(三) 泼墨：《全集》本作"为泐"。

(四) 雪泥鸿爪几人留：此句《全集》本为"鸿踪此后冀长留"。

【注释】

① 此诗作于乾隆五十一年(1786),冯敏昌四十岁。

② 茅龙:相传仙人所骑的神物。语出刘向《列仙传·呼子先》:"呼子先者,汉中关下卜师也,老寿百馀岁。临去,呼酒家老姬曰:'急装,当与姬共应中陵王。'夜有仙人持二茅狗来至,呼子先。子先持一与酒家姬,得而骑之。乃龙也,上华阴山。"

③ 白帝:见前本卷《登岳庙后万寿阁望华山作》注③。

④ 三峰:见前本卷《登华山落雁峰仰天池作》注⑤。

⑤ 仙掌:见前本卷《登岳庙后万寿阁望华山作》注④。

⑥ 芙蓉:芙蓉峰,也称青莲峰,见前本诗《登岳庙后万寿阁望华山作》注⑥。

⑦ 烟点遥分是九州:化用李贺《梦天》"遥望齐州九点烟,一泓海水杯中泻"句中"齐烟九点"典。站在千佛山北望可见到济南附近九座孤山:卧朱山、华山、鹊山、标山、凤凰山、北马鞍山、粟山、匡山、药山。此句中说站在华山之巅可见九州风景。

⑧ 雪泥鸿爪:见前卷一《海角亭谒苏文忠公遗像》注⑪。

雨夜宿少林寺怀五乳峰下初祖庵作示僧融粹①

祇林深处与谁同②,夜雨连明杂暗风。二士无言孤馆内,五峰如梦乱云中。形骸外后知何幻,心法拈来岂无空(一)③。此际庵中旧时壁,只应犹照一灯红。

【校勘记】

(一) 无:《全集》本作"尽"。

【注释】

① 此诗作于乾隆五十二年(1787),冯敏昌四十一岁。正月自陕西至河南,游中岳嵩山、少林寺,入嵩阳书院。少林寺:创建于北魏太和十九年(495),位于中岳嵩山西麓,背依五乳峰,面对少室山,有常住院、塔林、初祖庵、二祖庵和

达摩洞等。初祖庵：又名面壁庵，为纪念禅宗祖师达摩而修建。

②　祇林：即祇园，"祇树给孤独园"的简称。印度佛教圣地之一。相传释迦牟尼成道后，憍萨罗国的给孤独长者用大量黄金购置舍卫城南祇陀太子园地，建筑精舍，请释迦说法。祇陀太子也奉献了园内的树木，故以二人名字命名。

③　心法：指经典以外传受之法。以心相印证，故名。

三门底柱歌^{(一)①}

我怀禹迹征随刊，洪河浩荡从西看。昨游龙门岁已宴^{(二)②}，今来底柱春仍寒。途回茅津三十里③，险度云磴千百盘。阳光惨惨下幽谷，阴气漠漠吹群峦。时逢黝面负煤子④，示我途路愁危单。是时龙门春水下，势趁莲岳三峰攒⑤。桃花飞流竹箭急⑥，万里欲赴重溟宽⑦。岂知中途正锋锐，有此列巇方城完⑧。崖开嶂抱何团圞⑨，云屯雾积增巑岏⑩。大河入口不得去，但有郁怒从胸蟠。何缘叠石还横拦，有不植发还冲冠。想象龙沉冀州日⑪，讵免鱼首齐民叹⑫。人门之辟良独难，螺旋珠转愁飞翰。云雷日倏晦大壑^(三)，神鬼夜更号奔湍。峭壁既巇仍如盘，滔天直下洵无端⑬。不向中流砥一柱，何由万古回狂澜。我来据石凌河干，未睹飞棹旋危滩。羊皮浑脱是何物⑭，骑而渡者方盘跚。因忆隋唐漕运艰^{(四)⑮}，舟船破碎民孔瘝⑯。平南图籍亦飘荡，馀书简断兼编残。我知天心厌推挽⑰，欲使人力凭鞿鞍⑱。褰衣儒生几得到^{(五)⑲}，哆口河策空夸谩^{(六)⑳}。兹观上游去骨鲠，又睹要害开髀髋㉑。固知神功水性得，不用古法芦灰干㉒。注意桑经颇根据㉓，论循禹贡还山安。行当华巅揽形势，会使涸辙矜奇观。

【校勘记】

（一）底：《全集》本作"砥"。

（二）宴：《全集》本作"晏"。

（三）云雷日倏晦大壑：《全集》本"倏"作"复"；"大"作"绝"。

（四）因忆隋唐漕运艰：此句《全集》本作"因忆当时漕挽疲"。

（五）襃：《全集》本作"褒"。

（六）策：《全集》本作"侧"。

【注释】

①此诗作于乾隆五十一年（1786），冯敏昌四十岁。三门：见前本卷《风陵渡河》注⑤底柱：见前本卷《夏县谒大禹庙敬赋六十韵》注⑫。

②"昨游"句：见前本卷《十一日自雨水镇循绵水西行三十馀里至井陉道中，欲雪意，忽忽不乐》注①。

③茅津：也叫"陕津渡"，位于山西平陆县南，沟通晋豫两省，黄河上重要渡口。《水经注》云："陕城北对茅城，故名茅亭，茅戎邑也，津亦取名。"

④负煤子：背煤的人。

⑤莲岳三峰：指华山三峰，见前本卷《登华山落雁峰仰天池作》注⑤。

⑥桃花：指桃花涧。

⑦重溟：见前本卷《登华山落雁峰仰天池作》注⑦。

⑧巇：大山上的小山。

⑨团圞：团栾，圆貌。句中说众山合拢如团聚貌。

⑩巑岏：山高锐貌。

⑪龙沉冀州：典出《山海经·大荒北经》："蚩尤作兵伐黄帝，黄帝乃令应龙攻之冀州之野。应龙畜水，蚩尤请风伯、雨师纵大风雨。黄帝乃下天女曰魃，雨止，遂杀蚩尤。"

⑫"讵免"句：说黄帝制伏应龙、蚩尤，使齐民免受水溇之灾。

⑬"人门之辟良独难"六句：形容黄河水激荡、奔流、使鬼愁神惊。甗（pì）：剖开。

⑭羊皮浑脱：黄河附近人民用整张剥下的动物的皮制成的革囊或皮袋，用作渡河的浮囊，多用羊皮。

⑮ 漕运：旧指从水路运输粮食，供应京城或军需。隋文帝曾令开凿广通渠，引渭水自大兴城，东至潼关，长三百馀里，漕运便利。

⑯ 瘅：劳苦。

⑰ 推挽：前牵后推，指搬运，运输。

⑱ 鞿鞍：马嚼子、马鞍，代指用马运输。

⑲ 裒：服饰盛美。

⑳ 哆口：张口。

㉑ 髋髀：语出《汉书·贾谊传》："至于髋髀之所，非斤则斧。"这里说底柱当黄河中流，如斧劈髋髀。

㉒ 古法芦灰：典出《淮南子·览冥训》："往古之时，四极废，九洲裂；天不兼覆，地不周载。火爁炎而不灭，水浩洋而不息。猛兽食颛民，鸷鸟攫老弱。于是女娲炼五色石以补苍天，断鳌足以立四极，杀黑龙以济冀州，积炉灰以止淫水。苍天补，四极正；淫水涸，冀州平；狡虫死，颛民生。"

㉓ 桑经：指《水经》。相传为汉代桑钦所作，故称。

忻　州①

滹沱东下会群川②，风气西来乍莽然。山似连环包大野，城如腰鼓卧雄边。惊心元魏分争日③，刮眼沙陀战斗年④。更上龙原望忻口，代云高处待横鞭⑤。

【注释】

① 此诗作于乾隆五十二年(1787)，冯敏昌四十一岁。忻州：位于今山西省中北部。古称"秀容"，有"晋北锁钥"之称，始建于东汉建安二十年(215)。

② 滹沱：源于山西省五台山北麓，经河北汇入海河。

③ 元魏：北魏。魏孝文帝迁都洛阳，改本姓拓跋为元，所以历史上也称元魏。439年统一北方。

④ 沙陀：借指北方胡人、胡兵。山西古为边境，历朝屡受北方势力侵扰。

⑤ 代云：山西古为代国一部，汉有建制，十六国时期鲜卑拓跋氏于386年恢复代国。横鞭：横握马鞭，指心意踌躇。

忻 州 晓 行①

乡梦才千里，登程又五更。月连关塞冷，灯射觜参明②。
耿介平生志，逶迟不世情(一)。何缘出南海③，作客向幽并④。

【校勘记】

(一) 迟：《全集》本作"迤"。

【注释】

① 此诗作于乾隆五十二年(1787)，冯敏昌四十一岁。

② 觜参：古人认为地域分别对应天上二十八星宿。东西南北各七星，西方白虎七星——奎娄胃昴毕觜参。

③ 南海：冯敏昌自指家乡。

④ 幽并：幽州并州。相传禹治洪水，划分域内为九州。《周礼·夏官·职方氏》："乃辨九州岛之国……正北曰并州"，"东北曰幽州。"幽州地相当今河北北部及辽宁等地。并州地约当今河北保定和山西太原、大同一带地区。这些都是冯敏昌游历的地方。

秋 思 小 诗①

高风吹绝塞，落木满群山。秋思知何极，客游殊未还。离人怨衰草，幽梦惜红颜。永夕闺中月，迢迢到破环。

【注释】

① 此诗作于乾隆五十二年(1787)，冯敏昌四十一岁。

怀仁赠李星岩同年^{(一)①}

怀仁高接大同城，辽宋当时几战争^②。大峪连云通朔马^③，平原烧草待春耕。诫民未要防边策^④，柔远应兼济物情。赖有故人纾惠泽，直看樽俎胜雄兵^⑤。

【校勘记】

（一）《全集》本此诗题作《怀仁赠李明府星岩同年》

【注释】

① 此诗作于乾隆五十二年（1787），冯敏昌四十一岁。李星岩：怀仁人。

② "辽宋"句：辽（916—1125）与宋（960—1279）是两个对峙的王朝，宋辽之间的著名战争有高粱河之战、满城之战、雁门之战、瓦桥关之战等，互有胜负，后在澶州之战中宋军战败，订立澶渊之盟。

③ 大峪：是恒山附近小山沟。《年谱》记："八月十一更过代州……二十日矣……望恒山焉，尚苦晚雾迷漫不甚辨识。夜忽值大风扬尘，至二更略定，止于恽里之郭家庄。于时距岳但十馀里……自郭家庄十里入峪焉。未至峪时仰望岳形，则据北向南高插云霄，诚水经注所谓三千九百丈者。"

④ 诫民：使百姓和协。

⑤ "赖有故人"二句：说宋太祖杯酒释兵权事。见《宋史》中《太祖本纪》和《石守信传》。

大　同　写　望^{(一)①}

云中日气乍如灰，剑倚天边尚有台^(二)。紫塞秋风随马度^②，白登寒色压城开^③。禁中颇牧当时用^(三)，宫后蛾眉万里来。飞将有孙殊可念^(四)，白头还作望乡哀^④。

【校勘记】

（一）《全集》本此诗题作《大同府作》。

（二）尚：《全集》本作"自"。

（三）用：《全集》本作"合"。

（四）殊：《全集》本作"还"。

【注释】

① 此诗作于乾隆五十二年(1787)，冯敏昌四十一岁。

② 紫塞：北方边塞。晋崔豹《古今注·都邑》："秦筑长城，土色皆紫，汉塞亦然，故称紫塞焉。"

③ 白登：白登山，在今大同东北马铺山。

④ 飞将有孙：指西汉名将李陵，天汉二年(前99)九月，奉命率部出遮虏障(今内蒙古额济纳旗东南)，与匈奴战，被俘而降，在匈奴病亡。

广　武　城①

大同南下万峰奔，广武西悬控雁门②。画角平临沙塞近（一），黄云高卷戍楼昏。王恢在昔谋真误③，李牧当年令自尊④。今日行人驱马处，贯城秋涧但潺湲（二）。

【校勘记】

（一）画角平临沙塞近：此句《全集》本作"紫塞平临哀角近"。

（二）但：《全集》本作"响"。

【注释】

① 此诗作于乾隆五十二年(1787)，冯敏昌四十一岁。广武：在今山西代县。

② "大同南下"二句：说大同山势连绵，广武地势险要控制雁门之出入。雁门关：又称西陉关，在山西省代县城西北雁门山腰，异常险要，为历代戍守的战略要地。自春秋起称句注塞，由唐始称雁门关。

③ 王恢：中郎将，守边抗击匈奴，元封四年（前107）封浩侯。事见《史记·大宛列传》。

④ 李牧：？—前229年，又名繱。战国末年赵国名将。长期在赵北边防御匈奴。事在《史记·廉颇蔺相如列传》。

塞上秋阴写望①

　　西风寒雁自成群，绝塞秋容望不分。大漠无尘通去马，长天如阵置平云。着鞭敢负平生意②，投笔空惭万里勋③。自是圣朝柔远洽，不须还问李将军④。

【注释】

① 此诗作于乾隆五十二年（1787），冯敏昌四十一岁。

② 着鞭：鞭打，这里是自勉努力进取。

③ "投笔"句：用投笔从戎典。出《后汉书·班超传》："（班超）家贫，常为官佣书以供养。久劳苦，尝辍业投笔叹曰：'大丈夫无它志略，犹当效傅介子、张骞立功异域，以取封侯，安能久事笔研间乎？'"

④ 李将军：指李广。

张茸亭赞府以吴兰陔《写太白泛牛渚图》属题⁽一⁾①

　　浮云随风任卷舒，明月当天长自如。万古蛟龙不可得，屋梁夜梦徒区区。霓裳调高逐风去②，沉香露冷知何处③。世间还复有仙人，醉着锦袍看玉树④。我昔曾登牛渚矶⑤，上楼拜像还依稀。新图不减道元笔⑥，付与张巅捆载归⑦。

【校勘记】

（一）《全集》本此诗题作《张赞府葺亭葆以吴兰陔〈写太白泛牛渚图〉属题，用东坡〈题丹元子写太白真诗〉体题之》。

【注释】

① 此诗作于乾隆五十三年（1788），冯敏昌四十二岁。张葺亭：名葆，乾隆四十八年任孟县主簿。吴兰陔：吴懋政，字维凤，号兰陔。海盐澉浦（今属浙江）人。乾隆十七年（1752）进士。曾任广东博罗县知县等。有《注释八铭塾钞》。

② 霓裳：《霓裳羽衣曲》，亦叫《霓裳羽衣舞》，唐玄宗时宫廷乐舞。据传为唐开元中期西凉节度使杨敬述所献，实名为《婆罗门曲》，后经玄宗加以润色并制歌词，即改为此名。其舞、乐和服饰都着力描绘虚无飘渺的仙境和仙女形象。

③ 沉香：用沉香木制作的香。晋嵇含《南方草木状·蜜香沉香》："交趾有蜜香，树干似柜柳，其花白而繁，其叶如橘。欲取香，伐之，经年，其根干枝节，各有别色也。木心与节坚黑，沉水者为沉香。"

④ 玉树：神话传说中的仙树。

⑤ 牛渚矶：今安徽省马鞍山市西南长江边，为牛渚山北部突出于长江中的部分，又名采石矶。传说是李白捉月溺水处。

⑥ 道元：吴道子，曾学书于张旭。见前本卷《谒王右丞祠二首》注⑪。

⑦ 张巅：张旭，字伯高，吴郡（今江苏苏州）人。官常熟尉，金吾长史，世称"张长史"。工书，性嗜酒，常醉后叫呼狂走，然后挥毫落笔，时称"张巅"。其草书与李白诗、裴旻剑舞号称为"三绝"。

范宽大幅山水为河阳崔梅轩太学题①

古今山水谁鼎足，李成关穜兼范宽②。宋人祧关易以董③，独范与李争巉岏④。惟宽本学营邱法⑤，又师洪谷工研钻⑥。晚年对景独造意，刊落繁饰馀真观⑦。试观此图山水作，气势巀嶪精神攒⑧。群山盘回待相抱，际水大石先横安。

石骨老硬插水黑,石林冥密侵人寒。危根巨干何盘盘,杂叶驻绿还浮丹。绛气入窗时照烂,白云聚顶方迷漫。云端叠翠纷层峦,峦上密樾重难刊⑨。石似山兮作山脚,山耸石兮成山冠。拟倾天河洗剑脊,不藉碧海看虹蟠。一峰天际形团团,正面折落洶无端⁽¹⁾。连山左右互拱揖,远树层叠争排摊。重楼入望果何处,浮空暮霭遮阑干。山口溪流几曲折,桥上策蹇方蹒跚⑩。汇作澄潭喷作雪,渔船撒网收应难。嗟欤此画一何好,信有一技平生拚。如闻宽也华原住⁽²⁾⑪,学此匪惮心神殚。终南太华洗面出⑫,晦明阴霁凝思看。遂将刚古画山骨,未肯造次濡轻翰。今观此作信神巧,窃恐造化愁雕剜。緊余西游路缥缈,每遇胜境情欣欢。蓝田云气接辋口⑬,玉女秋色连仙坛⁽³⁾⑭。苍龙背上一回首⑮,黄尘队里愁征鞍。河阳崔君有逸致,素日宝此同琅玕⑯。为开高堂展巨轴,使我面壁忘朝餐。境真颇似游屐遍,山响欲索清琴弹。堪嗤俗论少元解⑰,蟆山铁屋空腾謘。讵知斯图有天造,未许匠手矜镂镘⑱。重嗟此艺诚僚丸,不龟手药还同叹⑲。笔底洪河与名岳,何缘更卷真波澜。

【校勘记】

(一) 洶:《全集》本作“涧”。

(二) 如:《全集》本作“吾”。

(三) 连:《全集》本作“看”。

【注释】

① 此诗作于乾隆五十四年(1789),冯敏昌四十三岁,仍留主讲河阳书院,兼修《孟县志》。重修韩愈墓。范宽:名中正,字仲立,陕西华原人,因性情温厚,人称“范宽”,师荆浩、李成,自成一家,画山创造性地以一种短条子皴结合点簇笔法表现山的质地,写山真貌而不取繁饰。崔梅轩:生平不详。

② “古今山水”二句:见本诗注①。李成(919—967),字咸熙,先世为唐宗

室,居长安(今陕西西安),后迁青州益都(今属山东),人称李营丘。能诗,善琴、长弈。尤擅画山水,初师荆浩、关仝,多作平远寒林,画法简练,笔势锋利,好用淡墨,有"惜墨如金"之称。关仝(约890—960):又称关全。长安(今陕西西安)人。工画山水,师事荆浩,刻意力学,遂自成一家,擅长画山水画,时人称"关家山水",所作山水笔简气壮,景广意长。与荆浩并称"荆关";与李成、范宽同为五代、北宋间"三家山水"画家。与荆浩、董源、巨然并称五代、北宋间四大山水画家。

③ 桃关易以董:指宋初山水画不学关仝而学董源。桃:更换。董:董源(? —962)五代南唐画家。字叔达。钟陵(今江西进贤西北)人。由南唐入宋。工山水,早年学李思训,亦师王维。擅画秋岚远景,多描写江南真境,不作奇峭的笔墨,兼画龙水、钟馗,无不臻妙。

④ 巉屼:高耸。参见前本卷《三门底柱歌注》⑩。

⑤ "惟宽本学"句:见本诗注①②。

⑥ 洪谷:荆浩(约850—?)。河南济源人。五代后梁时因避战乱,曾隐居于太行山洪谷,自号"洪谷子"。创造笔墨并重北派山水画,被后世尊为北方山水画派之祖。有画论《笔法记》传世。

⑦ "刊落繁饰"句:参见本诗注①。

⑧ 巉嶪:高耸。

⑨ 樾:成荫的树木。

⑩ 蹇:劣马或跛驴。

⑪ "如闻"句:见本诗注①。

⑫ "终南太华"句:说范宽笔下之两山清新超凡。终南:终南山,指秦岭中段,以其居天之中,都之南,又称"中南山"或"太乙山"。秦时阿房宫、汉代上林苑、隋之凤泉宫、仙游宫、宜寿宫、甘泉宫、太平宫、唐代太和宫(翠微宫)、万泉宫、华清宫等,无不占尽终南之形胜。太华:即华山。

⑬ 辋口:即指辋川。见前本卷《辋川鹿苑寺访王摩诘先生书堂遗迹作二首》注①。

⑭ 玉女:即玉女峰,在华山主峰之一的东峰。

⑮ 苍龙:即苍龙岭,华山救苦台南、五云峰下的一条刃形山脊,属华山著名险道。因岭呈苍黑色,势若游龙而得名。岭西临青柯坪深涧,东临飞鱼岭峡谷,

长约百馀米，宽不足三尺，中突旁收，行走其上，心旌神摇，如置云端，惊险非常。

⑯ 琅玕：似珠玉的美石。

⑰ 元解：即玄解，谓对事物奥秘的理解。

⑱ 镂：镂刻。墁：涂抹、粉刷。

⑲ 不龟手药：语出《庄子·逍遥游》："宋人有善为不龟手之药者，世以洴澼絖为事。客闻之，请买其方百金……客得之，以说吴王。越有难，吴王使之将。冬，与越人水战，大败越人。裂地而封之。"这里比喻自己的微才薄技。

谒韩文公祠①

孔道函元气②，天心待耿光。峄山还衍脉，神岳更储祥③。世德全孤福，宏图梦篆昌(一)④。砻磨真事业，奋发古文章⑤。圣路追荒迹，儒门屹巨防。滂仁兼旷义⑥，树纪并扶纲。周昔衰仍战，言讧墨与杨。圣徒工放距，异说为惩创⑦。二氏来何自⑧，群迷势益猖。求仙前古妄，迎佛国人狂⑨。不有名贤愤，何由至教张⑩。五原俱蹑奥，一表遂排阊⑪。发指引千钧重，澜回巨手障。伟功同禹孟，高识迈荀扬⑫。事与闻知并，仁还大勇将。先时从上相，已佐克淮疆⑬。镇将凶尤炽，王朝使但恇。长驱践牙距，锐辨慑强梁。信睹儒臣效，宁惟白刃当。躬危因正直，笔振自雄刚。述作先秦擅，流风盛汉芳。起衰从八代，作镇向三唐⑭。星日昭光洁，云涛接混茫。浑浑仍灏灏⑮，正正复堂堂。并约六经旨，还窥数仞墙⑯。诗篇只馀事⑰，李杜亦同行⑱。霞佩高飞焰，天瓢倒揭浆。两间盈浩气，万丈发光芒。百世师应在，生平遇几偿。铛重摧幸佞(二)⑲，身且落炎方⑳。海鳄驱还去㉑，衡云蔽未妨。鬼神原为护，辛苦特教尝。国策能无怵，投书别有伤。精诚天可格，公道力还彰(三)。晚景闻宽政，亨衢极侍郎㉒。易名堪纪实，遗爱几回肠。一自新书出，翻令故里荒。遗碑傅唐邓㉓，古晋昧南阳。令子留铭志，《新唐书》谓公为邓州南阳人，盖见李白作《公父去思碑》云南阳人，而妄加邓州于上（四）。不知此地为《左传》云晋启之南阳，后人历辨未决。及明万历间，公子昶墓志石于孟县尹村韩氏祖茔出土，然后公之为此地人物始定。云孙敬梓桑。国恩从祀重，公自宋元丰后从祀孔庙，国朝因之（五）。世选报功详。雍正间，大吏访公裔孙（六），随据所呈家藏公子昶志石入奏。乾隆三年恩准世袭翰林院五经博士。末学生海南，闻风凤望洋。况因梁苑客，还志郑公乡㉔。时昌焘修《孟县志》。祠下欣趋拜，阶前许近相（七）。泰山仍厚地，北斗尚穹苍。岌嶪冠摩栋，丹楹面沃舫㉕。随游俨卢孟㉖，侍立或张皇。大圣资疏附，何人敢颉颃㉗。日逾辉杰构，云为护层坊。河势昆仑下，山形渤海长（八）。鸿文与流峙，千古未渠央㉘。

【校勘记】

（一）梦篆：《全集》本作"弱岁"。

（二）摧幸佞：《全集》本作"撄倖佞"。

（三）力：《全集》本作"物"。

（四）南阳人：《全集》本作"邓州南阳人"；"邓州"作"邓州字"。

（五）因之：《全集》本作"并同"。

（六）大吏：《全集》本作"大宪"。

（七）相：《全集》本作"将"。

（八）山形：《全集》本作"行山"。

【注释】

① 此诗作于乾隆五十三年（1788），冯敏昌四十二岁。《年谱》记："于韩文公里居、祠墓尤尽心征考，……十一月初八庚寅日，重书公门人新安皇甫湜所撰神道碑立之，又自撰书韩公响堂碑墓考、碑论、祭碑，皆极崔巍雄壮。并隶书堂额云：斯文攸寄。隶书楹联云：浩气薄层霄，驱鳄开云为有前功追禹孟；雄文高八代，泰山北斗还将后祀启欧苏。又一联云：唐代一人其仰斗山之望；云祠千载长增河岳之光。立于祠堂又一联云：手挽狂澜，已信文章宗海内；祠开故里，

仍同俎豆重潮阳。……"韩愈祠位于孟县城西韩庄村。北望太行,南临黄河。墓冢高大,有砖石围墙,翠柏翁郁,芳草茂茂,枣树成林。墓前有韩愈祠,明代建筑。

②　孔道:大道。元气:指宇宙自然之气。

③　"峄山还衍脉"二句:说从孔子到韩愈,是儒家的一脉相承。峄山:在今山东邹县,是孟子故乡,这里代指孟子。神岳:指华山旁的韩愈祠。

④　"世德"二句:韩愈三岁丧父,由兄嫂抚养成人。德宗贞元八年(792)登进士第,官至刑部侍郎。

⑤　"砻磨"二句:韩愈思想上尊儒排佛,以孔孟道统的继承者自居。反对六朝以来的形式主义的骈偶文风,大力提倡古文,和柳宗元共同领导中唐古文运动。苏轼称他"文起八代之衰"(《潮洲韩文公庙碑》)。砻磨:即磨砻,指磨练。

⑥　旷:犹光大。

⑦　"周昔"四句:指孟子反对杨墨,继承孔子以仁义行天下。《孟子·滕文公下》说:"圣人不作,诸侯放恣,处士横议,杨朱、墨翟之言盈天下。天下之言不归杨则归墨。杨墨之道不息,圣人之道不著。能言拒杨墨者,圣人之徒也。"《孟子·尽心上》说:"杨子取为我,拔一毛而利天下,不为也。"杨朱之学与墨学并属显学。杨朱字子居,战国卫国人,提倡利己。墨子(约前480—前400),本名翟,鲁国人,春秋末战国初时期墨家学派的创始人,思想以兼爱为核心,以节用、尚贤为基本点。

⑧　二氏:指佛道两教。唐朝文教上不只崇儒,而且提倡佛道。唐武德八年(625),高祖诏叙三教先后,定下道、儒、释的位次:"老教、孔教,此土之基;释教后兴,宜崇客礼。今可老先,次孔,末后释宗。"(《集古今佛道论衡》卷丙)后唐太宗亲临弘福寺,为太穆皇后追福,手制愿文,自称菩萨戒弟子,斋供财施,"以丹诚归依三宝":"彼道士者,止是师习先宗,故位在前。今李家据国,李老在前;若释家治化,则释门居上。"(《集古今佛道论衡》卷丙)后代唐帝也多有崇佛道者。

⑨　迎佛:唐宪宗迎佛骨事。《旧唐书·宪宗下》载:"迎凤翔法门寺佛骨至京师,留禁中三日,乃送诣寺,王公士庶奔走舍施如不及。刑部侍郎韩愈上疏极陈其弊。癸巳,贬愈为潮州刺史。"

⑩　至教:指儒家学说。

⑪ 排阍：指韩愈因谏迎佛骨事被逐出朝廷，贬往潮州事。阍：代指朝廷。

⑫ "伟功同禹孟"二句：韩愈提倡"道德"论，认为孟子是尧、舜、禹、汤、文、武、周公直至孔子以来，一脉相承道统的直接继承人，极力推崇孟子，把《孟子》视为儒教的入门。他在《读荀》中说："始吾读孟轲书，然后知孔子之道尊，圣人之道易行。""圣人之道，不传于世。周之衰，好事者各以其说干时君，纷纷藉藉相乱，六经与百家之说错杂；然老师大儒犹在。火于秦，黄老于汉。其存而醇者，孟轲氏而止耳，扬雄氏而止耳。及得荀氏书，于是又知有荀氏者。考其辞，时若不粹；要其归，与孔子异者鲜矣！抑犹在轲、雄之间乎！"韩愈认为自己奉行的"道"，是"夫子、孟轲、扬雄所传之道"（《重答张籍书》）。

⑬ 克淮疆：唐宪宗时，宰相裴度兼任新义军节度使和淮西宣慰处置使，都统军队平定淮西。韩愈任行军司马。淮蔡平定以后，宪宗诏其撰写"平淮西碑"，迁刑部侍郎。

⑭ "起衰从八代"二句：指韩愈提倡推行古文运动。他驳斥佛、老二家的玄疏之论，而直承尧、舜、禹、汤、文武、周公、孔孟之道，欲扫除空虚无根的意识，恢复故有的道统。力斥华而无实的骈文，提倡文从字顺的散文。主张"宏中肆外"，"宏中"指文章内容充实；"肆外"指文章形式的创新。参见本诗注⑤。三唐：后世论唐人文学，多以初、盛、中、晚分期，或以中唐分属盛、晚，故称。

⑮ 浑浑：浑厚纯朴。灏灏：广大无际貌。

⑯ "并约六经旨"二句：参见见本诗注⑫。

⑰ 诗篇只馀事：指韩愈以恢复儒家道统为己任。参见本诗注⑫。

⑱ 李杜：指李白和杜甫。

⑲ 铓：刀剑等的尖锋。

⑳ 落炎方：指韩愈因谏迎佛骨被贬潮州刺史，见本诗注⑨。

㉑ 海鳄驱还去：事见《新唐书·韩愈传》："初，愈至潮州，问民疾苦，皆曰恶溪有鳄鱼，食民畜产且尽，民以是穷。数日，愈自往视之。令其属秦济以一羊一豚投溪水。"韩愈写《鳄鱼文》而"祝之"，"祝之夕，暴风震电起溪中，数日水尽涸，西徙六十里。自是潮无鳄鱼患"。

㉒ 享衢极侍郎：唐穆宗时，韩愈奉召回京，为兵部侍郎，又转吏部侍郎。

㉓ 唐邓：今河南泌阳、邓县一带。

㉔ 郑公：指郑桓公，名友，厉王少子，宣王母弟。为周司徒，封於郑。从平

王东迁,建国於新郑。传十三世幽公,为韩所灭。郑氏遂传于郑地。

㉕ "岌嶪"二句:摹绘祠内韩像的高大、威严。岌嶪:高峻貌。

㉖ 卢孟:卢仝和孟郊,韩孟诗派诗人。卢仝,范阳人。隐少室山,自号玉川子。征谏议不起。韩愈为河南令,爱其诗,厚礼之。韩愈与孟郊尚古好奇,多写古体诗,号为"韩孟诗派"。孟郊(751—814),字东野,湖州武康人。少隐嵩山,性介,少谐合。韩愈一见为忘形交。年五十,得进士第,调溧阳尉。郊为诗有理致,最为愈所称。然思苦奇涩,李观亦论其诗曰:高处在古无上,平处下顾二谢云。

㉗ 颉颃:鸟飞上下貌。语出《诗经·邶风·燕燕》:"燕燕于飞,颉之颃之。"这里是抗衡之意。

㉘ 未渠央:亦作"未遽央"。未能仓猝即尽。

谒韩文公墓(一)①

　　天文日星丽且繁,地文岳渎胚以浑②。惟人于文一得与,终始讵不关乾坤。世生天人本天瑞,珠联璧合几同论。麒麟吐书二千载③,复此会合当贞元④。上规皇坟肇邃古⑤,中溯洙泗开洪源⑥。两间充积元气合,万派欲纳灵潮吞⑦。堂堂仁义起坚阵,浩浩勇气凌戎轩。出关青牛想辟易⑧,驮经白马应惊奔⑨。雄心伯益烈山泽⑩,只手夏后堙鸿原⑪。浮云之阴蔽白日,帝遣巫阳招尔魂⑫。傲然骑骥大荒去⑬,大地殷动灵祇喧。太行之南王屋东,紫金百里龙蜿蜒⑭。长河落天包砥柱,孟津波浪来龙门(二)。河黄山紫势回合,中有白日佳城暄。金山以后即清济,贯河之处交孟温。前河后济两固抱(三),揭以嵩岳尤雄尊。于渎得二岳得一,世几有此灵奇存。更看龙门接少室,名山一气排天阍。天生地藏岂容易,河环岳镇成安敦。公墓在孟邑西十二里韩家庄后山,山即紫金山之麓。紫金山发脉于济源王屋之山,东南行一百六十馀里,至是始尽,公墓在焉。大河经其前,嵩岳

镇其外,太行屏其后,济水界其隅,而芒山、首阳、少室、缑氏、伊阙、大騩
诸名山皆罗列其前,殆如天造地设者,故云。昔闻元凯营首阳⑮,兹
岂自卜留子孙。斯人位置自有在,神鬼呵护宁云烦。惜哉历
朝遭兵火,已轶旧表空高墦(四)⑯。维岁庚午月既良,吾皇时巡
御龙辕⑰。崇儒重道迈千古,驰使祭墓来殊恩。名香已接北极
气,瑞彩遂绚东方暾⑱。巨川心还逾渤澥⑲,列岳望总归昆仑。
云何班范志地手⑳,杂以里闬谈无根㉑。祖茔在远奚必合(五),
按,公墓自前明成化间耿侍郎裕过孟,闻有公墓,作诗以识。见所题《韩
家庄诗序》,特未明言墓即在韩家庄之后。至国朝康熙乙亥所修《孟
志》,虽载公墓在邑西十二里韩家庄。而为之序者又云邑西北二十里尹
村有公祖安定王桓茔,其左臂一高冢。盗伐者遇有风雷之变,私怪此必
韩公真藏云云。后人多惑之者,而不知高冢本名尹坂坟。其地与韩庄后
韩文公墓相去十馀里,不得牵合而为一也。国典至重宁可谖(六)。
方为邑乘谅有述,重以固陋将何援。秋中长灵荡飞雨,明初片
刻呈玙璠㉒。吉日况得弘治鼎,云疊颇似周时甋㉓。曰寺曰庄
纪邻并,一金一石同簋埙㉔。应知精灵若响答,未许易置从唇
掀。昌自去岁戊申,因孟县仇明府汝瑚姻亲属修《孟志》,作公墓考,谓
其邑西韩庄后者无疑。至今年己酉秋八月十七日,连雨之后,公墓前一
碑出土,洗视,为前明嘉靖间邑令邢赏谒韩文公墓诗碑,并云展墓后憩望
金山寺云云。按,金山寺在公墓东,去公墓仅二里,是为公墓在此处明
证。而是日又于韩庄关帝庙中觅得弘治间所造大香炉一座,其前款识
云:"怀庆府孟县韩家庄韩文公冢飨堂大香炉一座,重二百五十斤,弘治
十七年二月吉日造。"尤为公墓在邑西十二里韩庄确证。盖自明以前,
人皆共记公墓在是,不得妄指在于尹村祖茔矣。因偕同人荐苹藻㉕,
更碑神道勤墉垣(七)。那无古堂蠹山起,尚有双柏苍云屯(八)。
雷霆霹雳不得拔,匠石斤削谁敢扪。呜呼此柏及此墓,坐阅人
世同朝昏。天心总为盛吾道,地灵亦以昌后昆(九)。精神山斗
并昭揭㉖,灵旗风雨回缤纷。高山从兹万万古,仰者勿作詹
詹言㉗。

【校勘记】

（一）《全集》本此诗题作《至孟县城西二十里韩庄后谒谒韩文公墓》。

（二）波：《全集》本作"破"。

（三）固：《全集》本作"顾"。

（四）已轶旧表空高墦：《全集》本此句后有作者小注"公墓广可二十部，高可一丈六尺"。

（五）在：《全集》本作"尚"。

（六）国典至重宁可谖：《全集》本此句后有作者小注"谨按，乾隆十五年，圣驾巡幸中州，遣内阁学士兼侍郎鹤年论祭公墓，即在韩庄之后、此墓之前举行钜典，重道崇儒，所关非细。是尤不得妄改也。"

（七）更碑神道勤墉垣：《全集》本此句后有作者小注"仇明府为公修理茔垣，并于茔前建饗堂。又与兴县前舍人康仪钧、偃师进士武亿等属重书公神道碑立于墓前，故云"。

（八）尚有双柏苍云屯：《全集》本此句后有作者小注"公墓前古柏二株：东株高五丈，围一丈二尺；西株高四丈，围一丈一尺。奇古苍翠，其为唐柏无疑"。

（九）地灵亦以昌后昆：《全集》本此句后有作者小注"公后人蒙恩世袭五经博士，已见前诗注语"。

【注释】

① 此诗作于乾隆五十四年（1789），冯敏昌四十三岁，仍留主讲河阳书院，兼修《孟县志》。《孟县志》载："韩公墓在城西十二里韩家庄。"韩文公祠在城南门内。

② "天文"二句：说天地自然、日星河岳，各按其形，分布其中。地文：地面山岳河海丘陵平原之形。

③ 麒麟吐书：王嘉《拾遗记》说："孔子未生时，有麟吐书于阙里人家。"

④ "复此会合"句：说韩愈是继承孔子之业。贞元：唐德宗年号，785 年—804 年。

⑤ 皇坟：指三坟之古籍。《左传·昭公十二年》："是能读三坟、五典、八索、九丘。"杜预注："三坟，三皇之书。"邃古：远古。

⑥ 洙泗：洙泗书院，原名先师讲堂，曲阜城东北泗河南岸，传孔子自卫返鲁，曾在此设教讲学，册诗书，定礼乐，整理古籍。

⑦ 歙：合。

⑧ 出关青牛：指老子事，本句代指道教。见前本卷《读张药房〈噉荔图〉诗，有寄，即次春初见寄原韵》注⑤。辟易：退避，避开。

⑨ 驮经白马：相传东汉明帝派人去西域求佛经，印度僧人竺法兰、摩腾用白马载佛经至洛阳，后在洛阳建白马寺，为中国佛寺之始，见北魏郦道元《水经注·谷水》。句中指佛教见韩文公亦会惊恐离去。

⑩ 伯益：舜时东夷部落的首领，为嬴姓各族的祖先。相传伯益助禹治水有功，禹欲让位于益，益避居箕山之北。见《尚书·舜典》、《孟子·万章上》。

⑪ 夏后：指禹。禹受舜禅而建立夏王朝。称夏后氏。《史记·夏本纪》："禹于是遂即天子位，南面朝天下，国号曰夏后，姓姒氏。"

⑫ 巫阳：古代传说中的女巫。《楚辞·招魂》："帝告巫阳曰：'有人在下，我欲辅之。魂魄离散，汝筮予之。'"此句借招魂说韩愈被贬南方，君主终招其回。

⑬ 大荒：荒远的地方。《山海经·大荒东经》："东海之外，大荒之中，有山名曰大言，日月所出。"

⑭ 紫金百里：指韩愈墓所在的韩家庄后山，即紫金山，见后本诗中作者自注。

⑮ 元凯：指杜预（222—284），字元凯。西晋京兆杜陵（今陕西西安市东南）人。历任河南尹、度支尚书、镇南大将军等职，擅长谋略，有"杜武库"之称，封当阳县侯。好《左传》，有《春秋左氏经传集解》。事见《晋书·杜预传》。杜预是杜甫远祖。首阳：一称雷首山，相传为伯夷、叔齐采薇隐居处。

⑯ 墦：坟墓。

⑰ "维岁庚午"句：指乾隆庚午（1750），乾隆率群臣巡至热河，于重九节日驻跸避暑山庄万松岭。

⑱ 暾：日初出貌。

⑲ 渤澥：即渤海。

⑳ 班范：班固和范晔的并称。班固著《汉书》，范晔著《后汉书》，故常并举。

㉑ 里闬：指乡里。这里批评班范志书俚俗。

㉒ 玙璠：美玉。

㉓ 云罍：饰有云状花纹的酒壶。甗：古代一种炊器。以青铜或陶为之，分两层，上部是透底的甑，下部是鬲。这里指自注中说所得弘治年间大香炉。

㉔ 籧篨：籧与篨。形容和顺之美。

㉕ 荐苹藻：奉上微薄的供品。苹萍：浮萍，代指微薄的祭品。

㉖ 山斗：泰山和北斗，比喻韩愈为世人敬仰。昭揭：显扬；宣示。

㉗ 詹詹：言词烦琐、喋喋不休。

中秋夜析城山顶对月歌①

　　人间何处无明月，月明未必中秋节。何况仙山得再看，自顾平生转奇绝。去年旅骑北恒回，中秋直上琴棋台⁽一⁾②。长风万里吹不断，送我海月天边来。虚行恨不瞰碣石，啸响一答鱼龙哀③。留滞河阳卧贞疾④，试向天坛晞晓日⁽二⁾⑤。回头云雾闭仙山，不辨析城兼小析。今秋旸雨稍如度⑥，来及兹山未秋暮。佳游十日苦难常，何意中秋仍此处。尽日穷幽慰夙心，将晚浮云开故阴。一轮明月出山照，照见人影山之深⁽三⁾。兹山与仙比层城，城高万仞风常清。大地于今晃金粟⑦，楼宇况复辉瑶琼。谁开宝匣尘中镜，幻此白玉人间京⑧。山上泉清不见浊，《水经注》云，上有二泉，东浊西清，十步外多细竹。今但清泉而已。风过娟娟馀细竹。鹤背疑来洛浦笙⑨，霓裳欲送仙宫曲⑩。不将九女下瑶台，定有仙母来王屋⁽四⁾。尘梦羁魂不知处，凄神寒骨竟何欲。吁惟兹山纪前王，忧水惟禹忧旱汤。只将道心矢精一，不与巨迹同荒唐。长生久视虽小道，不契精微但衰老。烧铅炼石亦何为⑪，几人实见蓬莱岛。不如即事求名山，藉少光华舒客颜⁽五⁾。未论身历清虚府⑫，已觉神飞霄汉间⑬。

宵长月落天将曙,雾合林深客还去。待从东海问扶桑⑭,更向
南州攀桂树⑮。

【校勘记】

(一)中秋直上琴棋台:《全集》本此句后有作者小注"去年中秋于恒岳琴棋台对月"。

(二)试向天坛晞晓日:《全集》本此句后有作者小注"今春登天坛山,欲游此山不果"。

(三)山之深:《全集》本作"仙山深"。

(四)有:《全集》本作"看"。

(五)舒:《全集》本作"开"。

【注释】

① 此诗作于乾隆五十三年(1788),冯敏昌四十二岁。析城山:在山西阳城县西南,山峰顶平、四周如城,有东西南北四门,故名。又名析津山、圣王坪、东坪。峰峦挺拔,森林茂密。

② "去年旅骑"二句:《年谱》记为乾隆五十一年上棋琴台:"……又过老君离垢处,两崖……铁结为缳……手攀足踏浮空而过,则老君碁所,碁石方五尺,中列铁子三十二,每径二寸……与从人各怀一士一车飞渡而返。""乾隆五十二年,正月自陕西至河南,游中岳嵩山轘辕关、少林寺,入嵩阳书院。入山东至泰安府再登泰山。……六月挟一仆历上党,复至太原,北上大同府之应州观元时木塔。八月拜北岳庙入谒黑帝元神,直登绝顶。"

③ 鱼龙:鱼和龙。泛指鳞介水族。

④ 贞疾:常病,痼疾。

⑤ 晞:沐浴,沐受。

⑥ 旸雨:指太阳雨。

⑦ 金粟:指金黄的谷子。

⑧ "谁开宝匣"二句:说日色渐昏月亮升起中天。

⑨ "鹤背疑来"句:化用王子乔升仙和洛神之典。刘向《列仙传·王子乔》载,王子乔好吹笙作凤凰鸣,从浮丘公学道,三十馀年后,人见其乘白鹤驻缑氏

山巅,数日而去。后用"驾鹤"比喻得道成仙。洛浦:指洛神。

⑩ 霓裳:见前本卷《张茸亭赞府以吴兰陔〈写太白泛牛渚图〉属题》注②。

⑪ 烧铅炼石:指道教炼制长生不老之丹。

⑫ 清虚:清净虚无。清虚府喻指仙宫。

⑬ 霄汉:指天空。

⑭ 扶桑:见前本卷《戍石鉴图为赵渭川题》注④。

⑮ 更向南州攀桂树:指伫立山顶,对月思乡意。南州:作者自指家乡。

序东明府于官署西偏小圃作池亭,名曰虚舟,招诸同人落成即席赋^{(一)①}

绿树循廊合,清池拂槛开。官同表河至,人半渡江来。<small>座客十五人,而九为浙士^(二)</small>。照坐灯浮月,行樽鼓殷雷。何如柁楼饭,入越兴愁哉^{(三)②}。

【校勘记】

(一)《全集》本此诗题作《仇明府序东汝瑚于官署西偏小圃作池亭,招余。落成,余名之曰虚舟,并赋五律三章》,此取其第二章。

(二)座客十五人而九为浙士:《全集》本此作者小注为"座中十五人,而朱东溪、何云轩、徐烛亭、张茸亭、乔梓、顾仲容、张树滋、袁雨棠皆浙产,馀则皆吾廉人"。

(三)入越兴愁哉:《全集》本此作者小注为"汉何绍为河内怀人,政教清平为三河表。今孟近怀,故云"。

【注释】

① 此诗作于乾隆五十五年(1790),冯敏昌四十四岁,仍留主河阳书院讲席,刻河阳书院课艺成,修刻《孟县志》成。序东:仇汝瑚,字序东。时任孟县令。与冯敏昌是姻亲。

② "何如"二句:化用杜甫《陪郑广文游何将军山林十首》之二中:"翻

疑柁楼底,晚饭越中行。"柁楼:船上操舵之室。亦指后舱室。因高起如楼,
故称。

清丰署幸晤济之赋赠,即送皖城之游^{(一)①}

　　出关何意遇梁鸿^②,高世心期迥不同。白日乍回溽水北,
浮云相值太行东。登楼我自同王粲^③,回棹君还问皖公^④。赖
有故人工作令,且将尊酒慰飘蓬。

【校勘记】

　　(一)《全集》本此诗题为《清丰署中喜晤梁孝廉壮行》。

【注释】

　　① 此诗作于乾隆五十二年(1787),冯敏昌四十一岁。清丰:今河南清丰
县。皖城:今安徽潜山。济之:生平不详。

　　② 梁鸿:字伯鸾,东汉扶风平陵(今陕西咸阳市西北)人。家贫好学,早年
曾入太学读书,中年与妻子孟光隐居霸陵山中。后到过齐、鲁、吴等地。有《五
噫歌》。见前卷二《出关作寄家人》注⑫。

　　③ 王粲:(177—217),字仲宣,东汉山阳高平(今山东邹县)人。擅长辞
赋,建安七子之一,被誉为"七子之冠冕"。尤擅长辞赋,有《初征赋》、《登楼
赋》、《槐赋》等。《登楼赋》抒发滞留他乡、怀才不遇之情。

　　④ 皖公:指天柱山,在长江北岸、安徽省潜山县境内,其主峰海拔 1751 米,
高耸挺立,如巨柱擎天,因而称为天柱峰,山也就称为天柱山。天柱山还有潜
山、皖山、万岁山称。

清　　明^①

　　柳色遥迷屋,桐花放满城。川原连巩洛^②,风物过清明。

【注释】

① 此诗作于乾隆五十四年（1789），冯敏昌四十三岁，仍留主讲河阳书院，兼修《孟县志》。重修韩愈墓。

② 巩洛：巩县、洛阳。

信天庐歌为南桥太守作①

我公分守高凉时②，自契知雄能守雌③。一朝吾州更摄篆④，望与铜柱争崔巍⑤。仁如慈乌急哺觳⑥，劳如桑土勤恩斯⑦。鹰视鹗顾不足畏，雉驯凤集堪争奇⑧。八翼天门不得上⑨，旧林日暮翩来归。归去来兮河之湄⑩，河流赴海清涟漪。桥南结庐致足乐，河干对景尤堪诗。河中水鸟堪娱嬉，鸣呼旦夕飞相追。舒凫候雁杂飞燕，淘河大鹳兼鸬鹚⑪。于中有鸟何禬裮⑫，凝然独立不东西。长如老翁素不食，时遇水族聊充饥。饥不绝食饱不肥，名曰信天人笑之。惟公闲游顾而嘻，为言此鸟真吾师。以其名庐揭之楣，至而观者皆瞠眙⑬。余惟德人有遗辞，凡百皆可以伪为，而惟上天不容欺。天不容欺诚当信（一），天诚当信将何疑。天于凡物皆无私，或损或益原相资。齿者去角翼两足，樗不夭斧犉长垂（二）⑭。芸生于焉此讬命，此鸟亦似忘于机⑮。鸟能信天岂不异，人不如鸟将非宜。公之名庐意或此，此以思公何所亏。天于斯民更仁爱（三），惟公爱民天自知。信天而行得天信，自求多福非因谁。况公于易窥文义，自求口实方观颐⑯。天怀澹定只自得，已入何虑仍何思。又闻释典亦精究⑰，西来大旨将总持（四）⑱。八禅七觉想深证⑲，一花五叶当分枝⑳。忆昔从公在州里，今来公里重攀跻。国人思公二十载，岂知公健加庞眉。我诣公庐不剪茨，庐中晏坐真忘疲。衔鼠过鸢漫相吓㉑，请看雏翩方天飞（五）。

【校勘记】

（一）诚：《全集》本作"只"。

（二）长：《全集》本作"云"。

（三）于：《全集》本作"如"。

（四）旨：《全集》本作"意"。

（五）请看雏翩方天飞：《全集》本此句后有作者小注"公令嗣方入试。"

【注释】

① 此诗作于乾隆五十四年（1789），冯敏昌四十三岁。信天庐：励守谦，字自牧，号检之，别号双清老人，室名信天庐，直隶静海（今天津静海）人。乾隆十年（1745）进士，入翰林院，官司经局洗马。擅书画，书法整饬工致，著有《闺范图序》。

② 高凉：治所在今广东阳江县北。

③ 知雄守雌：语出《老子》："知其雄，守其雌，为天下溪。"河上公注："去雄之强梁，就雌之柔和，如是，则天下归之如水流入深溪也。"弃刚守柔，比喻与人无争。

④ 摄篆：代理官职。篆，指官印。

⑤ 铜柱：见前卷一《云藏九咏·铜鱼山》注⑥。

⑥ 慈乌急哺鷇：见前卷二《送饶桐阴得庶常南还》注②。

⑦ 劳如桑土：用桑土绸缪典。出《诗经·豳风·鸱鸮》："迨天之未阴雨，彻彼桑土，绸缪牖户。"朱熹集传："土，音杜。桑土，桑根皮也……我及天未阴雨之时，而往取桑根以缠绵巢之隙穴，使之坚固，以备阴雨之患。"比喻勤于经营，防患未然。

⑧ 雉驯：谓地方官施行仁政，泽及禽鸟。

⑨ "八翼"句：典出《晋书·陶侃传》："（侃）又梦生八翼，飞而上天，见天门九重，已登其八，唯一门不得入。阍者以杖击之，因坠地，折其左翼。"指志愿不遂。

⑩ 归去来兮河之湄：归去来兮，陶渊明《归去来兮辞》。水之湄，语出《诗经·秦风·蒹葭》。这里均指退居安享清静。

⑪ 鹬：一种水鸟。

⑫ 褵襹：羽毛初生时濡湿黏合，这里指离披散乱的样子。

⑬ 瞠眙：瞠目惊视。

⑭ "樗不夭斧"句：说自然选择，物各尽用。樗（chū）：语出《庄子·逍遥

游》："惠子曰：'吾有大树，人谓之樗。其大本拥肿而不中绳墨，其小枝卷曲而不中规矩。立之涂，匠者不顾。'"犛：犛牛。

⑮ 忘机：见前卷一《晓发江雾甚大》注④。

⑯ 口实：指饮食。

⑰ 释典：佛经。

⑱ 西来大旨：佛教经义，因佛教自西方传来，故称。

⑲ 八禅七觉：佛教宗派各研求深意。

⑳ 一花五叶：禅宗五家之说：曹洞、云门、法眼、沩仰、临济。

㉑ 衔鼠过鸢漫相吓：见前卷二《哭张玉洲三十韵》注⑲。

重阳后三日登增福寺阁后题^①

屡蹑林中阁，数看河上山。来朝将北去，山阁两应闲。

【注释】

① 乾隆五十五年（1790），冯敏昌四十四岁，是年仍留主河阳书院讲席。《年谱》记："乾隆五十五年……八月……十二登河阳增福寺千佛阁题壁。"增福寺：民国《孟县志》载："增福寺在县治东，元至大二年、明弘正间均重修。有何瑭撰文。清康熙乾隆间均重修。……寺中石莲花座侧有调露年题识。又有古石佛塔，非近人所能为，则知此寺或当始于唐矣。冯志"校注者按，冯志是冯敏昌所修《孟县志》，乾隆五十三年至五十五年冯敏昌在孟县期间，应知县仇汝瑚之邀所修，凡十卷。卷前有河南巡抚毕沅序、河南学政刘种之序、前布政使江兰序、仇汝瑚序、冯敏昌自序。乾隆五十五年刻本。

代　　州^①

三关形势郁岧峣^②，代郡高临控制遥。军府威名雄震电^(一)，敌楼飞势接云霄。马蕃更要骑能使^(二)，士饱仍闻距易超。试向武安祠外望^③，灵旗风卷正萧萧。

【校勘记】

（一）威：《全集》本作"阃"。

（二）使：《全集》本作"便"。

【注释】

① 此诗作于乾隆五十二年（1787），冯敏昌四十一岁。

② 岿嶢：见前本卷《长生瓦研斋歌为韦药轩师作》注⑯。

③ 武安祠：祭祀关羽之祠。

送人游嵩阳^①

送尔嵩阳去，佳游不世情。旅程何处宿，山水向人清。华盖春云霁，卢岩雪瀑倾。会须登少室，还看我题名^②。

【注释】

① 此诗作于乾隆五十三年（1788），冯敏昌四十二岁。嵩阳，指嵩阳书院。在中岳嵩山南麓，建于北魏孝文帝太和八年（484），隋唐时名嵩阳观，五代后周名太乙书院，宋代为嵩阳书院。

② 我题名：《年谱》记："（乾隆五十二年）二月……经嵩阳（登封县），遂为中岳嵩山之游，入升仙太子祠，……至少林寺……遥望少室三十六峰，至寺侧南北正列如屏焉，适夜雨宿寺中有怀五乳峰下初祖庵，作示僧融释诗。既乃登少室山，……遂径登太室中峰绝顶谒中岳祠，并题'玉女峰'三大字于峰巅。"

日观峰顶观日出^①

天鸡一唱海潮翻，绝顶惊看晓日暾^②。紫电擎时晖乍激，

火轮飞出势难吞。千寻绛阙应鳌抃③,九点齐州尚雾昏④,我
自晞阳餐沆瀣⑤,谁与高眺览乾坤。

【注释】

① 此诗作于乾隆五十二年(1787),冯敏昌四十一岁。日观峰:位于泰山玉
皇顶东南,古称介丘岩,因可观日出而名。

② 暾:见前本卷《谒韩文公墓》注⑱。

③ 绛阙:宫殿寺观前的朱色门阙。借指仙宫等。鳌抃:见前卷一《彭蠡湖
中望匡庐》注⑥。

④ 九点齐州:化用李贺《梦天》诗句"遥望齐州九点烟,一泓海水杯中泻。"
参见本卷《立秋日华顶作》注⑦。《年谱》记:"五月廿八出青丰城更为东岳泰山
之游……由壶天阁上南天门宿日观峰顶观日出……并历夫子小天下处,指点九
州在烟雾间。"

⑤ 晞阳:沐浴于阳光。沆瀣:夜间的水气,露水。谓仙人所饮。

归途值雨小憩壶天阁①

海云将树暗,岱雨落泉粗。昨定扶谁策,今当出此壶。徘
徊仍蹑阁,仿佛更开图。愿得三间屋,长依五大夫②。

【注释】

① 此诗作于乾隆五十二年(1787),冯敏昌四十一岁。壶天阁:在泰山回马
岭下,取自道家以壶天为仙境之意。

② 五大夫:五大夫松。见前卷二《嵩山汉柏图》注⑬。

中秋北岳顶琴棋台对月①

中秋云净月华团,岳顶仙台彻夜看。不是琼楼兼玉宇,人

间那有此高寒②。

【注释】

　　① 此诗作于乾隆五十二年(1787)，冯敏昌四十一岁。参见《中秋夜柝城山顶对月歌》注②。棋琴台：恒山十八景之一，即"奕台鸣琴"。

　　②"不是"二句：化用苏轼《水调歌头》中句："我欲乘风归去，又恐琼楼玉宇，高处不胜寒。"

晚行嵩少间作二首①

一

　　日暮归途绕碧嵩，嵩阳观下雨迷蒙②。当年居士何人问，惆怅相看似梦中⁽一⁾。

二

　　拔地瑶峰拥夕阴，连天雾雨更难任。神清洞府知何处③，眼倦空岩乱藓侵⁽二⁾。

【校勘记】

　　（一）惆怅相看似梦中：《全集》本此句后有作者小注"蔡君谟梦中诗云：嵩阳居士今何在，青眼看人万里情。亦不知居士何所指也"。

　　（二）眼倦空岩乱藓侵：《全集》本此句后有作者小注"欧阳公过少室，日暮见绝壁上有'神清之洞'四字，非人题刻，乃藓花结成，同行者亦皆见之，后觅则失之矣"。

【注释】

　　① 此诗作于乾隆五十二年(1787)，冯敏昌四十一岁。

　　② 嵩阳观：见前本卷《送人游嵩阳》注①。

③ 神清：谓心神清朗。洞府：道教称神仙居住的地方。嵩阳原为佛道荟萃之地。

晚　渡　伊　水①

　　伊水遥无际，平畴绿渐盈。风尘行未已，颜面照来清。结社前贤意②，游谭客子情。洛阳田二顷③，那不遂平生。

【注释】

　　① 此诗作于乾隆五十二年（1787），冯敏昌四十一岁。伊水：流经洛阳，切龙门山（伊阙山）为东山（香山）和西山（龙门山）。

　　② 结社：指白居易晚年在洛阳香山筑楼结社，与诗友唱和事。

　　③ 洛阳田：后魏许洛阳官拜雁门太守，其"家田三生嘉禾，皆异亩同颖"，时称"洛阳田"。事见《北史·许洛阳传》。后用指良田。

九日偕刘生世俊、王生嘉训、尚生纯，
过吴兰陔寓舍看菊，即同登增福寺千佛宝阁晚饮。
兰陔有诗，次韵答之(一)①

　　篱下花才访，河阳阁并登。遥情思戏马，高势想呼鹰。目已穷千里②，醪须尽百升。豪吟欣季重③，醉里更凭陵。

【校勘记】

　　（一）《全集》本此诗题作《九日偕刘生世俊、王生家训、尚生纯，过吴兰陔寓舍看菊，即同登增福寺千佛宝阁，晚饮小斋。兰陔有诗，次韵答之》。

【注释】

　　① 此诗作于乾隆五十四年（1789），冯敏昌四十三岁，仍留主讲河阳书院，

兼修《孟县志》。刘世俊：：生平不详。王嘉训：江宁人，乾隆九年举人。尚纯：生平不详。吴兰陔：见前本卷《张茸亭赞府以吴兰陔〈写太白泛牛渚图〉属题》注①。

② 目已穷千里：借用王之涣《登鹳雀楼》诗句："欲穷千里目，更上一层楼。"

③ 吴质：177 年—230 年，字季重，济阴（今山东定陶西北）人。三国魏人。建安中为朝歌长，迁元城令，以文学受知于曹丕。入魏，官振威将军，假节都督河北诸军事，入为侍中，封列侯。

谒 中 岳 祠^{(一)①}

一

巍然巨镇屹天中，列岳遥宗势最雄。秩祀汉仪昭盛典^②，降神周雅诵丰功。灵坛肃穆风云护^(二)，圣主精禋礼数崇。万岁声中还有庆，好章符瑞赞元穹^{(三)③}。

二

两载浮踪愧下才^④，在逢名岳亦奇哉。已瞻太华三峰峻^⑤，还眺神嵩二室开^{(四)⑥}。天外黄河真顾抱^(五)，地中温洛自萦回。仍欣拂袂层霄望^(六)，遥拟重邀鹤驾回^⑦。

【校勘记】

（一）《全集》本此诗题作《登太室中峰绝顶谒中岳祠敬赋二首》。

（二）灵坛肃穆风云护：《全集》本此句后有作者小注："岳祠两庑分祀风雨云雷四神。"

（三）好章符瑞赞元穹：《全集》本此句后有作者小注："乾隆庚午岁，上亲届岳庙致祭。"

（四）两载浮踪愧下才，在逢名岳亦奇哉。已瞻太华三峰峻，还眺神嵩二室开：此四句《全集》本作："悬瀑千寻殷怒雷，中峰万仞矗云堆。松头臘臘层岩合，霞彩纷纷绝壁开。"

（五）顾抱：《全集》本作"浩荡"。

（六）仍欣拂袂层霄望：此句《全集》本作"飘然拂袂青霄上"。

【注释】

① 此诗作于乾隆五十四年（1789），冯敏昌四十三岁，仍留主讲河阳书院，兼修《孟县志》。《年谱》记："二月经嵩阳（登封县）遂为中岳嵩山之游，入升仙太子祠并拓祠碑。"

② "秩祀汉仪"句：《史记·封禅书》载曰："昔日代之君，皆在河洛之间，故嵩高为中岳，而四岳各如其方。"嵩山雄险、奇秀，奥妙无穷。由太室山和少室山组成，太室如龙眠，少室似凤舞，三十六峰，层峦迭嶂，林壑优美，寺庙林立，古迹棋布。"佛、道、儒"三教荟萃，自汉武帝之后，历代君主屡临封禅，武则天曾十次登临，改中岳为神岳。现有汉代遗留的太室石阙、少室石阙等。

③ 符瑞：吉祥的征兆。元穹：即玄穹。天空，苍天。

④ 两载浮踪：乾隆五十一年、五十二年，冯敏昌主要在陕西、河南两地游览名胜，瞻仰先贤遗迹，据《年谱》记载，乾隆五十一年，在河南、陕西等地继续赏游。谒虞帝祠、登慈恩寺塔、游骊山、登西岳华山。题诗泐碑、揽奇搜胜，著《华山小志》六卷。乾隆五十二年，正月自陕西至河南。游中岳嵩山轩辕关、少林寺，入嵩阳书院。入山东至泰安府再登泰山。六月挟一仆历上党，复至太原，北上大同府之应州观元时木塔。八月拜北岳庙入谒黑帝元神，直登绝顶。留孟县度岁。足迹遍历中原。

⑤ 三峰：见前本卷《登华山落雁峰仰天池作》注⑤。

⑥ 二室：指嵩山少室山、太室山。

⑦ 鹤驾：即驾鹤。见前本卷《中秋夜析城山顶对月歌》⑨。

谒元郝文忠公墓诗①

文忠使节高千世，昔堕穷奇匪天意。天亡宋祚不可延，公

为生灵岂教济。公奉使本欲休兵息民，以救百万生灵，而两国奸臣忌

之，是以其志不遂。沿江战鼓如雷霆，宋境一入从死生。获麟敢

赞孔宣圣②，系雁真同苏子卿③。君拘系真州十六载，内外隔绝，因

作《易》、《春秋》外传，授门人荀宗道。又系帛书于雁放之，汴民获以上

献，始知公尚在。时人比之汉苏武云。公文丰蔚多豪宕，公诗奇刱

兼雄放④。韩苏而后有此人⑤，端合轩然蠹天壤。十六年后得

生还，故老流涕重瞻攀。两国权奸并何在，一抔此地同高山。

我昔读诗仍企慕，曾写唐臣十像句。今来公像不可求，但正公

碑识公墓。公墓前神道碑为僧人移匿，余属孟令仇君汝瑚、县尉张君

葆重移碑墓前立之，并书公墓碣，而书此诗于碑阴。

【注释】

① 此诗作于乾隆五十四年（1789），冯敏昌四十三岁。郝文忠：郝经
（1222—1275），字伯常，陵川人，原籍太原郝乡。一生经历金朝、蒙古国、南宋三
个政权，1256 年受诏于忽必烈，深得赏识，1260 年忽必烈即位后，召郝经同南宋
议和，授翰林侍读学士，充国信大使，赍国书。南宋权臣贾似道囚之于真州（今
江苏镇江），身陷图圉十六年，1275 年，被救。同年辞世。元大德九年（1305）增
昭文馆大学士、资善大夫；后又加增推诚保节功臣、荣禄大夫、司徒、柱国，追封
翼国公。谥文忠。

② 获麟：指春秋鲁哀公十四年猎获麒麟事。传孔子作《春秋》至此而辍笔。
《春秋·哀公十四年》：“春，西狩获麟。”杜预注：“麟者仁兽，圣王之嘉瑞也。时
无明王出而遇获，仲尼伤周道之不兴，感嘉瑞之无应，故因《鲁春秋》而修中兴之
教。绝笔于‘获麟’之一句，所感而作，固所以为终也。”孔宣圣：孔子。北宋真
宗封号。

③ 苏子卿：苏武。出使匈奴被扣十九年，持节牧羊，不辱使命。《汉书·苏
武传》载，“苏武在匈奴，修书系雁足，雁飞至汉苑，取之，乃知苏书。”

④ 刱：创造。

⑤ 韩苏：指韩愈和苏轼。

武虚谷同年暮过小酌即别^{(一)①}

故友如明月，风吹向晚来。笑谈千里共，怀抱百年开。绕
径捎红槿，临阶倒绿杯^②。碧云看稍合，送尔复徘徊。

【校勘记】

（一）《全集》本此诗题作《武虚谷亿同年暮过小酌即别》。

【注释】

① 此诗作于乾隆五十五年（1790），冯敏昌四十四岁，是年仍留主河阳书院
讲席。武虚谷：武亿（1745—1799），字虚谷，号授堂，偃师人。乾隆四十五年进
士，官博山知县。博通经史，长于考订金石文字。有《授堂诗钞》、《经读考异》、
《群经义证》、《读史金石集目》等。曾编《偃师县志》、《鲁山县志》、《安阳县
志》、《陕县志》和《宝丰县志》等。

② 绿杯：晶莹碧玉做的酒杯。这里指酒杯。

过南庄田家作^①

欲识田家乐，临溪结一村。风凉依社树，日晏掩柴门。隘
巷牛羊入，秋田禾黍繁。宁知骑马客，崩突向黄昏。

【注释】

① 此诗作于乾隆五十五年（1790），冯敏昌四十四岁，是年仍留主河阳书院讲席。

至偃师谒杜少陵先生祠，
敬赋五言古诗一百韵^{(一)①}

天地传中声，风雅兴歌诗。尼山删定后^②，作者奚为辞。

人壮感物动,生物息相吹③。吹万不同声④,叶律者其谁⑤。
《离骚》本风变,《小雅》致兼资⑥。大辂始椎轮⑦,河梁乐府
词⑧。建安挺风格⑨,入室推陈思⑩。过江数陶谢⑪,凌迟竟陈
隋⑫。靡嫚不成声,绮丽亦何为⑬。唐初卢王兴,厥体号当
时⑭。律诗沈宋竞⑮,浮切空铢锱。子昂感遇篇⑯,古意初复
追。高岑三数公⑰,杰立堪相持。均为疏附才,未尽前贤规。
恭维子杜子⑱,神秀钟两仪⑲。诗圣既挺生,斯文还在兹。侧
闻武库泽⑳,云礽尚留贻㉑。况复著作才,句法传孙枝。赋就
三大礼,九重亦称奇㉒。落笔中书堂㉓,众妒宁敢訾。紫宸朝
退初,曲江乐忘彼㉔。登塔数慈恩㉕,放舟寻美陂㉖。雄篇动鬼
神,明珠得龙骊。愉乐词难工,此语吾谓欺。使其述作手,更
于朝庙施。卷阿咏凤凰㉗,堂基循萧豳㉘。一述祖宗功,再陈
王业基。岂但燕许笔㉙,奈何君房痴㉚。稷契虽许身㉛,惠畴未
云咨。而况晏安久,朝中政多秕。十月温泉开,玉花雪中骑㉜。
五月荔枝红,驿骑尘外驰㉝。遂使长黄虹,更化龙头嬉㉞。煌
煌黄金瓯,何意一朝亏。鼛鼓起渔阳,尘烟涨天随㉟。青骡遽
西行,百官曾未知㊱。江头但吞声,王孙罕完肌㊲。此时一斗
血⁽二⁾,已尽千生离。同时陷贼人,何由辨渑淄。独能穷身归,
洁白无瑕疵。何言睹麻鞋,仅乃授拾遗㊳。诚节非有图,腹心
愿重披。大哉北征作,元气高淋漓。初陈恋阙心,乾坤悲疮
痍㊴。继述行旅伤,回首觇旌旗。家在亦何言,妻瘦诚苦饥。
破弊嗟衣履,狼藉看女儿。深爱之所钟,流连固其宜。而即念
至尊,刜乃深忧危。丧乱有由来,鉴古陈兴哀。周汉与夏殷,
明验若蓍龟㊵。婷婷姐与褒㊶,但作军前尸。匹夫敢荧惑,高
天诚听卑。要惟意忠厚,非同词诋諆⁽三⁾。宏业树太宗,感述
更吁巇。嗟唐有此臣,国步焉得移。况于一代事,书实多所
裨。国风雅颂作,表里谆推斯。后来南山咏㊷,工巧亦不疑。
必若韩杜齐,或者平淮碑㊸。若何房公救㊹,几逐庭兰萎。华

州作参军,同谷更孤羁。长铲劚黄精,短发覆白眉。弟远妹不闻,女孱儿焉医。迨乎秦州后,所历尤险巇。长江下龙门,峻岭登木皮。剑阁高崚嶒,蜀门竟难窥⑮。浣花开草堂,成都得栖迟⑯。万竹临江蟠,四松当轩滋⑰。虽然纵啸咏,亦自关蒸黎⑱。况乃君不忘,中餐时堕饩。嗟嗟老宾客,所需特饘糜。奚偏捋虎须,几同掩麟骴⑲。才人自古穷,天子尤堪噫。霜严先主宫,风披武侯帷⑳。鱼水忆君臣,咨嗟涕涟洏。阵图走风云,桧柏深蛟螭㉑。高秋白帝城,暮雨昆明池㉒。并作一生愁,茫然千古悲。扁舟寻下峡㉓,就食仍无赀。云帆转三湘,龙驭瞻九疑。南游薄衡山,西日迫崦嵫。修文既有招,人生岂无涯。牛肉白酒边,奚足高贤嗤㉔。同时谪仙人,骑鲸沧海湄㉕。饭山月几逢㉖,屋梁月仍篩。微之论长句㉗,白也诚肩差㉘。及夫语堂奥,尚未窥藩篱(四)。仙才世罕同(五),亦复殊等衰。蚍蜉尔何物,宁但相倍蓰㉙。重惟古文章,质原关秉彝。忠孝苟不根,文字空葳蕤㉚。惟兹真粹气,郁作雄奇姿。高为岁寒松,下亦倾阳葵。长鲸既海挐,雷雨方天垂。众体皆集成㉛,万古诚独推。吁嗟此椽笔,后人谁得之。土娄缅遗庄,尸乡见新祠㉜。瓣香夙有怀㉝,迷方更多歧。愿登大雅堂,重问多师师㉞。

【校勘记】

(一)《全集》本此诗题作《至偃师谒杜少陵先生祠,赋诗一百韵》。

(二)斗:《全集》本作"升"。

(三)诋:《全集》本作"呡"。

(四)篱:《全集》本作"维"。

(五)罕同:《全集》本作"所难"。

【注释】

① 此诗作于乾隆五十五年(1790),冯敏昌四十四岁。《年谱》记:"是年仍留主河阳书院讲席,……八月初十至偃师(河南府属)谒杜工部祠,后再至偃师

西北三十里土娄村后谒墓,并考订墓庐所在。有《谒祠墓诗辨碑》、《土娄旧庄说碑》,并修茔筑垣种柏,完善而还。"

② 尼山:原名尼邱山,因避孔子讳而改名为尼山。在曲阜东南 30 公里处,孔子诞生地,《史记》载:孔子父母"祷于尼丘而得孔子",此以尼山指代孔子。删定后:指孔子删定《诗经》事。《史记·孔子世家》记:"古者《诗》三千馀篇,及至孔子,去其重,取可施于礼义,上采契、后稷,中述殷、周之盛,至幽、厉之缺……三百五篇,孔子皆弦歌之。"

③ 生物息相吹:《庄子·内篇·逍遥游》:"鹏之徙于南冥也,水击三千里,抟扶摇而上者九万里,去以六月息者也。野马也,尘埃也,生物之以息相吹也。"

④ 吹万:语出《庄子·齐物论》:"夫吹万不同,而使其自己也。"成玄英疏:"风唯一体,窍则万殊。"万,万窍。

⑤ 叶律:合乎节令。古人以十二律管与十二月相配,故称。

⑥ "《离骚》"句:《史记·屈原贾生列传》引淮南王刘安说:"《国风》好色而不淫,《小雅》怨诽而不乱,若《离骚》者,可谓兼之。蝉蜕浊秽之中,浮游尘埃之外,皭然泥而不滓。推此志,虽与日月争光可也。"

⑦ 椎轮:原始的无辐车轮。比喻事物草创。

⑧ 河梁乐府词:指两汉乐府诗。

⑨ 建安:汉献帝刘协年号,曹操、曹丕、曹植父子和建安七子继承《诗经》、《楚辞》,开创文学新局面,以清峻、通脱、华丽、壮大、慷慨激昂而称建安风骨。

⑩ 陈思:指曹植。封陈思王。

⑪ 陶谢:陶渊明、谢灵运。陶善写田园诗,谢长于山水诗,两人都擅长于描写自然景物。

⑫ 陈隋:指南朝陈、隋朝。

⑬ "靡嫚"二句:南朝梁至隋,宫体诗盛行,讲求声律、对偶与辞采华美的轻艳靡丽。

⑭ 唐初卢王:指初唐四杰,王勃、杨炯、卢照邻、骆宾王。《旧唐书·杨炯传》说:"炯与王勃、卢照邻、骆宾王以文诗齐名,海内称为王杨卢骆,亦号为四杰。"其诗抒发一己之情,壮大、慷慨悲凉,用语质朴。

⑮ 律诗沈宋:沈佺期、宋之问。《新唐书·宋之问传》:"魏建安后迄江左,诗律屡变。至沈约、庾信,以音韵相婉附,属对精密。及之问、沈佺期,又加靡

丽,回忌声病、约句准篇,如锦绣成文。学者宗之,号为'沈宋'。"两人五七言近体诗歌标志五七言律体的定型。

⑯　子昂感遇篇:陈子昂,字伯玉,梓州射洪人。曾任右拾遗,后世称陈拾遗。主张恢复"风"、"雅",强调比兴,提倡汉魏风骨。组诗《感遇》,感慨身世时政语言刚健质朴。

⑰　高岑:高适、岑参。盛唐边塞诗歌代表。善用七古等体裁写边塞战争、塞上风光和仕途艰难,悲愤。意气豪迈,情辞慷慨。

⑱　杜子:杜甫。

⑲　两仪:天地。

⑳　武库:见前本卷《谒韩文公墓》注⑮。

㉑　云礽:远孙。这里比喻后继者。

㉒　"赋就三大礼"二句:说杜甫献《三大礼赋》事。天宝十年(751),玄宗举行郊庙之礼,杜甫献《三大礼赋》,玄宗诏待制集贤院,后授京兆府兵曹参军。

㉓　落笔中书堂:杜甫献《三大礼赋》后,玄宗命宰相在集贤院试文章。杜甫《莫相疑行》:"男儿生无所成头皓白,牙齿欲落真可惜。忆献三赋蓬莱宫,自怪一日声辉赫。集贤学士如堵墙,观我落笔中书堂。"

㉔　曲江乐忘彼:指玄宗朝政日靡,杜甫受左拾遗后,在曲江优游遣愁,如《曲江二首》"朝回日日典卖衣,每日江头尽醉归,酒债寻常行处有……"

㉕　慈恩:西安大慈恩寺塔,杜甫有《同诸公登慈恩寺塔》。

㉖　美陂:杜甫有诗《美陂行》。

㉗　卷阿:《诗经·大雅·卷阿》"凤凰鸣矣,于彼高冈"。《诗》序谓召康公作以戒成王,要"求贤用吉士"。杜甫《壮游》诗有:"七岁思即壮,开口咏凤凰。"

㉘　蒲萧:均指鼎。象征国家重器。

㉙　燕许:唐玄宗时名臣燕国公张说、许国公苏颋的并称。两人皆以文章显世,时号"燕许大手笔"。见《新唐书·苏颋传》。

㉚　君房:贾捐之,字君房,贾谊之曾孙也。元帝初即位,上疏言得失,召待诏金马门。《汉书·贾捐之传》:"捐之数召见,言多纳用。……兴(指杨兴)曰:'县官(指皇帝)尝言兴愈薛大夫(御史大夫薛广德),我易助也。君房下笔,言语妙天下,使君房为尚书令,胜五鹿充宗(姓五鹿命充宗,时为尚书令)远甚。'捐之曰:'令我得代充宗,……天下真大治,士则不隔矣。'"

㉛ 稷契虽许身：杜甫《自京赴奉先县咏怀五百字》中句："杜陵有布衣，老大意转拙。许身一何愚，窃比稷与契。"

㉜ "十月温泉开"二句：指玄宗专宠杨妃，荒淫误国。白居易《长恨歌》："春寒赐浴华清池，温泉水滑洗凝脂。"杜甫《丽人行》："三月三日天气新，长安水边多丽人。……杨花雪落覆白苹，青鸟飞去衔红巾。炙手可热势绝伦，慎莫近前丞相嗔。"

㉝ "五月荔枝红"二句：唐玄宗通过驿站传递为杨贵妃从岭南长途运取荔枝事。杜牧《过华清宫绝句》："长安回望绣成堆，山顶千门次第开。一骑红尘妃子笑，无人知是荔枝来。"

㉞ "遂使"二句：指安禄山谄媚玄宗，暗藏祸心。黄虬：代安禄山。龙头：代玄宗。

㉟ "鼙鼓起渔阳"二句：说安史之乱起。

㊱ "青骡遽西行"二句；指玄宗率百官由洛阳西逃。

㊲ "江头但吞声"二句：安史之乱中王孙流离的悲惨之状。杜甫有《哀王孙》："可怜王孙泣路隅。问之不肯道姓名，但道困苦乞为奴。已经百日窜荆棘，身上无有完肌肤。"

㊳ "同时陷贼人"六句：说安史之乱爆发后，杜甫曾陷身乱中，为叛军所俘，陷贼中近半年，寻机逃往凤翔投奔肃宗，拜为左拾遗。杜甫有《述怀一首此已下自贼中窜归凤翔作》："去年潼关破，妻子隔绝久。今夏草木长，脱身得西走。麻鞋见天子，衣袖露两肘。朝廷愍生还，亲故伤老丑。涕泪授拾遗，流离主恩厚。"

㊴ "大哉北征作"四句：杜甫《北征》诗："皇帝二载秋，闰八月初吉。杜子将北征，苍茫问家室。……虽乏谏净姿，恐君有遗失。……乾坤含疮痍，忧虞何时毕。"忧国忧民，伤乱悯时。

㊵ 蓍龟：古人以蓍草与龟甲占卜凶吉，这里引申为借鉴。

㊶ 妲：妲己，商纣宠妃。有苏氏女，姓己名妲。周武王灭商时被杀。见《国语·晋语一》、《史记·殷本纪》。褒：褒姒，周幽王后，《国语·晋语一》："周幽王伐有褒，褒人以褒姒女焉。"韦昭注："有褒，姒姓之国。"后幽王被犬戎所弑，褒姒亦被劫掳。

㊷ 南山咏：本指陶渊明《归园田居》中句："种豆南山下，草盛豆苗稀。"这里指杜甫屡受挫折后归隐的想法，如《奉先刘少府新画山水障歌》有句"青鞋布

袜从此始”。

㊸ 平淮碑：见前本卷《谒韩文公祠》注⑬。

㊹ 如何房公救：安史之乱中，宰相房琯兵败陈涛斜，贬太子少师，杜甫上书为房琯求情，乾元元年(758)被贬为华州司功参军。

㊺“华州作参军”十二句：杜甫被贬华州司功参军后，先后漂泊秦州、同谷。其间有《三吏》、《三别》、《北征》等作品。后客居秦州、同谷，其“发秦州”、“发同谷”两组纪行诗，融入身世之感、生事之艰。

㊻“浣花开草堂”二句：乾元二年(759)底，杜甫一家到达成都，后建浣花草堂，《卜居》中说：“已知出郭少尘事，更有澄江销客愁。”

㊼ 万竹临江蟠两句：说草堂的环境。

㊽ 蒸黎：百姓，黎民。

㊾“奚偏捋虎须”二句：说杜甫在成都时依附西川节度使严武。骴(cī)：骴骨。

㊿“霜严先主宫”二句：杜甫在成都时，曾游武侯祠，有《蜀相》诗。

(51)“鱼水忆君臣”六句：写刘备、诸葛亮君臣相契，功业辉煌。

(52) 昆明池：湖沼名。汉武帝元狩三年(前120)于长安西南郊所凿，以习水战。池周围四十里，广三百三十二顷。宋以后湮没。见《汉书·武帝纪》。

(53) 扁舟寻下峡：永泰元年(765)，杜甫携家沿江东下，先因病迁居夔州，至大历三年(768)出峡。有《壮游》、《诸将五首》、《咏怀古迹》、《秋兴八首》等诗。

(54)“云帆转三湘”八句：大历三年(768)三月，至江陵，岁暮达岳阳，有《登岳阳楼》：“亲朋无一字，老病有孤舟。戎马关山北，凭轩涕泗流。”大历四年(769)，抵潭州，因乱复至衡州，至耒阳阻水，耒阳令“致牛酒”。《旧唐书·文苑传下》：“甫尝游岳庙，为暴水所阻，旬日不得食。耒阳聂令知之，自棹舟迎甫而还。永泰二年，啖牛肉白酒，一夕而卒于耒阳，时年五十九。”

(55) 骑鲸沧海湄：相传李白跳江捉月、骑鲸升天。参见前本卷《张葺亭赞府以吴兰陔〈写太白泛牛渚图〉属题》注⑤。

(56) 饭山：见前本卷《长句一首赠黄仲则作》注㉗。

(57) 微之：指元稹。作《唐故检校工部员外郎杜君墓系铭》说：“至于子美，盖所谓上薄风骚，下该沈、宋，言夺苏、李，气吞曹、刘，掩颜、谢之孤高，杂徐、庾之流丽，尽得古今之体势，而兼人人之所独专矣。”说杜甫兼有各家之所长。与后《复至偃师西百十三里土娄村后谒少陵先生墓》注③互参。

(58) 白：白居易。差肩：比肩。

(59) 倍蓰：谓数倍。蓰，五倍。语出《孟子·滕文公上》："夫物之不齐，物之情也。或相倍蓰，或相什百，或相千万。"韩愈有《调张籍》："李杜文章在，光焰万丈长。不知群儿愚，那用故谤伤。蚍蜉撼大树，可笑不自量。"

(60) 葳蕤：草木茂盛枝叶下垂貌。这里指文辞华美、艳丽。

(61) 众体皆集成：元稹有《唐故检校工部员外郎杜君墓系铭》，见本诗注(57)。宋人秦观《论韩愈》中说："于是杜子美者，穷高妙之格，极豪逸之气，包冲淡之趣，兼俊洁之姿，备藻丽之态，而诸家之所不及焉。然不集众家之长，杜氏亦不能独至于斯也。"

(62) "土娄"二句：杜甫故居在偃师县城西尸乡的首阳山下土娄庄（今杜楼），杜甫曾在此筑"陆浑山庄"。参见本诗注①。

(63) 瓣香：佛教语，犹言一瓣香，这里指敬仰。

(64) 多师师：杜甫《论诗绝句六首》中有："别裁伪体亲风雅，转益多师是汝师。"

复至偃师西百十三里土娄村后谒少陵先生墓(一)①

一

谁将诗笔壮乾坤，应信先生万古存。马鬣一封高泰华②，龙门万派仰昆仑③。土娄荆棘今无宅④，武库功名合有孙⑤。千里艰难归祔处⑥，后人还复祖能尊(二)。

二

原头残碣古苔斑，原上风烟易惨颜。安得武侯祠内柏⑦，移栽孤竹庙前山⑧。侯王蝼蚁当时尽⑨，云鹤笙箫昨夜还。金铸阆仙犹复尔⑩，莫惊千载更相关(三)。余与康君仪钧、武君亿同募筑垣种柏。

【校勘记】

（一）《全集》本此诗题作《复至偃师西北百十三里土娄村后谒少陵先生墓，再赋四律》此取其一、其四。

（二）后人还复祖能尊：《全集》本此句后有作者小注："先生殁于耒阳，旅殡岳阳逾四十年，孙嗣业贫甚，收拾乞丐，焦劳昼夜，始迁先生柩归祔首阳山当阳侯之墓。见元微之所作墓志。"

（三）莫惊千载更相关：《全集》本此句后有作者小注："时余方与兴县舍人康仪钧、偃师进士武亿、生员武熙淳等修茔筑垣种柏，故云。"按，康仪钧，乾隆三十三年举人，曾任内阁中书。著有《学山堂书目》。武亿：见前本卷《武虚谷同年暮过小酌即别》注①。武熙淳：武亿四兄武伸子。

【注释】

① 此诗作于乾隆五十五年（1790），冯敏昌四十四岁，是年仍留主河阳书院讲席。

② 马鬣：坟墓封土的一种形状。指坟墓。

③ "龙门万派"句：参见前本卷《至偃师谒杜少陵先生祠，敬赋五言古诗一百韵》注57、61。杜甫一生潦倒，其诗"百年歌自苦，未见有知音"（杜甫《南征》）。其后受到樊晃、韩愈、元稹、白居易等人大力揄扬。杜诗对新乐府运动及李商隐的近体讽喻时事诗影响甚深。宋以后，王禹偁、王安石、苏轼、黄庭坚、陆游等人对杜甫推崇倍至，文天祥则更以杜诗为坚守民族气节的精神力量。杜诗的影响，从古到今连绵不绝。

④ 土娄：指杜甫故居。在偃师城西首阳山南，杜甫远祖晋镇南大将军杜预，祖父杜审言及其元配薛氏、继室卢氏，均葬于此。

⑤ 武库：指杜甫远祖杜预。《晋书·杜预传》载："预在内七年，损益万机，不可胜数，朝野称美，号曰'杜武库'，言其无所不有也。"后称誉人的学识渊博，干练多能。

⑥ 祔：谓新死者附祭于先祖。《周礼·春官·大祝》："付、练、祥，掌国事。"郑玄注："付当为祔，祭于先王以祔后死者。"《说文·示部》云："祔，后死者合食于先祖。"

⑦ 武侯祠：杜甫《蜀相》诗云："丞相祠堂何处寻，锦官城外柏森森。"

⑧ 孤竹：指伯夷叔齐。传孤竹(古国名,在今河北卢龙一带)君之子伯夷、叔齐,忠于商而耻为周臣,不食周粟,隐于首阳山,采薇而食。饿死首阳山。事见《史记·伯夷列传》。

⑨ 蝼蚁：蝼蛄和蚂蚁。比喻力量微弱、地位低微、无足轻重的人。

⑩ 阆仙：指仙人。《海内十洲记·昆仑》："山三角：其一角正北,干辰之辉,名曰阆风巅。"

《烟郊读书图》为燕桥居士题^{(一)①}

誉有南州冠,交论北地贤。何缘出京国,相见古澶渊^②。
上客非弹铗^③,修途好着鞭。余方久行役,思返故山田。

【校勘记】

(一)《全集》本此诗题作《烟郊读书图为燕桥居士题二首》,此取其二。

【注释】

① 此诗作于乾隆五十三年(1788),冯敏昌四十二岁,是年入主河阳书院,并修《孟县志》。燕桥居士：不详。

② 澶渊：在今河南濮阳,北宋真宗 1005 年与辽议和缔结盟约。

③ 弹铗：见前卷一《望海楼歌,留别勺海、广文归里》注⑭。

晚　睡　作^①

计拙偏行旅,才疏强著书。地还疑乐土^②,人不似闲居。
倦目方昏处,高窗半掩馀。不能成午梦,夕照故徐徐。

【注释】

① 此诗作于嘉庆五年(1800),冯敏昌五十四岁,仍主讲端溪书院。

② 乐土：安乐的地方。语出《诗经·魏风·硕鼠》："逝将去女,适彼乐土。"

夜　　坐①

夜久天色青,河汉在窗户②。庭际有高槐,疏花落如雨。

【注释】

　① 此诗同上首作于嘉庆五年。

　② 河汉：指银河。

卷四

余前自孟县之怀庆，道中多见花，甚爱之，而未得赋诗。兹自新蔡至汝宁，夹道清渠中仍多此花，因于马上作二绝，颇尽拟议之思焉^{(一)①}

一

尖尖叶听唱茨菇^(二)，昔闻钱萚石师云，同年国学士最爱听北方小儿唱"茨菇叶，尖尖凌，花叶儿圆。"谓其声可入乐府云。何意寒花亦可娱。海上仙人簪绿萼^②，汉滨游女解明珠^③。

二

寒英的皪韵夭斜^④，檀晕为心碧玉桠^⑤。爱煞奇姿荒秽里，只应唤水梅花。

【校勘记】

（一）《全集》本此诗题作《余前自孟县之怀庆，道中多见茨菇花，甚爱之，而未得赋诗。兹自新蔡至汝宁，夹道清渠中仍多此花，因于马上做二绝，颇尽拟议之思焉》。

（二）《全集》本此句后无作者小注。

【注释】

① 此诗作于乾隆五十四年（1789），冯敏昌四十三岁，是年仍留主讲河阳书院。怀庆：今河南沁阳。汝宁：今河南汝阳。新蔡：今河南新蔡。

② 绿萼：绿萼梅，这里指碧玉簪。

③ 汉滨游女：汉水之神。语出《诗经·周南·汉广》："汉有游女，不可求思。"

④ 的皪：光亮、鲜明貌。

⑤ 檀晕：形容浅赭色。与妇女眉旁的晕色相似，故称。

卧龙冈谒诸葛公祠^{(一)①}

　　草庐高卧处，千载尚遗祠。豫定三分业，终劳再出师。躬耕存往迹，抱膝似当时。惆怅渊明好，归来尚未迟。

【校勘记】

　　(一)《全集》本此诗题作《仲春上浣，同四会李广文念祖至卧龙冈，谒诸葛公祠》。

【注释】

　　① 此诗作于乾隆五十六年（1791），冯敏昌四十五岁，《年谱》记："是年……二月上浣过南阳，登卧龙冈谒诸葛公祠。"

登　黄　鹤　楼^{(一)①}

　　江头忽见蜃楼悬，楼上平看鹤到天。句想前贤堪搁笔^②，人怀奇气即飞仙。回帆挝逐长风过^(二)，大别山衔落日圆。欲更凭栏吹铁笛，翻愁送乡白云边。

【校勘记】

　　(一)《全集》本此诗题作《登黄鹤楼作》。

　　(二) 回帆挝逐长风过：此句《全集》本作"回川风递高帆过"。

【注释】

　　① 此诗作于乾隆五十六年（1791），冯敏昌四十五岁，《年谱》记："是年……

三月至汉阳府……武昌登黄鹤楼。"

② 句想前贤堪搁笔：据传李白曾登黄鹤楼，见崔颢《黄鹤楼》诗，提笔作："一拳打碎黄鹤楼，一脚踢翻鹦鹉洲。眼前有景道不得，崔颢题诗在上头。"

偕诸君坐晴川阁，听楚僧竹溪弹琴①

阁前江水足清心，阁上名僧更谱琴。阁势平临芳树远，江声迟入大弦深。折冲儒墨看能事[一]②，邂逅风流且自今。便许澄怀观道妙③，何烦海上问仙音。

【校勘记】

（一）看能事：《全集》本作"常思古"。

【注释】

① 此诗作于乾隆五十六年（1791），冯敏昌四十五岁，《年谱》记："是年……三月初八登晴川阁（在县东北五里，明守戴之篪建），听楚僧竹溪弹琴。"晴川阁：又名晴川楼，在武汉长江北岸，龟山东麓的禹公矶上，与黄鹤楼隔岸相对，取唐崔颢登黄鹤楼诗句"晴川历历汉阳树"中"晴川"名之。

② 折冲：折中。

③ 澄怀：清心，静心。

与关榕庄登大别山作二首[一]①

一

金鳌背上得同游②，万里山川纵目收。嶓冢荆衡来一气③，长江沔汉会双流④。元圭想见神功峻[二]⑤，翠柏仍闻夏代留[三]。自向峰头瞻小别⑥，云烟滚滚似含愁。《左传》所称小别山在汉川县。昨访安广文桂甫同年至彼,即别。

二

沔口斜连却月城⑦,蒙冲飞指大江横⑧。已看铁锁维天
堑,况睹巇矶宿重兵⑨。增垒因高原险固,夹江为郡更峥嵘。
独怀子敬分屯处⑩,不特名山一柱擎⁽四⁾。

【校勘记】

(一)《全集》本此诗题作《复与诸君登大别山作二首》。

(二)元圭想见神功峻:《全集》本此句后有作者小注"山前为大禹庙"。

(三)翠柏仍闻夏代留:《全集》本此句后有作者小注"大别山有禹柏,见元吴来诗集"。

(四)不特名山一柱擎:《全集》本有作者小注"孙吴时使鲁肃守汉阳"。

【注释】

① 此诗作于乾隆五十六年(1791),冯敏昌四十五岁,《年谱》记:"是年……二月过汉川县访同年安桂甫广文登小别山,三月至汉阳府适遇同乡关榕庄、徐拍源、李章亭三明府,初八同登晴川阁……复与诸公登大别山(县东十里),谒山前禹庙,值雨久坐寺侧小轩。僧饷以茶果出纸求书,录黄山谷先生《落星寺》诗付之,随用此韵题其壁。"关榕庄:不详。

② 金鳌:这里比喻大别山。

③ 嶓冢:山名。在今甘肃省天水与礼县之间。古人误以为是汉水上源。《尚书·禹贡》:"导嶓冢至于荆山。"

④ 沔:沔水。北源出自今陕西省留坝县西,一名沮水;西源出自今宁强县北。二源合流后通称汉水,古代也作汉水的别称。又沔水入江以后,今湖北省武汉市以下的长江古代亦通称沔水。

⑤ 元圭:见前卷三《夏县谒大禹庙敬赋六十韵》注㉖。

⑥ 小别:小别山。见本诗注①。

⑦ 沔口:襄阳以下沔水也称夏水,故也称夏口。却月城:在今汉水入江口月湖附近,东汉末筑,形如却月,故名,亦名偃月垒。

⑧ 蒙冲：古代战船名。以生牛皮蒙船覆背，两厢开掣棹孔，左右有弩窗、矛穴。

⑨ 巉：险峻陡峭。

⑩ 子敬：三国时吴将鲁肃(172—217)，字子敬，曾驻夏口，助孙权联合刘备在赤壁之战中打败曹军。

与诸君游大别山寺，值雨，久坐寺侧小轩，颇尽江山之胜。寺僧出纸求书，为录黄山谷先生《落兴星寺》诗付之，因用次韵并题其轩^{(一)①}

方晴不阻谢公屐^②，一雨还催杜老诗^③。远浦帆来冲鸟没，层楼钟响过江迟。画中风景身难觉，物外心期到始知。更学金华小三昧^④，何如禹柏发新枝。昔人评山谷书，谓如长松出岫、翠柏干霄。

【校勘记】

(一)《全集》本此诗题中"寺僧出纸求书"作"寺僧出果饵茶话，复出纸求书"。

【注释】

① 此诗作于乾隆五十六年(1791)，冯敏昌四十五岁。参见前本卷《与关榕庄登大别山作二首》诗注①。

② 谢公屐：一种前后齿可装卸的木屐。原为南朝谢灵运游山时所穿，故称。见《宋书·谢灵运传》："寻山陟岭，必造幽峻，岩嶂十重，莫不备尽。登蹑常着木履，上山则去其前齿，下山去其后齿。"句中指游赏的脚步。

③ "一雨"句：指杜甫《春夜喜雨》。

④ 金华：金华山。在浙江省金华市北，传说山上有神仙石室。明代胡应麟《少室山房笔丛·玉壶遐览四》："吾郡金华山，道书为三十六洞元之天，世传神仙窟宅。"三昧：佛教语。梵文音译。又译"三摩地"。意译为"正定"。谓屏除杂念，专注一境。

余于乙巳仲冬别田村于京师,兹重晤于长沙南城书院,相见甚欢。临别赠诗一章、兰三种、图经二百卷,赋此道谢^{(一)①}

一

八年客走遍天涯②,一见欢情杂笑哗。君殊矍铄须加白,我尚清狂发亦华。酒好斟来还有句^(二),官清罢后竟无家。为言此日诸高弟,只可传经下绛纱^{(三)③}。

二

湖天开处更扬舲,送我清诗气杳冥^(四)。九畹重纫新气味④,百篇还授古图经。照人湘水千重绿,回首衡山万仞青。此后相思何用慰,石交长拟共松龄^{(五)⑤}。

【校勘记】

(一)《全集》本此诗题作《余于乙巳仲冬十二月别田村门长于京师,兹辛亥仲夏重晤于长沙之南城书院,相见甚欢。临别承赠佳什一章、湘兰数盎、楚南图志二百卷,赋此答别为谢二首》。

(二) 斟:《全集》本作"呼"。

(三) 下:《全集》本作"不"。

(四) 气:《全集》本作"契"。

(五) 石:《全集》本作"古"。

【注释】

① 此诗作于乾隆五十六年(1791),冯敏昌四十五岁。田村:不详。南城书院:即长沙城南妙高峰下城南书院。原是南宋大儒张栻其父张浚在潭州(今长沙)居所,绍兴三十一年(1161)建于南门外妙高峰,张栻与朱熹曾在此讲学论道。入元后废为寺。明嘉靖四十二年(1563)长沙府推官翟台在高峰寺下建得

学堂 5 间,恢复书院。乾隆十年,杨锡绂任湖南巡抚,寻得都正街都司衙门空署一所,改建成书院,因该书院在城之南隅,乃称"城南书院"。

② 八年客走:冯敏昌于乾隆五十年三十九岁时,二月改授户部主事,十一月出都,至作此诗时,先后历山西、河南、陕西、山东、湖北、湖南等地,游览北岳、西岳、中岳、东岳、南岳等名胜,拜谒禹庙、韩文公祠、杜工部祠、诸葛武侯祠、苏文忠祠等。足迹遍及中原,时间几近八年。

③ 绛纱:即绛帐。典出《后汉书·马融传》:"融才高博洽,为世通儒,教养诸生,常有千数……居宇器服,多存侈饰。常坐高堂,施绛纱帐,前授生徒,后列女乐,弟子以次相传,鲜有入其室者。"后指师门、讲席。

④ 九畹:指兰花。典出《楚辞·离骚》:"余既滋兰之九畹兮,又树蕙之百亩。"王逸注:"十二亩曰畹。"

⑤ 石交:交谊坚固的朋友。

碧萝峰下罗念庵先生手植松①

高松孤峙古高台⁽一⁾,修撰当时手自栽②。信有贞心扶日月,讵无奇势轧风雷。观音罗汉寻前记⁽二⁾,元晦南轩得后来⁽三⁾③。不在朝堂在岩壑④,栋梁如此亦堪哀。

【校勘记】

(一) 高松:《全集》本作"长松"。

(二) 观音罗汉寻前记:《全集》本此句后有作者小注"观音岩罗汉鸟并见先生高台禅林诗序"。

(三) 元晦南轩得后来:《全集》本此句后有作者小注"先生有题二贤祠壁记"。

【注释】

① 此诗作于乾隆五十六年(1791),冯敏昌四十五岁。碧萝峰:衡山七十二峰之一。罗念庵:罗洪先(1504—1564),字达夫,号念庵,吉水(今属江西)人。

明世宗嘉靖八年(1529)进士第一名,授翰林院修撰,迁左春房赞善。后罢归,著书以终。一生主要成就在理学、地图学和文学,理学属江右王门学派。著有《念庵集》、《冬游记》等。《明史》卷二八三有传。

② 高台:碧螺峰下有寺,因寺建于怪石嶙峋、高耸云天的台地上,故名高台寺。寺右侧三株"念庵松",古松顶平枝粗,苍翠挺拔,据《南岳志》载,为寺僧楚石与罗念庵同植。

③ 元晦:朱熹(1130—1200),南宋著名理学家,字元晦,号晦翁、晦庵,云谷老人、沧州遁叟等。婺源(今江西婺源)人,后居福建建阳。世称"朱子"。曾到潭州(今长沙),专程造访张栻,在岳麓山和张栻城南寓讨论经道,设"张朱会讲",后有《南岳唱酬集》辑集传世。南轩:张栻(1133—1180),南宋著名理学家,字敬夫,一字乐斋,号南轩,学者称南轩先生,南宋汉州绵竹(今四川绵竹)人,迁居衡阳(今属湖南)。与朱熹、吕祖谦齐名,时称"东南三贤"。

④ 岩壑:山峦溪谷。借指隐居。

登 祝 融 峰 作①

鹑尾负南海②,炎精燫天阍③。天南万里山,独耸兹峰尊。我来踏鸿濛④,载瞰扶桑暾⑤。连峰锁龙背,九折升天门。一跌更危崖,垂脉方蚡缊⁽一⁾⑥。遂起怒猊势⑦,蹶向中天蹲。云雷晦杳冥,阴阳错朝昏。雄雄九千丈,朱鸟偕翔轩⑧。穹石负云台,青天正手扪。日月夹东西,两丸交吐吞⑨。罡风何猛烈⑩,更似登昆仑。群峰郁骈罗⑪,浩若波涛翻。芙蓉与天柱⑫,玉友随金昆⑬。紫盖气虽骄⑭,失势还东奔。五转并来朝,湘江备南藩。洞庭包九疑⑮,重溟击鹏鲲。精气所出入,大壑为之根。古初竟何道⑯,谷神会长存⑰。重华独何之⑱,梧云结愁魂。悟彼骚人忧,下为雨翻盆。胡不纵远游,而自伤鼙鼟⑲。云踪穷五山,灵台得本元。人世自蜉蝣⑳,万古同乾坤。峰头久凝睇,一啸天何言。

【校勘记】

（一）缊：《全集》本作"蝹"。

【注释】

① 此诗作于乾隆五十六年（1791），冯敏昌四十五岁。《年谱》记："四月十五继登祝融峰，升铁瓦殿揽风穴，是岳之极顶，乃放观云海焉，因宿峰顶。四月廿四祝融峰雨中书访岣嵝山禹碑一过。"祝融峰：南岳七十二峰的最高峰，相传祝融是黄帝大臣，火神，曾以衡山为栖息之所，死后葬在衡山最高峰。

② 鹑尾：星次名。指翼、轸二宿，古以为楚之分野。

③ 炎精：太阳。爓：照耀。

④ 鸿蒙：迷漫广大。

⑤ 扶桑：见前卷一《舟过乌雷门过伏波将军庙作》注⑤。

⑥ 蚡缊：纷繁纠结。

⑦ 怒猊：愤怒的狮子。形容山势劲拔。

⑧ 朱鸟：星宿名。二十八宿中南方七宿（井、鬼、柳、星、张、翼、轸）的总称。七宿相联朱鸟形；朱色象火，南方属火，故名。翔轩：飞腾高举。

⑨ 两丸：指日月，皆为圆形，故称。

⑩ 罡风：高空之风，劲风。

⑪ 骈罗：骈比罗列。

⑫ 芙蓉与天柱：和祝融、紫盖、石廪是衡山最著名五峰。

⑬ 玉友：仙人。金昆：指兄弟好友。明陈所闻《玉·包肚·九日焦太史弱侯招饮谢公墩》曲："聚贤星玉友金昆，共佳辰吊古寻幽。"

⑭ 紫盖：紫色车盖。帝王仪仗之一。这里指祝融峰如帝王之相。

⑮ 九疑：见前卷二《挽刘烈妇邹少君》注⑨。

⑯ 古初：太古之时。

⑰ 谷神：道家语。出《老子》："神得一以灵，谷得一以盈。"又："谷神不死。"高亨《老子正诂》卷上说："道能生天地养万物，故曰谷神。不死言其长在也。"

⑱ 重华：见前卷二《梧州用苏诗〈闻子由在藤〉韵示季子》注⑤。

⑲ 虿蟷：语出《庄子·外物》："有甚忧两陷而无所逃，虿蟷不得成，心若县于天地之间。"成玄英疏："虿蟷，犹怵惕也。"

⑳ 蜉蝣：语出《诗经·曹风·蜉蝣》："蜉蝣之羽，衣裳楚楚。"毛传："蜉蝣，渠略也，朝生夕死。"

祝融峰顶观云海歌①

　　我昔太华骑茅龙②，高登明星玉女峰③。飙车雷轰五千仞，下视云海开重重。后游嵩岳并恒岱(一)④，闲值零雨迷春冬。周流四荒渺何极，复此南服群山宗⑤。夏首来登晓观日⑥，略比日观称奇逢(二)。岂知祝融最高处，更苦云雨千重封。岳灵飞精铸元气，云海一变舒晴容。太阳开时金在镕，长风鼓处云相冲。岳南岳北两嘘吸，树头树底遥弥缝。南海先成云漾浓(三)，兜罗绵网堆鬅鬆⑦。湘流五转忽尽失，但睹鼟皱来溶溶(四)。倏如鱼鳞叠不尽，界以墨色豪回锋。渺然随风似远适，更漾北海知何从。净扫长天只碧落，平铺匹练如吴淞⑧。洞庭波涛远莫接，侧耳近若闻汹汹。自北而南忽倒漾⑨，大云海合琉璃钟⑩。园镜千寻彻上下，琼田万里铺横纵⑪。祝融峰高耸螺髻，青石坛古蟠虬松。松从坛侧亦倒挂，放我石上支孤筇⑫。风意捎云云态慵，一尖远现青芙蓉⑬。忽然横峰小露脊，如鱼戏水方唵喁⑭。飞来石船在何许⑮，怳欲飞去还无踪。苍茫变现讵可极，真令荡我平生胸。奇观人生谅有数，幽赏物外知谁供。倒尝佳景似得蔗⑯，近想堂密非无枞⑰。素履贞卿聊坦坦⑱，朋从思虑奚憧憧⑲。少文名山愿颇遂，向禽空谷音还跫⑳。桑田沧海任幻相㉑，仁山智水留欢悰㉒。昔游低徊自惺忪，风岚变灭馀蒙茸㉓。上封归来日未暮㉔，一声已动天门钟。

【校勘记】

（一）嵩岳：《全集》本作"嵩少"。

（二）略：《全集》本作"要"。

（三）南海先成云漾浓：《全集》本此句后有作者小注"岳僧云，旧传有南海北海之称"。

（四）壑：《全集》本作"毂"。

【注释】

① 此诗作于乾隆五十六年（1791），冯敏昌四十五岁。

② 茅龙：见前卷三《立秋日华顶作二首》注②。

③ 玉女峰：见前卷三《范宽大幅山水为河阳崔梅轩太学题》注⑭。

④ "后游"句：据《年谱》记："乾隆五十年三十九岁"，十一月出都，游稷山署（山西绛州属）、龙门、太平（平阳府属）等地。"乾隆五十一年四十岁"，游骊山、登西岳华山。题诗泐碑、奇揽搜胜。"乾隆五十二年四十一岁"，游中岳嵩山，入嵩阳书院。入山东至泰安府再登泰山。八月拜北岳庙入谒黑帝元神，直登绝顶。

⑤ 南服：古代王畿以外地区分为五服，故称南方为"南服"。五服：参见前卷三《题李南碉司马〈啾荔图〉，即送之官桂林》注⑦。

⑥ "夏首"句：参见前本卷《登祝融峰作》注①。祝融峰顶可观日出盛状。夏首，指四五月间。

⑦ 鬑鬆：发髻松散貌。这里形容云的形状。

⑧ 吴淞：即淞江。发源于江苏省太湖，经上海市，入长江。流经地区都为平原，故云平铺。诗中比湘江。

⑨ 倒漾：倒流。

⑩ 琉璃钟：形容远望湖面的颜色和形状。

⑪ 琼田：传说中能生灵草的田。语出《十洲记·祖洲》："鬼谷先生云：'此草是东海祖洲上，有不死之草，生琼田中，或名为养神芝。其叶似菰，苗丛生，一株可活一人。'"

⑫ 筇：筇竹宜于制杖，故称手杖。

⑬ 芙蓉：见前本卷《登祝融峰作》注⑫。

⑭ 噞喁：鱼口开合貌。

⑮ 飞来石船：即衡山石船山。

⑯ "倒尝"句：化用"蔗尾"典。出《晋书·文苑传·顾恺之》："恺之每食甘蔗，恒自尾至本。人或怪之，云：渐入佳境。"喻先苦后乐，有后福。

⑰ 枞：干高数丈，可作建筑材料。

⑱ 素履贞卿：典出《三国志·魏志·管宁传》："虽有素履幽人之贞，而失考父兹恭之义，使朕虚心引领历年，其何谓邪？"比喻人以朴素坦白之态度行事。

⑲ 憧憧：憨愚无知。

⑳ 空谷音还跫：用"空谷跫音"典。出《庄子·徐无鬼》："夫逃虚空者……闻人足音跫然而喜矣。"成玄英疏："忽闻他人行声，犹自欣悦。"比喻极难得的音信或言论。

㉑ 桑田沧海：喻世事的巨大变迁。典出晋·葛洪《神仙传·麻姑》："麻姑自说云：'接侍以来，已见东海三为桑田，向到蓬莱水浅，浅于往者会时略半也，岂将复还为陵陆乎！'"

㉒ 悰：欢乐。

㉓ 蒙茏：即朦胧。

㉔ 上封：语出《史记·孝武本纪》："汉主亦当上封，上封则能仙登天矣。"

自合江亭放舟四十里至樟木市，登陆云三十里可至岣嵝峰^(一)，道中有作^①

江亭读韩诗，邂逅媚学子。泥饮酒未醒^②，沿湘舟甚驶。忽忆学子言，衡峰映湘峙。欲至岣嵝峰，须从樟木市。蹶然觅肩舆^③，不暇笃行李。居人询者众，亦复顾而喜。登程日未落，入山趣斯美。稻田水淙淙，篁荫石齿齿。不异桃源中，何如辋川里。中途问舆人，岳庙至彼几。答云甚迂曲，气竭游多止。嗟予抱微尚，岳游轻万里。衡峰此凤著^(二)，禹碑疑未已^④。兹游当问碑，兹路幸得指。虽无韩公祷，亦似山灵使。凡事信有时，游山其一耳。

【校勘记】

（一）云：《年谱》作"约"。

（二）衡峰此夙著：《全集》本此句作"衡游顾夙抱"。

【注释】

① 此诗作于乾隆五十六年（1791），冯敏昌四十五岁。岣嵝峰：在湖南衡阳北乡，山势雄伟，树木苍古，奇花珍草，香馥浓郁，中有禹王庙，庙侧有禹王碑，上有嫘妃墓，峰上有法轮寺，前人以岣嵝为南岳主峰，原有岣嵝、石鼓、廉溪书院。东汉时赵晔《吴越春秋》载："禹登衡山，梦苍水使者，投金简玉字之书，得治水之要，刻石山之高处。"

② 泥饮：犹痛饮。

③ 肩舆：见前卷一《高廉道中作寄晚堂弟四首》注②。

④ 禹碑：见本诗注①。韩愈曾登岣嵝峰访禹碑未果。作《岣嵝山》诗："岣嵝山尖神禹碑，字青石赤形摹奇。科斗拳身薤倒披，鸾飘凤泊拏虎螭。事严迹秘鬼莫窥，道人独上偶见之。我来咨嗟涕涟洏。千搜万索何处有，森森绿树猿猱悲。"并刻碑。宋人何致摹得碑文，翻刻于岳麓山巅。明长沙太守潘镒传拓各地，自此禹碑名闻于世。明杨慎曾撰禹王碑释文。但碑文真假，莫衷一是。

题　禹　庙(一)①

岳游符夙愿(二)，禹迹溯前经②。峰色馀浓黛，厓碑闷古青③。湘流环曲曲，暮雨远冥冥。独抱昌黎意，留诗寄翠屏④。

【校勘记】

（一）《全集》本此诗题作《登岣嵝峰磨崖题壁》。

（二）岳游符夙愿：《全集》本此句后有作者小注"余六年来遍游五岳"。

【注释】

① 此诗作于乾隆五十六年（1791），冯敏昌四十五岁。禹庙：岣嵝峰上禹王殿。始建于唐，亦称禹庙、禹祠。相传大禹求治水策至岣嵝峰，经仙人指引得金

简玉牒天书而治水成功。禹王殿原建于岣嵝主峰上。

②　禹迹溯前经：前卷三有乾隆五十一年（1786）冯敏昌游览所作《夏县谒大禹庙敬赋六十韵》、《游龙门谒大禹庙》、《循河车行，热甚，饮于龙头泉。因登泉上禹祠门楼，望隔河华山作》，可参见。

③　阒：隐蔽。

④　留诗寄翠屏：指韩愈访禹碑写诗刻碑事。见前本卷《自合江亭放舟四十里至樟木市，登陆云三十里可至岣嵝峰，道中有作》注④。翠屏：形容峰峦排列的绿色山岩。

登 岣 嵝 峰(一)①

衡峰首回雁②，临江初不高。岣嵝特骞鹏③，峨峨插云涛(二)。兹岳信神奇，兹峰益雄惊。崔嵬切云冠，奋迅腾溟鳌。还疑金铜仙④，摩天出蟠桃。峰形如巨桃当空。其下千青莲，跗萼相周遭。峰下群峭仰抱绝似莲瓣笔不可摹。栝柏斧不尽⑤，云雷数来鏖。未论祝融尊⑥，且放兹峰豪。縶昔怀襄时⑦，洪波莽天滔。神禹伤父功⑧，血马登山号⑨。日照绣衣梦，霞开金简韬。地络已得要，天柴兹告劳⑩。奇文秘龙鸾，光气惊猿猱。昌黎昔穷搜，先笑后嚓咷⑪。历本谁窃摹⑫，千钧延一毫。兹来叹冥茫，只拟欢游遨。凌峰采石药⑬，触兴歌诗骚。绝顶还一登，八极真翔翱。松风吹我行，天籁纷嘈嘈。既已辞樊笼⑭，何用哺醨糟⑮。

【校勘记】

（一）《全集》本此诗题作《岣嵝峰作》。

（二）峨峨插云涛：《全集》本此句后至"光气惊猿猱"为："拔地如危冠，献天类蟠桃。群峰自崩奔，千莲相周遭。未近祝融尊，且放兹峰豪。縶昔洪水时，怀襄且天涛。神禹伤父功，说马登山号。乍入梦绣衣，金简爱开韬。地脉既得安,功成当告劳。奇文秘龙鸾,窃见空猿猱。"此诗《全集》本无作者小注。

【注释】

① 此诗作于乾隆五十六年(1791),冯敏昌四十五岁。岣嵝峰:见前本卷《自合江亭放舟四十里至樟木市,登陆云三十里可至岣嵝峰,道中有作》注①。

② 回雁:衡山首峰回雁峰。传说山高,飞雁至此飞不过去,故名回雁。

③ 骞鹏:比喻岣嵝峰如展翅高飞的大鹏。

④ 金铜仙:见前卷二《甘泉宫瓦摹本覃溪师命作》注⑲。

⑤ 栝:即桧。

⑥ 祝融:见前本卷《登祝融峰作》注①。

⑦ 怀襄:即怀山襄陵,谓洪水汹涌奔腾溢上山陵。语出《尚书·尧典》:"汤汤洪水方割,荡荡怀山襄陵,浩浩滔天。"蔡沈集传:"怀,包其四面也。襄,驾出其上也。"

⑧ 神禹伤父功:传说禹的父亲鲧,治水不力,被尧处死,并派禹继之治水。

⑨ 血马:杀马取血,以为祭祀之用。语出汉赵晔《吴越春秋·越王无馀外传》:"禹乃东巡,登衡岳,血白马以祭。"

⑩ 天柴:古指烧柴生烟以祭天。

⑪ "昌黎昔穷搜"二句:李肇《国史补》卷中记:"韩愈好奇,与客登华山绝峰,度不可返,乃作遗书,发狂恸哭,华阴令百计取之,乃下。"

⑫ 历本谁窃摹:见前本卷《自合江亭放舟四十里至樟木市,登陆云三十里可至岣嵝峰,道中有作》注④。

⑬ 石药:据说食之可以长生的矿物类药,魏晋至唐,上层人士多喜服用。

⑭ 樊笼:语出陶渊明《归园田居》其一:"久在樊笼中,复得返自然。"

⑮ 醨糟:酒糟。醨,薄酒。

余游岳将及旬日,文柳村明经
以衡酒远饷,岳顶赋谢^(一)①

清扬婉在乍情浓^(二),别去翛然似不逢②。岂谓一盛醽醁酒[③],传来万里祝融峰[(三)]。雨檐夜久还成梦,云海朝来更荡胸[④]。无物相随何以报[(四)],仙坛折取万年松。

【校勘记】

（一）《全集》本此诗题作《文明经柳村以衡酒饷馀,于祝融峰顶赋谢》。

（二）在:《全集》本作“接”。

（三）里:《全集》本作“丈”。

（四）相随:《全集》本作“携来”。

【注释】

① 此诗作于乾隆五十六年(1791),冯敏昌四十五岁。文柳村:不详。

② 倏:迅疾。

③ 醽醁:亦作“醽渌”。美酒名。这里指美酒。

④ 云海朝来更荡胸:化用杜甫《望岳》中“荡胸生层云,决眦入归鸟”句。

游赤壁谒苏文忠公祠[(一)①]

蟠胸何人盛忠义,横空吐出为文字。山川托兴只如斯,辩证纷纷皆细事。堂堂千古大苏公,儒林根柢人中龙。炼石不试补天手[②],磨蝎坐困牵牛宫[③]。乌台诗案织似网,黄州谪宦卑如农。闲游讵采西山蕨,力作且号东坡翁[④]。意行从初自无町,高节已固吁其穷。人言地远将焉赖,宁知天心自有在。聊因赤壁峙江头,遂使佳游传海内。武昌夏口纷钩连,孟德周郎谁傅会。江川指点虽半疑,陆放翁云,黄州赤壁图经及传者,皆以为周公瑾败曹之地,李太白有赤壁歌,不指言在黄州,苏公尤疑之,赋云,此非孟德之困于周郎者乎!又乐府云:故垒西边,人道是周郎赤壁。盖一字不肯轻下如此。至韩子苍,此地能令阿瞒走,则真指为公瑾赤壁矣。风月襟期聊一快。吁嗟风月盈江山,几人啸傲穷追攀。何宵江上风无韵,何处山巅月不闲。若论景物分去住,风月为客江山主。若论即事先所欣,风月是主江山宾。虽然风月亦有待,不是文章奚主人。兰台绝响千秋佚⑤,得此凌虚御风笔。情同浩浩晚风清,心共茫茫江月白。不变看来讵有殊,无尽藏中还共适。天地真成一指顾⑥,仙佛从知兼出入。何缘后游转胜先,坐令人境俱堪仙。鱼香酒美不知夜,山高水落几忘年。天风遥吹月将落,还来刷羽横江鹤⑦。长鸣不拟下尘寰⑧,相招似欲翔寥廓。真非真是兮梦非梦,一片苍凉仙界乐。心地空明果出世,灵台秘妙真开钥⑨。噫嘻文章技至此,雕刻众形谁得比。二赋于近万口传,一字当时众訾起。公尝以《赤壁赋》寄人,并书其后云爱我者将不令人见。盖当时言者每用公文字捃摭为罪也。宁知公名日月光,传留尚不恃文章。浩然直气塞天地,卓尔峻节凌山冈。赐环终朝更炎海⑩,骑鲸万里空青苍⑪。雪泥鸿爪初不计⑫,沈沙折戟奚须详⑬。我生后公年七百,俎豆平生自乡国⑭。公后谪海南,复内徙吾廉,今郡中海角亭有专祠祀公。汗漫游方泛楚云,战斗场真看旧迹。顾景范《方舆纪要》云,江汉之间言赤壁者有五,汉阳、汉川、黄州、嘉鱼、江夏,当以嘉鱼之赤壁为孙曹对垒处。馀顷曾经嘉鱼赤壁。旧迹经过但一吁,余过嘉鱼赤壁时未及登览。独寻斯壁百盘纡。祠堂壮丽甫丹垩⑮,老仙顾笑飘髯须。一杯请效义尊酻⑯,二友敬为循墙趋⑰。公尝作灵堂义樽,是日,黄冈令顺德胡君绍中置酒,招同麻城令陆丰黄君书绅同游矶上,二君皆乡友,爰同敬酻公云。从知今古多来客,不为孙吴只为苏。坡仙亭前笛三弄⑱,坡仙亭在公祠右。明月清风仍许共。夜深何处鹤归来⑲,应有仙人还入梦。

【校勘记】

(一)《全集》本此诗题作《游赤壁谒宋苏文忠公祠》。

【注释】

① 此诗作于乾隆五十六年(1791),冯敏昌四十五岁。

②"炼石"句：用女娲补天典。见前卷三《三门底柱歌》注㉒。

③磨蝎："磨蝎宫"的省称。旧时星象家言，身、命居此宫者，常多磨难。

④"乌台诗案"四句：见前卷一《苏文忠〈天际乌云帖〉墨迹后有虞文靖诸跋》注⑨⑪。

⑤兰台：战国时楚台。故址传说在今湖北省钟祥县东。

⑥指顾：见前卷一《彭蠡湖中望匡庐》注⑯。

⑦刷羽：禽类以喙整刷羽毛，以便奋飞。

⑧尘寰：人世间。

⑨灵台：心灵。《庄子·庚桑楚》："不可内于灵台。"郭象注："灵台者，心也。"

⑩赐环：典出《荀子·大略》："绝人以玦，反绝以环。"杨倞注："古者臣有罪待放于境，三年不敢去，与之环则还，与之玦则绝，皆所以见意也。"指遇赦召还放逐之臣。

⑪骑鲸：见前卷一《云藏九咏·天马山》注⑩。

⑫雪泥鸿爪：见前卷一《海角亭谒苏文忠公遗像》⑪。

⑬沉沙折戟：用杜牧《赤壁》诗句："折戟沉沙铁未销，自将磨洗认前朝。东风不与周郎便，铜雀春深锁二乔。"

⑭俎豆：俎和豆。古代祭祀、宴飨时盛食物用的礼器。

⑮丹垩：涂红刷白，指修饰。垩，一种白色土。

⑯酹：以酒浇地，表示祭奠。

⑰循墙：典出《左传·昭公七年》："故其鼎铭云：'一命而偻，再命而伛，三命而俯，循墙而走，亦莫余敢侮。'"杜预注："言不敢安行也。"避开道路中央，靠墙而行。这里表示恭谨。

⑱弄：乐曲一阕或演奏一遍称一弄。明何景明《岳阳城中闻笛》："何处笛声三四弄？坐听疑隔楚江滨。"

⑲鹤归来：苏轼在徐州刺史任上曾为朋友张山人在云龙山的放鹤亭写《放鹤亭记》："乃作放鹤招鹤之歌曰：鹤飞去兮，西山之缺。高翔而下览兮，择所适。翻然敛翼，婉将集兮，忽何所见？矫然而复击！独终日于涧谷之间兮，啄苍苔而履白石。鹤归来兮，东山之阴。其下有人兮，黄冠草屦，葛衣而鼓琴。躬耕而食兮，其馀以饱汝。归来归来兮，西山不可以久留！"

衡阳舟夜卧病寄幼吉弟①

回雁峰前听雁声②,残灯斜月两微明。天涯归客今何似,一夜孤舟梦不成。

【注释】

① 此诗作于乾隆五十六年(1791),冯敏昌四十五岁。幼吉:冯敏昌四弟冯敏曙。

② 回雁峰:见前本卷《登峋嵝峰》注②。

九日自楚中归,至汴梁独登吹台,寄季光弟①

夷门秋色望中开②,匹马还登古吹台。丁未岁馀曾登此台。此日菊英仍似旧,当时高李不重来⁽一⁾③。龙山想落词人帽④,彭泽应斟处士杯⑤。独有湖湘倦游客,看云忆弟自徘徊。

【校勘记】

(一) 当时高李不重来:《全集》本此句后有作者小注"台为师旷奏乐遗址,时杜李二公偕高适登此"。

【注释】

① 此诗作于乾隆五十六年(1791),冯敏昌四十五岁。吹台:在今河南开封市东南。相传为春秋时师旷吹乐之台。汉梁孝王增筑曰明台。因梁孝王常案歌吹于此,故亦称吹台。又称繁台。季光:冯敏昌四弟冯敏曙。

② 夷门:战国魏都城的东门。在今河南开封城内东北隅。因在夷山之上,故名。

③ 高李:指高适、李白。参见本诗【校勘记】。

④ 龙山想落词人帽:典出《晋书·桓温传》。"(孟嘉)后为征西桓温参军,

温甚重之。九月九日,温燕龙山,僚佐毕集。时佐吏并著戎服,有风至,吹嘉帽堕落,嘉不之觉。温使左右勿言,欲观其举止。嘉良久如厕,温令取还之,命孙盛作文嘲嘉,著嘉坐处。嘉还见,即答之,其文甚美,四坐嗟叹。"后用"龙山落帽、孟嘉落帽、孟嘉帽、参军帽、落帽参军、风落帽"等称扬人的气度宽宏、风流倜傥、潇洒儒雅或借指具有这种气度的人。

　⑤彭泽:在今江西省北部。陶潜曾为彭泽令,借指陶潜。处士:有才德而隐居不仕的人。

唐子畏摹赵文敏马九十三匹,
为徐仰之明府题①

　　子昂画马真权奇,文人妙笔非画师。三百年后江南客,复有子畏工文词。文词绘事俱第一,信是风流才子笔。平生赵马几追踪,最有斯图称入室②。九十三匹如云烟,疏疏密密相后先。骅骝骒耳不复辨③,令人想见分屯年④。一人前进牵二匹,二匹肩随五匹立。中间五马来堂堂,更有黄马堂堂出。此马顾步何安舒,不落群后不争驱。奚官络头出试步⑤,似待使君留驾车。后有四匹行少后(一),更有廿匹驰且骤。一匹滚尘五共槽,一匹声鸣鹅鹳高⑥。四匹回顾一匹望,未免心留刍豆上⑦。怒者三匹蹄齧惊⑧,喜者四匹交嘶鸣。九匹不喜亦不怒,行眠坐起循其故。向后相随十四马,八骏之俦六骏亚⑨。最后五匹来何迟,五花一匹雄殿之。就中驹儿数有七,毛骨成时定逐日。可怜诸马应天精,行地真看万里程。千金欲购嗟无一⑩,百匹何妨尚未成。独惜斯人貌斯本,材具虽奇身坎壈⑪。可中亭上舞天魔⑫,何似玉堂承旨近⑬。使君牧民求牧理,害马皆除为政美。黄堂五马看一骢,白面专城仁千骑⑭。怜才惜画匪无因,坐客题诗共有神。惭无杜老丹青笔⑮,但作寻常行路人。

【校勘记】

（一）少:《全集》本作"小"。

【注释】

① 此诗作于乾隆五十年(1785),冯敏昌三十九岁。唐子畏:见前卷二《王雅宜手券》注⑫。赵文敏:赵孟頫(1254—1322),字子昂,号松雪道人,湖州(浙江吴兴)人。宋太祖子秦王德芳的后裔。入元,官至翰林学士承旨,荣禄大夫,封魏国公,谥文敏。著有《松雪斋集》。书法和绘画成就最高,开创元代新画风,被称为"元人冠冕"。著名的《秋郊饮马图》画马的多种动态,生动逼真。徐仲之:徐玉阶,字仲之。武进(今属江苏)人。

② 入室:语出《论语·先进》:"由也升堂矣,未入于室也。"邢昺疏:"言子路之学识深浅,譬如自外入内,得其门者。入室为深,颜渊是也;升堂次之,子路是也。"比喻学问或技艺得到师传,造诣高深。

③ 骅骝騄耳:皆为良马。在周穆王八骏之中。

④ 分屯:犹分驻。指备战。

⑤ 奚官:官名。职司养马。

⑥ 鹅颧:颧骨,象鹅鼻。

⑦ 刍豆:草和豆。指牛马的饲料。

⑧ 齧:咬,啃。

⑨ 八骏:相传为周穆王的八匹名马。《穆天子传》卷一:"天子之骏,赤骥、盗骊、白义、逾轮、山子、渠黄、骅骝、騄耳。"郭璞注:"八骏,皆因其毛色以为名号耳。"六骏:唐太宗征战时所骑过的六匹骏马:拳毛騧、什伐赤、白蹄乌、特勒骠、飒露紫、青骓。

⑩ "千金欲购"句:见前卷一《覃溪师见示铜马篇,用韵奉答》注⑦。

⑪ 坎壈:困顿,不得志。

⑫ 可中亭:在苏州虎丘,又名可月亭,取刘禹锡诗"一方明月可中亭"意。明清时为曲会聆歌赏月佳处。舞天魔:天魔,元代宫廷乐舞。用于赞佛、宴享等。以宫女十六人,头垂辫发,戴象牙佛冠,身披缨络,扮成菩萨形象而舞,谓之

天魔舞。

⑬玉堂：官署名。汉侍中有玉堂署，宋以后翰林院亦称玉堂。承旨：官名。唐代翰林院有翰林学士承旨。宋元仍其制。赵孟頫曾为此官。

⑭"黄堂五马"二句：化用汉乐府民歌《陌上桑》句意："东方千馀骑，夫婿居上头。何用识夫婿？白马从骊驹；青丝系马尾，黄金络马头；腰中鹿卢剑，可值千万馀。十五府小史，二十朝大夫，三十侍中郎，四十专城居。为人洁白晰，鬑鬑颇有须。盈盈公府步，冉冉府中趋。坐中数千人。皆言夫婿殊。"

⑮"惭无杜老"句：说自己无杜甫的才能。杜甫有题画诗《丹青引赠曹将军霸》赠画马大师曹霸。

省　中　午　睡①

　　闭门人吏散，隐几意何如。倦后还成梦，醒来更读书。槐阴上阶砌，鸟雀下庭除。何必林泉内，方堪赋遂初②。

【注释】

　　① 此诗作于乾隆五十七年（1792），冯敏昌四十六岁，《年谱》记："在京供职……离京七年，于兹复返，因有'备员趋走蒙宽政，报国蹉跎效小忠'之句。每晨起入署办公。"省中：宫禁之中。

　　② 赋遂初：典出《晋书·孙绰传》："（孙绰）少与高阳许询俱有高尚之志。居于会稽，游放山水，十有馀年，乃作《遂初赋》以致其意。"遂初：遂其初愿。谓去官隐居。

题徐俟斋书册后四首应定山属⁽一⁾①

一

　　胜国徐公子，平生近逸民。继忠还以孝，植节更能贫。志岂词章见,情将翰墨亲。遗踪今在目,抚卷惜斯人。

二

邓尉灵岩曲②,幽偏自往来。乍寻霜下菊,还恋雪残梅。妙画偕谁读,清诗只益哀。更看行笔秀,小拨二王灰③。

三

一种良朋意,将同高士风。寒还分卧具,贫不废诗筒⁽二⁾。匹士存知己,神交得巨公④。谓潜庵汤公。翻令羁滞客,转忆故山中。

四

王子敦然诺,心期迥不群。碑同标孝女⑤,时并属书赵烈女碑刻之。剑更挂徐君。妙墨诚堪托,高风幸许闻。题诗有馀思,帘外雪纷纷。

【校勘记】

(一)《全集》本此诗题作《题徐俟斋先生书册后,应王定山属四首》。

(二)贫不废诗筒:《全集》本此句后有作者小注"册中有假禅论诗谱札,故云"。

【注释】

① 此诗作于乾隆五十七年(1792),冯敏昌四十六岁。徐俟斋:徐枋,字昭法,号俟斋,晚号秦余山人,长洲人(今苏州)。清书画家、诗人。明崇祯壬午(1642)举人。明亡,隐于苏州吴县邓尉山的灵岩山麓沙村,卖画自给。书擅行草,宗孙过庭及王羲之十七帖,为世所重。长于山水,取法董源、巨然、荆浩、关仝,力追倪瓒、黄公望,画风平实工致。有《居易堂集》。

② 邓尉灵岩:是徐枋隐居处,自建"涧上草堂"。见本诗注①。沈复《浮生六记》记所见:"(沙)村在两山夹道中。园依山而无石,老树多极纡回盘郁之

势,亭榭窗栏尽朴素,竹篱茅舍,不愧隐者之居。中有皂荚亭,树大可两抱,余所历园亭,此为第一。"

③ 二王:王羲之、王献之父子。

④ 汤斌:字孔伯,一字荆岘,号潜庵。河南睢阳人。顺治九年(1652)进士。由庶吉士授国史院检讨。竟日读书,不妄交游。累擢江宁巡抚,澄清吏治。康熙己未召试博学鸿词,授侍讲,官至工部尚书。谥文正,从祀孔庙。有《潜庵遗稿》。

⑤ 孝女:汤斌出生于明末,当时流贼攻陷睢州,其母赵氏为保全志节而死。

观择石师为曹慕堂太仆画古中盘五松图^{(一)①}

吾师客岁骑长鲸^②,追蹑暑景还瑶京^③。人间流落几篇什,得者什袭千瑶琼。从来笔翰匪容易,要以胸次罗元精^{(二)④}。吾师本朝擅三绝,妙画逸品真天成。崇兰柔蕙恣挥洒,沅湘烟雨纷纵横。有时梅竹亦入写,得意动与前人争。斯图五松果何自,田盘千仞先经行。维盘之山本秀绝^(三),特起势自雄幽并。群峰如龙竞护塞,龙头轩举方峥嵘^⑤。挂月峰高塔还耸,青龙磵古桥未倾。何人舞剑台前望,天风万里吹蓬瀛。上盘之石下盘水,中盘最胜群松生。田畴隐处觅不得,想像云罩兼天成^(四)。维乙未春驻翠华^⑥,千乘万骑司阍卿^⑦。吾师扈从本多暇,遂策筇杖偕前征^⑧。五老须眉俨相揖^⑨,二叟对论非常情。谁令默识好情状,归去摹写驰心旌。一松岧嶤翠盖擎^⑩,气挺千丈力且劲^⑪。二松纠结虬龙形,左右拿攫腾鼯鼪^⑫。盘龙抱子此当是,卧云一树尤枝撑。是后一株更骨立,非支离叟奚逢迎。想当行营下笔时,群仙在座飞千斛。满堂烟雾白日晦,半天雷雨空山惊。前身画师匪摩诘^⑬,万古健笔非毕宏。却忆师当己巳岁^⑭,田盘松石初经营。画成题诗上少宰,秀笔已足超群英^(五)。师曾有《田盘松石图为少宰倏公介福画,并赋长歌》,昌曾见是图,松凡九株,石法甚奇。后图为安邑葛云峰给谏所得,诗见师集已巳岁卷内,余并摹得此幅。今图较昔果何似,老去涉笔真忘名。呜呼画松尚如此,何况诗句传生平。愿摹斯图置高壁,且当香瓣抒心诚^⑮。

【校勘记】

(一)《全集》本此诗题作《春日观籜石师乙未岁为曹太仆慕堂画古中盘五松图,敬赋长句》。

(二)精:《全集》本作"结"。

(三)山:《全集》本作"松"。

(四)成:《全集》本作"声"。

(五)足:《全集》本作"是"。

【注释】

① 此诗作于乾隆五十九年(1794),冯敏昌四十八岁。籜石:见前卷三《药房画六幅,自题其二,遂归余为补题成册四首》⑥。曹慕堂:曹学闵(1719—1787),字孝如,号慕堂,山西汾阳人。乾隆十九年(1754)进士,官至内阁侍读学士,宗人府丞。性恬淡,官清慎,晚好性命之学。著有《紫云山房诗文稿》。古中盘:今河北蓟县城西北盘山一部分。盘山古名盘龙山、四正山,三国魏时名无终山。曹操《表论田畴》说:"田畴率宗族入无终山中。"田畴隐居无终山,曾为曹操征服乌桓当过向导,一直隐居山中,后人改为田盘山。盘山分为上、中、下三盘。自来峰一带为上盘,为松胜。中古盘一带为中盘,为石胜。晾甲石一带为下盘,为水胜。统称三盘胜境。

② 骑长鲸:见前卷一《云藏九咏·天马山》注⑩。

③ 晷景:日影,日光。景,即影。

④ 元精:天地的精气。

⑤ 轩举:高举。

⑥ 乙未:乾隆四十年(1775)。这里指乾隆帝曾游览。

⑦ 同卿:太仆寺卿。

⑧ 筇杖：用筇竹所制手杖。

⑨ 五老：指图中五松。

⑩ 岩崿：见前卷二《甘泉宫瓦摹本覃溪师命作》注⑭。

⑪ 勍：有力。

⑫ 鼯鼪：松鼠之类的小动物。

⑬ 摩诘：王维。

⑭ 己巳：乾隆五十年(1785)。

⑮ 香瓣：即瓣香。见前卷三《至偃师谒杜少陵先生祠，敬赋五言古诗一百韵》注㊹。

题王石谷仿关仝太行山色卷①

一

昔年留滞在河阳②，日日登楼看太行。雨过奇峰横鸟道，云开峻坂绕羊肠。吟来未用销豪气，别去还如恋故乡。今日披图睹雄概，何殊五岳在巾箱。

二

平生论画爱关仝，妙墨耕烟得继踪。何意兹山传北地，正将奇笔振南宗③。雷声殷地飘飞瀑，黛色参天插万松。为语萧斋卧游处，漫寻三十六芙蓉④。

【注释】

① 此诗作于乾隆五十九年(1794)，冯敏昌四十八岁。关仝：见前卷三《范宽大幅山水为河阳崔梅轩太学题》注②。王石谷：王翚(huī)(1632—1717)，江苏常熟人，字石谷，号耕烟散人，被称为清初画圣。

② "昔年留滞"句：《年谱》记，乾隆五十三年(1788)入主河阳书院并修《孟县志》，至乾隆五十五年(1790)仍留主河阳书院讲席，刻河阳书院课艺成，修刻

《孟县志》成。河阳在今河南孟县。

③ 南宗：见前卷二《郭忠恕摹右丞辋川图石本》注⑬。

④ 芙蓉：泛称山峰。

赠赵味辛舍人⁽一⁾①

一

雷雨沿边至，居行动地喧。幸逢双骑导，回入故人门⁽二⁾。
初至热河，时将大雷雨，访管农部韫山不得，君与偕至。执手仍情话，
开颜更酒尊。夜阑参语处，差许慰惊魂。

其　　二

高唱蜚英日，何惭赵翼楼②。况兹行省句，已挟塞垣秋。
老骥常登路，神鹰必下韝。看君投笔意，还欲取封侯。

【校勘记】

（一）《全集》本此诗题作《初至热河，雨中得遇赵舍人味辛，即承招至管农部韫山同年邸舍同寓，并示诗集，赋赠二首》。

（二）回入故人门：《全集》本此句后无此作者小注。

【注释】

① 此诗作于乾隆五十九年（1794），冯敏昌四十八岁。《年谱》记："在京供职……五月廿四补缺遇吏部堂……往热河候驾，及至热河，时将大雷雨……得适遇赵味辛舍人。"赵味辛：见前卷二《古藤书呈谦集诗为赵味辛舍人赋》注①。

② 赵翼：号瓯北，字云崧，阳湖（今江苏常州）人。乾隆二十六年（1761）进士，授翰林院编修。曾任镇安、广州知府，官至贵西兵备道。乾隆三十八年辞官家居，曾一度主讲扬州安定书院。与蒋士铨、袁枚称乾隆三大家。

林外得碑图为何梦华上舍题^①

汉碑存者今可数，孔林十三任城五^②。馀者著录兼存亡，
欧赵当时意良苦^③。迩来大雅看如林，抱经卢潜研钱考订深^④。
吾师苏斋擅美富^{(一)⑤}，两汉跋尾石与金^{(二)⑥}。此外何人缔同
志，小松司马今廉吏^⑦。任城已出巨卿碑^⑧，武梁又拓祠堂
字^⑨。风流文彩有何君，所至荀令香同熏^⑩。盛年嗜好与俗
别，搜访金石尤心殷^(三)。几回齐鲁纡游辙，夫子庙堂勤展谒。
车服还同礼器陈^⑪，圣林更睹诸碑列。猗嗟林势何郁葱，元气
磅礴规崇窿。桧柏何论千株立^(四)，楷木还为千树宗。红墙横
天划银汉^⑫，碑亭耀日当天半。摩挲遗刻剧流连，步出中林从
汗漫。岂知林风方飒然，一碑露土同花砖。孔君篆首识墓
碣^⑬，乙未纪岁称元年。中间文字尚可睹，履方守道还施德^⑭。
未识兼行相事时，功行所在何王国。碑前年号虽渺茫，乙未元
惟永寿当。诚明著录已若是，重叹埋没将千霜。噫嘻分书推
礼器，此碑更在从前置。谛观结体尚馀方，未矜波磔还兼隶^⑮。
圣孙遗碣已足珍^⑯，又况笔迹超常伦。何君得此岂无故，要使
名字传千春。司马闻之但狂叫，浣笔作图成二妙。试看宝刻
得来奇，即此怀铅年最少^⑰。繄余尘事苦相羁，享帚魏志兼唐
碑^⑱。因君此日成图意，忆我从前梦石时。余寓河阳时曾访得北
魏及唐人诸刻，题所居曰梦石堂。

【校勘记】

（一）吾师苏斋擅美富：《全集》本此句后有作者小注"谓翁覃溪师"。

（二）石与金：《全集》本作"同兼金"。

（三）盛年嗜好与俗别，搜访金石尤心殷：《全集》本无此二句。

（四）千：《全集》本作"万"。

【注释】

① 此诗作于乾隆五十九年(1794),冯敏昌四十八岁。何梦华:何元锡(1766—1829),清藏书家、金石学家。字梦华,又字敬祉,号蝶隐。钱塘(今浙江杭州)人。监生,官至主簿。嗜古成癖,富收藏,曾到山东曲阜访求汉碑、古印,搜讨于幽山峻岭中。能诗文,著有《神秋阁诗抄》。

② 孔林十三:指孔庙十三碑亭。位于孔庙大成门前、奎文阁后,习称"御碑亭",亭分南北两排,北排五亭,南排八亭,故称十三碑亭。其中金代碑亭两座,元代碑亭两座,清代碑亭九座。任城五:指任城五汉碑:《麃孝禹碑》、《华山庙碑》、《礼器碑》、《史晨碑》、《曹全碑》。任城:汉置,后汉为任城国治,晋时国废,南朝宋时县废,后魏复置,为任城郡治,北齐改郡为高平,隋郡废而县存,明省县入济宁州,即今山东济宁任城区。

③ 欧赵:指欧阳修和赵明诚。欧阳修有整理周至隋唐金石器物、铭文碑刻,编辑成《集古录》。赵明诚(1081—1129),北宋末金石学家、藏书家。字德甫,一作德父。密州诸城(今属山东)人。广求古今图书、遗碑、石刻,作《金石录》,另撰有《古器物名碑》。

④ 抱经潜研:指卢文弨和钱大昕。卢文弨(1717—1796),清浙江杭州人,字绍弓,号矶渔,又号檠斋。书斋名抱经堂,以校勘古籍称名于世,所刻《抱经堂丛书》共十七种。钱大昕(1728—1804),字辛楣,号竹汀。今上海嘉定人。晚年自称潜研老人。有《潜研堂金石文跋尾》、《十驾斋养新录》、《潜研堂文集》等。

⑤ 苏斋:翁方纲晚号苏斋。

⑥ "两汉金石"句:翁方纲长于考证,有《两汉金石记》。

⑦ 小松:黄易(1744—1802),字大易,号小松、秋庵,仁和(今浙江杭州)人。擅隶书,喜收藏金石,有《黄小松藏汉碑五种》(包括汉凉州刺史魏君碑、汉小黄门谯君碑、汉幽州刺史朱君碑、汉庐江太守范君碑、汉成阳灵台碑)。亦工山水花卉。

⑧ 巨卿碑:即《汉庐江太守范式碑》,亦称《范巨卿碑》。三国魏隶书碑刻。青龙三年(235)立于任城,久佚。清乾隆五十四年(1789)重出土,仅存上半截。清人王昶《金石萃编》载:石高三尺,宽三尺一寸,文共十二行,行约十五六字。可辨者仅三百三十字。碑主范式,字巨卿,山阳金乡(今山东金乡县)人。累官

荆州刺史,迁庐江太守。《范式碑》是曹魏著名碑刻。

⑨"武梁"句:指《武氏石阙铭》。东汉建和元年(147),建祠堂于山东嘉祥县。石壁刻画像,上刻题字,隶书,八行,行十二字。宋后失去,清乾隆五十一年(1786)为黄易访得。

⑩ 香同熏:同受其馨香,指同受益。

⑪ "车服"句:指孔庙中的祭祀礼具。车服,车舆礼服。

⑫ 银汉:银河。这句形容墙的高耸气势。

⑬ "孔君"句:指任城所发现的《孔君墓碣》,墓主为孔子十九世孙,汉桓帝永寿元年乙未(155)立。

⑭ 履方:语出《淮南子·本经训》:"戴圆履方,抱表怀绳,内能治身,外能得人。"高诱注:"圆,天也;方,地也。"守道:语出《左传·昭公二十年》:"守道不如守官,君子韪之。"指坚守某种道德规范。施德:给予恩惠。履方、施德均为《孔君墓碣》文字。

⑮ 波磔:书法指右下捺笔。一说左撇曰波,右捺曰磔。

⑯ "圣孙"句:参见本诗注⑬。

⑰ 怀铅:谓从事著述。

⑱ 享帚:即享帚自珍。语出《东观汉记·光武帝纪》:"家有敝帚,享之千金。"

看碑图为黄小松司马赋①

东京人才多古淳,制作动可传千春。鸿都观经既往矣②,缅想盛事堪惊神。中郎平生郭有道③,与不传者偕沉湮。任城武荣逮郑固④,鲁相韩君兼史晨⑤。诸碑之存信硕果,断刻一字皆珍珉。欧曾导源始著录⑥,洪赵继响非无因⑦。百年卢钱数前辈(一)⑧,吾师覃溪尤罕伦。谁欤深契结金石,小松司马今陈遵。噫嚱司马美且仁,行地暂见天麒麟。胸蟠九枝惊碣石,手擘五汶成云津⑨。万斛龙骧等飞渡⑩,天庾红粟看陈陈⑪。

何烦三策问贾让^⑫，便可通侯封富民。官舍安闲日无事，自泼翠墨祛嚣尘。嗟君得此良已勤，岂但求旧还图新。三公之碑最先拓，三公山碑君最先拓得，并为释文。朱龟黄刻俱堪珍^(二)。君又得朱龟碑、成汤灵台碑、小黄门谯敏碑。虽重刻而世皆仅见。封龙移碑叵风雨，君又得封龙山碑于县学。任城升碑规转轮。君又于济宁州学升郑季宣碑甚力，遂得全碑并阴，皆数百年来侠举也。奇哉嘉祥山紫云，君访汉刻气益振。敦煌长史碑久佚，武梁祠堂阙谁臻。实惟黄流从历代，故此昏垫兼崩沦。君为拽碑出坑坎，更令立阙倾藏缉。碑书遒劲信有法，图画奇古皆无伦。从初牛首兼蛇身^⑬，中更勋华比传薪^⑭。斑衣莱可继曾闵^⑮，人车杰乃先赢秦。樊於期头自可惜^⑯，钟离女貌何须嗔^⑰。祥瑞之图更何许，寞荚白鱼偕甕银。洪氏著录未尽睹，君所得武梁祠堂前后石室画象数十种并题字为隶，释所未尽者甚多。唐人拓本宜来亲。君所得武梁祠堂诸画象后，随得江都汪氏所藏唐人拓本以证。后有朱竹垞等跋，亦一奇也。此外石室数朱郭^⑱，画堂题字仍登茵。君又得郭巨墓及朱鲔墓画象并题字。尚馀三字朱君长^(三)，两城山下重逡巡。君又得"朱君长"三字于两城山下，笔势妙绝。青龙片石尚可语，君又重立魏范巨卿碑。唐宋诸刻何断断。吁嗟名迹世无几，久矣一发悬千钧。没世无称古所疾，博闻强识今须人。斯事君已得大体，墨林信可称功臣。闭门傲睨亦何取，所贵劝戒同书绅。君自撰金石诸跋甚富。看碑之图况自作，并以篆籀行毫锨。幽情岂特发思古，劳者自宜歌苦辛。图中参语者谁子，匪李匪桂奚其询。谓李东桥琪、桂未谷馥。伊子远游逮十载，近亦奔走来如麼。渡河既枉索碑碣，余前在河阳修志，君曾札索诸刻。登华更为图嶙峋。君曾为余作《登华图》。乖离心情等胶漆，再见肝胆重轮囷。千年上下要努力，一官拓落堪羞贫^(四)。风尘物色是何等，骊黄之外原有真。市骏讵止□郗晤^(五)，好龙漫许轩崔骃^{(六)⑲}。

【校勘记】

（一）百年卢钱数前辈：《全集》本此句中有作者小注，此句作"百年卢文钱大昕数前辈"。

（二）黄：《全集》本作"三"。

（三）朱：《全集》本作"诸"。

（四）一官拓落堪羞贫：《全集》本此句后有作者小注"顷得君书云，年来贫甚，与足下等，故云"。

（五）□郤晞：《全集》本作"晞郭隗"。

（六）轩：《全集》本作"轻"。

【注释】

① 此诗作于乾隆五十九年（1794），冯敏昌四十八岁。黄小松：见前本卷《林外得碑图为何梦华上舍题》注⑦。

② 鸿都：汉代藏书之所。语出《后汉书·儒林传序》："乃董卓移都之际，吏民扰乱，自辟雍、东观、兰台、石室、宣明、鸿都诸藏典策文章，竞共剖散。"

③ "中郎"句：说蔡邕为郭泰作墓志铭。中郎指蔡邕，曾为郭泰作碑文："吾为碑文多矣，皆有惭容，唯郭有道无愧于色矣！"郭泰（128—196）：字林宗，东汉太原介休人。累辟公府，皆不就。

④ 武荣：即武荣碑。立于东汉灵帝建宁元年（168），碑文二百七十四字，原在嘉祥县武氏墓群，乾隆年间黄易发掘武梁祠时，将其移置至济宁。郑固：《郑固碑》全称《汉郎中郑固碑》，东汉延熹元年（158）四月立。

⑤ "鲁相"句：山东曲阜孔庙有《史晨碑》，碑分两面。前碑《汉鲁相史晨奏祀孔子庙碑》，通常称《史晨前碑》。东汉建宁二年（169）三月刻。清人王昶《金石萃编》记："碑高七尺，广三尺四寸。"隶书。后碑刻《鲁相史晨飨孔子庙碑》，通常称《史晨后碑》。东汉建宁元年（168 年）四月刻，高广尺寸同前碑，隶书。碑体传为蔡邕书。韩君：《汉永寿二年鲁相韩敕造礼器碑》其文曰："唯永寿二年（东汉桓帝156），青龙在涒滩。霜月之灵，皇极之日，鲁相河南京韩君……"

⑥ 欧：欧阳修，其《集古录》有对上述三碑的著录。

⑦ 洪赵：洪适、赵明诚。洪适：（1117—1184），南宋人，字景伯，晚号盘州老人。官至尚书右仆射、同中书门下平章事兼枢密院史；长于金石考订，有《隶

释》、《隶续》。

⑧ 卢钱：卢文弨、钱大昕。见前本卷《林外得碑图为何梦华上舍题》注④。

⑨ 五汶：山东省汶水及其上游四条支流牟汶、北汶、石汶、柴汶的合称。参见《水经注·汶水》。

⑩ 万斛：极言容量之多。龙骧：指大船。

⑪ 天庾：国家的仓廪。红粟：储藏过久而变为红色的陈米。亦指丰足的粮食。

⑫ "何烦"句：西汉末年汉哀帝时，下诏"博求能浚川疏河者"，贾让针对黄河河患频发提出"治河三策"。载于《汉书·沟洫志》。

⑬ 牛首兼蛇身：语出《列子·黄帝篇》："庖羲氏（即伏羲）、女娲氏、神农氏、夏后氏，蛇身人面，牛首虎鼻，此有非人之状，而有大圣之德。"

⑭ 传薪：见前卷三《夏县谒大禹庙敬赋六十韵》注㉘。

⑮ 斑衣莱可继曾闵：莱，指老莱子，孝养二老双亲，七十二岁时，常着彩衣，作婴儿戏，以取悦双亲。后人以"老莱衣"比喻对老人的孝顺。曾闵，指曾参与闵子骞，皆孔子弟子，以有孝行著称。

⑯ 樊於期：事见《史记·刺客列传》："居有间，秦将樊於期得罪於秦王，亡之燕，太子受而舍之。……荆轲知太子不忍，乃遂私见樊於期曰……荆轲曰：'原得将军之首以献秦王，秦王必喜而见臣，臣左手把其袖，右手揕其胸……'樊於期……遂自刭。"

⑰ 钟离女：即无盐女。战国时齐宣王后钟离春。无盐人，为人有德而貌丑。后常用为丑女的代称。刘向《列女传·齐锺离春》："锺离春者，齐无盐邑之女，宣王之正后也。其为人极丑无双，臼头深目，长指大节，印鼻结喉，肥项少发。"

⑱ 朱郭：朱，朱鲔，东汉末年绿林军将领，后投降东汉光武帝刘秀。墓在今山东金乡。郭巨，西晋河内人，孝子。墓在今山东长清。

⑲ 崔骃：字亭伯，东汉涿郡安平人。博学有伟才，尽通古今训诂百家之言。善属文，少游太学，与班固、傅毅同时而齐名，常以典籍为业，未遑仕进之事。传见《后汉书·崔骃传》。

奉题耳山师武夷览胜图遗照^{(一)①}

　　昔时使节下闽天,招手还邀控鹤仙^②。九曲溪流丹作
嶂^③,千层峰顶铁为船。行寻松径穿云远,坐选茶芽带露煎。
恨不追随新研席,新诗题与翠崖镌。

【校勘记】

　　(一)《全集》本此诗题作《题耳山师武夷览胜图遗照二首》,此选其一。

【注释】

　　① 此诗作于乾隆五十八年癸丑(1793),冯敏昌四十七岁。耳山:陆锡熊
(1734—1792),字健南,号耳山,上海人。乾隆二十六年(1761)进士,官刑部郎
中、文渊阁直阁事大理寺卿。后与纪昀、孙立毅同任《四库全书》总纂官。又奉
命到奉天文溯阁,负责校正、辑补阁中藏书。著有《笙村诗抄》、《宝奎堂文
集》等。

　　② 控鹤:见前卷三《中秋夜析城山顶对月歌》⑨。

　　③ 九曲溪:源于武夷山脉主峰黄岗山西南麓,盈盈一水,折为九曲,深切武
夷群峰,形成九曲绕峰之势。

题邱东河司马百十二家墨谱^{(一)①}

　　江南墨说李廷珪^②,明代还传邵格之^③。百十二家谁与
谱,苏黄晁后幸公追^④。南中治绩牛刀奏^⑤,北上名章锦绣为。
行箧摩挲聊共赏,惭余指结尚临池。

【校勘记】

　　(一)《全集》本此诗题作《题邱司马东河学敏百十二家墨谱》。

【注释】

① 此诗作于乾隆五十七年(1792)，冯敏昌四十六岁。邱东河：邱学敏，字至山，号东河，浙江鄞县人。乾隆丙子(1756)举人。官江西临江知府。著《秋树根轩诗钞》、辑有《百十二家墨录》、《百十二家墨录题词》。

② 江南墨说李廷珪：南唐李廷珪父子善制墨。李廷珪本姓奚，自易水迁居歙县，赐姓李。其墨取黄山松烟，制造精良，坚如玉，纹如犀，自宋以来推为第一。

③ 邵格之：明中叶制墨名家，安徽休宁人，墨工出身，是休宁派制墨的创始人。

④ 苏黄晁：苏轼、黄庭坚、晁补之。

⑤ 牛刀：语出《论语·阳货》："子之武城，闻弦歌之声。夫子莞尔而笑曰：'割鸡焉用牛刀？'"比喻大材小用。

为芝山题张药房太史临王元章墨梅
四首即用画左并临元章诗原韵^{(一)①}

一

此画何缘更一开，斯人一去不重回。谁将庾岭枝间色，并向山阳笛里来^②。

二

万里繁云郁不开，灞桥风雪跨驴回^(二)。只应欠此一枝折，故遣诗人补画来。

三

笑口天公暂一开，狼壶骁箭激还回^③。当年乐事知谁记，应倩兹花作证来。昔年与药房、芝山、毅堂投壶看画。余后出都，芝山因属药房临此幅云。

四

巢居剩墨几时开,归路江神欲夺回。_{药房南还,至江西覆舟,}

书画失其半。此本真同虎贲在,双身何似凤城来。

【校勘记】

(一)《全集》本此诗题作《为宋孝廉芝山葆淳题张太史药房临王元章墨梅四首,即用画右并临元章诗元韵》。

(二)灞桥风雪跨驴回:《全集》本此句后有作者小注"芝山曾游秦中"。

【注释】

① 此诗作于乾隆六十年(1795),冯敏昌四十九岁。芝山:宋葆淳(1748—?)字师初,号芝山,晚号倦陬。山西安邑人。乾隆五十一年(1786)举人。性傲岸,游迹半天下,所至以诗画名。长于金石考据,工山水、篆刻。客死于浙。药房:见前卷二《初春寄张粲夫》①。王元章:王冕(1287—1359)元代著名画家、诗人,字元章,号煮石山农、放牛翁、会稽外史、梅花屋主等。浙江诸暨人。画梅作没骨体,或花密枝繁,别具风格,亦善写竹石。

② 山阳笛:向秀经山阳旧居,听到邻人吹笛,不禁追念亡友嵇康、吕安,因作《思旧赋》。这里作者借以怀念故人。

③ 狼壶:古代宴会礼制"投壶"之礼。亦为娱乐活动。宾主依次用矢投向壶口,以投中多少决胜负,负者饮酒。载在《礼记·投壶》。

西曹夜直①

夜直西曹里,孤怀欲寐难。秋衾殊似薄^(一),警枕未遑安。气省云司肃②,声愁霜杵寒。须令犴狱底,还识圣恩宽。

【校勘记】

（一）薄：《全集》本作"簿"。

【注释】

① 此诗作于乾隆五十九年（1794），冯敏昌四十八岁。《年谱》记："六月……以职事特召引见，旋奉简选，实授刑部河南司主事。……是职民命所关，司守綦（qí）重，每遇疑狱，虚心□鞫，私意唯诺，一概屏绝。逢秋审后大决狱因，恒太息终日。"西曹：刑部别称。

② 云司：指朝廷掌握刑法的官。

除日义园视德才殡一首①

岁尽念徒侣②，行来泪数行。寒风吹败业，斜日照幽房。
坐想平生迹，沉吟聚散场。一觞能汝酹，且勿痛他乡。

【注释】

① 此诗作于乾隆五十七年（1792），冯敏昌四十六岁。《年谱》记："八月……从人方德才没于寓，先君（指冯敏昌）怆甚。因铭其殉研：'云德才尝从余遍游五岳，于其没也，以此研并佩环二为殉，因识。'又为之作记以申其情。"

② 徒侣：同伴。

四月下浣将自龙门取道归里黄荫茂才
暨任器堂具海舟急见送赋谢①

天马山程百里劳（一）②，愿因间道一翔翱。路从碧海盘千
折，人向青天坐一艘。康乐百人通峤道③，苏公二客从临皋④。

何如金断平生友⑤,借我帆风蹑巨鳌。

【校勘记】

（一）天马山程百里劳:《年谱》中"天"作"寒"。

【注释】

① 此诗作于嘉庆三年(1798),冯敏昌五十二岁。

② 天马山:见前卷一《云藏九咏·天马山》注②。

③ "康乐百人"句:康乐即谢灵运。传谢灵运为登天姥山,专门修筑了从新昌(今浙江新昌)往天台、永嘉的驿道。

④ "苏公二客"句:苏轼因"乌台诗案"于神宗元丰二年(1079)下狱,后贬黄州团练副使。在黄州,住临皋,建雪堂。其《后赤壁赋》:"是岁十月之望,步自雪堂,将归于临皋。二客从予过黄泥之坂。霜露既降,木叶尽脱,人影在地,仰见明月,顾而乐之,行歌相答。已而叹曰:'有客无酒,有酒无肴,月白风清,如此良夜何!'……"又写《临江仙·夜归临皋》。临皋:在湖北黄冈县南江边。

⑤ 金断:即说断金之友。语出《易·系辞上》:"二人同心,其利断金。"

舟泊大直墟作①

　　萦回江岸落潮痕⁽一⁾,十万山形万马屯。斥堠还依古榕树⁽二⁾②,轻船又泊小龙门⁽三⁾。商民安稳诸墟最⁽四⁾,官长声威八峒尊⁽五⁾。何以街衢砖甓洁③,至今人说陆公恩⁽六⁾。前巡司陆公南松修墟中衢路。

【校勘记】

（一）萦回江岸落潮痕:《全集》本此句后有作者小注"海潮信宿至此而止,故云"。

（二）斥堠还依古榕树:《全集》本此句后有作者小注"岸旁古榕树数珠,皆百年物"。

（三）轻船又泊小龙门：《全集》本此句后有作者小注"墟地三面临江，旧号小龙门"。

（四）商民安稳诸墟最：《全集》本此句后有作者小注"墟中每更后，居人皆按堵闭门，为众墟所不及"。

（五）官长声威八峒尊：《全集》本此句后有作者小注"墟中为如昔巡检司署所辖八峒，延袤二百馀里，故云"。

（六）至今人说陆公恩：《全集》本此句后作者小注为"前任陆君南松修墟中衢路，皆用砖甃，甚为完洁，殊美政也"。

【注释】

① 此诗作于嘉庆三年（1798），冯敏昌五十二岁。大直墟：即大寺墟，民国《钦县志》卷二说："在城西北九十里长墩司署旁。"

② 斥堠：瞭望敌情的土堡。

③ 甃：指砖。

上　洋　诗①

晓出乌家林②，越碉登平冈。长风吹我襟，大野何洋洋。遥峰褰海气，四面围青苍。而此开平原，纵横百里长。雄心一以寄，扬鞭飞骕骦③。颇似突重围，落日明渔阳。岂谢幽并儿④，作健横长枪。顾惟昔远游，曾升圣人堂⑤。出门望龟蒙⑥，凫绎接青光⑦。一纵五百里，灵钟端非常。伊昔多君子，而今兴贤良。欲去更徘徊，经久未能忘。吾乡富山水，州图亦开张。犹未及郡城，地宽天混茫。虽复沧海壖⑧，当为邹鲁乡。作诗示同志，岂曰非周行⑨。莫学壮士心，感激空飞扬。

【注释】

① 此诗作于嘉庆三年（1798），冯敏昌五十二岁。

② 乌家林：在今广西合浦西北。

③ 骅骝：良马。

④ 幽并儿：语出曹植《白马篇》："借问谁家子，幽并游侠儿。"古代幽、并二州多豪侠之士。

⑤ "曾升"句：自指曾游齐鲁谒孔孟祠庙。

⑥ 龟蒙：龟山蒙山并称。均在山东境内。二山连续，西北一段名龟山，东南名蒙山。龟蒙是孔子"登东山而小鲁"之处。

⑦ 凫绎：凫山和绎山。均在山东邹县。绎，也作"峄"。邹县是孟子故乡。

⑧ 沧海壖：沿海。

⑨ 周行：至善之道。语出《诗经·小雅·鹿鸣》："人之好我，示我周行。"毛传："周，至；行，道也。"

纪八月初二日雨①

南州田禾重晚造，七月农民心燥燥。何意天开云汉图②，民生气象成枯槁。六月不雨至八月，何草不黄况秋稻③。火轮当空势最烈，黄雾连朝纷不扫④。儒生局促不堪忧，妇孺悲愁连父老。州侯奉檄适远行，一社九乡唯众祷。社西因阜成高台，帐殿拔起何巍巍。鸣钟击鼓众灵会，香火照地神帷开。少昊威神雄白帝⑤，高坐尊严谁敢戏。先从社主乞勾龙⑥，飞奏天门同白事⑦。诚求不用烦巫祝，经术还从稽典记。时用董子《春秋繁露》求雨法。刻桐为鱼数凡九，元清脯膊陈而四⁽一⁾⑧。蜿蜿寓龙九丈长，发大白色居中央。八龙夹辅并西向，五蟆不力容遁藏⁽二⁾。时天无云日正赤，烁石流金当午刻。千人伏地同号呼，白汗如浆敢巾拭。香烟未断风泠然，似有真灵下虚幕。悚惶面血无人色，凝望眼深还却立。忽然片云从东来，连声列缺轰雄雷⑨。黑云弥空作深墨，白雨迸地昏尘埃。高台迎风势欲堕⁽三⁾，千夫屏息颜如灰。九龙头角屹相向，之而欲趁风霆上。云中群龙倐下垂,倒正纵横同颉颃。桐鱼鳞甲亦飞动,腾精欲激天河浪。地动山摇撼五岳,云舒雾涨弥六合⑩。空中百万羽林枪,云际千条金络索⑪。蓦然大震一声高⑫,雨散云收出天脚。南山飞瀑喷长虹,西碉急流争赴谷⁽ᵠ⁾。千顷梯田尽膏润,沟塍活水鸣东东。禾苗旱久未青色,苏息已足觇神功⑬。千人稽首向泥淖,共感重生出天造⁽ⁿⁿ⁾。兼谓儒生术有神,何许阴阳数堪道⁽ˣ⁾。为言此事亦偶然,若论神理非无权。二人同心可金断⑭,千家吁祷叿天悭⑮。试看灵祇兹响应⑯,须识生民同托命。三策天人若许闻⁽ᵗ⁾⑰,竹林繁露方堪竟⑱。

【校勘记】

(一)元:《全集》本作"玄"。

(二)五蟆不力容遁藏:《全集》本此句后有作者小注"是日觅五虾蟆不得,故云"。

(三)迎:《全集》本作"凌"。

(四)谷:《全集》本作"磹"。

(五)重:《全集》本作"全"。

(六)何许阴阳数堪道:《全集》本此句后有作者小注"时占雨者谓五日后方得雨,众共嗤之"。

(七)天:《全集》本作"大"。

【注释】

① 此诗作于嘉庆三年(1798),冯敏昌五十二岁。《年谱》记:"时州境大旱,三阅月不雨。官司祈祷已屡,民将转徙。先君(指冯敏昌)戚然,因效董子《春秋繁露》义,于众村适中之神农庙后建四方八达之坛,悬所藏吴道子画大墨龙,奉少昊金天氏位,制大小白龙九撅,社前方池一置蛤蟆九,于中按八方色设旗帜,令童子八执立日三舞之,并舞群龙如法。先三日斋戒,至八月初二,为登坛拜祷之次日,炎天烈日,先君衣冠,极其诚歌,行礼读祝,诸人屏息以待,空中忽大雷电,风雨如悬,众大骇异,俯首不敢正视,次日雨止,河流溢田畴尽苏,乃撤

坛场。人咸信至诚之感如响者焉。"

②　云汉：语出《诗经·大雅·云汉》："倬彼云汉,昭回于天。"郑玄笺："时旱渴雨,故宣王夜仰视天河,望其候焉。"比喻炎暑干旱。

③　何草不黄：语出《诗经·小雅·何草不黄》："何草不黄,何日不行,何人不将,经营四方。"原为征夫抱怨苦役,这里指天旱草枯。

④　黄雾：黄色的雾气。《汉书·成帝纪》："夏四月,黄雾四塞,博问公卿大夫,无有所讳。"

⑤　少昊：传说中古代东夷首领,名挚,号金天氏。东夷曾以鸟为图腾,传少皞曾以鸟名为官名,死后为西方之神。白帝：古神话中五天帝之一,主西方之神。

⑥　社主：古谓社稷之神。勾龙：社神名。汉蔡邕《独断》卷上："社神,盖共工氏之子勾龙也,能水土,帝颛顼之世,举以为土正。天下赖其功,尧祠以为社。"

⑦　白事：禀告公务;陈说事情。

⑧　玄清：祭祀所用的清水。脯膊：干牛肉,祭祀所用。《后汉书·礼仪志》中"立夏请雨拜皇太子拜王公桃印黄郊立秋貙刘案户祠星"有记求雨祭祀所需之物及仪礼。

⑨　列缺：高空中闪电所现的空隙。这里指闪电。

⑩　六合：天地四方,指整个天空。

⑪　"空中"二句：指大雨滂沱的情景。羽林枪,金络索,指雨柱如枪如索,形容雨势大。

⑫　耆然：形容声音大且突然。

⑬　苏息：复活,苏醒。

⑭　金断：见前本卷《四月下浣将自龙门取道归里黄荫茂才暨任器堂具海舟急见送赋谢》注⑤。

⑮　吁祷：呼天祈神。

⑯　灵祇：天地之神。

⑰　三策：汉武帝元光元年(前134),董仲舒在《举贤良对策》中,以天人三策为汉武帝赏识,任为江都相。这里借指经世良谋。

⑱　竹林繁露：董仲舒《春秋繁露》有《竹林》篇。

正月廿八日梧州夜泊,忆癸巳岁与季弟泊舟于此,用东坡《至梧闻子由在藤》一首韵示之,今季逝已岁馀矣,过此追怀不胜感怆,因再用韵以志无憀^{(一)①}

远游何人济沅湘,重载云旗览下方。怀思故旧坐想像,悲情直与天茫茫^(二)。我年少壮事驰骛,双龙跃出非匣藏^②。青云横砺白霓截^③,亦有光焰万丈长。宁知武库一飞去^④,万重云海真难望。曹沫谁言志不挫^{(三)⑤},田光自感精销忘^⑥。惟思松柏独也正,讵肯蓬艾存仍荒。息壤在彼有归路^⑦,人情从来悲故乡。

【校勘记】

(一)《全集》本此诗题作《二十八日梧州夜泊,忆癸巳岁与季弟泊舟于此,用东坡〈至梧闻子由在藤〉一首韵示之,今季逝已岁馀矣,过此追怀不胜感怆,因再用韵以志无憀》。

(二)直:《全集》本作"真"。

(三)谁:《全集》本作"虽"。

【注释】

① 此诗作于嘉庆四年(1799),冯敏昌五十三岁。见前卷二《梧州用苏诗〈闻子由在藤〉韵示季子》注①。

② 双龙:指宝剑。

③ 青云、白霓:宝剑名。

④ 武库:储藏兵器的仓库。

⑤ 曹沫:鲁国人,以力大勇敢著称。鲁庄公以曹沫为鲁将与齐国交战,三战三败,庄公害怕,割地求和,曹沫继续留做将军。后齐鲁在柯地会盟,曹沫执匕首劫持齐桓公,迫令尽数归还侵夺土地。又投匕首下坛,立群臣中,颜色不变,辞令如故。事见《史记·刺客列传》。

⑥　田光：见前卷一《沧州铁狮歌》注㉟。

⑦　息壤：见前卷三《夏县谒大禹庙敬赋六十韵》注④。

彭东郊广文过余小斋，兼惠英石一峰，
长尺有咫，赋谢^{(一)①}

　　三年遥夜梦清容^②，微月苍茫照乱松。斫去自寻天外雪^(二)，飞来还带袖中峰。玉山朗处无尘到^③，空谷逃馀有客踪^④。更耳立鱼多异状^{(三)⑤}，教人不忆擘天龙^(四)。时余所藏董羽墨龙大幅已化去。

【校勘记】

　　（一）《全集》本此诗题作《彭广文东郊辂过余小斋，兼惠英石一峰，长尺有咫，赋谢》。

　　（二）斫去自寻天外雪：《全集》本此句后有作者小注"君诗近益精进，故云"。

　　（三）更耳立鱼多异状：《全集》本此句后有作者小注"君又言曾得一石，似鱼皱透瘦，故云"。

　　（四）教人不忆擘天龙：《全集》本此句后作者小注为"时余所藏董羽墨龙大幅已化去，承君相慰，故云"。

【注释】

　　①　此诗作于嘉庆四年(1799)，冯敏昌五十三岁。二月主讲肇庆端溪书院。英石：广东英德县山溪中所产石，颜色数种，形如峰峦峻峭，岩穴宛转，千姿百态。大者可垒叠假山，小者可制作几案盆景，颇多奇观。彭东郊：彭辂，字敬舆，号东郊，广东高要人，官英德教谕，著有《诗义堂集》。

　　②　"三年"句：冯敏昌因父亲于乾隆六十年去世，守制三年。

　　③　玉山：古代传说中的仙山。《山海经·西山经》："又西三百五十里，曰玉山，是西王母所居也。"郭璞注："此山多玉石，因以名云。《穆天子传》谓之群

玉之山。"句中比英石。

④ "空谷"句：化用"空谷足音"。出《庄子·徐无鬼》："夫逃空虚者……闻人足音跫然而喜矣。"比喻极难得的音信、言论或来访。

⑤ 立鱼：柳宗元《柳州山水近治可游者记》中写柳州鱼峰山："山小而高，其形如立鱼。"这里形容英石形态。耳：语气词，同"尔"。

励志诗示书院诸生^{(一)①}

一

彬彬礼乐地，肃肃堂庑深。属此徂暑交②，相从在文林③。火云郁成峰④，骄阳赫流金⑤。缅彼畦中农，耕锄汗淫淫⑥。亦有道上人，牵车走骎骎⑦。而我亦何事，拥书坐长吟。生徒复予赓，锵然韵琅琳⑧。气类云从龙，鸣声鹤在阴。群居岂不乐，而仍惕予心。圣道渊矣哉，于何用求寻。颜生悗不发⑨，何由示来今。千载有濂溪⑩，与点同胸襟⑪。希颜况逸志，空谷诚足音⑫。至教匪游扬，契心在潜湛。往矣荷黄磬⑬，邈哉师襄琴⑭。

二

日月不待人，寒暑如掷梭。渐见火星中⑮，行复秋风多。我生过半百^(二)，志业两蹉跎。归来对群经，感激重摩挲^(三)。昔汉承秦火，风诗始萌芽⑯。易道既晦昧⑰，尚书最缺讹⑱。礼乐况崩坏，春秋非一家。区区马郑徒⑲，掇拾兼搜爬。涉津岂无梁，寻源在沿波。如何后代士，抵隙兼蹈瑕⑳。说经用空谭，责人忘过苛。后生懵所闻，讵肯勤切磋。兵农与礼乐，一视谓浮华。道术既已裂，异端宁责他。穷经只如斯，求志将谓何。

【校勘记】

（一）《全集》本此诗题作《励志诗示书院诸生二首》。

（二）生：《全集》本作"年"。

（三）感激：《全集》本作"感慨"。

【注释】

① 此诗作于嘉庆四年（1799），冯敏昌五十三岁。二月主讲肇庆端溪书院。《年谱》记："诸生数百人朝夕砥砺无虚日，立学规十六条，宽严并用，学者乐而循之。"

② 徂暑：指盛暑。语出《诗经·小雅·四月》："四月维夏，六月徂暑。"郑玄笺："徂，犹始也，四月立夏矣，而六月乃始盛暑。"

③ 文林：文士之林。

④ 火云：红云。借指炎夏。

⑤ 流金：形容气候酷热，似可熔化金属。

⑥ 淫淫：浸渍。

⑦ 骎骎：急促，匆忙。

⑧ 琅琳：形容读书之声悦耳如翠玉敲击。

⑨ 颜生：颜回，字子渊。春秋末期鲁国人。颜回在孔门弟子中品德与学业多得赞许。颜渊死，孔子赞："贤哉，回也！一箪食，一瓢饮，人不堪其忧，回也不改其乐。贤哉，回也！"（《论语·雍也》）

⑩ 濂溪：周敦颐（1017—1073），名敦实，字茂叔，道州营道县（今湖南道县）人。北宋宋明理学创始人。后在江西庐山莲花洞创濂溪书院，自号濂溪先生。后其弟子程颢、程颐继承其说，再经朱熹形成宋明理学。

⑪ 与点同胸襟：《论语·先进》："子路、曾晳、冉有、公西华侍坐。子曰：'以吾一日长乎尔，毋吾以也。居则曰：不吾知也！如或知尔，则何以哉？'……（点）对曰：'异乎三子者之撰。'子曰：'何伤乎？亦各言其志也。'曰：'莫春者，春服既成，冠者五六人，童子六七人，浴乎沂，风乎舞雩，咏而归。'夫子喟然叹曰：'吾与点也！'"点：见前本卷《看碑图为黄小松司马赋》注⑮。

⑫ 空谷诚足音：语出《庄子·徐无鬼》："夫逃虚空者……闻人足音跫然而喜矣。"成玄英疏："忽闻他人行声，犹自欣悦。"比喻极难得的音信或言论。

⑬ 蒉：指蒉桴，用草和土抟成的鼓槌。上古所用的乐器。

⑭ 师襄：春秋时鲁国乐官，擅击磬，也称击磬襄。也善弹琴，《史记·孔子世家》中说孔子曾从他学琴。

⑮ 火星：星名。指大火，即心宿二。

⑯ 风诗：指《诗经》中的《国风》，汉乐府民歌即承其"歌实事"的特色。

⑰ 易道既晦昧：指《周易》隐奥晦涩。

⑱ 尚书：上古的历史文献汇编，又名《书》。汉代《尚书》是由秦朝博士伏生所藏，为《今文尚书》，西汉中期又有《古文尚书》，篇目不同，经义也异，自此有今古文之争。

⑲ 马郑：见前卷三《题李南硐司马〈曝书图〉》注③。

⑳ 抵隙：抨击缺点。蹈瑕：利用过失。

宋芝山为毛寿君作山水长幅^{(一)①}

　　石林何冥濛，叠嶂何穹隆。云光乱苍翠，磴道分青红。人家住悬厓，上下皆虚空。峻坂可千丈，饮涧垂雄虹②。仰视高岭开，澹然烟霭中。岂知遥天外，黑云堆鬅鬙。厥势极崚嶒，一朵青芙蓉③。颇忆岳莲游，别登玉女峰^(二)。曷不往从之，青天骑茅龙④。

【校勘记】

　　(一)《全集》本此诗题作《宋孝廉芝山葆淳为毛寿君琛作山水长帧》。

　　(二) 玉女：《全集》本作"王刁"。

【注释】

　　① 此诗作于嘉庆四年(1799)，冯敏昌五十三岁。芝山：见前本卷《为芝山题张药房太史临王元章墨梅四首即用画左并临元章诗原韵》注①。毛寿君：毛琛(1733—1809)，字保之，号俟盦。汲古阁主人毛晋后人。

　　② 雄虹：虹蜺常有内外二环，内环称虹，也称正虹、雄虹，外环称蜺，也称副

虹、雌虹或雌蜺。古人传虹倒垂吸水。

　　③ 青芙蓉：形容画中山似莲花。

　　④ 茅龙：见前卷三《立秋日华顶作二首》注②。

题毛俟盦《菊尊清话图》即饯其羊城之行^{(一)①}

　　志士抗孤怀②，独立卑八表③。秋风一中之，往往伤怀抱。赖有尊中物，时复一倾倒。尘氛虽欲到，已被清风扫。今古几何人，独见柴桑老④。吾观俟盦子，天资特近道。起于文物乡，而厌世情绕。素心固无几⑤，为园亦殊小。时当九月交，篱间花最好。鲜鲜黄金钱，不用世人宝。独招二三子，蟹螯杂清醥⑥。幕天而席地，酒醉更饭饱。新诗亦复吐，句律极清矫。此境诚足画，此乐良可保。而何作远游，豫章仍岭峤⑦。况复端州来⑧，山水探深眇。诗篇绝精进，生涯颇枯槁。叩门一握手，为言旧识少。吾兹但生徒，幸得投纻缟⑨。方当皋比撤⑩，岂谓离心懆。亟为脩祖饯⑪，藉用挹芳藻。中筵聆清论，千诗一目瞭。发挥著作心，无取词句剽。少陵位本尊，因君益心了。所得良已多，相见苦不蚤。沉吟别后言，想像怀中妙。明当发羚羊⑫，高帆疾如鸟。鸿飞益冥冥，洪流空浩浩。

【校勘记】

　　(一)《全集》本此诗题作《题毛寿君〈菊尊清话图〉，即饯其为羊城之行，时七月三日也》。

【注释】

　　① 此诗作于嘉庆四年(1799)，冯敏昌五十三岁。毛俟盦：见前本卷《宋芝山为毛寿君作山水长幅》注①。

　　② 孤怀：孤高的情怀。

③ 八表：八方之外，指极远的地方。

④ 柴桑老：指陶渊明。其故里在柴桑（今江西九江市西南），故称。

⑤ 素心：本心，素愿。

⑥ 醽：清酒。

⑦ 豫章：今江西南昌。这里指江西。

⑧ 端州：肇庆古称，隋置端州，辖高要等九县。

⑨ 纻缟：指友朋交谊。典出《左传·襄公二十九年》："（吴季札）聘于郑，见子产，如旧相识。与之缟带，子产献纻衣焉。"

⑩ 皋比：古人坐虎皮讲学。后指讲席。

⑪ 祖饯：饯行。

⑫ 羚羊：见前卷一《羚羊峡》注①。

七星岩李北海摩厓石室记歌①

七星何年堕天高，三山海上标灵鼇②。帝觞百神最高处③，鼓钟鞺鞳纷云旄④。群真献寿帝不怿，文采未曜徒尘嚣。山灵仁立一万载，峨然天上来人豪⑤。节如日星炳秋汉⑥，才如干莫欺霜刀⑦。高文巨制满天下，儒林根柢非残膏。穹碑百尺纵壮伟，杰构未足观吾曹。谁摩巨厓一千丈，层云漠漠风飂飂⑧。金阙玉堂应记注⑨，石床丹灶供爬搔⑩。至文万仞自不坏，况有劲笔驱云涛。象王力与神龙并⑪，金刚杵更群魔鏖⑫。熊熊南天睹光怪，山魈木魅纷腾逃⑬。从兹斯岩顿生色，不比灵异光藏韬。即论全粤亦辉映，要与韩笔争鳌毫。谓韩文公南海神庙碑，吾粤唐刻可称仅此而已。独嗟才高既天与，胡为缺折偏相遭。试观东宫被礼遇⑭，已有谗慝工訾謷⑮。封禅初成献牛酒⑯，水浆翻绝拘尸牢⑰。不有许昌义男子⑱，早已圭璧埋蓬蒿。讨贼功成作司马⑲，岳麓寺近容翔翱⑳。丰碑书成并镌石，黄仙鹤者名空叨[21]。因知此记亦手刻，名要传远奚辞劳。
重嗟地蹐天麒麟，长令老鹤苍山号。众邪丑正竟安在，八哀终
等群公褒[22]。

【注释】

① 此诗作于嘉庆四年(1799)，冯敏昌五十三岁。李北海：李邕(678—747)，字泰和，扬州江都人。初为谏官，历任郡守，官至汲郡、北海太守，人为“李北海”。取法二王(羲之、献之)，行书擅绝，其书法独步一时，肇庆七星岩有其《端州石室记》。七星岩：在今肇庆市北，原是由西江古河道形成的沥湖，主体为阆风岩、玉屏岩、石室岩、天柱岩、蟾蜍岩、仙掌岩、阿坡岩七座石灰岩山峰，如北斗七星排列在湖面，湖光山色，绰约多姿。

② 三山：传说中的海上三神山。语出晋王嘉《拾遗记·高辛》：“三壶，则海中三山也。一曰方壶，则方丈也；二曰蓬壶，则蓬莱也；三曰瀛壶，则瀛洲也。”灵鼇：神话传说中的巨龟。

③ 帝觞百神最高处：《山海经·中山经》“中次七经苦山之首，……东三百里，曰鼓钟之山，帝台之所以觞百神也。”七星岩石室岩有明朝题刻“帝觞百神之所”。

④ 鏜鞳：钟鼓声。

⑤ 人豪：人中豪杰。指李邕。

⑥ 秋汉：秋季的天河。

⑦ 干莫：宝剑干将、莫邪。

⑧ 飋飋：形容风凛冽。

⑨ 金阙：道家谓天上有黄金阙，为仙人或天帝所居。玉堂：玉饰的殿堂。指宫殿。

⑩ 丹灶：炼丹用的炉灶。

⑪ 象王：佛教语。喻佛或菩萨。

⑫ 金刚杵：又称为宝杵、降魔杵，佛教中修行的道具，通常是诸神力士持用的器仗。

⑬ 山魈：传说的山怪。木魅：旧指老树变成的妖魅。

⑭ 东宫被礼遇：指玄宗时，李峤为内史，与监察御史张廷珪荐邕文高气方直，才任谏诤，召拜左推拾遗。

⑮ 谗慝：指邪恶奸佞之人。訾謷：攻讦诋毁。

⑯ 牛酒：牛和酒。祭祀的物品。

⑰ 尸牢：祭祀礼仪。尸：代受祭礼的人。牢：祭品。

⑱ 许昌义男子：孔璋，孔州人，天宝中，人告李邕贪赃枉法，下狱当死，孔璋上书请代李邕死，李邕得减死，贬遵化尉，孔璋配流岭南。

⑲ "讨贼功成"句：开元十四年（726），李邕随内臣杨思勖平岭南叛有功，徙澧州（今湖南澧县）司马。

⑳ "岳麓寺近"句：李邕任澧州司马时于开元十八年（730）在麓山寺作《岳麓碑》。

㉑ "黄仙鹤者"句：《岳麓碑》为李邕撰文并书，江夏黄仙鹤勒石，前人谓是李邕化名，真伪无考。

㉒ 八哀：杜甫有《八哀》诗，其中有咏李邕一首。

腊月九日，偕幼吉、幼安两弟奉慈亲羊城之游，兼拟谒南海神庙。时从弟思诚、两儿士履、士镰、侄士规、李婿文紫、李甥端臣从行，内子暨两子妇亦随侍。是夜舣三舟于阅江楼下夜话，有作①

　　腊尾生徒别绛纱②，气和风物偪年华。欲娱慈亲思飞舄③，便拟全家共泛槎④。海客樯灯遥入汉⑤，仙人楼阁半凌霞。团圞语罢无离梦⑥，独看江城片月斜。

【注释】

　　① 此诗作于嘉庆四年（1799），冯敏昌五十三岁。《年谱》记："七月迎先大母（校注者按，指冯敏昌母亲）至院（校注者按，端溪书院）就养，嘱母氏（校注者

按,指冯敏昌妻)宜人及儿媳暨各叔随侍,八月十四抵肇庆先君(校注者按,指冯敏昌)具仪从导舆,而行人咸感叹羡。十二月散馆,初九又奉先大母为羊城之游。更至南海神庙登浴日亭……适先大母寿辰,舣楼船于海珠寺,箫管佑觞,务得欢心焉。"臘:岁末。南海神庙:见前卷二《南汉铁塔歌李南礀明府索赋》注㉜。

② 绛纱:犹绛帐。对讲席之敬称。

③ 飞舄:典出《后汉书·王乔传》:"乔有神术,每月朔望常自县诣台朝,帝怪其来数,而不见车骑,密令太史何望之。言其临至,辄有双凫从南方飞来。于是候凫至举罗张之,但得一只,乃诏尚方诊视之,则四年中所赐官属履也。"后用为县令之典。句中希望飞履载母亲游赏。

④ 槎:木筏。句中指船。

⑤ 汉:指银河。

⑥ 团圞:团聚。

十一日峡前早发,风色甚顺。
三舟方行,侍慈亲早饭罢,有作^{(一)①}

一

一水明如镜,群峰碧胜簪。微风转东北,江路指西南。_{墟名。}塞雁寒仍起,江梅暖已含。双舟前导处,何啻舞轻骖。

二

臘醽宁无酒^②,晨餐况有鱼。笑窥诸子奕,喜听幼孙书。聊当新行乐,回思旧倚闾。神仙虽可学,只是好楼居^③。

【校勘记】

(一)《全集》本此诗题作《十一日峡前早发,风色甚顺。三舟方行,侍慈亲早饭罢,有作三首》,此选其一、其三。

【注释】

① 此诗作于嘉庆四年(1799),冯敏昌五十三岁。

② 醴：酒。

③ "神仙"二句：化用李白《夜宿山寺》诗："危楼高百尺，手可摘星辰。不敢高声语，恐惊天上人。"

汾江访劳莪野同年，因过其新成祠堂。莪野随送于舟次，索观拙作，即赠五律二首以别^{(一)①}

一

万室瓦鳞鳞，刀锥夜达晨^②。穷经惟一士，守道竟长贫^(二)。环堵移家旧，祠堂照路新。舌耕随处有^③，谁是奉先人^{(三)④}。

二

随流泛小航，拜母当登堂。爱日心殊喜，同年谊最长。赠来还酒醴，袖去只文章。挥手难忘处，空江晚自苍^(四)。

【校勘记】

（一）《全集》本此诗题作《汾江访劳莪野同年，遇其新成祠堂。莪野随送我于舟次，索观拙作，即赠二首》。

（二）竟：《全集》本作"更"。

（三）谁是奉先人：《全集》本此句后有作者小注"君竭历年教授所得成之"。

（四）空江晚自苍：《全集》本此句后有作者小注"君登舟拜谒家慈，故云"。

【注释】

① 此诗作于嘉庆四年（1799），冯敏昌五十三岁。劳莪野：字润之，号莪野，广东南海人，乾隆三十年（1765）举人，官国子监学正。

② 刀锥：喻微末的小利。

③ 舌耕：旧时称以授徒讲学谋生。

④ 奉先：典出《尚书·太甲中》："奉先思孝，接下思恭。"这里指以孝事亲。

送李诞高之常山,返其令兄云厓明府之匰, 因其道出大庾,并寄吴白庵广文^{(一)①}

一

尔向常山去,长途讵可言。经过梅子国^②,一望鹈鴞原^③。
父老怀廉吏,征人似哲昆^④。悬知归素旟^⑤,取别定魂销。

二

归出南安道,须询郑广文。闲官无长物,逸气尚青云。古
谊看前辈,神交或此君。关心数存殁,愁绪总纷纷。

【校勘记】

（一）《全集》本此诗题作《送李诞高之常山,返其令兄云厓明府之书,因其道出大庾,并寄吴广文白广照二首》。

【注释】

① 此诗作于嘉庆四年（1799）,冯敏昌五十三岁。李诞高:生平不详。吴白庵,字照南,号白庵,南城（今江西南城）人。贡生,官大庾教谕。有《听雨斋集》。大庾:见前卷一《梅花四首》注④。

② 梅子国:大庾岭梅树多,故称。

③ 鹈鴞原:见前卷二《留京寄勺海》注①。

④ 哲昆:对他人之兄的敬称。

⑤ 旟:旗。

赵生炳垣以笋蒩羊额柚见饷,用山谷体赋答^①

一

惜此天挺才,胡不脱酸味。此君有英骨,但愿伴虀菜^②。

吾无食肉相,子有投桃惠③。壮语试相贻,可作盐梅代。

二

曾闻橘中乐,不减商山中④。此物气味同,可称羊鼻公⑤。
迢迢陵阳州,千树今已空。若逢相皮者,何妨入药笼。

【注释】

① 此诗作于嘉庆五年(1800),冯敏昌五十四岁。仍留主讲端溪书院。菹:
腌菜。

② 虀:作调味用的姜、蒜、葱、韭等菜的碎末。

③ 投桃:即投桃报李。语出《诗经·大雅·抑》:"投我以桃,报之以李。"

④ 商山中:代指隐居。秦末东园公、绮里季、夏黄公、甪里先生,避秦乱,隐
商山,年皆八十有馀,须眉皓白,时称商山四皓。

⑤ 羊鼻公:唐太宗对魏征的戏称。署名柳宗元的《龙城录》:"魏征自命淡
恬,唐太宗一日向侍臣说:'此羊鼻公不知遗何好而能动其情?'侍臣说:'魏征
好嗜醋芹。'"

二月访勺海先生(一)①

一

往事和烟积渐昏,相看如醉两忘言。百千转路方停棹,三
十馀年再叩门②。床下故应容独拜,车前独得问寒温。朋交几
辈今谁在,惟有先生道益尊。

二

新开丈室似维摩③,老去生涯可奈何。蓬径自堪甘寂寞,
棠荫曾得数经过④。琴音古淡心犹寄,诗律精严趣较多。松柏

青青仍独正,莫将颜犟感恒河⑤。

三

情味中年感慨新,还将作乐更妨人。误他子弟诚多事,时仍主讲端溪书院。容我疏狂愿结邻,歌鼓喧喧听作社⑥,郊原浩浩看寻春。江门风月应无恙,且慰樽前现在身。

【校勘记】

(一)《全集》本此诗题作《二月访李明府海潮三于新会,赋赠四首》,此取其二、其三、其四。

【注释】

① 此诗作于嘉庆五年(1800),冯敏昌五十四岁。勺海:见前卷一《秋夜偕勺海、翼堂元妙观访浣云、黄贯之》注①。

② "三十馀年"句:据《年谱》记,冯敏昌自乾隆二十七年(1762)十六岁,读书于肇庆端溪书院时,就与李勺海等人唱和往来,至此时已经三十多年。

③ 丈室:又云方丈。相传维摩诘居士之石室方一丈。维摩诘:佛典中现身说法、辩才无碍的代表人物。后以泛指修大乘佛法的居士。

④ 棠阴:喻惠政或良吏的惠行。见前卷三《题李南碉司马〈噉荔图〉,即送之官桂林》注⑪。

⑤ 恒河:指银河,这里叹岁月匆匆。

⑥ 作社:指祭祀土神。一般在立春、立秋后第五个戊日。

赠端州何生叔度①

何子吾门秀,诗名并哲兄②。还因首春别,追送五羊城(一)。学进知何益,谭深欲到明。不如归去好,江上万峰横。

【校勘记】

（一）送：《全集》本作"从"。

【注释】

① 此诗作于嘉庆五年（1800），冯敏昌五十四岁。仍留主讲端溪书院。何叔度：生平不详。

② 哲兄：称他人之兄，犹言令兄、贤兄。

赠肇庆权守丁少溪^{(一)①}

一

吾观经世士，其用在诚明。诚则无遗物，明则无遁情。奈何才术士，猛鸷矜心兵^②。亦有善者心，仁爱根天成。奈何少明断，百弊从中生。议论守模稜，泣涕罢笞搒。所以学道人，遂为俗所轻。

二

桓桓丁司马，假守来端州。案牍虽积尘^③，裁决只如流。观其勤事心，州县有此不？及其稍暇日，乐与贤豪游。亦非作豪游，人才自访求。要于民与国，桑土深绸缪^④。抑若抗雷霆，劲气堪千秋。使人重叹息，愿言君且休。侧闻季布刚，摧之以为柔^⑤。

【校勘记】

（一）《全集》本此诗题作《赠肇庆权守丁少溪如玉五古二首》。

【注释】

① 此诗作于嘉庆五年（1800），冯敏昌五十四岁。仍留主讲端溪书院。丁少溪：丁如玉（1746—1830），淮安清河人，乾隆三十六年举人，曾任江西玉山县

知县，广州府同知、肇庆知府等。

②　心兵：语出《吕氏春秋·荡兵》："在心而未发，兵也。"喻心事。

③　"案牍"句：形容政务堆积，致案牍生尘。

④　桑土深绸缪：语出《诗经·豳风·鸱鸮》："迨天之未阴雨，彻彼桑土，绸缪牖户。"朱熹集传："桑土，桑根皮也……我及天未阴雨之时，而往取桑根以缠绵巢之隙穴，使之坚固，以备阴雨之患。"喻勤于经营，防患未然。

⑤　"侧闻"二句：典出《史记·季布栾布田叔传》"季布，楚人也，为任侠有名。项籍使将兵，数窘汉王。项籍灭，高祖购求布千金，……布匿濮阳周氏，……乃髡钳布，衣褐，置广柳车中，并与其家僮数十人，之鲁朱家所卖之。朱家心知其季布也，买置田舍。乃之雒阳见汝阴侯滕公，说曰：'季布何罪？臣各为其主用，职耳。项氏臣岂可尽诛邪？今上始得天下，而以私怨求一人，何示不广也？且以季布之贤，汉求之急如此，此不北走胡，南走越耳。……'滕公心知朱家大侠，意布匿其所，乃许诺。侍间，果言如朱家指。上乃赦布。当是时，诸公皆多布能摧刚为柔，朱家亦以此名闻当世。布召见，谢，拜郎中。"

三水舟中对雨，独酌偶成①

行役亦云苦，筋力疲执鞭。而我摄讲席，疲苶亦同然②。及兹旧责谢，新馆方见延。舟行渐迤逦，人事亦稍捐。得鱼欣酒美，独酌遂当筵。小山既平远，长河欲接天。霏霏乍小雨，漠漠仍轻烟。风帆互来往，洲渚相洄沿。薄云漏阳光，金碧忽连绵。尤欣平岸草，百里复芊芊(一)③。亦有力作人，耒耜徂春田。既作劳者歌，寓赏足忘年。复念匪懈人④，过乐虞滋愆⑤。聊复当解鞍⑥，何用叩船舷。

【校勘记】

（一）复：《全集》本作"绿"。

【注释】

① 此诗作于嘉庆六年(1801),冯敏昌五十五岁。春正月主粤秀书院讲席。

② 疲苶:亦作"疲荼",困惫。

③ 芊芊:草木苍翠,碧绿。

④ 懈人:懒惰之人。

⑤ "过乐"句:谓过分贪图享受使人增加过错。虞:料想。愆:过错。

⑥ 解鞍:解下马鞍。表示停驻。

梅 花 十 首①

一

春光先到岭头枝,不比江南信尚迟。有月半林云漠漠,无风几树雪垂垂。秾华色总归何处,天地心真见此时。独立空山有谁悟,应同姑射斗仙姿②。

二

数间茆屋是吾家,清晓开门思靡涯。乍向水边看的皪③,还从竹外见横斜。暗香冷蕊传春信,晴昊繁枝丽岁华。莫道荒居少颜色,庭前一树正无瑕。

三

一觉罗浮梦已残,师雄重到路漫漫。参横月落人何处,蜑雨蛮风岁又寒④。丹灶拨时仍烂漫,铁桥高处最巉岏⑤。犹馀玉局仙人在⑥,管领东风似不难⑦。

四

忆逐东皇赋远游,还寻水部到扬州。枝横月观光无尽,花绕云台烂不收。占断韶华缘好句，广张丝竹待名流。如何一树邻烟烁，暮雨空园自写愁。

五

重忆当年宋广平^⑧，心肠铁石苦铮铮。一篇冷艳愁相对，千古才人和不成^(一)。得道固应从慧业，成功原只在和羹^⑨。天花飞坠维摩室^⑩，须识桑根自有情。

六

门前焦萃绝行媒^(二)，天上匏瓜亦可哀^⑪。新寡文君呈缟袂^⑫，偕游神女弄蜻胎^⑬。能无曲向琴中寄，似有人从月下来。岂识离骚工好色，虚空元不堕尘埃。

七

长公流落更何言，坐席何曾许暂温。海外桄榔看卧树^⑭，淮南草木梦仙村。地缘僻远牵怀抱，天与文章讬本根。自失夫君真减色，空将蓬葆驻吟魂。

八

孤山孤绝好娉婷，中有高人放鹤亭^⑮。湖面晚连新月碧，林端寒衬远峰青。数枝老干无人问，几点疎花似独醒。配食水仙非易事，应知隐趣最沉冥。

九

谁为海上去寻春，尚说西湖未免尘。万蟄自同冰坼裂，一枝长放玉精神。非无皎洁当时忌，自许风流旷古新。愁绝楚云台上客，桴浮万里从何人。

十

　　珠树攀馀不自憭^⑯，琼林天远绝招邀。漫于鼎食思遥荐^⑰，且共贞松伴后凋^⑱。绮席金樽原梦断，高楼玉笛易魂销。愿从虚白光中住^⑲，一洗蓬心讬楚谣。

【校勘记】

　　（一）和不成：《全集》本作"孰与京"。

　　（二）焦：《全集》本作"蕉"。

【注释】

　　① 此诗作于嘉庆五年（1800），冯敏昌五十四岁。

　　② 姑射：典出《庄子·逍遥游》："藐姑射之山，有神人居焉，肌肤若冰雪，淖约若处子。"代称神仙或美人。

　　③ 的皪：光亮、鲜明。

　　④ 蜑风蛮雨：指风雨。蜑、蛮，均指南方少数民族。

　　⑤ 巉岏：见前卷三《三门底柱歌》注⑩。

　　⑥ 玉局：道观，在四川成都。传说太上老君曾于此坐局脚玉床讲经，因名。

　　⑦ 管领：管辖统领。

　　⑧ 宋广平：宋璟（663—737），邢州南和（今属河北）人。累官御史中丞，为武则天所重。睿宗时为宰相，革除前弊，选拔人才。开元八年（720）罢相，封广平郡公，世称"宋广平"。

　　⑨ 和羹：语出《尚书·说命下》："若作和羹，尔惟盐梅。"孔传："盐，咸；梅，醋。羹须咸醋以和之。"比喻大臣辅助君主综理国政。

　　⑩ 天花：佛教语。天界仙花。南朝梁武帝时，云光法师讲经，感动上天，落花如雨。

　　⑪ 匏瓜：星名。《史记·天官书》："匏瓜，有青黑星守之。"喻男子独处无偶。

　　⑫ 文君：汉武帝时，四川临邛富豪卓王孙之女卓文君，曾许配窦太后内亲，未聘夫死。卓文君平素喜读司马相如诗文。一日，卓王孙宴请司马相如，席间司马相如弹奏"凤求凰"一曲，卓文君闻之更为倾慕。司马相如托人求

婚,卓王孙嫌贫不允,卓文君遂私奔司马相如,同赴成都。后回转临邛,文君当
垆卖酒。

⑬ 蠙:蠙珠。

⑭ 桄榔:见前卷一《苏文忠〈天际乌云帖〉墨迹后有虞文靖诸跋》注⑩。

⑮ 放鹤亭:见前本卷《游赤壁谒苏文忠公祠》注⑲。

⑯ 憀:悲思。

⑰ 鼎食:列鼎而食。指世家大族的豪奢生活。

⑱ 贞松后凋:化用《论语·子罕》中:"岁寒,然后知松柏之后凋也。"

⑲ 虚白:洁白,皎洁。代指月亮。

三子诗　谓阳江姚生天培、高要谭生仁表、

开平张生应龙也。三子皆志学,而数月内继谢,惜哉! 故作此诗①

一

姚生世力田,崛起思勤学。笔力既少加,文机复清澈。于
心有不厌,颜面辄发热。嗟哉伏枕际,要我作墓碣。

二

谭生家苦贫,四十衿始青②。人称小三元,谓县府试及入学
皆冠军也。或曰边五经。老成旧推毂,生旧为学博周竹里先生最赏
识。干莫待发硎③。如何一舸归,化鹤还如丁。

三

张子绝简默,雅有仲蔚风④。以此学古姿,平渊称一龙。
余尝评生之渊有二龙焉,今生可为一龙矣。既去复重来,岂为悬棺
封。开平之俗,葬后二三年,多易旧棺,今将以说止之。有志不得遂,
令人悲填胸。

【注释】

① 此诗作于嘉庆五年(1800),冯敏昌五十四岁。

② 衿始青:即青衿。青色交领的长衫。古代学子和明清秀才的常服。

③ 干莫:见前本卷《七星岩李北海摩厓石室记歌》注⑦。

④ 仲蔚:晋皇甫谧《高士传·张仲蔚》:"张仲蔚者,平陵人也,与同郡魏景卿俱修道德,隐身不仕。明天官博物,善属文,好赋诗,常居穷素,所处蓬蒿没人,闭门养性,不治荣名,时人莫识,惟刘、龚知之。"

除夜过羚羊峡①

　　肇广相距三日程②,限隔最有羚羊峡。我昨买舟别广州^(一),抵肇除夕指先掐。岂知沙口已阻沙,比过西南风更乏。晚泊横槎望峡口③,碧色芙蓉半天插。沉思牵挽入旋螺④,畏此崎岖兼曲狭。又况风色一不顺,坐度新年水空敠⑤。伏枕初更梦忽归,迎笑幼儿欢一霎。醒来辗转梦不成^(二),起坐挑灯茶试呷。似闻船底水淙淙,复听后梢人唼唼⑥。为言明朝可到肇,幸此中宵转风恰。被衣亟起出船头,已到龙门双画夹。两龙正黑对蟠蜿,我舟中行畏鳞甲。铁色重看十二碚⑦,天关更入希夷匣⑧。为从桅顶掔红灯,照见船边开翠箑⑨。攀枝猨子叫还惊,渡水於菟血方喋⑩。惊神寒魄不可道,为饮三杯同御袷⑪。长年回柁更摇橹,歌笑揶揄但相狎。渐闻羚山寺里钟⑫,似借愚公门外锸。天镈豁开星斗明,仰觇钩铃光旭雪^(三)⑬。<small>时有星守钩铃经月,兹已退舍。</small>七点苍岩虽未见,已识兜鍪阵方押⑭。昔闻邓艾入阴平^(四),未识淮阴论兵法⑮。将士思归出三秦,瓴水下建泰山压^(五)。自可千群鸿飞隼⑯,不用三更击鹅鸭⑰。试看舟子念还家,总忘辛勤冀欢洽。船舷已泊阅江楼⑱,晓日初升红靸鞈⑲。因势利导理则然,聊记情形当手札。

次儿饱睡唤始醒,惊起真看熟羊胘⑳。

【校勘记】

（一）我昨买舟别广州：《全集》本此句作“我昨广州别诸公”。

（二）梦：《全集》本作“寐”。

（三）仰觇钩钤光旭雪：《全集》本“钤”作“铃”；“雪”作“雪”。

（四）艾：《全集》本“艾”作“共”。

（五）泰：《全集》本作“秦”。

【注释】

① 此诗作于嘉庆五年(1800),冯敏昌五十四岁。羚羊峡：见前卷一《羚羊峡》注①。

② 肇：指肇庆。

③ 槎：船。

④ 旋螺：水的漩涡。

⑤ 歃：饮。

⑥ 嗻嗻：形容说话的声音嘈杂。

⑦ 十二碚：湖北宜都县西北、屹立于长江右岸的荆门山,有十二碚,即十二座景色秀丽的山峰。

⑧ 希夷匣：在华山附近华山峪五里关南石门东,古时称云峰谷,宋时名隐士陈抟的尸骨放置在峡口方洞中,当地人便称之为希夷匣。诗中因此地峡山形似,作以比拟。

⑨ 翠篦：形容江边的山崖,藤草茵茵,犹如扇子。篦,扇子。

⑩ 於菟：虎。见前卷二《龙潭》注⑤。

⑪ “为饮”句：说天气冷,饮酒以御寒。袂：夹衣。

⑫ 羚山寺：见前卷一《羚羊峡》注②。

⑬ 钩钤：星座名。属房宿的辅官,共两星。《汉书·天文志》说：“其后荧惑守房之钩钤。钩钤,天子之御也。”雪：散开。

⑭ 兜鍪：以苍岩比喻士兵。

⑮ “昔闻”二句：三国时魏将邓艾伐蜀,在阴平古道越摩天岭,击溃蜀守军,

进而击败蜀军,灭蜀国。邓艾,字士载,义阳郡棘阳(今河南南阳南)人,三国时期魏国将领。淮阴:指汉淮阴侯韩信。《史记·高祖本纪》载韩信"明修栈道,暗渡陈仓",击溃楚军,奠定汉朝基础。

⑯ 鸠:疾飞。

⑰ 三更击鹅鸭:见前卷二《偶与桂甫读苏诗,桂甫用苏〈岐亭〉韵见示,依韵奉答》注④。

⑱ 阅江楼:见前卷二《阅江楼阻风和壁上覃溪师韵》①。

⑲ 韎韐:赤色皮蔽膝。

⑳ 熟羊胛:形容时间短速。典出《新唐书·回鹘传下》:"骨利干处瀚海北……其地北距海,去京师最远,又北度海则昼长夜短,日入亨羊胛,熟,东方已明,盖近日出处也。"

春正六日寄讯郑虞部贯亭(一)①

长安一别渺天涯,屏迹经时忘岁华。乍见春王调玉烛②,应知水部忆梅花。灵台架构还无恙③,诗律陶镕定几家。莫学愚公思负土,空劳画足不成蛇(二)。

【校勘记】

(一)《全集》本此诗题作《六日寄讯郑虞部贯亭》。

(二)不成:《全集》本作"竟非"。

【注释】

① 此诗作于嘉庆六年(1801),冯敏昌五十五岁。郑贯亭:郑士超(1755—1808),字卓仁,号贯亭,祖籍福建,广东阳山人。乾隆六十年进士。

② 春王:指正月。《春秋》体例,鲁十二公之元年均应书"春王正月公即位",后以"春王"指代正月。玉烛:谓四时之气和畅。

③ 灵台:学宫。

舟过滕县怀秦少游作^{(一)①}

不见秦淮海，空怀国士风。名居双井次^②，谪与二苏同。方丈人何在^(二)，黄楼赋尚雄^③。云孙吾旧识，回首浙江东^{(三)④}。

【校勘记】

（一）《全集》本此诗题作《十二月四日过滕县，未及访秦少游先生遗迹，因赋》。

（二）方丈人何在：《全集》本此句作"妖梦词虽应"。

（三）云孙吾旧识，回首浙江东：《全集》本此两句作"云孙吾幸识，今浙江杭嘉湖道小岘观察乃先生后裔也。菲薄愧明衷"。

【注释】

① 此诗作于嘉庆六年（1801），冯敏昌五十五岁。《年谱》记："于十一月中旬暂辞归省视……十二月初四过藤县怀秦少游。"

② 双井：村名，在今江西省修水县西，为黄庭坚故居。这里指黄庭坚。黄庭坚、秦观、晁补之、张耒并称苏门四学士。

③ 黄楼赋：元丰元年（1078），苏轼在徐州任上，建黄楼，苏轼有《九日黄楼作》等诗，苏辙作《黄楼赋》，苏轼作跋："元丰元年八月癸丑楼成，九月庚辰大合乐以落之。"

④ "云孙"句：见本诗【校勘记】（三）。

潘容谷省郎送异种凤仙花十一盆，
因用山谷《王充道送水仙花五十枝》韵附谢^{(一)①}

红云宴罢不巾袜，手弄修成新宝月。月中闻有女乘鸾^{(二)②}，何意飞来见超绝。桃李河阳先满城^③，白须四海惭为兄。试向二仙较香色,何如秦楚方纵横。水仙闽产亦古楚境。

【校勘记】

（一）《全集》本此诗题作《潘省郎容谷送异种凤仙花十一盆,辉增庭宇,因用山谷〈王充道送水仙花五十枝,欣然合心,为之作咏七古一首〉韵,走笔附来使谢之》。

（二）月中闻有女乘鸾:《全集》本此句后有作者小注"王半山《团扇诗》:玉斧修成宝月团,月边仍有女乘鸾。盖用江文通《拟班婕妤团扇诗》:团扇如圆月,出自机中素。画作秦王女,乘鸾向烟雾。而文通则正用秦女跨凤事也"。

【注释】

① 此诗作于嘉庆十年(1805),冯敏昌五十九岁。潘容谷:潘有度(1755—1820),字宪臣,号应尚、容谷等。初为即用郎中,敕封翰林院庶吉士,后主理洋务。著有《西洋杂咏》,后人辑有《义松堂遗稿》、《漱石山房剩稿》等。

② 乘鸾:喻成仙。典出《列仙传》:春秋秦穆公时人箫史,"善吹箫,穆公有女子弄玉,好之。公遂以妻焉,遂叫弄玉作凤鸣,居数十年吹似凤凰,凤凰来止其屋,为作凤凰台。夫妇止其所,一旦随凤凰去。"

③ 桃李河阳:冯敏昌曾于乾隆五十四年(1789)应河阳(今河南孟县)令仇汝瑚延请,主河阳书院讲席,至乾隆五十五年(1790)。

送吴蠡涛方伯藩山左^{(一)①}

百二夸函秦^②,全齐得十二。东海为喝乌^③,亦不受楚制。纷纷宋卫韩,但若指听臂。齐桓昔创霸,声施满天地。要惟天下才,寔佐尊周计。德礼振长策,鱼盐兴大利^④。一匡更九合^⑤,仁功匪一世。儒生好空谭,志士但梦寐。国家方全盛,定鼎在幽蓟^⑥。两海堪要绝,万里足横厉。属者白莲教,延蔓颇恣肆。初从荆楚起,转向西川炽。雍豫虽防维,民气或凋敝^⑦。今皇受内禅,仁孝超千禩^⑧。经纬况分明,锐思整神器。督抚

与元戎,兼闻屡易置。回思乾隆末,至此已七岁。边省亦疮
痍,粤东幸安庇。寔维大吏贤,正用清静治。我公在其间,盘
错恃专萃⑨。明刑如皋陶⑩,达政比卫赐⑪。相得乃益章,不同
寔相剂。前年摄粤藩,兼权非小试。去年欣入觐⑫,陈谟况宸
契⑬。遂令藩大东,寔仗布嘉惠(二)。更将出奇略,拯救见经
济。富强虽霸术,论政所不废。兵食既兼足,民信复非伪。用
之赴汤火,罔不如厥志。东海更西河,穆陵兼无棣⑭。泱泱表
海风⑮,足以固藩卫。自昔燕齐合,此作常山势。西可埒秦
强⑯,南将苏楚敝⑰。朝家需公行,想此深有意。平生管夷
吾⑱,足肩天下事。规模异江左,风声仍海裔。时当报国暇,娱
心或文字。将同岱云起,不殊灵光峙。馀事尚诗人,依仁且游
艺。自惭一冯谖⑲,三败同曹沫⑳。濩落无所成㉑,惟愿甘粗
粝㉒。何用加磨砻,指南时一示㉓。

【校勘记】

(一)《全集》本此诗题作《送吴蠡涛俊由粤东廉使藩山左》。

(二)寔仗布嘉惠:《全集》本此句后有“齐民喜得见,粤士叹奚恃。惟公仁
者心,同仁方一视”四句。

【注释】

①此诗作于嘉庆六年(1801)辛酉,冯敏昌五十五岁,主广州粤秀书院讲
席。藩:指布政使。吴蠡涛:吴门(今苏州)人,曾任吴门藩台,云南学政。

②“百二”句:《史记·高祖本纪》说:“带河山之险,县隔千里,持戟百万,
秦得百二焉。”以“百二”或“百二山河”,喻山河险固之地。

③噣鸟:嘴如钩状的大鸟。语出《史记·楚世家》:“若王之于弋诚好而不
厌,则出宝弓,碆新缴,射噣鸟于东海,还盖长城以为防。”这里指东方的少数民
族部落。

④“齐桓昔争霸”六句:说齐桓公先后任用鲍叔牙、管仲为相,利用“齐带
山海,膏壤千里,宜桑麻,人民多文采布帛鱼盐”(《史记·货殖列传》)的有利经
济条件,以“尊王攘夷”为号召,用“轻其币而重其礼”(《国语·齐语》)的手段,

至周僖王三年(前679),成就霸业始。寔:确实。

⑤ 九合:多次会盟。《论语·宪问》说:"桓公九合诸侯,不以兵车,管仲之力也。"邢昺疏:"言九合者,《史记》云:兵车之会三,乘车之会六。"

⑥ "定鼎"句:说清王朝自关外幽蓟起家,通过兼并统一全国。

⑦ "白莲教"六句:白莲教南宋初年已出现于江苏昆山。元、明发展为很多支派,分别称大乘、混元、收元等名目,主要在下层群众中招收信徒,实行严格的家长制。清朝嘉庆元年(1796),川陕楚甘豫五省爆发了规模宏大的白莲教起义。聂杰人、张正谟、王聪儿(齐王氏)、姚之富等率领部队在几省转战,1800年以后,义军多次征战失利。1802年起义失败。白莲教起义历时多年,波及五省,在清朝中期规模最大,清朝统治受强烈冲击,由盛转衰。

⑧ "今皇"二句:乾隆六十年(1795),弘历禅位,立皇十五子嘉亲王颙琰为皇太子,以明年为嗣皇帝嘉庆元年,届期归政。嘉庆元年(1796)颙琰即位。禩:同"祀"。年。

⑨ 盘错:交杂纷陈。

⑩ 皇陶:皋陶。见前卷三《夏县谒大禹庙敬赋六十韵》注⑩。

⑪ 卫赐:子贡,姓端木,名赐,字子贡,春秋末卫国人,孔子弟子,"孔门十哲"之一。有较强烈的从政志向,他关心治国之方略,经常问政于孔子。曾仕于鲁、卫,游说于齐、吴、越、晋诸国。子贡在成为孔子弟子以前经商曹、鲁间,富至千金。他思路敏捷,理解力强,能说会道,被孔子许为其"言语"科的高才生。《论语》中记述孔子与弟子答问,以他为最多。孔子曾多次称赞他,说他能够做到"告诸往而知来者"(《论语·学而》);"赐之敏贤于丘也"(《说苑·杂言》);并把他比之为尊贵的"瑚琏"之器。从孔子周游列国,厄于陈蔡,一度有愠心而出怨言:"夫子之道至大也,故天下莫能容夫子。夫子盖少贬焉。"遭到孔子的批评:"今尔不修尔道而求为容,赐,而志不远矣!"(《史记·孔子世家》)不久,孔子派他出使楚国,结果"楚昭王兴师迎孔子,然后得免"。鲁哀公十五年(前480),在鲁、齐议和会上说服齐君归还成地。

⑫ 入觐:入朝进见帝王。

⑬ "陈谟"句:指向帝王进言颇得欣赏。陈谟:陈献谋划。宸:借指帝王。

⑭ "东海"二句:指海疆陆地国防坚固。穆陵:齐长城著名的关隘,在今山东沂水县北部马站镇关顶村,素有"齐南天险"之称。无棣:位于山东最北部,

地处沿海。

⑮ 泱泱：指海水深广。

⑯ 埒：等同，比并。

⑰ 苏：拯救，解救。

⑱ 管夷吾：春秋时管仲辅佐齐桓公成为五霸之一。参见本诗注④。这里以比吴蠡涛。

⑲ 冯谖：参见前卷一《望海楼歌，留别勺海、广文归里》注⑭。孟尝君在冯谖的辅佐下，稳坐几十年相位。

⑳ 曹沫：见本卷前《正月廿八日梧州夜泊，忆癸巳岁与季弟泊舟于此，用东坡〈至梧闻子由在藤〉一首韵示之，今季逝已岁馀矣，过此追怀不胜感怆，因再用韵以志无憀》注⑤。

㉑ 濩落：原谓廓落。引申谓沦落失意。

㉒ 粗粝：糙米。泛指粗劣的食物。

㉓ "何用"二句：求指示努力方向。

送宫保百菊溪前辈由粤抚擢制两湖⁽一⁾①

民命穷无所，天心悯若何。公来且公去，闻泣更闻歌。自古称贤德，何人夙切磋。缣缃从腹贮②，星宿竟胸罗。京雒无双士③，词垣第一科。高文心杼轴，名论口悬河。杜李何劳梦，韩苏得再哦。三仓犹隐括④，四库仗编摩⑤。玉尺量才运⑥，金鎞刮眼磨⑦。未惭羊子鹤⑧，时换右军鹅⑨。文采真无敌，丹诚况匪他。一从司岳牧⑩，几处沛恩波。浙水钦陈枭⑪，滇山咏伐柯⑫。雄屏高巘巤⑬，天柱郁嵯峨⑭。峤右先馀敝，公临信不颇。覆盆冤下雪⁽二⁾⑮，关木吏休呵⑯。芰舍随棠荫⑰，斋衙似薜萝⑱。搢绅愉穆穆⑲，猺獞舞傞傞⑳。东国知何罪，旻天笃降瘥㉑。禺山来獝狖㉒，珠海沸蛟鼍。地望犹如故，民言迭有讹。山棚依叠嶂，洋盗拥千艖㉓。甲子门边泊㉔，汤瓶嘴下过㉕。乘风兼纵火，发炮并传锣。烈焰烘危堞，嚣声卷近坡。凶残沾姹娅，耻辱逮媌娥㉖。武备弛愈甚，文员问则那㉗。倩谁明保甲㉘，何怪起么麽㉙。党合还如蝐，船轻织似梭。崎岖那有路，安乐竟无窝。睿虑边隅切，诚臣渥泽荷。叶。中春指羊石，飞楫下牂牁㉚。律自高三尺㉛，丝还见五纮㉜。精勤原正直，感激讵媕娿㉝。吏黠民遭蠹，官贪政自苛。长飙扫秋箨㉞，炽炬烈妖窠。只为心全赤，宁知髻欲皤㉟。风行看偃草，天瑞仁归禾。防海纤筹策，群言并沓拖。屈人原不战㊱，主守讵云蹉㊲。洋禁先粮米，居民比蚌蠃㊳。简稽当画一㊂，首举莫参差。叶。内应诚先绝，群凶必就殂。沉几先镇静㊃，观变且委蛇㊴。慨此胶庠士㊵，从教岁月蹉。旧污宜洗涤，新植要摩挲。如看车前马，时伸术效蚵㊶。栽培欣杞梓，长育乐菁莪㊷。为溯周还孔，教尊愈并轲㊸。心情何恳挚，人意肯蹉跎。下走惭流落，为师幸不诃㊄。相偕之大道，且复养微疴㊹。自仰垂天翼，看挥驻日戈㊺。士民皆託命，寮寀谅诚和㊻。德岂容称述，功还愿缕睹。宁知粤民福，不并楚人多。玉节驰龙虎㊼，天书灿籀蝌㊽。雄风拂江汉，佳气亘岷嶓㊾。方叔师干峻㊿，康侯锡马俄51。上公荣衮服，宫保振琼珂㊅。鹤拟轻舟载，琴将细骑驮。曷来湘水碧，好照玉颜酡。形势荆襄壮，声名屈贾劘53。知吞几云梦54，肯忆故猗傩55。羡彼纫芳蕙，偕迎踏绿莎。欢谣清谖谖56，笑齿白瑳瑳57。讵想炎洲客58，同将弱柳搓59。愁云起重叠，大雨更滂沱㊆。似洒离人泪，仍添伟饯醝60。迂儒懵前路，思返故山阿61。

【校勘记】

（一）《全集》本此诗题作《百菊溪龄大前辈奉命由粤抚擢制两湖，赋送》。

（二）下：《全集》本作"乍"。

（三）画：《全集》本作"尽"。

（四）先：《全集》本作"须"。

（五）为师幸不诃：《全集》本此句后有作者小注"时承聘主粤秀书院讲席"。

（六）琼：《全集》本作"金"。

（七）大雨更滂沱：《全集》本此句后有作者小注"时部文到后，大雨竟日，无一刻止，故云"。

【注释】

① 此诗作于嘉庆十年(1805)，冯敏昌五十九岁。《年谱》记："去冬宫保百菊溪制宪来粤。"百菊溪：张维屏《国朝诗人徵略初编》："(百龄)字菊溪，满洲人。乾隆三十年(1772)进士。""抚粤时多惠政，而严禁班馆，重惩蠹役一节，又得民心。班馆者，蠹役私设以羁留犯事及讼案牵连之人也。公在任数月，调两湖总督，去之日，士民遮道。"

② 缣缃：供书写用的浅黄色细绢。借指书册。

③ 京雒：指国都。

④ 三仓：古字书名。汉初，合李斯《仓颉篇》、赵高《爰历篇》和胡毋敬《博学篇》为一书，称"三仓"，亦统称《仓颉篇》。隐括：矫正。

⑤ 四库：指四库全书。

⑥ 玉尺：典出《世说新语·术解》："后有一田父耕于野，得周时玉尺，便是天下正尺。荀试以较己所治钟鼓金石丝竹，皆觉短一黍，于是服阮神识。"借指选拔人才的标准。

⑦ 金鎞：古代治眼病的工具。形如箭头，用来刮眼膜。据说可使盲者复明。这里比喻使人目明、智清。

⑧ 羊子鹤：典出《世说新语·排调》："刘遵祖少为殷中军所知，称之于庾公。庾公甚忻然，便取为佐。既见，坐之独榻上与语，刘尔日殊不称。庾小失望，遂名之为羊公鹤。昔羊叔子有鹤善舞，尝向客称之。客试使驱来，氃氋(毛松散，委顿)而不肯舞。故称比之。"此句中反典故原"名不副实"意而用之。

⑨ 右军鹅：王羲之曾官右军将军，嗜养鹅，从鹅悟书法，后人有称鹅为右军。

⑩ 岳牧：语出《尚书·周官》："曰唐虞稽古，建官惟百，内有百揆四岳，外有州牧侯伯。"

⑪ 陈枲：语出《尚书·康诰》："王曰：'外事，汝陈时枲，司师兹殷，罚有伦。'"孔传："汝当布陈是法。"百龄曾任浙江道御史，掌布刑法。

⑫ 滇山咏伐柯：百龄曾任云南布政使。伐柯，语出《诗经·豳风·伐柯》："伐柯伐柯，其则不远。"郑玄笺："则，法也。伐柯者必用柯，其大小长短，近取法于柯，所谓不远求也。"

⑬ 巉嶪：高耸。

⑭ 嵯峨：百龄事迹见前卷二《长毋相忘汉瓦歌为张瘦铜同年舍人作》注⑧。上两句中"雄屏"与"天柱"都以比喻百龄为国栋梁。

⑮ 覆盆：覆置的盆。以喻无处申诉的沉冤。

⑯ 关木：门闩。此比喻吏政。参见本诗注①。

⑰ 芘舍随棠荫：见前卷三《题李南磵司马〈噉荔图〉，即送之官桂林》注⑪。

⑱ 薜萝：薜荔和女萝。常攀缘于山野林木或屋壁之上。以高士住所比斋衙。

⑲ 穆穆：端庄恭敬。

⑳ 猺獞舞偨偨：猺獞：即瑶族壮族。偨偨：语出《诗经·小雅·宾之初筵》："侧弁之俄，屡舞偨偨。"此句形容边疆居民乐而舞蹈的安详景象。

㉑ 旻天：指天。瘥：疫病。

㉒ 猰貐：古代食人怪兽。禺山：在广州。

㉓ 艖：小船。

㉔ 甲子门：今广东省陆丰县东南有甲子门海口。巨石壁立，有石六十，巧合甲子之数，故名。形势险要。

㉕ 汤嘴屏：在广东新会海中，西南厓山，东南汤瓶嘴，对峙如门，形势险要，扼守南海门户。

㉖ "凶残"二句：指海盗猖獗，扰乱民生。姹娅、姌娥：美女。借指百姓。

㉗ 问则那：即说"哪问则"。

㉘ 保甲：清代户籍编制的保甲之法。这里指乡里。

㉙ 么麼：亦作"幺麼"。微不足道的人，小人。

㉚ 牂牁：见前卷一《崧台》注②。

㉛ 律高自三尺：见前卷三《题李南磵司马〈曝书图〉》注㉔。

㉜ 五紽：语出《诗经·召南·羔羊》："羔羊之皮，素丝五紽。"用《诗经》意

讽刺食禄无功的官吏。

㉝ 媕娿：依违阿曲，无主见。

㉞ 箨：草。

㉟ 髩：亦作“鬓”。

㊱ 屈人原不战：化用《孙子兵法·谋攻篇》中：“不战而屈人之兵，善之善者也。”

㊲ 逹：脆弱。

㊳ 蚌蠃：蚌和螺。

㊴ 委蛇：随顺、顺应。指分析清楚形势。

㊵ 胶庠：语出《礼记·王制》：“周人养国老于东胶，养庶老于虞庠。”这里指奉儒守官的百龄。

㊶ 术效蛾：典出《礼记·学记》：“蛾子时术之。”郑玄注：“蛾，蚍蜉也。蚍蜉之子，微虫耳，时术蚍蜉之所为，其功乃复成大垤。”以“蛾术”比喻勤学。

㊷ 菁莪：语出《诗经·小雅·菁菁者莪序》：“菁菁者莪，乐育材也，君子能长育人材，则天下喜乐之矣。”

㊸ 轲：指孟轲，即孟子。

㊹ 微疴：小病。

㊺ 看挥驻日戈：用“挥戈回日”。典出《淮南子·览冥训》：“鲁阳公与韩构难，战酣，日暮，援戈而撝之，日为之反三舍。”指力挽危局。

㊻ 寮寀：指僚属，同僚。

㊼ 玉节：玉制的符节。古代天子、王侯的使者持以为凭。

㊽ 籀蝌：籀文、蝌蚪书。籀文是古代书体一种。也叫“籀書”、“大篆”。因著录于《史籀篇》而得名。蝌蚪书是古文字体的一种。多头大尾小，形如蝌蚪，故称。这里说百龄可书留芳名。

㊾ 岷嶓：岷山和嶓冢山。

㊿ 方叔：周宣王时贤臣。《诗经·小雅·采芑》：“显允方叔，征伐玁狁，蛮荆来威。”郑玄笺：“方叔先与吉甫征伐玁狁，今特往伐蛮荆，皆使来服于宣王之威，美其功之多也。”师干：语出《诗经·小雅·采芑》：“其车三千，师干之试。”毛传：“师，众；干，捍；试，用也。”本指军队，这里指统帅。

(51) 康侯：周武王弟姬封，初封于康，故称。《易·晋》：“康侯用锡马蕃庶，昼日三接。"蕃庶,百姓众多。昼日三接:一天内三次接见。

　　㊕ 鹤拟轻舟载:化用晋代陶侃之典。陶侃曾梦生八翼,飞上天去,见天门九重,已上八重,至第九重,门者击之以杖,遂坠地而折左翼。后侃都督八州,握重兵,常思折翼之梦,不敢萌异志。见《晋书·陶侃传》。后以"折翼"为自警之典。司马光有《昌言谪官符离,有病鹤折翼,舟载以行,及还,修注始》诗:"曾下青田啄玉苗,泥沙病羽久萧条。谪仙不欲留尘世,依旧提携上碧霄。" 这里有警醒友人之意。

　　㊝ 屈贾:屈原、贾谊。劗:削,切。

　　㊞ 云梦:古薮泽。《周礼·夏官·职方氏》:"正南曰荆州,其山镇曰衡山,其泽薮曰云梦。"借指楚地。

　　㊟ 猗傩:语出《诗经·桧风·隰有苌楚》:"隰有苌楚,猗傩其枝。"毛传:"猗傩,柔顺也。"

　　㊱ 谡谡:本形容风声劲。这里形容欢笑声。

　　㊲ 瑳瑳:鲜明洁白。

　　㊳ 炎洲:语出《海内十洲记·炎洲》:"炎洲在南海中,地方二千里,去北岸九万里。"这里指岭南。

　　㊴ 同将弱柳搓:古人折柳相送,依依不舍之意。

　　㊵ 醴:白酒。

　　㊶ 山阿:语出《楚辞·九歌·山鬼》:"若有人兮山之阿,被薜荔兮带女萝。"王逸注:"阿,曲隅也。"此指退隐。

题秦小岘臬使《春溪垂钓图》①
时方擢浙藩,拟入觐,后请假省墓

　　九龙之山胦不枯⁽一⁾②,梁溪之水盘而纡③。中有一人坐矶畔,钓竿执手神清癯。斯人何人繁异人,越人之后传名都。淮海国士轩眉须④,当时倾倒眉山苏⁽二⁾。碧山草堂德不孤⑤,句法似陆追仙逋⑥。忠孝传家起门阀,文学累业开芳芜⑦。蜒蜿

郁积一千载,文章道德看根株。赋成三大泚天笔,枭使前以召试
东方三大赋,赐中书。挥就九制传名觚[8]。梧垣竹埠最深处[9],往
往吟啸兼朝晡。浙中山水相奔趋,谁其胜者杭嘉湖。君忽褰
帷纵清望,旋陈枭事申成模。洞庭之南亦云广,君行千里苏无
辜[10]。长沙卑湿乍引疾,何异张翰方归吴[11]。归吴纵为思莼
鲈,中泽犹复闻鸿呼。惟粤岭海多崎岖,乃者洋盗兼雈苻[12]。
杀人如麻海水沸,虐及老弱还呱呱。又况闾里出恶少,白日利
剑锵通衢。试看皋陶一执法[13],已见奸宄先因拘。吁嗟外台比
戎车[14],殿以集事须援枹[15]。岌乎危哉此高位,孰肯淬厉思捐
躯[16]。乃闻哀矜更勿喜,讵免发白因心劬[17]。时因相从示斯
图,一似感旧怀归欤。岂知当时直钩子,已钓玉璜章瑞符[18]。
俄闻宠命恩方殊,擢藩浙右谨吾徒。投弃桁杨盛礼乐[19],辅佐
郅治光唐虞[20]。时数大享岂具述[21],吾道方泰奚揶揄。从兹苍
生更托命,伯仲伊吕端非诬[22]。宜因入觐请上冢,还从巡程经
故庐。为寻昔日游钓地,恍惚似梦留斯须。须知功成要有日,
自可后乐忘劳躯。斯时倘复溪头柳阴更下钓,可念南海尚有
抃鳌波荡应用手中独纶无[23]。

【校勘记】

(一)九龙之山腴不枯:《全集》本此句前有"君不见,南阳名士混耕夫,试
窥火井炎天枢。又不见,磻溪一叟隐渔钓,非熊入梦惊庸愚。风云感会一变化,
旧时岘嵝堪唏嘘。人生万事如转烛,昔贱今贵良区区。所要斯民拯饥溺,乃见
大任归吾儒。吾儒之脉何洪延,命世崛起为时需。当其潜深伏隩日,亦与樵子
渔人俱。"

(二)淮海国士轩眉须,当时倾倒眉山苏:《全集》本此两句作:"东南淮海
惟扬州,无双国士轩眉须。当时一首黄楼赋,倾倒万古眉山苏。"

【注释】

① 此诗作于嘉庆十年(1805),冯敏昌五十九岁。秦小岘:秦瀛(1743—

1832),字凌沧,号小岘(xiàn),无锡人。乾隆甲午(1774)举人,丙申(1776)召试,授内阁中书,官至刑部侍郎。有《小岘山人集》、《梁溪杂咏》等。臬使:即按察使。

②九龙之山:指无锡惠山,在城西,有江南第一山美誉。山有九峰,如苍龙合沓。《隋书》称九龙山。

③梁溪:即梁溪河,又名梁清溪,于南北朝梁大同年间(535—546)重浚,梁溪是无锡的雅称。

④淮海国士:指秦观,秦瀛是其后裔。

⑤德不孤:语出《论语·里仁》:"子曰:'德不孤,必有邻。'"

⑥陆:陆游。仙逋:即逋仙,林逋(967—1028),隐于西湖孤山,不娶,种梅养鹤以自娱,人谓之"梅妻鹤子",后以"逋仙"称誉之。

⑦芜芜:杂草。

⑧九制:即"一挥九制"。一提笔就能写出九道制书。谓文思敏捷。欧阳修《集贤院学士刘公墓志铭》:"尝直紫微阁,一日追封皇子公主九人,公方将下直,为之立马却坐,一挥九制数千言,文辞典雅,各得其体。"觚:木简。这里代指文章。

⑨竹坤:竹篱。

⑩苏:拯救,解救。

⑪张翰:字季鹰。西晋吴郡(今江苏苏州)人。性格放纵不拘,时人比之为阮籍,号"江东步兵"。齐王司马冏执政,召授为大司马东曹掾。后托言见秋风起而思吴中"莼羹"、鲈鱼,弃官还乡。不久,齐王冏败,张翰因得免于难。

⑫萑苻:见前卷一《云藏九咏·望海峰》注⑪。

⑬皋陶:传说虞舜时的司法官。见《尚书·舜典》:"帝曰:'皋陶,蛮夷猾夏,寇贼奸宄,汝作士。'"

⑭外台:后汉刺史,为州郡的长官,置别驾、治中,诸曹掾属,号为外台。

⑮援枹:亦作"援桴"。手持鼓槌。谓随时可以指挥进军。

⑯淬厉:激励,磨炼。厉,即"砺"。

⑰劬:劳苦。

⑱"岂知"二句:典出《尚书大传》卷一:"周文王至磻溪,见吕望,文王拜之。尚父云:'望钓得玉璜,刻曰:周受命,吕佐检德合,于今昌来提。'"垂钓而

得玉璜。喻臣遇明主,君得贤相。

　　⑲ 桁杨:加在脚上或颈上的刑具。

　　⑳ 唐虞:语出《论语·泰伯》:"唐虞之际,于斯为盛。"唐尧与虞舜,时为太平盛世。

　　㉑ 大享:合祀先王的祭礼。

　　㉒ 伯仲:不相上下,难分优劣高低。伊吕:商伊尹辅商汤,西周吕尚佐周武王,皆有大功,并称伊吕指辅弼重臣。

　　㉓ 抃鳌:典出《列仙传》:"有巨灵之鳌,背负蓬莱之山而抃舞,戏沧海之中。"

送小岘先生擢藩浙江入觐^{(一)①}

　　尚絅从来不近名②,頯然高颡旧遗荣③。苍生已见须安石④,礼乐何当待孔明。信美湖山供管领⑤,最多财赋赖宽征。东南民力今何似,好为君王达下情。

【校勘记】

　　(一)《全集》本此诗题作《送秦小岘由枭使藩浙省仍先入觐四律》,此选其三。

【注释】

　　① 此诗作于嘉庆十年(1805),冯敏昌五十九岁。

　　② 尚絅:《礼记·中庸》所引《诗经》:"'衣锦尚絅'。恶其文之著也。故君子之道,暗然而日章;小人之道,的然而日亡。"(《诗经·卫风·硕人》中句为:"硕人其颀,衣锦褧衣。")说君子之道应唷内蕴,藏而不露。絅:罩在外面的单衣。

　　③ 頯然:高亢显露貌。语出《庄子·天道》:"而容崖然,而目冲然。而颡頯然,而口阚然。"郭象注:"頯然,高露发美之貌。"颡:颧骨。

　　④ 安石:王安石。

⑤ 管领：领受。

雨中焚香,室人谓香穗须细始清。
其语颇妙,因作^①

连雨高斋洗俗氛,缟衣相对看黄云。凭谁括得玄虚理,无隐须从一穗闻。

【注释】

① 此诗作于嘉庆十年(1805),冯敏昌五十九岁。

自题旧画山水小幅^{(一)①}

一

此画何年信手成,画中犹有湿云生。恰如深竹堂前望,雨后前山一瀑明。

二

一事无成奈老何,欲将白日再挥戈^②。假年若问先时愿,愿作龙头占画科。

【校勘记】

(一)《全集》本此诗题作《自题旧写山水二首》。

【注释】

① 此诗作于嘉庆十年(1805),冯敏昌五十九岁。

② 白日再挥戈：见前本卷《送宫保百菊溪前辈由粤抚擢制两湖》注㊺。

伍东坪仪部以西洋玻璃碗相赠，
走笔仍用山谷《谢穆父松扇》韵以谢^{(一)①}

传来西洋字盈纸，未能卒读青莲似^(二)。惟惊照座白麒麟，似是晶宫小龙子。冰瓯雪碗虽清寒，空手徒然称宝山。何似半规遮两目，还如大厦现千间^(三)。

【校勘记】

(一)《全集》本此诗题作《伍仪部东坪以西洋玻璃碗四枚相赠，走笔仍用山谷〈谢穆父松扇〉韵以谢》。

(二) 卒：《全集》本作"率"。

(三) 还如大厦现千间：《全集》本此句后有作者小注"碗上片片如龙鳞，取置目上视少为多，故云"。

【注释】

① 此诗作于嘉庆十年(1805)，冯敏昌五十九岁。伍东坪：伍秉镛，字东坪，广东南海人。仪部：对礼部主事及郎中的别称。

惜字歌，石城张朝光、陈居邦诸君求作，
即题其"惜字轩"①

圣皇大观炳中正，化成天下观人文。人文实本天文出，以是设教先用神。惟文之象丽于字，厥初制造何缘因。蛇身牛首自观察②，四目之圣尤脈辁③。日星河岳逮虫鸟，包括万象综天人。粟飞鬼哭那可道④，榛驰狂逐归陶甄⑤。造化之秘洩自此，用载至道开千尘。削竹高词阆皇坟⑥，钟鼎铭功更策勋⑦。黄泉下瘗鬼呵护，碧落上烛霄烟煴⑧。岣嵝迹秘猎碣

古⑨,小篆缪篆方纷纶⑩。斯皆金石垂旧闻,体质不敝光常新。一从隶草崇简易,损益之际功尤勤。一时人才盛艺术,笔出蒙恬纸蔡伦⑪。章草八分逮真行⑫,崔蔡锺王下笔亲⑬。源长流远任迥溯,波澜壮阔迷涯津。试观兰亭一辉映⑭,尚使江介千花鞶。世传萧翼赚兰亭时,于桥下展观,万花一时尽落。因知千金一字直,厥有精气关洪钧⑮。吾闻斗筐戴星六⑯,文昌雪煜开层旻⑰。轩然乘云大司命⑱,位次将相先勾陈。煌煌封号颁紫宸⑲,俾掌文权称帝君。梓潼降生虽幻说⑳,文章有神非漫云。惟帝炳灵观下民,文字弃秽诚堪嗔。滔滔东流孰砥柱,罕有爱惜同璘玢㉑。岂知石城虽僻壤⁽一⁾,士习民风偏古淳。青衿读书自惕惕㉒,父老告诫尤殷殷。悬城之外马鞍山,千寻拔起何嶙峋。谁当其阳建高庳㉓,岁以字纸灰从堙。重阳登高发佳兴,茱囊菊酒俱芳芬。题糕之馀更记事,赋诗成集还彬彬。奇哉不孤德有邻㉔,惜字轩构当城闉。芝楣绣栌更高矗㉕,云车风马奕来臻。四十人为一大朋㉖,先后肇祀咸精禋㉗。櫄燎旧典仿宗伯㉘,虹光万丈辉霞雯。盘螭高炉当殿焚,百万亿字同归真。山库藏灰匪化蝶,道旁文冢方镌珉㉙。惟神之来当萧晨,冷风晓月清游巡。人能乐善总不倦,神喜锡福方无垠。谁云灰冷终不燃,可识气郁仍当伸。邱园束帛且看贲㉚,王国观光还用宾㉛。文明宣昭比星凤㉜,丹青照耀追麒麟㉝。食善之报岂初志㉞,以风天下尤宜欣。走也读书愧识字,忝附文士肩朝绅。学道何曾见厓略㉟,穷经尚欲专锄耘。斯文未坠功可论㊱,识大识小无须分。思陈盛事敢藏拙,作歌示后方传薪㊲。

【校勘记】

（一）虽僻壤：《全集》本作"一山县"。

【注释】

① 此诗作于嘉庆十年(1805),冯敏昌五十九岁,主讲广州粤秀书院。

②　蛇身牛首：见前本卷《看碑图为黄小松司马赋》注⑬。

③　四目之圣：指仓颉。《论衡·骨相》说："苍颉四目，为黄帝史。"胝：皮厚成茧，手脚掌上的茧。

④　粟飞鬼哭：语出《淮南子·本经训》："昔者仓颉作书而天雨粟，鬼夜哭。"

⑤　榛驰狉逐：即狉榛。原始野蛮的状态。

⑥　削竹：指竹简，最初的典籍写于竹简和木简上。

⑦　策勋：语出《左传·桓公二年》："凡公行，告于宗庙；反行，饮至、舍爵、策勋焉，礼也。"杜预注："既饮置爵，则书勋劳于策，言速纪有功也。"

⑧　煴：郁烟，不见火焰的燃烧而产生出来的许多烟。

⑨　岣嵝：见前卷三《夏县谒大禹庙敬赋六十韵》注㉒。

⑩　缪篆：六体书之一，用以摹刻印章。也称摹印篆。《汉书·艺文志》："六体者，古文，奇字，篆书，隶书，缪篆，虫书。"颜师古注："缪篆，谓其文屈曲缠绕，所以摹印章也。"

⑪　笔出蒙恬纸蔡伦：西晋张华《博物志》载："蒙恬始作秦笔，以柘木为管，鹿毛为柱，羊毛为被，所谓苍毫。"蔡伦（？—121），安帝元初元年（公元114）封为龙亭（今陕西洋县）侯。他改进造纸技术，用树皮、麻头、破布、旧渔网为原料造纸，于东汉和帝元兴元年（105）献给朝廷。纸张推广逐渐代替简帛，人称"蔡侯纸"。

⑫　章草：草书的一种。笔画有隶书波磔，每字独立，不连写。八分：汉字书体名。字体似隶而体势多波磔。每一笔的末梢稍向上挑，左右分象"八"字形。

⑬　崔蔡锺王：崔瑗，字子玉，东汉安平（今属河北）人。文章盖世，善章草书。被称为"草贤"。蔡邕，字伯喈，东汉陈留圉（今河南杞县南）人。通经史，善辞赋，书法精于篆、隶。尤以隶书造诣最深，受诏写《熹平石经》。锺繇，字元常，三国魏颍川（今河南许昌）人。世称"钟太傅"。书法兼善各体，尤精小楷。开创由隶书到楷书的新貌。和王羲之并称"钟王"。王羲之，字逸少，东晋琅邪临沂人（今属山东）。世称"王右军"，号为"书圣"，尤擅行书。

⑭　兰亭：指王羲之所书《兰亭集序》，被称为"天下第一行书"。是他任会稽内史，永和九年（353）三月初三，与谢安、孙绰等四十二人修禊兰亭时所写。

⑮ 洪钧：指天。

⑯ 斗筐戴星六：典出《史记·天官书》："斗魁戴匡六星曰文昌宫：一曰上将，二曰次将，三曰贵相，四曰司命，五曰司中，六曰司禄。"

⑰ 文昌：见本诗注⑯。六星形成半月形状，其第四星主文运，俗称文曲星或文星。雪煜：光明貌。

⑱ 司命：星名。文昌的第四星。《周礼·春官·大宗伯》："以槱燎祀司中、司命、风师、雨师。"郑玄注："司命，文昌宫星。"参见本诗注⑯。

⑲ 紫宸：宫殿名，天子所居。

⑳ 梓潼降生：宋元道士假托梓潼神降笔作的《清河内传》，谓其生于周初，迄今七十三化，西晋末降生蜀地而为张亚子，玉帝命掌文昌星神之府并主人间禄籍，司文人之命。元代封为"文昌帝君"，又因其世居地四川梓潼而得名梓潼帝君。《华阳国志》《云笈七签》等均有记载。

㉑ 璘玢：光彩缤纷。

㉒ 青衿：青色交领的长衫。古代学子和明清秀才的常服。语出《诗经·郑风·子衿》"青青子衿，悠悠我心"。惕惕：语出《诗经·陈风·防有鹊巢》："谁侜予美，心焉惕惕。"毛传："惕惕，犹忉忉也。"陈奂传疏："惕惕，亦忧劳之意，故云犹忉忉也。"

㉓ 高库：高大的仓库。

㉔ 德有邻：见前本卷《题秦小岘臬使〈春溪垂钓图〉》注⑤。

㉕ 芝楣绣栌：指房屋栋梁雕画，装饰。

㉖ 一大朋：指一大组、一大群。

㉗ 肇：开始。禋：祭祀。

㉘ 槱燎：古代封禅祭天的一种仪礼。以牲体置柴堆上焚之，扬其光炎上达于天，以祀天神。《周礼·春官·大宗伯》："以槱燎祀司中、司命、风师、雨师。"

㉙ 文冢：埋葬文稿之处。镌珉：雕刻碑石。珉，美石。

㉚ 邱园束帛：典出《周易·贲》："贲于丘园，束帛戋戋。"王肃注："失位无应，隐处邱园，盖蒙闇之人，道德弥明，必有束帛之聘也。"帝王尊贤礼士所赐与的束帛叫贲帛。邱园：乡村家园。

㉛ "王国观光"句：典出《周易·观》："观国之光，利用宾于王。"观光：指观察国情。引申为从政。

㉜ 宣昭：宣扬；显扬。语出《诗经·大雅·文王》："宣昭义问。"王引之《经义述闻·毛诗中》："宣昭犹言明昭。"星凤：景星和凤凰。喻罕见珍奇或珍奇之物。

㉝ 丹青：指史籍，古代丹册纪勋，青史纪事。

㉞ 初志：原来的志愿。

㉟ 厓略：梗概，大略。

㊱ "斯文未坠"句：典出《论语·子罕》："天之将丧斯文也，后死者不得与于斯文也。"斯文，指礼乐教化。

㊲ 传薪：见前卷三《夏县谒大禹庙敬赋六十韵》注㉘。

元　旦　书　感（一）①

一

丁卯生来到丙寅②，论年已是杖乡身③。平生志业成何事，留取衰残作辛民。

二

生事侵寻气不扬④，收身此后更何方。百篇老去殷勤读，一水归欤自在尝。

【校勘记】

（一）《全集》本此诗题作《丙寅元旦书感二首》。

【注释】

① 此诗作于嘉庆十一年（1806），冯敏昌六十岁。《年谱》记："仍主讲粤秀书院，因自奋兴，诸生切磋，专经致用，以期实学。每鸡鸣起盥，危坐读书。元日有句：'百篇老去殷勤读，一水归欤自在尝。'……二月……初十早起坐，尚与医者论症量方，……复取典衣各票三十馀张令人粘贴于墙内……十一早亦尚能起坐，然已衰散，入夜遂易箦，戌时告终于粤秀书院正寝。"

　　② 丁卯:《年谱》记:"乾隆十二年丁卯(1747),是年八月十一日子时生于钦州长墩司之南雅乡。"

　　③ 杖乡:语出《礼记·王制》:"六十杖于乡。"谓六十岁可拄杖行于乡里。

　　④ 侵寻:渐渐。

附录一

序

　　有明岭海多诗人，倡之者孙仲衍、黄庸之，而欧梁黎区诸家并称雅音，其后陈独漉、梁药亭、程石臞尤以诗雄，而王说作、陈乔生、王震生、伍铁山辈皆出乎其间，新城尚书谓粤东人才最盛者以此。近日称诗者，顺德黎二樵、张药房兄弟。然诸君子虽产岭海，多在广州数百里间，要未有拔起于穷荒僻远之区。独以其诗鸣，才情横骛，别树帜于诸君子之外者，则如钦州冯君鱼山是已。始余以乾隆丁酉与武进黄仲则遇鱼山于京师悯忠寺僧房，鱼山官翰林改刑部主事，时相过从。迨嘉庆甲子，余司臬粤东，鱼山方与宋翰林芷湾同主教会城书院，余尝邀两□□余官廨之吾未信斋，时海上多盗警，余日佐大府办治簿□□□，而暇则辄与两君赋诗，鱼山投赠之作又尤多。比余擢藩□□，芷湾已先入都，独鱼山偕梁生昃辈十数人祖余于花田，为绘《珠江恋别图》，各赋古今体诗以赠余，为把酒唏嘘，而鱼山以丙寅二月殁矣。越二年，戊辰，昃持鱼山《小罗浮草堂诗钞》谒余京邸，而嘱芷湾乞余序之，会余充知贡举，有事礼闱，遂携其诗入闱，甄别综删定存若干卷。或谓鱼山才大诗稍杂，宜少存之，余以为鱼山学既宏富，又尝游五岳，周历边塞，广搜金石，其诗瑰怪奇特、盘郁崒崔，夫岂屑斤斤焉，契短长于声调，衡工拙于字句云乎哉？明自仲衍以下其诗具见于竹垞《明诗综》，梁、陈诸君子之诗则新城《感旧集》多所收录。余方拟采粤东近人诗钞掇成编，而喜鱼山全帙昃能汇而刻之,余又得论定而序其首简。鱼山虽殁,余与芷湾读其集,犹想见鱼山伉伉论诗掀髯抚□,况于诗中遇之也。

无锡秦瀛拜序

序

　　芳弱冠时执业鱼山冯先生之门,先生方由翰林改官户部,居日南坊廉州馆邸之所谓见山楼者,书万卷,磬一悬,古书画满床榻。芳至则随所叩请讲、指授神理,周乎其余。芳之驽钝,稍津涉于学问之途以至今日者,先生之教也。既先生主事刑部,部事剧,尚于车中为芳点定文字,比丙辰岁先生以忧去,芳亦将省觐先大夫于襄阳军,録别于潞河。自是不复闻过者十又余年,而先生竟归于道山矣。其明年,门下士同郡梁君携所哀先生《小罗浮诗集》来京师投先生之师翁覃溪先生定之,则与东乡吴博士兰雪删存若干篇。覃溪先生以诗学振海内,博士亦词□□杰,其所择自有道,然芳以为缉诗与选诗异,且先生之诗□者,入天心,穿月胁,幽窈奇崛不可为状,次者直抒胸臆,宁蓬□粗服而耻为苟饰。星月之光不避云雾;江河之流不憎泥沙。吾乌乎择之哉!因复与嘉应宋编修商榷编为四卷,付剞劂以慰先生之志,而答梁君之勤。呜呼,玉山珠浦之间,盖宝气积千百年而一发于先生,其心貌清以古,其道德醲以和,微独粤之人知而重之,天下莫不知而重之,芳固无以赞之也!其为诗也,将以为与粤之五子、三家争鸣乎?抑自有位置乎?天下后世必有定论,芳亦无以赞之也!先生往矣,吾将安放欲寻乡者,见山楼之左右謦咳而邈不可复得,此所为抚卷而三叹息者也!

门人弟子觉罗桂芳顿首谨序

跋

鱼山先生既卒之明年，其门人梁上舍炅携小罗浮草堂诗册至京师，凡千六百有余首，时有脱讹，盖先生殁后其子弟友生之所网罗散失，非先生自定之本也。忆岁甲子，先生主讲越华，予粤秀，两书院远不二里，数相过。一日，语及于诗，先生出一册示予，曰："生平所为诗在此，看地位到何许?"予受之，仅三四十繙，殆不二百首，予曰："是则古人矣，顾何止此耶。"先生曰："止此矣。"盖知先生自择之严也。是钞也，翁覃溪先生定之佐之，以吴博士兰雪、秦小岘先生又定之参之，以陈编修恭甫大都互有取舍，符者八九，而先生之高弟子桂芳侍郎香东乃兼用之而汇其美，予幸与校雠焉。计全册中盖钞四之一，虽浮于先生之所自择，要为不倍其意已。先生道德醇萃，问学通雅，诸为文章不懈，而及于古诗，若书尤其所自喜。自入翰林官部曹，名重天下，奇崛不尽其蕴。逮其殁也，为乡先生而祭于社，然后稍收其效，而有以慰天下士大夫相推许之心。予于先生为同里后进，愧忘年之爱，每尝私语人曰，先生吾乡之颜子也，生不见古仁贤人，其殆有如先生矣。然则今日之从事于斯诗者，固后死者之责，然岂独心折于斯诗云尔哉！兹役也，梁君之劳，为大桂侍郎偕周侍郎莲塘实任剞劂之费，并先生门人也。

时嘉庆己巳岁长至后十日，馆后学宋湘敬跋

跋

岁辛酉，岳崧从鱼山师读书粤秀山中，师教人端品，绩学至严且勤，诸生有志于古者则喜与之言诗。一日岳崧偶赋《登镇海楼》诗，师可之，其获闻绪论自兹始。甲子秋岳崧幸乡荐公车北上，师殷勤祖饯酒数，行则悲歌慷慨，语岳崧曰："行矣，勉之，予亦当北来相聚。异日偕若南归，渡琼海揽五指、黎婺诸山，访东坡遗迹，所得诗视今孰多且精吁。"岳崧疏芜于诗慊无得，师犹以为可言期待之过伊，胡可忘。越丙寅，而师竟归道山矣，悲哉！戊辰春，同门梁君炅携师所著《小罗浮草堂诗钞》入都，岳崧尽读之间为校讹阙，刻既竣，爰粗陈梗概并识前闻焉。

　　师年十二补弟子员，弱冠受知于大兴翁覃溪先生，与选拔、读书、试院，旋偕入都，越七载始成进士、入词馆。盖闻先生之论独详，又得与名贤公卿游，故其于诗功益深而学益邃也。殆改官部曹，假游雍豫，恣情山水，旁搜金石，每与岳崧言，平生足迹遍五岳而留太华最久，尝攀铁絙登天门，陟落雁之巅，俯瞰黄河直如一线，又尝匹马千里度太行，逾轩辕至恒山，上琴棋台，睹秋中之明月与塞外之黄云，故凡山川雄直苍莽之气、世路夷险可喜可愕之情，一于诗发之，宜乎。嘉兴钱萚石先生曰，岭海自曲江后诸子皆偏方之音，惟冯生力追正始也。师于诗始学山谷，继乃腾踔百家，由韩苏而归于杜，至其炉锤炼冶，生面独开，则自成一家言焉。师有云，诗不可以不守绳尺，亦不可徒涉旧窠，不可专恃性灵，亦不可浪逞博洽，必深悉古人堂奥而穷其离合浅深，然后自辟一境，以附古人之后。后又云，凡大家诗，宁质毋浮，宁拙毋巧，宁秃毋纤，而尤要在陶淑性行，读书穷理乃能为正大洪达之音，有合温柔敦厚之旨。然则师之为人与其所以为诗皆可思也已。岳崧不敏，末由窥测涯峤，一编在手，謦咳如新，山木之感宁有终极哉！

　　　　嘉庆十四年腊月十日，受业安定张岳崧敬跋

附录二

冯敏昌年谱简编

乾隆十二年（1747）一岁，是年八月十一日子时生。

乾隆十八年（1753）七岁，祖父口授《毛诗》并疏通大义。

乾隆十九年（1754）八岁，勤诵《毛诗》、《四书》。

乾隆二十年（1755）九岁，《四书五经》俱卒读，好读唐诗。有《文笔峰》、《小横塘》。祖母去世。

乾隆二十一年（1756）十岁，在家塾中随祖父学秦汉唐宋诸古文。作破承试诗。

乾隆二十二年（1757）十一岁，习制艺，援笔成篇。

乾隆二十三年（1758）十二岁，随父亲应州府两试，面试立就，后因卷中有"贪官污吏剥削民之脂膏"之语未被录取。七月复应科试得簪赏。祖父去世。

乾隆二十四年（1759）十三岁，从本州贡生谢谦读制艺试律。

乾隆二十五年（1760）十四岁，与合浦名宿谭超渊交游，诗歌辞赋弥不贯澈。

乾隆二十六年（1761）十五岁，从谭超渊读于方家村。夏随父亲应郡例考，科试第一。

乾隆二十七年（1762）十六岁，读书于肇庆端溪书院，与龚骖文、唐汝风、黄淮、王宗烈、邵天眷、欧焕舒、梁平庵等名士往来。应乡试时又与李潮三、黄翼堂、林刚、黄乐樵等切磋诗律。七月应乡试不第。父亲在家修造旧宅。

乾隆二十八年(1763)十七岁,入广州粤秀书院读书。入学考试获第一。

乾隆二十九年(1764)十八岁,应郡例考,得第一。后回家与诸弟于家中深竹读书堂用功。

乾隆三十年(1765)十九岁,正月应郡科试,学使翁方纲读《金马式赋》等拟古篇后赞誉为"南海明珠"擢拔第一。随应乡试不第。修造旧宅完毕,十月娶妻潘宜人。

乾隆三十一年(1766)二十岁,春赴京应廷试,沿路初揽胜景,以二等候选。七月与李勺海、胡铁琴昆仲南还,纪行诸诗大进。

乾隆三十二年(1767)二十一岁,家居,同诸弟读于深竹读书堂。翁方纲再任廉州学使,晋谒受业,古今诗一变。九月长女生。

乾隆三十三年(1768)二十二岁,秋应乡试不第。访李勺海、及邵天眷于文峰里,遂留度岁。

乾隆三十四年(1769)二十三岁,在家读书。间至郡探视二三弟应郡试。

乾隆三十五年(1770)二十四岁,翁方纲三任至廉州,三月至郡追随读书。秋至广州,闻三弟冯敏曦凶问,拟奔归抚视。父亲迫令入闱乡试,以第三人中式。

乾隆三十六年(1771)二十五岁,春至京应会试不第。拜谒金石名家钱择石,继续随读于翁方纲。

乾隆三十七年(1772)二十六岁,会试不第,夏遂南还至家度岁。

乾隆三十八年(1773)二十七岁,春家居,参与修葺州城东楼。秋长男士载。八月携同四弟冯敏曦北上,至因弟病阻留度岁。

乾隆三十九年(1774)二十八岁,九月偕同年陈元章及四弟由羊城第三次入都,初寓虎坊桥聚魁店十二月移寓城南法源寺,兄弟度岁。

乾隆四十年(1775)二十九岁,兄弟问学于翁方纲,会试复不第,锐意留京。

乾隆四十一年（1776）三十岁，仍寓法源寺读书，五月以考取国子监，学正引见候用。

乾隆四十二年（1777）三十一岁，仍寓法源寺读书，遍交天下名士如戴震、周林汲、黄仲则。求学于朱篁、钱箨石。诗文壮富又一变。

乾隆四十三年（1778）三十二岁，仍寓法源寺朱华书屋。会试中式，殿试二甲二十五名进士。钦点翰林院庶吉士。父亲五十四寿辰，求得相国王伟人为序，制锦装归以祝。南归。

乾隆四十四年（1779）三十三岁，沿途历观秦篆峄山碑、谒圣林、登金陵燕子矶采石矶、游庐山，五月抵家。

乾隆四十五年（1780）三十四岁，二月还京，以二等奉旨授职编修。夏次男士履生。

乾隆四十六年（1781）三十五岁，题咏日益工富，四库全书馆开，任武英殿分校官。任开建县学事。

乾隆四十七年（1782）三十六岁，在京供职校书。与李载园筹建廉州会馆。

乾隆四十八年（1783）三十七岁，在京供职，兼办三分全书馆分校。二月会馆落成。父亲卸开建学事，赴乡试不第，又委任临高县学事。

乾隆四十九年（1781）三十八岁，在京供职。潜心经学，于《易》犹切。二月钦点会试同考官。仲秋为父母六十双寿。

乾隆五十年（1785）三十九岁，二月授户部主事。十一月出都，游稷山署（山西绛州属）、龙门、太平（平阳府属）等地。父亲卸临高学事归里。

乾隆五十一年（1786）四十岁，在河南、陕西等地继续赏游。谒虞帝祠、登慈恩寺塔、游骊山、登西岳华山。题诗泐碑、奇揽搜胜，著《华山小志》六卷。春父亲复奉檄之省署花县学事，寻弃职归里。

乾隆五十二年（1787）四十一岁，正月自陕西至河南。游中岳嵩山轩辕关、少林寺，入嵩阳书院。至豫省与幕中孙渊如、洪稚存、王秋塍等交游。入山东至泰安府再登泰山。六月挟一仆历上党,复至太原,北上大同府之应州观元时木塔。八月拜北岳庙入谒黑帝元神,直登绝顶。留孟县度岁。

乾隆五十三年(1788)四十二岁,入主河阳书院并修《孟县志》。季冬,本邑官吏士绅数百人制锦为其父祝寿。

乾隆五十四年(1789)四十三岁,仍留主讲河阳书院兼修《孟县志》。重修韩愈墓。四弟冯敏曙蒙弊被黜。

乾隆五十五年(1790)四十四岁,仍留主河阳书院讲席,刻河阳书院课艺成,修刻《孟县志》成。八月至偃师(河南府属)谒杜工部祠。十二月抵津门,与父亲子侄成聚,于此度岁。

乾隆五十六年(1791)四十五岁,正月与四弟登天津望海楼;二月至南阳登卧龙冈谒诸葛公祠;拜郑大夫子产祠;三月至武昌登黄鹤楼;至湖南重登岳阳楼,抵长沙府游岳麓山,登南岳衡山七月游赤壁,拜苏文忠公(苏轼)祠。归天津,秋三男士镳生。十一月由天津入都,授户部浙江司行走。

乾隆五十七年(1792)四十六岁,在京供职。仲秋祝父六十八寿。从人方德才没于寓所,为之作记。

乾隆五十八年(1793)四十七岁,在京供职,退食之暇与孙渊如、洪稚存、李邑堂交游。

乾隆五十九年(1794)四十八岁,在京供职。二月长子士载于河南成婚。六月授刑部河南司主事。

乾隆六十年(1795)四十九岁,在京供职,二月长子士载病故,十二月父亲去世。悲痛欲绝,老师翁方纲视责保重。

嘉庆元年(1796)五十岁,六月偕四弟冯敏曙、子士载灵柩出京。

嘉庆二年(1797)五十一岁,五月抵家门,四弟为父择地图葬,登山触暑于六月疾终。

嘉庆三年(1798)五十二岁,正月葬父、子及弟。时州境大旱,八月祈雨而成。

嘉庆四年(1799)五十三岁,二月主讲端溪书院。

嘉庆五年(1800)五十四岁,仍留主讲端溪。

嘉庆六年(1801)五十五岁,正月由端溪之省主粤秀书院讲席。十二月母亲去世。

嘉庆七年(1802)五十六岁,为父母守庐墓。

嘉庆八年(1803)五十七岁,守制读礼庐中。以十一大耻诫子。

嘉庆九年(1804)五十八岁,三月辞庐墓还家。十二月入广州越华书院。

嘉庆十年(1805)五十九岁,正月主讲粤秀书院。戒弟子首以端品行正。

嘉庆十一年(1806)六十岁,仍主讲粤秀书院。二月告终于粤秀书院。

后　记

　　本书是在硕士毕业论文基础上修改完成的，也是与业师李寅生先生第一次学术合作。李老师曾指出，研究生要想根柢扎实，笺注一部书是最好的训练，可以通过对诗歌的笺注增大知识的全面性、广泛性。在本书的选题、版本调查、核对文献、分析文本层次、点校注释、版面设计等方面，李师都给予了详尽的规划与悉心的指导，并字斟句酌审读全文，对前言部分冯敏昌生平及诗歌创作内容及艺术特色等也提出了精到的修改意见。

　　两粤地处岭南，诗文自唐代张九龄发轫，至清代已呈蔚为大观之态，洪亮吉曾赞云"尚得昔贤雄直气，岭南犹似胜江南"。据广西民族大学图书馆所编《广西历代文人著述馆藏联合目录》记载，唐至民国的广西作家共263人，其诗文集479种，其中别集458种。但这些作品中的大多数还封存在图书馆内无人问津。《小罗浮草堂诗钞》作者冯敏昌正是在清代中期岭南文化中涌现的佼佼者。上述诗文作为文化交流与传播的载体，正形成了区域文化交流中的"书籍之路"：时代印迹、奇山丽水、历史风俗、人物风流等等，一一汇聚诗人笔下。冯敏昌出生钦州，求学粤东，仕宦于京城，受知、结交翁方纲、钱载、李文藻等鸿生硕彦，其诗歌表现出了壮、汉融合的文化思维。这是当年选择整理冯敏昌《小罗浮草堂诗钞》为硕士毕业论文的原因之一。另外，校注作为古籍整理中一项基本的方式，从版本、目录、音韵等知识，到训诂、辑佚、校勘等工作，繁琐而复杂，非有志、有识者不能从之。邕城四季青春常驻，有如乐土，容我负笈游学于此，而师友融洽，虽非有识者，亲其地而遂生其志，"古籍作为历史文化的重要载体……是我们了解历史、解读历史、研究历史、承继民族优秀文化的主要途径、可靠依据、重要史料。"（潘琦语）为八桂大地奉献绵薄，也是初愿。

《小罗浮草堂诗钞》，先由冯敏昌弟子梁炅辑集其诗共一千六百余首，再经翁方纲、秦瀛、宋湘、张岳崧诸师友共同编定四百余首。主要以全集本《小罗浮草堂诗集》为校本，另参校《小罗浮草堂游草》等。冯敏昌诗歌由其师覃溪取径苏轼、韩愈、杜甫，举凡花鸟虫鱼、山川雄关、碑碣考证均以入诗，或览古感悟、或现实述怀、或律绝工整、或古风恣肆，或直接用事、或隐括化典，虽琐屑饾饤必求审察，其有鲁鱼亥豕之讹，亦呈之大方，祈待指摘而刊正。

杨年丰

乙未腊八日于大龙湖畔

附:

作者简介:

　　杨年丰,文学博士,徐州工程学院教育科学学院副教授,主要从事明清诗文研究。2006年6月毕业于广西大学汉语言文字学专业古籍整理方向,获文学硕士学位;2010年6月毕业于苏州大学中国古代文学专业明清诗文方向,获文学博士学位。先后发表学术论文十余篇,著有《〈瓯北诗话〉批注》(第二作者)、参与编纂《中国古代诗文名著提要·明清卷》、《续修四库全书提要·集部》等。